READER'S DIGEST
AUSWAHLBÜCHER

Die Kurzfassungen in diesem Buch erscheinen
mit Genehmigung der Autoren und Verleger
© 2003 Reader's Digest
– Deutschland, Schweiz, Österreich –
Verlag Das Beste GmbH,
Stuttgart, Zürich, Wien
Alle Rechte, insbesondere das der Übersetzung, Verfilmung
und Funkbearbeitung, im In- und Ausland vorbehalten
203 (247)
Printed in Germany
ISBN 3 89915 087 2

READER'S DIGEST
AUSWAHLBÜCHER

DEUTSCHLAND · SCHWEIZ · ÖSTERREICH

INHALT

Seite 7

Charlotte Link
Die Täuschung

Peter Simon, Geschäftsmann aus Frankfurt, verschwindet spurlos auf einer Reise in der Provence. Als seine Frau Laura in dem südfranzösischen Feriengebiet verzweifelt nach ihm sucht, muss sie erkennen, dass ihr Mann nicht der war, für den sie ihn hielt. Und dass die Wahrheit mit tödlicher Gefahr verbunden ist …

Seite 167

Nicholas Evans
Feuerspringer

Sie sind nicht nur die dicksten Kumpel, sondern sie teilen auch eine gefährliche Leidenschaft: Als Feuerspringer bekämpfen Ed und Connor Seite an Seite Waldbrände in Montana. Als Connor sich in Julia verliebt, gerät er in eine schwierige Situation – denn Julia ist Eds Freundin. Connor muss sich entscheiden. Wird er um seines besten Freundes willen auf die Liebe seines Lebens verzichten?

INHALT

Seite 319

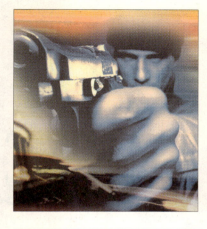

Lee Child
Aus dem Hinterhalt

Als Vizepräsident der Vereinigten Staaten zählt Brook Armstrong zu den bestbewachten Menschen der Welt. Und doch hängt sein Leben an einem seidenen Faden. Denn er ist ins Visier eines Attentäters geraten, dessen abgrundtiefer Hass nur ein Ziel kennt: ihn zu töten.

Seite 487

James Patterson
Tagebuch für Nikolas

Für Katie Wilkinson bricht eine Welt zusammen, als Matt, der Mann, den sie liebt, sie Hals über Kopf verlässt. Als einzige Erklärung für sein Verhalten schickt er der fassungslosen Katie ein Tagebuch zu. Widerstrebend zunächst beginnt sie darin zu lesen, gerät dann aber schnell in den Sog einer Geschichte, die von einer großen Liebe und von ebenso großer Tragik erzählt.

Charlotte Link

DIE TÄUSCHUNG

Als die Tür aufging und der Schatten des großen Mannes im Rahmen erschien, wusste sie, dass sie sterben würde. Sie wusste es mit derselben Sicherheit, mit der sie kurz zuvor gespürt hatte, dass jemand in ihr Ferienhaus eingedrungen war.

PROLOG

Sie wusste nicht, was sie geweckt hatte. War es ein Geräusch gewesen, ein böser Traum, oder spukten noch immer die Gedanken vom Vorabend in ihrem Kopf?

Sie war gegen elf Uhr ins Bett gegangen und sehr schwer eingeschlafen. Zu vieles war ihr im Kopf herumgegangen, sie hatte sich bedrückt gefühlt und war in die alte Angst vor der Zukunft verfallen, die sie nur für kurze Zeit überwunden geglaubt hatte. Das Gefühl, eingeengt und bedroht zu werden, hatte sich in ihr ausgebreitet. Für gewöhnlich hatte ihr das Haus am Meer stets Freiheit vermittelt. Noch nie, wenn sie hier gewesen war, hatte sie sich nach der eleganten, aber immer etwas düsteren Pariser Stadtwohnung zurückgesehnt. Zum ersten Mal freute sie sich jetzt, dass der Sommer vorüber war.

Es war Freitag, der 28. September. Am nächsten Tag würden sie und Bernadette aufbrechen und heim nach Paris fahren.

Der Gedanke an ihre kleine Tochter ließ sie im Bett hochschrecken. Vielleicht hatte Bernadette gerufen oder im Schlaf laut geredet.

Sie sah auf den Wecker, der neben ihrem Bett stand und dessen Zahlen grün in der Dunkelheit leuchteten. Es war kurz vor Mitternacht, sie konnte nur ganz kurz geschlafen haben. Wieder lauschte sie. Es war nichts zu hören. Wenn Bernadette nach ihr rief, dann tat sie das normalerweise ununterbrochen. Trotzdem würde sie aufstehen und nach der Vierjährigen sehen.

Sie schwang die Beine auf den steinernen Boden und erhob sich. Wie immer seit Jacques' Tod trug sie nachts nur eine ausgeleierte Baumwollunterhose und ein verwaschenes T-Shirt. Früher hatte sie, gerade in der Wärme der provenzalischen Nächte, gern tief ausgeschnittene, hauchzarte Seidennegligees angelegt, elfenbeinfarbene zumeist, weil ihre stets gebräunte Haut und die pechschwarzen Haare damit schön zur Geltung kamen. Sie hatte damit aufgehört, als er ins Krankenhaus kam und sein Sterben in Etappen begann. Sie hatten ihn als geheilt entlassen, er war zu ihr zurückgekehrt, sie hatten Bernadette gezeugt, und dann war der Rückfall eingetreten, innerhalb kürzester Zeit, und diesmal hatte er das Krankenhaus nicht mehr verlassen. Er war im Mai gestorben. Im Juni war Bernadette zur Welt gekommen.

Es war warm im Zimmer. Beide Fensterflügel standen weit offen, nur die hölzernen Läden hatte sie geschlossen. Durch die Ritzen sah sie das hellere Schwarz der sternklaren Nacht, roch die Dekadenz, die der glühend heiße Sommer dem Land vermacht hatte.

Der September war atemberaubend schön gewesen, und ohnehin liebte sie den Herbst hier besonders. Manchmal fragte sie sich, weshalb sie so beharrlich jedes Jahr Anfang Oktober nach Paris abreiste, obwohl es dort keinerlei Verpflichtungen für sie gab. Vielleicht brauchte sie das Korsett eines strukturierten Jahresablaufs, um sich nicht im Gefühl der Realitätslosigkeit zu verlieren.

Sie trat auf den Gang hinaus, verzichtete jedoch darauf, das Licht anzuschalten. Falls Bernadette schlief, sollte sie nicht geweckt werden. Die Tür zum Kinderzimmer war nur angelehnt, vorsichtig lauschte sie in den Raum hinein. Das Kind atmete tief und gleichmäßig. Sie hat mich jedenfalls nicht geweckt, dachte sie.

Unschlüssig stand sie auf dem Flur. Tief in ihr lauerte Angst. Eine Angst, die ihr Gänsehaut verursachte und ihre Sinne auf eigentümliche Art schärfte. Es war, als könne sie irgendeine in der Dunkelheit wartende Gefahr wittern, riechen, fühlen.

Jetzt werde nicht hysterisch, rief sie sich zur Ordnung.

Es war nichts zu hören.

Und doch wusste sie, dass jemand anwesend war, jemand außer ihr und ihrem Kind, und dieser Jemand war ihr schlimmster Feind. Die Einsamkeit des Hauses kam ihr in den Sinn, sie war sich bewusst, wie allein sie beide hier waren, dass niemand sie hören könnte, falls sie schrien.

Es kann keiner in das Haus hinein, sagte sie sich, überall sind die Läden verschlossen. Die Türschlösser sind stabil. Sie zu öffnen kann nicht lautlos funktionieren. Vielleicht ist draußen jemand.

Es gab nur einen, von dem sie sich vorstellen konnte, dass er nachts um ihr Haus schlich, und bei diesem Gedanken wurde ihr fast übel.

Das würde er nicht tun. Er war lästig, aber nicht krank.

Doch in diesem Moment wurde ihr klar, dass er genau das war. Krank. Dass sein Kranksein es gewesen war, was sie von ihm fortgetrieben hatte. Dass sein Kranksein sie an ihm gestört hatte. Dass es jene sich langsam verstärkende, instinktive Abneigung ausgelöst hatte, die sie sich die ganze Zeit über nicht wirklich hatte erklären können.

Es war Überlebensinstinkt gewesen, ihn nicht zu wollen.

DIE TÄUSCHUNG

Okay, sagte sie sich und versuchte tief durchzuatmen, okay, vielleicht ist er da draußen. Aber er kann jedenfalls nicht hier herein. Ich kann mich ruhig ins Bett legen und schlafen. Sollte sich morgen irgendwie herausstellen, dass er da war, jage ich ihm die Polizei auf den Hals. Entschlossen kehrte sie in ihr Zimmer zurück.

Doch als sie wieder im Bett lag, wollte die Nervosität, die ihren Körper vibrieren ließ, nicht aufhören. Sie fror jetzt, obwohl es sicher an die zwanzig Grad warm war im Zimmer. Sie zog die Decke bis zum Kinn, und eine Hitzewallung machte ihr das Atmen schwer.

Im gleichen Augenblick hörte sie ein Geräusch, und es war vollkommen klar, dass sie es sich nicht eingebildet hatte. Es war ein Geräusch, das sie gut kannte: Es war das leise Klirren, das die Glastür, die Wohn- und Schlafbereich in diesem Haus voneinander trennte, verursachte, wenn sie geöffnet wurde. Es bedeutete, dass jemand hier war und dass er keineswegs um das Haus herumschlich. Sie konnte ihr Zimmer von innen verriegeln und hätte sich damit vor dem Eindringling in Sicherheit bringen können, aber Bernadette schlief im Nebenzimmer, und wie hätte sie sich hier einschließen sollen ohne ihr Kind?

Wie hypnotisiert starrte sie ihre Zimmertür an. Jetzt konnte sie, in ihrer eigenen atemlosen Stille, das leise Tappen von Schritten auf dem Flur hören.

Die Klinke bewegte sich ganz langsam nach unten.

Sie konnte ihre Angst riechen. Sie hatte nie zuvor gewusst, dass Angst so durchdringend roch. Ihr war jetzt sehr kalt, und sie hatte den Eindruck, nicht mehr zu atmen.

Als die Tür aufging und der Schatten des großen Mannes im Rahmen stand, wusste sie, dass sie sterben würde.

Einen Moment lang standen sie einander reglos gegenüber. War er überrascht, sie mitten im Zimmer stehend anzutreffen, nicht schlafend im Bett?

Sie war verloren. Sie stürzte zum Fenster. Ihre Finger zerrten an den Haken der hölzernen Läden. Ihre Nägel splitterten, sie schrammte sich die Hand auf, sie bemerkte es nicht.

Sie erbrach sich vor Angst über die Fensterbank, als er dicht hinter ihr war und sie hart an den Haaren packte. Er bog ihren Kopf so weit zurück, dass sie in seine Augen blicken musste. Sie sah vollkommene Kälte. Ihre Kehle lag frei. Der Strick, den er ihr um den Hals schlang, schürfte ihre Haut auf.

Sie betete für ihr Kind, als sie starb.

SAMSTAG, 6. OKTOBER

Kurz vor Notre Dame de Beauregard sah Peter plötzlich einen Hund auf der Autobahn. Einen kleinen, braunweiß gefleckten Hund mit rundem Kopf und lustig fliegenden Schlappohren. Er hatte ihn zuvor nicht bemerkt, hätte nicht sagen können, ob er vielleicht schon ein Stück weit am Fahrbahnrand entlanggetrabt war, ehe er das selbstmörderische Unternehmen begann, auf die andere Seite der Rennstrecke zu wechseln. O Gott, dachte er, gleich ist er tot. Die jähe Angst, die in ihm emporschoss, löste eine Gänsehaut auf seinem Kopf aus.

Ringsum bremsten die Autos. Niemand konnte stehen bleiben, aber sie reduzierten ihr Tempo, versuchten, auf andere Spuren auszuweichen. Der Hund lief weiter, mit hoch erhobenem Kopf. Es grenzte an ein Wunder, dass er den Mittelstreifen unbeschadet erreichte.

Gott sei Dank. Er hat es geschafft. Wenigstens so weit. Peter merkte, dass ihm der Schweiß ausgebrochen war. Er fühlte sich plötzlich ganz schwach. Er fuhr an den rechten Fahrbahnrand, brachte den Wagen auf dem Seitenstreifen zum Stehen. Vor ihm erhob sich der Felsen, auf dem Notre Dame de Beauregard ihren schmalen, spitzen Kirchturm in den grauen Himmel bohrte. Warum wurde der Himmel heute nicht blau? Gerade hatte er die Ausfahrt St-Remy passiert, es war nicht mehr weit bis zur Mittelmeerküste. Allmählich könnte der verhangene Oktobertag südlichere Farben annehmen.

Peter verließ das Auto und blickte zurück. Er konnte den Hund nirgends entdecken. Ob es ihm geglückt war, die Autobahn auch noch in der Gegenrichtung zu überqueren? Entweder, dachte er, man hat einen Schutzengel, oder man hat keinen. Wahrscheinlich trabt der kleine Hund jetzt fröhlich durch die Felder.

Die Autos jagten an ihm vorbei. Er setzte sich wieder in den Wagen, zündete eine Zigarette an, nahm sein Handy und überlegte. Sollte er Laura jetzt schon anrufen? Sie hatten vereinbart, dass er sich von „ihrem" Rastplatz melden würde, von jenem Ort, an dem man zum ersten Mal das Mittelmeer sehen konnte.

Er tippte stattdessen die Nummer seiner Mutter ein, wartete geduldig. Es dauerte immer eine ganze Weile, bis die alte Dame ihr Telefon erreichte. Dann meldete sie sich mit rauer Stimme: „Ja?"

„Ich bin es, Mutter. Ich wollte mich einfach mal melden."

DIE TÄUSCHUNG

„Schön. Ich habe lange nichts mehr von dir gehört. Wo steckst du?"

„Ich bin an einer Tankstelle in Südfrankreich." Es hätte sie beunruhigt zu hören, dass er auf dem Seitenstreifen einer Autobahn stand und weiche Knie hatte wegen eines kleinen Hundes.

„Ist Laura bei dir?"

„Nein. Ich bin allein. Ich treffe Christopher zum Segeln."

„Ist das um diese Jahreszeit nicht gefährlich?"

„Überhaupt nicht. Wir machen das doch jedes Jahr."

„Britta hat angerufen", sagte sie.

Er seufzte. Es bedeutete nie etwas Gutes, wenn sich seine Exfrau mit seiner Mutter in Verbindung setzte. „Was wollte sie denn?"

„Jammern. Du hast wieder irgendeine Zahlung an sie nicht überwiesen, und du würdest dich regelmäßig verleugnen lassen, wenn sie dich im Büro anruft. Und daheim … Sie sagt, sie hätte wenig Lust, immer an Laura zu geraten."

Peter bereute es, seine Mutter angerufen zu haben. „Ich muss Schluss machen, Mutter", sagte er, „mein Handy hat kaum noch Saft. Ich umarme dich."

Er fädelte sich von der Standspur wieder in den Verkehr ein, pendelte sich auf einer Geschwindigkeit von 120 Stundenkilometern ein. Gegen achtzehn Uhr erreichte er den Rastplatz, von dem aus er Laura anrufen wollte. Wenn sie zusammen nach Südfrankreich fuhren, hielten sie stets an dieser Stelle an, stiegen aus und genossen den Blick auf die Bucht von Cassis mit ihren sie halbmondförmig umfassenden, sanft ansteigenden Weinbergen und auf die oberhalb der Bucht steil aufragenden Felsen. Fuhr er allein – zu dem alljährlichen Segeltörn mit Christopher –, dann rief er Laura von diesem Platz aus an. Laura liebte Rituale.

Er fuhr die lang gezogene Kurve zum Parkplatz hinauf. Es war eher ein Ausflugsplatz, eine Art Picknickterrasse mit steinernen Sitzgruppen und Schatten spendenden Bäumen. Der Blick war atemberaubend, doch heute hing der Himmel grau und diesig über dem Meer. Ein trostloser Tag, dachte Peter, als er das Auto parkte und den Motor abstellte. Zum zweiten Mal tippte er eine Nummer in sein Handy. Laura meldete sich sofort.

„Hallo!" Sie klang fröhlich. „Du bist auf dem Pas d'Ouilliers!"

„Richtig!" Er bemühte sich, ihren heiteren, unbeschwerten Ton zu übernehmen. „Zu meinen Füßen liegt das Mittelmeer."

„Glitzernd im Abendsonnenschein?"

„Eher nicht. Es ist sehr wolkig. Ich denke, es wird noch regnen heute Abend."

Sie war feinfühlig. Sie merkte, wie angestrengt er war. „Was ist los? Du klingst merkwürdig."

„Ich bin müde. Neun Stunden Autofahrt sind keine Kleinigkeit."

„Du musst dich ausruhen. Triffst du Christopher noch heute Abend?"

„Nein. Ich will früh ins Bett."

„Grüße unser Häuschen!"

„Klar. Es wird leer sein ohne dich."

„Das wirst du vor lauter Müdigkeit kaum bemerken." Sie lachte. Er mochte ihr Lachen. Es war frisch und echt und schien immer aus ihrem tiefsten Inneren zu kommen. Wie auch ihr Schmerz, wenn sie Kummer hatte. Bei Laura waren Gefühle niemals aufgesetzt oder halbherzig.

„Kann sein. Ich werde schlafen wie ein Bär." Peter schaute auf das schiefergraue Wasser. Die Verzweiflung kroch bereits wieder langsam und bedrohlich in ihm hoch. Ich muss, dachte er, von diesem Ort weg. Von den Erinnerungen. „Ich werde noch irgendwo etwas essen", sagte er.

„Irgendwo? Du gehst doch sicher zu Nadine und Henri?"

„Gute Idee. Eine leckere Pizza von Henri wäre jetzt genau das Richtige."

„Rufst du später noch mal an?"

„Ich melde mich, bevor ich ins Bett gehe. In Ordnung?"

„In Ordnung. Ich freue mich darauf. Ich liebe dich", sagte sie leise.

„Ich liebe dich auch", erwiderte er. Er beendete das Gespräch, legte das Handy neben sich auf den Beifahrersitz, ließ den Motor wieder an und rollte langsam vom Parkplatz.

ALS PETER um Viertel nach zehn noch nicht angerufen hatte, wählte Laura seine Handynummer. Sie war ein wenig unruhig, konnte sich nicht vorstellen, dass er sich so lange beim Essen aufhielt. Er hatte so müde geklungen vier Stunden zuvor, so erschöpft.

Er meldete sich nicht, nach sechsmaligem Klingeln schaltete sich seine Mailbox ein. „Bitte hinterlassen Sie eine Nachricht, ich rufe später zurück …"

Es drängte sie, ihm etwas mitzuteilen von ihrer Sorge, ihrer Liebe, ihrer Sehnsucht, aber sie unterließ es, damit er sich nicht bedrängt fühlte. Wenn ich jetzt bei Henri anrufe, fühlt sich Peter kontrolliert, dachte sie, und wenn ich in unserem Haus anrufe und er schläft vielleicht schon, wecke ich ihn auf.

Sie ging die Treppe hinauf und schaute in Sophies Zimmer. Die

DIE TÄUSCHUNG 15

Kleine schlief, atmete ruhig und gleichmäßig. Vielleicht, überlegte Laura, hätte ich doch mitfahren sollen. Zusammen mit Sophie ein paar sonnige Oktobertage im Haus verbringen, während Peter segelt. Ich hätte mich nicht so einsam gefühlt.

Aber sie war noch nie mitgekommen, wenn Peter zu seinem herbstlichen Segeltreffen in den Süden fuhr. Natürlich, bis vor vier Jahren hatten sie auch das Haus in La Cadière noch nicht gehabt; sie hätte in ein Hotel gehen müssen, und sie hielt sich nicht gern allein im Hotel auf. Einmal – das musste fünf Jahre her sein – hatte sie überlegt, bei Nadine und Henri zu wohnen, in einem der beiden Gästezimmer unter dem Dach, die die beiden hin und wieder vermieteten.

„Ich hätte dann Anschluss, während du mit Christopher unterwegs bist", hatte sie gesagt. Wieder einmal hatte sie geglaubt, die einwöchige Trennung von Peter nicht zu ertragen.

Doch Peter war dagegen gewesen. „Ich halte es für ungeschickt, dieses eine Mal bei Nadine und Henri zu wohnen. Sonst tun wir es ja auch nicht, und sie denken dann vielleicht, sie sind normalerweise nicht gut genug für uns, aber im Notfall greifen wir auf sie zurück."

Seit sie Besitzer eines eigenen Hauses waren, hätte sich das Problem nicht mehr gestellt, aber Peter hatte auf Lauras Andeutung, sie könne doch vielleicht mitkommen, nicht reagiert. Diese eine Oktoberwoche gehörte Christopher, und offenbar hätte es Peter gestört, Frau und Tochter auch nur in der Nähe zu wissen.

Sie ging ins Schlafzimmer, zog sich aus, hängte ihre Kleider in den Schrank, zog das ausgeleierte T-Shirt an, das sie nachts immer trug. Peter hatte es ihr während ihres ersten gemeinsamen Urlaubs in Südfrankreich vor acht Jahren geschenkt. Damals war es noch bunt und fröhlich gewesen, aber inzwischen hatte es so viele Wäschen hinter sich gebracht, dass Laura sich darin nicht mehr sehen lassen wollte. Doch Peter hatte nicht zugelassen, dass sie es aussortierte.

„Zieh es wenigstens nachts an", bat er, „ich hänge daran. Es erinnert mich an eine ganz besondere Zeit in unserem Leben."

Sie waren frisch verliebt gewesen damals. Laura war 27 gewesen, Peter 32. Er frisch geschieden, sie frisch getrennt. Beide angeschlagen, misstrauisch, ängstlich, sich auf etwas Neues einzulassen. Peters Exfrau war unmittelbar nach der Scheidung mit dem gemeinsamen Sohn ans andere Ende Deutschlands gezogen, was Peters Besuchsrecht zur Farce machte und ihn in tiefe Einsamkeit gestürzt hatte. Er hatte länger gebraucht als Laura, sich für die gemeinsame Zukunft zu öffnen.

In dem alten T-Shirt ging sie ins Bad hinüber, putzte sich die Zähne und kämmte die Haare. Im Spiegel konnte sie sehen, dass sie blass war und einen sorgenvollen Zug um den Mund hatte. Sie dachte an Fotos, die sie in demselben T-Shirt acht Jahre zuvor in den Straßen von Cannes zeigten: braun gebrannt, strahlend und wunschlos glücklich.

„Das bin ich heute auch noch", sagte sie zu ihrem Spiegelbild, „wunschlos glücklich. Aber ich bin eben älter. Fünfunddreißig ist nicht dasselbe wie siebenundzwanzig."

An der Ruckartigkeit, mit der sie den Kamm durch die Haare zog, erkannte sie, wie gespannt ihre Nerven waren. Mein Mann ruft *einmal* nicht an, dachte sie, wie kann mich das derart aus dem Gleichgewicht werfen?

Von Freundinnen wusste sie, dass andere Männer oft vergaßen, Vereinbarungen einzuhalten oder sich wichtige Termine der Partnerin zu merken. Lauras Mutter Elisabeth sagte immer, Laura habe mit Peter ein Prachtexemplar erwischt.

„Er ist sehr zuverlässig. Halte ihn nur gut fest. So etwas findest du so leicht nicht noch einmal."

Sie wusste das. Und sie wollte auch nicht kleinlich sein. Aber gerade *weil* Peter immer so zuverlässig war, wurde sie ein Gefühl der Beunruhigung nicht los.

Das Telefon klingelte. „Endlich!", rief sie und lief ins Schlafzimmer, wo ein Apparat neben ihrem Bett stand. „Ich dachte schon, du bist einfach eingeschlafen und hast mich vergessen", sagte sie anstelle einer Begrüßung.

Am anderen Ende der Leitung konsterniertes Schweigen. „Ich kann mir eigentlich nicht denken, dass Sie mich meinen", sagte schließlich Britta, Peters Exfrau.

Laura war ihr Versehen sehr peinlich. „Entschuldigen Sie bitte. Ich dachte, es sei Peter."

„Demnach ist Peter wohl nicht daheim? Ich müsste ihn dringend sprechen."

„Peter ist nach La Cadière gefahren. Er kommt erst nächsten Samstag zurück."

Britta seufzte. „Von Christopher und diesem verdammten Segeln im Herbst kommt er wohl nie mehr los. Das geht schon seit bald fünfzehn Jahren so."

„Soll ich Peter bitten, Sie anzurufen, wenn er sich bei mir meldet?"

„Ja, unbedingt. Die Unterhaltszahlung für Oliver ist noch immer nicht

DIE TÄUSCHUNG 17

auf meinem Konto eingegangen, und wir haben heute schon den sechsten Oktober!"

„Nun, ich finde …"

„Ich meine natürlich die Zahlung für September. Die ich am ersten September hätte bekommen sollen. Ich denke nicht, dass ich mich deswegen zu früh melde. Die Zahlung für Oktober ist übrigens auch noch nicht da."

„Soviel ich weiß, hat Peter dafür einen Dauerauftrag eingerichtet", sagte Laura, „vielleicht ist der Bank irgendein Fehler unterlaufen."

„Den Dauerauftrag gibt es schon seit einem Jahr nicht mehr", erklärte Britta. „Peter überweist selbst und leider fast immer mit Verspätung. Es ist schon ärgerlich, wie lange ich auf mein Geld warten muss. Es ist auch für Oliver nicht gut. Es erschüttert das Vertrauen, das er trotz allem noch immer in seinen Vater hat, wenn ich ihm erkläre, dass ich ihm irgendetwas nicht kaufen kann, weil Peter wieder einmal mit dem Unterhalt in Verzug ist!"

Laura musste sich beherrschen, um ihr nicht eine patzige Antwort zu geben. Sie wusste, dass Britta als Leiterin einer Bankfiliale recht gut verdiente und kaum je in die Verlegenheit kommen würde, ihrem Sohn einen Wunsch abschlagen zu müssen, nur weil Peter sein Geld ein paar Tage zu spät überwies.

„Ich werde mit Peter sprechen, sobald er sich meldet", sagte Laura, „er wird Sie dann anrufen. Gute Nacht." Sie legte auf.

Peter hätte mir sagen können, dass er den Dauerauftrag gekündigt hat, dachte sie, dann hätte ich jetzt nicht so dumm dagestanden. Sie schaute noch einmal in Sophies Zimmer, doch die Kleine schlief und hatte heiße, rote Bäckchen, die sie immer bekam, wenn sie sich tief im Traum befand.

Laura ging ins Schlafzimmer. Kurz betrachtete sie das gerahmte Foto von Peter, das auf ihrem Nachttisch stand. Es zeigte ihn an Bord der *Vivace,* dem Boot, das ihm und Christopher gemeinsam gehörte. Eigentlich war auch Christopher auf dem Bild gewesen, aber sie hatte ihn weggeschnitten. Peter trug ein blaues Hemd und hatte einen weißen, grob gestrickten Pullover lässig um die Schultern geknotet. Er lachte. Seine Haut war gebräunt, er sah gesund und zufrieden aus. So sah er immer aus, wenn er sich an Bord des Segelboots befand.

Laura seufzte. Sie legte sich ins Bett und blickte auf das Leuchtzifferblatt des Weckers. Es war zehn Minuten vor elf. Draußen konnte sie den Regen rauschen hören.

SONNTAG, 7. OKTOBER

Sie schlief fast gar nicht in dieser Nacht. Sie starrte die Leuchtziffern des Weckers an. Es wurde halb eins. Es wurde eins. Zehn nach eins. Halb zwei.

Um Viertel vor zwei stand sie auf und ging in die Küche hinunter, um ein Glas Wasser zu trinken. Die Fliesen in der Küche waren sehr kalt unter ihren nackten Füßen. Sie trank das Wasser in kleinen Schlucken. Sie wusste, dass ihr Verhalten neurotisch war. Was war schon passiert? Ihr Mann war nicht daheim und hatte vergessen, sie vor dem Einschlafen noch einmal anzurufen. Morgen früh würde er sich melden. Er würde ihr erklären, dass er sich ins Bett gelegt und noch ein wenig gelesen hatte und dass er darüber eingeschlafen sei. Er war zu müde gewesen.

Die Vernunft, mit der sie ihre Unruhe unter Kontrolle hatte bringen wollen, löste sich bereits wieder auf. Die Angst – ein Gefühl hoffnungslosen Alleinseins – schoss wie eine Stichflamme in ihr hoch. Sie kannte dies, es war nicht neu für sie. Die Furcht vor dem Alleinsein hatte sie zeitlebens begleitet, und sie hatte nie gelernt, ihrer Herr zu werden. Laura ließ ihr Wasserglas stehen, lief ins Wohnzimmer, griff nach dem Telefonhörer und wählte Peters Handynummer. Wieder meldete sich nur die Mailbox. Diesmal hinterließ sie eine Nachricht.

„Hallo, Peter, ich bin es, Laura. Es ist fast zwei Uhr nachts, und ich mache mir Sorgen, weil du nicht angerufen hast. Und warum gehst du nicht ans Telefon? Bitte, melde dich doch!" Sie legte auf. Das Sprechen hatte sie ein wenig erleichtert. Zudem hatte sie seine Stimme in der Ansage gehört.

Sie trank sehr selten Alkohol, aber nun schenkte sie sich etwas von dem Schnaps ein, der für Gäste auf einem silbernen Servierwagen stand. Das Wohnzimmer erfüllte sie mit Stolz. Um die Einrichtung des Hauses hatte sie sich praktisch allein gekümmert, damals vor vier Jahren, als sie es gekauft hatten und in den feinen Frankfurter Vorort gezogen waren. Peter hatte zu dieser Zeit besonders viel zu tun gehabt.

„Geld spielt keine Rolle", hatte er gesagt und ihr seine Kreditkarte in die Hand gedrückt, „kauf, was dir gefällt. Wie immer du es machst, ich werde es lieben."

Sie war glücklich gewesen, eine Aufgabe zu haben. Die Tage wurden ihr oft ein wenig lang; zwar half sie Peters Sekretärin hin und wieder bei

DIE TÄUSCHUNG 19

der Buchhaltung, aber diese Tätigkeit befriedigte sie nicht. Doch es machte ihr Spaß, dieses zauberhafte Haus einzurichten. Wie schön es ist, dachte sie nun wieder, und wie friedlich. Die neuen Vorhänge sehen wunderschön aus.

Sie hatte sie am Vortag von Peters Abreise geholt, aus einem italienischen Geschäft, mit großer Mühe aufgehängt und abends darauf gewartet, was Peter sagen würde, aber er hatte sie zunächst überhaupt nicht bemerkt. Als er gegen acht Uhr aus dem Büro kam, schien ihn irgendetwas heftig zu beschäftigen.

„Fällt dir nichts auf?", fragte sie.

Peter sah sich um. Sein Gesicht war müde, er schien geistesabwesend. Endlich glitt sein Blick zu den Fenstern. „Oh", sagte er, „neue Vorhänge."

„Gefallen sie dir?"

„Sie sind sehr schön. Wie gemacht für dieses Zimmer." Irgendwie klang es unecht.

„Ich habe sie aus diesem italienischen Einrichtungsgeschäft. Die Rechnung habe ich dir auf den Schreibtisch gelegt."

„Okay." Er nickte zerstreut. „Ich werde jetzt meine Sachen für die Reise packen."

„Könntest du die Überweisung noch fertig machen? Sonst wird es vielleicht ein bisschen spät, bis du wieder zu Hause bist."

„Ich denke daran." Er verließ das Zimmer.

Die Überweisung fiel ihr nun wieder ein. Sie ging hinüber ins Arbeitszimmer, um nachzusehen, ob sie erledigt war.

Das Arbeitszimmer war ein kleiner Raum zwischen Küche und Wohnzimmer, zum Garten hin ganz verglast und ursprünglich als eine Art Wintergarten gedacht. Laura hatte einen schönen alten Sekretär, den sie vor Jahren in Südfrankreich entdeckt hatte, hineingestellt, dazu ein hölzernes Regal und einen kuscheligen Sessel.

Sie knipste das Licht an und sah sofort, dass die Rechnung noch auf dem Tisch lag. Vermutlich hatte Peter sie nicht einmal angesehen, geschweige denn bezahlt.

Es war ein ungünstiger Tag, dachte sie, so kurz vor der Abreise. Da hatte er einfach andere Dinge im Kopf.

Langsam stieg sie wieder die Treppe hinauf. Vielleicht würde der Schnaps ihr helfen, endlich einzuschlafen. Doch sie lag wach bis zum Morgengrauen. Um sechs Uhr stand sie auf, vergewisserte sich, dass Sophie noch schlief, und ging zum Joggen. Es regnete noch immer.

Es REGNETE an diesem Sonntagmorgen auch an der Côte de Provence. Nach der langen trockenen, sommerlichen Periode brachte diese zweite Oktoberwoche nun den Wetterwechsel. Die Wolken ballten sich an den Bergen des Hinterlandes, hingen schwer über den Hängen. Die Weinberge mit ihrem bunten Laub blickten trübe unter nassen Schleiern hervor. Auf Straßen und Feldwegen standen Pfützen.

Cathérine Michaud war früh aufgestanden, wie es ihre Gewohnheit war. Sie hatte sich einen Kaffee gemacht und war in ihrer Wohnung auf und ab gegangen, von der Küche ins Wohnzimmer, dann ins Schlafzimmer, dann wieder in die Küche. Das Bad hatte sie gemieden. Cathérine hasste das Bad in dieser Wohnung. Die blassgelben Kacheln, die einen knappen Meter hoch die Wände bedeckten, hatten abgeschlagene Ecken, und das Fenster befand sich so weit oben, dass man auf die Toilette steigen musste, um es zu öffnen. Stand man am Waschbecken vor dem Spiegel, dann fiel das Licht von dort in einem höchst ungünstigen Winkel auf das Gesicht. Man sah immer hoffnungslos grau und elend aus und Jahre älter, als man tatsächlich war.

Der Spiegel war es auch, der Cathérine an diesem Morgen das Bad meiden ließ. Mehr noch als die Hässlichkeit des Raums machte ihr heute ein Blick auf das eigene Gesicht zu schaffen – wie an vielen anderen Tagen allerdings auch. In der vergangenen Woche hatte sie sich noch ein wenig besser gefühlt, aber in der letzten Nacht war sie aufgewacht von einem Brennen im Gesicht. Es war wieder losgegangen. Warum eigentlich hoffte sie immer wieder in den Phasen der Ruhe, die Krankheit habe sie dieses Mal endgültig verlassen, habe beschlossen, sich mit dem zu begnügen, was sie bereits angerichtet hatte? Die Hoffnung hatte sich noch jedes Mal als trügerisch erwiesen. Im Abstand von wenigen Wochen – im Höchstfall mochten es zwei oder drei Monate sein – brach die Akne über Nacht aus; sie verschonte Rücken, Bauch und Beine und konzentrierte sich ganz auf Gesicht und Hals, tobte sich dort aus, wo es für Cathérine keine Möglichkeit gab, die hässlichen eitrigen Pusteln zu verstecken. Der Ausschlag blühte einige Tage lang und ebbte dann langsam ab, hinterließ Narben, Rötungen und Flecken. Cathérine litt seit ihrem dreizehnten Lebensjahr unter der Krankheit, und heute, mit 32 Jahren, war sie entstellt, auch in den Phasen, in denen die Akne ruhte. Mit dicken Schichten von Make-up und Puder konnte sie sie dann wenigstens notdürftig tarnen. Im Akutzustand hatte das keinen Sinn und verschlimmerte alles nur noch.

Das Jucken in ihrem Gesicht und die düstere alte Wohnung machten

DIE TÄUSCHUNG 21

sie bald so nervös, dass sie beschloss, trotz allem hinauszugehen und in einem Café an der Hafenpromenade zu frühstücken. Ihre Wohnung – in einer der engen, dunklen Gassen der Altstadt von La Ciotat gelegen – war von so bedrückender Atmosphäre, dass sie es manchmal kaum mehr ertragen konnte.

Sie zog einen leichten Mantel an, schlang einen Schal um den Hals und versuchte, Kinn und Mund notdürftig damit abzudecken. Die Gasse, die sie empfing, war feucht und lichtarm. Der Regen fiel fein und stetig. Mit gesenktem Kopf hastete Cathérine durch die Straßen.

Sie ging ins „Bellevue" schräg gegenüber vom Hafen, das einzige Café, das am Sonntag zu dieser frühen Stunde schon geöffnet hatte. Der Wirt kannte sie, sie konnte sich also mit ihrem entstellten Gesicht zeigen. Sie setzte sich in eine der hinteren Ecken.

„Einen Café crème" sagte sie, „und ein Croissant."

Philipe, der Wirt, musterte sie mitleidig. „Wieder mal schlimm heute, nicht?"

Sie nickte, bemühte sich um einen leichten Ton. „Die Geschichte behält ihren Rhythmus. Ich war eben wieder fällig."

„Ich bringe Ihnen jetzt einen richtig schönen Kaffee", sagte Philipe, „und mein größtes Croissant."

Er meinte es gut, aber sein Mitleid tat ihr weh. Es gab nur diese zwei Möglichkeiten, wie Menschen mit ihr umgingen: voller Mitleid oder mit Abscheu. Manchmal wusste sie nicht, was schwerer zu ertragen war.

Das Bellevue hatte eine überdachte Terrasse zur Straße hin, die in der kalten Jahreszeit mit einer durchsichtigen Kunststoffwand nach vorn geschützt war. Cathérine konnte die Straße beobachten, die sich allmählich bevölkerte. Zwei Joggerinnen trabten vorüber, ein Mann mit einem Baguette unter dem Arm schlug den Weg in Richtung Altstadt ein.

„Ihr Kaffee", sagte Philipe, „und Ihr Croissant!" Schwungvoll stellte er beides vor sie hin.

Sie rührte ein Stück Zucker in ihre Tasse, spürte, dass Philipe noch etwas sagen wollte.

„Mit Ihrem Gesicht", sagte er verlegen, „ich meine, was sagen die Ärzte denn da? Sie gehen doch sicher zu Ärzten?"

„Natürlich", sagte sie, „ich war bei unzähligen Ärzten. Es gibt kaum etwas, was nicht probiert wurde. Aber man kann mir nicht helfen."

„Das gibt es doch gar nicht", eiferte sich Philipe. „Dass eine Frau so herumlaufen muss … Woher kommt das denn? Dazu muss es doch eine Theorie geben!"

„Da gibt es viele Theorien, Philipe." Cathérine hätte am liebsten zu weinen begonnen.

„Nur den Kopf nicht hängen lassen", sagte Philipe und ließ sie endlich in Ruhe. Doch der Appetit auf das Croissant war ihr vergangen.

„Darf ich mich zu dir setzen?", fragte eine Männerstimme, und sie schaute hoch. Es war Henri, ihr Cousin. „Ich habe erst an deiner Wohnungstür geklingelt", berichtete er, „als du dort nicht warst, beschloss ich, hier nachzusehen."

„Andere Möglichkeiten gibt es ja auch kaum." Sie schob ihm ihr Croissant hin. „Hier. Iss es. Ich habe keinen Hunger. Was treibt dich so früh auf die Beine?"

„Ich brauche deine Hilfe. Könntest du mir heute in der Küche helfen? Nadine ist zu ihrer Mutter gefahren, und ich fürchte, bei dem schlechten Wetter wird der Laden brummen. Ich kann das allein nicht schaffen. Ich weiß, du hast mir erst am Freitag ausgeholfen, aber …"

„Kein Problem. Wann soll ich da sein?"

„Könntest du ab elf Uhr?"

Sie lächelte bitter. „Hast du einmal erlebt, dass ich nicht kann? Ich warte doch nur darauf, gebraucht zu werden."

Er seufzte. Sein Kaffee wurde unaufgefordert gebracht. Wie immer trank er ihn schwarz, ohne Milch und Zucker. Cathérine wusste seit Jahren, wie er seinen Kaffee mochte: stark und bitter. Manchmal träumte sie davon, wie es wäre, ihm seinen Kaffee morgens zu kochen, mit ihm am Frühstückstisch zu sitzen, ihm seine Tasse einzuschenken. Sie hätte ihm sein Baguette aufgeschnitten, Butter und Honig darauf gestrichen. Er liebte Honigbaguette.

Er trank mit wenigen Schlucken seinen Kaffee, schob die Tasse zurück, legte ein paar Francs auf den Tisch und stand auf. „Wir sehen uns nachher? Ich danke dir, Cathérine." Flüchtig strich er ihr über die Haare, ehe er die Kneipe verließ. Eine Frau in der anderen Ecke starrte hinter ihm her. So, wie alle Frauen immer hinter ihm hergestarrt hatten.

Und ich, dachte Cathérine voller Trostlosigkeit, habe einmal geglaubt, er würde mich heiraten.

NADINE bereute es bereits zehn Minuten nach ihrer Ankunft, dass sie zu ihrer Mutter gefahren war. Wie üblich fühlte sie sich nicht besser, sondern schlechter, und sie fragte sich, weshalb sie einen Fehler, den sie kannte, mit solcher Beharrlichkeit wiederholte.

Wie oft hatte sie schon auf Marie eingeredet, aus dem abseits gelege-

DIE TÄUSCHUNG 23

nen trostlosen kleinen Haus in Le Beausset auszuziehen. Es lag in einer
Art Schlucht, die dicht bewaldet und selbst an klaren Hochsommertagen
von beklemmender Düsternis war. An einem verregneten Herbsttag wie
diesem erreichte die Trostlosigkeit den Höhepunkt.

In der Küche war es kalt. Die uralten steinernen Mauern schirmten im
Sommer so erfolgreich die Sonnenhitze ab, dass es immer feucht und
dunkel im Inneren des Hauses blieb.

Marie Isnard trat mit der Kaffeekanne an den Tisch. „Hier, Kind. Das
wird dir gut tun." Sie musterte ihre Tochter besorgt. „Du siehst sehr blass
aus. Hast du überhaupt geschlafen in der letzten Nacht?"

„Nicht so gut. Ich habe immer Probleme, wenn der Sommer in den
Winter übergeht."

„Mit Henri ist doch aber alles in Ordnung?"

„Es ist langweilig wie immer."

„Na ja, nach fünfzehn Jahren …" Marie setzte sich ebenfalls an den
Tisch, schenkte sich und ihrer Tochter Kaffee ein. Sie hatte sich weder
gewaschen noch gekämmt und sah nicht aus wie fünfzig, sondern wie
Mitte sechzig. Um die Augen herum war sie stark verquollen, sie musste wieder einmal stundenlang geweint haben.

„Mutter", sagte Nadine, „warum gehst du nicht endlich fort aus diesem Haus?"

„Darüber haben wir schon so oft gesprochen. Ich lebe jetzt seit über
dreißig Jahren hier. Warum sollte ich mich noch verändern?"

„Weil du mit fünfzig Jahren keine alte Frau bist, die sich in einer Einöde
verkriechen sollte. Du könntest noch viel aus deinem Leben machen."

„Was sollte ich denn noch aus meinem Leben machen?"

Tatsächlich war Marie noch immer eine recht attraktive Frau, dies verbargen nicht einmal ihre schlampige Aufmachung und die verquollenen
Augen. Nadine wusste, dass ihre Mutter, Weinbauerntochter aus Cassis,
einst als eines der schönsten Mädchen der Gegend gegolten hatte: sinn-
lich, lebensfroh, tatkräftig und strahlend. Kein Wunder, dass sich der
ebenso sinnenfrohe Michel Isnard in sie verliebte und sie schwängerte, als
sie kaum siebzehn war. Auf das Betreiben von Maries Vater heirateten die
beiden und mussten sodann für sich und Baby Nadine eine Bleibe suchen.

Nadine verzieh es ihrem Vater später nie, dass er sich zu dieser Zeit
ein romantisches altes Gemäuer in der Einsamkeit in den Kopf gesetzt
hatte. Marie erzählte immer, er habe auf einmal nur noch von einem
großen Stück Land geschwärmt, von Ziegen und Hühnern und einem
Haus, das den Charme lang vergangener Zeiten atme …

So waren sie an die Bruchbude in Le Beausset gekommen, und Michel hatte verkündet, er werde den Innenausbau in Eigenarbeit übernehmen und ihnen ein gemütliches, schönes Zuhause schaffen. Es blieb im Wesentlichen bei der Absichtserklärung. Michel hatte sich noch nie für körperliche Arbeit begeistern können. Intensiver denn je kümmerte er sich um sein kleines Antiquitätengeschäft in Toulon, war den ganzen Tag fort und schließlich auch die halben Nächte und zog durch Kneipen, Diskotheken und Betten. Zu jener Zeit fing Marie an, nachts ihre Kissen nass zu weinen, und in gewisser Weise hörte sie damit nie wieder auf.

Sie hatten kein fließendes Wasser im Haus, keinen Strom und nur ungenügend schließende Fenster.

Irgendwann hatte Nadine begriffen, dass es im Leben ihres Vaters ständig andere Frauen gab, dass er ein Leichtfuß war, dass er sorglos in den Tag hineinlebte und sich kaum Gedanken um andere Menschen machte. Er hatte das schönste Mädchen zwischen Toulon und Marseille geheiratet, aber sie vergraulte ihn mit ihrem Gejammer, ihren Vorwürfen.

Als Nadine vierzehn war, verliebte sich Michel in eine Boutiquebesitzerin aus Nizza und zog bei ihr ein. Er verpachtete sein Antiquitätengeschäft und erzählte jedem, ob er es hören wollte oder nicht, er habe die Frau seines Lebens gefunden. Anfangs tauchte er noch einige Male vor Nadines Schule auf, fing seine Tochter ab, ging mit ihr in ein Café oder zum Essen und berichtete ihr in schwärmerischen Worten, wie wunderbar sich sein Dasein gefügt habe. Aber diese Besuche wurden immer seltener, und schließlich erschien er gar nicht mehr.

Nadine hatte Marie damals immer wieder bestürmt, sich scheiden zu lassen und endlich in eine gemütliche Wohnung am Meer zu ziehen. „Dieses Haus ist schrecklich. Und wieso willst du noch an einen Mann gebunden bleiben, der dich nur enttäuscht und betrogen hat?"

Aber die vielen Jahre der Frustration und des Weinens hatten Marie alle Kraft gekostet. Sie brachte die Energie nicht mehr auf, eine Veränderung in ihrem Leben herbeizuführen.

Mit achtzehn beendete Nadine die Schule und hatte alles gründlich satt: das hässliche Haus, den ewigen Geldmangel. Marie verdiente nichts und war auf die unregelmäßig eintreffenden Zahlungen Michels angewiesen und auf das, was Maries Vater zuschoss, wofür jedoch Bitten und Betteln notwendig waren. Sie hatte auch die Tränen ihrer Mutter satt.

Heute dachte Nadine oft, sie hätte Henri nie geheiratet, wäre er ihr nicht als die einzige Möglichkeit erschienen, den heimatlichen Staub von den Füßen zu schütteln.

DIE TÄUSCHUNG 25

„Weißt du, Kind", sagte Marie nun, „du rätst mir immer, was ich tun soll, um glücklicher zu werden. Aber ich habe mein Leben gelebt. Du hingegen hast deines noch vor dir!"

„Ich bin dreiunddreißig!"

„Da steht dir wirklich noch alles offen, wenn du es klüger anstellst als ich. Dein Vater hat mich zerstört. Mit dreiunddreißig war ich verbittert und ohne Mut. Doch du bist glücklich mit Henri. Er ist ein wunderbarer Mann. Von Anfang an hat er dich auf Händen getragen. Es gibt keinen Grund, warum du …"

„Ja? Was wolltest du sagen?"

„Du siehst miserabel aus, um ganz ehrlich zu sein. Das fiel mir schon bei deinem letzten Besuch auf, und der liegt fast acht Wochen zurück. Was ist los? Da sind Furchen um deinen Mund, die bekommen andere zehn Jahre später."

Nadine stand auf. Sie hatte stark abgenommen in den letzten Wochen und wusste, dass sie zerbrechlich aussah. „Mama, dring doch nicht plötzlich so in mich. Du hast früher nie gefragt, warum dann jetzt auf einmal?"

„Aber du schienst immer glücklich!"

Nadine lächelte bitter. „Glücklich! Du weißt, dass ich, solange ich lebe, nichts so sehr wollte, wie Le Beausset zu verlassen. Dieses Loch hier, das auch zu meinem Gefängnis wurde. Und wie weit habe ich es geschafft? Bis nach Le Liouquet in La Ciotat! Bis in eine idiotische Küche mit einem noch idiotischeren Pizzaofen. Meinst du, davon habe ich geträumt während all der Jahre hier?"

„Aber Henri …", begann Marie erneut.

Nadine sank auf ihren Stuhl zurück. „Lass mich mit Henri zufrieden", sagte sie, „lass mich um Gottes willen mit Henri zufrieden!" Dann tat sie das, was für gewöhnlich ihre Mutter zu tun pflegte: Sie stützte den Kopf in die Hände und fing an zu weinen. Sie schluchzte so bitterlich, als sei ein Schmerz in ihr, der sie auffraß.

LAURA war kurz nach sieben Uhr vom Joggen zurückgekehrt, hatte ausgiebig geduscht, ihre Haare geföhnt und sich sorgfältig geschminkt. Sie wollte ordentlich aussehen, denn ihre Welt wankte: Zum ersten Mal war sie am vergangenen Abend ins Bett gegangen, ohne zuvor mit Peter gesprochen zu haben.

Sie briet sich in der Küche ein Spiegelei und kippte es anschließend in den Müll, weil ihr bei dem Gedanken an Essen übel wurde. Um halb zehn hatte Peter immer noch nicht angerufen.

„Das ist nicht normal", sagte sie leise zu sich.

Oben begann Sophie in ihrem Zimmer zu krähen. Sie stand in ihrem Gitterbett, als Laura hinaufkam, und streckte ihrer Mutter beide Arme entgegen. Die Zweijährige sah ihrem Vater geradezu lächerlich ähnlich. Sie hatte seine weit auseinander stehenden graugrünen Augen geerbt, seine gerade Nase und sein breites, strahlendes Lächeln.

Laura nahm Sophie mit hinunter und fütterte sie. Es war fünf vor zehn, und Laura war noch beim Füttern, als das Telefon klingelte.

Ihre Erleichterung war unbeschreiblich. Mit Sophie auf dem Arm trat sie hastig an den Apparat. „Mein Gott, Peter, was war denn los?", fragte sie.

Zum zweiten Mal innerhalb von zwölf Stunden traf sie auf konsterniertes Schweigen am anderen Ende der Leitung. Zum Glück war es diesmal nicht Britta. Es war Lauras Freundin Anne.

„Ich verstehe nicht ganz, was so tragisch daran ist, dass Peter einmal nicht anruft", meinte Anne, nachdem Laura alles erzählt hatte, „aber wenn es für dich so schlimm ist, dann würde ich ihm die Hölle heiß machen. Er kennt dich lange genug, um zu wissen, dass dich sein Verhalten quält. Also nimm keine Rücksicht auf ihn. Wähle jede Minute seine Nummer. Irgendwann wird er reagieren."

„Ich habe es doch schon versucht. Aus irgendeinem Grund hört er es nicht. Und das macht mir Sorgen."

„Vielleicht", meinte Anne, „sieht er diesen Segelausflug als seine Woche. Nur er und sein Freund und das Schiff. Manchmal will man doch einfach ohne den Partner etwas machen. Mit einer Freundin oder einem Freund zusammen."

„Nun, ich …"

„Bei dir ist das anders, ich weiß." Kein Vorwurf klang in Annes Stimme. Früher, als sie zusammen zur Fotoschule gingen, und auch später noch, als sie erste Aufträge bekamen und davon träumten, irgendwann einmal zusammenzuarbeiten, hatten sie ständig irgendetwas gemeinsam unternommen. Mit Peters Eintritt in Lauras Leben hatte das schlagartig aufgehört. Laura dachte oft, dass Anne jeden Grund gehabt hätte, ihr die Freundschaft zu kündigen. Sie war ihr dankbar für die Treue, mit der sie noch immer zu ihr hielt.

„Du bist fixiert auf Peter, und daneben gibt es nichts", fuhr Anne fort, „aber woher willst du wissen, dass es bei ihm genauso ist? Vielleicht empfindet er anders, und deine Umklammerung wird ihm manchmal zu viel."

„Ich umklammere ihn doch nicht! Er kann alles machen, wie er

DIE TÄUSCHUNG 27

möchte. Er lebt für seinen Beruf, und da habe ich ihm noch nie hineingepfuscht!"

„Du wartest zu sehr auf ihn. Du rufst ihn im Büro viel zu oft an. Er muss dir jede Sekunde seiner Zeit versprechen. Hast du dir mal überlegt, dass er das vielleicht manchmal als Druck empfindet?"

Laura schwieg. Schließlich sagte sie leise: „Die Zeit wird mir manchmal so lang …"

„Du hättest nie aufhören sollen zu arbeiten", sagte Anne.

„Peter wollte es unbedingt."

„Trotzdem war es falsch. Es wäre so wichtig gewesen, etwas für dich zu behalten. Einen Bereich, der dir gehört und der neben Peter auch eine Bedeutung in deinem Leben hat. Glaub mir, du würdest viel gelassener mit eurer Ehe umgehen."

„Was soll ich denn jetzt machen?"

„Bombardiere ihn. Er hatte versprochen, sich zu melden, und es ist höchst unfair, was er jetzt tut. Ruf ihn an, ruf seinen Freund an. Ruf diese Bekannten von euch an, bei denen er essen wollte. Erkläre ihm dann, was du von seinem Benehmen hältst. Und fang endlich wieder an zu arbeiten. Mein Angebot steht. Ich kann eine gute Mitarbeiterin gebrauchen. Wir waren immer ein gutes Team. Denk daran, was wir alles vorhatten. Es ist nicht zu spät dafür."

CHRISTOPHER HEYMANN erwachte um halb elf an diesem Sonntag aus einem komaähnlichen Tiefschlaf, und der Kopfschmerz fiel über ihn her wie ein böser Feind. Langsam registrierte er, dass er nicht in seinem Bett lag. Seine Finger berührten Holz. Er lag bäuchlings im Flur seines Hauses und hatte einen Presslufthammer im Kopf.

Das Telefon klingelte. Er vermutete, dass es das schon seit einiger Zeit tat und er davon aufgewacht war. Es stand in dem kleinen Kaminzimmer gleich neben dem Flur, aber er hatte keine Idee, wie er dorthin gelangen sollte.

Mühsam versuchte er, den vergangenen Abend zu rekonstruieren. Er hatte gesoffen bis zum Umfallen. In irgendeiner Hafenkneipe von Les Lecques. In welcher? Schemenhaft kehrten Bilder zurück. Der Hafen. Die Kneipe. Er hatte Whisky getrunken. Er trank immer Whisky, wenn er das Leben zu vergessen suchte. Irgendwann hatte irgendjemand, der Ober vielleicht, ihn zum Aufhören bewegen wollen. Er konnte sich noch erinnern, ziemlich aggressiv geworden zu sein.

Und dann der Filmriss. Von einem bestimmten Punkt an verschwand alles im Dunkeln. Er hatte keine Ahnung mehr, was passiert war. Aber da er in seinem Hausflur lag, musste er auf irgendeine Weise heimgekommen sein. Ihm schwindelte bei dem Gedanken, dass er womöglich Auto gefahren war. Zu Fuß konnte er nicht bis La Cadière kommen. Wenn er sich tatsächlich noch hinter das Steuer gesetzt hatte, war es ein Wunder, dass er noch lebte.

Das Telefon hatte einen Moment geschwiegen, nun setzte das Klingeln wieder ein. Christopher kroch in das kleine, düstere Zimmer zum Telefon, zog sich am Tisch hoch, nahm den Hörer ab und ließ sich an der Wand entlang wieder zu Boden gleiten. „Ja?", sagte er.

Nach so vielen Jahren in Frankreich überraschte es ihn jedes Mal im ersten Moment, wenn er am Telefon auf Deutsch angesprochen wurde. Nach ein paar Sekunden erkannte er Lauras Stimme. Peters Frau. Und sofort begriff er, dass er gewusst hatte, sie würde anrufen, und dass sein Besäufnis vom Vorabend auch etwas damit zu tun gehabt hatte.

„Christopher? Ich bin es. Laura. Gott sei Dank, dass du da bist! Ich versuche es schon seit einer halben Stunde. Ist Peter bei dir? Ich versuche seit Stunden, ihn zu erreichen."

„Hier ist er nicht", meinte Christopher mürrisch, „keine Ahnung, wo er stecken könnte."

„Christopher, ihr wart doch verabredet! Ihr wolltet euch entweder gestern Abend noch oder spätestens heute früh treffen und dann lossegeln. Wie kannst du dann erklären, du hättest keine Ahnung, wo er sich aufhält?"

„Er ist nicht aufgetaucht", sagte Christopher, „gestern Abend nicht und heute früh auch nicht. Offenbar hat er keine Lust zum Segeln. Er hat es sich anders überlegt."

„Christopher, er ist doch wegen des Segelns überhaupt an die Côte gefahren! Gestern um achtzehn Uhr hat er sich noch einmal bei mir gemeldet. Er wollte bei Nadine und Henri etwas essen und dann gleich schlafen, um heute fit zu sein. Kein Wort davon, dass er es sich anders überlegt hat. Christopher, bitte tu mir einen Gefallen. Fahr in unser Haus hinüber, den Schlüssel hast du ja. Sieh nach, ob er dort ist. Vielleicht ist ihm schlecht geworden, oder er ist unglücklich gestürzt ..." Sie weinte jetzt fast.

„Ich kann nicht rüberfahren. Ich hab einen Promillewert im Blut, an dem würden andere sterben. Sorry, Laura, aber es geht nicht. Ich schaffe es nicht einmal bis in mein Bett!"

Mit einem Krachen brach die Verbindung ab. Überrascht starrte er auf seinen Telefonhörer. Laura hatte aufgelegt.

DIE TÄUSCHUNG 29

IM „CHEZ NADINE" herrschte Hochbetrieb an diesem Sonntag. Zwar hielten sich zu dieser Jahreszeit nicht mehr allzu viele Touristen an der Côte auf, aber die, die da waren, wurden von dem schlechten Wetter in Restaurants und Cafés getrieben.

Cathérine und Henri arbeiteten ganz allein, denn Nadine war nicht da, und die Hilfe, die Henri manchmal beschäftigte, kam seit dem 1. Oktober nicht mehr.

Jeder Tisch war besetzt. Obwohl Henri es nicht ausgesprochen hatte, wusste Cathérine, worin das eigentliche Problem bestand: Henri hätte eine Person zum Servieren benötigt. Und sie war zum Servieren nicht einsetzbar. Mit ihrem Gesicht konnte sie den Leuten nicht das Essen bringen. Sie konnte nicht jedem erklären, dass der Ausschlag ihr persönliches Schicksal, aber nicht ansteckend war.

Henri musste nun den Service allein bewältigen, aber er musste gleichzeitig den Pizzaofen und die Speisen auf dem Herd im Auge behalten. Normalerweise war sein Platz in der Küche, und Nadine bediente. Heute zerriss er sich fast zwischen beiden Aufgaben. Cathérine spülte Geschirr und schnitt Berge von Tomaten, Zwiebeln und Käse für den Pizzabelag klein. Henri war ein Naturtalent beim Kochen und Backen. Für seine Pizza kamen die Menschen von weit her.

Das Telefon klingelte. Ein Apparat stand in der Küche, der andere vorn auf der Theke, aber Cathérine nahm an, dass Henri keine Zeit hatte, den Anruf entgegenzunehmen. Sie zögerte, es konnte Nadine sein, die sich melden wollte, und sie wusste, dass Henri es vor ihr am liebsten geheim hielt, wenn er seine Kusine in der Küche beschäftigte. Nadine wurde ärgerlich, wenn sie davon erfuhr.

Als das Telefon anhaltend klingelte, nahm Cathérine entschlossen den Hörer ab. Weshalb sollte sie sich immer verstecken? Schließlich sprang sie dort ein, wo eigentlich Nadine hätte tätig sein müssen. „Restaurant Chez Nadine."

Zu ihrer Erleichterung war es nicht Nadine. Sondern Laura Simon aus Deutschland.

Als sie das Gespräch beendet hatte, setzte sich Cathérine für einen Moment auf einen Küchenstuhl. Laura Simon. Sie hatte Laura und ihren Mann ein paarmal im Chez Nadine erlebt, wenn Nadine nicht da gewesen war und sie wieder einmal hatte einspringen dürfen. Außerdem war sie den beiden einmal in der Altstadt von La Ciotat begegnet, und sie hatten sie aufgefordert, einen Kaffee mit ihnen zu trinken. Cathérine hatte beide gemocht.

Henri kam in die Küche und wischte sich den Schweiß von der Stirn. „Wer hat angerufen? Nadine?"

„Laura", sagte sie, „Laura Simon aus Deutschland. Sie vermisst ihren Mann. Sie kann ihn nirgendwo erreichen, und das Letzte, was sie von ihm hörte, war, dass er hierher zum Essen kommen wollte. Gestern Abend."

„Er war da", sagte Henri. „Er hat hier eine Kleinigkeit gegessen und ist dann gegangen. Ziemlich früh."

„Du solltest sie zurückrufen und ihr das sagen. Sie macht sich schreckliche Sorgen."

Henri platzierte zwei Pizzen auf Keramiktellern. „Gott, wie die Leute heute fressen! Man kommt nicht nach. Ich rufe sie an, Cathérine. Aber später. Im Moment schaffe ich es einfach nicht."

ALS LAURA den Büroschlüssel fand, war es schon früher Nachmittag, und es hatte aufgehört zu regnen. Der Anruf bei Christopher hatte sie zutiefst verunsichert. Und der Anruf im Chez Nadine hatte sie keinen Schritt weitergebracht.

Am liebsten wäre sie sofort ins Auto gestiegen und nach Süden gefahren, aber es war zu spät, um noch bei Tageslicht in La Cadière ankommen zu können. Zudem erschien es ihr besser, Sophie nicht mitzunehmen, und sie musste jemanden finden, der sich um sie kümmerte.

„Also kann ich erst morgen los", sagte sie zu sich, „und was mache ich mit dem Rest dieses furchtbaren Tages?"

Sie wusste, dass sie irgendetwas tun musste, das Aufschluss zu geben versprach über Peters plötzliches Verschwinden. Sie schaute in seine Schränke und Kommodenfächer, ohne auf etwas zu stoßen, was anders aussah als sonst. Sie stöberte in dem Sekretär im Arbeitszimmer herum, aber sie fand nur alte Notizzettel, Ringbücher, Hefte. Irgendwann kam ihr dann die Idee, in Peters Büro zu fahren. Wenn überhaupt, würde sie dort fündig werden.

Den großen Schlüsselbund führte Peter natürlich mit sich, und so hatte sie fieberhaft nach dem Zweitschlüssel gesucht, ihn schließlich in einem leeren Einweckglas im Küchenschrank gefunden. Sie zog Sophie an, nahm ihren Mantel und ihre Handtasche und verließ das Haus. Die Straße in dem feinen Frankfurter Vorort atmete vornehme Gediegenheit und sehr viel Geld. Alle Häuser lagen in parkähnlichen Anwesen, waren oftmals von den hohen schmiedeeisernen Gartentoren aus gar nicht zu sehen. Teure Limousinen parkten in großzügigen Auffahrten. Vor allem Industrielle und Bankiers wohnten hier.

DIE TÄUSCHUNG

In der Frankfurter Innenstadt war an diesem Sonntag nicht viel los. Wenig Autos, wenig Spaziergänger, denn der Himmel versprach neuen Regen. Das Büro lag im achten Stock eines Hochhauses direkt an der Zeil. Laura fuhr den Wagen in die Tiefgarage, stellte ihn auf Peters Parkplatz. Sophie reckte hinten auf ihrem Kindersitz den Kopf.

„Papa!", rief sie freudig.

„Nein, Papa ist nicht da", erklärte Laura, „wir gehen nur in sein Büro, weil ich dort in seinen Sachen etwas nachsehen muss."

Sie fuhren mit dem Lift nach oben. Still lagen die langen Flure da. Peter teilte sich den achten Stock mit einer Anwaltskanzlei. Er hatte mit seiner Firma den kleineren Teil der Etage besetzt. Außer ihm gab es auch nur noch zwei Mitarbeiterinnen und seine Sekretärin. Eine Presseagentur, „klein, aber fein", wie er immer sagte.

Von seinem Zimmer aus hatte Peter einen wunderschönen Blick über Frankfurt bis hin zu den verschwommenen graublauen Linien des Taunus. Laura setzte Sophie auf den Fußboden, packte Bauklötzchen und Plastikfiguren aus und hoffte, diese würden die Kleine eine Weile beschäftigen. Dann setzte sie sich an den Schreibtisch und starrte auf die Papierberge, die sich vor ihr türmten. Ganz klein lugte dahinter der Rand des Silberrahmens hervor, den sie Peter zum letzten Weihnachtsfest mit einem Foto von sich und Sophie darin geschenkt hatte. Er wurde fast völlig verdeckt von Aktenordnern und sich stapelnder Korrespondenz.

Nach einer Stunde intensiven Suchens war Laura der Antwort auf die Frage, wo Peter sich aufhalten und was geschehen sein könnte, noch nicht näher gekommen. Eines nur war ihr merkwürdig erschienen: Sie hatte erstaunlich viele Mahnungen gefunden, die sich auf eine ganze Reihe unbezahlter Rechnungen bezogen. Peter schien es stets zum Äußersten kommen zu lassen, und dabei handelte es sich häufig um nicht allzu große Beträge. Laura sortierte alle Mahnungen in einer Ecke des Schreibtisches; denn irgendjemand würde sich ihrer annehmen müssen – einige duldeten keinen Aufschub bis nach Peters Rückkehr.

Peter hatte die Agentur vor etwa sechs Jahren gegründet. Er war damals bei einer regionalen Zeitung angestellt gewesen und hatte sich mit dem Chefredakteur überworfen, und er hatte den dringenden Wunsch verspürt, sich selbstständig zu machen. Seine Agentur lieferte Fotos und Texte an Zeitungen und Zeitschriften; manches im Auftrag, vieles auf eigenes Risiko produziert und dann angeboten. Hauptsächlich arbeitete Peter inzwischen mit der Boulevardpresse zusammen, lieferte Porträts von Schauspielern und Schlagersängern.

Das alles kann nicht so einfach für ihn sein, dachte Laura nun, eigentlich ist das alles recht weit weg von dem Journalismus, den er einmal hat machen wollen.

Sie sah, dass es draußen wieder zu regnen begonnen hatte. Es war halb fünf. Da sie am nächsten Tag in die Provence aufbrechen wollte, sollte sie nun eine Unterkunft für Sophie finden.

Sie sammelte das Spielzeug der Kleinen ein, als sie ein Geräusch von der Tür her hörte. Jemand steckte einen Schlüssel ins Schloss und drehte ihn um. Der unerwartete Besucher war Melanie Deggenbrok, Peters Sekretärin. Sie erschrak. „Lieber Himmel! Laura!"

„Entschuldigen Sie." Laura kam sich albern vor, wie sie da im Büro ihres Mannes stand, Bauklötzchen in der Hand. „Ich habe nach Unterlagen gesucht", erklärte sie, während sie rasch überlegte, ob es ratsam war, sich Melanie anzuvertrauen. Zugeben zu müssen, dass der eigene Mann spurlos verschwunden war, entbehrte nicht einer gewissen Peinlichkeit.

„Kann ich Ihnen helfen?", fragte Melanie. „Oder haben Sie gefunden, was Sie gesucht haben?"

Laura gab sich einen Ruck. „Ich weiß eigentlich gar nicht genau, wonach ich suche", erklärte sie und berichtete, was geschehen war. „Ich dachte, ich stoße hier vielleicht auf etwas, was mir weiterhilft. Müssen Sie sogar am Sonntag arbeiten?"

„Bei dem Wetter ist es vielleicht das Vernünftigste", meinte Melanie.

Laura wusste, dass ihr Mann sie vor knapp drei Jahren wegen einer anderen Frau verlassen hatte, dass sie darüber nicht hinwegkam und sehr einsam war. Wie mochte solch ein verregneter Sonntag für sie aussehen?

„Na ja", sagte Laura und nahm Sophie auf den Arm. „Wir beide sehen dann mal zu, dass wir nach Hause kommen. Ich habe übrigens einen ganzen Berg unbezahlter Rechnungen gefunden. Könnten Sie sich darum kümmern? Sonst steht, fürchte ich, in ein paar Tagen der Gerichtsvollzieher hier."

Melanie starrte Laura an. „Wovon soll ich das bezahlen?", stieß sie hervor. „Können Sie mir verraten, wovon?"

„Was?", fragte Laura mit heiserer Stimme.

„Ach, was soll's", sagte Melanie, „früher oder später erfahren Sie es sowieso. Ich bin heute nicht hierher gekommen, um zu arbeiten. Ich wollte meine persönlichen Sachen holen. Ich werde mir eine andere Arbeit suchen müssen, aber ich wollte meinen Abgang so unauffällig wie möglich gestalten, weil die beiden anderen Mitarbeiterinnen noch nichts wissen. Ich wollte nicht diejenige sein, die es ihnen sagt. Das ist Sache des Chefs."

DIE TÄUSCHUNG   33

„Die ihnen *was* sagt?", fragte Laura mit belegter Stimme.

„Wir sind pleite", antwortete Melanie. „Die Firma ist am Ende. Die Mahnungen, die Sie gefunden haben, sind nicht Zeichen von Schlamperei, sie sind schlicht ein Zeichen von Zahlungsunfähigkeit. Ich habe schon seit zwei Monaten kein Gehalt mehr bekommen. Ich wollte Peter die Treue halten, aber ... ich bin mit der Wohnungsmiete im Rückstand."

„Guter Gott", flüsterte Laura. Sie ließ Sophie wieder auf den Boden sinken, lehnte sich gegen die Schreibtischkante. „Wie schlimm steht es denn?"

„Er hat alles belastet. Sein gesamtes Eigentum. Die Banken hetzen ihn seit Wochen."

„Sein gesamtes Eigentum? Heißt das ... auch unser Haus?"

„Die beiden Häuser – auch das in Frankreich – hätte er sich gar nicht leisten dürfen. Er kann die Bankkredite nicht tilgen, musste für die Zinszahlungen neue Kredite aufnehmen ... Ich glaube, es gibt keinen Dachziegel und keine Fensterscheibe bei Ihnen, die nicht verpfändet sind. Und dazu kamen dann noch Aktienkäufe, mit denen er sich verspekuliert hat. Immobilien im Osten, die sich dann nicht vermieten ließen, die ihm kein Mensch abkaufen wollte, die jetzt leer stehen und noch nicht abbezahlt sind. Er hielt sich immer für einen besonders cleveren Geschäftsmann. Aber ..."

„Wissen Sie, was Sie da sagen?", fragte Laura.

Melanie nickte. „Es tut mir Leid. So hätten Sie das nicht erfahren sollen. Von mir schon gar nicht. Ich war ja die Einzige, die Bescheid wusste, und ich musste ihm schwören, niemandem auch nur ein Wort zu verraten. Vor allem Ihnen nicht. Das Versprechen habe ich nun gebrochen, aber ich denke, unter den gegebenen Umständen ist das gleichgültig."

„Unter den gegebenen Umständen?"

Melanie starrte sie an. „Nun, denken Sie denn, wir sehen ihn jemals wieder? Sie oder ich? Sie haben mir doch gerade erzählt, dass Sie ihn nicht mehr erreichen. Er ist untergetaucht, das ist doch klar. Ich nehme nicht an, dass er sich überhaupt noch in Europa befindet. Er wird sich nicht wieder melden."

So also fühlte es sich an, wenn die Welt über einem zusammenbrach. Es geschah eigenartig lautlos, wie ein stilles Beben. Die Erde schwankte, und überall brachen Risse auf, klafften immer weiter auseinander, wurden zu mörderischen Abgründen.

„Sie sollten sich hinsetzen", sagte Melanie wie aus weiter Ferne. „Sie sehen aus, als würden Sie jeden Moment umkippen."

34

Auch ihre eigene Stimme konnte Laura nur gedämpft hören. „Das würde er mir nicht antun. Und schon gar nicht seiner Tochter. Selbst wenn er mich im Stich ließe, dann doch niemals Sophie. Niemals!"

„Vielleicht war er nicht der, den Sie in ihm gesehen haben", sagte Melanie.

Wut ballte sich plötzlich in Laura zu einem Klumpen, Wut auf Peter, der den Untergang ihrer Existenz vor ihr geheim gehalten hatte. Der sie in die Lage gebracht hatte, hier in seinem Büro zu stehen und zu erfahren, dass sie seit langem mit einer Lüge lebte und dass eine Rettung vielleicht nicht mehr möglich war. Dafür also hatten sie geheiratet: Um die guten Zeiten zu teilen und in den schlechten auseinander zu brechen.

„Und wenn ich bis morgen früh in diesem Büro bleibe", sagte Laura, „ich gehe jeden Papierschnipsel hier noch einmal durch. Ich will ganz genau die Ausmaße des Infernos kennen, das jetzt offenbar über mich hereinbricht. Würden Sie mir helfen? Sie kennen sich aus."

Melanie zögerte kurz, nickte dann aber. „In Ordnung. Auf mich wartet ja niemand."

„Gut. Danke. Ich muss telefonieren. Entweder meine Mutter oder meine Freundin muss Sophie übernehmen. Ich werde sie dann dort abliefern und wieder hierher kommen. Warten Sie auf mich?"

„Natürlich", versprach Melanie.

NADINE und Cathérine begegneten einander an der Hintertür des Chez Nadine, Nadine kam nach Hause, Cathérine wollte gerade gehen. Beide blieben stehen und starrten einander an.

Cathérine hatte viele Stunden hart gearbeitet, und sie wusste, dass sie noch unattraktiver aussah als am Morgen. Es war, wie sie erbittert dachte, genau der richtige Moment, der schönen Nadine zu begegnen, die, obwohl sie an diesem Tag elend und blass schien – und offensichtlich geweint hatte –, trotzdem eine attraktive Person war. Immer wenn sie Henris Frau sah, fragte sich Cathérine voll Verzweiflung, weshalb das Leben so ungerecht war. Warum manche alles bekamen und andere nichts. Wie konnte ein Mensch so perfekt von der Natur gestaltet sein? Groß und dabei sehr grazil, Beine, Arme, Hände schlank und feingliedrig. Der olivfarbene Teint zeigte keinerlei Unreinheit. Die Augen hatten die Farbe von tiefbraunem Samt. Ihre Haare waren von demselben Farbton wie ihre Augen; dick und glänzend lagen sie um ihre Schultern. Kein Wunder, dass sich Henri in Nadine verliebt hatte. Er war besessen gewesen von dem Wunsch, sie zu heiraten.

DIE TÄUSCHUNG 35

„Oh, Cathérine", sagte Nadine, „hast du hier gearbeitet?"

„Es war die Hölle los", erwiderte Cathérine, „Henri konnte es allein nicht schaffen."

„Das schlechte Wetter, das treibt die Leute in die Restaurants. Es war jedenfalls nett von dir auszuhelfen. Ich musste meine Mutter besuchen. Du weißt ja, sie ist ziemlich einsam."

Henri stand in der Küche und schnitt das Gemüse für den Abend. Der Mittagsansturm war verebbt, die Abendstoßzeit hatte noch nicht begonnen. Im Gastraum saß nur ein Ehepaar bei einem Glas Wein.

Henri sah auf. „Da bist du ja. Ich hätte dich heute dringend gebraucht."

„Du hattest ja Cathérine."

„Mir blieb nichts anders übrig, als sie um Hilfe zu bitten."

Nadine knallte ihren Autoschlüssel auf den Tisch. „Ausgerechnet sie! Sie vergrault uns die Gäste."

„Sie war nur hier in der Küche. Aber es wäre schön gewesen, wenn du …"

„Ich habe eine Mutter, um die ich mich gelegentlich kümmern muss."

„Wir haben montags Ruhetag. Du hättest morgen zu ihr gehen können."

Das Telefon klingelte. Nadine sah Henri an, aber er hob bedauernd seine Hände, an denen Gemüse klebte, und so nahm sie den Hörer ab. Es war Laura. Sie fragte nach ihrem Mann.

NADINE entdeckte Peter Simons Auto knappe hundert Meter vom Chez Nadine entfernt auf einem kleinen, eher provisorischen Parkplatz neben einem Trafohäuschen. Es war schon fast dunkel, aber es hatte aufgehört zu regnen. Sie erkannte den Wagen sofort und dachte: Wieso habe ich ihn heute Morgen nicht gesehen?

Die Straße, in der das Chez Nadine lag, war nur in eine Richtung befahrbar, und so musste Nadine beim morgendlichen Aufbruch zu ihrer Mutter an dieser Stelle vorbeikommen. Allerdings war sie verstört gewesen.

Es waren heute Abend wieder viele Gäste da, und dennoch hatte sie sich für einen Moment entfernt, um einmal die Straße entlangzulaufen. Sie hatte Lauras Frage nach Peters Verbleib nicht beantworten können, sie sei den ganzen gestrigen Abend über nicht da gewesen, hatte sie erklärt und dann den Hörer an Henri weitergegeben. Er hatte sich dafür entschuldigt, den Rückruf vergessen zu haben. Aber der Laden sei voll gewesen, und Nadine sei leider nicht da gewesen, um ihm zu helfen …

Nadine stand hinter ihm und dachte, dass sie Abscheu gegen ihn empfand – gegen sein Gejammere, seine Weichheit.

Dann erst hatte sie gehört, dass Peter am Vorabend gekommen war. Henri hatte es Laura erzählt.

„Er kam so gegen … halb sieben etwa. Wir begrüßten einander, aber ich hatte kaum Zeit, Nadine war nicht da. Er setzte sich an einen Tisch am Fenster, bestellte ein Viertel Weißwein und eine Pizza. Wie? Nun, er wirkte auf mich … vielleicht ein bisschen in sich gekehrt, recht still. Oder einfach nur müde. Ich meine, dass er irgendwann zwischen halb acht und acht wieder ging. Wir sprachen gar nicht mehr miteinander, ich fand das Geld abgezählt neben seinem Teller."

Er lauschte, sagte dann erstaunt: „Sein Auto? Nein, das parkt nicht vor unserem Haus, das hätte ich gesehen. Ich bin heute früh die Straße entlanggefahren, da wäre es mir aufgefallen. Warum sollte es dort auch noch stehen? Er wird gestern Abend kaum zu Fuß von hier fortgegangen sein." Henri seufzte. „Im Moment kann ich nichts machen, Laura, tut mir Leid. Morgen vielleicht, morgen ist mein freier Tag. Natürlich halte ich dich auf dem Laufenden. Auf Wiedersehen, Laura." Er legte den Hörer auf, drehte sich zu Nadine um. „Wir sollten nachsehen, ob sein Auto hier noch irgendwo steht."

Und nun stand Nadine vor Peter Simons Auto und begriff nicht, was geschehen war. Sie spähte in das Wageninnere. Auf dem Rücksitz lagen Gepäckstücke und eine Regenjacke, auf dem Beifahrersitz befand sich ein Aktenordner. Das Auto vermittelte den Eindruck, als habe es sein Besitzer nur für einen Moment abgestellt und werde bald wiederkommen. Aber wo war er?

MONTAG, 8. OKTOBER

Laura hatte in Abgründe geblickt, und ihr war schwindelig geworden. Dabei war sie vermutlich nicht einmal in die letzten Tiefen vorgedrungen. Aber um kurz vor zwei Uhr in der Nacht hatte Melanie gesagt: „Ich kann nicht mehr. Tut mir Leid, Laura, ich bin völlig erschöpft."

Da erst hatte sie bemerkt, wie müde sie selbst war, und auch, dass sie seit endlosen Stunden nichts mehr gegessen hatte.

„Ich denke", sagte sie, „ich habe jetzt einen ungefähren Überblick. Mir gehört praktisch nichts mehr als die Sachen, die ich auf dem Leib trage."

Melanie sah sie an. „Es ist eine scheußliche Situation für Sie, und …"

DIE TÄUSCHUNG 37

„Eine scheußliche Situation? Es ist ein Desaster. Ein Desaster von solchem Ausmaß, dass ich mich frage, wie ich so lange absolut nichts davon mitbekommen konnte!"

„Seine Geschäfte liefen ja alle über das Büro hier, und von dem hat er Sie fern gehalten. Wie hätten Sie da Lunte riechen sollen? Sie sollten vielleicht nicht zu böse auf ihn sein. Er wollte Sie nicht hintergehen. Er wollte Sie schonen. Die ganze Zeit hoffte er, alles wieder in den Griff zu bekommen. Er mochte auch nicht als Verlierer vor Ihnen stehen. Es fällt Männern schwer, Niederlagen einzuräumen."

„Lieber taucht er unter?"

„Männer sind feige", sagte Melanie erbarmungslos.

„Immerhin", sagte Laura, „hat er es geschafft, diesen ganzen Schlamassel hier", sie wies auf den Schreibtisch, „zwei Jahre oder länger vor mir geheim zu halten. In welcher Welt habe ich gelebt?"

„In der Welt, die er für Sie gebaut hat", erwiderte Melanie.

„Die ich mir habe bauen lassen. Es gehören zwei zu solch einem Spiel, Melanie." Lauras Finger schlossen sich um eine Rechnung, die sie in einer der Schreibtischschubladen gefunden hatte – eine *bezahlte* Rechnung. Von einem Hotel in Pérouges. Die Daten waren ihr aufgefallen, und sie hatte das Papier an sich genommen, um der Angelegenheit vielleicht irgendwann nachzugehen. Die halbe Woche vom 23. bis 27. Mai dieses Jahres würde sie nämlich so rasch nicht vergessen. Sie war Anlass zu einer Auseinandersetzung zwischen ihr und Peter gewesen.

Der 24. Mai war ein Donnerstag, auf den ein Feiertag fiel. Dies bot die Möglichkeit für ein verlängertes Wochenende; viele Leute nahmen am Freitag Urlaub und hatten damit vier freie Tage hintereinander.

Peter hatte am Montag verkündet, am Freitag einen Termin in Genf zu haben. Es ging um einen in der Schweiz ansässigen deutschen Schlagersänger, der im August seinen fünfzigsten Geburtstag feiern würde und zu diesem Anlass eine Fotoserie und einen Text vorproduzieren lassen wolle. Peter erklärte, es sei fantastisch, dass seine Firma den Auftrag erhalten habe.

Laura hatte sich für ihn gefreut. Er hatte in der letzten Zeit wenig von seiner Arbeit erzählt und manchmal ein wenig in sich gekehrt und grüblerisch gewirkt.

„Du fliegst schon Donnerstagabend", vermutete sie, „um Freitag früh gleich anfangen zu können?"

„Ich fliege Mittwochnachmittag. Um siebzehn Uhr. Und komme Sonntagabend zurück."

„Was willst du denn dort so lange?"

„Ich brauche den Donnerstag, um die Locations ausfindig zu machen. Es geht um Landschaftskulissen, Lichtverhältnisse … Du kennst das ja. Den Samstag will ich offen halten für den Fall, dass wir nicht fertig werden und uns womöglich ein zweiter Tag bewilligt wird. Und am Sonntag würde ich mich gern irgendwo an den Genfer See setzen und mich ein wenig ausruhen."

„Kann ich mitkommen?"

„Hör mal, das ist keine Ferienreise. Das ist harte Arbeit. Wir hätten überhaupt keine Zeit füreinander."

Auf einmal war ihr ein Gedanke gekommen, und hastig platzte sie damit heraus. „Wir könnten doch zusammenarbeiten. *Ich* könnte die Fotos machen. Ich habe als eine der Besten in der Schule abgeschlossen. Ich habe eine teure Ausrüstung. Ich könnte …"

Vor lauter Freude hatte sie nicht bemerkt, wie finster Peters Miene wurde. „Vergiss es, Laura! Weißt du, wie lange du nicht mehr im Job bist? Fast so lange, wie wir zusammen sind, also bald acht Jahre! Weißt du, wie echte Profis heute arbeiten? Diese Geschichte ist wirklich wichtig. Ich brauche dafür den besten Fotografen, den ich bekommen kann. Und der bist du nicht."

Er tat ihr weh mit seinen Worten, obwohl sie wusste, dass er Recht hatte. Sie war natürlich zu lange aus dem Geschäft. Was so heftig schmerzte – und das war ihr erst später klar geworden –, war die Art, wie er es gesagt hatte. Er war verärgert gewesen, aber das rechtfertigte nicht die Kälte, die er an den Tag legte. Es war, als sei unerwartet etwas Eisiges zwischen sie getreten. Laura hatte nicht mehr gefragt, ob sie einfach so mitkommen, sich ein paar schöne Tage machen könnte. Auch er hatte nichts mehr gesagt. Der Abend war in Schweigen verdämmert.

Nun hielt sie die Rechnung des Hotels in Pérouges in den Händen, datiert vom 23. bis 27. Mai, und dachte: Pérouges? Wo liegt das? Vermutlich direkt bei Genf. Sie witterte eine leise Ungereimtheit, und da sie nach jedem Strohhalm greifen musste, beschloss sie, die Sache zu überprüfen.

CHRISTOPHER hatte immer noch Kopfschmerzen, als er seinen Wagen auf dem Parkplatz von Les Lecques abstellte und hinüber zu Jacques' Kneipe ging. Inzwischen war ihm eingefallen, dass er dort den gestrigen Abend verbracht hatte. Jacques, der Besitzer, mochte ihn, wusste, wann er reden wollte, und war feinfühlig genug zu schweigen, wenn ihn seine Depressionen wieder einmal gepackt hatten. Ein paar Männer saßen um einen runden Tisch und spielten Karten, tranken Kaffee und trotz der frühen Stunde den obligatorischen Pastis.

Christopher setzte sich auf seinen Stammplatz, einen Tisch am Fenster, von dem aus er einen schönen Blick über die Segelboote im Hafen hatte. Jacques steuerte sofort auf ihn zu.

„Gott sei Dank, du bist in Ordnung! Ich sah dich schon um einen Baum gewickelt oder im Meer ertrunken. Du hättest Samstagnacht auf keinen Fall mehr Auto fahren dürfen!"

„Warum hast du mich nicht gehindert?"

„Wir haben hier alle auf dich eingeredet! Du bist richtig aggressiv geworden, hast herumgeschrien, es sei deine Sache, ob du einen Unfall baust oder nicht. Ich wollte dir den Schlüssel abnehmen, da hast du mich geohrfeigt!"

Christopher begann sich dunkel zu erinnern. „Das tut mir Leid, ehrlich", sagte er.

„Schon gut", meinte Jacques großmütig. „Aber du solltest deinem Schutzengel danken."

„Wirklich? Ich bin nicht sicher. Du weißt, ich hänge nicht besonders am Leben."

„Jeder hängt am Leben", sagte Jacques. Er kannte diese düsteren Stimmungen bei Christopher. Dann redete er davon, sterben zu wollen, die Sinnlosigkeit seines Daseins nicht mehr ertragen zu können. Oft war er davongegangen mit der Ankündigung, nun seinem Leben ein Ende setzen zu wollen. Niemand nahm ihn mehr wirklich ernst, doch manchmal dachte Jacques: Eines Tages tut er es. Gerade weil niemand mehr daran glaubt.

Christophers Depression hatte an einem Septembertag vor sechs Jahren begonnen, als er von einem Sonntagsausflug mit seinem Segelboot abends zurückgekommen war und oben in La Cadière ein leeres Haus vorgefunden hatte. Auf dem Küchentisch ein Zettel, auf dem ihm seine Frau mitteilte, sie kehre mit den Kindern für immer nach Deutschland zurück und werde die Scheidung einreichen. Christopher hatte gewusst, wie viel Unzufriedenheit und Aggression in seiner Ehe seit langem schwelten, jedoch nicht damit gerechnet, dass seine Frau die Drohung, alles zu beenden, wirklich wahr machen könnte.

Die Familie war alles für ihn gewesen: Mittelpunkt, Lebensinhalt, Sinn und Zukunft. Er stürzte in einen tiefen Abgrund. Niemand wartete mehr mit einem Essen auf ihn, wenn er nach Hause kam, niemand wärmte sein Bett am Abend. Im Sommer konnte er nicht mehr mit den

Kindern zum Schwimmen an den Strand gehen und im Herbst nicht mit ihnen auf der Uferpromenade Skateboard fahren. Keine Picknicke mehr an lauen Frühlingsabenden in den Bergen, keine Ausflüge ins Hinterland zu Lavendelfeldern und waldigen Tälern. Nur noch Stille, Leere und Einsamkeit. Eine Einsamkeit, die für Christopher häufig den Gedanken an den Tod verlockend machte. In all den Jahren hatte er diesen Einschnitt in sein Leben nicht verwunden.

Jacques empfand aufrichtiges Mitleid für ihn. „Ich bring dir einen Kaffee", sagte er, „ich denke, den kannst du brauchen."

„WIR SOLLTEN miteinander reden", sagte Henri sanft. Es war kurz nach acht Uhr morgens, und es war ungewöhnlich für ihn, an seinem freien Tag schon so früh auf den Beinen zu sein. Die Wochenenden waren hart, und den Montag nutzte er stets, um auszuschlafen. An diesem Tag hatte er das Haus schon um sechs Uhr verlassen und war zu einem Spaziergang aufgebrochen. Nun war er zurückgekehrt, sah aber nicht erfrischt aus, sondern blass und sorgenvoll.

Ein ältlicher Pizzabäcker, dachte Nadine feindselig.

Henri war ein fröhlicher, unbekümmerter Mann gewesen, als Nadine ihn kennen gelernt hatte, ein auffallend gut aussehender Mann, der hervorragend surfte und Wasserski lief, viel zu rasant Auto fuhr und sich in den Diskotheken entlang der Küste als unermüdlicher Tänzer erwies. Er schien Nadine wie geschaffen, sie aus dem tristen Leben mit ihrer Mutter zu befreien.

Sie waren beide jung, attraktiv und lebenslustig und wurden sehr schnell ein Paar. Sie mieteten Segelboote und verbrachten endlose Sommernachmittage in den kleinen idyllischen Buchten entlang der Küste. Mit Freunden veranstalteten sie Grillabende am Strand oder in den Bergen. Sie unternahmen wilde Autofahrten, gingen abends Hand in Hand an der Uferpromenade von St-Cyr spazieren, und Henri, der in der Küche eines Hotels arbeitete, schwärmte von dem kleinen Pizzarestaurant, das er eines Tages haben würde. Er war der Sohn einer Italienerin und hatte seine Ausbildung zum Koch in Italien absolviert. Er sagte von sich, er sei der beste Pizzabäcker weit und breit.

„Du wirst sehen, sie werden von weit her kommen für meine Pizza."

Für ihn stand bereits fest, dass sie ihr Leben gemeinsam führen würden, und Nadine gefiel die Idee, Besitzerin eines kleinen, feinen Restaurants zu sein, interessante Gäste zu haben. Sie schmiedeten Pläne und durchlebten einen verliebten, wunderbaren Sommer, von dem Nadine

DIE TÄUSCHUNG 41

später immer dachte, dass er die beste Zeit ihrer Beziehung gewesen war.

Am Ende des Sommers fragte Henri Nadine, ob sie ihn heiraten wolle. Nadine willigte ein, und dann sagte Henri zögernd: „Nadine, ich möchte, dass du Cathérine kennen lernst. Meine Kusine."

Er hatte Cathérine schon einige Male erwähnt, aber Nadine hatte nie genau hingehört. Henri hatte eben eine Cousine, die im Hafenviertel von La Ciotat lebte und die er offenbar als eine Art Schwester empfand. Warum auch nicht?

„Klar lerne ich sie kennen", sagte sie, „sie wird ja wahrscheinlich auch zu unserer Hochzeit kommen."

„Da bin ich nicht so sicher. Du musst wissen … Cathérine wäre selbst gern meine Frau geworden. Ich fürchte, daran hat sich nie etwas geändert."

Von diesem Augenblick an hatte Nadine eine Abneigung gegen Cathérine gehegt. „Und", fragte sie, „hast du sie auch heiraten wollen?"

„Wir haben viel Zeit miteinander verbracht. Wir waren wie Geschwister. Sie ist ein lieber Kerl, aber als Frau an meiner Seite hätte ich sie nie in Erwägung gezogen."

Es hatte dann einen grässlichen Abend bei „Bérard" in La Cadière gegeben. Nadine begriff sofort, dass Cathérine als Frau keine Konkurrenz darstellte. Einsachtundachtzig groß, breitschultrig und breithüftig, war sie der Inbegriff des plumpen Trampels. Nadine fand sie nicht nur langweilig, unscheinbar oder unattraktiv, sondern richtig hässlich. Dabei war Cathérine an jenem Abend sogar in einer Phase gewesen, in der ihre Hautkrankheit gerade abgeklungen war.

Die Atmosphäre war von der ersten Minute an gespannt. Cathérine machte ein Gesicht, als sei sie die Hauptdarstellerin in einer griechischen Tragödie. Henri plauderte ohne Unterlass. Am nächsten Tag sagte sich Nadine, es sei die Aufregung gewesen, die Henri so hirnlos und oberflächlich hatte plappern lassen, doch später erkannte sie, dass sie an jenem Abend bei Bérard eine durchaus richtige Eingebung gehabt hatte: Intellektuell war Henri ihr unterlegen, und darin hatte von Anfang an der entscheidende Schwachpunkt ihrer Beziehung gelegen.

Nadine wusste, dass Cathérine sie hasste. Normalerweise hätte sie mit der glücklosen Frau, für die sich kein Mann je interessieren würde, Mitleid empfunden, aber da Cathérine ihr unverhohlene Abneigung entgegenbrachte, reagierte auch sie schließlich nur noch mit Abscheu. Hatte diese hässliche Person ernsthaft geglaubt, einen Mann wie Henri zum Ehemann zu bekommen?

Cathérine erschien nicht zur Hochzeit, sodass von Henris Familie überhaupt niemand anwesend war. Sein Vater lebte nicht mehr, und seine Mutter war in ihre Heimat zurückgekehrt und traute sich eine Reise von Neapel bis an die Côte de Provence nicht mehr zu.

„Hast du außer deiner Mutter und Cathérine wirklich niemanden mehr?", fragte Nadine spät in der Nacht, als das festliche Essen vorüber war und sie in Henris Apartment in St-Cyr zusammen im Bett lagen.

Henri gähnte. „Es gibt noch eine alte Tante, eine Cousine zweiten Grades von meinem Vater. Sie lebt in der Normandie. Ich habe seit Jahren keinen Kontakt. Cathérine besucht sie manchmal."

Die alte Tante stellte sich als entscheidender Weichensteller in ihrer beider Leben heraus. Ein knappes Jahr nach der Hochzeit verstarb sie und hinterließ eine ansehnliche Summe Geld, die, wie sie verfügt hatte, zu gleichen Teilen zwischen Cathérine und Henri aufgeteilt werden sollte. Cathérine kündigte ihre Stelle bei einem Notar, kaufte die kleine Wohnung in La Ciotat und legte den Rest ihres Anteils geschickt an, sodass sie für einige Jahre auf sparsamste Art davon würde leben können.

Henri nutzte sein Geld, um eine kleine, heruntergekommene Kneipe in Le Liouquet zu kaufen, einem Ortsteil von La Ciotat, jedoch abseits der Stadt gelegen. Das Häuschen, nur durch eine schmale Straße vom Meer getrennt, verfügte im Erdgeschoss über eine geräumige Küche, einen großen Gästeraum mit Bar und eine Toilette. Im ersten Stock befanden sich drei kleinere Zimmer und ein Bad, und eine Art Hühnerleiter führte in eine Mansarde hinauf. Draußen gab es einen gepflasterten Garten mit schönen alten Olivenbäumen. Henri war begeistert.

„Eine Goldgrube", sagte er zu Nadine, „eine echte Goldgrube!"

Sie war skeptisch. Das Geld reichte für den Kauf, aber sie mussten einen ziemlich hohen Kredit aufnehmen, um das Anwesen in Ordnung zu bringen und eine Küche einbauen zu lassen, die Henris Ansprüchen genügte. Noch jahrelang zahlten sie an der Tilgung und den Zinsen.

Die kleine Kneipe, die Henri Chez Nadine nannte, entsprach nicht im Geringsten den Vorstellungen, die Nadine von einem eigenen Restaurant hatte. Sie fand es grässlich, in ein paar wenigen Zimmern über Küche und Schankraum zu hausen. Eine separate Wohnung wäre jedoch zu teuer gewesen. Henri, der wusste, dass Nadine dies alles nicht behagte, erklärte immer wieder, das Chez Nadine sei nur der Anfang.

„Man beginnt immer ganz klein. Irgendwann kaufen wir ein Luxusrestaurant in St-Tropez, das sage ich dir."

Mit der Zeit begriff Nadine, dass dies nie der Fall sein würde. Das

DIE TÄUSCHUNG 43

Chez Nadine wurde gut besucht, aber das Geld reichte immer nur dafür, einigermaßen sorgenfrei zu leben und das Restaurant am Laufen zu halten. Nadine wusste irgendwann, dass sie für den Rest ihres Daseins in Le Liouquet leben und Pizza und Pasta zwischen Küche und Gastraum hin- und herschleppen würde. Denn Henri liebte das Chez Nadine. Freiwillig würde er nie von dort weggehen.

Und auch Cathérine hatte sich bereits ihr Plätzchen gesichert. Wie sich herausstellte, hatte sie mit Henri vereinbart, täglich im Chez Nadine auszuhelfen. Beim Spülen und Saubermachen und – je nach Stand ihrer Krankheit – beim Servieren. Dagegen nun wehrte sich Nadine heftig.

„Ich will sie nicht hier haben! Ich will nicht mit einer Person unter einem Dach sein, von der ich weiß, dass sie mich zum Teufel wünscht."

„Ich habe es ihr aber versprochen", sagte Henri unbehaglich, „sie hätte sonst ihre Stelle nicht gekündigt. Und wir brauchen eine Aushilfskraft."

„Die gibt es wie Sand am Meer. Da müssen wir nicht Cathérine nehmen."

„Es geht für Cathérine doch nicht nur ums Geldverdienen. Sie ist ein sehr einsamer Mensch. Es ist ziemlich ausgeschlossen, dass sie es je schafft, eine eigene Familie zu gründen. Sei großmütig und lass sie ein wenig an unserem Leben teilhaben!"

„Sie hat mich zuerst abgelehnt, nicht umgekehrt. Ich will sie nicht da haben, Henri. Bitte respektiere das!"

Es pendelte sich schließlich so ein, dass Henri Cathérine dann und wann zu Hilfe holte, wenn Nadine nicht da war, und dass sonst wechselnde Mädchen aus den umliegenden Dörfern halfen. Für Cathérine war dies weit entfernt von dem, was sie einmal angestrebt hatte. Sie griff danach, weil es das Einzige war, was sie bekommen konnte. Aber ihr Hass auf Nadine – und das wusste diese – vertiefte sich, und Nadine verdrängte den Umstand, dass Henri in geschäftlichen Fragen Cathérine weit mehr zu seiner Vertrauten gemacht hatte als die eigene Ehefrau.

„Worüber willst du mit mir sprechen?", fragte Nadine nun. Sie stand in der Küche, hatte sich gerade eine Tasse Tee gemacht.

„Ich dachte, das wüsstest du", gab Henri zurück.

„Ich habe nicht das Bedürfnis zu sprechen." Nadine krampfte ihre Finger um den Becher. „Wenn du reden willst, musst du schon sagen, worüber!"

Er starrte sie an. Er sah müde aus und verbraucht. Und sehr verletzlich. „Nein", sagte er erschöpft, „es müsste von dir ausgehen. Ich bringe es nicht fertig, von mir aus anzufangen."

Sie zuckte mit den Schultern. Innerlich war sie angespannt, sie fror und wusste, dass sie nach außen hin kalt wirken musste. Immer schon waren ihre Züge umso maskenhafter geworden, je mehr eine Situation sie aufwühlte.

Er kannte sie seit Jahren, und doch hatte er dieses Muster ihres Wesens nie begriffen. Er sah nur ihre abweisende Miene und dachte: Eines Tages werde ich erfrieren neben dieser Frau. Und wusste, dass er bereits erfroren war. Und dass sie nie von sich aus zu ihm kommen und sprechen würde.

UM ZEHN Uhr am Montagmorgen erschien Lauras Mutter bei ihrer Tochter, um die kleine Sophie wieder abzugeben. Laura hatte ihr das Enkelkind am gestrigen Abend überraschend gebracht, sich vage über eine „Notsituation" geäußert und hinzugefügt, es könne sein, dass sie kurzfristig nach Südfrankreich müsse, und ob ihre Mutter dann die Kleine für eine weitere Woche übernehmen könne. Elisabeth Brandt begriff nicht, was geschehen sein konnte, war aber entschlossen, dahinter zu kommen.

Laura hatte den Telefonhörer am Ohr, als sie ihrer Mutter die Haustür öffnete. Sie hatte gerade die Nummer des Hotels in Pérouges gewählt. Kurz zuvor hatte sie Pérouges auf der Landkarte nahe bei Lyon entdeckt. Die Entfernung bis Genf schien ihr zu groß, als dass sie sich vorstellen konnte, Peter habe dort gewohnt und sei drei Tage lang immer wieder viele Kilometer gependelt, um seinen Job in der Schweiz zu erledigen.

„Ich verstehe nicht, weshalb du plötzlich nach Frankreich musst", sagte Elisabeth. „Ich denke, Peter segelt mit seinem Freund."

„Gleich, Mami. Es gibt Probleme mit dem Haus." Sie bedeutete ihrer Mutter, mit Sophie ins Wohnzimmer zu gehen. Elisabeth sprach kein Französisch, sie würde dem Telefonat nicht folgen können.

Am anderen Ende der Leitung meldete sich die Concierge des Hotels. Laura schluckte. „Hier ist das Büro von Peter Simon in Frankfurt", sagte sie. „Ich mache die Buchführung und kann eine Abbuchung nicht belegen. Monsieur Simon war im Mai Gast Ihres Hauses. Können Sie mir sagen, wie hoch seine Rechnung war?"

„Monsieur Simon. Warten Sie ..." Die Concierge schien in einem Buch zu blättern. „Im Mai, sagen Sie? Moment, hier ... Madame und Monsieur Simon aus Deutschland ..."

Schlagartig erfüllte ein lautes Dröhnen Lauras Ohren. Die Stimme der Frau aus Pérouges war weit weg. Sie nannte ihr irgendeine Zahl, die Laura wie durch eine Wattewand hörte und nicht begriff.

DIE TÄUSCHUNG   45

„Madame? Sind Sie noch da? Konnte ich Ihnen helfen?"

„Ja, vielen Dank. Das wollte ich nur wissen. Auf Wiederhören."
Laura drückte auf die Taste, die das Gespräch beendete.

Sie hätte mit dem Anruf warten sollen, bis sie allein war. Sie wusste
nicht, wie sie ihr Entsetzen verbergen sollte. Wahrscheinlich war sie
kalkweiß im Gesicht. Madame und Monsieur Simon! Blieb die Frage,
wer die Frau war, die Peter als Madame Simon ausgegeben hatte.

Irgendeine billige kleine Affäre, dachte Laura. Ihr wurde plötzlich
schlecht, sie ließ das Telefon fallen, stürzte in die Küche und erbrach
sich ins Spülbecken.

Sie hörte die Schritte ihrer Mutter näher kommen. Elisabeth stand in
der Küchentür und starrte ihre Tochter an. „Ist dir schlecht?"

Laura richtete sich auf, zog sich eine Küchenpapierrolle heran und
tupfte sich den Mund ab. Elisabeth holte Wasser aus dem Kühlschrank,
schenkte ein Glas ein, stellte es vor Laura hin. „Trink das. Du weißt ja:
immer alles rausspülen."

„Mami, Peter hat ein Verhältnis", sagte Laura.

„Woher weißt du das?"

„Er hat im Mai in einem Hotel bei Lyon genächtigt. In Begleitung
einer Frau, die er als seine Ehefrau ausgab. Ich denke, das ist eindeutig."

„Deshalb also möchtest du Hals über Kopf nach Südfrankreich." Elisabeth wurde immer besonders sachlich, wenn etwas sie bewegte. „Du
weißt, wo er ist? Ich meine, er ist ja dann wohl nicht beim Segeln mit seinem Freund."

„Beim Segeln ist er nicht, das weiß ich. Aber wo er sich stattdessen
herumtreibt – keine Ahnung. Ich weiß ja nicht einmal, wer die Frau
ist, mit der er mich betrügt. Aber sein letztes Lebenszeichen stammt aus
St-Cyr. Ich habe mit dem Wirt einer Pizzeria dort gesprochen. Peter hat
Samstagabend dort gegessen. Doch dann verliert sich seine Spur."

„Du glaubst, er ist mit dieser … Frau zusammen?"

„Er hat Schwierigkeiten", sagte Laura, „finanzieller Art. Ich könnte
mir denken, dass er … weißt du, eine Art Kurzschlussreaktion …"

Elisabeth hatte noch nie die Neigung gehabt, Dinge zu beschönigen.
„Du meinst, er hat sich womöglich zusammen mit dieser … Fremden ins
Ausland abgesetzt und überlässt dich und euer Kind einer ungewissen
Zukunft?"

„Ich weiß es nicht."

„Wie ernst sind denn seine finanziellen Probleme?"

„Auch da habe ich noch keinen genauen Überblick. Ich bin erst seit gestern mit alldem konfrontiert."

„Also wenn du meine Meinung hören willst", sagte Elisabeth, „dann würde ich jetzt nicht nach Frankreich fahren. Ordne hier erst einmal die Dinge. Deine finanzielle Zukunft steht vielleicht auf dem Spiel."

„Für mich steht etwas ganz anderes auf dem Spiel", sagte Laura. „Wenn die Dinge so liegen, wie ich vermute, dann ist Geld das Letzte, was mich interessiert."

MONIQUE LAFOND hatte seit einer Woche ein schlechtes Gewissen, und deshalb beschloss sie an diesem Montagvormittag, den bohrenden Schmerz hinter der Stirn zu ignorieren. Sie war eine pflichtbewusste Person, und für gewöhnlich ließ sie sich auch von Erkrankungen nicht von einer einmal übernommenen Aufgabe abhalten. Aber diese Grippe hatte sich in einer schmerzhaften Stirn- und Nebenhöhlenentzündung etabliert. Monique ging nie zum Arzt – und in den 37 Jahren, die sie nun lebte, war dies auch nie notwendig gewesen –, aber diesmal war ihr schließlich nichts anderes übrig geblieben. Er hatte ihr ein paar Medikamente verschrieben und strikte Bettruhe verordnet.

Deshalb war sie nicht, wie vereinbart, am 29. September in das Ferienhaus von Madame Raymond gegangen, um dort sauber zu machen, sondern schleppte sich erst jetzt, über eine Woche später, dorthin.

Genau genommen konnte es Madame Raymond gleich sein. Sie war am 29. September heim nach Paris abgereist und würde vermutlich erst an Weihnachten wieder nach St-Cyr kommen. Die Absprache war, dass Monique nach der Abreise gründlich sauber machte, den Herbst über alle zwei Wochen nach dem Haus sah und kurz vor Weihnachten alles schön herrichtete, ehe Madame wieder anreiste.

Sie hatte Madame Raymond an jenem letzten Samstag im September in aller Frühe anzurufen versucht, war aber nur auf den Anrufbeantworter gestoßen. Mit krächzender Stimme hatte sie erklärt, im Moment zu krank zu sein, um zu putzen. Madame Raymond hatte nicht zurückgerufen, was darauf schließen ließ, dass sie im ersten Morgengrauen aufgebrochen sein musste. Monique hatte einen Tag später noch mal in Paris angerufen, jedoch auch dort nur den Anrufbeantworter erwischt.

Es war fast Mittag, als sie sich endlich auf den Weg machte. Sie hatte drei Aspirin genommen und den Schmerz damit ein wenig eingedämmt.

Madame Raymonds Ferienhäuschen lag inmitten der Felder, die sich zwischen dem Stadtkern von St-Cyr und den Ausläufern der Berge erstreckten. Die Straßen waren schmal und holprig, oftmals von kleinen Mauern gesäumt. Gehöfte und Häuser lagen zwischen den Weinfeldern, beschattet von alten Olivenbäumen.

Monique fuhr mit dem Fahrrad, und als sie in den schmalen Feldweg einbog, der zu Madame Raymonds Haus führte, tobten wieder die Schmerzen hinter ihrer Stirn, und sie hatte den Eindruck, dass ihr Fieber stieg. Wahrscheinlich würde sie wieder nicht zur Arbeit gehen können. Monique arbeitete als Sekretärin bei einem Makler. Mit dem Putzen und Warten von Ferienhäusern verdiente sie sich etwas hinzu, denn die einzige Freude in ihrem Singledasein bestand in einer alljährlichen großen Ferienreise in ein weit entferntes Land. Das kostete eine Menge Geld, und dafür schuftete Monique selbst an den Wochenenden. Im nächsten Jahr wollte sie nach Neuseeland.

Im Hof sprang sie vom Rad. Als sie die Haustür aufschloss, prallte sie zurück vor einem widerwärtigen Gestank, der ihr fast den Atem nahm. O Gott, dachte sie entsetzt, irgendetwas verwest hier. Madame musste – in der Annahme, Monique werde sich unverzüglich um alles kümmern – verderbliche Lebensmittel offen in der Küche liegen gelassen haben.

Monique ging den Flur entlang, wo der Gestank zunahm. Wahrscheinlich quoll der Mülleimer über. In der Küche tickte eine Uhr, und eine Fliege summte zwischen den Wänden, auf der Spüle stand sauberes Geschirr im Abtropfsieb, der Mülleimer war fest verschlossen. Der Gestank kam überhaupt nicht aus der Küche! Er kam aus dem hinteren Teil des Hauses, wo die Schlafzimmer lagen.

Ihr Magen krampfte sich zusammen. Auf einmal begriff sie, welche instinktive Reaktion in ihr vorging. Es war wie das Schreien der Tiere, wenn sie den Schlachthof rochen. Sie atmete den Tod.

Sie öffnete die Glastür, die den Wohn- vom Schlafbereich trennte, und trat in Madame Raymonds Schlafzimmer, wo diese unterhalb des Fensters lag, bekleidet mit den Fetzen ihres Nachthemds. Um ihren Hals lag ein kurzer Strick, die Augen quollen aus den Höhlen, und die Zunge stand schwarz und steif aus dem Mund. Über die Fensterbank verteilte sich etwas, das wie Erbrochenes aussah. Monique starrte ungläubig auf das Bild, das sich ihr bot.

Dann schoss es ihr durch den Kopf: Bernadette! Sie stürzte ins Nebenzimmer, um nach Madame Raymonds vierjähriger Tochter zu sehen. Die Kleine lag in ihrem Kinderbettchen. Man war mit dem Kind in der gleichen Weise verfahren wie mit der Mutter, aber offenbar hatte es geschlafen, als der Mörder kam und ihm den Hals abschnürte.

„Ich muss überlegen, was ich als Nächstes tue", sagte Monique laut. Der Schock bildete eine Barriere zwischen ihr und dem furchtbaren Anblick und verhinderte, dass sie in Ohnmacht fiel. Doch dann begann sie zu schreien.

LAURA hatte nicht ein einziges Mal Rast gemacht. Neben ihr auf dem Beifahrersitz lag eine Flasche Mineralwasser, aus der sie immer wieder einen Schluck nahm. Als sie auf dem Pas d'Ouilliers aus dem Wagen stieg, war es fast halb elf, die Nacht war kühl und bewölkt, und hier oben wehte ein Wind, der einen frösteln ließ. Von diesem Ort aus hatte Peter sie zum letzten Mal angerufen. Wenn es stimmte. Wenn er überhaupt hier gewesen war. Seit dem Zusammenbruch ihrer Welt schien es kaum mehr etwas zu geben, was sie noch glauben konnte, aber nachdem Henri Joly bestätigt hatte, dass Peter im Chez Nadine gewesen war, sprach manches dafür, dass er zuvor den Pas aufgesucht hatte. Irgendwo musste er gehalten haben, um zu telefonieren – Peter telefonierte nie beim Fahren –, und warum dann nicht hier? Hier hatten sie jedes Mal gestanden und den ersten Blick auf das Meer genossen. Ob es ihm das Gleiche bedeutet hatte wie ihr – ein lieb gewordenes Ritual, das nur sie beide miteinander teilten? Nach allem, was geschehen war, erschien es ihr zweifelhaft. Wenn er mich geliebt hätte, dachte sie und atmete tief die Luft, die so viel weicher war als daheim, hätte es für ihn kein Wochenende mit einer anderen Frau gegeben.

Und vermutlich waren es viele Wochenenden gewesen. Oder Geschäftsreisen. Wie lange ging das schon? Weshalb hatte sie nichts bemerkt? Aber schließlich waren auch seine abenteuerlichen Spekulationen völlig an ihr vorübergegangen.

Sie überlegte, wie es in der letzten Zeit mit Geld bei ihr ausgesehen hatte: Größere Rechnungen hatte sie immer an Peter weitergegeben, und vermutlich hatte er sie häufig nicht bezahlt. Für den eigenen Bedarf verfügte sie über ein kleines Konto, auf das Peter in unregelmäßigen Abständen Geld überwies. Schon seit längerer Zeit war nichts mehr eingegangen, und ihr Guthaben war ziemlich geschrumpft, aber das hatte sie nicht gekümmert, weil sie immer davon ausgegangen war, ein einziges Wort zu ihm würde genügen und den Geldfluss wieder in Gang bringen. Sie hatte eine Kreditkarte, die zu einem von Peters Konten gehörte, aber mit der hatte sie schon seit längerem nicht mehr eingekauft. Falls sie gesperrt war, hatte sie das nicht bemerkt.

Laura hatte bislang nicht geweint, und nicht einmal in diesem Moment verspürte sie das Bedürfnis. Nun stand sie hier, an einem Ort, mit dem sich romantische Erinnerungen verbanden, und ihre Augen blieben trocken. Sie befand sich wie in einem inneren Zwiegespräch mit dem Mann, den sie zu kennen geglaubt hatte und der doch ein anderer war.

Hier hast du mit mir telefoniert. Du schienst angespannt, nervös. Mit Christopher auf Segeltour zu gehen war etwas, was dich normalerweise glücklich und ausgeglichen sein ließ. Aber es ging dir nicht gut. Du hattest vor, deine Geliebte zu treffen und deine Schulden ebenso wie deine ahnungslose Ehefrau einfach abzuschütteln. Du standest hier und kamst dir vor wie ein Scheusal und ein Versager – und genau das warst du auch und bist es noch.

Sie wünschte, sie könnte die kalte Verurteilung, die sie in Gedanken aussprach, empfinden. Sie würde durch eine lange Zeit der Trauer gehen, dann durch eine des Hasses und der Verachtung, und dann, irgendwann, würde sie hoffentlich mit Gelassenheit und ohne Emotionen an ihn denken. Aber davon war sie noch weit entfernt.

Eine halbe Stunde später schloss sie die Tür zum Ferienhäuschen auf. Ein kleines Haus im Quartier Colette, gebettet an einen Hang, auf dem in Terrassen der Wein wuchs. Das Quartier gehörte zu La Cadière, lag aber außerhalb; man konnte den Berg, auf dem sich das eigentliche Dorf befand, genau sehen, würde aber gut zwanzig Minuten dorthin laufen. Das Quartier wurde nur von einer Privatstraße durchquert. Die Grundstücke waren groß und von hohen Zäunen umgeben; die meisten Bewohner hatten Hunde.

Laura wäre am liebsten sofort zu Henri und Nadine gefahren. Aber im Chez Nadine war Ruhetag. Sie würde sich also bis zum nächsten Morgen gedulden müssen.

Gleich beim Eintritt in das Haus hatte sie den Eindruck, dass niemand hier gewesen war seit ihrem und Peters letztem Aufenthalt im Sommer. Kein Bett war bezogen, die Decken und Kissen wiesen keine Delle auf. Unwahrscheinlich, dass jemand hier genächtigt haben sollte. In der Küche gab es keine schmutzige Tasse, keinen benutzten Teller. Staub auf Tischen, Stühlen, Regalen. Peter hatte das Haus nicht betreten.

Weshalb war er hierher gefahren? Hatte es etwas mit jener Frau zu tun? Kam sie wegen Pérouges auf eine Französin? Diesen Ort hatte Peter vielleicht nur deshalb gewählt, weil er hoffnungslos frankophil war oder weil er tatsächlich in Genf zu tun gehabt hatte, und zwar so, dass genügend Zeit für ein romantisches Wochenende geblieben war.

Aber weshalb dann jetzt die Provence? Das muss nichts mit dieser

50

anderen Frau zu tun haben, dachte sie, vielleicht war sie nur ein flüchtiges Abenteuer. Vielleicht spielte sie keine Rolle mehr.

Vielleicht – plötzlich war sie wie elektrisiert – hatte er gar nicht vor abzuhauen. Vielleicht hatte er nur untertauchen wollen. Ich habe diese Affäre zu sehr dramatisiert, dachte sie. In Wahrheit ist Peter einfach in Panik geraten wegen seiner Schulden. Er sucht Ruhe und Abstand, er muss sich überlegen, wie er mir beibringt, dass wir finanziell am Ende sind.

Auf einmal war sie sicher, dass er in ihrer Nähe war. Wahrscheinlich saß er in einem Hotel oder in einem Apartment. Aber auch das musste er einmal verlassen. Sie kannte seine Spazierwege, kannte die Plätze, die er am meisten liebte. Irgendwann in den nächsten Tagen würden sie einander begegnen. Dann würde sie mit ihm sprechen.

DIENSTAG, 9. OKTOBER

N adine wollte gerade das Haus verlassen, als Henris Stimme sie zurückhielt. „Wo willst du hin?"

Sie drehte sich um. Sie hatte ihn gerade noch im Bad gehört, wo er sich rasierte, und war überzeugt gewesen, dass er ihren Aufbruch nicht mitbekommen würde. Nun stand er in dem kleinen Flur neben der Küche, der zum Hinterausgang führte. Er hatte Rasierschaum im Gesicht.

„Muss ich neuerdings Rechenschaft ablegen, wenn ich das Haus verlasse?", fragte sie zurück.

„Ich denke, es ist eine Frage der Höflichkeit, wenn man den anderen informiert, ehe man geht", sagte er.

„Ich mache einen Spaziergang. Ist das in Ordnung?"

„Natürlich kannst du spazieren gehen, wann immer du möchtest", sagte Henri sanft. „Kann ich heute Mittag mit dir rechnen? Hilfst du mir?"

„Warum fragst du nicht deine geliebte Cathérine?"

„Ich frage *dich.*"

„Ich bin spätestens um elf zurück." Sie verließ ohne ein weiteres Wort das Haus.

CHRISTOPHER ging am Strand von St-Cyr entlang. Ein windiger, kühler Tag. Der Wind hatte auf Nordwest gedreht, das Meer war bewegt. Er trug eine warme Jacke, hatte aber inzwischen Schuhe und Strümpfe ausgezogen und stapfte durch den feuchten Sand gleich am Wasser. Es wa-

DIE TÄUSCHUNG

ren nicht viele Leute unterwegs. Er sah eine Familie, die es sich, dem Herbst trotzend, am Strand bequem machte; sie hatte im Windschutz des Mäuerchens unterhalb der Promenade eine Decke im Sand ausgebreitet. Die Mutter hielt die Augen geschlossen und den Kopf an die Mauer gelehnt. Zwei kleine Kinder, zwischen einem und drei Jahren alt, spielten neben ihr mit Plastikautos. Der Vater war mit den beiden größeren Kindern ans Wasser gegangen; barfuß und mit hochgekrempelten Hosenbeinen standen sie im flachen Meeresschaum.

Der Anblick weckte warme Erinnerungen in Christopher: Er und Carolin mit den beiden Kindern am selben Strand. Susanne, das Mädchen, voller Entdeckungsdrang und Abenteuerlust voorneweg. Tommi, der Sohn, verträumt und sensibel, ein Stück hinterher. Christopher hatte die Ausflüge an den Strand geliebt, die gemeinsamen Mahlzeiten, das abendliche Kuscheln vor dem Kaminfeuer im Winter.

Er hatte immer noch daran festgehalten, sich noch die Idylle vorgegaukelt, als diese schon längst nicht mehr bestand. Im Grunde hatte er nie ganz begriffen, weshalb sich Carolin immer weiter von ihm entfernt hatte. Natürlich, sie hatte nie nach Frankreich gewollt. Als er mit der Idee angekommen war, man könnte dort leben und arbeiten, hatte sie dies für einen hübschen Traum gehalten, der sich nie würde realisieren lassen. Irgendwann war er so weit, dass er es riskieren konnte, seine Firmenberatungen auch vom Ausland aus zu betreiben. Auf einmal wurde das Fantasiegemälde Wirklichkeit. Carolin hatte lange Zeit schmerzlich unter Heimweh gelitten. Christopher hatte das unter anderem an den astronomisch hohen Telefonrechnungen gemerkt, die bei ihren Endlosgesprächen mit Familie und Freunden in Deutschland aufgelaufen waren. Irgendwann hatte er ihr – schließlich zermürbt – angeboten, wieder nach Deutschland zu gehen, da hatte sich herausgestellt, dass das Problem des Wohnorts schon lange nur vorgeschoben war.

„Ich kann so nicht leben", hatte sie während einer ihrer unzähligen, ermüdenden Diskussionen gesagt. „Deine Vorstellung von Familienleben erdrückt mich. Es gibt keinen Raum für Rückzüge. Wir sind doch auch noch Individuen!"

Das hörte sich nach den typischen Weisheiten einschlägiger Selbstverwirklichungsbücher an, aber er wusste, dass sie so etwas nur selten las. Christopher versuchte sich zurückzunehmen, fuhr an den Wochenenden allein in die Berge oder segelte, um seiner Familie Gelegenheit zur Selbstfindung zu geben.

Es war zu spät. Carolin hatte sich innerlich bereits von ihm gelöst. Er hatte sie angefleht, es noch einmal zu versuchen, an jedem Ort, den sie wählen würde.

„Bitte, zerstöre nicht die Familie!", hatte er wieder und wieder gesagt. „Wenn nicht um meinetwillen, dann denk doch wenigstens an die Kinder!"

„Gerade an sie denke ich. Kinder sollten nicht in einer zerrütteten Familie aufwachsen. Zwischen uns ist zu viel zerbrochen, Christopher."

Er verstand sie nicht. Es hatte Missstimmungen zwischen ihnen gegeben, aber in welcher Partnerschaft gab es die nicht? Er hätte früher erkennen müssen, *wie* ungern sie in Frankreich lebte, dass sie unglücklich war. Obwohl längst klar war, dass die Gründe für das Scheitern ihrer Ehe auf einer ganz anderen Ebene lagen, hielt er sich beharrlich an dem Problem des Wohnorts fest. Sich selbst und seine Neigung, grenzenlos aufzugehen in seiner Familie, vermochte er nicht zu ändern.

Dann war Carolin gegangen und mit ihr die Kinder und Boxerhündin Baguette, und die Scheidung war schnell und glatt über die Bühne gegangen; er hatte die Kraft nicht mehr aufgebracht, sich dagegen zu wehren.

Nun schaute er sich die Familie am Strand an, versuchte zu ergründen, ob sie bereits die verräterischen Anzeichen des Auseinanderbrechens zeigte. Aber diese Familie erschien intakt. Der Mann rief den Namen seiner Frau, sie öffnete die Augen und lächelte. Das Lächeln war warm und glücklich. Dies zu sehen gab Christopher ein warmes Gefühl. Neid kannte er nicht. Aber Sehnsucht. Eine tiefe Sehnsucht, die an dem Tag geboren worden war, als seine Mutter fortging. Eilig setzte er seinen Weg fort.

UM ZEHN Uhr hielt Laura vor dem Chez Nadine an und stieg aus dem Wagen. Zum ersten Mal seit dem vergangenen Samstag hatte sie in der letzten Nacht wieder Schlaf gefunden.

Im Chez Nadine saß noch kein Gast. Sie hörte jemanden in der Küche und rief: „Nadine? Henri?"

Einen Moment später kam Henri in den Speiseraum. Sie erschrak ein wenig, weil er so schlecht aussah. Er war braun gebrannt und schön wie immer, aber es lagen Schatten unter seinen Augen, seine Bewegungen hatten etwas Fahriges, Nervöses, und es lag ein Ausdruck von tiefem Kummer über seinem Gesicht, wie sie ihn an Henri, dem ewig lächelnden, sonnigen Beau, noch nie gesehen hatte.

„Laura!", sagte er erstaunt. Er trug eine große bunte Schürze. „Wo kommst du denn her?"

DIE TÄUSCHUNG 53

Sie lächelte. „Da Peter nicht zu mir kommt, habe ich mich entschlossen, ihn zu suchen. Hat er sich hier noch einmal blicken lassen?"

„Nein. Wir sind nur am Sonntag auf sein Auto gestoßen. Es parkt etwa zweihundert Meter weiter am Trafohäuschen."

„Wie bitte?"

„Na ja, offenbar ist er nicht von hier weggefahren."

„Aber ... wir sind hier ein ganzes Stück außerhalb von St-Cyr! Er käme nie auf die Idee, von hier aus zu Fuß loszugehen!"

Henri zuckte mit den Schultern. „Sein Auto steht aber da."

„Dann müsste er auch hier irgendwo sein! Vielleicht in dem Hotel am Anfang der Straße?"

Henri schüttelte den Kopf. „Die haben seit dem 1. Oktober geschlossen. Hör zu, Laura, es tut mir Leid, aber ich muss wieder in die Küche. Ab zwölf Uhr ist der Teufel los. Ich kann nur hoffen, dass Nadine um elf zurück ist."

Laura hatte den Eindruck, dass ihn die Frage nach Peters Schicksal ziemlich kalt ließ, und das ärgerte sie. Sie und Peter waren langjährige Gäste und Freunde. Sie fand, dass Henri ein wenig mehr Engagement hätte zeigen können. „Gibt es noch irgendetwas, woran du dich erinnern kannst?", fragte sie. „Etwas, was dir an Peter auffiel."

„Nein, eigentlich nicht. Höchstens ... Er hatte eine Aktentasche bei sich. Das ist mir aufgefallen. Ich fand es merkwürdig, dass er eine Aktentasche mit ins Restaurant schleppte. Andererseits ... vielleicht waren irgendwelche Papiere drin, die er nicht im Auto lassen wollte."

„Ich schaue mal nach dem Auto", sagte sie.

Der Wagen war abgeschlossen. Auf dem Beifahrersitz sah Laura einen Aktenordner liegen, im Fußraum darunter stand die rote Thermoskanne, die sie ihm am Morgen seiner Abfahrt mit Tee gefüllt hatte. Auf dem Rücksitz befanden sich seine Regenjacke und zwei Taschen, unterhalb davon seine Sportschuhe: Teile der Ausrüstung für den geplanten Segeltörn. Den durchzuführen er nie vorgehabt hatte.

Ich muss noch einmal mit Christopher sprechen, dachte sie. Christopher war am Sonntagmorgen zu verkatert gewesen, um sich an etwas zu erinnern. Sie würde es später noch einmal versuchen, vielleicht erwischte sie ihn in einem besseren Zustand. Sie wusste, dass er manchmal ein wenig zu viel trank, seit ihm seine Familie davongelaufen war, aber er war kein Alkoholiker. Er suchte nur hin und wieder das Vergessen.

Das geparkte Auto, das vermutlich seit Samstagabend nicht mehr von der Stelle bewegt worden war, irritierte sie tief. Peter musste auf

54

irgendeine Weise von hier fortgekommen sein. Warum hätte er den Bus nehmen sollen? Ein Taxi?

Es blieb noch die Möglichkeit, dass jemand mit einem Auto gekommen war und ihn mitgenommen hatte. Und dies wiederum hätte auf eine Frau hinweisen können – auf jene Person, mit der er das Wochenende in Pérouges verbracht hatte. Dann wäre das Chez Nadine ein Treffpunkt gewesen, auf der Straße davor hatte er sich abholen lassen …

Sie wollte nicht weiterdenken. Diese Vermutungen schmerzten. Es musste eine andere Erklärung geben. Sie würde Henri bitten, das Auto aufzubrechen. Sie musste im Kofferraum nachsehen, ob Peter Gepäck mitgenommen hatte.

NADINE hatte eine Weile bei den „Deux Sœurs" verbracht, einer Kneipe, die, anders als der Name besagte, von drei Schwestern geführt wurde, die aus dem Rotlichtmilieu kamen. Sie hatten eine Köchin, die fantastische Crêpes zubereiten konnte, aber an diesem Morgen hatte sich Nadine nur an einem Kaffee festgehalten. Ihr Magen war wie zugeschnürt.

Als sie endlich aufstand und den Kaffee bezahlte, war es fast halb elf. Sie hatte Henri versprochen, um elf zurück zu sein, aber beim Gedanken an das Chez Nadine fühlte sie sich noch elender.

Sie lief die Promenade entlang, der Wind wirbelte ihr immer wieder die Haare ins Gesicht, und ärgerlich strich sie sie zurück. Sie stieß mit einer Frau zusammen und murmelte gedankenverloren: „Entschuldigung."

„Du erkennst deine eigene Mutter nicht", sagte Marie. „Ich winke dir schon eine ganze Weile, aber du reagierst nicht! Jedes Mal wenn ich dich treffe, siehst du schlechter aus. Was ist nur los mit dir?"

Nadine ignorierte diese Frage. „Was tust du denn hier?"

Marie wies auf ihre Handtasche und sagte: „Da drin ist eine Sprühdose mit Tränengas. Habe ich mir eben gekauft. Zur Selbstverteidigung."

„Seit wann denkst du über Selbstverteidigung nach?"

Marie starrte ihre Tochter an. „Sag nur, du weißt es noch nicht! Drüben im Chemin de la Clare haben sie eine Frau gefunden. Ermordet. Ihr vierjähriges Kind ist ebenfalls tot. Der Täter hat sie mit einem Strick erwürgt. Das Nachthemd der Frau war mit einem Messer in Fetzen geschnitten worden. Ob er sie missbraucht hat, muss noch festgestellt werden."

„O Gott! Das ist ja furchtbar! Im Chemin de la Clare, sagst du?"

Der Weg befand sich außerhalb der Stadt, gehörte aber zu St-Cyr. Hier lagen die Häuser in großem Abstand voneinander, vereinzelt zwischen den Feldern, jedes über einen eigenen langen, holprigen Pfad zu erreichen. Eine zauberhafte Gegend, ein weites, lichtes Tal. Und nun war gerade in diese liebliche Idylle der schlimmste Schreck gedrungen.

„Weiß man, wer es war?", fragte sie.

„Nein. Es gibt keine Spur von dem Verrückten. Die nächste Nachbarin hat mich angerufen, Isabelle, du weißt, die, die manchmal für mich einkauft." Marie verfügte über ein Netzwerk von Menschen, die all die Dinge für sie erledigten, zu denen sie sich nicht in der Lage fühlte. „Isabelle wusste ziemlich gut Bescheid."

Das wunderte Nadine nicht. Isabelle war eine ausgesprochene Klatschtante. Sie kam stets als Erste an alle Neuigkeiten.

„Im Haus hat angeblich nichts gefehlt. Die Handtasche des Opfers stand mitten im Wohnzimmer, mit Geld und Kreditkarten. Der oder die Täter kamen nur, um zu morden."

„Wer war denn das Opfer?", fragte Nadine. „Jemand aus der Gegend?"

„Nein. Sie lebte in Paris. Eine junge Witwe mit ihrer vierjährigen Tochter. Sie ist … war wohlhabend. Brauchte keinem Beruf nachzugehen. Eine menschenscheue, depressive Person, sagt Isabelle. Sie führte ein so zurückgezogenes Leben, dass offenbar in Paris kein Mensch bemerkte, dass sie nicht, wie geplant, Ende September zurückkam. Sie hatte nämlich gerade abreisen wollen. Verstehst du? Sie lag zehn Tage lang erdrosselt in ihrem Ferienhaus, und niemand hat sie vermisst! Gefunden hat sie die Frau, die für sie putzt: Monique Lafond. Kennst du sie? Lebt in La Madrague. Sie putzt auch bei Isabelle, daher weiß Isabelle über alles Bescheid. Monique hat einen Schock erlitten, ist für längere Zeit krankgeschrieben."

„Und jetzt hast du auch Angst", sagte Nadine, auf das Tränengas zurückkommend. „Aber Mutter, er hatte es vielleicht nur ganz speziell auf diese Frau abgesehen. Wenn er nichts gestohlen hat, dann ist das kein normaler Einbrecher."

„Die Polizei ermittelt in der Vorgeschichte der Toten. Natürlich kann es ein abgewiesener Liebhaber sein oder ein ehemaliger Geschäftspartner ihres Mannes, der sich für ein vermeintliches Unrecht rächen wollte. Aber es kann auch jemand sein, der es auf allein stehende Frauen abgesehen hat, einer, für den das Töten eine … eine Art Befriedigung darstellt. Immerhin wurde auch die kleine Tochter umgebracht."

„Möchtest du für eine Weile bei uns wohnen?", bot Nadine an.

„Nein, nein", wehrte Marie ab, „du weißt ja, am besten schlafe ich im eigenen Bett. Ich stelle das Tränengas auf meinen Nachttisch."

56

„Wie ist er da eigentlich hineingekommen? Bei der Ermordeten, meine ich."

„Das ist es, was alle verwundert", sagte Marie, „es sind nämlich keinerlei Anzeichen eines gewaltsamen Eindringens zu finden. Kein zerschlagenes Fenster, keine aufgebrochene Tür. Nichts."

„Wahrscheinlich hatte er einen Schlüssel, und das hieße, er ist ein Bekannter von ihr", meinte Nadine. „Ich glaube wirklich nicht, dass irgendjemand etwas zu befürchten hat. Das war ein privates Drama zwischen zwei Menschen."

„Was machst du hier eigentlich?", fragte Marie. „Heute ist nicht Montag."

„Henri schafft es heute mal ohne mich. Ich muss ein paar Stunden allein sein."

„Lass ihn nicht zu oft im Stich, Kind. Henri ist ein guter Mann."

„Ich ruf dich morgen an, Mutter. Mach's gut!" Nadine setzte ihren Weg fort, denn sie hatte im Moment nicht das geringste Bedürfnis, sich eine Predigt über Henris Vorzüge anzuhören.

LAURA stand auf dem sandigen Parkplatz neben dem aufgebrochenen Auto ihres Mannes, hatte soeben die letzte der drei Reisetaschen im Kofferraum durchwühlt und festgestellt, dass er praktisch alles zurückgelassen hatte, was er zuvor für die Reise eingepackt hatte: Unterwäsche, Hemden, Strümpfe, Pullover, Zahnbürste, Schlafanzug, Regensachen. Er ist mit fast nichts unterwegs, dachte sie, außer mit seiner Brieftasche vermutlich, der ominösen Aktentasche und seinem Handy. Und das Handy bleibt beharrlich ausgeschaltet.

Henri hatte ihr die Fahrertür des Wagens aufgebrochen, damit sie an den Hebel gelangte, der den Kofferraum öffnete, sich dann aber mit seiner Arbeit entschuldigt und in das Restaurant zurückgezogen.

Einer Eingebung folgend, kramte sie in den Taschen der Jacke, die auf dem Rücksitz lag, fand aber nur ein Päckchen Tempotaschentücher. Sie schaute in das Handschuhfach, und ein Briefumschlag weckte ihr Interesse. Er war nicht zugeklebt. Sie zog zwei Flugtickets heraus.

Sie waren auf die Namen Peter und Laura Simon ausgestellt, der Flug wäre am vergangenen Sonntagmorgen von Nizza nach Buenos Aires gegangen. Da klar war, dass Peter nicht mit ihr hatte fliegen wollen, wusste sie sofort, dass nur ihr Name benutzt worden war. Für die Frau, mit der ihr Mann in Pérouges gewesen war. Aus irgendeinem Grund war der Flug nicht angetreten worden.

DIE TÄUSCHUNG   57

Sie sank auf den Fahrersitz. Sie hielt die Trümmer ihrer Ehe in den
Händen und betrachtete sich selbst, wie sie in den letzten zwölf Stunden
gewesen war, aus einer neuen Distanz: ein kleines Mädchen, das an Mär-
chen glaubte, das sich die Wirklichkeit so lange zurechtbog, bis es mit
ihr leben konnte. Beinahe in eine Euphorie hatte sie sich hineingeredet
am vergangenen Abend, hatte Peter zum Unschuldsengel erkoren, weil
sie seine Schuld nicht ertrug, und sich in einer unsinnigen Hoffnung
gewiegt.

Sie hatte ihren Mann verloren. Er hatte sich für eine andere Frau entschieden, hatte mit ihr nach Argentinien fliegen und ein neues Leben beginnen wollen. Irgendetwas, irgendjemand hatte seine Pläne im letzten
Moment durchkreuzt. Ganz gleich, wie dies alles sich aufklären würde:
Ihre Ehe mit Peter war am Ende. Es gab keine Chance mehr für sie beide.

Zum ersten Mal seit jenem verhängnisvollen Samstag begann Laura
zu weinen. Sie krümmte sich über dem Lenkrad zusammen, und die
ganze Verzweiflung brach aus ihr heraus, die alles einschloss: den Verlust ihres Berufs und ihrer Eigenständigkeit. Das Gefühl, in den Augen
ihres Mannes minderwertig zu sein. Die zunehmende Verachtung, mit
der er sie behandelt hatte. Sie weinte um verlorene Jahre und wegen einer gewaltigen Selbsttäuschung. Sie weinte, weil sie so einfältig gewesen war. Und als irgendwann der Tränenstrom versiegte, hatte sie das
Gefühl, durch eine schmerzhafte Häutung gegangen zu sein. Die Tränen
hatten sie nicht erleichtert, aber etwas hatte sich verändert, seit sie sich
selbst ins Gesicht gesehen und dabei nichts beschönigt hatte. Vielleicht
hatte sie ein Stück Kindlichkeit verloren.

Sie stieg aus, knallte die Wagentür zu und überließ Auto und Gepäck
ihres Mannes ihrem Schicksal.

„HALLO, Henri, da bin ich!", rief Cathérine.

Sie war durch den Kücheneingang gekommen, er hatte sie nicht
gehört und zuckte daher beim Klang ihrer Stimme zusammen. Ihr Anblick löste, wie so häufig, ein warmes Gefühl in ihm aus, das ihn an
seine Kindheit erinnerte. Sein Vater war früh gestorben, und seine Mutter hatte arbeiten müssen, um sich und das Kind über Wasser zu halten.
Manchmal war es abends sehr spät geworden, und er hatte sich vor dem
Gefühl des Alleinseins, des Verlassenwerdens gefürchtet. Wenn er dann
irgendwann den Schlüssel in der Wohnungstür hörte, ihre leisen
Schritte, kam eine erfüllende Wärme über ihn. Er war nicht länger allein. Je älter er wurde, umso deutlicher begriff er, dass ihn bei jeglicher

Unzuverlässigkeit noch immer der Schreck des Verlassenseins packte, dem er als Kind ausgeliefert gewesen war.

Auch jetzt, als Cathérine vor ihm stand, war sie sein Fels in der Brandung. Treu wie Gold, stark und unerschütterlich. Sie hätten ein fantastisches Team abgegeben. Aber sie als Frau zu sehen und sich Sexualität mit ihr vorzustellen war ihm stets unmöglich gewesen.

„Cathérine!" Er lächelte sie an. „Wie schön, dass du gekommen bist! Wenn ich dich nicht hätte! Meine ewige Retterin in der Not."

Er sprach leichthin, fröhlich, aber sie wussten beide, dass hinter seinen Worten eine bittere Wahrheit stand: Cathérine war die Retterin in der Not, weil sich Nadine bei jeder Gelegenheit entzog. Auch heute wieder. Entgegen der getroffenen Vereinbarung, war Nadine nicht um elf Uhr im Chez Nadine erschienen, und als sich um zwölf Uhr das Lokal zu füllen begann, hatte Henri, wie so häufig, bei seiner Cousine angerufen und sie um Hilfe gebeten. Eine Viertelstunde später war sie da. Sie sah besser aus als am vergangenen Samstag, stellte Henri fest. Die Entzündungen im Gesicht gingen zurück.

„Du weißt", sagte Cathérine, „dass ich zur Stelle bin, wenn du mich brauchst." Sie sah ihn an, und es war plötzlich, als überschreite sie eine Grenze, die immer zwischen ihnen verlaufen war. „Wie lange willst du dir das noch bieten lassen?", fragte sie mit heiserer Stimme, und das Glühen in ihren Augen verriet, wie dicht sie daran war, die übliche Selbstbeherrschung zu verlieren. „Wie lange willst du noch hier stehen und vergeblich warten, dass diese Schlampe, die du …"

„Cathérine! Nicht!"

„Du bist so ein gut aussehender Mann! Du hättest jede Frau haben können, warum lässt du dich lächerlich machen von –"

„Es reicht, Cathérine!"

Sie wich einen Schritt zurück. Ihr hässliches Gesicht verzerrte sich auf groteske Weise, und sie spuckte die folgenden Worte förmlich aus: „Sie ist eine Nutte! Sie schmeißt sich jedem Mann an den Hals, der ihren Weg kreuzt, und –"

Sie brach entsetzt ab und starrte Henri aus schreckgeweiteten Augen an. Seine Hand war mit aller Kraft auf ihrer Wange gelandet.

„Tu das nie wieder!", zischte er. „Rede nie wieder in meiner Gegenwart schlecht über Nadine. Sie ist meine Frau. Was zwischen uns ist, geht nur sie und mich was an."

„O Gott", sagte Cathérine, jäh ernüchtert. Sie nickte demütig. „Es tut mir Leid."

„Kannst du arbeiten?", fragte er, wissend, dass Cathérine bleiben würde, auch wenn er sie getreten hätte. Sie hatte keine Wahl, und die Einsamkeit schmerzte weit mehr als ein Schlag ins Gesicht.

„Womit soll ich anfangen?", fragte sie.

„WENN ich dich jetzt daran erinnere, dass ich dich immer vor Peter gewarnt habe, nützt dir das natürlich nichts", meinte Anne, „aber irgendwann wirst du froh sein, dass jetzt eine andere Frau mit ihm auskommen muss."

Laura hatte seit dem Vormittag immer wieder versucht, Anne zu erreichen, aber es war ihr weder über den Anschluss in der Wohnung noch über das Handy geglückt. Erst jetzt, am späten Nachmittag, hatte sich Anne gemeldet und sich entschuldigt: Sie habe gearbeitet und die Arbeit nicht unterbrechen wollen.

Anne war überrascht zu hören, dass Laura von Südfrankreich aus anrief. „Du bist ihm nachgereist! Gott, Laura, kannst du wirklich keinen Tag ohne seinen Anruf sein?"

„Warte, bis ich alles erzählt habe!" Und Laura hatte berichtet: von ihrem Gespräch mit Peters Sekretärin, von ihrer Entdeckung seiner Pleite und seiner Untreue, von ihrer Reise in die Provence, von seinem Auto, das noch beladen war mit seinem Gepäck. Zuletzt von den Flugtickets nach Buenos Aires, von denen eines auf ihren Namen ausgestellt war, der offensichtlich von seiner Geliebten benutzt werden sollte.

Anne hatte fasziniert gelauscht und nur hin und wieder „Das gibt's doch nicht!" gemurmelt. Schließlich sagte sie: „Für zwei Tage hast du reichlich viel mitgemacht, mein Armes. Wenn ich nicht ein paar lukrative Aufträge hätte und das Geld nicht so dringend brauchte, würde ich sofort zu dir kommen."

„Danke, aber ich glaube, ich fahre morgen sowieso zurück", sagte Laura. Sie saß auf dem Balkon ihres Ferienhauses, hatte sich in einen dicken Pullover eingehüllt und sah über das Tal zum Meer. Der Wind war abgeflaut. „Ich muss mich um die vielen Probleme kümmern, die daheim auf mich warten", fügte sie hinzu. „Peter ist nicht auffindbar."

„Hm." Anne überlegte. „Sein Auto steht vor dieser Kneipe, mit seinem Gepäck und mit den Tickets. Er ist also nicht nach Buenos Aires geflogen. Das heißt, er müsste noch in Südfrankreich sein."

„Vielleicht haben sie kurzfristig umdisponiert."

„Das glaube ich nicht. Solche Dinge klärt man lange vorher. Außerdem wäre das noch keine Erklärung für sein zurückgelassenes Gepäck. Ihm ist irgendetwas Entscheidendes dazwischengekommen."

„Aber für mich ist das doch gleichgültig, Anne. Meine Ehe ist so oder so kaputt."

„Und wenn er tot ist?", fragte Anne. „Er hat das Chez Nadine verlassen. Das Auto steht aber noch da. Das bedeutet, er ist möglicherweise nie bei seinem Auto angelangt. Auf dem Stück dazwischen … wie weit ist das eigentlich?"

„Es sind vielleicht zweihundert Meter. Das Chez Nadine hat keinen eigenen Parkplatz. Meistens parkt man gegenüber, aber wenn dort alles voll ist, muss man weiterfahren bis zu der kleinen Einbuchtung an dem Trafohäuschen."

„Ich denke mir, auf diesen zweihundert Metern zwischen Restaurant und Auto ist irgendetwas geschehen. Ihm könnte etwas zugestoßen sein. Und wenn das so ist, solltest du es herausfinden. Du wirst Geld brauchen – und er hat vermutlich eine Lebensversicherung. Wenn ihm etwas zugestoßen ist, dann muss das festgestellt werden. Finde deinen Mann."

MITTWOCH, 10. OKTOBER

Sie waren seit dem frühen Morgen völlig zerstritten. Carla wusste gar nicht mehr genau, was der Anlass gewesen war. Vielleicht das schlechte Wetter. Sie war in dem viel zu weichen, durchgelegenen Hotelbett erwacht und hatte von draußen das gleichmäßige Rauschen und Pladdern gehört, das sie auch am Sonntag schon vernommen hatte und das ihr verriet, dass dieser Tag grässlich werden würde. Sie sah im Dämmerlicht Rudi an, der neben ihr lag und leise schnarchte. Plötzlich wurde sie wütend auf ihn. Er hatte sich die Hochzeitsreise in die Provence gewünscht, während Carla viel lieber in einen Ferienklub in Tunesien gefahren wäre.

Beim Frühstück hatte Rudi erklärt, das Wetter werde sich bessern, das habe er dem Radio entnommen, doch sein Französisch war mehr als schlecht. Deswegen konnte er alles Mögliche über das Wetter gehört und es falsch interpretiert haben.

„Ich glaube, es wird jetzt nur noch entweder regnen oder kalt und bewölkt sein", prophezeite sie düster, und Rudi wurde wütend und meinte, er habe ihr ewiges Genörgel satt.

„*Ich* wollte ja nicht hierher", murmelte Carla, um dann die Frage zu

DIE TÄUSCHUNG 61

stellen, mit der sie Rudi am Ende eines jeden Frühstücks in Schwierigkeiten brachte: „Was machen wir heute?"

„Wir könnten in die Berge fahren", schlug er vor, und Carla blickte
missmutig in die graue Nässe hinaus.

Also fuhren sie die Route des Crêtes hinauf: eine sehr steile, gewundene Straße, die sich entlang der Felsen gleich über dem Meer hinauf in
die Berge schraubte. Je weiter sie kamen, desto felsiger wurde die Landschaft um sie herum, desto karger die Vegetation. Nebelschwaden trieben über die Straße.

Carla zog schaudernd die Schultern hoch. „Hier oben würde man
nicht glauben, dass man am Mittelmeer ist", meinte sie, „es ist ja so
schrecklich ungemütlich!"

„Fängst du schon wieder mit dem Gejammer an?"

„Entschuldige, aber ich werde doch noch einen Kommentar abgeben
dürfen! Oder ist es mir für den Rest dieses herrlichen Urlaubs verboten,
den Mund aufzumachen?"

Rudi erwiderte darauf nichts, sondern achtete nur konzentriert auf die
Umgebung. Plötzlich bog er auf einen großen sandigen Parkplatz und
brachte den Wagen zum Stehen. „Hier müsste es sein", murmelte er und
stieg aus.

Carla wartete einen Moment, aber da Rudi keine Anstalten machte,
sie zum Mitkommen aufzufordern, stieg sie schließlich aus und ging
hinter ihm her. Sie war inzwischen den Tränen nahe, wollte ihm aber
nicht den Triumph gönnen, sie weinen zu sehen.

Die Felsen fielen steil zum Meer hinab. Rechts unterhalb von ihnen
lag Cassis mit seinen sich terrassenförmig zur Bucht erstreckenden
Weingärten. Das Meer, das so grau gewesen war, zeigte von hier oben
einen türkisfarbenen Schimmer. Carla trat nahe an den Abgrund heran,
schauderte vor der Tiefe, in die sie blickte.

„Das ist … ganz schön hoch hier", sagte sie beklommen.

„Zweihundertfünfzig bis dreihundert Meter", erwiderte Rudi. „Hier
hinunterzuspringen bedeutet den absolut sicheren Tod. Irgendwo hier
muss eine Stelle sein, von der sich immer wieder Liebespaare hinunter-
stürzen, wenn ihnen aus irgendeinem Grund ihre Situation ausweglos
erscheint. Manche verewigen zuvor noch ihre Namen auf einem Stein."

Carla fröstelte. Ihr kam ein Gedanke, und schon während sie ihn aussprach, wusste sie, dass es ein Fehler war, diese Frage gerade jetzt zu
stellen, dass sie den schwelenden Streit zwischen ihnen erneut würde
auflodern lassen.

„Stell dir vor, unsere Liebe wäre aussichtslos gewesen. Wärst du mit mir gesprungen?"

Die Frage war völlig hypothetisch, und ihre Beantwortung hätte nur dazu dienen sollen, den Frieden wiederherzustellen. Hätte Rudi Carla an sich gezogen und ihr erklärt, dass sein Leben ohne sie nichts wert sei, hätte der verkorkste Tag in seiner zweiten Hälfte harmonisch verlaufen können.

Aber Rudi sah Carla kühl an und erwiderte: „Warum hätte ich das tun sollen? Es gibt so viele andere Frauen auf der Welt, und mit den meisten wäre ich sicher besser ausgekommen."

Und damit hatte er die Situation zum Eskalieren gebracht.

Carla starrte ihn fassungslos an, dann lief sie los, überquerte die Straße und rannte in Richtung des Landesinneren. Sandige Wege liefen kreuz und quer zwischen flachen Nadelgehölzen. Sie rannte vor Rudis hellen, kalten Augen davon, vor dem Gefühl, lieblos behandelt worden zu sein, und vor dem Eindruck, einen Fehler gemacht zu haben, als sie ihn geheiratet hatte.

Zunächst hoffte sie noch, er werde ihr folgen. Als sie losgestürzt war, hatte er gerufen: „He, spinnst du? Was ist los? Bleib gefälligst stehen!"

Aber er war ihr nicht gefolgt, und kurz fragte sie sich, ob er am Parkplatz warten oder einfach wegfahren würde; wie sollte sie dann ins Hotel zurückkommen, oder war ihm das egal?

Ziemlich schnell bekam sie Seitenstechen, und ihre Lungen fingen an zu schmerzen. Sie war dem Labyrinth aus kleinen Wegen und Trampelpfaden gefolgt, ohne auf die Richtung zu achten, und als sie sich jetzt einmal um sich selbst drehte, stellte sie fest, dass sie keine Ahnung hatte, wo sie sich befand. Ihre Augen brannten. Auf gut Glück stapfte sie los, in eine Richtung, von der sie nicht wusste, wohin sie führte. Sie würde jeden Moment anfangen zu weinen. Rudi, der Scheißkerl. Ihre Mutter hatte ihn vom ersten Moment an nicht gemocht.

Rudi saß im Auto, rauchte eine Zigarette und dachte, dass Weiber wirklich das Allerletzte waren. Er hasste diese hypothetischen Fragen, mit denen Frauen immer nur irgendwelche Tests durchführen wollten. Ob man sie genug liebte, begehrte, verehrte und was nicht noch alles. Carla war Weltmeisterin darin. Dumme Pute, dachte er und fragte sich, weshalb er sich zu dieser Heirat hatte überreden lassen.

Und da sah er sie im Rückspiegel.

Sie überquerte gerade die Straße und betrat den Parkplatz. Irgendetwas an ihr kam ihm eigenartig vor. Ihr Gesicht schien ihm verzerrt, aber das mochte von der Anstrengung herrühren. Er behielt sie durch den Rückspiegel im Auge. Sie taumelte, hielt sich offenbar kaum noch auf den Beinen. Himmel, er hatte nicht gewusst, dass sie eine *so* schlechte Kondition hatte! Sie kam auf das Auto zugestolpert, als wolle sie jeden Moment zusammenbrechen. Sie war jetzt nah genug, dass er ihr Gesicht deutlicher erkennen konnte, und er sah, dass er sich nicht getäuscht hatte. Ihre Züge waren verzerrt, viel verzerrter, als es zuerst den Anschein gehabt hatte, und jetzt begriff er auch, was ihm so eigenartig vorgekommen war: Sie sah nicht einfach nur angestrengt aus. Ihr Gesicht war in Entsetzen und Panik verzerrt, ihre Augen vor Grauen geweitet.

Wie ein Mensch, der dem Tod ins Gesicht geblickt hat, schoss es ihm durch den Kopf, und obwohl er ihr auf keinen Fall hatte entgegengehen wollen, verließ er nun rasch sein Auto und trat auf sie zu.

Sie brach buchstäblich in seinen Armen zusammen. Sie stammelte etwas, aber er konnte zunächst nicht verstehen, was sie sagen wollte.

Er schüttelte sie sanft. „Beruhige dich! Was ist denn geschehen? Hör mal, dir kann nichts passieren!"

Endlich brachte sie halbwegs zusammenhängende Silben heraus. „Ein Mann ...", krächzte sie, und er bekam einen Heidenschreck: Sie war einem Triebtäter begegnet, irgendwo dort im Nebel, und ...

„Er ist tot! Rudi, er ... liegt da hinten zwischen den Hügeln. Er ist ... voller Blut ... ich glaube, jemand hat ihn erstochen ..."

Es REGNETE seit den frühen Morgenstunden. Laura versuchte, Christopher zu erreichen, aber er war nicht daheim, und so würde sie es am Nachmittag noch einmal probieren. Gegen halb zwölf fuhr sie zum Chez Nadine, wo sich noch kein weiterer Gast aufhielt. Nadine lehnte an der Theke und trank einen Tee; sie war nachlässig gekleidet und ungeschminkt. Laura kam es vor, als sei sie um Jahre gealtert seit dem Sommer, als sie sie zuletzt gesehen hatte. Frustration und Verbitterung zeichneten immer tiefere Linien in ihr Gesicht.

Laura hatte lange Zeit nicht gewusst, dass Nadine unglücklich war. Sie hatte geglaubt, sie und Henri seien das ideale Paar, das im Chez Nadine den gemeinsamen Lebensinhalt gefunden hatte. Sie erinnerte sich, dass sie im Sommer vor zwei Jahren zum ersten Mal mit den Tatsachen konfrontiert worden war: Sophie war kurz zuvor geboren worden, sie machten den ersten Provence-Urlaub zu dritt, und es ging Laura auf, dass sie nun auf absehbare Zeit keine Chance haben würde, einer Arbeit nachzugehen, denn Peter ließ keinen Zweifel daran, dass er sie für eine schlechte Mutter hielte, wenn sie nicht alle Zeit und Kraft dem Kind widmete. Einmal sprach sie mit Nadine darüber und fügte hinzu: „Du hast es gut. Du hast eine Aufgabe, die dich befriedigt. Du hilfst deinem Mann, ihr habt eine gemeinsame Leidenschaft, die euch …"

Nadine war ihr heftig ins Wort gefallen. „Leidenschaft! Befriedigung! Glaubst du im Ernst, ich habe mir ein solches Leben erträumt? In einer verdammten Pizzabude zu stehen, schwachsinnige Touristen zu bedienen, einen Mann neben mir, der Erfüllung findet in der brennend wichtigen Frage, ob sich Mozzarella für den Pizzabelag besser eignet als irgendein anderer verfluchter Käse? Glaubst du wirklich, dies ist das Leben, das ich führen will?"

Laura wusste heute nicht mehr, was sie darauf geantwortet hatte, doch an diesem Mittag drängte die Szene nachdrücklich in ihr Gedächtnis. Wie verzweifelt Nadine ist, dachte sie.

Sie aß eine Pizza, die Henri, der ebenfalls bleich und unglücklich aussah, nicht bezahlt haben wollte, und erklärte Henri und Nadine, dass sie sehr beunruhigt sei wegen des Autos, das Peter mitsamt all seinen Habseligkeiten zurückgelassen hatte. Sie ließ die Flugtickets unerwähnt, ebenso wenig berichtete sie von seiner finanziellen Pleite und der Geliebten.

„Ihm könnte etwas zugestoßen sein", schloss sie, „und eine Freundin brachte mich auf den Gedanken, mich unter den Gästen umzuhören, die Samstagabend da waren. Vielleicht hat ja jemand etwas bemerkt. Kanntest du einen der Gäste, Henri? Namentlich, meine ich."

„Ich fürchte, nein. Du weißt, es sind hauptsächlich Touristen, die herkommen. Aber ich werde nachdenken, ob mir der Name eines Gastes einfällt."

Aber Laura hatte nicht den Eindruck, dass er sich nachhaltig engagieren würde. Niemand schien zu glauben, dass etwas Ernstes passiert sein könnte. Sie verließ das Chez Nadine

Eigentlich hatte sie ins Ferienhaus fahren und sich hinlegen wollen, aber plötzlich merkte sie, dass sie jetzt nicht allein sein mochte. Sie fuhr nach St-Cyr, hinunter an den Hafen von Les Lecques, und setzte sich in ein Café. Sie bestellte einen Kaffee und einen Schnaps, trank beides in kleinen Schlucken und beobachtete fasziniert, wie die Wolken aufrissen. Wind war aufgekommen. Der Regen versiegte, und blauer Himmel breitete sich aus. Und auf einmal stürzte die Sonne hervor, ergoss sich über das Meer, den Strand, die Promenade, die herbstlichen Blumen, und sie ließ Millionen von Regentropfen funkeln.

Wie schön, dachte Laura.

DIE TÄUSCHUNG   65

„Darf ich mich zu dir setzen?", fragte jemand. Es war Christopher,
und er lächelte sie an.

Nach dem üblichen Hin und Her, dem „Was-machst-du-denn-hier?"
und „Ich habe noch mal versucht, dich anzurufen" sprach sie ihn auf den
geplanten Segeltörn an. „Hat es dich wirklich nicht gewundert, dass
Peter nicht erschien?"

„Wir waren nicht verabredet."

„Ihr wart nicht … aber am Sonntag sagtest du …"

„Am Sonntag war ich überrumpelt. Ich wusste nicht, wie ich reagieren sollte."

„Hat es dich nicht überrascht, dass er sich nicht mit dir verabreden
wollte? Nach all den Jahren, in denen diese Herbstwoche fester Be-
standteil eures Lebens war?"

„Nein."

„Warum nicht?"

„Weil ich Bescheid wusste."

Ein sanftes Rauschen in ihren Ohren. Seltsamerweise gab es keine
Sekunde lang einen Zweifel für sie, was er meinte. „Seit wann?"

„Vor drei Jahren hat Peter es mir gesagt."

„Seit wann geht seine … Geschichte?"

„Seit vier Jahren."

„Wer ist sie?"

„Nadine Joly", sagte er, und sie meinte, die Welt breche unter ihr zusammen und der Himmel stürze über ihr ein.

NADINE JOLY war immer der Überzeugung gewesen, dass es im Leben jedes Mannes und jeder Frau eine große Liebe gab, einen Menschen, der
die Zwillingsseele, das Gegenstück, die andere Hälfte war. Fraglich
blieb, wann man diesem Menschen begegnete.

Auf den ersten Blick hatte sie gewusst, dass für sie Peter Simon dieser Mann war. Sechs Jahre zuvor, sie war 27 gewesen und bereits verzweifelt gefangen in dem Gefühl, in einer Sackgasse gelandet zu sein,
war er am Mittag eines heißen Julitages in den Garten des Chez Nadine
gekommen; sie hatte an einen Baum gelehnt dagestanden und sich ausgeruht. Die Blicke der beiden hatten sich gekreuzt, und später hatten sie
einander bestätigt, dass es in dieser Sekunde passiert war. Im Grunde
hatte es kaum einen Sinn gemacht, noch zwei lange Jahre Widerstand
zu leisten, ehe sie vor der Übermacht ihrer Gefühle – oder, wie sie
beide wussten: vor der Übermacht ihrer sexuellen Gier nacheinander –

kapitulierten. Zwei Jahre, in denen sie sich verzehrten und in Tagträumen auslebten, was dann später Wirklichkeit wurde.

Nadine schätzte Peter älter ein, als er war, und es überraschte sie später zu hören, dass er an diesem Tag seinen 34. Geburtstag gefeiert hatte. Sie wusste sofort, dass er der Mann war, auf den sie gewartet hatte. Ihr war klar, dass er das Gleiche fühlte wie sie und dass sie einander nichts vormachen mussten; zudem hatte sie so lange auf ihn gewartet, dass sie meinte, keine Zeit für Umwege und Versteckspiele mehr zu haben. Eigentlich hätte es zwischen ihnen keiner Worte mehr bedurft.

Und dann entdeckte sie die junge Frau mit den glatten braunen Haaren und den auffallend schönen, großen topasfarbenen Augen, und sie begriff, dass es ein Problem geben würde.

Peter und Laura kamen den Sommer über fast jeden Mittag, schließlich auch abends, und Nadine wusste, dass *er* dies steuerte. Sie war fiebrig und angespannt in diesen Wochen. Nie bediente sie den Tisch, an dem die Simons saßen, sie ließ das Henri tun oder eines der Aushilfsmädchen. Henri fragte sie einmal, was sie denn gegen die beiden habe. „Sie sind doch sehr nett. Und treue Gäste!"

„Ich mag sie einfach nicht besonders", hatte Nadine erwidert. Dann sprach Laura sie eines Tages an, und Nadine wusste sehr bald, dass diese Frau nett und liebenswürdig war.

„Mein Mann und ich suchen ein Ferienhaus hier in der Gegend. Meinen Sie, dass Sie uns vielleicht helfen können?"

Dieselbe Frage richtete sie auch an Henri, und der bemühte sich mit erstaunlicher Vehemenz in dieser Angelegenheit. Er mochte die Simons wirklich. Peter blockte genauso wie Nadine, konnte jedoch nicht aufhören, das Chez Nadine zu besuchen. Er vermied es, mit Nadine zu sprechen, aber er musste sie jeden Tag sehen.

Es dauerte fast zwei Jahre, bis das Traumhaus gefunden war; Henri hatte es entdeckt, und damit war der Damm gebrochen. Jetzt waren sie Freunde. Laura lud sie zur Einzugsparty ein, und Henri bat sie zu seiner Geburtstagsfeier im August, und auf einmal hatte sich ein reges Hin und Her entsponnen.

Peter und Laura kamen regelmäßig über Weihnachten, an Ostern und im Sommer in die Provence. Peter erschien dann im Oktober noch einmal zum Segeln, aber da war er die ganze Zeit über mit seinem Freund zusammen und trat im Chez Nadine nicht in Erscheinung.

Zwei Jahre nach der ersten Begegnung und etwa fünf Monate, nachdem das Haus gekauft worden war, rief Laura Ende September an und

DIE TÄUSCHUNG 67

sagte, Peter werde zum Segeln mit seinem Freund Christopher nach St-Cyr kommen. Er werde diesmal zwei Nächte im Haus verbringen und dort nach dem Rechten sehen. Die Frau, die das Anwesen wartete, sei krank geworden und ob Nadine so lieb sein könne, sich bei ihr den Schlüssel zu holen und ausnahmsweise ein paar Dinge dort zu erledigen: lüften, Kaffee und Milch kaufen.

Nadine tat, was ihr aufgetragen war, und die ganze Zeit über wuchs die Unruhe in ihr ins Uferlose. Zum ersten Mal kam Peter ohne Laura.

Sie fuhr wieder ins Chez Nadine, hatte aber noch den Schlüssel, und am Abend hielt sie es nicht mehr aus. Es war der 1. Oktober, es wurde früh dunkel, aber der Tag war warm gewesen, und der Abend blieb mild und vom Geruch herbstlicher Blumen erfüllt. Nadine stahl sich davon – es wurde einer jener Abende, an denen Henri verzweifelt nach Cathérine telefonierte – und fuhr ins Quartier Colette, parkte ihr Auto vor dem Grundstück, ging ins Haus. Sie schaltete nur eine Lampe im Wohnzimmer ein, setzte sich auf das Sofa vor dem Kamin und wartete. Um elf Uhr hörte sie Peters Wagen. Die Haustür wurde aufgeschlossen, seine Schritte kamen den Gang entlang. Er trat ins Wohnzimmer, wo sie im Schein der kleinen Lampe kauerte.

„O Gott, Nadine", sagte er.

Sie stand auf, und er stellte seine Reisetasche ab, sie traten zögernd aufeinander zu, aber ihre Scheu verflog in der Sekunde, in der sich ihre Fingerspitzen berührten. Sie hatten einander in ihrer Fantasie tausendmal geliebt, und was sie nun taten, schien ihnen vertraut. Er stand nur da und ließ sich von ihr entkleiden. Als sie vor ihm niederkniete, stöhnte er leise, und sie wusste, dass sie etwas tat, wovon er wieder und wieder geträumt hatte.

Als es vorüber war, zog er sie hoch, wollte sie umarmen, wollte beginnen, sie auszuziehen, aber sie wich zurück.

„Nein. Nicht so. Du kannst mich nicht zufällig haben, nur weil ich hier bin, weil die Gelegenheit günstig ist." Sie nahm ihren Autoschlüssel vom Tisch und wandte sich zur Tür. „Ich möchte, dass du zu mir kommst. Und dass du dich ganz für mich entscheidest."

NADINE. Peters Affäre hatte nun einen Namen und ein Gesicht. Einen Namen, den Laura kannte; ein Gesicht, das sie kannte. Sie hatte es nicht länger mit einer anonymen Geliebten zu tun. In Wahrheit stand da eine Frau, die einmal bildschön gewesen sein mochte, der aber eine unglückliche Ehe und viele Jahre der Frustration das Leuchten aus den Augen genommen hatten.

„Was hat er denn nur in ihr gesehen? Was hat ihn an ihr so gefesselt? Vier Jahre, Christopher! Vier Jahre bedeuten nicht nur eine kurze, leidenschaftliche Laune. Vier Jahre bedeuten Ernsthaftigkeit. Und jetzt wollte er mit ihr sogar nach Buenos Aires."

Christopher war überrascht. „Er wollte *weg*?"

Sie erzählte von den Flugtickets. Von Peters finanziellem Desaster. Wie sich herausstellte, hatte Christopher von wirtschaftlichen Problemen gewusst, von deren ganzem Ausmaß jedoch keine Ahnung gehabt. Von dem geplanten Flug nach Argentinien hatte Peter nichts erzählt.

Laura wagte kaum, die nächste Frage zu stellen, die sich ihr aufdrängte. „Im letzten und vorletzten Jahr ... und im Jahr davor ... als er sich mit dir im Herbst zum Segeln treffen wollte ... hast du ihn da gedeckt? War er da auch in Wahrheit mit ... ihr zusammen?"

Christopher wirkte wie ein in die Enge getriebenes, ertapptes Kind. „Im vorletzten Jahr und in dem davor ... ja. Du musst mir glauben, ich habe die Situation gehasst. Ich wollte es nicht tun. Er hat an unsere alte Freundschaft appelliert, aber es war mies von mir, und ich wusste es. Letztes Jahr habe ich mich geweigert. Ich habe ihm erklärt, dass er mich in eine Lage bringt, der ich mich nicht gewachsen fühle. Das hat er auch eingesehen. Er war zweieinhalb Tage mit mir auf dem Boot, danach ... na ja, hättest du in der Zeit angerufen, dann hätte ich dir gesagt, dass er nicht bei mir ist. Ich habe ihm erklärt, dass ich nicht für ihn lüge. Er hat es einfach riskiert, und du hast ja auch nicht angerufen."

„Ich wusste, dass er das hasste, wenn er mit dir segelte. Aber er rief von sich aus jeden Abend an und sagte, dass alles okay ist ..." Sie presste den Handrücken an den Mund. Ihr war übel. „Hat er ...", fragte sie mühsam, „hat Peter dir gesagt, warum er das getan hat? Hat er dir gesagt, was ihn von mir weg und zu ihr hin getrieben hat? Du bist sein bester Freund. Er hat sich dir anvertraut. Ich muss es wissen. Bitte."

Christopher suchte nach Worten. „Es war wohl am Anfang eine starke sexuelle Beziehung. Peter bewies sich noch einmal selbst, was für ein toller Hecht er im Bett war, und Nadine entschädigte sich für einige Jahre der Frustration. Ich will damit sagen, dass nicht besonders viel Tiefgang dabei war. Nach meiner Ansicht ging es für ihn darum, sich seine eigene Unwiderstehlichkeit zu bestätigen. Insofern hatte das alles nicht das Geringste mit deinen Qualitäten zu tun. Manche Männer geraten eben in diese Krise, in der sich Peter offenbar befand. Eine Krise,

DIE TÄUSCHUNG   69

in der sie nach Selbstbestätigung schreien und überzeugt sind, sie nur
bei einer anderen Frau zu finden."

„Und von ihrer Seite aus?"

Christopher überlegte. „Ich denke, sie versprach sich mehr. Peter erzählte mir, sie sei in ihrer Ehe sehr unglücklich. Das wurde übrigens
auch zunehmend zu einem Problem zwischen den beiden. Sie drängte
auf eine Entscheidung. Aber damit tat sich Peter schwer. Es kam zu
ziemlich scharfen Auseinandersetzungen."

„Und dennoch wollte er nun mit ihr ins Ausland."

„Das ist eine überraschende Neuigkeit für mich, und ich kann das
kaum verstehen", sagte Christopher. „In einem unserer letzten Telefongespräche meinte er, die Geschichte beginne ihm über den Kopf zu
wachsen. Ich hatte den Eindruck, dass er nach einem Weg suchte, die
Affäre zu beenden."

„Dann war es das Geld", meinte Laura und merkte, dass dieser Gedanke sie jedoch keineswegs tröstete. „Er musste weg wegen seiner
Schulden, und wahrscheinlich empfand er es als angenehmer, mit einem
anderen Menschen zusammen im Ausland neu zu beginnen." Sie stand
auf. „Ich werde sehen, ob ich drüben im Hotel Bérard ein Zimmer bekomme. Ich möchte heute Nacht nicht in ... unserem Haus schlafen."

Christopher winkte dem Kellner. „Ich zahle nur rasch. Dann begleite
ich dich hinüber."

DONNERSTAG, 11. OKTOBER

Lange nach Mitternacht war Laura noch wach, konnte bei Bérard so
wenig schlafen, wie sie es im Haus gekonnt hätte, aber es bedeutete
doch eine gewisse Distanz, und diese herzustellen erschien ihr
wichtig. Sie lag in einem breiten Himmelbett und meinte, ihr eigenes
Herz laut schlagen zu hören. Immer wieder dachte sie, dass Anne Recht
hatte. Es war wichtig herauszufinden, was mit Peter geschehen war.
Aber sie merkte, dass dieses Rätsel sie im Innersten kaum berührte. In
ihr tobten andere Fragen: die nach dem Warum, die nach Nadine, die
nach ihrer eigenen Blindheit.

Sie stand um sechs Uhr wie gerädert auf. Im Frühstücksraum, wo sie
der erste Gast war, orderte sie Pfefferminztee statt Kaffee und quälte
sich mit einem Croissant ab. Sie verlangte die Rechnung, und als Peters
Kreditkarte, die sie nun endlich einmal benutzen wollte, eingezogen

wurde, hielt sie den Atem an. Tatsächlich schüttelte die Concierge bedauernd den Kopf. „Die Karte ist nicht gültig, Madame."

Offenbar waren alle Konten längst gesperrt. Sie verfügte nun nur noch über das wenige Geld, das sie vor ihrer Abreise von ihrem persönlichen Konto abgehoben hatte. Ich habe, dachte sie, weit größere Sorgen als die Untreue meines Mannes. Ich werde tatsächlich demnächst kein Geld mehr haben! Sie kratzte den Betrag in bar zusammen, dann verließ sie eilig das Hotel.

Als sie in die Einfahrt ihres Hauses einbog, hörte sie von drinnen schon das Telefon klingeln. Sie hatte die Fenster über Nacht offen gelassen. Das Klingeln hörte auf, als sie vor der Haustür stand und in ihrer Handtasche nach dem Schlüssel kramte, aber es setzte gleich darauf wieder ein.

Peter, dachte sie, plötzlich elektrisiert, sperrte mit zitternden Händen das Schloss auf und stürmte ins Wohnzimmer. „Hallo?", fragte sie atemlos in den Hörer.

Am anderen Ende war ihre Mutter. „Ich habe die ganze Nacht versucht, dich zu erreichen. *Wo warst du?*"

„Was ist passiert? Etwas mit Sophie?"

„Ich war in eurem Haus, um frische Wäsche für Sophie zu holen. Die Polizei hatte auf den Anrufbeantworter gesprochen und um Rückruf gebeten. Ich habe mich dort gemeldet. Man war von der französischen Polizei beauftragt worden, Kontakt zu dir aufzunehmen. Es ist ein Mann gefunden worden …"

Laura wurde es eiskalt. „Ein Mann? Wo?"

„Da unten bei euch. Irgendwo in den Bergen. Er war … er ist tot, und er hat Peters Papiere bei sich, daher haben sie hier angerufen, verstehst du? Ich habe eine Telefonnummer für dich. Du sollst dich dort melden. Sie möchten, dass du dir den toten Mann ansiehst. Denn es besteht die Möglichkeit, dass … nun, es könnte Peter sein."

HENRI war wie immer früher aufgestanden als Nadine und hatte in der Küche im Stehen seinen Kaffee getrunken, dabei in der Zeitung geblättert. Aus dem Lokalteil hatte ihn ein Foto von Peter angesprungen. GRAUSAMER MORD IN DEN BERGEN prangte als Schlagzeile über dem Bild, und aus dem Text darunter war zu erfahren, dass man einen Mann, der einen Pass auf den Namen Peter Simon bei sich führte, ermordet in den Bergen aufgefunden habe. Die Polizei bitte um Hinweise aus der Bevölkerung – wem sei Peter Simon aus Deutschland bekannt, wer habe ihn wann und wo in den letzten Tagen gesehen?

DIE TÄUSCHUNG 71

Henri hatte seinen Kaffee geschlürft und das Bild betrachtet, dann hatte er das Tappen von Nadines nackten Füßen auf der Treppe gehört und die Zeitung mit dem Bild nach oben auf den Tisch gelegt.

Nadine kam im Morgenmantel in die Küche, sie sah schlecht aus, gelblich im Gesicht. Sie nahm sich einen Becher aus dem Regal, schenkte Kaffee ein und ging zum Tisch. Ihr Blick glitt flüchtig über die Zeitung, dann stutzte sie und sah genauer hin. Sie ließ sich auf den Stuhl fallen und starrte auf das Bild.

Henri setzte sich ihr gegenüber. „Er ist tot", sagte er.

„Ja", erwiderte Nadine leise.

„Ich werde mich bei der Polizei melden müssen", fuhr Henri fort, „und sagen, dass er am Samstag noch hier gegessen hat. Und dass sein Auto draußen steht. Wo warst du eigentlich am Samstagabend?"

„Bei meiner Mutter."

„Ich nehme an", sagte Henri, „dass du das auch der Polizei sagen musst. Da sein Auto noch draußen steht, wird die Polizei – genau wie Laura – vermuten, dass ihm auf dem Weg vom Chez Nadine zum Parkplatz etwas zugestoßen ist. Man wird sich in diesem Zusammenhang auch für uns interessieren. Sie werden wissen wollen, was du am Samstag gemacht hast, und sie werden deine Aussage überprüfen."

Sie nickte, aber er war nicht sicher, ob sie wirklich begriffen hatte.

„Bist du sicher, dein Alibi wird einer Überprüfung standhalten?", fragte er.

Diesmal verstand sie. Sie blickte auf, und zwischen ihren Augen erschien eine steile Falte. „Wie bitte?", fragte sie zurück.

„Na ja, ich möchte dich nur darauf hinweisen, dass es einen Unterschied macht, ob du mich anlügst oder die Polizei."

„Seit wann weißt du, dass ich nicht bei meiner Mutter war?"

„Ich weiß es, seit du mir angekündigt hast, du wolltest zu ihr."

„Du hast nichts gesagt."

Er fühlte, wie seine Überlegenheit bröckelte. Müde fragte er: „Was hätte ich sagen sollen, um eine ehrliche Antwort zu bekommen?"

„Ich weiß es nicht. Aber offen zu sein bedeutet, dass auch der andere sich öffnet."

Er stützte den Kopf in die Hände. Warum hatte er Nadine nicht zur Rede gestellt? Warum hatte er nicht mit der Faust auf den Tisch geschlagen? Und das nicht erst am Samstag, sondern schon viel früher, irgendwann während jener langen, quälenden Jahre, in denen er gefühlt hatte, wie er sie mehr und mehr verlor, und in denen dieses fürchterliche Schweigen zwischen ihnen geherrscht hatte, das so viel schlimmer gewesen war als die Streitereien ihrer ersten Jahre. Weshalb hatten sie nie ein klärendes Gespräch geführt?

„Du wolltest dich am Samstagabend mit Peter treffen", sagte er.

Sie nickte. Ihre dunklen Augen, die fassungslos und entsetzt geblickt hatten, füllten sich mit Trauer. „Ja", antwortete sie, „wir wollten zusammen weggehen. Für immer."

„Wo hast du auf ihn gewartet?"

„An der kleinen Brücke, die zwischen La Cadière und dem Quartier Colette liegt, wo er sein Haus hat. Er wollte noch mal dorthin und nachsehen, ob er einige Dinge mitnehmen könnte. Wir verabredeten uns an der Brücke."

SIE SAH sich in ihrem kleinen grünen Peugeot am Straßenrand sitzen. Es war dunkel, und der Regen nahm ihr zusätzlich die Sicht. Immer wieder drehte sie den Schlüssel im Zündschloss, um die Scheibenwischer anschalten zu können. Dann spähte sie angestrengt hinaus, ob jemand über die Brücke kam.

Sie hatte auf der Seite des Quartier Colette geparkt, an einer Stelle, die auch Peter Platz ließ zum Anhalten. Sie würde in sein Auto umsteigen und ihres zurücklassen. Irgendwann würde Henri sie als vermisst melden, und man würde ihr Auto entdecken. Wahrscheinlich würde man ein Verbrechen vermuten, und Henri würde mit dem Verdacht leben müssen, dass seine Frau ermordet worden war. Er tat ihr nicht Leid deswegen. Sie hatte schon lange aufgehört, etwas anderes für ihn zu empfinden als Abneigung. Vielleicht würde ja Marie reden.

Die ganze Zeit über hatte sie das Gefühl gehabt, sie sollte niemandem auch nur eine Andeutung über ihr Vorhaben machen. Sie hatte schon zu viel gehört und gelesen über Pläne, die geplatzt waren, weil irgendjemand seinen Mund nicht halten konnte. Und dieser Plan war der wichtigste ihres Lebens.

Aber sie hatte eine Mutter. Die arme, schwache Marie, die ihr Leben nie in den Griff bekommen hatte und für die sie dennoch eine widerwillige Verantwortung empfand. Die Vorstellung, dass Marie weinte und nie wieder zur Ruhe kam, machte Nadine zu schaffen. Sie hatte einen Brief geschrieben, in dem sie ihre Mutter bat, sich keine Sorgen zu machen; es gehe ihr gut, sie werde zusammen mit einem Freund aus Deutschland weggehen und nie wiederkommen und Marie möge ihr ver-

DIE TÄUSCHUNG 73

zeihen. Sie wollte ihn am Flughafen in Nizza kurz vor dem Start ihrer Maschine einwerfen.

Peter hatte gesagt, er werde zwischen sieben und halb neun an der Brücke sein, genauer konnte er sich bei einer Fahrt von über tausend Kilometern nicht festlegen. Sie selbst hatte das Chez Nadine bereits um sechs Uhr verlassen; Henri war für längere Zeit auf der Toilette verschwunden, und die Gelegenheit war günstig gewesen, die Koffer aus dem Haus zu schaffen.

Als sie die Koffer im Auto hatte, war ihre Unruhe so übermächtig geworden, dass sie es nicht länger daheim aushielt. Lieber würde sie im Auto warten als dort. Henri war noch immer hinter der Badezimmertür verschwunden.

„Ist dir schlecht?", rief sie.

Der Wasserhahn lief. „Es geht schon wieder", sagte Henri. „Ich hatte gleich den Eindruck, dass mit dem Fisch heute Mittag etwas nicht stimmte."

Sie hatte von demselben Fisch gegessen, und ihr war nicht schlecht. Sie verließ das Haus ohne ein weiteres Wort, ohne sich zu verabschieden. Als sie beim Mittagessen gesagt hatte, sie werde abends zu ihrer Mutter gehen und dort übernachten, hatte er überraschenderweise nur genickt.

Kurz vor sieben versuchte sie Peter auf seinem Handy zu erreichen, aber nach viermaligem Klingeln schaltete sich der Anrufbeantworter ein. Sie wusste, dass er es hasste, beim Fahren zu telefonieren, wahrscheinlich antwortete er deshalb nicht. Trotzdem versuchte sie es um acht noch einmal und dann wieder um halb neun. Sie fror jetzt heftig, und obwohl es inzwischen in Strömen regnete, stieg sie aus und lief an den Kofferraum, um einen dicken Wollpullover aus ihrem Gepäck zu kramen. Sie war ziemlich nass, als sie wieder auf den Fahrersitz rutschte. Sie trug jetzt zwei Pullover und eine Jacke, aber sie bibberte immer noch. Es irritierte sie, dass Peter nicht anrief.

Vielleicht ist sein Handyakku leer. So etwas passiert immer im ungünstigsten Moment. Und der Regen macht ihm zu schaffen, dazu die Dunkelheit.

Kurz nach neun tauchten endlich Scheinwerfer auf. Ein Wagen kam über die Brücke. Sie ließ die Scheibenwischer laufen und spähte angestrengt hinaus. Das Licht blendete sie, das Auto selbst konnte sie nicht erkennen. Sie drückte die Lichthupe. Der Wagen wurde langsamer.

Aber dann legte das Auto wieder Tempo zu und rauschte an ihr vorbei.

74

Im Rückspiegel erkannte sie eine kleine Klapperkiste mit französischem Kennzeichen. Es war nicht Peter gewesen.

Es wurde zehn Uhr, elf Uhr. Um halb zwölf fiel ihr kaum mehr eine Erklärung ein. Wenn er sich so sehr verspätete, hätte er anrufen müssen. Selbst wenn sein Handy nicht funktionierte, so gab es Raststätten, Tankstellen, von denen aus er hätte telefonieren können. Irgendetwas stimmte da nicht.

Um Mitternacht stieg sie aus und lief ein Stück die Straße entlang, ungeachtet des heftigen Regens. Sie hielt die nun schon Stunden andauernde Bewegungslosigkeit nicht mehr aus. Ihre Gedanken überschlugen sich. Sie hegte den furchtbaren Verdacht, dass Peter von daheim in Deutschland gar nicht losgefahren war.

Die ganze Zeit über war sie die Angst nicht losgeworden, dass er im letzten Moment kneifen würde. Nach einer langen Zeit der Zurückhaltung war sie es schließlich gewesen, die zu dem gemeinsamen Ausbruch aus ihrer beider Leben gedrängt hatte, nicht er. Es hatte Kämpfe um Kämpfe gekostet, endlose Auseinandersetzungen, die ihren Höhepunkt gefunden hatten in dem schrecklichen Sommerwochenende in Pérouges, an dem schon alles aus zu sein schien, an dem sie beide zornentbrannt jeder in eine andere Richtung davongefahren waren. Sie hatte schlechte Karten gehabt, seit das Baby da gewesen war, und ihre einzige Chance war Peters sich stetig verschlechternde wirtschaftliche Lage gewesen. Irgendwo dazwischen bewegte sie sich mit ihrer Forderung, endlich ein neues, gemeinsames Leben zu beginnen. Schließlich war unerwartet am Ende des Sommers sein Anruf gekommen, am 21. August: Er hatte sich entschieden. Er bat sie, mit ihm ins Ausland zu gehen. Doch zwischen jenem 21. August und diesem 6. Oktober hatte sie keinen Moment lang die Angst verlassen. Zu sehr hatte sich Peter gequält. Zu leicht konnte er jetzt wieder umfallen.

Und nun schien es, als sei er umgefallen. Im letzten Moment hatte er sich für seine Familie entschieden. Und war zu feige gewesen, sich bei ihr zu melden. Er hatte sie stehen lassen auf einem Feldweg, in Dunkelheit und Regen, hatte sie kalt und rücksichtslos abserviert. Sie stand in der Gegend herum wie ein ausrangiertes Möbelstück und wusste nicht, wie ihr Leben weitergehen sollte. Triefend nass setzte sie sich hinter das Steuer. Es war nach ein Uhr, als sie den Motor wieder anließ und davonfuhr.

Beim Frühstück am nächsten Morgen hörte sie, dass Peter am Vorabend im Chez Nadine gewesen war.

DIE TÄUSCHUNG   75

„Es MUSS dich doch erleichtert haben zu hören", sagte Henri, „dass er hier
war. Er hat dich nicht sitzen lassen. Ihm ist etwas dazwischengekommen."
   Sie starrte an ihm vorbei. „Das weiß ich erst seit eben", sagte sie.
„Aber er ist tot ... Wie konnte das geschehen?"
   „Er wurde ermordet." Mit dem Finger tippte Henri auf die Zeitung.
„Irgendwo in den Bergen."
   „Seit wann wusstest du von ihm?", fragte sie.
   „Dass es jemanden gibt, habe ich schon seit Jahren vermutet. Dass er
es war, weiß ich erst seit Freitag."
   „Wie hast du das herausgefunden?"
   „Ich habe gar nichts herausgefunden. Cathérine hat es mir gesagt."
   Cathérine. Es wunderte sie nicht einmal besonders. Vom ersten Mo-
ment an hatte sie gewusst, dass sie von dieser Frau nichts Gutes zu er-
warten hatte. Und dann fiel ihr plötzlich etwas ein, und ihr Herz schlug
schneller. Sie starrte Henri an. „Seit Freitag wusstest du, dass Peter und
ich zusammen sind. Am Samstag siehst du ihn hier in deinem Lokal.
Und gleich darauf ist er tot. Ermordet."
   Henri sagte nichts. Das Wort *ermordet* hing im Raum. Ein ungeheu-
erlicher Verdacht tat sich dahinter auf. Sie musste ihn nicht formulieren,
er las ihn in ihren Augen. „O Gott", sagte er leise.

FREITAG, 12. OKTOBER
· ·

Laura lag bis zum Mittag im Bett. Sie hatte sich am Vortag sofort
nach dem Anruf ihrer Mutter mit der Polizei in Verbindung gesetzt.
Eine Beamtin hatte sie daraufhin abgeholt. Sie war wie in Trance
gewesen, als sie neben ihr durch die langen Gänge des gerichtsmedizi-
nischen Instituts von Toulon gelaufen war. Jemand erklärte ihr, man
habe den Toten so hergerichtet, dass sie vor dem Anblick keine Furcht
haben müsse. Sie identifizierte Peter, ohne zu zögern. Er sah friedlich
aus, von der Gewalteinwirkung, unter der er gestorben war, war nichts
zu sehen. Allerdings war er bis zum Kinn mit Tüchern abgedeckt.
   Es folgte ein langes Gespräch mit dem ermittelnden Beamten. Seinen
Namen hatte sie nicht verstanden, aber sie erinnerte sich, ihn als gütig
empfunden zu haben. Sie erzählte ihm die Geschichte in einer gefilter-
ten Form.
   Peter war zum alljährlichen Segeltörn mit Christopher aufgebrochen,
bei dem Freund jedoch nicht angekommen. Sein letzter ihr bekannter

Aufenthaltsort war das Chez Nadine gewesen, dort hatte er am Samstag zu Abend gegessen, wie sie vom Wirt, Henri Joly, erfahren hatte. Sein Auto parkte noch dort. Dann verlor sich seine Spur, sie hatte keine Ahnung, was geschehen war. Sie war ihm nachgereist, weil es sie beunruhigte, keinen telefonischen Kontakt zu ihm zu bekommen. Zudem hatte sie am Sonntag nach Peters Abreise gegen halb elf am Morgen Christopher angerufen und erfahren, dass er dort nicht erschienen war.

Die logische Gegenfrage des Kommissars war, weshalb sich denn Christopher nicht bei ihr gemeldet habe, es habe doch auch ihm befremdlich vorkommen müssen, dass der Freund nicht erschien. Spätestens an diesem Punkt hätte sie mit der Geliebten, den Flugtickets und Christophers Wissen darum herausrücken müssen. Warum brachte sie es nicht fertig? Es war klar, dass der Kommissar auch mit Christopher sprechen würde. Christopher würde von Nadine berichten. Sicher würde man denken, es sei ihr peinlich gewesen, als betrogene Ehefrau dazustehen. Die Wahrheit war komplizierter: Sie hatte etwas mit dem wehrlosen Toten zu tun, den sie gerade identifiziert hatte. Von seiner Untreue und Verlogenheit zu berichten wäre ihr wie üble Nachrede vorgekommen, begangen an einem Menschen, der keine Möglichkeit mehr hatte, sich zu rechtfertigen.

„Wissen Sie, was wir einige Meter vom Leichenfundort entfernt entdeckt haben? Eine Aktentasche."

„Oh … ja, Henri erwähnte das. Der Besitzer vom Chez Nadine. Mein Mann hatte eine Aktentasche bei sich. Henri hatte sich noch ein wenig gewundert deswegen."

„Wissen Sie, was in dieser Tasche war?"

„Nein."

„Schweizer Franken. In säuberlich gebündelten Banknoten. In deutsche Währung umgerechnet, etwa zweihunderttausend Mark."

Sie starrte ihn an. „Aber", sagte sie, „mein Mann war vollkommen pleite! Er hatte bestimmt keine zweihunderttausend Mark mehr!"

Sie berichtete von seinen Schulden. Der Kommissar hörte aufmerksam zu, machte sich Notizen.

„Sehr eigenartig", sagte er. „Ihr Mann ist pleite und verschwindet von einem Tag auf den anderen, woraus man durchaus den Schluss ziehen könnte, dass er vorhatte unterzutauchen. Aber dann wird er kurz darauf ermordet aufgefunden, mit einem Koffer voller Geld im Handgepäck. Wobei das Geld seinen Mörder offenbar nicht im Geringsten interessiert hat. Wir haben es definitiv nicht mit einem Raubmord zu tun!" Er spielte

DIE TÄUSCHUNG   77

mit seinem Kugelschreiber. „Sagt Ihnen der Name Camille Raymond
etwas? Oder Bernadette Raymond?"

„Nein."

„Camille Raymond", sagte der Kommissar, „war eine Pariserin, die ein
Ferienhaus in St-Cyr besaß, das sie regelmäßig aufsuchte. Bernadette
war ihre vierjährige Tochter. Die Putzfrau von Madame Raymond, eine
Monique Lafond aus La Madrague, hat beide Anfang der Woche in eben-
jenem Ferienhaus gefunden. Tot, erdrosselt mit jeweils einem kurzen Seil.
Die Tat selbst hat allerdings wohl schon Ende September stattgefunden."

„Mit einem Seil erdrosselt? Aber das klingt wie …"

Er nickte. „Das klingt wie das, was mit Ihrem Mann passiert ist. Die
Untersuchungen sind noch nicht abgeschlossen, aber wir vermuten, dass
es sich bei den Tatwerkzeugen um die abgeschnittenen Teile ein und desselben langen Seils handelt. Monsieur Simon wurde zusätzlich mit einem Messer schwer verletzt. Aber das Erdrosseln ist die Todesursache.
Im Falle von Madame Raymond hat der Mörder ihr Nachthemd mit einem Messer in Fetzen geschnitten. Das Messer stellt eine weitere Paral-
lele dar. Möglicherweise wurde Monsieur Simon heftiger angegriffen,
weil er sich stärker gewehrt hat. Es war sicher schwerer, ihn zu töten als
eine Frau oder ein vierjähriges Kind. Ich bin überzeugt, es handelt sich
um denselben Täter. Das heißt, die Wege der Opfer haben sich an irgendeiner Stelle gekreuzt."

Die Gedanken jagten wild in ihrem Kopf. „Aber der Täter könnte
seine Opfer doch zufällig …"

„… zufällig auswählen?" Der Kommissar schüttelte den Kopf. „Im
Laufe meiner langjährigen Tätigkeit habe ich gelernt, dass es sehr wenige Zufälle gibt. Falls wir es mit einem Verrückten zu tun haben, der
allein stehende Frauen mit Kindern in einsam gelegenen Ferienhäusern
überfällt und erdrosselt, dann passt ein deutscher Geschäftsmann, den er
vor einem Restaurant abfängt und verschleppt, nicht in das Bild. Auch
der perverseste Täter hat ein Muster, das seinem Handeln zugrunde
liegt. Er folgt einer Logik, die für ihn zugleich Rechtfertigung seines
Tuns ist. Das bedeutet, es muss irgendeine Verbindung zwischen Ihrem
Mann und Madame Raymond geben."

„Es kann doch auch um eine Nachahmung gehen."

„Natürlich gibt es das Phänomen des Nachahmungstäters", sagte der
Kommissar, „aber diese Theorie würde natürlich dann hinfällig, wenn
sich herausstellte, dass es sich wirklich um ein und dasselbe Tatwerk-
zeug handelt, nicht wahr? Könnte Ihr Mann Feinde gehabt haben?"

Nein, sagte sie, ihr sei nichts bekannt.

Der Kommissar nahm seinen ursprünglichen Gedanken wieder auf. „Diese Madame Raymond … das andere Opfer …", sagte er vorsichtig, „könnte es sein, dass Ihr Mann ein Verhältnis mit Madame Raymond hatte?"

Das Schlimmste war, dass es sein konnte. Peter hatte sie jahrelang mit Nadine Joly betrogen. Wer sagte ihr, dass er sie nicht mit einem halben Dutzend Frauen hintergangen hatte?

Ein Polizist hatte sie nach Hause gefahren, nachdem der Kommissar sie gebeten hatte, vorläufig in Frankreich zu bleiben und sich zur Verfügung zu halten.

Den restlichen Donnerstag hatte sie im Bett verbracht, zusammengekrümmt wie ein Embryo, frierend aus ihrem tiefsten Inneren heraus. Das Telefon hatte häufig geklingelt, aber sie wollte niemanden sprechen. Ihr Leben, so schien es ihr, hatte jegliche Normalität verloren. Von einer Idylle war sie in ein Chaos aus unüberschaubaren Schulden, einem jahrelangen außerehelichen Verhältnis und einem perversen Mörder geraten. Sie hatte keine Ahnung, wie sie das alles verarbeiten sollte, sie hatte nur das Bedürfnis, sich zu verkriechen.

An diesem Freitag nun fühlte sie sich krank. Erst gegen halb drei stand sie auf und setzte sich in den Korbstuhl auf der Veranda. Der 12. Oktober. Ein sonniger, sehr milder Tag. Drinnen klingelte unverdrossen das Telefon. Ganz langsam durchbrachen ihre Gefühle den Panzer, den der Schock über sie gelegt hatte. Es war fast fünf Uhr, als sie zu schreien begann. Sie brüllte ihren Schmerz heraus, ihre Wut, ihre Verletztheit, die Demütigung, das Grauen, ihre Angst, ihren Hass, ihre Enttäuschung. Sie umklammerte mit beiden Armen ihre Knie und ließ all ihre aufgewühlten, heftigen Gefühle aus sich herausströmen.

Irgendwann war sie zu erschöpft, um weiterzumachen. Gegen halb sieben, als es bereits dunkel wurde, merkte sie, dass sie fror. Sie ging ins Haus, schloss Fenster und Türen, schichtete Holz und alte Zeitungen im Kamin aufeinander. Sie entzündete ein Feuer und kauerte sich dann davor nieder, rückte so nah es ging an die Flammen heran. Langsam kroch Wärme in ihre Glieder. Ihr Magen schmerzte vor Hunger. Irgendwann später würde sie nachsehen, ob es etwas Essbares im Haus gab. Sie brauchte auch einen Schluck Wasser.

Um kurz nach acht Uhr klingelte es vorn am großen Tor. Sie rappelte sich auf, betätigte den elektrischen Öffner. Sie hörte einen Wagen die Auffahrt heraufkommen, öffnete die Haustür. Christopher

DIE TÄUSCHUNG 79

stand vor ihr, blass und zaghaft lächelnd, in der Hand einen großen Korb.

„Ich habe es in der Zeitung gelesen", sagte er. „Ich wusste, dass du Hilfe brauchst. Nachdem du gestern und heute nicht ans Telefon gingst, beschloss ich, einfach vorbeizukommen."

„Komm herein", sagte sie.

In dem Korb befanden sich alle Zutaten für ein schnell zubereitetes Essen: Spaghetti, Tomaten, Zwiebeln, Knoblauch, Zucchini und Oliven, Sahne und Käse. Christopher sagte, er wolle das Kochen übernehmen, und baute die mitgebrachten Utensilien auf dem Küchentisch auf. „Wie wäre es, wenn du in der Zwischenzeit ein schönes heißes Bad nimmst?"

„Eine heiße Dusche tut's auch", meinte sie und ging ins Badezimmer.

Sie sah verheerend aus, wie sie feststellte. Die Haare struppig, das Gesicht verquollen, die Haut fahl. Sie betrachtete ihr Spiegelbild, sah, was Peter mit seiner Verlogenheit und Treulosigkeit innerhalb weniger Tage aus ihr gemacht hatte, und dachte voller Wut, dass es an ihr lag, ob sie es weiterhin zuließ oder nicht. Sie brauchte alle ihre Kräfte, um für sich und ihre kleine Tochter ein neues Leben zu organisieren.

Sie duschte lange. Als sie fertig war, tuschte sie ihre Wimpern und zog die Lippen nach, föhnte die Haare und verteilte eine zart getönte Creme übers Gesicht. Sie zog frische Unterwäsche an, saubere Jeans, einen weichen Pullover. Sie sah besser aus und fühlte sich auch so.

Als sie das Bad verließ, roch es schon überall nach dem köstlichen Essen, das Christopher vorbereitete. Er stand in der Küche am Herd, schnippelte Tomaten und Zucchini in eine Pfanne, in der bereits Knoblauch briet. Neben sich hatte er ein Glas mit Rotwein stehen. Aus dem Radio im Regal klang leise Musik.

Trauer stieg in ihr auf. Wie oft hatten sie und Peter in dieser Küche gekocht, mit Musik und Rotwein, so heiter und verliebt. „Hallo, Christopher", sagte sie schließlich. „Kennst du eine Camille Raymond?"

MONIQUE LAFOND dachte, es sei besser gewesen, zur Arbeit zu gehen und sich abzulenken, statt sich krankschreiben zu lassen und daheim den furchtbaren Bildern ausgeliefert zu sein, die ihr Gedächtnis ihr wieder und wieder vorspielte.

Sie hatte an jenem fürchterlichen 8. Oktober nicht die Polizei gerufen, sondern war, nachdem sie sich heiser geschrien hatte, losgerannt. Sie hatte keine Ahnung, wohin sie lief, erkannte erst, dass sie bei Isabelle Rosier gelandet war, als sie vor deren Haustür stand und mit den Fäusten dagegen hämmerte. Wahrscheinlich war sie instinktiv hierher gelaufen, weil sie bei Isabelle ebenfalls putzte. Bei Isabelle war sie auch in der vergangenen Woche zweimal zum Putzen gewesen, trotz der Krankschreibung. In ihrer Wohnung hatte sie es nicht mehr ausgehalten.

An diesem Freitag hatte sie eigentlich in die Stadt gehen wollen, aber sie konnte sich nicht aufraffen, zu duschen und sich anzuziehen. Bis zum Abend lief sie im Nachthemd herum, und da sie nicht einmal die Energie fand, sich etwas zu essen zu kochen, aß sie nur eine Chipstüte leer und einen Becher Eiscreme aus der Tiefkühltruhe. Danach war ihr schlecht.

Am Abend um halb neun klingelte es an ihrer Wohnungstür. Widerwillig erhob sie sich vom Sofa und öffnete.

Vor ihr stand eine blasse junge Frau. „Sind Sie Monique Lafond?", fragte sie.

„Ja. Wer sind Sie?"

„Mein Name ist Jeanne Versini. Ich bin heute aus Paris angereist. Darf ich hereinkommen? Ich bin eine Bekannte von Camille Raymond."

Monique forderte sie mit einer Handbewegung auf, näher zu treten.

„Ich kann nicht sagen, dass ich mit Camille richtig befreundet war", sagte Jeanne, als sie in Moniques Wohnzimmer saß, ein Glas Orangensaft vor sich und in ihrem eleganten dunkelblauen Hosenanzug wie ein Fremdkörper wirkend. „Camille ließ keinen Menschen wirklich an sich heran. Ich habe nie eine verschlossenere Person erlebt als sie."

„Ja, das war auch mein Eindruck von ihr", stimmte Monique zu. Sie hatte ihren Morgenmantel übergezogen und sich für ihr Aussehen entschuldigt. „Ich bin seit … seit dem Ereignis irgendwie aus dem Tritt geraten. Ich werde all die Bilder nicht los."

„Das ist aber doch nur allzu verständlich!", hatte Jeanne sofort gesagt. „Es muss ein furchtbares Erlebnis für Sie gewesen sein."

Ihre ehrliche Anteilnahme tat Monique gut. „Mir hat die kleine Bernadette immer ein wenig Leid getan", gestand sie. „Für ein Kind ist ein derart zurückgezogenes Leben nicht gut. Oft dachte ich, dass sie am Ende vielleicht genauso depressiv wird wie ihre Mutter."

„Mir ging es genauso", sagte Jeanne. „Ich wohnte in Paris nur zwei Häuser weiter und habe eine Tochter im selben Alter wie Bernadette. Die beiden waren befreundet. Zwangsläufig trat ich dadurch auch immer wieder in Kontakt mit Camille. So lernten wir einander ein bisschen näher kennen."

„Als sie starb, war sie dreiunddreißig", sagte Monique. „Zu jung, um so unglücklich zu sein, nicht wahr?"

„Sie konnte den Tod ihres Mannes nicht verwinden. Er war die große

DIE TÄUSCHUNG 81

Liebe ihres Lebens, wie sie mir einmal sagte. Sie konnte einfach nicht mehr fröhlich sein."

„Ja", sagte Monique, „und dabei war sie eine so schöne Frau. Sie hätte an jedem Finger ein Dutzend Männer haben können."

„Wissen Sie da etwas?", fragte Jeanne. „Von einem Mann, meine ich."

Monique war verwirrt. „Nein. Warum?"

„Ich bin hier", sagte Jeanne, „weil es da eine Geschichte gab, die mir jetzt im Kopf herumgeht, seit ich von dem furchtbaren Unglück gelesen habe."

„Sie haben in Paris davon gelesen?"

„Es war nur eine kleine Notiz. Hier unten hat es sicherlich die Schlagzeilen gefüllt. Aber es wurden auch bei uns Hinweise aus der Bevölkerung erbeten, schließlich hat Camille ja dort gelebt."

„Wenn es da, wie Sie sagen, eine Geschichte gab, weshalb gehen Sie dann nicht zur Polizei?"

„Weil ich mir so unsicher bin … ich möchte mich nicht blamieren", sagte Jeanne. „Ich kannte Camille seit vier Jahren, seit sie zum ersten Mal den Wagen mit ihrer neugeborenen Tochter an meinem Haus vorbeischob und ich sie ansprach … und ich kannte sie nur depressiv und verschlossen. Im letzten Jahr allerdings, als sie im September von hier nach Paris zurückkehrte, schien sie verändert. Ihre Augen blickten nicht mehr so traurig, und ihr seltenes Lächeln war nicht mehr so gequält. Ich freute mich, ich dachte, dass eben doch die Zeit nach und nach Wunden heilen lässt." Jeanne spielte an ihrem Glas herum. „Dann, im Januar dieses Jahres, als sie von ihren Weihnachtsferien aus St-Cyr zurückkam, wirkte sie sehr bedrückt. Ein Problem schien sie zu beschäftigen. Ich sprach sie darauf an, aber sie sagte, da sei nichts. Ostern fuhr sie wieder hierher, und diesmal machte sie einen erleichterten Eindruck, aber ich wagte nicht, sie noch einmal deswegen zu fragen. Aber kurz bevor sie im Juni wieder hierher reiste, konnte ich sie überreden, mich und die Kinder zu einem Tagesausflug nach Disney-Land zu begleiten. Der Tag gefiel ihr, sie taute richtig auf, und am Abend kam sie sogar noch auf ein Glas Wein mit zu mir. Sie sagte, sie freue sich auf den Sommer, sie habe im Sommer des vergangenen Jahres einen Mann dort unten kennen gelernt, und zunächst habe es ausgesehen, als könne sich daraus etwas Ernsteres entwickeln …"

„Ich hätte ihr das von Herzen gewünscht", sagte Monique.

„Ich auch, weiß Gott. Aber sie sagte, an Weihnachten habe sie herausgefunden, dass etwas nicht stimmte. Sie habe die sich anbahnende Beziehung abgebrochen."

„Und was hat nicht gestimmt?"

„Darüber wollte sie nichts sagen. Sie berichtete nur, dieser Mann habe ihre Entscheidung nicht akzeptieren wollen. Er habe sie ständig angerufen und bedrängt. Erst Ostern, als es noch einmal ein direktes Gespräch gegeben habe, habe er offenbar begriffen, wie ernst es ihr war. Er habe sich nun nicht mehr gemeldet, und sie hoffe, dass er sie den Sommer über in Ruhe ließe."

Monique starrte Jeanne an. „Glauben Sie, *er* könnte der Täter sein?"

„Ich weiß es nicht", sagte Jeanne. „Im Juni, als Camille dann abgereist war, bin ich einen Tag später in ihre Wohnung gegangen. Ich sollte dort die Blumen für sie gießen und die Post aus dem Briefkasten holen. Ihr Anrufbeantworter blinkte, offenbar war nach ihrer Abreise ein Anruf eingegangen."

Und du warst recht erpicht darauf zu hören, wer da angerufen hatte, dachte Monique.

„Sie müssen wissen", sagte Jeanne, „dass ich mich seit Jahren um die Wohnung kümmere, wenn sie fort ist, und kaum je hat einmal der Anrufbeantworter geblinkt. Camille bekam praktisch keine Anrufe. Und kaum Post, außer Bankbriefen und Rechnungen. So war ich erstaunt, als ich das Gerät blinken sah."

„Sie hörten es ab", sagte Monique.

„Ja, ich dachte, vielleicht ist das eine wichtige Information, die ich Camille dann zukommen lassen könnte. Es war eine Männerstimme auf dem Band. Ich war sicher, dass das der Mann sein musste, von dem Camille mir erzählt hatte. Er nannte nicht seinen Namen, er sagte nur: ‚Ich bin es.' Er wirkte sehr gereizt. Wann sie denn nach St-Cyr komme, und sie solle sich doch gleich bei ihm melden. Sie könne ihren gemeinsamen Traum doch nicht einfach im Sande verlaufen lassen. Er nannte eine Handynummer, unter der sie ihn erreichen könne."

„Und Sie riefen Camille an?"

Jeanne senkte den Blick. „Ich habe sie nicht angerufen. Und das ist es, was mir jetzt so schwer zu schaffen macht. Ich denke dauernd: Vielleicht war *er* es! Vielleicht hat er sie umgebracht aus Wut, weil sie ihn nicht angerufen hat."

„Warum haben Sie ihr denn nichts gesagt?", fragte Monique.

„Ich hatte Angst, sie könnte böse werden. Sie hat mir nie gesagt, dass ich ihren Anrufbeantworter abhören soll. Am Ende hätte sie es als einen

DIE TÄUSCHUNG 83

Vertrauensmissbrauch empfunden. Ich hätte ihre Freundschaft verloren. Schließlich notierte ich die Nummer, die der Mann genannt hatte, und löschte den Text."

„Wieso mussten Sie ihn gleich löschen?"

„Weil man sonst gesehen hätte, dass ich ihn abgehört hatte. Das rote Licht leuchtet dann noch, blinkt aber nicht. Camille hätte das nach ihrer Rückkehr bemerkt."

Monique dachte, dass Jeanne ziemlich unreif war. Ihr Verhalten erinnerte an ein Kind, das, ohne nachzudenken, nur bemüht ist, die Spuren eines Fehlverhaltens zu vertuschen. Mit ihrer Unfähigkeit, souverän mit der Situation umzugehen, hatte sie womöglich die Chance verspielt, das Unglück zu verhindern.

„Ich finde einfach keine Ruhe mehr", sagte Jeanne. „Ich kann nachts nicht schlafen, ich muss immer darüber nachdenken, was ich getan habe. Schließlich dachte ich, ich muss mit jemandem reden, der hier unten lebt, der sie in jenen Sommerwochen vielleicht gesehen hat, der womöglich weiß, ob sie und dieser Mann einander getroffen haben … jemand, der mich von der Vorstellung befreien kann, dass der unterschlagene Anruf den Beginn der Tragödie darstellt. Das Schlimme ist, dass ich hier niemanden kenne. Einzig eine Nachbarin namens Isabelle hat Camille ein paarmal erwähnt. Deshalb bin ich hierher gereist. Die Adresse von Camilles Haus kannte ich, das Haus, das sie als ‚nächsten Nachbarn' bezeichnet hatte, war leicht zu ermitteln. Isabelle war nicht da, nur ihr Mann. Isabelle kommt erst morgen Abend zurück, sie ist bei ihrer Schwester in Marseille. Er nannte mir Ihren Namen und Ihre Adresse." Jeanne atmete tief. „Und da bin ich nun."

„Es tut mir Leid, Jeanne", sagte Monique, „aber ich habe nichts von der Existenz dieses Mannes gewusst. Camille hat mir nichts erzählt, und ich habe sie nie mit jemandem gesehen."

„Überlegen Sie!", drängte Jeanne. „Sie haben sauber gemacht bei ihr. Und da waren nie irgendwelche Utensilien eines Mannes? Eine weitere Zahnbürste, eine Rasierklinge …"

Monique überlegte, schüttelte aber schließlich den Kopf. „Ich habe nichts bemerkt. Sie müssen ja auch bedenken, welch ein Mensch Camille war. Sie wollte nie, dass irgendjemand erfährt, was in ihr vorgeht."

„Dann bleibt mir nur die Hoffnung, dass Isabelle etwas weiß", meinte Jeanne. „Ich werde sie morgen Abend aufsuchen. Aber ich fürchte, Camille hat die Angelegenheit auch vor ihr geheim gehalten."

„Bestimmt. Isabelle ist eine ungeheure Klatschtante. Hätte Camille ihr etwas erzählt, hätte ich es bestimmt erfahren – und ein Dutzend anderer Leute ebenfalls. Warum rufen Sie ihn nicht an?"

„Wen?"

„Na, diesen großen Unbekannten. Madame Raymonds Liebhaber. Sie haben doch seine Handynummer."

„Aber ich kann doch nicht einfach anrufen. Vielleicht sollte ich mit der Nummer eher zur Polizei gehen."

„Das wäre bestimmt das Beste."

„Aber dann muss ich dort auch erzählen, dass …"

„Dass Sie ein bisschen geschnüffelt haben? Jeanne, dafür wird Sie niemand verurteilen. Man wird froh sein, dass Sie einen wichtigen Hinweis liefern."

„Mir ist das sehr unangenehm. O Gott, hätte ich doch nie dieses Band abgehört!"

Monique griff nach dem Hörer ihres Telefons, das neben ihr stand. „Kommen Sie", sagte sie, „wir versuchen es einfach. Ich rufe ihn jetzt an. Dann wissen wir beide mehr. Können Sie mir die Nummer diktieren?"

Jeanne holte einen zusammengefalteten Zettel aus ihrer dunkelblauen Hermès-Handtasche. Sie schien erleichtert, dass jemand die Dinge nun in die Hand nahm.

Monique wählte die Nummer. Es klingelte eine lange Zeit, dann schaltete sich die Mailbox ein. Ein Name wurde nicht genannt, es kam der neutrale Ansagetext des Serviceanbieters. Als er endete, erklärte Monique unbefangen ihr Anliegen. „Hallo, mein Name ist Monique Lafond. Aus La Madrague. Ich bin eine Bekannte von Camille Raymond. Es gibt da ein paar Dinge, die ich gern mit Ihnen besprechen würde. Könnten Sie sich bitte bei mir melden?" Sie nannte ihre Nummer und legte dann auf. „So", sagte sie zufrieden, „nun werden wir ja sehen, was passiert. Ich bin sicher, er ruft an. Und vielleicht sind Sie dann eine Sorge los, Jeanne."

Jeanne erhob sich. Sie hatte den Zettel wieder eingesteckt. „Ich werde auf jeden Fall versuchen, morgen Abend mit Isabelle zu sprechen", sagte sie, „bis mindestens Sonntag früh bin ich also noch da. Ich wohne im Hotel Bérard in La Cadière. Ich wäre Ihnen sehr dankbar, wenn Sie mich informieren würden, falls er sich meldet."

„Selbstverständlich, ich rufe Sie an oder komme vorbei", versicherte Monique. „Und Sie überlegen bitte noch einmal, ob Sie nicht doch zur Polizei gehen wollen. Es wäre das Vernünftigste."

„Ich denke darüber nach", versprach Jeanne, aber Monique hatte das Gefühl, dass sie unter keinen Umständen zur Polizei wollte.

DIE TÄUSCHUNG 85

Als Jeanne gegangen war, versuchte Monique die Zeitung vom Morgen zu lesen, aber sie konnte sich nicht konzentrieren. Zu viele Gedanken geisterten in ihrem Kopf herum. Im Grunde konnte auch sie sich nicht mehr einfach aus allem heraushalten. Wenn Jeanne nicht zur Polizei ginge, müsste sie selbst es tun. Sie vermutete, dass sie sich strafbar machte, wenn sie half, eine so wesentliche Information unter den Teppich zu kehren. Am Montag, sagte sie sich, am Montag gehe ich zur Polizei. Und vielleicht hat sich ja bis dahin auch schon der große Unbekannte gemeldet.

„VIELLEICHT gab es ganz viele Camilles und Nadines in Peters Leben. Vielleicht bestand sein ganzes Dasein nur aus Affären und Liebesabenteuern", sagte Laura.

„Dafür hast du keinen Anhaltspunkt. Ich weiß nur von Nadine. Warum hätte er mir von Camille oder einer anderen nicht auch erzählen sollen?", fragte Christopher.

„Weil er wusste, du würdest nicht billigen, was er tut. Du würdest es gerade noch hinnehmen, wenn er dir von einer Frau erzählt, mit der er mich betrügt. Aber sowie er mit mehreren daherkäme, würde er jegliche Unterstützung von dir verlieren."

„Die hat er sowieso verloren. Wie ich dir sagte, habe ich ihn schon seit dem letzten Jahr nicht mehr gedeckt."

„Aber bis dahin konnte er auf dich zählen. Vielleicht bist du auch von ihm belogen worden. Er hat dir gesagt, er verbringt die Herbstwoche mit Nadine. Aber er kann auch mit Camille Raymond zusammen gewesen sein – oder mit einer Dritten oder Vierten, die wir nicht kennen."

„Wieso gehst du so sicher davon aus, dass er Camille Raymond überhaupt kannte?"

„Sie sind beide auf die gleiche Art getötet worden. Das kann kein Zufall sein. Irgendeine Verbindung gibt es zwischen ihnen. Davon ist auch der Kommissar überzeugt. Wenn sie nur eine Bekannte, eine Geschäftspartnerin gewesen wäre – dann hätte er sie zu irgendeinem Zeitpunkt erwähnt. Aber er hat sie vollständig verschwiegen. Und das lässt für mich nur einen Schluss zu."

„Aber wieso sind beide am Ende tot?"

„Vielleicht gab es noch einen anderen Mann in ihrem Leben, der sich Hoffnungen auf sie machte. Und der ausrastete, als er hinter ihr Verhältnis mit Peter kam. Er ermordete erst sie und dann ihn. Aus Eifersucht oder Rache. Aber es ist spät. Ich bin schrecklich müde. Es war schön, dass du da warst. Danke, dass du für mich gekocht hast."

„Ich habe es gern getan. Ich … ich fühle mich irgendwie mitschuldig an dem, was Peter dir angetan hat. Ich möchte dir wirklich helfen. Bitte ruf mich an, wenn du mich brauchst. Zum Reden oder Spazierengehen oder wozu auch immer. Ja?"

„Gern. Danke, Christopher."

„Gute Nacht, Laura."

SAMSTAG, 13. OKTOBER

Nadine hoffte, dass Cathérine zu Hause sein und sie einlassen würde. Sie stand vor dem schäbigen Haus in der düsteren Gasse und hatte schon zweimal die Klingel gedrückt. So viele Jahre lang war sie nicht mehr hier gewesen, dass sie sich gar nicht sofort zurechtgefunden hatte.

Nadine wollte schon aufgeben, da summte der Türöffner, und sie gelangte in das finstere Treppenhaus. Oben stand Cathérine und zuckte sofort zurück.

„Du?", sagte sie gedehnt.

„Darf ich reinkommen?", fragte Nadine.

Cathérine nickte widerstrebend. „Komm herein."

In der Wohnung brannte Licht, und Nadine erkannte sogleich, weshalb es so lange gedauert hatte, bis Cathérine die Tür öffnete: Sie hatte sich noch rasch ihr verschorftes Gesicht mit Make-up bestrichen.

„Es ist erst das zweite Mal, dass du hier bist", sagte Cathérine. „Das erste Mal war … das war …"

„Das war kurz nach unserer Hochzeit", sagte Nadine, „als Henri glaubte, er müsste unbedingt Freundinnen aus uns machen."

„Ja", sagte Cathérine, „das hätte er gern gesehen. Dass wir Freundinnen werden und es von da an immer wieder fröhliche Abende und Nachmittage zu dritt gibt. Eine Art Familie."

„Wir alle glücklich vereint um seinen Pizzaofen", sagte Nadine, und das Wort „Pizzaofen" klang aus ihrem Mund wie „Jauchegrube".

„Er ist harmoniesüchtig", sagte Cathérine. „Leider macht ihn das sehr angreifbar für Menschen, die streitlustiger sind als er. Wollen wir uns ins Wohnzimmer setzen?"

Sie hatte ein paar schöne alte Möbel im Wohnzimmer stehen, die nicht recht in die triste Atmosphäre passten. Nadine vermutete, dass sie sie geerbt hatte, vielleicht von jener Tante, deren Tod auch für Henri und da-

DIE TÄUSCHUNG 87

mit für sie selbst so bedeutsam geworden war. Auch hier brannte elektrisches Licht, da zu wenig Helligkeit durch die Fenster hereindrang.

Cathérine deutete auf das Sofa.

„Cathérine", sagte Nadine, „ich möchte mich eigentlich nicht setzen. Dies ist auch kein offizieller Besuch. Ich wollte dir nur eine Frage stellen."

„Ja?", sagte Cathérine. Sie blieb ebenfalls stehen.

„Henri hat mir gesagt, du hättest herausgefunden, dass ich mit Peter das Land verlassen wollte. Und nun möchte ich wissen, auf welche Weise du dahinter gekommen bist."

Cathérine wurde blass. „Wie konntest du Henri so wehtun?", fragte sie leise. „Wie konntest du ihn betrügen und hintergehen? Er war ein anderer Mensch früher. Du hast aus ihm einen ängstlichen, misstrauischen Mann gemacht. Er wird nie verwinden, was du ihm angetan hast."

„Wie du es rausgekriegt hast", wiederholte Nadine. „Nur das will ich wissen."

„Es war leicht, hinter dein Geheimnis zu kommen", sagte Cathérine. „Ich habe den Brief gelesen, den du an deine Mutter geschrieben hast. Am vorletzten Freitag. Ich war mittags da, um Henri zu helfen. Du hattest ihn wieder einmal im Stich gelassen. In dem Brief hast du deinen Plan ja erläutert."

Eigenartig, dachte Nadine erstaunt. Ich *wusste,* dass ich den Brief nicht hätte schreiben sollen. „Der Brief lag nicht offen herum", sagte sie, „er war ganz hinten in meiner Schreibtischschublade. Wenn du ihn gelesen hast, musst du gezielt in meinen Sachen gestöbert haben."

„Ja", sagte Cathérine. Sie wirkte keineswegs peinlich berührt.

„Hast du das öfter getan?", fragte Nadine perplex.

„Immer mal wieder. Meist allerdings ergebnislos. Du warst sehr vorsichtig. Ich fand Tagebücher, die abgeschlossen waren. Briefe, Notizen, Fotos, die herumlagen, waren zwar privaten Inhalts, gaben aber keinerlei Hinweise auf einen Liebhaber. Doch ich wusste schon lange, dass du ein Verhältnis hast", fuhr Cathérine fort. „Und Henri wusste es auch. Er hat unmenschlich gelitten. *Da läuft etwas, Cathérine,* hat er immer wieder zu mir gesagt, *ich kann nicht sagen, woran ich es merke, aber es gibt einen anderen Mann in ihrem Leben. Sie hat ein Verhältnis, Cathérine.* "

In Cathérines Augen war ein warmer Schimmer getreten, als sie von Henri sprach. Es war jenes Leuchten, mit dem sie ihn ansah, wenn er das Wort an sie richtete. In diesem Augenblick begriff Nadine erstmals, dass es echte Liebe war, was Cathérine für Henri empfand. Er war nicht bloß ihre Notlösung, weil sich sonst niemand nach ihr umschaute. Er war die große und einzige Liebe ihres Lebens; er war es immer gewesen und würde es immer sein. Eine Liebe voller Tragik, weil sie sich nie erfüllen konnte. Aber sie war groß genug, dass Cathérine aufrichtiges Mitleid für diesen Mann hatte empfinden können, als er sich wegen der Untreue ihrer verhassten Rivalin quälte. Jede andere hätte triumphiert, dachte Nadine, aber ihr haben seine Schmerzen wirklich wehgetan.

„Woher wusstest du, dass es Peter war? Seinen Namen habe ich in dem Brief nicht erwähnt."

„Nein, aber du schriebst, dass du mit einem Deutschen weggehst. Sowohl Henri als auch ich wussten niemanden sonst, der infrage kommen könnte. Henri war doppelt getroffen; er hatte Peter für einen Freund gehalten. Für ihn brach in einer Sekunde nahezu alles zusammen, woran er jemals geglaubt hat."

„Du hast diesen Brief also gefunden", sagte Nadine langsam, „nachdem du auf ekelhafte Weise in meinen Sachen gestöbert hast. Du bist sofort damit zu Henri gelaufen. Weshalb musstest du mich anschwärzen? Du hättest die Dinge doch einfach laufen lassen können. Einen Tag später wäre ich weg gewesen. Endlich wäre der Weg für dich frei gewesen."

Cathérine lächelte bitter. „Henri hätte mich niemals geheiratet. Aber vielleicht hätten wir in einer Art Partnerschaft miteinander gelebt. Wir hätten einander nie enttäuscht, und keiner von uns wäre jemals wieder einsam gewesen."

„Aber dann …"

„Ich wusste, wenn du einfach verschwändest, würde er nie aufhören, nach dir zu suchen. Er würde sein Leben vergeuden in der Hoffnung, dich zurückzubekommen, und er würde nie Frieden finden. Meine einzige Chance war, ihm wirklich und ohne Gnade die Augen über dich zu öffnen. Es war einer meiner schlimmsten Momente überhaupt, als ich ihm den Brief zeigte. Nie habe ich einen entsetzteren, getroffeneren Menschen gesehen. Mein Gott, Nadine, er hat dich so sehr geliebt, und irgendwann wirst du begreifen, was du weggeworfen und zerstört hast. Vielleicht merkst du es auch jetzt schon." Sie betrachtete die andere kritisch. „Du bist eine sehr schöne Frau. Aber du siehst schlecht aus, Nadine. Da ist nicht mehr viel von der Frau, die du einmal warst. Man sieht dir viele durchweinte Stunden an und die – wahrscheinlich jahrelange? – Angst, Peter könnte sich am Ende doch für seine Frau entscheiden und nicht für dich. In deiner Ausstrahlung lag früher eine Selbstsicherheit, ein herausforderndes Lächeln, das du an die ganze Welt zu richten schienst. Das ist verschwunden. Und das Schlimme ist –

DIE TÄUSCHUNG 89

du hast es geopfert für nichts! Denn du stehst mit leeren Händen da. Dein Geliebter liegt mausetot im pathologischen Institut in Toulon, und dir bleibt nur Henri, dessen Liebe du nun nie zurückgewinnen wirst. Du bist noch nicht einmal Mitte dreißig und siehst heute aus, als seist du schon über vierzig. Du hast nichts mehr. Gar nichts."

Jedes ihrer Worte traf Nadine wie ein Keulenschlag, und sie merkte, dass sie den Rückzug antreten musste, wollte sie nicht in Tränen ausbrechen. Sie wünschte, sie wäre nicht nach La Ciotat gefahren.

„Cathérine", sagte sie, während sie sich bereits der Wohnzimmertür näherte, „du solltest dir dein Mitleid besser für dich selbst aufsparen. Ich habe sicher eine Menge verloren, aber auch für dich ist alles schief gelaufen. Denn dadurch, dass ‚mein Geliebter mausetot ist', bin ich nun nicht in Buenos Aires, sondern hier, und das mag tragisch für mich sein, aber zweifellos auch für dich. Keine Partnerschaft, kein geteiltes Alter. Du wirst auf ewig in diesem Loch hier sitzen und dir die Augen nach Henri ausweinen. Hättest du nur nichts gesagt, Cathérine! Es wäre unendlich viel klüger gewesen."

„Das hätte nichts daran geändert, dass deine Pläne von einem Mörder zerstört wurden", entgegnete Cathérine.

„Ich kenne einen Menschen, der einen verdammt guten Grund gehabt hätte, Peter aus dem Weg zu räumen", sagte Nadine, „nachdem er erfahren hat, dass er der Mann war, mit dem ich den Rest meines Lebens verbringen wollte."

Cathérines Miene zeigte ungläubige Verwunderung, und dann fing sie an zu lachen, schrill und hysterisch. „Du glaubst allen Ernstes, Henri könnte Peter getötet haben?", rief sie. „Was bist du nur für eine Frau, Nadine! So viele Jahre, und du hast keine Ahnung, wer der Mann ist, mit dem du lebst. Zu glauben, dass Henri …"

Nadine verließ fluchtartig die Wohnung, rannte zu ihrem Auto und wusste, dass sie nie wieder hierher kommen würde.

An diesem Samstagmorgen führte Laura endlich das längst überfällige Telefongespräch mit ihrer Mutter, weil sie wissen wollte, wie es Sophie ging.

„Ich habe unablässig versucht, dich zu erreichen", sagte Elisabeth. „Wieso bist du nicht ans Telefon gegangen?"

„Ich hatte eine Art Zusammenbruch während der letzten beiden Tage. Ich konnte mit niemandem sprechen. Wie geht es Sophie?"

„Gut. Möchtest du sie sprechen?"

„Bitte. Unbedingt!"

Elisabeth holte Sophie ans Telefon, und Laura fühlte sich gleich ein wenig besser, als sie das fröhliche Gebrabbel ihrer Tochter hörte. Sie unterhielt sich eine Weile mit ihr in einer Kindersprache, die nur sie beide verstanden, und versicherte ihr, sie werde bald wieder bei ihr sein.

Danach kam Elisabeth noch einmal an den Apparat. „Du hast ihn identifiziert? Der Tote … war Peter?"

„Ja."

„Du hättest mir das gleich sagen müssen. Ich bin hier fast verrückt geworden vor Sorge. Weiß man denn, wer der Täter war?"

„Nein. Noch nicht."

„Du hast hoffentlich der Polizei erzählt, dass es da eine Frau gab? Es ist nicht angenehm, eine solche Demütigung durch den eigenen Mann offen zu legen, aber die müssen das wissen. Hörst du?"

„Natürlich, Mutter." Es ist hoffnungslos, dachte Laura, Trost von ihr zu erwarten. Wahrscheinlich empfindet sie durchaus Anteilnahme. Aber sie kann sie einfach nicht ausdrücken. „Mutter", sagte sie rasch, „könntest du Sophie noch eine Weile übernehmen? Ich darf hier im Moment nicht weg."

„Das ist kein Problem", sagte Elisabeth, „aber du hältst mich auf dem Laufenden?"

„Natürlich halte ich dich auf dem Laufenden. Gib Sophie noch einen Kuss von mir, ja?"

Nachdem sie den Hörer aufgelegt hatte, starrte Laura nachdenklich vor sich hin. Noch war Sophie zu klein, als dass sie hätte verstehen können, was geschehen war. Aber eines Tages würde sie erfahren, dass ihr Vater ermordet worden war. Welch eine Belastung für ihr weiteres Leben, dachte Laura. Sie nahm sich vor, alles zu tun, um zu verhindern, dass Sophie je von der Absicht ihres Vaters erfuhr, im Ausland unterzutauchen und Frau und Tochter allein auf seinem Schuldenberg zurückzulassen. Wie sollte sie ein gesundes Selbstwertgefühl entwickeln, wenn sie sich ihren Vater als gewissenlosen Feigling vorstellen musste?

Sie nahm die leeren Weingläser vom Vorabend in die Hand. Es hatte ihr gut getan, Christopher bei sich zu haben. Verständnisvoll hatte er mit ihr über Peter geredet, über seine Stärken und Schwächen, darüber, dass er ein guter Freund gewesen war, dem er, Christopher, nicht hatte helfen können, als sein Leben aus dem Gleichgewicht geriet.

„Wenn das mit dem Geld nicht dazugekommen wäre", hatte er gesagt, „dann hätte sich alles wieder eingerenkt. Er wäre zu dir zurückgekehrt,

DIE TÄUSCHUNG

und danach wäre Ähnliches nicht mehr vorgefallen. Diese Art von Krise hat ein Mann nur einmal."

Sie hatte seinen Worten gelauscht, nicht aber echten Trost in ihnen gefunden. Denn da gab es noch Camille Raymond und vielleicht noch etliche andere. Während sie aufräumte, überlegte sie, ob es sinnvoll war, Erkundigungen über Camille Raymond einzuziehen. War es wichtig zu wissen, ob die beiden ein Verhältnis gehabt hatten? Es mochte sich auswirken auf das Bild, das sie fortan von Peter haben würde. An ihrer Verletztheit konnte es jedoch kaum etwas ändern.

Andererseits hatte sie keine Ahnung, wann man ihr erlauben würde, nach Hause zurückzukehren. Da sie irgendetwas Sinnvolles tun musste, hatte sie bereits beschlossen, am Montag einen Makler aufzusuchen, der ihr sagen konnte, wie viel Geld sie beim Verkauf des Ferienhauses erwarten durfte.

Vor ihr lag noch das Wochenende. In ihrem Kopf spukte ständig ein Name herum, den der Kommissar während des Gesprächs mit ihr erwähnt hatte. *Monique Lafond.* Das war die Frau, die Camille Raymond und ihre kleine Tochter gefunden hatte. *Monique Lafond aus La Madrague.* Sie hatte bei Camille geputzt. Putzfrauen bekamen eine Menge mit von dem, was sich im Privatleben ihrer Arbeitgeber abspielte. Wenn Camille ein Verhältnis mit Peter gehabt hatte, dann wusste Monique möglicherweise Bescheid.

Sie rief bei der Auskunft an und erhielt Monique Lafonds Adresse, notierte sie auf einem Zettel. Kurz entschlossen verließ sie das Haus und setzte sich in ihr Auto.

Monique Lafond war nicht zu Hause. Laura hatte den Wohnblock mit dem flachen Dach und den vielen kleinen Balkons rasch gefunden. Unten gab es nur eine Schwingtür, die tagsüber nicht abgeschlossen wurde. Laura klingelte mehrfach oben an der Wohnungstür, aber nichts rührte sich. Sie kramte einen Zettel und einen Stift aus ihrer Handtasche, schrieb ihren Namen und ihre Telefonnummer darauf und bat Monique, sie in einer dringenden Angelegenheit anzurufen. Sie klemmte den Zettel an die Wohnungstür und verließ das Haus.

„ICH MÖCHTE wissen, wo du am Samstagabend warst", sagte Nadine. „Ich möchte über jede Minute Bescheid wissen."

Henri hackte Zwiebeln. Es war heiß in der Küche – Mittagszeit. Zwei Drittel der Tische im Gastraum waren besetzt, obwohl die Saison vorüber war. Er hatte am Morgen überlegt, ob er Cathérine anrufen sollte, es dann aber wegen der angespannten Situation mit Nadine nicht gewagt. Wie erwartet, hatte er nun das Nachsehen.

„Nicht jetzt", bat er. „Ich muss Mahlzeiten für etwa vierzehn Personen aus dem Boden stampfen. Wenn du etwas für mich tun willst, dann übernimm das Servieren."

„Ich will nichts für dich tun", sagte Nadine. „Mich interessieren weder deine Gäste noch was du ihnen auf die Teller füllst. Der Mann, den ich geliebt habe, ist ermordet worden. Vermutlich am Samstagabend. Und ich will wissen, wo du warst."

Der Mann, den ich geliebt habe ... Es tat so weh, dass er Mühe hatte, ein Stöhnen zu unterdrücken. So bewusst grausam war sie ihm gegenüber noch nie gewesen. „Wie kannst du so dumm fragen? Hier herrschte Hochbetrieb. Ich hatte keine Zeit, in die Berge zu fahren und deinen Liebhaber umzubringen."

„Wieso hast du an jenem Abend nicht Cathérine geholt? Sonst stand sie doch so sicher wie das Amen in der Kirche hier und mühte sich, dir zur Hand zu gehen!"

„Ich wollte sie nicht sehen."

„Wieso nicht? Sie war am Freitag da. Sie war am darauf folgenden Sonntag da. Warum nicht am Samstag?"

Er wischte sich den Schweiß von der Stirn. „Sie hatte mir am Freitag gesagt, dass ... du und Peter ..."

„Und da wolltest du am Samstag lieber keinen Zeugen hier haben?"

„Nein. Aber ich wollte nicht mit ihr sprechen. Ich wollte nicht, dass sie mich den ganzen Abend über fragt, was ich jetzt tun werde. Ich hätte das nicht ertragen."

„Aber am nächsten Mittag hast du's ertragen."

„Du warst wieder da. Ich hatte dich nicht verloren."

„Weil Peter tot war."

„Aber damit habe ich nichts zu tun."

Aus dem Gästeraum drangen laute Stimmen. Die Leute wurden unruhig.

„Wir reden heute Abend", sagte Henri. „Über was du willst. Aber ich muss jetzt hier weitermachen, sonst bricht das Chaos aus. Hilfst du mir?"

„Nein", sagte sie und verließ die Küche.

Es war Samstagnachmittag, kurz nach vier Uhr, und Laura hatte Anne endlich erreicht, nachdem sie es zwei Stunden lang vergeblich versucht hatte.

„Ich war zum Mittagessen mit einem Typ, den ich gestern Abend kennen gelernt habe", hatte Anne erklärt, „aber ich bin schon beim Aperitif beinahe eingeschlafen. Was ist passiert?"

Atemlos lauschte sie: dem Bericht von Peters Ermordung, von dem vielen Geld, das man am Tatort gefunden hatte, von Lauras Erkenntnis, dass Nadine Joly seine Geliebte gewesen war, und von Camille Raymond, die auf die gleiche Art ermordet worden war wie Peter und von der der Kommissar überzeugt war, dass sie zu Peter in irgendeiner Beziehung gestanden hatte.

„Weißt du, was ich merkwürdig finde?", sagte Anne. „Du und diese Camille Raymond – ihr habt viel gemeinsam. Ihr·seid beide jung, ungefähr Mitte dreißig. Ihr habt jede eine kleine Tochter. Und ihr seid beide Witwen."

Laura war verblüfft. „Aber … was schließt du daraus?", fragte sie.

„Vorläufig – gar nichts. Es fiel mir plötzlich auf. Ein bisschen eigenartig ist es schon, findest du nicht?"

„Aber eines stimmt nicht überein", sagte Laura. „Camille Raymond ist jetzt tot. Und ich nicht. Das ist ein entscheidender Unterschied."

Anne schwieg, und dann sagte sie in einem Ton, der irgendwie unecht klang: „Ja, natürlich, du hast Recht."

Laura hatte den Eindruck, dass Anne sich Sorgen machte.

MONIQUE war am Samstagabend allein in ihrer Wohnung. Sie eilte geschäftig umher und deckte den Tisch – für eine Person, aber in irgendeiner Zeitschrift hatte die Kummerkastentante allein lebenden Frauen geraten, es sich manchmal auch „nur für sich selbst" richtig schön zu machen. In der Küche brutzelte eine Seezunge, und eine Schüssel mit Salat stand auch schon bereit. Sie hatte sich eine Flasche Wein geöffnet und summte leise vor sich hin.

Hin und wieder warf sie einen Blick zum Telefon. Irgendeine Reaktion musste es doch geben. Sie war den ganzen Vormittag beim Einkaufen gewesen und hatte sich dann ein Essen im Restaurant gegönnt, hatte die Einkäufe im Auto verstaut und noch einen langen Spaziergang am Strand gemacht. Es war fast halb fünf, als sie in ihre Wohnung zurückkehrte. Als Erstes hatte sie den Anrufbeantworter abgehört. *Er* hatte sich nicht gemeldet. Das wunderte sie. Er sollte doch ein Interesse daran haben, sich mit ihr in Verbindung zu setzen. Sie hatte sich ein Kleid gekauft, und plötzlich kam ihr die Idee, es zum Essen anzuziehen. Warum nicht? Es war ein sehr sexy Kleid, schwarz und schlicht, mit tiefem

94

Ausschnitt und dünnen Trägern über den Schultern. Es stand ihr gut, fand sie. Ihr Busen kam wunderschön zur Geltung, und dass der besonders hübsch war, hatten ihr die Männer, die es bisher in ihrem Leben gegeben hatte, einhellig versichert.

Als sie in die Küche ging, um nach ihrem Essen zu sehen, klingelte es an der Tür. Verwirrt schaute sie zur Uhr: Viertel nach acht. Sie trat aus der Küche. Nur wenige Schritte trennten sie von ihrer Wohnungstür, und irgendein nicht definierbares Geräusch sagte ihr, dass der Besucher bereits im Haus war. Das war nicht ungewöhnlich. Die Haustür unten sollte eigentlich immer zugeschlossen werden, aber niemand im Haus sorgte sich wegen irgendwelcher Gefahren.

Im selben Moment läutete es schon wieder. Monique konnte ungeduldige Klingler nicht leiden. „Meine Güte, ich komme ja schon!", rief sie.

Als sie jedoch öffnete, war niemand zu sehen. Sie blickte nach rechts und links, doch der Gang war leer.

Auf der Treppe vernahm sie Schritte. Gleich darauf tauchte Jeanne Versini auf. Diesmal trug sie ein Chanel-Kostüm in verschiedenen Pastellfarben, passende hellblaue Schuhe und eine hellblaue Handtasche mit der typischen Goldkette.

„Oh", sagte Jeanne, „entschuldigen Sie. Sie haben Besuch?"

„Nein, nein. Ich habe mir dieses Kleid heute gekauft und wollte es noch mal anprobieren. Kommen Sie doch herein. Möchten Sie ein Glas Wein?"

Jeanne folgte der Aufforderung. Sie sah den festlich vorbereiteten Esstisch und stutzte erneut, registrierte dann, dass nur für eine Person gedeckt war. „Ich finde es ja ein wenig leichtsinnig, dass man abends unten ohne Schwierigkeiten ins Haus hineinkann", meinte sie. „Nach Einbruch der Dunkelheit sollte schon abgeschlossen sein, finden Sie nicht?"

„Ich kann mir nicht vorstellen, dass Einbrecher es auf dieses Haus abgesehen haben könnten. Reichtümer vermutet hier bestimmt niemand", sagte Monique.

„Ich habe jedenfalls unten geklingelt", sagte Jeanne, „denn ich stelle es mir unangenehm vor, zu so später Stunde zu öffnen und einen unerwarteten Besucher direkt vor der Tür stehen zu sehen."

„Sie haben zweimal geklingelt", sagte Monique.

Jeanne sah sie verwundert an. „Nein. Einmal. Ich habe einmal geklingelt und bin dann hinaufgegangen."

„Merkwürdig", sagte Monique, aber sie mochte das Thema nicht mit Jeanne besprechen. „Gibt es etwas Neues?", fragte sie, während sie ein zweites Glas holte, Wein einschenkte und es ihrer Besucherin reichte.

DIE TÄUSCHUNG

„Schon", meinte Jeanne zögernd, „aber es bringt uns wohl nicht wirklich weiter." Sie machte eine Kopfbewegung zum Telefon hin. „Hat *er* sich gemeldet?"

„Nein. Möchten Sie mit mir essen? Der Fisch ist gerade fertig."

Jeanne lehnte dankend ab, sie esse abends nie, und Monique dachte, dass dies wohl das Geheimnis ihrer grazilen Figur war. Schließlich saßen sie einander am Tisch gegenüber, Jeanne nippte an ihrem Wein, und Monique verzehrte Fisch und Salat. Jeanne sagte, sie sei um sechs Uhr zu Isabelle gegangen, habe dort eine halbe Stunde warten müssen, und dann sei Isabelle zurückgekehrt und habe Zeit gefunden, mit ihr zu reden.

„Also, sie hat etwas gewusst von einem Mann in Camilles Leben. Aber sie weiß nicht, wer er war, sie kennt keinen Namen. Sie ist einmal morgens, im letzten Sommer, an dem Weg vorbeigekommen, der zu Camilles Haus führt, und da fuhr ein Wagen mit einem Mann entlang. Sie hat dann versucht, durch vorsichtiges Fragen etwas aus Camille herauszubekommen, doch da biss sie wohl auf Granit. Aber genau wie ich im letzten Jahr hatte sie den Eindruck, dass Camille ein wenig fröhlicher und zuversichtlicher wurde. Um Weihnachten herum traf Isabelle Camille am Strand und ging ein Stück mit ihr spazieren, und ihr fiel auf, dass sie sehr bedrückt und unglücklich wirkte. Camille erzählte ihr schließlich das Gleiche wie mir, dass sie einen Mann kennen gelernt habe, die Geschichte aber nun beenden wolle und dass dieser Mann nicht so einfach loszuwerden sei. Isabelle hakte nach. Camille muss etwas in der Art gesagt haben, dass dieser Mann ihr manchmal Angst mache. Sie wollte nicht recht mit der Sprache heraus. Isabelle reimte es sich schließlich so zusammen, dass Camille Angst in dem Sinn gemeint hatte, dass sie fürchte, er enge sie ein, erdrücke sie mit Liebe. Isabelle sagt, der Unbekannte habe ihr in diesem Moment Leid getan. Wahrscheinlich ein ganz normaler Mann, habe sie gedacht, der Camille ganz normale Avancen macht. Aber scheitern muss an ihrer komischen Art."

„Hat Isabelle der Polizei davon erzählt?", fragte Monique.

Jeanne schüttelte den Kopf. „Ihr war das alles so harmlos vorgekommen, dass sie nicht mehr daran gedacht hat. Erst durch meine Fragen fiel ihr die Angelegenheit wieder ein."

Monique hatte auf einmal das Gefühl, dass sie beide einen Fehler gemacht hatten, weil sie nicht sofort zur Polizei gegangen waren. „Jeanne", sagte sie, „ich bin überzeugt, dass wir unser Wissen nicht für uns behalten dürfen. Ich hatte mir bereits vorgenommen, am Montag zur Polizei zu gehen. Ich überlege sogar, ob ich morgen schon anrufe. Wenn

Camille gesagt hat, sie habe Angst vor diesem Mann, dann kann das auch ganz anders gemeint gewesen sein. Vielleicht war das wirklich ein unangenehmer Typ, und Camille hatte Gründe, sich vor ihm zu fürchten. Immerhin wurde sie ermordet."

Jeanne zog fröstelnd die Schultern hoch. „Und Sie haben dem Mann Ihren Namen auf den Anrufbeantworter gesprochen", sagte sie, „und gesagt, wo Sie wohnen. Sie sollten ein bisschen vorsichtig sein in der nächsten Zeit, Monique."

Monique starrte sie an. „Lieber Himmel", flüsterte sie.

Es WAR Viertel nach neun, dunkel, eine kalte, sternklare Oktobernacht. Seit dem späten Nachmittag brannte bei Laura der Kamin im Wohnzimmer. Es war kuschelig warm im Haus.

Wie schwer wird es mir fallen, das hier zu verkaufen, dachte Laura.

Sie hatte sich ein Brot gemacht und ein Glas Wein eingeschenkt und setzte sich damit auf ein großes Kissen vor den Kamin. Zum ersten Mal seit Tagen hatte sie das Gefühl, ein wenig zur Ruhe zu kommen. Sie trank in kleinen Schlucken ihren Wein, aß dazu das Brot. Wenigstens konnte sie seit dem Vorabend wieder normal essen. Für ein paar Momente spürte sie so etwas wie Frieden.

Sie schrak heftig zusammen, als von draußen an die Balkontür geklopft wurde. Sie hatte die Fensterläden noch nicht geschlossen, weil sie nachher noch einmal hinaustreten und die Sterne ansehen wollte. Nun nahm sie einen großen Schatten auf der Veranda wahr.

Ihr Impuls war, nach oben ins Schlafzimmer zu laufen und die Tür hinter sich zuzumachen, aber dann hörte sie, wie ihr Name gerufen wurde. „Laura, ich bin es. Christopher! Machst du mir auf?"

Sie lief zur Tür und öffnete. Christopher kam herein, rieb dabei seine Hände aneinander. „Das ist vielleicht kalt draußen! Ich bin viel zu leicht angezogen." Er gab ihr einen freundschaftlichen Kuss. „Hallo, Laura. Tut mir Leid, dass ich zu spät bin. Ich saß den ganzen Tag am Schreibtisch und habe irgendwann die Uhr aus den Augen verloren."

Sie fröstelte in der kalten Luft, die mit ihm ins Zimmer strömte, und schloss rasch wieder die Tür. „Wieso zu spät? Waren wir verabredet?"

„Das hatte ich doch gestern gesagt. Dass ich gegen halb neun heute wieder hier wäre."

Mit einem entschuldigenden Lächeln fasste sie sich an den Kopf. „Es ist nicht zu glauben. Ich erinnere mich wirklich nicht. Ich bin so durcheinander, seit …"

Er lächelte. „Das ist doch verständlich. Mach dir deswegen bloß keine Sorgen. Aber dann hast du vermutlich auch nichts zum Essen vorbereitet?"

Sie schluckte. „Hatten wir das auch verabredet? O Gott …"

Er lachte. „Ja. Aber das ist kein Problem. Ich lade dich irgendwohin ein. Was hättest du gerne?"

Wäre sie ehrlich gewesen, so hätte sie nun gesagt: „Dass du wieder gehst." Sie hatte das Bedürfnis, allein zu sein. Aber nachdem sie schon ihre Verabredung verschwitzt hatte, konnte sie ihn nicht derart brüskieren. Immerhin brachte sie den Mut auf, ihm zu sagen, dass sie nicht weggehen wollte. „Ich kann dir Brot und Käse anbieten", sagte sie, „oder wir könnten noch etwas von gestern aufwärmen. Aber ich möchte jetzt nicht unter Menschen."

Er verstand das und verschwand in der Küche. Sie blieb vor dem Kamin, hörte ihn nebenan herumhantieren, mit Töpfen und Besteck klappern. Nach einer Weile zog der Geruch warmen Essens herüber. Er schien in der Küche zu essen, vielleicht hatte er gemerkt, dass ihr nicht nach Gesellschaft zumute war. Aber sie spürte, dass sich ihr Körper wieder verspannt hatte.

Er räumte sein Geschirr in die Spülmaschine, wie sie den Geräuschen entnehmen konnte. Irgendetwas störte sie. Sie wusste, dass sie die Situation am gestrigen Abend, als er für sie gekocht und sie zusammen gegessen hatten, als anheimelnd empfunden hatte. Heute hätte es wieder so sein können. Das warme Zimmer, die tanzenden Flammen, Christophers Hantieren. Aber das Gefühl vom Vorabend wollte sich nicht mehr einstellen.

Er kam ins Zimmer, ein Weinglas in der Hand, und wieder einmal stellte sie fest, dass er angenehme Bewegungen hatte; es gab nichts Lautes, Ungeschicktes an ihm.

„Tut mir Leid, dass ich so gierig war", sagte er, „aber ich hatte seit dem frühen Morgen nichts mehr gegessen. Ich hatte fürchterlichen Hunger."

„Mir tut es Leid, dass ich nichts vorbereitet hatte. Ich weiß wirklich nichts mehr davon, dass wir verabredet waren."

Er setzte sich auf das zweite Kissen. „Es muss dir nicht Leid tun. Aber ich hatte mich auf eine ganz kindische Art darauf gefreut, hierher zu kommen und von dir mit einem Essen erwartet zu werden. Eine Situation, wie ich sie seit Jahren nicht mehr kenne. Erwartet zu werden."

Er sah so traurig aus, dass es ihr wehtat. Sie erinnerte sich, dass Peter damals erzählt hatte, Christopher leide unmäßig unter der Scheidung.

Und es war schwer vorstellbar, wieso eine Frau einen Mann wie Christopher verließ.

„Warum hast du eigentlich nicht wieder geheiratet?", fragte sie und erschrak über sich selbst. Wie taktlos, eine solche Frage zu stellen! „Entschuldige", fügte sie rasch hinzu, „es geht mich natürlich nichts an …"

Er lächelte. „Natürlich geht es dich etwas an. Wir sind Freunde – oder? Ich hätte sehr gern wieder geheiratet. Noch mal Kinder gehabt, eine neue Familie gegründet. Aber es ist nicht so einfach, einen Menschen zu finden, der zu einem passt. Der die gleichen Ideale hat, die gleiche Lebensvorstellung. Leider wirst du das auch feststellen. Du bist ja nun ebenfalls allein, und irgendwann wirst auch du vielleicht wieder die Augen offen halten nach einem Mann, der ein neuer Partner werden könnte. Es ist nicht leicht. Sehr viele Versuche enden in einer Enttäuschung."

„Aber sicher nicht alle", erwiderte sie und bezog dies eher auf ihn als auf sich, denn sie konnte sich im Augenblick nicht vorstellen, jemals wieder das Bedürfnis nach einer Beziehung zu haben. „Irgendwann ist ein Glückstreffer dabei. Da bin ich ganz sicher."

„Man soll die Hoffnung nicht aufgeben", sagte er. Und übergangslos fügte er hinzu: „Weshalb holst du eigentlich nicht deine kleine Tochter hierher?"

Sie sah ihn verblüfft an. „Weshalb sollte ich? Ich weiß doch gar nicht, wie lange ich hier bleiben muss. Außerdem muss ich zusehen, das Haus zu verkaufen. Sophie ist bei meiner Mutter viel besser aufgehoben."

„Ich konnte mich immer kaum trennen von meinen Kindern", sagte Christopher. „Ich wollte immer am liebsten die ganze Familie um mich haben."

„Eine Familie habe ich eigentlich nicht mehr", sagte Laura, „es gibt nur noch Sophie und mich. Irgendwie müssen wir uns nun durchschlagen."

Christopher erwiderte nichts, und eine Weile blickten sie nur in die prasselnden Flammen.

Nur noch Sophie und ich, dachte Laura, das ist alles, was von meiner Traumfamilie übrig geblieben ist. „Ich glaube", sagte sie leise, „dass ich allein sein möchte."

Christopher nickte. „In Ordnung. Das kann ich verstehen. Dann sehen wir uns auch morgen nicht?"

„Das hat nichts mit dir zu tun. Ich brauche ein bisschen Zeit ganz für mich. Ich muss mich erst wieder zurechtfinden."

DIE TÄUSCHUNG

Er stand auf, und in dem Blick, den er ihr zuwarf, lagen Wärme und Besorgnis. „Du rufst mich an, wenn es dir schlecht geht?", vergewisserte er sich. „Oder wenn du Hilfe brauchst? Ich bin für dich da."

„Ich weiß. Danke, Christopher."

Er verschwand durch die Verandatür. Als er die Auffahrt hinunterging, sprang der Bewegungsmelder an. Vorhin hatte er das nicht getan. Oder war es ihr nur entgangen? Sie war zu müde, darüber nachzudenken.

SONNTAG, 14. OKTOBER

Zum ersten Mal seit vielen Tagen aß Henri zum Frühstück wieder ein Honigbaguette, obwohl er in der letzten Woche keinen Appetit darauf gehabt hatte. Aber seit seiner Jugend hatte ihm dies jeden Morgen das Aufstehen versüßt: der Gedanke an zwei Tassen starken, heißen Kaffee und ein Baguette mit Butter und Honig. Offensichtlich kehrte nach den traumatischen, lähmenden Tagen ein Stück Alltag zurück.

Woher jene erste optimistische Regung kam, war Henri schleierhaft, doch vielleicht hing sie damit zusammen, dass er allmählich realisiert hatte, dass der Nebenbuhler tot war. Nadine mochte noch eine Weile trauern, aber sie war nicht die Frau, die ein Leben lang hinter einem Toten herweinte. Henri war ohnehin überzeugt, dass Nadine Peter nicht wirklich geliebt hatte.

Es war still und friedlich in der Küche an diesem sonnigen Sonntagmorgen. Der Kaffee duftete. Henri hatte die Nacht allein verbracht, Nadine war in eines der beiden Fremdenzimmer unter dem Dach umgezogen. Das brauchte sie für einige Zeit, das war klar. Irgendwann würde sie zurückkehren.

Er lauschte dem Ticken der Uhr. Die Gefahr war gebannt. Die Wunden würden heilen, langsam natürlich, das würde seine Zeit brauchen. Seine Wunden wie auch die von Nadine. Aber irgendwann würde es einen Neubeginn für sie beide geben. Und dann wollte er sie fragen … nein, er wollte versuchen, sie zu überreden, eine Familie mit ihm zu gründen. Ein Kind würde ihre Ehe retten und ihr einen neuen Sinn geben. Sie könnten eine feste Kraft für das Restaurant einstellen, dann müsste Nadine nie wieder der verhassten Tätigkeit des Servierens nachgehen, sondern könnte sich ganz dem Kind widmen. Wenn sie es verlangte, würde er sich auch von Cathérine trennen, obwohl diese dann wohl endgültig den Boden unter den Füßen verlöre. Aber wirklich schwer fiel ihm der Gedanke an einen Bruch mit ihr nicht, denn als Schnüfflerin und Denunziantin war sie ihm inzwischen ein wenig unangenehm geworden.

LAURA wählte Christophers Nummer zum zweiten Mal. Neun Uhr am Sonntag war vielleicht ein wenig früh, aber schließlich waren sie gute Freunde. Sie hatte das Bedürfnis, sich bei ihm zu entschuldigen. Er hatte ihr helfen wollen, und sie hatte ihm sehr direkt gesagt, dass sie ihn nicht bei sich haben wollte. Zwar war er verständnisvoll wie immer gewesen, aber später war ihr aufgegangen, was es mit seiner Bemerkung über das Essen und den Wunsch, von jemandem erwartet zu werden, auf sich hatte. Er hatte selbst gehofft, Trost zu finden. Nun hätte sie ihn gern zu einem Frühstück eingeladen, um ihre abweisende Haltung wieder gutzumachen.

Doch auch beim zweiten Versuch meldete sich niemand. Sie legte den Hörer wieder auf, trat auf den Balkon hinaus und blickte über das Tal, dessen herbstliche Farben im Licht der Morgensonne erstrahlten. Am Horizont glitzerte blau das Meer. Es würde ein traumhaft schöner Sonntag werden.

NADINE verließ das Haus durch die Hintertür. Auf leisen Sohlen war sie die Treppe hinuntergehuscht, hatte Henri in der Küche auf und ab gehen gehört. Wenn er dies tat, das wusste sie, legte er sich Sätze und Argumentationen zurecht. Sie ahnte auch, was er ihr würde sagen wollen. Es würde um ihrer beider Neuanfang gehen, um den Aufbruch ins Glück nach überstandener Krise. Für Henri hatten sich die Dinge glänzend gelöst; die Ereignisse der Vergangenheit mochten ihn noch schmerzen, aber er würde sie verdrängen und mit ihnen leben. Er konnte das eher, als einen Schlussstrich unter ihre gemeinsame Geschichte zu ziehen.

Sie ging die Straße entlang, kam zu dem kleinen Sandplatz, auf dem Peters Auto gestanden hatte. Inzwischen war es auf Veranlassung der Polizei abgeschleppt worden, wurde vermutlich kriminaltechnisch untersucht. Sie betrachtete den Ort, von dem sich seine Spur verloren, an dem sich auch ihr Schicksal entschieden hatte. Die Trauer um all die Möglichkeiten, die ihr verloren gegangen waren, schmerzte wie eine tiefe, frische Wunde, aber dahinter regte sich eine Erkenntnis: Ihr ganzes Leben war auf Abhängigkeit gegründet, nie auf Eigenständigkeit und Tatkraft, und vielleicht war dies der Grund dafür, dass sie nun das Gefühl hatte, gescheitert zu sein. Sie hatte von Glanz und Glamour in den Nobelorten der Côte d'Azur geträumt und deshalb Henri geheiratet, in

DIE TÄUSCHUNG
101

der Erwartung, er werde ihr diesen Wunsch erfüllen. Und als sie merkte, dass sie von ihm nicht bekommen würde, was sie wollte, hatte sie sich an Peter geklammert, hatte gehofft, er werde ihr ein neues und besseres Leben bescheren. Nun war Peter tot, und wieder hatte sich ein Mann als nicht verlässlich erwiesen.

Von dem kleinen Sandplatz aus führte ein steiler Pfad durch wildes Dickicht hinunter zum Strand. Nadine machte sich vorsichtig an den Abstieg.

Die Wildnis teilte sich plötzlich, und sie stand vor dem Meer, das zusammen mit dem Himmel das tiefe Blau des Herbstes trug. Die Wellen rauschten mit einem leisen Geräusch gegen den Strand. Es war eine kleine Bucht, zu der aber auch im Sommer kaum Badende kamen: Es gab keinen Sand hier, sondern nur Kieselsteine, und fast niemand kannte den Kletterpfad.

Nadine setzte sich auf einen großen, flachen Stein, zog die Beine eng an den Körper, schlang beide Arme darum. Sie spürte eine so starke Nähe zu Peter an diesem Morgen, dass sie den Eindruck gehabt hatte, ganz allein mit ihm sein zu müssen. Es gab noch immer viele unbeantwortete Fragen, die für sie vielleicht wichtiger und entscheidender waren als die nach seinem Mörder. Weshalb war er am Tag ihrer Verabredung noch einmal im Chez Nadine aufgetaucht? Damit hatte er gegen die Absprache verstoßen. Drei Tage zuvor hatten sie telefoniert, und er hatte gefragt, ob er zum Restaurant kommen solle.

„Himmel, nein", hatte sie mit einem nervösen Lachen erwidert, „soll ich vor Henris Augen meine Koffer nehmen und in dein Auto steigen?"

Daraufhin hatte er vorgeschlagen, sie solle in seinem Ferienhaus auf ihn warten, aber auch das hatte sie abgelehnt. „Es ist auch ihr Haus. Mit all ihren Sachen darin."

„Wo denn dann?" Seine Stimme hatte scharf geklungen. Sie hatte die Brücke als Treffpunkt vorgeschlagen. „Ich warte dort in meinem Auto auf dich. Dann steige ich zu dir um."

„Aber ich kann nicht genau sagen, wann ich da bin. Keinesfalls vor sieben Uhr. Kann auch halb neun werden."

„Das macht nichts. Ich habe so lange auf dich gewartet. Diese Zeit geht auch noch vorbei."

Um halb sieben, hatte Henri gesagt, war Peter im Chez Nadine aufgekreuzt. Zu diesem Zeitpunkt hatte er damit rechnen müssen, ihr gerade noch zu begegnen. Hatte er mit ihr sprechen wollen? Ihr sagen wollen, dass er es sich anders überlegt hatte?

Sie musste an jenen Herbst denken, in dem ihre Beziehung begonnen hatte. Um genau die gleiche Zeit war es gewesen, vor vier Jahren. Nach jenem Abend in seinem Ferienhaus war er zum Segeltörn mit Christopher aufgebrochen, und sie hatte eine Woche lang gezittert, ob er sich jemals wieder bei ihr melden würde. Aber am Ende der Woche hatte er angerufen und mit rauer Stimme gesagt: „Ich will dich sehen."

„Wo bist du?", hatte sie gefragt.

„Im Hafen von Les Lecques. Wir sind zurück. Ich will dich sehen."

„Wo?"

„Der Weg unterhalb unseres Hauses", hatte er gesagt, „wenn du ihn fast bis zum Ende fährst, kommst du an eine alte Gärtnerei. Sie steht leer. Kannst du dahin kommen?"

„Wann?"

„Jetzt gleich", hatte er gesagt und den Hörer aufgelegt.

Es war ein Samstagabend gewesen, und natürlich hatte sich Henri darauf verlassen, dass sie ihm half. Sie nahm ihre Handtasche und huschte die Treppe hinunter, aber obwohl sie sich Mühe gab, leise zu sein, hatte Henri sie gehört und trat aus der Küche.

„Da bist du ja. Es sitzen viele Leute drüben. Könntest du gleich die Bestellungen aufnehmen?" Dann fiel sein Blick auf ihre Handtasche. „Willst du weg?"

„Meine Mutter hat angerufen. Es geht ihr nicht gut."

„Mein Gott", sagte Henri entsetzt, „was mache ich denn jetzt?"

„Ruf Cathérine an. Sie wird mit Begeisterung herbeieilen."

„Wenn du mich etwas früher unterrichtet hättest …"

„Ich konnte ja nicht ahnen, dass sich meine Mutter plötzlich nicht wohl fühlen würde. Ciao!" Schon war sie zur Tür hinaus.

Die Ecke, in der Peters Ferienhaus lag, war Nadine nicht allzu vertraut. Sie verfuhr sich zuerst, und es war nur ein Zufall, dass sie schließlich vor dem stillgelegten Gärtnereibetrieb landete, den Peter ihr genannt hatte. Sie sah im Mondlicht die langen Reihen der einstigen Gewächshäuser, entdeckte das parkende Auto und den Mann, der als langer dunkler Schatten an der Fahrertür lehnte.

Sie kam neben ihm zum Stehen. Peter stieg zu ihr ein. „Warum kommst du so spät?"

„Ich habe mich verfahren." Sie merkte, wie ihr das Herz bis zum Hals schlug. „Warum wolltest du mich sehen?"

„Weil ich dich will", antwortete er. „Du sagtest, ich solle mich ganz für dich entscheiden. Und hier bin ich. Ich habe mich für dich entschieden."

DIE TÄUSCHUNG

Sie hatte mit allem gerechnet, nur nicht mit einer derart klaren Aussage, und so wusste sie zunächst nicht, wie sie reagieren sollte. Stumm saß sie da, während er ihre Hand nahm, an seine Lippen zog und küsste. „Und was", fragte sie schließlich, „heißt Entscheidung in diesem Fall?"

Anstelle einer Antwort neigte er sich zu ihr herüber und küsste ihren Mund. Sie antwortete mit all der Erregung, die sich so lange in ihr aufgestaut hatte, und obwohl sie nicht vorgehabt hatte, mit ihm zu schlafen, bevor er nicht genau erklärt hatte, wie er sich ihrer beider Zukunft vorstellte, vermochte sie nicht mehr umzukehren. Es war unbequem und wenig romantisch im Auto, aber sie waren wie besessen von ihrer Leidenschaft, von der Begeisterung, endlich die Kontrolle verlieren zu dürfen. Sie hatten beide das Gefühl, niemals vorher auf so einzigartige Weise mit einem anderen Menschen verschmolzen zu sein. Es war der beste, der erfüllendste Moment ihrer Beziehung.

Sie hörten auf, weil Peter einen Krampf im Bein bekam. Er sah plötzlich so aus, als sehne er sich nach einer Zigarette oder einem doppelten Whisky.

Nadines Verstand arbeitete nun wieder, und die Frage nach der Entscheidung drängte sich fordernd in den Raum. Schließlich sprang sie ins kalte Wasser. „Du sprachst vorhin von einer Entscheidung?"

„Es war wunderschön mit dir, Nadine. Ich kann mir mein Leben ohne dich nicht vorstellen."

„Was ist mit Laura?"

Er zuckte zusammen. „Was möchtest du?", fragte er.

„Ich möchte ein neues Leben mit dir anfangen. Das bedeutet … dass du dich scheiden lässt. Auch ich würde mich natürlich scheiden lassen."

„Das ist nicht so einfach, Nadine. Das Problem ist …" Er stotterte eine Weile herum. Schließlich rückte er damit heraus, dass er finanzielle Sorgen habe. „Die Agentur läuft nicht so, wie sie sollte. Zudem habe ich mich in einigen … Anlagen etwas vertan. Und wir haben gerade das Haus bei Frankfurt gekauft. Und das Haus hier. Ich bin ein wenig in Bedrängnis. Es ist ein Engpass, den ich durchstehen muss."

„Was hat das mit Scheidung zu tun?"

„Laura und ich haben bei unserer Heirat keine Gütertrennung vereinbart. Ich müsste ihr von allem die Hälfte geben. Das würde mich im Augenblick ruinieren."

„Aber du kannst doch beide Häuser einfach verkaufen. Wir würden ja sowieso ganz neu zusammen anfangen. Dann gibst du ihr die Hälfte."

„Aber beide Häuser sind stark belastet. Ich habe Bankschulden.

Nadine", er nahm ihre Hände, „bitte schenk mir ein bisschen Zeit. Ein, zwei Jahre, und ich bin saniert. Dann kann ich Laura auszahlen."

Was hätte sie tun sollen? Erkennen, dass er auf Zeit spielte, weil er unfähig war, eine Entscheidung zu treffen? Natürlich hatte sie diesen Verdacht gehegt. Sie hatte keine Möglichkeit nachzuprüfen, ob seine Behauptung, dass es ihm schlecht ginge, stimmte. Sie hatte sich an jenem Abend auf das Spiel einer geheimen, verbotenen Liebe eingelassen, bei dem es immer einen Verlierer geben musste, und hatte in Kauf genommen, dass sie selbst dieser Verlierer sein könnte. Ihre Begegnungen seither waren konspirativ und romantisch gewesen, hastig oft, und sie hatte den trostlosen Moment der Trennung nur allzu häufig erleben müssen. Ganz für sich hatten sie nur die eine Woche im Herbst, während Laura glaubte, Peter sei mit Christopher unterwegs. Meist machten sie dann Ausflüge in die Berge oder mit einem gemieteten Boot in verschwiegene Buchten, liebten einander dort stundenlang oder saßen nur Hand in Hand auf den Felsen. Irgendwann hatte sich Christopher geweigert, Peter noch länger zu decken, und in jenen letzten Herbstferien war Peter nervös und unruhig gewesen, und Nadine hatte stets das Gefühl gehabt, Laura sei anwesend, zumindest in seinen Gedanken. Aber auch vorher schon hatte sie jenen allabendlich wiederkehrenden Augenblick gehasst, wenn Peter sein Handy nahm, ihr ein entschuldigendes Lächeln zuwarf und das Restaurant verließ, in dem sie zusammen aßen – und das sie jeden Tag wechselten, um niemandem als Paar aufzufallen. Von irgendeiner Ecke aus rief er Laura an und schwärmte ihr von dem herrlichen Segeltag mit Christopher vor.

Sie hatte große Angst gehabt, ihn zu verlieren, daher hatte sie gelernt, sich mehr und mehr zurückzunehmen.

Der schlimmste Moment in der ganzen Beziehung war jener Märztag vor zweieinhalb Jahren gewesen, als sie erfahren hatte, dass Laura ein Kind erwartete. Laura und Peter waren zu einem zweiwöchigen Urlaub in die Provence gekommen, und schon am zweiten Tag hatte Peter Nadine angerufen und um ein Treffen gebeten. Sie hatte den Strand vorgeschlagen, jenen Strand, an dem sie auch heute saß und über ihr Leben grübelte, das ihr verpfuscht erschien.

Es war ein ziemlich warmer, sonniger Tag gewesen. Peter war schon da, als sie den geheimen Pfad hinuntergeklettert kam, saß auf einem flachen Felsen und warf Kieselsteine ins Wasser. Er bemerkte sie nicht sofort, und sie konnte einen Moment lang seine Gesichtszüge studieren. Seine Mundwinkel waren nach unten gezogen, und zwischen seinen

DIE TÄUSCHUNG 105

Augen stand eine tiefe Falte. Sie wusste plötzlich, dass die Begegnung nicht angenehm verlaufen würde.

Sie musste dicht an ihn herantreten, ehe er sie bemerkte. Er erhob sich, trat auf sie zu und küsste sie auf beide Wangen. „Wie schön, dass du da bist", sagte sie zärtlich.

Er setzte sich wieder auf den Felsen, wies einladend neben sich. „Komm, setz dich. Hattest du ein Problem zu kommen?"

Sie schüttelte den Kopf. „Henri macht keine Probleme."

„Laura ist in unserem Haus. Sie fühlt sich nicht besonders wohl. Ich habe gesagt, ich fahre zum Einkaufen, aber allzu lange kann ich nicht wegbleiben. Wir kommen heute Abend zu euch zum Essen. Ich weiß, du magst das nicht so gern. Aber Laura wollte unbedingt, und ich kann sie nicht zwei Wochen lang vom Chez Nadine fern halten."

„Nein, natürlich nicht."

Peter und Laura zusammen zu sehen bereitete ihr beinahe körperliche Schmerzen. „Wann kommt ihr?", fragte sie.

„Gegen acht Uhr. Laura wollte jetzt bei Henri anrufen, während ich weg bin. Sie wird den Tisch bestellen."

„Sehe ich dich noch mal allein, während du hier bist?"

Er antwortete nicht auf ihre Frage, sondern begann wieder Steine ins Wasser zu werfen. Schließlich sagte er: „Ich möchte nicht, dass du erschrickst heute Abend. Laura ist schwanger."

Es war, als hätte er ihr mit einem schweren Gegenstand auf den Kopf geschlagen. Sie war völlig betäubt. Sie hatte gedacht: Das kann nicht wahr sein.

Mühsam fragte sie schließlich: „Wann wird das … das Baby kommen?"

„Im Juni."

„Dann ist sie …" Sie rechnete rasch nach. „Dann ist sie im sechsten Monat. Dann habt ihr … dann wurde das … Baby im September gezeugt. Und im Oktober hast du mit mir eine Woche verbracht! Du hast mir gesagt, du schläfst nicht mehr mit ihr! Kannst du mir erklären, wie dann ein Kind entstehen konnte?"

„Es ist eben passiert. Es war eher ein Ausrutscher. Ich hatte getrunken an dem Abend, und …"

„Wieso hattest du mir früher erzählt, du schläfst nicht mehr mit ihr?"

Er wurde wütend. Situationen wie diese hasste er. „Unerträgliches Quengeln" nannte er es, wenn sie eifersüchtig war, ihm Vorhaltungen machte oder irgendwelche Zusagen erhalten wollte.

„Ich sage solche Dinge, um mir dein Genörgel vom Hals zu halten", antwortete er. „Du bedrängst mich so lange, bis ich dir sage, was du hören willst, einfach, damit du endlich still bist. Du kannst so entsetzlich anstrengend sein! Immer geht es nur um dich! Vielleicht könntest du auch einmal an mich und meine Probleme denken!"

„Hat sich deine Finanzlage verbessert?"

Sie sah ihn an, sah jetzt die Falten, die sich durch sein Gesicht zogen. Sie begriff, noch ehe er antwortete, dass seine Sorgen sich verschärft hatten.

„Es ist schlimmer geworden", sagte er leise. „Ich habe Schulden ohne Ende. Wenn ich ein Loch zu stopfen versuche, reiße ich an anderer Stelle eines auf. Ich weiß nicht, wohin das steuert, ich weiß nur, dass ich die Kontrolle verloren habe. Am liebsten würde ich einfach verschwinden. Mit dir. Irgendwohin, wo uns niemand kennt. Ein neues Leben, ganz von vorn anfangen … Eine zweite Chance …"

Es war das erste Mal gewesen, dass er diese Möglichkeit erwähnte, und Nadine hatte den Atem angehalten.

„Es gibt da noch … eine Reserve", sagte er, „etwa zweihunderttausend Mark. Auf einem Schweizer Bankkonto. Ich konnte das Geld damals an der Steuer vorbeischleusen. Es würde uns einen neuen Start ermöglichen. Aber wie soll ich das machen? Ich würde Laura auf einem Schuldenberg sitzen lassen. Und zu allem Überfluss kommt jetzt das Baby! O Gott, Nadine!" Endlich blickte er sie an. „Ich könnte mich doch nie wieder im Spiegel anschauen."

Sie wagte es, seine Hände zu streicheln, und er ließ es zu. Blitzschnell hatte sie sich eine Taktik überlegt, die einzige, die es für sie gab, die sie vielleicht zum Erfolg führen würde: Sie bedrängte ihn nicht mehr. Sie zeigte Mitgefühl und Verständnis. Sie wusste: Seine Schulden würden schlimmer, seine Sorgen größer werden. Die Gedanken an Flucht und Neuanfang würden ihn, nun, da sie einmal gefasst waren, nicht mehr verlassen, und im gleichen Maß, in dem seine Verzweiflung wuchs, würden seine Skrupel gegenüber Laura und dem Baby abnehmen. So schwer es ihr fiel, sie musste sich in Geduld fassen.

Es war eine Zitterpartie geworden, die schließlich vollkommen über ihre Kraft ging und sogar ihre körperliche Gesundheit beeinträchtigte. Das Kind war schuld, dachte sie, er fing an, das Kind mehr zu lieben, als ich voraussehen konnte. Die wenigen Male, die er von Sophie sprach, konnte sie die besondere Wärme in seiner Stimme wahrnehmen, die sich sonst nie zeigte.

Irgendwann hatte sie ihre Strategie der Zurückhaltung nicht länger durchstehen können, und seit Beginn dieses Jahres waren die Streitereien wieder losgegangen – ihr Drängen, ihre Bitten, seine Wut –, und dann war es zu dem furchtbaren Wochenende in Pérouges gekommen. Und schließlich, als sie schon jede Hoffnung aufgegeben hatte, zu seiner Entscheidung.

Aber am Ende war sie die Verliererin. Sie hatte etwas zu erzwingen versucht, was nicht hatte sein sollen, und am Ende gab es einen Toten, eine Witwe, eine Halbwaise und sie – eine Frau, die wieder um all ihre Hoffnungen und Sehnsüchte betrogen worden war.

MONIQUE ging am Strand spazieren. Die Luft an diesem Sonntagmorgen war klar und frisch, der Sand unberührt, der Himmel hoch und wie gläsern. Sie lief viel weiter, als sie ursprünglich vorgehabt hatte. Sie war zunächst von ihrer Wohnung aus in westlicher Richtung bis fast nach Les Lecques gewandert, war dort umgekehrt und hatte, als sie wieder in La Madrague ankam, festgestellt, dass sie noch keine Lust hatte, in ihre Wohnung zurückzukehren. Also hatte sie den Klippenpfad in Angriff genommen, der bis Toulon führte und dessen erste Meter sie von ihrem Küchenfenster aus sehen konnte. Sie genoss die herrliche Aussicht.

Als sie endlich zu Hause ankam, war es halb eins. Sie hatte Appetit auf ein schönes Mittagessen, und eigentlich hatte sie es sich auch redlich verdient. Ihre Beine schmerzten, während sie die Treppen hinaufstieg. Oben angelangt, kramte sie den Schlüssel aus ihrer Hosentasche und schloss ihre Wohnungstür auf.

Sie hatte keine Ahnung, woher der Mann plötzlich aufgetaucht war. Er war auf einmal hinter ihr und schob sie in die Wohnung hinein, folgte ihr und schloss die Tür. Viel später überlegte sie, dass er wohl hinter der Wand des nächsten Treppenaufgangs auf sie gewartet hatte. Das Ganze ging so schnell, dass sie überhaupt nicht begriff, was eigentlich passierte, und gar nicht auf die Idee kam zu schreien. Im Flur ihrer Wohnung drehte sie sich um und schaute ihn an.

Er war groß und schlank und gut aussehend, aber er bedachte sie mit einem unangenehmen Lächeln. „Monique Lafond?", fragte er.

„Ja", sagte sie.

„Sie wollten mich sprechen?", fragte er, und in einer plötzlichen Erleuchtung, die nicht zu den übrigen verlangsamten Abläufen in ihrem Kopf passte, erkannte sie, dass sie einen furchtbaren Fehler gemacht hatte.

Es BELASTETE ihn ungemein, sie unten im Keller seines Hauses zu wissen. Ein ungelöstes Problem, von dem er nicht wusste, wie es zu lösen sein könnte. Und so etwas konnte er sich nicht leisten: Er war so dicht am Ziel. Die Verwirklichung all seiner Sehnsüchte lag zum Greifen nahe. Monique Lafond hätte nicht passieren dürfen.

Als er ihre Nachricht auf seiner Mailbox vorgefunden hatte, war er erstarrt vor Schreck und hatte sofort angefangen zu grübeln, wer diese Frau war. Der Name kam ihm bekannt vor, aber es dauerte eine Weile, bis er ihn unterbringen konnte: Camilles Putzfrau! Ein- oder zweimal hatte Camille den Namen erwähnt. Wie war diese Person an seine Telefonnummer gekommen? Er hielt es für unwahrscheinlich, dass Camille sie ihr gegeben hatte.

Natürlich hätte Camille Gott und der Welt von ihm erzählen können, und sicher hätte er niemandem gegenüber, schon gar nicht bei der Polizei, abgestritten, dass es eine Beziehung zwischen ihnen gegeben hatte. Aber nicht ein einziger Beamter war bei ihm aufgetaucht, und daraus hatte er geschlossen, dass Camille aus ihm ein ebensolches Geheimnis gemacht hatte, wie sie überhaupt alles für sich behielt.

Als er Moniques Anruf vorgefunden hatte, war ihm klar geworden, dass er falsch gehandelt hatte. Er hätte damit rechnen müssen, dass doch noch jemand auftauchte, und im Nachhinein sah es eigenartig aus, dass er sich nicht von selbst bei der Polizei gemeldet hatte. Mehr als das: Es machte ihn verdächtig.

Und nun meldete sich diese Person, die offensichtlich über seine Beziehung zu Camille Bescheid wusste. Er überlegte: Wann war er unvorsichtig gewesen? Einmal hatte er die Nummer auf Camilles Anrufbeantworter in Paris gesprochen, aber da konnte Monique kaum darauf gestoßen sein. Dennoch beunruhigte ihn dieses Vorkommnis auf einmal. Wieso war er eigentlich so sicher gewesen, dass Camille immer alle Nachrichten löschte, kaum dass sie sie abgehört hatte? Wenn sie nun aus irgendeinem Grund seine Nachricht in Paris nicht gelöscht hatte? Sie hatte damals abgestritten, sie überhaupt bekommen zu haben. Er hatte ihr nicht geglaubt, hatte es für eines ihrer üblichen Ausweichmanöver gehalten, mit denen sie sich immer mehr aus der Beziehung zu lavieren suchte. Eigentlich hatte er ihr gar nichts mehr geglaubt, und das hatte ihn so entsetzlich wütend gemacht, dass er schließlich …

An jenem Punkt verbot er sich stets, noch weiter in die Vergangenheit zu schweifen. Er wollte nicht daran denken, was dann geschehen war. Er hatte genug zu tun, sein Leben heute zu organisieren. Er musste über-

DIE TÄUSCHUNG

legen, was mit Monique Lafond werden sollte, die er jetzt am Hals hatte und die ihm gefährlich werden konnte.

Es war einfach gewesen, über die Auskunft ihre Adresse herauszufinden. Am frühen Samstagnachmittag, gegen drei Uhr, war er zum ersten Mal zu ihrer Wohnung gegangen, sie war nicht da gewesen, aber in ihrer Wohnungstür hatte ein Zettel gesteckt, den er natürlich sofort entfernte. Am Abend hatte er sie erneut aufsuchen wollen, aber gerade als er vor ihrer Wohnungstür stand, hatte er gehört, dass unten am Hauseingang jemand bei ihr klingelte, und rasch war er ein Stockwerk höher gehuscht. Den Stimmen hatte er entnommen, dass eine Freundin bei ihr aufgekreuzt war, und er war leise verschwunden.

Heute hatte er ziemlich lange ausharren müssen, und das hatte ihn eine Menge Nerven gekostet. Die anderen Hausbewohner würden misstrauisch werden, wenn ein fremder Mann stundenlang im Flur herumlungerte. Wenn er irgendwo eine Wohnungstür gehen hörte, war er jedes Mal ganz nach oben geschlichen und hatte sich unter einer kleinen Treppe versteckt, die zu einem Ausstieg aufs Dach führte.

Dann endlich war *sie* erschienen, und er hatte blitzschnell gehandelt. Er hatte sie in die Wohnung gedrängt und die Tür geschlossen. Er hatte ein Messer dabei, aber sie leistete keinen Widerstand, starrte ihn nur aus schreckgeweiteten Augen an.

„Sie wollten mich sprechen", hatte er gefragt und gleich darauf in ihren Zügen lesen können, dass sie begriff, worauf er anspielte, und dass sie Angst bekam. Er schob Monique rückwärts bis ins Wohnzimmer. Dort vergewisserte er sich rasch, dass alle Fenster geschlossen waren, dann forderte er Monique auf, sich zu setzen. Er selbst blieb stehen.

„Woher haben Sie meine Handynummer?", fragte er.

„Von Madame Raymond", sagte sie.

Er lächelte verächtlich. „Madame Raymond hätte niemals meine Nummer ihrer Putzfrau gegeben!"

„Sie hat mir aber die Nummer gegeben", beharrte Monique.

Woher hatte sie sie wirklich? Es gab zwei Möglichkeiten: Entweder sie hatte in Camilles Schubladen geschnüffelt, die Nummer dabei entdeckt und wollte dies nun nicht zugeben, weil es ihr peinlich war. Oder es gab einen Informanten, den sie zu decken versuchte. Aber wer konnte das sein?

Im Laufe des Nachmittags fragte er noch einige Male nach, aber sie blieb bei ihrer unglaubwürdigen Version, und langsam merkte er, wie er wütend auf sie wurde. Ihre Hartnäckigkeit machte ihn aggressiv. Das war gut so. Er hatte Menschen getötet, aber er war keineswegs in der

Lage, jeden zu töten. Seine Opfer hatten es verdient, es war notwendig gewesen, sie zu vernichten, weil sie dafür sorgten, dass die Welt immer schlechter, kälter und unerträglicher wurde.

Monique Lafond zählte nicht zu diesen wertlosen Kreaturen. Aber sie hatte sich eingemischt, und nun versuchte sie ihn für dumm zu verkaufen.

Zum Glück wurde es früh dunkel zu dieser Jahreszeit. Um sechs Uhr entschied er, dass sie den Aufbruch wagen konnten. „Wir verlassen nun diese Wohnung und gehen zu meinem Wagen", sagte er. „Ich gehe direkt neben dir, und das Messer liegt an deinem Rücken. Du hast es tief in deinen Nieren stecken, wenn du Mist baust. Verstanden?"

„Bitte", sagte sie, „darf ich noch auf die Toilette?"

„Nein", sagte er und scheuchte sie mit einer Handbewegung auf die Füße.

Er hatte Glück. Sie begegneten keinem Menschen im Haus, und auch draußen auf dem Weg hinunter zum Hafen trieb sich niemand herum. Er ging so dicht an sie gepresst, dass jeder sie für ein Liebespaar gehalten hätte. Sie musste in den Kofferraum steigen. Sie rollte sich wie ein Igel zusammen und begann leise zu weinen.

Zu Hause gelang es ihm, sie wiederum ungesehen aus dem Auto ins Haus zu bringen. Er führte sie in den Keller hinunter, der fensterlos war; es gab dort einen kleinen Raum, in dem er auf einem Holzregal Konservendosen lagerte. Er stieß sie in die kalte Dunkelheit und verriegelte die Tür, stieg dann die Treppe hinauf.

Er ging ins Wohnzimmer, knipste die Stehlampe neben dem Sofa an. In dem großen gusseisernen Ofen glühten die Holzscheite und verbreiteten mollige Wärme. Er schenkte sich einen Whisky ein, genoss das Feuer, das er den Körper hüllte. Er wusste, dass er manchmal zu viel trank, aber er war keineswegs der typische Alkoholiker; es reichten geringe Mengen, damit er sich stärker und zuversichtlicher fühlte. Sein Blick fiel auf das Telefon. Er hatte solche Sehnsucht, ihre Stimme zu hören, hob schließlich den Hörer ab und wählte die Nummer. Sein Herz hämmerte. Lieber Gott, lass sie zu Hause sein. Ich muss mit ihr sprechen. Ich muss mich vergewissern, dass sie für mich da ist, dass sie mich eines Tages lieben wird … Er wollte schon aufgeben, da wurde endlich der Hörer abgenommen.

„Ja?", fragte sie atemlos.

Sie hatte die schönste Stimme der Welt: süß, melodisch, weich und voll zauberhafter Versprechungen. Die Erleichterung überschwemmte ihn. „Oh – du bist ja doch da, Laura", sagte er hölzern. „Hier ist Christopher. Hättest du Lust, heute Abend mit mir essen zu gehen?"

Montag, 15. Oktober

ch kann Ihnen", sagte Henri, „leider nicht wirklich weiterhelfen. Meine Frau und ich sind erschüttert über den Tod eines langjährigen Freundes, aber wir haben nicht die geringste Ahnung, was passiert sein kann."

„Hm", machte der Kommissar. Henri hatte das beunruhigende Gefühl, dass er ihm seine völlige Unwissenheit nicht abnahm.

Es war halb neun am Montagmorgen, und als er die Fensterläden vorn im Restaurant aufgestoßen hatte, war ihm sofort der graue Wagen mit den zwei Männern darin aufgefallen, der auf der gegenüberliegenden Straßenseite parkte. Sie waren ausgestiegen und auf ihn zugekommen.

Sie stellten sich als Kommissar Bertin und sein Mitarbeiter Duchemin vor und sagten, sie hätten gern einige Fragen an ihn gerichtet. Er bat sie in die Küche, schenkte ihnen Kaffee ein.

„Es wäre uns lieb, wenn Ihre Frau an diesem Gespräch teilnehmen könnte."

Er musste erklären, dass seine Frau leider nicht daheim war. „Sie ist bei ihrer Mutter. Dort ist sie öfter. Ihrer Mutter geht es gesundheitlich nicht gut."

Wie er erwartet hatte, wussten sie von Laura, dass Peter Simon am vorletzten Samstag im Chez Nadine gegessen hatte. Sie wollten wissen, was er geredet, wie er sich verhalten hatte, ob irgendetwas an ihm auffällig gewesen sei, aber Henri sagte, dass Peter müde und still gewirkt habe. Dass er nach etwa einer Stunde gegangen sei.

„Sie waren Freunde", sagte Bertin. „Wäre es da nicht normal gewesen, sich ein bisschen zu unterhalten?"

„Sicher", sagte Henri, „aber ich musste arbeiten. Das Lokal war voll, und meine Frau war ausgefallen, weil sie zu ihrer Mutter musste. Ich konnte mich nicht um Peter kümmern."

„Wussten Sie, weshalb er an die Côte gekommen war?"

„Natürlich. Er kam jedes Jahr in der ersten oder zweiten Oktoberwoche. Er segelte dann immer mit einem Freund."

„Und er erwähnte nichts davon, dass er diesmal etwas anderes vorhabe?"

„Nein", sagte Henri, „er erwähnte nichts."

Sie fragten ihn nach den Namen der anderen Gäste, aber er bedauerte, ihnen nicht helfen zu können, niemand sei ihm bekannt gewesen.

„Madame Simon sagt, Sie hätten eine Aktentasche erwähnt, die er mit sich führte. Die ist Ihnen aufgefallen?"

„Ja, weil er noch nie mit einer Aktentasche hier hereingekommen ist."

„Als Monsieur Simon ging, ist ihm da jemand gefolgt? Hat jemand direkt nach ihm das Restaurant verlassen?"

„Nicht dass ich wüsste. Aber ich hätte es vielleicht nicht bemerkt."

„Man hätte Sie zum Kassieren rufen müssen."

„Manche zahlen auch und trinken dann noch in Ruhe ihren Wein zu Ende, ehe sie gehen."

„Was wissen Sie über Peter Simon? Ich meine, wie weit ging diese Freundschaft? Wie viel vertraute man einander an? War es wirklich Freundschaft oder eher eine Bekanntschaft?"

„Wir sahen uns ja nicht allzu oft", sagte Henri. „Die Simons kamen Ostern hierher und im Sommer. Im Oktober kam Peter zum Segeln. Ich denke nicht, dass wir allzu viel voneinander wussten. Vermutlich sollte man es eher eine Bekanntschaft nennen."

„Wussten Sie, dass Peter Simon existenzbedrohende finanzielle Schwierigkeiten hatte?"

„Nein." Henri war überrascht. „Das wusste ich nicht."

„Wir haben über das Wochenende von den Kollegen in Deutschland seine wirtschaftliche Situation prüfen lassen. Die Witwe sitzt auf einem Schuldenberg."

„Keiner von beiden hat das je erwähnt."

Der Kommissar nahm einen Schluck Kaffee, ehe er fortfuhr: „Wie sah denn diese Bekanntschaft zwischen Ihnen und den Simons genau aus? Sie waren zwei Paare. Meist verteilen sich in derlei Konstellationen die freundschaftlichen Gefühle nicht gleichmäßig. Es sind manchmal eher die Männer, die gut miteinander können, während die Frauen einander gar nicht so mögen. Oder umgekehrt. Wie würden Sie das in Ihrem Fall definieren?"

Ob er doch etwas ahnte? Henri fragte sich, weshalb er sich wie ein Beschuldigter im Verhör fühlte. Er hatte mit Peter Simons Tod nichts zu tun. Aber darum ging es wohl auch gar nicht. Er hatte einfach Angst, diese beiden Männer mit den kühlen, intelligenten Gesichtern könnten herausfinden, welch ein gehörnter Schlappschwanz er war. „Ich glaube nicht", sagte er, „dass es in unserem Fall eine spezielle Aufteilung gab ... Wir mochten einander alle vier. Ab und zu unternahmen wir

DIE TÄUSCHUNG 113

etwas gemeinsam, aber eher selten, denn wenn die Simons Urlaub hatten, hatten wir Hochsaison in der Pizzeria."

Die beiden Männer standen auf, und Duchemin ergriff das Wort. „Wir würden gern auch noch mit Ihrer Frau sprechen. Wann wäre das möglich?"

„Ich weiß nicht, wann sie heute zurückkommt … Vielleicht bleibt sie eine zweite Nacht bei ihrer Mutter. Wir haben heute Ruhetag …"

Duchemin reichte ihm seine Karte. „Sie soll mich anrufen. Ich vereinbare dann einen Termin mit ihr."

„In Ordnung."

Er begleitete die Männer zur Tür. Der Morgen war strahlend schön wie seine Vorgänger, aber noch kälter. Er überlegte, ob er Cathérine anrufen und sie zum Mittagessen einladen sollte. In der letzten Zeit hatte er sich immer nur bei ihr gemeldet, wenn er sie brauchte, und sehr nett war er oft auch nicht zu ihr gewesen. Er könnte etwas Schönes für sie kochen. Unwahrscheinlich, dass Nadine vor morgen Mittag zurückkäme.

„ICH DACHTE gleich, dass mir der Name irgendwie bekannt vorkam", sagte Marie. „Peter Simon! Natürlich. Eure Freunde aus Deutschland."

„Es war ein Schock", sagte Nadine. Sie saß ihrer Mutter gegenüber an dem hölzernen Küchentisch, an ihrem alten Platz.

„Das kann ich mir vorstellen! Jemanden persönlich zu kennen, der so grausam ermordet wird … entsetzlich! Hast du eine Idee, was da passiert sein kann?"

„Nein."

Marie warf einen diskreten Blick auf die Küchenuhr. Es war zehn Minuten nach neun. Vorsichtig sagte sie: „Natürlich ist es tragisch, dass euer Freund auf so schlimme Weise ums Leben kommen musste, aber letztlich hat das doch mit deinem Leben nichts zu tun. Dein Leben sind Henri und das Chez Nadine. "

„Was versuchst du mir zu sagen?"

Marie seufzte. „Du weißt, wie sehr ich mich über deine Gesellschaft freue. Aber es ist nicht richtig, dass du Henri so oft sich selber überlässt. Gestern Abend war er allein, heute früh ist er allein. Er liebt dich, und er ist dir sehr … ergeben. Aber selbst Liebe und Ergebenheit halten nicht alles aus. Nadine", sie griff über den Tisch und streichelte kurz über die Hände ihrer Tochter, „es wird Zeit, dass du dich auf den Rückweg machst."

Nadine zog ihre Hände zurück. „Es gibt keinen Rückweg", sagte sie.

Marie starrte sie an. „Was heißt das? Du willst nicht zu Henri zurück?"

„Nein. Unsere Ehe ist am Ende, und das schon seit langem. Ich will nicht mehr."

„Du hast so etwas öfter angedeutet. Aber ich dachte, das sei eine vorübergehende Missstimmung. In jeder Ehe gibt es Krisen. Aber deswegen wirft man nicht gleich alles hin. Man steht es durch, und irgendwann ändern sich die Zeiten auch wieder."

„Meine Gefühle für Henri sind seit Jahren tot. Sie werden nicht wieder erwachen. Alles, was ich jetzt fortführen würde, wäre nur Quälerei. Für mich und auch für ihn."

Marie nickte, überwältigt von der Entschlossenheit in der Stimme ihrer Tochter. „Was willst du tun?"

„Ich muss sehen", sagte Nadine, „dass ich auf eigenen Füßen stehe. Ich habe kein Geld, keinen Beruf, kein eigenes Dach über dem Kopf. Ich werde einen Weg finden. Bis dahin … Ich wollte dich fragen, ob ich vorübergehend wieder bei dir wohnen könnte?"

„Selbstverständlich", sagte Marie, „dies ist dein Zuhause. Du kannst hier wohnen, solange du möchtest."

LAURA begann zwiespältige Gefühle der Bedrängung und der Schuld zu entwickeln, und diese Mischung erwies sich als anstrengend. Christopher hatte am Vorabend angerufen und sie zum Abendessen einladen wollen, aber in ihr war ein so starkes Bedürfnis nach Alleinsein gewesen, dass sie behauptet hatte, sie sei schon dabei, etwas für sich zu kochen.

„Dann mach eine doppelte Portion", hatte er vergnügt entgegnet, „ich bin in einer Viertelstunde bei dir. Ich bringe Rotwein mit."

„Nein, bitte nicht", hatte sie hastig und wohl auch mit einer gewissen Schärfe geantwortet, denn in dem darauf folgenden Schweigen erkannte sie Betroffenheit und Verletztheit.

„Es hat nichts mit dir zu tun, Christopher. Ich brauche einfach Zeit für mich. Es tut mir Leid."

Wie immer war er verständnisvoll gewesen. „Natürlich, Laura, das kann ich verstehen. Trotzdem, es ist nicht gut, zu viel zu grübeln, und es ist auch nicht gut, sich zu verkriechen. Irgendwann laufen die Gedanken nur noch im Kreis, und manche Dinge nehmen Dimensionen an, die ihnen gar nicht zukommen. Dann ist es besser, sich mit einem Freund auszutauschen."

Sie wusste, dass er Recht hatte, wusste aber zugleich, dass auch sie im Recht war mit ihrem Bedürfnis, für sich zu sein, und sie fühlte sich

DIE TÄUSCHUNG 115

undankbar, weil sie nicht glücklich war, Freundschaft angeboten zu bekommen, sondern stattdessen ärgerlich wurde, weil er insistierte, anstatt ihr Nein einfach zu akzeptieren.

Wahrscheinlich hätte ich gar keine Erklärung abgeben dürfen, dachte sie später, das ist grundsätzlich falsch im Gespräch mit einem Mann. Für Männer ist eine Erklärung gleichbedeutend mit einer Rechtfertigung, und Rechtfertigung heißt für sie Schwäche. Damit war sie wieder bei den Fehlern angelangt, die sie bei Peter gemacht hatte, und den Rest des Abends verbrachte sie mit Grübeleien.

Jetzt, am nächsten Morgen, hatte sie zumindest das Gefühl, ein Stück weitergekommen zu sein. Sie wollte sich und ihre Ehe mit Peter nicht bis in alle Ewigkeit hinein analysieren, aber sie wollte in ein paar wesentlichen Punkten Klarheit gewinnen. Dieser Prozess half ihr, mit dem Erlebten fertig zu werden.

Sie hatte in aller Frühe einen Spaziergang durch die Felder gemacht, hatte die aufgehende Sonne und die klare, kühle Luft genossen. Wieder daheim, machte sie sich einen Tee, trank ihn im Stehen auf der Veranda und dachte, dass sie Christopher anrufen müsste, aber der Gedanke war ihr unangenehm. Als der Apparat plötzlich schrillte, schrak sie heftig zusammen, aber dann sagte sie sich, dass es auch Monique Lafond sein könnte. Am Samstag hatte sie ihr den Zettel mit der Bitte um Rückruf an die Wohnungstür gehängt.

Es war Christopher. „Guten Morgen, Laura. Ich hoffe, ich rufe nicht zu früh an?"

„Aber nein. Ich bin eine Frühaufsteherin."

„Hat dir der gestrige Abend etwas gebracht?", fragte er. „Ich habe mir nämlich Sorgen gemacht. Manche Menschen werden richtig depressiv über all diesem Grübeln. Mir selbst ging es so, nachdem Carolin mich verlassen hatte. Ich brauchte Monate, um aus dem Gedankenkarussell in meinem Kopf aussteigen zu können. Ich meine nicht, dass du es verdrängen sollst. Ich wollte dir nur raten, dich nicht völlig dem Grübeln auszuliefern. Grenz dich nicht ab von allem und jedem."

Seine Stimme klang warm und ruhig, und Laura merkte, wie sich das aggressive Gefühl, das sich bei ihr in den letzten Tagen ihm gegenüber eingestellt hatte, in Luft auflöste. „Komm doch heute Abend zu mir", schlug sie spontan vor, „diesmal werde ich für dich kochen – so wie du es dir neulich gewünscht hast. Um acht Uhr?"

„Gern", sagte er feierlich.

Über die Auskunft erfragte sie die Telefonnummer von Monique

Lafond und rief dann bei ihr an, aber es meldete sich nur der Anrufbeantworter. Wiederum bat sie die Fremde, sich mit ihr in Verbindung zu setzen, obwohl ihr Zweifel gekommen waren, ob sie diese Spur wirklich verfolgen wollte. Spielte es eine Rolle, welcher Art die Beziehung zwischen ihrem Mann und Camille Raymond gewesen war? Immerhin würde sie herausfinden, ob Nadine seine große Liebe gewesen war oder lediglich eine Bettgefährtin unter vielen. Sie schrieb die Wörter *M. Lafond* auf den Zettel mit der Telefonnummer und legte ihn neben den Apparat. Sie würde es am Abend noch einmal versuchen.

IRGENDWANN war Monique endlich eingedöst. Als sie aus dem unruhigen Schlaf erwachte, kam es ihr vor, als seien es nur Minuten gewesen, allerdings sprachen die steifen, schmerzenden Knochen ihres Körpers dafür, dass sie doch eine ganze Weile auf dem kalten, harten Zementfußboden ihres Verlieses gelegen hatte.

Für Sekunden glaubte sie, einen Albtraum gehabt zu haben, aber schon im nächsten Moment arbeitete ihr Verstand wieder ganz klar. Sie war verschleppt worden. Sie befand sich im Keller eines fremden Hauses. Um sie herum herrschten Dunkelheit und Kälte. Die Größe des Raumes hatte sie nur durch Ertasten herausgefunden. Sie wusste nicht, ob es mitten in der Nacht war oder der nächste Morgen oder schon der Nachmittag des nächsten Tages. Sie hatte Hunger, aber noch schlimmer quälte sie brennender Durst.

Der Mann, der sie gefangen hielt, war der Mörder von Camille und Bernadette Raymond. Er hätte sie gleich töten können, schon in ihrer Wohnung. Er hatte es nicht getan, hatte sie stattdessen mit Fragen bestürmt. *Woher hatte sie die Telefonnummer?* Offenbar vermutete er einen weiteren Mitwisser.

Solange ich ihm den Namen nicht nenne, wird er mich nicht töten. Er muss wissen, ob es noch jemanden gibt, der Bescheid weiß oder die Polizei auf seine Spur bringen kann.

Sie krallte sich an dieser Hoffnung fest, die aber zugleich den Weg frei machte für eine neue Angst: Was würde er sich einfallen lassen, um sie zum Reden zu bringen? Er war wahnsinnig und skrupellos.

In ihrer Not hatte sie sich am Abend, nicht lange nachdem er sie in den Kellerraum gestoßen hatte und verschwunden war, in einer Ecke ihres Gefängnisses erleichtert; zuvor war sie zitternd und weinend herumgekrochen und hatte gesucht, ob er ihr irgendwo einen Eimer hingestellt hatte. Sie war an ein Regal gestoßen, offenbar aus rohen Holzlatten ge-

DIE TÄUSCHUNG 117

zimmert, und darauf schienen sich Gläser und Konserven zu befinden. Sonst gab es in dem Raum, den sie auf drei mal drei Meter schätzte, nichts, absolut nichts. Keine Liege, keine Decke, keine Wasserflaschen. Und schon überhaupt nichts, was sie als Toilette hätte benutzen können. Sie fror, es ging eine Eiseskälte von dem Zementfußboden aus.

Wahrscheinlich war das, was sie hier durchlitt, eine Art Folter. Er wollte sie weich kochen. Er ließ sie hungern und frieren und trieb sie fast zum Wahnsinn in der Finsternis, damit sie ihr Schweigen brach. Er würde sie natürlich nicht wirklich sterben lassen.

Aber konnte er sie am Leben lassen? Er hatte nichts getan, um von ihr nicht wieder erkannt zu werden. Sie hatten einen ganzen Nachmittag Auge in Auge in ihrem Wohnzimmer verbracht, sie kannte sein Gesicht, würde ihn jederzeit beschreiben können. Er konnte nie vorgehabt haben, ihr Leben und Freiheit zu schenken.

Sie wusste, dass sie nicht in Panik geraten durfte. Sie trug eine Armbanduhr, aber die hatte kein Leuchtzifferblatt, und so konnte sie nichts sehen. Hin und wieder versuchte sie Geräusche aus dem Haus zu erlauschen, aber da war nichts. Keine Telefonklingel, nicht einmal das Rauschen einer Toilettenspülung. Beim Verlassen des Kofferraumes hatte sie gesehen, dass sie sich inmitten eines Dorfes oder einer kleinen Stadt befanden, und selbst der enge Flur des Hauses, den man als Erstes betrat, wirkte eingerichtet und bewohnt. *Er lebte in diesem Haus.*

Sie stand an die Wand gelehnt, beide Arme um ihren zitternden Körper geschlungen, und wartete. Wartete auf ihn, auf eine Information darüber, wie seine nächsten Schritte aussehen würden. Wenn er sie nicht sterben lassen wollte, musste er ihr bald, sehr bald, etwas Wasser bringen.

CHRISTOPHER hatte erwartet, dass ihn die Polizei aufsuchen würde; er war sogar erstaunt, dass nicht viel eher Ermittlungsbeamten bei ihm erschienen waren. Natürlich machte ihn, während er Bertin und Duchemin in seinem Wohnzimmer gegenübersaß, der Gedanke an die Frau im Keller nervös, doch schien bei den Polizisten nicht die geringste Absicht zu bestehen, sich in seinem Haus näher umzusehen. Er wusste, dass sie sich nicht bemerkbar machen konnte. Der uralte Keller würde nie sein Geheimnis preisgeben.

Bertin sagte, er habe mit Madame Simon und Monsieur Joly gesprochen, und in beiden Gesprächen sei eine Aussage gemacht worden, die ihn habe stutzig werden lassen.

„Peter Simon war, wie jedes Jahr im Oktober, mit Ihnen zum Segeln verabredet", sagte Bertin, „aber er ist bei Ihnen nicht aufgetaucht. Seine Frau berichtete, sie habe am Sonntag, dem 7. Oktober, morgens bei Ihnen angerufen und erfahren, dass ihr Mann zu der Verabredung nicht erschienen sei. Ist das richtig?"

„Ja", sagte Christopher. Er hatte geahnt, dass Laura den Beamten nichts über Nadine Joly sagen würde, und er hatte eine Frage dieser Art erwartet.

„Hatten Sie vereinbart, sich am Samstagabend noch zu treffen oder erst Sonntag früh? Ich frage deshalb, weil es mich wundert, dass nicht *Sie* bei Madame Simon angerufen haben. Madame berichtete, dass sie gegen halb elf bei Ihnen anrief. Bis dahin hätten Sie Ihren Freund doch schon vermissen müssen"

„Nein. Ich habe ihn nicht vermisst. Denn ich glaubte zu wissen, wo er war. Frau Simon hat Ihnen wohl nichts gesagt?"

„Ich würde nicht derart im Dunkeln tappen, wenn sie es getan hätte", sagte Bertin ungeduldig.

„Wahrscheinlich ist es ihr peinlich … ich denke aber, ich muss die Dinge beim Namen nennen."

„Dazu würden wir Ihnen dringend raten", erwiderte Duchemin grimmig.

Christopher knetete seine ineinander verkrampften Hände. „Ich wusste, dass Peter Simon gar nicht vorhatte, mit mir zu segeln. Schon seit längerer Zeit diente ihm unser früher üblicher herbstlicher Segeltörn nur noch als Ausrede seiner Frau gegenüber. In Wahrheit verbrachte er die Zeit mit … Nadine Joly."

Es gelang den beiden Beamten nicht, ihre Verblüffung zu verbergen.

Duchemin fragte fassungslos: „Nadine Joly vom Chez Nadine?"

Christopher nickte. „Er war mein Freund", sagte er, „ich konnte ihn nicht verraten. So schlimm ich fand, was er da tat – aber ich konnte ihm nicht in den Rücken fallen."

„Das würden wir jetzt gern ganz genau wissen", sagte Bertin, und Christopher lehnte sich zurück, eine Spur entspannter in Erwartung all der Fragen, die jetzt kommen würden: seit wann? Wer wusste davon? Woher wusste er davon? Hatte Laura Simon eine Ahnung gehabt? Und zum Schluss würden sie nach Camille Raymond fragen. Sein Vorsprung bestand darin, dass er immer schon ganz genau wusste, was als Nächstes kam.

DIE TÄUSCHUNG

HENRI hatte Cathérine gebeten, um halb eins im Chez Nadine zu sein, und wie immer war sie pünktlich. Sie schien sich jedoch ziemlich abgehetzt zu haben, denn sie atmete hastig. Er hatte den Tisch vorn im Gastraum gedeckt, mit weißer Tischdecke, frischen Blumen, Stoffservietten und den bemalten Keramiktellern, die sie so gern mochte. Er hatte eine Gemüsesuppe mit Croûtons vorbereitet, danach selbst gemachte Ravioli mit einer Käsefüllung und cremiger Tomatensoße, ein leichtes Fischgericht und zum Nachtisch eine *crème caramel*.

„Ich war noch bei einem Makler", erklärte sie.

Er schöpfte die Suppe in die Teller, schenkte den Wein ein.

„Möchtest du nicht wissen, weshalb ich einen Makler aufgesucht habe?", fragte Cathérine, nachdem sie beide fünf Minuten lang schweigend gelöffelt hatten.

Tatsächlich hatte er zwar das Wort Makler registriert, sich jedoch keine Gedanken darüber gemacht. „Und?", fragte er.

„Ich habe ihn beauftragt, meine Wohnung zu verkaufen. Viel werde ich dafür ja leider nicht bekommen, aber der Makler meint, vielleicht doch ein bisschen mehr, als ich hineingesteckt habe. Dann habe ich ein wenig Kapital."

„Ja, aber – warum?"

„Ich möchte dort nicht mehr leben. Die Wohnung ist hässlich und trostlos, und ich habe mich nicht eine Minute lang dort wohl gefühlt. Außerdem wird es Zeit, dass ich mein Leben ändere. Ich werde fortgehen. Vielleicht in die Normandie, in das Dorf, in dem unsere Tante gelebt hat. Immerhin fühle ich mich dort nicht ganz verloren: Ich bin oft dort gewesen, den Pfarrer kenne ich recht gut, und ein paar Freunde unserer Tante erinnern sich vielleicht noch an mich."

„Cathérine", sagte er, „willst du das wirklich tun?"

„Welche andere Möglichkeit habe ich schon? Das so genannte Leben, das ich hier führe, ist kein Leben. Es ist einsam und unerfüllt und nun, nach allem, was geschehen ist, auch noch hoffnungslos. Du wirst nie von Nadine lassen, und ich kann es nicht aushalten, noch länger in deiner Nähe zu leben. Du weißt, dass ich mich immer nach dir verzehrt habe, aber was mich jetzt forttreibt, ist nicht dieses schreckliche Sehnen, sondern der Schmerz, mit anzusehen, wie der Mann, der mir alles bedeutet, an einer Frau festhält, die …" Sie sprach den Satz nicht zu Ende, wohl wissend, dass er ein abwertendes Urteil über Nadine noch immer nicht hinnehmen würde. „Wir brauchen wohl nicht mehr darüber zu reden", sagte sie, „du kennst meine Gedanken und Gefühle."

Und ob er sie kannte! Wie oft hatte sie über Nadine gesprochen, hatte sie meist auf subtile Art angeklagt, war dann zwischendurch aber auch heftig geworden, hatte ihn wissen lassen, was sie von seiner Frau hielt. Welch ein schrecklicher, untragbarer Zustand, und er fragte sich jetzt, weshalb ihm dies nicht früher aufgefallen war. Ihm fiel es wie Schuppen von den Augen in diesem Moment, dass Cathérine ein Störfaktor in seiner Ehe mit Nadine gewesen war, verantwortlich für vieles, was schief gelaufen war. Ihr Rückzug bedeutete die große Chance eines Neuanfangs.

„Ich werde dich besuchen", sagte er.

„So häufig, wie du unsere Tante besucht hast", erwiderte sie spöttisch, und er senkte den Kopf, weil auch dies eine Verfehlung war in seinem Leben und noch dazu eine, für die er Geld bekommen und angenommen hatte.

Es klopfte an der Tür. Es waren Bertin und Duchemin. Sie wollten wissen, wo Henri am Samstag, dem 6. Oktober, abends gewesen war. Und wen er als Zeugen für seine Aussage benennen konnte.

MONIQUE ahnte, dass der Verlust des Zeitgefühls sie über kurz oder lang in den Wahnsinn treiben würde, aber vermutlich würde der Durst sie vorher erledigen. Sie hatte gehofft, Stunde um Stunde – ohne zu wissen, wie lang eine Stunde war und wann sie aufhörte –, dass ihr Peiniger auftauchen und ihr etwas zu essen und zu trinken bringen würde, aber schließlich musste sie sich mit der furchtbaren Einsicht vertraut machen, dass er nicht vorhatte, bei ihr zu erscheinen, ehe sie nicht tot war und ihre Leiche verschwinden musste. Sie begann zu weinen.

Irgendwann versiegten ihre Tränen, weil die Kraft sie verließ. Sie hatte ein wattiges Gefühl im Mund. „Ich muss überlegen, was ich als Nächstes tue", sagte sie laut. Ihr fiel ein, dass sie Gläser und Dosen auf dem Holzregal ertastet hatte, und bei der Vorstellung, dort könnten sich eingemachte Früchte befinden, deren Saft sich *trinken* ließe, tastete sie sich los in die Richtung, in der sie das Regal vermutete. Bald stieß sie unsanft mit dem Kopf gegen eines der Bretter und tastete hastig in den Fächern herum. Ihre zitternden Finger bekamen ein Glas zu fassen.

Es gelang ihr, den Gummiring am Deckel zu lösen und das Glas zu öffnen. Sie hörte eine Flüssigkeit schwappen, und das ließ sie jede Vorsicht vergessen. Sie setzte das Glas an ihre Lippen und kippte den halben Inhalt in ihren Mund – um ihn im nächsten Moment spuckend wieder von sich zu geben. Essig. Sie hatte eingelegte Gurken erwischt.

DIE TÄUSCHUNG 121

Vielleicht war er sadistischer, als sie gedacht hatte. Vielleicht hatte er das ganze Regal mit Scheußlichkeiten dieser Art gefüllt. Sie würde dies nur herausfinden, indem sie weiterprobierte.

„AM SCHLIMMSTEN war es, die Kinder zu verlieren", sagte Christopher, „ich wusste, dass es andere Frauen in meinem Leben geben würde, aber nie wieder diese Kinder. In den ersten Wochen dachte ich, ich müsste wahnsinnig werden."

„Ich könnte es nicht ertragen, Sophie zu verlieren", meinte Laura. „Es muss eine sehr harte Zeit für dich gewesen sein."

„Es war die Hölle", sagte er leise.

Sie saßen vor dem Kamin, in dem ein Feuer brannte, tranken Rotwein und blickten in die Flammen.

Die Stimmung war angespannt gewesen, als Christopher eingetroffen war. Am Nachmittag war Kommissar Bertin bei Laura gewesen und hatte ihr auf den Kopf zugesagt, dass er von Peters Verhältnis mit Nadine Joly wusste.

„Und ich weiß auch, dass Sie bereits seit einigen Tagen davon Kenntnis hatten. Warum haben Sie bei unserem Gespräch nichts davon gesagt?"

Sie hatte versucht, ihm zu erklären, was in ihr vorgegangen war.

„Es geht hier um Mord, Madame. Da haben Gefühle wie Scham und Verletztheit nichts zu suchen. Wenn Sie wichtige Fakten unterschlagen, schützen Sie den Mörder Ihres Mannes."

Er hatte noch ein paar Dinge von ihr wissen wollen und wie elektrisiert auf die Information reagiert, dass sich Peter mit Nadine nach Argentinien hatte absetzen wollen.

„Wann haben Sie davon erfahren?", hatte er gefragt, aber sie war nicht sicher, ob er ihr glaubte, dass sie dies erst herausgefunden hatte, als Peter bereits verschwunden und tot war. Natürlich hatte sie sich verdächtig gemacht, aber das fiel ihr erst später auf. Sie hätte ein gutes Motiv gehabt, ihren Ehemann zu töten. Als Bertin ging, hatte sie ihn gefragt, woher er von Peter und Nadine erfahren habe, doch er hatte den Namen seines Informanten für sich behalten. Laura war sich fast sicher, dass es Christopher gewesen war. Sie hatte ihn danach gefragt, als sie beide einen Aperitif tranken. Er hatte nicht geleugnet.

„Laura, er ist Kriminalkommissar. Ich kann ihn nicht anlügen. Außerdem – was hätte ich sagen sollen auf seine Frage, warum mich Peters Wegbleiben gar nicht beunruhigt hat?"

Sie hatte ihn verstanden und sich dennoch nicht loyal behandelt gefühlt. „Du hättest anrufen und mich warnen können."

Er war zerknirscht gewesen, und sie hatten schweigend zu essen begonnen. Aber irgendwie hatte er das Gespräch auf seine Lebensgeschichte gebracht, und die Art, wie er davon erzählte, bewirkte, dass sie Mitleid empfand und das Bedürfnis spürte, ihn zu trösten.

„Das Wichtigste in meinem Leben", fuhr Christopher nun fort, „war immer die Familie. Von dem Tag an, als meine Mutter uns verließ, als diese Hölle begann, da habe ich es nur ausgehalten, indem ich mir immer wieder gesagt habe, es wird einmal anders. Später, als Student, träumte ich davon, nach Hause zu kommen und von einer Frau und einer ganzen Schar Kinder begrüßt zu werden … Die Gefühle der Väter werden in den meisten Scheidungsfällen brutal missachtet. Ich habe mich damals mit einer Selbsthilfegruppe in Deutschland in Verbindung gesetzt. Sie bestand aus Vätern, denen ebenfalls die Kinder weggenommen wurden. Man versuchte einander mit Rat und Tat zur Seite zu stehen, aber wir alle standen auf ziemlich verlorenem Posten, und nachdem mir das klar geworden war, habe ich akzeptiert, dass es die Familie, die ich hatte, für mich nicht mehr geben wird. Ich sagte mir auch, dass ich immer noch jung genug sei für einen Neuanfang."

„Und das bist du auch", erwiderte Laura mit Wärme in der Stimme. „Ich denke, es war das Beste, was du tun konntest: die Situation anzunehmen und nach vorn zu blicken. Ich bin überzeugt, dass es ein neues Glück für dich geben wird."

Er sah sie mit einem seltsam eindringlichen Blick an. „Es war ein ganz besonderes Gefühl … vorhin", sagte er. „Hierher zu kommen … die Lichter in den Fenstern zu sehen, zu wissen, dort ist jetzt eine Frau, die auf mich wartet. Noch schöner wäre es gewesen, auch von der kleinen Sophie begrüßt zu werden. Es wäre vollkommen gewesen …"

Sie hatte plötzlich das Gefühl, er komme ihr zu nah, und sie versuchte, ihn mit Ironie wieder auf Distanz zu bringen. „Absolut vollkommen wäre es zweifellos gewesen, wenn ich etwas weniger Salz an das Zucchinigemüse getan hätte", sagte sie und lachte, denn sie hatten beide während des Essens eine Menge Wasser trinken müssen.

Christopher griff ihren scherzhaften Ton nicht auf. „Du weißt ja", sagte er, „was es bedeutet, wenn Köche das Essen versalzen …"

Fast unmerklich rückte sie ein kleines Stück von ihm ab. „Ich glaube nicht", entgegnete sie steif, „dass man derlei Weisheiten verallgemeinern kann."

DIE TÄUSCHUNG 123

Christopher sah ihr direkt in die Augen. Sie versuchte, seinem Blick standzuhalten, senkte aber schließlich die Lider.

„Laura", sagte er leise, „komm, sieh mich an."

Widerstrebend hob sie den Blick. „Ich glaube nicht", wehrte sie sich schwach, als er sein Gesicht dem ihren näherte, „dass ich …"

Er küsste sehr sanft ihre Lippen. Sie war überrascht, wie angenehm sich die Berührung anfühlte. Wann war sie zuletzt so geküsst worden?

„Was glaubst du nicht?", fragte er.

Sie glaubte, dass sie nicht wollte, was er da tat, aber aus irgendeinem Grund war sie nicht fähig, ihm das zu sagen. Sie hatte seine Worte nicht gemocht, aber sie reagierte auf seine Berührung. Ohne dass ihr Kopf dies gewollt hätte, erwachte ihr Körper, wurde warm und weich und erwartungsvoll. Sie stand rasch auf. „Ich bringe die Gläser in die Küche", sagte sie.

Christopher folgte ihr mit der halb leeren Weinflasche. Als sie unschlüssig an der Spüle stand, trat er von hinten an sie heran und legte beide Arme um sie. Sie blickte auf seine braun gebrannten Handgelenke hinunter. In ihr erwachte der Wunsch, sich fallen zu lassen, schwach sein zu dürfen und Schutz zu finden vor all dem, was sie bedrängte. Nur für einen Moment …

„Du bist so schön", flüsterte er an ihrem Ohr.

„Das geht nicht", sagte sie, als sich seine Hände langsam zwischen ihre Beine schoben.

„Und warum nicht?"

„Du bist … du warst Peters bester Freund … er ist seit einer Woche tot … ich … wir können das nicht machen …"

Die Stimme an ihrem Ohr veränderte nicht ihren weichen, lockenden Klang. „Peter war ein Schwein. Er hat dich über Jahre betrogen. Er hat auch euer Kind betrogen, und er hat eure Familie zerstört. Er ist es nicht wert, dass um ihn getrauert wird. Er hat alles gehabt und hat alles verspielt …" Seine Hände streichelten sie sehr sanft zwischen den Beinen. „Tu, was du möchtest", flüsterte er, „du hast es so lang nicht mehr getan."

Sie wollte von diesen kräftigen Händen gehalten werden. Sie wollte vergessen, wollte den Schmerz nicht länger spüren. Die Demütigung nicht und auch nicht die Angst.

Sie wandte sich langsam zu ihm um, ließ es zu, dass er ihre Hose hinunterstreifte, ihren Slip über die Schenkel nach unten schob. Er ließ seine Hände über ihren Bauch gleiten, sie schienen eine glühende Spur zu hinterlassen; er umschloss mit seinen Fingern ihre Brüste.

Es machte ihm keine Mühe, sie hochzuheben und auf die Arbeitsfläche zu setzen. Sie lehnte sich zurück, berührte mit dem Kopf irgendwelche Küchengeräte, die hinter ihr an der Wand hingen, bemerkte aber kaum, dass die Ränder in ihre Haut drückten.

Christopher drang mit einer so hastigen, heftigen Bewegung in sie ein, dass sie aufschrie – vor Überraschung, vor Schmerz und vor Lust.

Und während sie so dalag, unbequem und verrenkt, war es vor allem Triumph, der sie erfüllte, und der Gedanke, dass die Erniedrigung, die Peter ihr zugefügt hatte, in diesem Moment von ihr genommen wurde, durch nichts als den Umstand, dass er es gehasst hätte, sie beide so zu sehen.

„Ich liebe dich", flüsterte Christopher, als er schwer atmend über sie sank.

Sie hatte keinen Höhepunkt gehabt, aber dafür ihre Rache, und das war das weit bessere Gefühl. Sie mochte auf seine Liebeserklärung nicht reagieren, wünschte sogar, er wäre jetzt sofort gegangen, denn sie wollte allein sein mit ihren großartigen Empfindungen, aber sie konnte ihn wohl nicht gleich fortschicken. Inzwischen spürte sie deutlich die Küchengeräte an der Kopfhaut.

„Christopher", flüsterte sie und bewegte sich ein wenig, um ihm anzudeuten, dass sie gern wieder von der Arbeitsplatte heruntergerutscht wäre.

Er hob den Kopf und sah sie an. Sie erschrak fast vor dem Ausdruck seines Gesichts, vor seinen flammenden Augen, den schmalen weißen Lippen. Er presste ihre Hand so fest, dass es wehtat. „Wann heiraten wir?", fragte er.

Dienstag, 16. Oktober

Christopher hatte die ganze Nacht nicht geschlafen und sich nur in den Kissen herumgewälzt, und um sechs Uhr am Morgen hielt er es nicht mehr aus und stand auf. Draußen herrschte noch tiefe Dunkelheit. Er hätte gern bei Laura übernachtet, hätte sie am liebsten noch einmal in ihrem Bett geliebt, zärtlicher und ruhiger diesmal, und dann wäre sie in seinen Armen eingeschlafen, und er hätte ihren Schlaf beobachten können, ihr Gesicht betrachten, wenn es entspannt war und weich. Sie wären zusammen aufgewacht, einer an den anderen geschmiegt, und dann hätten sie zusammen Kaffee im Bett getrunken und dem Herandämmern des Morgens zugeschaut.

Aber sie hatte allein sein wollen, und er hatte akzeptiert, dass die Entwicklung der Dinge vielleicht zu rasch gegangen war für sie und dass sie ein wenig Zeit brauchte, sich zurechtzufinden.

Jetzt, da sein Ziel zum Greifen nahe lag, vermochte er es kaum mehr auszuhalten. Endlich würde er wieder Geborgenheit empfinden, endlich wieder im Zusammenhalt einer Familie leben. Er hatte es so lange vermisst, so lange ersehnt, dass er sich nun fragte, wie er überhaupt hatte existieren können in all den Jahren. Es war die schlimmste Zeit seines Lebens gewesen, aber nun war sie vorbei.

Er erinnerte sich an ihr überraschtes Gesicht, als er sie fragte, wann sie heiraten wollten. Sie war sprachlos gewesen, hatte sich angezogen, versucht, ihre wirren Haare zu glätten. Ihre Bewegungen waren hektisch gewesen, und in ihm war unendlich viel Zärtlichkeit für sie erwacht. Sie war verlegen, natürlich, sie war keine leichtfertige Frau, es war ihr peinlich, die Kontrolle verloren zu haben. Deshalb sollte sie auch gleich wissen, wie ernst es ihm war, dass er keine billige Affäre gesucht hatte. Sie sollte wissen, dass er die gleichen Gefühle für sie hegte wie sie für ihn und dass ihre Liebe für die Ewigkeit geschaffen war.

Da sie keine Erwiderung fand, hatte er gefragt: „Möchtest du allein sein?" und natürlich gehofft, sie werde dies verneinen, aber sie hatte rasch Ja gesagt, und er war gegangen.

Am liebsten hätte er sie jetzt sofort angerufen, aber schließlich war es noch sehr früh, und sie schlief vielleicht noch.

Er ging in die Küche und schaltete die Kaffeemaschine ein, nahm sich einen Joghurt aus dem Kühlschrank und mixte ihn in einer Schüssel mit seinem Müsli. Als er fertig war, kippte er alles in den Abfalleimer. Er war viel zu ruhelos, um zu essen. Wenn er nur endlich anrufen, endlich ihre Stimme hören könnte! Er schaute auf die Uhr. Es war zwanzig Minuten nach sechs. Um sieben würde er anrufen. Länger könnte er es nicht aushalten.

Er trank seinen Kaffee im Stehen im Wohnzimmer. Irgendetwas nagte in seinem Unterbewusstsein, das ihm Unbehagen verursachte. Dann fiel es ihm ein: richtig, die *Person* unten in seinem Keller! Die hatte er völlig vergessen. Er musste sich überlegen, was er mit ihr machte.

Aber nicht jetzt. Jetzt war er viel zu fiebrig. Wieder schaute er auf die Uhr. Wann war es endlich sieben Uhr?

LAURA stand um halb sieben auf, nachdem sie sich fast zwei Stunden lang vergeblich bemüht hatte, noch ein wenig Schlaf zu finden. Sie konnte sich ihre Unruhe nicht recht erklären: Am Vorabend hatte sie

Triumph gefühlt, und es war auch nicht so, dass sie beim Aufwachen in den frühen Morgenstunden plötzliche Reue empfunden hätte. Sie bedauerte nichts von dem, was sie getan hatte. Es war eher eine untergründige Ahnung von Bedrohung, der Eindruck, sie habe etwas in Gang gesetzt, was sie vielleicht nicht würde kontrollieren können. Es mochte an Christophers Heiratsantrag liegen.

Da ihr klar war, dass ein so lebensentscheidender Entschluss wie eine Heirat kaum innerhalb weniger Minuten der Leidenschaft auf einem Spültisch geboren wurde, musste sie davon ausgehen, dass Christopher seine Zuneigung schon eine Weile in sich herumtrug. Schon zu der Zeit vor Peters Tod? Der Gedanke war ihr unangenehm, ebenso wie die Erinnerung an sein Verhalten während der letzten Tage. Er hatte deutlich ihre Nähe gesucht, obwohl sie ihm mehr als einmal signalisiert hatte, lieber allein sein zu wollen. Sie hatte sich geschämt, weil sie so abweisend aufgetreten war. Nun begriff sie, dass er selbst das Bedürfnis nach ihrer Nähe verspürt hatte und dass es ein sehr gesunder Instinkt gewesen war, der sie hatte zurückweichen lassen. Und jetzt, dachte sie, muss ich unbedingt die Kurve kriegen, ohne ihm wehzutun.

Sie räumte die Spülmaschine mit dem Geschirr vom Vorabend aus, brachte Gläser, Teller und Besteck in die Schrankfächer und schaute dabei immer wieder auf die Uhr. Sie musste unbedingt mit Anne sprechen, wagte aber nicht, sie vor sieben Uhr zu stören. Um eine Minute vor sieben wählte sie Annes Nummer.

Anne klang verschlafen, als sie sich meldete, aber sie war sofort hellwach, als sie Lauras Stimme erkannte, und lauschte aufmerksam ihren Schilderungen.

„Also", sagte Anne, „für dich kommt Christopher keinesfalls infrage, wenn ich dich richtig verstanden habe. Das kannst du ihm doch klar machen!"

„Natürlich. Aber es ist mir unangenehm. Ich glaube, er hat in mir nie die Frau gesehen, die sich ohne tiefere Gefühle mit einem Mann ins Bett legt."

„Dann hat er sich eben getäuscht und wird das begreifen müssen! Du hast ihm schließlich nicht vorher die Ehe versprochen."

„Das stimmt." Laura wusste, dass Anne Recht hatte, war aber dennoch überzeugt, in massiven Schwierigkeiten zu stecken. Anne kannte Christopher nicht. Sonst hätte sie vielleicht begriffen, dass …

Was eigentlich?, fragte sich Laura. Christopher hat sich in mich verliebt, aber ich mich nicht in ihn, und diese Konstellation gibt es tau-

DIE TÄUSCHUNG 127

sendfach auf der Welt. Hätte ich über seine Gefühle Bescheid gewusst, hätte ich nicht mit ihm geschlafen, aber nun ist es passiert, und er wird es verkraften.

„Ach, Anne", seufzte sie, „zurzeit sehe ich wohl alles ein bisschen schwarz. Ich hoffe, die Polizei lässt mich bald abreisen. Ich möchte nach Hause. Ich brauche mein Kind, und ich brauche dich. Ich muss ja auch sicher eine Menge regeln."

„Wenn du magst, regeln wir die Dinge zusammen", bot Anne an, „ich bin für dich da, das weißt du. Und mein altes Angebot wegen eines gemeinsamen Fotostudios steht immer noch. Im Übrigen kannst du auch gern bei mir unterschlüpfen. Ich habe genug Platz für dich und Sophie, und du könntest in aller Ruhe etwas Neues suchen."

„Danke", sagte Laura leise, „wenn es dich nicht gäbe, würde ich mich um so vieles elender fühlen. Durch dich habe ich die Hoffnung, dass es weitergehen wird."

„Es wird ein ganz neues und viel besseres Leben", prophezeite Anne.

Sie verabschiedeten sich, und Laura registrierte erleichtert, um wie vieles ruhiger und zuversichtlicher sie sich fühlte. Doch sie hatte kaum den Hörer auf die Gabel gelegt, da klingelte bereits der Apparat. „Ja, hallo?"

Auf das, was dann folgte, war sie nicht im Mindesten vorbereitet. Jemand brüllte sie an in schrillen, hohen und – ja, das war das Seltsame daran – schrecklich verzweifelten Tönen. Zuerst erkannte sie nicht, wer da in der Leitung war.

„Mit wem hast du gesprochen? Mit wem hast du um diese Uhrzeit gesprochen? Antworte mir! Antworte mir sofort!"

NACH dem Schock mit den Essiggurken war es Monique einige Zeit später gelungen, ein Glas mit eingemachten Pfirsichen zu öffnen. Nie zuvor im Leben war ihr etwas so köstlich und so belebend erschienen wie der dicke, süße, kalte Saft, der ihre ausgetrocknete Kehle hinunterrann, und wie die prallen Pfirsichstücke, die ihr zumindest für Augenblicke den quälenden Hunger nahmen. Ich werde überleben, hatte sie gedacht.

Die Suche nach dem Glas hatte sie erschöpft, und als sie sich in die Ecke gekauert hatte, war sie eingeschlafen. Wie viele Stunden ihr Schlaf gedauert hatte, wusste sie nicht. Es erschütterte sie jedoch, wie heftig der Durst schon wieder brannte.

Als sie das Regal erreichte, begann sie wieder in den Fächern zu tasten. Es dauerte eine ganze Weile, bis ihre Finger einen Gegenstand umschlossen, aber bei genauerem Fühlen stellte sie fest, dass sie an eine Konservendose geraten war. Keine Chance, sie zu öffnen. Sie unterdrückte eine jähe Panik. Such weiter!, befahl sie sich, und behalte um Himmels willen die Nerven.

Sie stöberte und tastete. Sie fand ein Glas, zerrte mit zitternden Fingern an dem Gummi. Es löste sich, schnellte irgendwohin in die Dunkelheit. Der Glasdeckel entglitt ihren bebenden Fingern und zerbrach auf dem Fußboden. Für den Moment war ihr die Gefahr, die sich aus den herumliegenden Scherben ergeben mochte, gleichgültig.

Es waren wieder Pfirsiche. Sie trank in großen, durstigen Zügen und schob die saftigen Scheiben in den Mund.

Wenn ich hier rauskomme, dachte sie plötzlich, dann möchte ich ein kleines Häuschen mit einem Garten. Irgendwo draußen auf dem Land. Ich möchte einen Pfirsichbaum haben und anderes Obst und Hühner und Katzen. Sie wusste nicht, wieso ihr dieses idyllische Bild gerade jetzt durch den Kopf schoss, aber es erfüllte sie mit Kraft. Es war ein so schöner Lebensplan.

Sie musste durchhalten, um ihn verwirklichen zu können.

Es ERSTAUNTE Henri nicht, seine Schwiegermutter morgens um neun Uhr noch in Nachthemd und Bademantel anzutreffen. Er hatte an die Tür geklopft und war auf ihr „Herein!" in die Küche getreten, in die man unmittelbar durch die Haustür gelangte. Sie saß am Tisch und hatte eine Kaffeetasse vor sich stehen. Auf dem Tisch befanden sich eine Zuckerdose, ein Päckchen Toastbrot und ein halb leeres Glas mit Erdbeermarmelade. Das elektrische Licht brannte, was die Düsterkeit des engen Bergtals noch hervorhob.

Nun, da seine Sinne geschärft, sein Gemüt sensibilisiert war, begriff Henri erstmals, weshalb Nadine so gelitten hatte in diesem Haus, und ihm ging auch auf, dass hier die Ursache für manches Problem lag, das später ihre Ehe so belastet hatte.

„Guten Morgen, Marie", sagte er. Er trat zu ihr hin und küsste sie auf beide Wangen. Er hatte sie lange nicht gesehen und war erschrocken, wie mager sie war. „Ich hoffe, ich störe nicht."

Sie lächelte. „Wobei solltest du stören? Sieht es aus, als sei ich sehr beschäftigt?" Ihr Lächeln war warm und erinnerte ihn an Nadines Lächeln, wie es während der ersten Jahre ihrer Ehe gewesen war. Schon lange hatte sie es ihm nicht mehr geschenkt. Aber Marie mochte ihn.

„Ich bin gekommen, Nadine nach Hause zu holen", sagte er.

DIE TÄUSCHUNG 129

„Nadine ist nicht da. Sie ist zum Einkaufen gefahren nach Toulon. Es kann länger dauern, denn sie wollte danach noch zur Polizei."

„Zur Polizei?"

„Gestern war ein Kommissar hier. Hat eine halbe Stunde mit ihr gesprochen und sie für heute Vormittag noch mal zu sich bestellt. Es ging wohl um diesen Bekannten von euch, der ermordet worden ist."

„Peter Simon. Ja, bei mir waren sie auch deswegen."

Er verschwieg, dass sie zweimal da gewesen waren und dass sie mit ihrer Frage nach seinem Aufenthaltsort am Abend des 6. Oktober einen Verdacht ausgesprochen hatten. Er hatte ihnen wahrheitsgemäß geantwortet, namentliche Zeugen jedoch nicht benennen können, und er war überdies fast versunken vor Scham, weil er als Schlappschwanz vor ihnen stand, der nicht in der Lage gewesen war, seine Frau am Fremdgehen zu hindern. Oder war er in ihren Augen sehr wohl in der Lage gewesen? Glaubten sie wirklich, er habe den Nebenbuhler am Schluss umgebracht, um seine Frau zurückzugewinnen? Sie baten ihn jedenfalls, sich zur Verfügung zu halten und die Region nicht zu verlassen.

Obwohl er sich deswegen Sorgen machte, spürte er in diesem Moment doch Erleichterung. Nadine hatte sich wirklich bei ihrer Mutter einquartiert. Peter Simon war tot, und es gab niemanden sonst in ihrem Leben.

„Marie", sagte er leise, „ich kann nicht verstehen, wie es so weit hat kommen können. Ich schwöre dir, ich habe in all den Jahren versucht, Nadine glücklich zu machen. Es ist mir offenbar nicht geglückt. Aber ich denke, du weißt, dass ich nie wissentlich etwas getan habe oder tun werde, was ihr schaden könnte. Ich liebe Nadine. Ich will sie nicht verlieren."

Marie hatte Tränen in den Augen. „Ich weiß, Henri. Du bist ein wunderbarer Mann, und das habe ich Nadine auch immer wieder gesagt. Diese Ruhelosigkeit in ihr … diese Unzufriedenheit … das hat nichts mit dir zu tun. Ihr Vater war genauso. Immer meinte er, irgendwo anders müsste das Glück liegen."

„Nadine wird älter", sagte Henri.

„Ja, und darin sehe auch ich eine Hoffnung. Gib ihr ein wenig Zeit. Und hör nicht auf, sie zu lieben."

„Ich werde Nadine Zeit geben", sagte er, „ich werde hier nicht auf sie warten und sie nicht bedrängen. Aber ich bitte dich, ihr etwas auszurichten. Sag ihr, dass Cathérine fortgehen wird. Dass sie ihre Wohnung in La Ciotat verkauft und sich im Norden Frankreichs niederlässt. Es wird sie in unserem Leben nicht mehr geben."

„Glaubst du, dass das entscheidend ist?", fragte Marie.

Er nickte. „Es *ist* entscheidend, und ich hätte es schon vor Jahren erkennen müssen." Er wandte sich zur Tür. „Ich gehe jetzt", sagte er, „richte Nadine aus, dass ich auf sie warte."

ER WAR zu weit gegangen. Er hätte sie nicht anschreien dürfen. Das war ein Fehler gewesen, und er konnte nur beten, dass er eine Chance bekommen würde, ihn wieder gutzumachen.

Er hatte gebrüllt und gebrüllt, und als er eine Pause hatte machen müssen, um Luft zu holen, hatte sie gefragt: „Christopher, wovon sprichst du?"

„Ich habe dich etwas gefragt. Mit wem hast du telefoniert? Vielleicht wäre es möglich, dass du meine Fragen beantwortest, ehe du deinerseits welche stellst!"

Eine leise Stimme in seinem Hinterkopf hatte ihn gewarnt. *Sprich nicht in diesem scharfen Ton mit ihr. Sie wird sich das nicht gefallen lassen. Du bist dabei, alles zu verderben!*

Laura hatte sich von ihrer Überraschung erholt. „Ich weiß nicht, woher du den Anspruch ableitest, von mir in irgendeiner Weise Rechenschaft zu verlangen", sagte sie kühl.

Danach hatte er etwas eingelenkt, sich um einen sanfteren Ton bemüht. „Ich denke, nach allem, was war, solltest du so fair sein und mir sagen, wenn es einen anderen Mann in deinem Leben gibt."

„Nach allem, was war? Du meinst … den gestrigen Abend?"

„Ja, natürlich. Für mich bedeutet es etwas, wenn ich mit einer Frau schlafe."

„Auch für mich bedeutet es viel, wenn ich mit einem Mann schlafe", erwiderte sie gequält. „Aber du hast von Heiraten gesprochen, und … das kam für mich zu plötzlich …"

Er kannte diese Art von Frauen, diese hilflosen Versuche, sich aus Bindung und Verantwortung herauszuwinden, und schon immer hatte dies Verzweiflung und Hass in ihm ausgelöst. Die Wut war heillos über ihn hereingebrochen, aber er hatte sie noch zurückdrängen können. „Nun", sagte er, „ich denke, wir haben die gleichen Vorstellungen von Familie und Zusammenleben. Möglicherweise brauchst du ein wenig mehr Zeit als ich, um dich auf unsere Situation einzustellen."

„Ja", hatte sie gesagt und wieder so gequält geklungen.

„Darf ich dich heute Abend wieder anrufen?", hatte er demütig gefragt. Natürlich hätte er sie viel lieber gesehen als angerufen, aber ein

DIE TÄUSCHUNG

Instinkt sagte ihm, dass sie sich an diesem Tag nicht auf eine Verabredung einlassen würde.

„Sicher", hatte sie geantwortet, und dann hatten beide einige Sekunden lang geschwiegen, während Unausgesprochenes zwischen ihnen hin und her wogte, unangenehm und so bedrängend, dass er es nicht mehr hatte aushalten können. „Ich melde mich", hatte er gesagt und hastig aufgelegt. Danach war er im Zimmer herumgelaufen und hatte versucht, seine aufgewühlten Gefühle zu beruhigen.

Er durchlebte das Gespräch noch einmal vorwärts und rückwärts, seine Worte, ihre Worte, und am Ende gelangte er zu dem Schluss, dass er keineswegs wirklich laut geschrien hatte, dass er nicht wirklich aggressiv gewesen war, und sie ihrerseits hatte nur die übliche Zurückhaltung an den Tag gelegt, die eine Frau nun einmal zeigen musste, wenn sie gefragt wurde, ob sie heiraten wolle.

Nachdem er so weit gekommen war, entspannte er sich spürbar, bekam sogar plötzlich Hunger und verließ sein Haus, um auf dem Marktplatz einen Café crème zu trinken und sich hinterher noch eine Quiche zu bestellen. Er saß in der Sonne, die jetzt, da es langsam auf Mittag zuging, an Wärme gewann.

Wie schön das Leben ist, dachte er ein wenig schläfrig und doch im vollen Bewusstsein, dass etwas Großes und Wunderbares auf ihn zukam. Eine Frau haben, ein Kind. Eine Familie. Wie schön würde es sein, mittags mit Laura und Sophie hier zu sitzen. Mit ihnen am Strand spazieren zu gehen. Sophie das Schwimmen beizubringen und das Fahrradfahren. Er dachte an ein Picknick in den Bergen, und Bernadette schlang die Ärmchen um ihn und ... halt! Er runzelte die Stirn. Ein falsches Bild, ein falscher Name. Es hatte dieses Picknick gegeben im letzten Sommer, und die kleine Bernadette hatte mit ihm geschmust, aber daran *wollte er jetzt nicht denken!*

Seine Tochter hieß Sophie. Eine andere hatte es nie gegeben. Wenn er an eine andere dachte, bekam er nur Kopfweh. Böse Bilder drängten sich in sein Bewusstsein.

Das Ungeziefer in seinem Keller fiel ihm ein. Wann hatte er sie dort eingesperrt? Gestern, vorgestern? Sie hatte nichts zu essen, nichts zu trinken ... halt!

Er richtete sich in seinem Stuhl auf. Verdammt, er hatte das Zeug in dem Kellerraum vergessen! Eingemachtes Obst, Pfirsiche, Mirabellen, Kirschen ... Genug Saft, um sich eine Weile über Wasser zu halten. Wenn sie die Sachen fand – und das würde sie vermutlich –, konnte sie

Zeit schinden. Und das konnte problematisch für ihn werden, denn bald, sehr bald schon, wollte er Laura ihr neues Zuhause zeigen, und sicher wollte sie dann auch den Keller sehen …

Er stand hastig auf, schob ein paar Geldscheine unter seinen Teller und verließ mit schnellen Schritten den Marktplatz.

NADINE verließ das Haus, in dem sie so viele Jahre gelebt hatte, aber als sie die Tür hinter sich zuzog, konnte sie noch immer nicht sagen, dass es ihr letzter Besuch dort gewesen war. Zu viele ihrer Sachen befanden sich noch immer dort, sie hatte nicht alles verpacken und in ihr Auto laden können; sie würde noch einmal zurückkommen müssen.

Sie hatte lange mit Kommissar Bertin gesprochen. Zum ersten Mal hatte sie einem Menschen alles erzählt. Über ihre jahrelange Affäre mit Peter Simon. Über ihre Ehe, die für sie keine Ehe mehr war. Über die Unerträglichkeit ihres Lebens im Chez Nadine. Über all die Hoffnungen, die sie mit Peter verbunden hatte. Sie hatte von der geplanten Flucht nach Argentinien berichtet und von dem neuen Anfang, den sie beide dort hatten wagen wollen. Und sie hatte ihm gesagt, dass ihr Leben zerstört war, seit man Peter tot in den Bergen gefunden hatte.

Bertin hatte sie sanft getadelt, weil sie mit alldem nicht früher herausgerückt war, und sie angewiesen, die Gegend nicht zu verlassen. Sie hatte ihm die Adresse ihrer Mutter gegeben.

Es hatte sie erstaunt, Henri nicht anzutreffen, noch mehr verwundert hatte sie ein Schild an der vorderen Tür, auf dem die Information gekritzelt stand, dass das Chez Nadine heute geschlossen bleibe. An einem gewöhnlichen Dienstag. Das war ungewöhnlich für Henri.

Vielleicht, dachte sie, während sie auf das Schild starrte, hätten wir einen Tag in der Woche für uns gebraucht. An dem wir Dinge gemeinsam unternehmen, die Spaß machen, und alles vergessen, was mit der verdammten Kneipe zusammenhängt.

Aber sie wusste, dass sie sich mit solchen nachträglichen Gedanken um die Rettungsmöglichkeiten ihrer Ehe nur selbst etwas vormachte. Denn an der Zeit, die sie füreinander hatten oder nicht hatten, hatte es nicht gelegen. Während der Wintermonate waren tagelang keine Gäste gekommen, irgendwann war nichts mehr zu tun gewesen und sie hatten einander am Küchentisch gegenübergesessen, heißen Kaffee vor sich und vielerlei Möglichkeiten, miteinander zu sprechen, sich an den Händen zu fassen, einander zu erforschen … Aber da war nichts gewesen. Nur Sprachlosigkeit, Unverständnis und – jedenfalls von ihrer Seite aus – eine heftige Abneigung, irgendeine Art von Nähe entstehen zu lassen.

Sie schloss die Tür auf, stellte fest, dass Henri nicht da war, holte ihre Koffer vom Dachboden und packte einen ersten Schwung an Kleidern und Wäsche ein, nahm die wichtigsten Briefe, Tagebücher, Bilder aus ihrer Schreibtischschublade.

Sie ließ sich Zeit, weil sie hoffte, Henri werde auftauchen. Zwar graute ihr vor dem Gespräch mit ihm, aber sie hätte es doch gern hinter sich gebracht. Sie wollte ihm das Ende ihrer Ehe so klar und deutlich mitteilen, dass sie in Zukunft sicher sein konnte, keinerlei Druck mehr von ihm zu erleben.

Sie schaffte die Koffer ins Auto, musste dann einen von ihnen wieder ins Haus zurückschleifen, weil er nicht mehr hineinpasste. Dann setzte sie sich in die Küche und rauchte eine Zigarette, trank einen Kaffee, rauchte eine zweite Zigarette, schaute hinaus in den strahlenden Tag und fühlte nicht einen Funken von Zuversicht oder Hoffnung in sich. Aber zumindest hatte sie die Gewissheit, dass es richtig war, was sie tat.

Sie war erstaunt, als sie feststellte, dass es ein Uhr war. *Ob Henri verreist war?* Egal, entschied sie, dann rede ich später mit ihm. Oder gar nicht.

Sie stieg in ihr voll beladenes Auto und fuhr los. Unweigerlich musste sie an der Stelle vorbei, an der Peters verlassenes Auto geparkt hatte, und wieder versetzte ihr dies einen Stich. Nicht daran denken!, befahl sie sich und hielt den Blick starr geradeaus gerichtet. Es ist vorbei. Nicht daran denken. Entweder heute Abend noch oder am nächsten Tag würde sie herkommen und ihre restlichen Sachen holen.

MONIQUE hörte ihn kommen. Ganz plötzlich war da ein Geräusch, eine Art Knacken, ein Schleifen … es dauerte einige Sekunden, bis sie begriff, dass jemand die Kellertreppe herunterkam.

Sosehr sie anfangs gewünscht hatte, ihr Peiniger möge ihr sagen, was er vorhatte, sosehr erschreckte sie nun seine tatsächliche Nähe. Der Kerl war gefährlich. Blitzartig drängten sich wieder die Bilder Camilles und Bernadettes in ihre Erinnerung, und ihr Herz begann wie rasend zu schlagen.

Als die Tür aufgerissen wurde, fiel ein Lichtschein herein, der sie blendete. „Miststück!", fauchte er. „Hast du eine Ahnung, welche Scherereien du mir machst?" Ein Fußtritt traf sie am Oberschenkel.

Mühsam blinzelnd blickte sie auf. Er hielt die Lampe gesenkt, sodass sie ihn erkennen konnte. Er trug Jeans und einen grauen Rollkragenpullover und war barfuß. Er war ein wirklich gut aussehender Mann, stellte sie fest und wunderte sich, dass sie zu einem solchen Gedanken in ihrer Situation fähig war.

„Du hast dich hier satt gegessen. Stimmt's?"

Sie nickte.

„Ich kann dich hier nicht ewig behalten", sagte er, „und wenn du isst und trinkst, dauert es länger. Wir werden daher die Vorräte entfernen."

Er will, dass ich sterbe. Er will wirklich, dass ich sterbe.

Jetzt erst bemerkte sie den Korb, den er neben sich abgestellt hatte. Darin würde er vermutlich die Gläser und Konserven davontragen.

„Bitte", sagte sie. Ihre Stimme klang dünn. „Bitte, lassen Sie mich frei. Ich habe Ihnen doch nichts getan …"

„Nein. Denn du würdest mir jetzt alles kaputtmachen. Bist du verheiratet?"

Kurz überlegte sie, ob von der Beantwortung dieser Frage irgendetwas für sie abhängen könnte, aber sie hielt es für ratsam, bei der Wahrheit zu bleiben. „Nein", sagte sie.

„Warum nicht?"

„Es hat sich bisher nicht ergeben … Dabei wünsche ich mir Kinder … ein Familienleben …"

Er sah sie verächtlich an. „Wenn du dich wirklich danach sehntest, hättest du es dir längst aufgebaut. Du gehörst vermutlich zu den Frauen, die ihre Freiheit jeder Art von Bindung vorziehen. Die meinen, ihr Leben bestehe aus solch idiotischen Dingen wie Selbstverwirklichung und Unabhängigkeit. Es sind diese verdammten Scheißemanzen, die die Familie in Misskredit gebracht und alles zerstört haben!"

Rede mit ihm, dachte sie. Irgendwo hatte sie einmal gelesen, dass es Entführern schwerer fällt, ihre Opfer zu töten, wenn sie mit ihnen sprechen und sie näher kennen lernen. „Was alles haben sie zerstört?", fragte sie.

Sein Blick war jetzt voller Hass. „Alles", sagte er, „alles, wovon ich je geträumt habe." Erstaunt beobachtete sie, wie der Hass einer fast anrührenden Verletztheit wich. Dieser Mann war tief verwundet worden und vermochte nicht damit fertig zu werden.

„Wovon haben Sie geträumt?", fragte sie.

Statt zu antworten, stellte er seinerseits eine Frage. „Wie war die Familie, in der du aufgewachsen bist?"

„Es war eine schöne Familie", sagte sie mit Wärme. „Meine Eltern ha-

DIE TÄUSCHUNG 135

ben einander sehr geliebt, und mich haben sie geradezu vergöttert. Sie mussten sehr lange auf mich warten, sie waren schon vergleichsweise alt, als ich auf die Welt kam. Deshalb habe ich sie auch leider früh verloren. Mein Vater starb vor acht Jahren, meine Mutter vor fünf."

Er sah sie verächtlich an. „Früh nennst du das? Weißt du, wann ich meine Mutter verloren habe? Als ich sieben war. Und kurz darauf meinen Vater."

„Woran sind sie gestorben?"

„Meine Mutter haute einfach ab. Eine gewissenlose Freundin hatte sie auf die Idee gebracht, dass fantastische Talente in ihr schlummern. Also befreite sie sich, ließ Mann und vier Kinder zurück, zog mit der Freundin zusammen und versuchte sich als Malerin und Sängerin. Als ich neunzehn war, wurde sie in Berlin von einem betrunkenen Autofahrer überfahren. Sie starb an ihren Verletzungen."

„Das muss ganz furchtbar für Sie gewesen sein …"

„Mein Vater konnte es nicht ertragen, sie verloren zu haben. Er fing an zu trinken, verlor seine Arbeit … Er war vorher ein starker, lebensfroher Mann gewesen. Nun verfiel er vor den Augen seiner Kinder. Er ist an Leberzirrhose gestorben."

„Ich verstehe", sagte sie, „Sie konnten das alles nicht verwinden."

Er sah sie fast überrascht an. „Doch", sagte er, „ich konnte es verwinden. Als ich Carolin traf, als wir heirateten, als die Kinder kamen. Aber dann ging sie weg, und alles war kaputt. Ich begann zu begreifen, dass man diese Weiber auslöschen muss. Vor zwei Jahren habe ich die Frau getötet, die meine Mutter damals überredet hat, uns zu verlassen."

Monique schluckte trocken. „O Gott", flüsterte sie.

„Es stand sogar in der Zeitung. Aber sie wissen bis heute nicht, wer es war. Es war so einfach. Ich nannte meinen Namen, und sie ließ mich in ihre Wohnung. Es war noch dieselbe Wohnung, in der sie mit meiner Mutter gelebt hatte. Sie war erfreut, den Sohn ihrer verstorbenen Freundin zu sehen. Sie hatte nichts begriffen, kapierte es selbst dann nicht, als schon das Seil um ihren Hals lag und ich es zusammenzog. Es hat lange gedauert. Aber nicht so lange wie mein Leid."

Er ist vollkommen wahnsinnig, gefangen in seinen irren Vorstellungen.

Monique redete um ihr Leben. „Ich kann Sie verstehen. Frauen wie Ihre Mutter oder wie die Freundin Ihrer Mutter haben schlimmes Unrecht auf sich geladen. Aber nicht alle Frauen sind so. Manchmal sind es auch die Männer, die keine tiefere Bindung wollen. Ich bin bisher nur an solche geraten."

„Ich weiß nicht, ob du je eine Familie zerstört oder einen Mann zurückgewiesen hast, der es ehrlich mit dir meinte. Deshalb lebst du noch, aber es ist klar, dass du nicht am Leben bleiben kannst. Es war idiotisch von dir, dich einzumischen. Aber ich lasse mir von dir nichts kaputtmachen. Ich stehe dicht davor, meine Träume zu verwirklichen. Es ist meine letzte Chance."

Er nahm den Korb. Machte zwei Schritte in den Raum hinein. Und trat mit seinen bloßen Füßen in die Scherben des Glasdeckels, der ihr zuvor hinuntergefallen war. Zwischen den Zehen des linken Fußes schoss das Blut hervor. Er starrte fassungslos darauf, ließ den Korb fallen, umklammerte den Fuß und versuchte, den Blutfluss zu stoppen.

Sie erkannte, dass er für einige Augenblicke außer Gefecht war, und stürzte aus dem Keller hinaus. Doch sie hatte einen großen Fehler gemacht, das begriff sie schon nach wenigen Sekunden. Sie hätte ihn einschließen und dann den Weg nach draußen suchen müssen. Nun fand sie die Treppe nicht, die nach oben führen musste … Vor ihr erstreckte sich der Keller, der riesig sein musste, beleuchtet von einzelnen Glühbirnen, die nackt von der Decke hingen. Sie hörte ihn hinter sich, er folgte ihr.

„Bleib stehen, Miststück! Bleib sofort stehen!"

Er war gehandikapt durch seine Fußverletzung, aber er würde sie erwischen, denn sie erkannte, dass sie in die falsche Richtung gerannt war, ans Ende des Kellers, und die Treppe lag offenbar zur anderen Seite hin.

Sie sah die letzte Tür vor sich, am Ende des Flurs. Außen steckte ein Schlüssel. Mit zitternden Fingern zog sie ihn ab, öffnete die Tür …

Er war fast bei ihr. Er humpelte, und sie konnte kurz einen Blick auf sein schmerzverzerrtes und vor Wut entstelltes Gesicht werfen. Dann huschte sie in den Raum hinein, knallte die Tür hinter sich zu, hielt mit aller Kraft dagegen, als er sie von außen aufzureißen versuchte, manövrierte irgendwie den Schlüssel ins Schloss, und es gelang ihr, den Schlüssel herumzudrehen.

Er tobte draußen, während sie an der Tür entlang zu Boden rutschte. Sie war wieder gefangen, aber nun hatte sie den Schlüssel.

HENRI kehrte um vier Uhr am Nachmittag ins Chez Nadine zurück und stolperte fast über den gepackten Koffer, den Nadine nicht mehr im Auto hatte unterbringen können und der gleich hinter der Eingangstür stand. Offenbar wollte sie ihn irgendwann später abholen. Er ging hinauf in den ersten Stock, trat in ihr Zimmer, öffnete alle Schränke und Schubladen und inspizierte, was sie mitgenommen hatte. Und das waren keineswegs

DIE TÄUSCHUNG

nur die Dinge, die sie brauchte, um ein paar Tage bei ihrer Mutter zu verbringen. Sie hatte nahezu sämtliche Kleidungsstücke ausgeräumt, sogar ihre zwei Abendkleider. Sie hatte die Schreibtischschubladen geleert und Tagebücher, Fotos, Briefe und Notizen mitgenommen. Sie hatte nicht vor zurückzukehren. Höchstens, um den letzten Koffer abzuholen und die wenigen Dinge, die noch in ihren Schränken hingen und für die sie wahrscheinlich keinen Platz in Koffer oder Tasche mehr gefunden hatte.

Er ging in die Küche. In der Spüle befand sich ein unter Wasser gesetzter Unterteller, in dem zwei Zigarettenkippen schwammen. Daneben stand eine leere Kaffeetasse. Sie hatte sich also einen Kaffee gemacht und zwei Zigaretten geraucht. Sie hatte auf ihn gewartet. Sie hatte mit ihm reden wollen, und er wusste, was sie vorgehabt hatte, ihm zu sagen.

Er setzte sich an den Tisch und aß ein Baguette mit Honig, ohne Trost darin zu finden. Er starrte zum Fenster hinaus.

Keine gemeinsame Zukunft. Kein gemeinsames Baby. Cathérine weit weg, und auch Nadine würde fortgehen. Ihm blieb das Chez Nadine, dessen Name ihm dann nur noch absurd vorkäme. Nach der Begegnung mit Marie Isnard am Morgen war er stundenlang in der Gegend herumgekurvt, wie der Teufel über lange Strecken gerast, dann wieder langsam gefahren, um wieder und wieder die Aussprache mit Nadine zu proben.

Jetzt fiel sein Luftschloss in sich zusammen, und auf einmal waren da nur noch lähmende Müdigkeit, eine tiefe seelische Erschöpfung und die Angst vor einer leeren und trostlosen Zukunft. Er sehnte sich nach seiner Mutter.

Er fragte sich, ob seine Kraft reichen würde, die Koffer zu packen und sich auf den Weg nach Neapel zu machen. Der Kommissar hatte ihm untersagt, die Gegend zu verlassen, und durch sein Verschwinden würde er sicherlich den Verdacht, der gegen ihn bestand, noch erhärten, aber das war ihm gleichgültig. Vielleicht konnte er Nadine einen Brief hinterlassen. Sie sollte nicht das Gefühl haben, sich vor ihm verstecken zu müssen.

Er blickte zum Fenster hinaus, bis es dunkel wurde, dann schaltete er das Licht ein und betrachtete in der Scheibe das Spiegelbild des einsamen Mannes am Küchentisch, der nach Neapel zu seiner Mutter fahren würde, um mit dem Zusammenbruch seines Lebens fertig zu werden.

KURZ bevor sie zu Bett gehen wollte, fiel Laura ein, dass sie bereits am Vorabend bei Monique Lafond hatte anrufen wollen. Durch Christophers Besuch hatte sie dies völlig vergessen, obwohl sie sich extra eine Notiz neben das Telefon gelegt hatte.

Offenbar hatte sie den Zettel während ihrer Telefonate am heutigen Tag übersehen. Aber er lag nicht mehr dort, wie sie nun feststellte. Sie suchte zwischen anderen Papieren herum und schaute auch auf den Fußboden, aber sie konnte ihn nirgends entdecken.

„Eigenartig", murmelte sie.

Sie musste erneut die Auskunft anrufen, hatte aber bei Monique wieder kein Glück: Es meldete sich der Anrufbeantworter. Diesmal sprach sie keine Nachricht auf Band.

Sie hatte am Nachmittag noch einmal Besuch von Kommissar Bertin gehabt. Er hatte wissen wollen, ob ihr noch etwas eingefallen sei, aber sie hatte ihn enttäuschen müssen. Sie hatte das Gefühl, dass Bertin sie für unschuldig hielt, und daher wagte sie es, ihn zu fragen, wann sie nach Hause reisen dürfe.

„Mein Kind ist in Deutschland. Und die Gläubiger meines Mannes stehen bereit. Ich muss eine Menge Dinge ordnen und meine Zukunft komplett neu aufbauen."

Er nickte. „Ich verstehe. Das ist eine sehr unangenehme Situation für Sie. Wir haben ja Ihre Adresse und Telefonnummer in Deutschland. Ich denke, Sie können Frankreich verlassen. Vielleicht müssen Sie noch einmal herkommen – falls es neue Spuren gibt."

„Das ist sicher kein Problem."

Er hatte sie nachdenklich angesehen. „Sie sind eine tapfere Frau", sagte er. „Sie gehen die Dinge an. Ich finde das sehr bewundernswert."

Sein Lob hatte sie sehr gefreut. Als er gegangen war, hatte sie sich vor den Badezimmerspiegel gestellt und sich genau betrachtet. War ihr die Veränderung anzusehen? Es war nicht viel Zeit vergangen, und doch schien es ihr, als habe sie einen sehr langen Weg zurückgelegt. Sie meinte, etwas weniger weich auszusehen und die Zaghaftigkeit aus ihrem Mienenspiel verbannt zu haben.

Am Abend hatte sie Musik gehört und sich eine Flasche Sekt geöffnet, und sie hätte sich entspannt und frei gefühlt, wäre da nicht eine Rastlosigkeit in ihr gewesen, die sie sich nicht erklären konnte, bis ihr aufging, dass sie im Zusammenhang mit Christopher stand. Ständig erwartete sie, dass das Telefon klingelte, dass er um die nächste Verabredung bitten wollte.

Er hat dir nichts getan, sagte sie sich immer wieder, *es ist schließlich kein Verbrechen von ihm, sich in dich zu verlieben. Das ist kein Grund, ihn zu fürchten.*

Denn das war das Verrückte: Sie fürchtete sich vor ihm, ohne genau

DIE TÄUSCHUNG 139

zu wissen, weshalb. Ihr Verstand sagte ihr, dass das Unsinn sei, aber das angespannte, argwöhnische Gefühl wollte sich nicht beschwichtigen lassen.

Als das Telefon tatsächlich im Lauf des Abends klingelte, fuhr sie heftig zusammen. Es war ihre Mutter, die ihr mitteilen wollte, es gehe Sophie gut, aber sie habe schon mehrfach nach Laura gejammert. Wann Laura denn endlich nach Hause käme?

„Man hat mir heute mitgeteilt, dass ich das Land verlassen darf. Ich denke, ich werde übermorgen aufbrechen. Morgen möchte ich noch mit einem Makler sprechen. Er soll mir sagen, was das Haus hier wert ist."

„Es wird Zeit, dass du dich um die Dinge hier kümmerst", sagte Elisabeth. „Ich gehe ja öfter in euer Haus, um die Blumen zu gießen. Dort stapeln sich Briefberge. Euer Anrufbeantworter ist überlastet."

„Donnerstagabend bin ich zu Hause."

„Ich habe mir überlegt", sagte Elisabeth, „dass ihr am besten zu mir zieht, du und Sophie. Das Haus muss ja wohl verkauft werden, und Geld wirst du erst einmal keines haben. Meine Wohnung ist ohnehin viel zu groß für mich. Ihr könnt die beiden hinteren Zimmer haben."

Laura schluckte. „Das ist sehr lieb von dir. Aber ... ich denke nicht, dass das uns beiden, dir und mir, so gut tun würde. Ich werde bei Anne wohnen. Sophie und ich sind dann in deiner Nähe, aber wir sitzen nicht so dicht aufeinander, dass wir Probleme miteinander bekommen könnten."

Auf der anderen Seite herrschte ein längeres Schweigen. „Wie du meinst", sagte Elisabeth endlich.

Als Laura schließlich ins Bett ging, hatte sie ein Stück Ausgeglichenheit wieder gefunden. Christopher hatte sich seit dem Morgen nicht gemeldet. Sicher wusste er inzwischen, dass er sich mit seinem eifersüchtigen Geschrei unmöglich benommen hatte, und vielleicht war ihm auch aufgegangen, dass er sich in eine einseitige Idee hineingesteigert hatte.

Sie las noch eine Weile im Bett. Als sie das Licht löschte, blickte sie auf die Uhr. Es war zehn Minuten nach elf. Fünf Minuten später klingelte das Telefon.

Sie setzte sich aufrecht hin. Ihr Herz hämmerte. Sie wusste sofort, wer das um diese Uhrzeit sein musste. Sie ließ es klingeln, bis es aufhörte, aber das Läuten setzte nach einer kurzen Pause gleich wieder ein. In der dritten Runde hielt sie es nicht mehr aus und lief hinaus auf die Galerie vor dem Schlafzimmer, wo sich ein Apparat befand. „Ja?"

„Laura? Ich bin es, Christopher! Wo warst du? Warum hat es so lange gedauert, bis du am Telefon warst?"

„Christopher, es ist nach elf Uhr. Ich habe geschlafen. Ich habe versucht, das Läuten zu ignorieren, aber du hast mir keine Chance gelassen. Ich finde es, ehrlich gesagt, ziemlich unmöglich, wie du dich verhältst."

„Laura, ich möchte dich sehen."

„Nein. Es ist spät. Ich bin müde."

„Morgen früh? Bitte, Laura! Ich sterbe fast vor Sehnsucht nach dir. Ich dachte, du fühlst dich vielleicht belästigt, deshalb habe ich gewartet … und jetzt habe ich es nicht mehr ausgehalten. Bitte …"

„Morgen früh geht es nicht. Da habe ich einiges zu erledigen." Sie verschwieg den geplanten Maklerbesuch; eine innere Stimme riet ihr, nichts zu erwähnen von ihrer Absicht, alle Brücken in diesem Land hinter sich abzubrechen. „Wir könnten zusammen zu Mittag essen."

„Soll ich dich abholen?"

„Nein. Wir treffen uns um halb eins auf dem Strandparkplatz in La Madrague. Einverstanden?"

„Ich liebe dich, Laura."

Sie legte auf. Sie stand vor dem Telefon und merkte, dass ihr Körper schweißnass war. Die Furcht, die sie bereits verdrängt zu haben geglaubt hatte, war deutlicher denn je spürbar. Er war nicht normal. Und morgen Mittag musste sie ihm sagen, dass es keine Zukunft für sie beide gab.

Mittwoch, 17. Oktober

Es regnete an diesem Morgen. Die Wolken waren über Nacht aufgezogen und hatten dem klaren, fast spätsommerlichen Wetter ein Ende bereitet. Die Welt, die noch am Vortag in herbstlichen Farben geleuchtet hatte, versank in eintönigem Grau.

Nadine war sehr früh aufgestanden, hatte sich leise gewaschen und angezogen und sich einen Kaffee gekocht. Sie stand ans Fenster gelehnt, die Hände um die heiße Kaffeetasse geklammert, sah zu, wie die Dunkelheit in Dämmerung überging.

Es hatte sie entsetzt, von ihrer Mutter zu hören, dass Henri hier gewesen war, um mit ihr zu sprechen. Er hatte damit eine unausgesprochene Regel verletzt, nämlich die, dass Le Beausset *ihr* Revier war, das er nicht zu betreten hatte. Sosehr sie das Haus hasste, so war es doch ihre einzige Rückzugsmöglichkeit, und sie hatte geglaubt, Henri respektiere dies. Stattdessen kam er hier angetrampelt, wollte sie zurückholen und meinte, wegen des geplanten Weggangs von Cathérine sei nun zwischen

DIE TÄUSCHUNG 141

ihnen alles in Ordnung. Wieso klammerte er sich an eine so absurde Illusion? Sie beschloss, am Abend zum Chez Nadine zu gehen, ihre letzten Sachen zu holen und Henri für alle Zeit Lebewohl zu sagen.

Marie kam in die Küche geschlurft, den Bademantel eng um den Körper gezogen. „Es ist kalt", seufzte sie.

Nadine drehte sich um. „Mutter, lass uns das Haus verkaufen. Bitte! Wir suchen uns eine hübsche kleine Wohnung am Meer, mit viel Sonne und einem weiten Blick!"

Marie schüttelte den Kopf. „Nein", sagte sie, „dein Vater hat mich zu diesem Leben hier verdammt, und so lebe ich es. Bis zum Ende."

„Aber, Mutter, warum tust du dir das an? Warum tust du *mir* das an?"

„*Dir* tue ich gar nichts an. Du musst dein eigenes Leben führen."

Mein eigenes Leben, dachte Nadine. Woher soll ich wissen, was das ist?

Monsieur Alphonse war sehr daran interessiert, den Verkauf des Hauses zu übernehmen. „Quartier Colette", sagte er, „besonders schöne Ecke. Ich glaube nicht, dass wir Schwierigkeiten mit dem Verkauf haben werden."

„Zuerst möchte ich einfach nur eine Schätzung des Werts", sagte Laura zurückhaltend.

„Selbstverständlich", versicherte Monsieur Alphonse. Sein Maklerbüro lag in St-Cyr direkt gegenüber dem Strand, an dem Laura und Peter in den Sommern der vergangenen Jahre immer gebadet hatten. Laura hatte sein Büro oft vor Augen gehabt und es für das Einfachste gehalten, sich nun an ihn zu wenden.

Monsieur Alphonse zog ein Notizbuch aus der Schreibtischschublade. „Ich müsste es mir heute noch ansehen, sagen Sie? Nun … wie wäre es um vier Uhr?"

„Gern. Also dann um vier." Laura erhob sich und wandte sich zum Gehen. Dabei fiel ihr Blick auf den zweiten Schreibtisch in diesem Büro, der schräg in der hinteren Ecke stand. Es befanden sich ein Computer, ein Telefon und ein paar Akten darauf. Vor allem aber das diskrete Schildchen im Acrylrahmen: Monique Lafond.

„Monique Lafond arbeitet mit Ihnen zusammen?", fragte sie überrascht.

„Sie ist meine Sekretärin", sagte Monsieur Alphonse, „und bislang konnte ich durchaus zufrieden mit ihr sein. Sie war immer zuverlässig.

Aber heute ist sie den dritten Tag nicht erschienen. Bei ihr daheim geht niemand ans Telefon. Mir ist das schleierhaft."

„Den dritten Tag? In Folge?"

„Ja. Sie war krankgeschrieben bis Ende letzter Woche, aber am Montag hätte sie wieder kommen müssen. Oder zumindest Bescheid geben, wenn sie sich noch nicht fit fühlt." Monsieur Alphonse senkte vertraulich die Stimme. „Sie haben doch sicher von dem Mord an der Pariserin in ihrem Ferienhaus gelesen? Monique hat für die Frau geputzt, und sie war es, die sie gefunden hat! Erdrosselt, mit zerschnittenen Kleidern. Meiner Ansicht nach ein Sexualverbrechen. Und die kleine Tochter obendrein! Kein Wunder, dass Monique einen Schock hatte und zu Hause bleiben wollte. Nur wenn sie sagt, sie kommt am Montag wieder, dann soll sie auch kommen. Oder anrufen! Kennen Sie Monique?"

„Nur aus dem Zusammenhang mit diesem Verbrechen", erwiderte Laura. „Da fiel einmal ihr Name. Sind Sie bei ihr daheim gewesen? Vielleicht ist ihr ja etwas zugestoßen."

„Aber das ist doch nicht meine Angelegenheit. Da muss es schließlich Verwandte und Freunde geben! Sie ist meine Sekretärin, nicht meine Vertraute. Wir sehen uns um vier?"

Laura wurde das Gefühl nicht los, dass etwas ganz und gar nicht stimmte, aber es war nicht der Moment, sich damit zu beschäftigen. „Ja, um vier", sagte sie.

MONIQUE musste sich immer wieder sagen, dass sie sich verbessert hatte. Ihr neues Verlies hatte einen Lichtschalter und eine Glühbirne, die nackt von der gekalkten Decke baumelte. Sie konnte die Uhr ablesen, und sie hatte einen Schlüssel. Nicht ihr Peiniger hatte sie eingesperrt, sondern sie sich selbst. Was bedeutete, dass sie sich auch selbst aus dem Gefängnis herauslassen konnte.

Andererseits hatte sie nicht das Geringste mehr zu essen oder zu trinken. Der Raum war leer bis auf zwei Pappkartons, die in der Ecke standen. Sie hatte hineingeschaut und Kosmetikartikel gefunden. Sie hatten wohl Carolin gehört, der Frau, die ihn verlassen hatte.

Sie musste hier raus, so viel war klar. *Wenn sie nur wüsste, wo der Mann sich aufhielt!*

Er hatte sich gleich nach ihrer Flucht entfernt. Sein Fuß hatte stark geblutet, das hatte sie noch mitbekommen, und er hatte sich wohl zuerst um seine Verletzung kümmern müssen. Seitdem war er nicht wieder aufgetaucht, obwohl inzwischen fast 24 Stunden vergangen waren.

DIE TÄUSCHUNG 143

Und wenn er dort draußen im dunklen Gang auf der Lauer lag? Wenn er nur darauf wartete, dass sie herauskam? Er wusste, Hunger und Durst würden sie irgendwann zwingen, etwas zu unternehmen. Sie saß in der Falle.

ER WAR so bleich, dass sie beinahe Angst um ihn bekam. Seine Lippen waren grau, und ein Schweißfilm bedeckte seine Haut. Laura hoffte, dass es nicht nur mit ihr zusammenhing, sondern auch mit seinem Fuß zu tun hatte. Er hatte gehumpelt, als er vorhin auf dem Parkplatz aus dem Auto gestiegen war, und sie hatte den dicken Verband gesehen.

„Was hast du denn mit deinem Fuß gemacht?", fragte sie.

„Ich bin barfuß in eine Glasscherbe getreten", erklärte er.

Sie gingen in ein kleines Bistro, in dem außer ihnen nur noch zwei alte Damen saßen. Sie bestellten ihr Essen und redeten über dies und das, und Christopher wurde immer unruhiger; schließlich begriff Laura, dass es an ihr war, das entscheidende Thema anzuschneiden. So schonend sie nur konnte, erklärte sie ihm, dass es keine Hoffnung auf eine gemeinsame Zukunft gab.

Als sie fertig war, hatte er den letzten Rest Farbe im Gesicht verloren und fragte: „Warum? Warum nur?"

„Das habe ich doch erklärt. Im Moment kann ich mir nicht vorstellen, jemals wieder eine Beziehung zu einem Mann einzugehen. Ich habe mich in den Jahren meiner Ehe mit Peter völlig aus den Augen verloren. Ich habe sein Leben gelebt, nicht mein eigenes. Ich muss erst wieder herausfinden, wer ich bin und was ich möchte."

„Selbstverwirklichung", murmelte er. „Auch du."

„Wäre das so ungewöhnlich? In meiner Situation?"

Die Kellnerin brachte das Essen: zwei Teller mit dampfender Zwiebelsuppe und käseüberbackenen Weißbrotscheiben darin.

Als das Mädchen wieder weg war, fuhr Laura fort: „Es sind Schlagworte, ich weiß. Es geht für mich nicht darum, mich an einen Modetrend anzuhängen. Aber wie haben denn die letzten Jahre für mich ausgesehen? Meinen Beruf musste ich aufgeben. Mein Mann hat mich komplett von seinem Leben ausgeschlossen, aus guten Gründen, wie ich nun weiß. Er wird ermordet, und ich erfahre, dass ich vor dem finanziellen Ruin stehe, dass er sich ins Ausland hat absetzen wollen, dass er mich seit Jahren mit einer gemeinsamen Bekannten betrogen hat. Er hätte mich und unser Kind eiskalt in dem Schlamassel sitzen lassen, den er angerichtet hat. Kannst du mir nicht zugestehen, dass ich mein

Vertrauen in Männer, in Partnerschaft oder gar Ehe erst einmal verloren habe?"

„Aber das ist es doch! Dabei möchte ich dir helfen. Ich möchte dir dein Vertrauen zurückgeben."

„Diesen Weg muss ich selbst gehen. Ich kann nicht ohne jeden Übergang unter die Fittiche des nächsten Mannes kriechen."

„Ich bin doch ganz anders als Peter. Ich würde dich niemals betrügen. Nie verlassen."

„Ich weiß. Aber auf deine Art würdest auch du mich einengen."

„Niemals!" Er griff über den Tisch nach ihrer Hand, hielt sie fest. Seine Augen hatten einen fiebrigen Glanz angenommen. „Ich möchte dich nicht formen, nicht unterwerfen. Ich liebe dich als der Mensch, der du bist, ohne Wenn und Aber. Ich möchte nur glücklich mit dir sein, ganz fest zu dir gehören, in einer Familie mit dir leben. Mit dir und Sophie. An deine Tochter musst du doch auch denken. Es ist nicht gut für ein Kind, ohne Vater aufzuwachsen."

Er redete schnell und hämmernd auf sie ein. Und er kam ihr schon wieder zu nah. Sie wusste jetzt, weshalb sie sich nie wirklich wohl fühlte in seiner Gegenwart: Er war bedrängend, immer, ganz gleich, was er tat oder sagte. Er schien sie einzusaugen, zu verschlingen, zu einem Teil von sich zu machen, und erweckte stets das Bedürfnis in ihr, sich zurückzuziehen. Vielleicht war es das, dachte sie, was seine Frau von ihm fortgetrieben hat.

„Ich liebe dich nicht, Christopher", sagte sie leise. Sie lehnte sich zurück und atmete tief durch.

Er war noch blasser geworden, und seine Hände zitterten. Er hielt sich an seinem Wasserglas fest. „Darf ich dich etwas fragen? Weshalb hast du dich mir hingegeben? Vorgestern Abend?"

„Begehren", sagte sie, „Sehnsucht nach Nähe und Wärme. Du musst das doch kennen. Jeder hat schon mal aus allein diesen Gründen mit jemandem geschlafen."

Er schüttelte den Kopf. „Ich nicht. Ich habe es immer nur aus Liebe getan."

„Es tut mir sehr Leid. Hätte ich gewusst, dass du so viel mehr darin siehst, hätte ich das nicht getan. Ich habe es einfach zu spät begriffen."

Christopher strich seine Haare aus der Stirn. Der Haaransatz war klatschnass. „Du hast mein Leben zerstört", murmelte er. „Meine Zukunft. Meine Hoffnung. Alles zerstört."

Sie spürte Ärger in sich keimen. Sie hatte den Fehler gemacht, mit

DIE TÄUSCHUNG 145

ihm zu schlafen, aber daraus konnte er keine Verpflichtung für sie ableiten, ihn zu heiraten.

Er sah sie sehr eindringlich an. „Wäre es möglich", fragte er, „dass du es dir noch anders überlegst?"

Sie schüttelte den Kopf. Inzwischen wollte sie ihm nur noch entkommen. Sie wollte ihm keine vage Hoffnung geben, um die Härte des Augenblickes zu mildern. Sie wollte weg. „Nein. Ich habe dir gesagt, was zu sagen ist. Es wird sich nichts ändern." Sie kramte ihren Geldbeutel hervor, suchte ein paar Scheine zusammen und legte sie auf den Tisch. Sie stand auf. Christopher machte keine Anstalten, sich ebenfalls zu erheben, um ihr einen Abschiedskuss zu geben, und sie war ihm dankbar. „Also, ich gehe dann. Leb wohl, Christopher. Ich wünsche dir alles Gute!"

Sein Blick kam ihr eigentümlich vor. Etwas darin verursachte ihr Gänsehaut. „Alles Gute, Laura", sagte er.

Sie verließ das Restaurant mit schnellen Schritten, und draußen holte sie tief Luft. Vorbei und vergessen, sagte sie sich.

Doch das Gefühl der Beklemmung wollte sich nicht verabschieden.

CATHÉRINE legte den Brief zur Seite. Der Pfarrer des kleinen Dorfes, in das sie ziehen wollte, hatte ihr geantwortet. Sie hatte ihn früher oft bei ihrer Tante angetroffen und mit ihm geredet. Der einzige Mensch, vor dem sie sich nicht ihrer schlechten Haut und ihrer unförmigen Figur wegen schämte. Inzwischen musste er ein älterer Herr sein. Zum Glück war er noch immer der Pfarrer des Dorfes, und er hatte sich auch sofort an sie erinnert, als er ihren Brief erhielt.

Sie hatte ihn gefragt, ob er ihr helfen könne, eine Unterkunft zu finden, und auch angedeutet, über ein wenig Geld aus dem Verkauf ihrer Wohnung zu verfügen. Vielleicht würde sie irgendwo auch eine Arbeit finden.

Der Pfarrer schrieb, dass es ein leer stehendes Häuschen im Dorf gebe. Die Besitzerin sei in ein Altenheim umgezogen und wolle vermieten, und er werde gern ein gutes Wort für Cathérine einlegen. Zum Schluss fügte er noch hinzu: „Ich denke, es ist ein guter Entschluss von Ihnen, hierher zu kommen. Wir freuen uns jedenfalls auf Sie!"

Der letzte Satz trieb ihr beinahe die Tränen in die Augen. Sie las ihn wieder und wieder und spürte zum ersten Mal seit langer Zeit ein Stück Hoffnung darauf, dass das Leben auch für sie noch ein kleines Maß an Glück oder Zufriedenheit bereithalten könnte.

146

Sie hatte vorgehabt, an diesem Tag zu Hause zu bleiben, und sie war, unterstützt durch den Brief des Pfarrers, auch überzeugt gewesen, dass ihr das gelingen würde. Doch als es dunkel wurde, wurde sie unruhig. Sie lief in der Wohnung hin und her, las immer wieder den Brief des Pfarrers und versuchte, sich in ihre neue Zukunft hineinzuträumen. Es gelang ihr immer schlechter.

Sie hatte Henri gesagt, dass sie weggehen und nie mehr wiederkommen würde, und seine Erleichterung war nicht zu übersehen gewesen. Es hatte wehgetan. Henri war ihre Quelle von Trost und Zuversicht gewesen. In seiner Gegenwart konnte sie weinen und dabei spüren, wie die Kälte um sie herum langsam nachließ. Er war ihr Zuhause. Ihre Zuflucht.

Sie hörte ein Schluchzen und brauchte einen Moment, um zu begreifen, dass sie es war, die diesen trostlosen Laut ausgestoßen hatte. Sie ahnte, dass sie einen Zusammenbruch haben würde und dass sie dann nicht allein sein durfte. Sie hatte schon oft über Selbstmord nachgedacht, wenn die Akne sie wieder so sehr quälte, wenn die Einsamkeit ihrer Wohnung sie fast erdrückte.

Sie nahm ihre Tasche und ihren Autoschlüssel und verließ das Haus.

IHM WAR heiß, und zugleich fror er. Seine Beine fühlten sich an wie Gummi. Sein verletzter Fuß tat weh, und sein Kopf schmerzte, und manchmal meinte er, Stimmen zu hören, aber es war niemand da. Irgendwann begriff er, dass die Stimmen nur in seinem Gehirn existierten.

Nach dem Mittagessen mit Laura war er ruhig nach Hause gefahren und hatte sich vergewissert, dass die obere Kellertür noch immer verschlossen war, denn da gab es ja noch die Kreatur, die sich dort unten verbarrikadiert hielt. Zum Glück hatte der Keller nirgendwo Fenster, sie konnte also nur hier oben heraus, und da hatte er den Schlüssel dreimal herumgedreht. Ärgerlich war, dass er nicht mehr ohne weiteres in seinen Keller konnte, denn er musste damit rechnen, dass sie, mit einer Metallstange oder Ähnlichem bewaffnet, hinter einer Ecke auf ihn lauerte.

Er musste das Problem natürlich lösen, und wenn er Giftgas in den Keller pumpte, aber er würde sich ein wenig später damit beschäftigen. Es gab Vordringlicheres.

Gegen vier Uhr hielt er es nicht mehr aus – und fuhr mit dem Auto zum Quartier Colette, ließ den Wagen am Fuß des Weges stehen, der zu Lauras Haus hinaufführte, und lief bis zur letzten Biegung. Von dort konnte er das Haus sehen, und er merkte, wie tief ihn der Gedanke an die Frau erfüllte, die dort jetzt im Wohnzimmer am Kamin saß und über ihr

DIE TÄUSCHUNG 147

Leben nachdachte. Er empfand Liebe für sie, aber auch Verachtung, denn sie war nicht besser als alle anderen, und aus Erfahrung wusste er, dass die Verachtung langsam in Hass umschlagen und dass der Hass irgendwann durch nichts mehr zu besänftigen sein würde.

Damit begannen wieder das Frieren und die Kopfschmerzen, die Stimmen sprachen mit ihm, und er wusste, dass er wieder an jenem Punkt angelangt war, an dem er sein Leben als Scherbenhaufen empfand und keine Hoffnung sah. Wie seltsam, dachte er, dass es immer wieder mir passiert, als ob ein düsteres Schicksal über mir liegt.

Gegen halb fünf bewegte er sich näher auf das Haus zu, schleppend jetzt, weil die Schmerzen in seinem Fuß explodierten, und entdeckte den Wagen, der vor dem großen Einfahrtstor parkte. Ein Auto mit französischem Kennzeichen. Er runzelte die Stirn. *Gab es einen anderen Mann in ihrem Leben?*

Ein Mann verließ das Grundstück und stieg in das Auto. Christopher kannte den Makler Alphonse vom Sehen, war aber sicher, dass er Monsieur Alphonse nicht bekannt war.

Als das Auto den Weg entlangkam, hielt er es an. Monsieur Alphonse kurbelte die Scheibe hinunter. „Ja, bitte?"

„Sie haben doch das Maklerbüro unten in St-Cyr? Ich sah Sie gerade aus dem Haus dort kommen … Da wird nicht zufällig etwas verkauft? Ich bin nämlich auf der Suche nach einem geeigneten Objekt …"

Monsieur Alphonse zuckte mit den Schultern. „Die Dame wollte erst einmal den Marktwert wissen. Sie hat wohl noch ein paar Dinge abzuwickeln und wird dann über den Verkauf entscheiden. Sie können mich ja …", er kramte eine Visitenkarte hervor und reichte sie Christopher, „… nächste Woche anrufen, dann weiß ich vielleicht mehr. Die Dame fährt schon morgen nach Deutschland zurück – sie ist nämlich Deutsche, und das hier ist nur das Ferienhaus."

Christopher nahm die Karte. Seine Hände zitterten. Er trat zur Seite, und der Wagen des Maklers fuhr den Berg hinunter.

Morgen. Sie würde morgen abreisen. Sie hatte ihm kein Wort davon gesagt. Klammheimlich hatte sie sich aus dem Staub machen wollen. Aber nun war er ihr einen Schritt voraus. Er kannte ihre Pläne, während sie nicht wusste, dass er sie kannte.

Es WAR kurz nach halb neun, wobei Monique nicht sicher wusste, ob es Abend oder Morgen war. Sie hatte nichts als die vage Hoffnung, dass er um diese Tageszeit möglicherweise ausgegangen war. Offenbar lebte er

148

ja allein, und allein lebende Männer gingen häufig am Abend zum Essen weg.

Als sie die Tür zu ihrem Versteck aufschloss und in den Gang trat, rechnete sie jede Sekunde damit, gepackt und niedergeschlagen zu werden. Doch sie hatte keine Wahl, als wenigstens den Versuch zu wagen.

Sie hoffte, ein Kellerfenster zu entdecken, das sich öffnen ließ. Vielleicht gelang es ihr, durch einen Lichtschacht nach draußen zu entkommen. Der Gang lag dunkel und bedrohlich vor ihr. Sie wagte nicht, das Licht einzuschalten, ließ nur die Tür zu ihrem Versteck ein Stück weit offen stehen, sodass ein Schimmer von dort in den Gang fiel.

Der Keller war riesig und verwinkelt. Es gab keine Fenster, keine Schächte. Sie hatte einen gut gefüllten Vorratsraum entdeckt und einige Kisten mit Getränken, aber sie nahm nur rasch ein paar Schlucke aus einer Wasserflasche. Sie war zu nervös, um sich länger aufzuhalten. Jeden Moment konnte er hinter ihr auftauchen.

Ihr blieb nur noch der Ausweg über die Kellertreppe. Garantiert hatte er die Tür oben verschlossen, aber die Frage war, ob es ihr gelingen würde, sie aufzubrechen.

UM ZEHN Minuten nach neun wusste Christopher, dass er nicht länger warten konnte. Seine Unruhe war mit dem Einbruch der Dunkelheit immer heftiger geworden. Sein verletzter Fuß wurde zunehmend zu einem Problem. Er war geschwollen und pochte. Er zog nur einen Schuh an, über den geschwollenen Fuß streifte er mehrere Strümpfe übereinander.

An dem Abend, als er für Laura und sich gekocht hatte, war er, während sie duschte, in den Keller gegangen, um Wein zu holen, und dabei hatte er die Tür, die nach draußen führte, überprüft. Er würde sie mit Leichtigkeit aufbrechen können. Er hatte also nicht einen ihrer Schlüssel entwenden und nachmachen lassen müssen. Bei Camille, deren Haus gesichert gewesen war wie Fort Knox, war es so gewesen. Aber da hatte er auch mehr Zeit gehabt. Bei Laura drängte die Zeit. Das Seil, mit dem er die Tat ausführen würde, hatte er im Auto.

Er wollte gerade die Haustür öffnen, da vernahm er ein Geräusch. Es kam von der Kellertreppe. Jemand kratzte vorsichtig an der Tür, fingerte an dem Schloss herum.

Die widerliche Kreatur, die er dort unten eingesperrt hatte, versuchte, an die Oberfläche zu gelangen.

Leise trat er an die Kellertür heran. Monique musste direkt hinter der Tür stehen und versuchte das Schloss aufzubrechen.

DIE TÄUSCHUNG 149

Die Kellertür ging nach innen auf. Und der Absatz, auf dem man stehen konnte, ehe die Treppe begann, war sehr schmal. Die Treppe selbst war steil und uneben, aus groben Steinen gebaut. Es gab kein Geländer.

Er drehte den Schlüssel um und stieß die Tür kraftvoll auf. Er sah noch ihr entsetztes Gesicht. Ihre weit aufgerissenen Augen. Ihre Arme, die wild ruderten und ins Leere griffen. Er hörte das Klirren, als ihr der Wagenheber aus den Händen fiel und die Treppe hinunterpolterte. Er sah sie um ihr Gleichgewicht kämpfen und wusste, dass sie verloren hatte. Er hatte sie zu hart und zu unvorbereitet getroffen.

Er sah sie stürzen, sich überschlagen, hörte die dumpfen Laute, mit denen ihr Kopf auf die Steinstufen schlug. Er hörte sie schreien und wusste, dass sie sterben würde.

NADINE war überrascht, das Chez Nadine erneut geschlossen vorzufinden, als sie um zwanzig vor zehn am Abend dort eintraf. Sie hatte die Uhrzeit für passend befunden: Zwischen neun und halb elf würde Henri unabkömmlich sein. Ein kurzes, klärendes Gespräch in der Küche – sie wollte ihn dabei um eine schnelle, einvernehmliche Scheidung bitten –, dann würde sie die letzten Sachen packen und verschwinden.

Aber wie sie erkennen musste, hatte er sich einer Aussprache wiederum entzogen. Nirgends im Haus brannte Licht, und auch sein Auto stand nicht auf dem Hinterhof. Sie schloss die Tür zum Lokal auf und tastete nach dem Lichtschalter. Ihr Koffer stand noch dort, wo sie ihn zurückgelassen hatte. Sie hatte von ihrer Mutter zwei Reisetaschen mitgebracht, in die sie noch einige Kleidungsstücke packen wollte.

Als sie die Treppe hinaufgehen wollte, entdeckte sie das weiße Kuvert, das an der zweiten Stufe lehnte. Es stand kein Name darauf, aber sie nahm an, dass es für sie gedacht war, und so zog sie den Briefbogen heraus. In kurzen Worten teilte Henri ihr mit, dass das Ende für sie beide gekommen sei und dass er diese Entwicklung akzeptiere. Die Situation sei für ihn sehr belastend, und so werde er nun „zu der einzigen Frau fahren, die mich je geliebt und verstanden hat". Nadine möge das bitte respektieren.

Natürlich meinte er seine Mutter. Das bedeutete, dass er sich auf dem Weg nach Neapel befand oder vielleicht schon dort war, und er würde so schnell nicht wiederkommen.

Sie steckte den Brief in den Umschlag zurück, legte ihn auf die Treppe, setzte sich auf eine Stufe. Sie fragte sich, was sie empfand. Seltsamerweise fühlte sie sich ein wenig allein. Peter tot und Henri fort. Sie blieb auf der Treppe sitzen und starrte die Wand an.

LAURA war schon um neun Uhr ins Bett gegangen, hatte noch eine halbe Stunde gelesen und dann das Licht ausgeschaltet. Sie hatte vor, am nächsten Morgen um halb sechs aufzustehen und um halb sieben im Auto zu sitzen und die Heimfahrt anzutreten. Sie würde dann gegen vier Uhr am Nachmittag zu Hause ankommen. Zeit genug, Sophie bei ihrer Mutter abzuholen, noch ein wenig mit ihr zu spielen und dann den Abend über Anrufe abzuhören und die eingegangene Post zu sichten. Sie war voller Tatendrang.

So erschöpft sie gewesen war, es gelang ihr nicht einzuschlafen, als sie im Dunkeln lag. So vieles ging ihr im Kopf herum. Das Gespräch mit Monsieur Alphonse hatte ihr gut getan. Er meinte, dass sie umgerechnet an die neunhunderttausend Mark für Haus und Grundstück bekommen konnte. Eine Menge Geld, aber die Frage war, wie hoch Peter das Anwesen beliehen hatte. Als Erstes, überlegte sie, brauche ich einen guten Anwalt. Ganz langsam dämmerte sie ein.

Das Geräusch – ein eigenartiges Knarren, das nicht zu den üblichen abendlichen Geräuschen des Hauses passte – ließ sie im Bett hochschrecken.

Sie stand auf, verzichtete aber darauf, das Licht anzuschalten. Auf bloßen Füßen tappte sie hinaus auf die Galerie, von der aus man hinunter in das große Wohnzimmer blicken konnte. Der Raum lag still vor ihr. Sie hatte die Läden nicht geschlossen. Der Bewegungsmelder im Garten war nicht angesprungen.

„Unsinn", sagte sie, „hier ist nichts. Ich habe geträumt." Aber sie *wusste,* dass sie nicht geträumt hatte.

Sie knipste die kleine Stehlampe auf der Galerie an und wollte gerade die Treppe hinuntergehen, da hörte sie wieder etwas. Eine Art Knarren, das klang, als sei jemand im Keller.

Der Kellertür, die sich seitlich am Haus befand, hatte sie nie getraut. Ein wackliges Ding aus Holz mit einem einfachen Schloss. Sie dachte, dass es niemandem schwer fallen konnte, durch diese Tür ins Haus zu gelangen. Man musste, um dorthin zu kommen, nicht einmal die Lichtschranke passieren, die man sonst unweigerlich auslöste, wenn man sich der Haustür näherte. Jemand war im Keller.

Ihr nächster Gedanke war, sofort das Haus zu verlassen, aber sie wagte sich nicht die Treppe hinunter und durch das Wohnzimmer zur Tür, denn dort unten konnte der Fremde jede Sekunde vor ihr stehen. Wenn sie sich im Schlafzimmer verbarrikadierte, gewann sie Zeit, aber sie hatte dort kein Telefon, um Hilfe herbeizuholen.

DIE TÄUSCHUNG 151

Sie vernahm das eigenartige Geräusch aus dem Keller erneut. Für ein paar Sekunden lähmte sie die Angst. Dann plötzlich kam Leben in sie. Mit zwei Schritten war sie am Telefon, riss den Hörer hoch. *Sie musste die Polizei rufen. Wie, verdammt, lautete der Notruf der französischen Polizei?*

In ihrem Kopf herrschte Leere. Wann hatten sie je die Polizei gebraucht? Irgendwo hatte sie einen Zettel mit der Nummer von Kommissar Bertin, aber vermutlich lag der beim Telefon im Wohnzimmer oder steckte in ihrer Handtasche.

Es gab eine einzige Nummer aus der Gegend, die sie auswendig kannte. Die Nummer des Chez Nadine. Ihre Finger zitterten, als sie die Zahlen tippte.

NADINE wusste nicht, wie lange sie auf der Treppe gesessen hatte. Als das Telefon plötzlich schrillte, schrak sie zusammen. Wahrscheinlich war es Marie, die sich Sorgen machte, weil ihre Tochter noch nicht zurückgekehrt war. Nadine erhob sich schwerfällig und nahm den Hörer ab. „Ja?"

Von der anderen Seite kam ein Flüstern: „Ich bin es. Laura. Bitte hilf mir. Es ist jemand im Haus."

„In deinem Haus? Wer denn? Laura, kannst du nicht lauter sprechen? Hast du etwas getrunken?"

„Du musst …" Das Gespräch wurde mitten im Satz abgebrochen.

Nadine lauschte noch einen Moment lang in den Hörer, legte dann auf. Sie schaute auf die Uhr: Es war zehn Minuten nach zehn. Weshalb rief Laura um diese Zeit bei ihr an? Und benahm sich so eigenartig? Sie ist betrunken, dachte Nadine.

Wahrscheinlich wusste sie alles. Der Kommissar war vermutlich auch bei Laura gewesen. Vielleicht hatte Laura heute erfahren, dass ihr Mann ein Verhältnis gehabt hatte, dass er mit einer anderen Frau im Ausland ein neues Leben beginnen wollte. Dass die Frau eine gute Bekannte, fast eine Freundin war. So etwas musste schrecklich wehtun.

Sie weiß es jetzt, dachte Nadine, und dann hat sie sich wahrscheinlich voll laufen lassen, und das Letzte, was sie geschafft hat, war, meine Nummer zu wählen.

Nadine verließ um halb elf das Chez Nadine, sperrte sorgfältig die Tür hinter sich ab und fragte sich, weshalb sie sich dort so lange aufgehalten hatte. Vielleicht war es ein Abschiednehmen gewesen. Sie würde nie mehr zurückkommen. Sie hatte sogar Henris Brief liegen lassen.

152

Als sie die dunkle Landstraße entlangfuhr, fiel ihr wieder Lauras Anruf ein. Irgendetwas daran ließ sie nicht los. Was sollte der Satz: *Es ist jemand im Haus?* War sie so betrunken, dass sie Geräusche, Schritte hörte?

Nadine hatte nicht die mindeste Lust, sich ausgerechnet um Laura zu kümmern. Sie umrundete den großen Kreisverkehr in St-Cyr, schlug die Richtung nach La Cadière ein. Es regnete beharrlich, sie ließ die Scheibenwischer in rascherem Tempo über die Windschutzscheibe gleiten. Wenn sie Lauras Anruf ignorierte, würde sie die ganze Nacht ein dummes Gefühl haben, aber wenn sie zu ihr hinfuhr, hatte sie wahrscheinlich eine betrunkene, heulende Frau am Hals, die von ihr wissen wollte, wieso sie vier Jahre lang mit ihrem Mann geschlafen und am Ende eine Flucht mit ihm ins Ausland geplant hatte.

Sie war kurz vor La Cadière angelangt. Sie konnte jetzt geradeaus weiterfahren, den Rand des Ortes streifen und auf der anderen Seite die Autobahnbrücke überqueren, um auf die Straße nach Le Beausset zu gelangen. Das war der Weg, den sie seit Jahren immer nahm, denn die Alternative, an dieser Stelle links abzubiegen, die Autobahn bereits hier zu überqueren und auf der anderen Seite weiterzufahren, brachte sie allzu nah an das Quartier Colette und damit an Peters Haus heran.

Also geradeaus. In letzter Sekunde riss sie das Steuer herum, und da sie kurz zuvor noch Gas gegeben hatte, nahm sie die Kurve viel zu schnell. Fast wäre sie auf der nassen Fahrbahn geschleudert. Ein Auto, das ihr von La Cadière entgegenkam, konnte gerade noch mit quietschenden Reifen bremsen.

Nadine bekam ihren Wagen unter Kontrolle und überquerte die Brücke. Sie würde nachsehen, was mit Laura los war, und dann so rasch wie möglich zu ihrer Mutter fahren.

Cathérine war an der Kreuzung unterhalb des Berges von La Cadière angelangt und glaubte, das ihr entgegenkommende Auto werde geradeaus weiterfahren. Völlig unerwartet riss der Fahrer plötzlich das Steuer herum und bog direkt vor Cathérines Nase nach links ab. Ihr Auto rutschte auf der nassen Fahrbahn, kam jedoch zum Stehen.

Es war Nadines Auto, das dort gerade so rücksichtslos um die Kurve gejagt war, sie erkannte die Nummer. Die Fahrweise entsprach allerdings weit mehr der von Henri; Manöver dieser Art waren typisch für ihn.

Aber was wollte Henri um diese Zeit hier? Oder Nadine? Die Richtung, in der das Auto verschwunden war, war eindeutig: Quartier Co-

DIE TÄUSCHUNG 153

lette. Dort, wo der Mann, mit dem Nadine Henri so gequält hatte, sein Haus gehabt hatte. Aber weshalb sollte einer von ihnen jetzt noch dorthin fahren? Nach allem, was geschehen war?

NADINE fuhr den kurvigen Weg zu Peters Haus hinauf und fluchte. Was sie tat, war idiotisch. Sie hätte einfach noch einmal bei Laura zurückrufen sollen, sich vergewissern, was los war. Ihr Unbehagen gegenüber der Frau, in deren Ehe sie eingebrochen war, hatte sie zurückgehalten. Ihr Handy hatte sie nicht dabei. Das Tor zum Grundstück war nur angelehnt, sie konnte es öffnen, indem sie es mit der Stoßstange ihres Autos sacht anstieß. Sie würde im kiesbestreuten Hof wenden und dann machen, dass sie fortkam.

Sie warf einen Blick auf das Haus. Es war fast dunkel, aber irgendwo im Wohnzimmer musste ein Licht brennen. Wahrscheinlich oben auf der Galerie. Sie stieg aus, schrak kurz vor dem Wind zurück, der jetzt sehr stark geworden war. Wenigstens konnte sie versuchen, durch eines der Fenster hineinzublicken. Vielleicht sah sie Laura einfach nur sturzbetrunken auf dem Sofa hocken, dann konnte sie sich immer noch unbemerkt davonschleichen.

Sie lief durch den Garten zum Haus. Als der Bewegungsmelder ansprang und Scheinwerfer die Nacht um sie herum in gleißendes Licht tauchten, erschrak sie und blieb stehen. Sie hatte vergessen, dass es hier so etwas gab, und nun musste sie warten, bis sie wieder erloschen, sonst stand sie auf dem Präsentierteller, wenn sie versuchte, ins Wohnzimmer zu spähen.

Sie atmete erleichtert auf, als es wieder dunkel um sie wurde. Endlich war sie an der überdachten Terrasse und fand Schutz vor dem Regen.

Sie hatte die große Fensterfront fast erreicht, da nahm sie ein Geräusch hinter sich wahr. Doch es war zu spät, um zu reagieren. Jemand presste ihr von hinten eine Hand auf den Mund, hielt ihre Arme wie mit einem Schraubstock umklammert und versuchte, sie ins Haus zu schleifen.

LAURA hatte geglaubt, ein Auto gehört zu haben, aber sie war nicht ganz sicher; das Rauschen des Regens und das Heulen des Windes machten es fast unmöglich, andere Geräusche wahrzunehmen. Sie lehnte sich zum Fenster hinaus und schrie. Wenn es Nadine war, die da kam, lief sie direkt in die Falle.

Laura hatte auf der Galerie gestanden und hektisch den Hörer auf die

Gabel geworfen, als sie sah, dass sich die Kellertür vorsichtig und lautlos öffnete. Als sie Christopher erblickte, tat sie einen überraschten Atemzug. Er blickte nach oben. Sie sahen einander für einige Sekunden schweigend an.

Laura hatte zunächst nicht an eine Gefahr geglaubt, sondern gedacht, dies sei ein weiterer Versuch Christophers, mit ihr zu sprechen. Und zwar einer, der absolut zu weit ging. Er konnte nicht nachts durch ihren Keller einsteigen und ein Gespräch erzwingen wollen.

„Verschwinde!", sagte sie, „tu so etwas nie wieder. Es gibt keine Zukunft für uns."

Er bewegte sich langsam auf die Treppe zu. Er hinkte stark. „Es gibt keine Zukunft für *dich,* Laura", sagte er. „Es tut mir sehr Leid."

Da hatte sie zum ersten Mal seinen Wahnsinn erkannt. Sie war ins Schlafzimmer geflüchtet, hatte die Tür zugeschlagen, den Schlüssel herumgedreht. Sie wusste, dass sie damit nur wenig Zeit gewann. Die Tür aufzubrechen würde ihm kaum Schwierigkeiten bereiten. Und sie hatte kein Telefon hier drin.

„Mach auf!", sagte er von draußen. „Laura, ich werde dich töten, und das weißt du. Du könntest uns beiden einen Kampf ersparen."

In ihrer Panik lief sie zum Fenster, öffnete es, schrie um Hilfe und wusste, dass niemand sie hören konnte. Sie blickte hinunter. Der Regen schlug ihr ins Gesicht. Tief unter ihr lag schwarz und schweigend der Garten. Der Hang, an dem sich das Grundstück befand, fiel an dieser Stelle besonders steil ab.

Er hatte gehört, dass sie das Fenster öffnete. „Tu es nicht", sagte er fast gelangweilt, „du brichst dir mit Sicherheit ein paar Knochen. Ich habe dann ein leichtes Spiel mit dir da draußen, aber für dich wird alles noch viel schlimmer."

Ihre einzige, winzige Chance bestand darin, dass Nadine etwas unternehmen würde. Falls sie überhaupt begriffen hatte. Sie hatte sie gefragt, ob sie betrunken sei. Falls sie das glaubte, würde sie gar nichts tun. Und rief jemand wegen eines so ominösen Anrufs gleich die Polizei?

„Jetzt öffne schon die Tür", forderte Christopher von draußen.

Ich muss ihn hinhalten, dachte sie. Vielleicht kommt doch jemand. „Hast du Peter getötet?", fragte sie.

„Ja. Ich hätte es viel früher tun müssen. Er hat eure Familie zerstört. Er hat ein Verhältnis begonnen. Aber zumindest hat er all die Jahre noch zu dir und Sophie gehalten. Er ist immer wieder zu euch zurückgekehrt. Dann jedoch ..."

DIE TÄUSCHUNG 155

„Du wusstest, dass er vorhatte, ins Ausland zu gehen?"

„Ich habe es an jenem Abend erfahren. An dem Abend, an dem ich ihn dann getötet habe, meine ich."

„Wie hast du es erfahren?"

„Er hat mich angerufen. Er war vor dem Chez Nadine angekommen, wollte hineingehen. Ich fragte, musst du gleich als Erstes zu *ihr?* Und er antwortete, er habe sich nur von mir verabschieden wollen. Er werde mit Nadine das Land verlassen und nie mehr wiederkommen."

„Und das wolltest du verhindern?"

„Ich sagte ihm, er solle sich das noch einmal überlegen, aber er meinte, er habe keine Wahl. Dann brach er das Gespräch ab. Ich wusste, ich darf es nicht zulassen. Also fuhr ich zum Chez Nadine"

„Du wolltest ihn für mich töten?"

„Ich wollte mit ihm reden. Ich wollte diese Familie erhalten."

„Christopher, wenn du mich tötest, wächst mein Kind als Vollwaise auf. Du hast Sophie schon den Vater genommen, und …"

Sie hatte das Falsche gesagt. Er brüllte sie plötzlich an. „Nein! Du hast nichts begriffen! Ihr Vater wollte sie verlassen. Er wollte dich verlassen. Er hat sich einen Dreck darum geschert, was aus euch wird. Ich habe keinen Unschuldigen getötet!"

„Natürlich nicht. Ich weiß."

„Er kam gerade aus dem Chez Nadine, als ich vorfuhr. Er wollte zu seinem Auto. Ich sagte ihm, er soll bei mir einsteigen, wir müssten reden. Er war sofort bereit. Ich merkte, dass er dringend jemanden suchte, mit dem er reden konnte. Ich fragte ihn, ob er Nadine gesehen hat in der Pizzeria, und er sagte, nein, sie warte am Treffpunkt. Ich fuhr mit ihm los. Er redete und redete, über sein verkorkstes Leben, das Recht eines jeden Menschen, irgendwann einmal einen Neuanfang zu wagen. Er merkte gar nicht, dass ich hinauf in die Berge fuhr. Ich sagte, komm, lass uns ein paar Schritte laufen, das wird dir gut tun, und er trottete hinter mir her, die Aktentasche mit seinem letzten Geld in der Hand. Schließlich wollte er umkehren, wurde nervös wegen seiner Geliebten, die auf ihn wartete. Wir drehten um, und nun ging er vor mir her. Ich hatte den Strick in der Innentasche meiner Jacke. Ich wusste, was ich zu tun hatte. Es war nicht einfach. Er wehrte sich heftig. Er war ein sehr starker Mann. Ich hätte es vielleicht nicht geschafft, ihn zu töten, aber zum Glück hatte ich noch das Messer dabei. Mit dem Messer habe ich den Nutten die Kleider zerschnitten. *Damit man sieht, wer und was sie sind."*

156

Laura fror, und ihr war schlecht. Er war krank. Sie würde ihn mit Bitten nicht erreichen und nicht mit Argumenten. „Ich verstehe", sagte sie.

„Ich stach ihm das Messer in den Unterleib. Und in den Bauch. Immer wieder. Er wehrte sich dann nicht mehr. Er war tot." Seine Stimme wurde kalt und schneidend. „Und du kommst jetzt da raus. Andernfalls bin ich in zehn Minuten bei dir drinnen."

Sie bemühte sich noch immer, mit ihm zu reden. Es gelang ihr, ihn noch einmal dazu zu bringen, von seiner Mutter zu erzählen, die ihn verlassen hatte. Sie merkte, dass hier sein Wahnsinn wurzelte, dass ihn der Gedanke, von Jugend an Opfer eines großen Unrechts gewesen zu sein, beherrschte und peinigte. Er erzählte von Camille Raymond, für deren kleine Tochter er hätte da sein wollen und die ihn zurückgewiesen hätte.

„Dann hatte Peter kein Verhältnis mit Camille Raymond?", fragte sie.

„Nein. Camille kannte er überhaupt nicht."

„Ich hatte Angst, er hätte mich auch mit ihr betrogen. Ich habe versucht, mit ihrer Putzfrau zu sprechen. Aber sie hat nicht reagiert."

„Ich weiß", sagte er gelassen, „die liegt mit gebrochenem Genick in meinem Keller. Ich habe neulich abends den Zettel weggeworfen, der bei deinem Telefon lag. Sie hat sich zu tief in Dinge eingemischt, die sie nichts angingen."

Ihre Zähne schlugen aufeinander. Wenn niemand diesen Verrückten überlebte, wie konnte sie glauben, dass es ihr gelingen sollte?

„Jetzt mach die Tür auf!", sagte er.

In diesem Moment hörten beide, dass sich jemand dem Haus näherte.

NACH dem ersten Schreck wehrte sich Nadine mit allen Kräften. Sie glaubte, es sei Laura, die sie von hinten angefallen hatte, eine betrunkene, durchgedrehte Laura. Aber schnell begriff sie, dass sie es mit einem Mann zu tun hatte; ihr Gegner war zu groß und zu stark für eine Frau. Er schleifte sie zur Haustür. Sie trat um sich, spuckte, biss, trat ihn mit aller Gewalt auf den Fuß und hörte ihn stöhnen vor Schmerz. Es gelang ihr, eine Hand loszureißen. Sie hatte ihren Autoschlüssel in der Hand und versuchte, ihm den ins Auge zu rammen. Sie verfehlte das Auge knapp, aber das Metall schrammte über seine Schläfe und riss eine blutende Wunde. Er fasste sich ins Gesicht. Für eine Sekunde war er außer Gefecht. Sie rannte an ihm vorbei in den Garten. Das Licht sprang wieder an und beleuchtete die gespenstische Szenerie.

Sie riskierte es, sich umzuschauen. Er folgte ihr, aber sie war geblendet vom Licht und konnte nicht erkennen, wer er war. Er war ein auffallend großer und starker Mann, aber er schien Probleme mit dem Laufen zu haben. Er zog ein Bein nach.

Sie rannte weiter, erreichte ihr Auto, riss die Fahrertür auf, fiel auf den Sitz, fingerte am Zündschloss herum. Sie merkte, dass sie den Schlüssel nicht mehr hatte. Er musste ihr aus der Hand gefallen sein, als sie ihren Angreifer damit attackiert hatte.

Schon hatte er den Wagen erreicht. Voller Panik drückte sie die Verriegelung an ihrer Tür, lehnte sich zur Beifahrerseite hinüber, um sie ebenfalls zu verschließen. Aber schon riss er eine der hinteren Türen auf, griff hinein, zerrte sie brutal an den Haaren auf ihren Sitz zurück.

Er löste die Verriegelung, öffnete ihre Tür und zog sie heraus. Seine Faust landete in ihrem Gesicht. Nadine fiel zu Boden, schmeckte Blut auf ihren aufgeplatzten Lippen. Er beugte sich über sie, zog sie hoch und ließ zum zweiten Mal seine Faust in ihr Gesicht krachen. Sie verlor die Besinnung.

ES DAUERTE eine ganze Weile, bis Laura es wagte, aus ihrem Zimmer zu kommen. Sie konnte jetzt nichts mehr hören und war fast sicher, dass Christopher das Haus verlassen hatte. Sie hatte den furchtbaren Verdacht, dass Nadine tatsächlich hierher gefahren war, um nach ihr zu sehen, und sie wagte sich kaum vorzustellen, was er ihr draußen im Garten jetzt antat.

So leise wie möglich öffnete sie schließlich die Tür. Die Galerie und die Halle lagen leer vor ihr. Draußen im Garten brannte das Licht. Sie huschte die Treppe hinunter, argwöhnisch die Haustür im Auge behaltend. Die war zu, aber ein Blick zu dem Haken an der Wand sagte ihr, dass er den Schlüssel mit nach draußen genommen hatte.

Mit zitternden Fingern blätterte sie im Telefonbuch. Das Licht im Garten erlosch. Laura erschrak, doch sie zwang sich zur Vernunft. Wenn er jetzt zum Haus zurückkam, musste er wieder die Schranke passieren. Damit wäre sie rechtzeitig gewarnt.

Sie hatte die magischen Wörter *Samu, Police* und *Pompiers* entdeckt, *Notarzt, Polizei* und *Feuerwehr,* dahinter kleine Kreuze in verschiedenen Grautönen, die darauf hinweisen sollten, dass man irgendwo auf dieser Seite die Nummern in der entsprechenden Farbe finden würde. Hastig irrte ihr Blick über die Buchseite. Endlich entdeckte sie einen Kreis, der in verschiedene Grauzonen unterteilt war, von denen die mittlere Farbstufe dem Kreuz hinter dem Wort *Police* entsprach. Darin eine große 17. Sie hatte die Nummer gefunden.

Sie hob den Hörer ab und stellte fest, dass die Leitung tot war. Im selben Moment, da sie bemerkte, dass er das Telefonkabel aus der Wand gerissen hatte, ging draußen im Garten wieder das Licht des Bewegungsmelders an.

Reflexartig durchzuckte sie eine Erinnerung: der Bewegungsmelder! Der Abend, an dem er plötzlich vor ihrem Fenster gestanden hatte. Das Licht hätte angehen müssen. Er konnte sich nur von hinten durch den Garten dem Haus genähert haben, *um sie ungestört beobachten zu können*. Hätte sie nur darüber nachgedacht! Dann hätte sie früher erkannt, dass mit ihm etwas nicht stimmte.

Ihr Handy! Wo, zum Teufel, hatte sie ihr Handy? In ihrer Handtasche vermutlich. Und wo war die Handtasche?

Ihre Blicke jagten im Zimmer umher. Wie üblich hatte sie sie irgendwo abgestellt, aber offensichtlich nicht im Wohnzimmer. Sie rannte die Treppe hinauf und sah ihn zur Tür hereinkommen. Er war durchweicht vom Regen und keuchte laut. Sein Gesicht war schmerzverzerrt, er hinkte stark. Er starrte zu ihr hoch.

Sie vermutete, dass er Nadine umgebracht hatte, was bedeutete, dass sie nun keine Hoffnung mehr haben konnte. Sie rannte in ihr Schlafzimmer, verschloss die Tür und versuchte mit aller Kraft, die schwere Kommode zu bewegen, um sie von innen gegen die Tür zu schieben. Es ging nur millimeterweise vorwärts, immer wieder musste sie vor Erschöpfung innehalten.

Er war vor der Tür angekommen. Während sie qualvoll langsam die Kommode bewegte, machte er sich mit irgendeinem Gegenstand – sie vermutete, mit einem Messer – am Schloss zu schaffen. Er unterbrach immer wieder und rang nach Atem. Mühsam wuchtete Laura die schweren Schubladen heraus und konnte die Kommode dann leichter schieben. Eilig machte sie sich daran, die Schubladen wieder hineinzuhieven. Der Schweiß lief ihr in Strömen über den Körper.

Sie war noch nicht fertig, da hörte sie, wie das Schloss klirrend nachgab. Die Kommode schwankte. Christopher drückte von der anderen Seite dagegen. Die dritte Schublade war an ihrem Platz, und trotzdem merkte Laura, dass das Gewicht nicht ausreichte. Sie presste sich dagegen, aber ihre Kräfte schwanden rapide. Die Kommode bewegte sich stärker. Nun konnte sie Christophers verzerrtes Gesicht erkennen, so groß war der Türspalt schon geworden.

„Du bist gleich fällig", quetschte er zwischen den Zähnen hervor, „du verdammtes Luder, ich bin gleich bei dir!"

DIE TÄUSCHUNG 159

Die Tränen schossen ihr aus den Augen. Sie war so erschöpft. Sie war am Ende. Sie würde sterben.

Sie würde Sophie nie wiedersehen.

ALS LAURA das Geräusch von Automotoren durch den Sturm hindurch hörte, hatte sie bereits aufgegeben, kauerte auf dem Bett und fand keine Kraft mehr.

Sie sah zuckendes Blaulicht, das sich an die Wände ihres Zimmers malte. Die Polizei. Endlich die Polizei.

Sie trafen in letzter Sekunde ein. Wie sich später herausstellte, hatte Christopher den Schlüssel stecken lassen, und so hatten sie die Haustür öffnen können. Sie kamen, als er fast im Zimmer war. Er hatte noch weitergekämpft, als sie schon die Treppe hinaufliefen.

Ein Beamter streckte den Kopf ins Zimmer. „Sind Sie in Ordnung, Madame?"

Sie lag auf dem Bett und weinte. Als sie endlich den Mund aufmachen konnte, fragte sie: „Wo ist Nadine?"

„Sie meinen die Frau, die wir im Garten gefunden haben? Sie ist bewusstlos, aber sie lebt. Sie wird schon mit dem Notarztwagen ins Krankenhaus gebracht."

Irgendwie arbeitete ihr Kopf so langsam. Als es ihr nach einer Weile erneut gelang, den Mund zu öffnen, fragte sie: „Wer hat Sie denn angerufen?"

„Das war eine Madame. Cathérine Michaud. Kennen Sie sie?"

Sie versuchte sich zu erinnern, wer Cathérine Michaud war, aber nichts in ihrem Kopf funktionierte mehr. Es wurde dunkel um sie.

Donnerstag, 18. Oktober

Sie dürfen aber nur kurz mit Madame Joly sprechen", sagte die Schwester, „es geht ihr noch nicht gut, und die Polizei war vorhin schon bei ihr."

„Ich bleibe nicht lange", versprach Laura.

Nadine lag allein in dem Zimmer im Krankenhaus von Toulon. Ihr Gesicht sah abenteuerlich aus. Um das rechte Auge war die Haut in allen Lilatönen verfärbt. Unterhalb der Nase klebte blutiger Schorf. Die Oberlippe war dick geschwollen. Außerdem hatte sie, wie Laura von der Schwester wusste, eine Gehirnerschütterung davongetragen.

Nadine wandte vorsichtig den Kopf, wobei sich ihre Miene sofort schmerzlich verzog. „Ach, du bist es", murmelte sie.

„Beweg dich nicht", sagte Laura und trat an das Bett. „Ich komme gerade von der Polizei. Ich habe heute Nacht bereits mit Bertin geredet, aber heute Morgen hatte er immer noch ein paar Fragen. Dafür kann ich jetzt endlich nach Hause fahren. Zu Christophers Prozess muss ich noch mal wiederkommen."

„Vorhin war ein Polizist bei mir", sagte Nadine. Das Sprechen fiel ihr schwer. „Er hat mir erzählt … Christopher … Ich kann es kaum glauben. Er war der beste Freund von …" Der ungenannte Name hing plötzlich zwischen ihnen.

„Von Peter", sagte Laura.

„Der Beamte sagte, Cathérine hat die Polizei alarmiert. Ich habe allerdings nicht begriffen, wie sie etwas von alldem mitbekommen konnte."

„Sie war heute früh auch auf dem Präsidium. Sie hat zufällig dein Auto gesehen, als du zu mir fuhrst. Sie vermutete aber, dass es Henri wäre – wohl aufgrund deines Fahrstils. Sie wollte zu Henri. Sie parkte ihr Auto vor unserem Tor, unschlüssig, was sie tun sollte. Sie hoffte, Henri käme heraus. Stattdessen sah sie dich. Und dank des Lichts, das zuvor angesprungen war, sah sie, wie du zusammengeschlagen wurdest. Sie verständigte über ihr Handy die Polizei."

Nadine verzog ihren geschwollenen Mund zu einem fratzenhaften Grinsen. „Jede Wette, dass sie gezögert hat? Mich sterben zu lassen hätte sich zu schön mit ihren Wünschen gedeckt. Ich war ihr immer im Weg."

„Ich war dir auch im Weg", sagte Laura, „und trotzdem wolltest du mir helfen." Sie sah, dass Nadine den Mund öffnete, und kam ihr zuvor. „Bitte, sag dazu nichts. Ich weiß alles über Peter und dich. Und ich möchte nicht darüber sprechen, nicht mit dir."

Dieser schwer verletzten Frau gegenüber vermochte sie keine Wut aufzubringen. Sie waren beide beinahe ums Leben gekommen. Sie fühlte sich leer und müde, unfähig zu hassen. Die kaum überstandene Todesnähe schien alles relativiert zu haben. „Danke, dass du gestern Nacht zu mir gekommen bist", sagte sie, „das war es eigentlich, weshalb ich jetzt zu dir gekommen bin. Weil ich dir danken wollte."

Nadine erwiderte nichts. Laura war erleichtert, als die Schwester in der Tür erschien und ihr bedeutete, dass sie nun gehen müsse.

DIE TÄUSCHUNG

CATHÉRINE war erstaunt, den Makler, den sie mit dem Verkauf ihrer Wohnung beauftragt hatte, in Begleitung eines jungen Pärchens vor ihrem Haus wartend anzutreffen. „Sie wollen sicher zu mir", sagte sie.

Der Makler sah sie gekränkt an. „Ich habe gestern Abend versucht, Sie zu erreichen. Aber Sie waren nicht da! Jetzt bin ich auf gut Glück mit den Interessenten hergekommen."

Cathérine sperrte die Tür auf. „Kommen Sie herein."

Bei dem trüben Wetter wirkte die Wohnung noch hässlicher als sonst, aber das Pärchen schien das kaum zu bemerken. Cathérine vermutete, dass die beiden kaum älter als zwanzig waren. Sie wirkten ungeheuer verliebt ineinander und aufgeregt bei dem Gedanken, in eine eigene Wohnung zu ziehen.

Cathérine beteiligte sich nicht an der Führung, sie überließ es dem Makler, die Scheußlichkeit ringsum irgendwie schönzureden. Sie zog ihre Schuhe aus, hängte die tropfnasse Jacke über die Badewanne. Sie war müde. Sie hatte kein Auge zugetan in der Nacht, und frühmorgens hatten zwei Polizeibeamte sie abgeholt und nach Toulon aufs Präsidium gefahren, wo ihre Aussage protokolliert wurde. Sie hatte Laura getroffen, in deren Augen noch immer die Schrecken der vergangenen Nacht standen.

„Danke", hatte Laura gesagt, „danke. Ich verdanke Ihnen mein Leben."

Cathérine war überwältigt. Solch großen Dank hatte ihr noch nie jemand geschuldet. Sie fragte sich, was Henri sagen würde, wenn er alles erfuhr. Denn auch Nadine wäre tot, wenn sie nicht eingegriffen hätte.

Sie wusste später selbst nicht recht zu sagen, weshalb sie Nadines Auto gefolgt war. Es musste an der verrückten Art gelegen haben, in der der Wagen um die Kurve geschleudert war. Sie war sicher gewesen, dass Henri in Nadines Auto saß, vielleicht auch deshalb, weil sie in ihrer erdrückenden Einsamkeit so heftig wünschte, er möge es sein. Sie war ins Quartier Colette gefahren, bis hinauf zum Haus der Deutschen, und dort hatte sie den Wagen stehen gelassen. Sie selbst war draußen geblieben, ratlos, was sie tun sollte. Ratlos auch, was Henri hier tat.

Und während sie noch wartete, tauchte plötzlich Nadine auf, kam den Abhang vom Haus heruntergerannt, gefolgt von einem Mann, der offenbar ein verletztes Bein hatte. Sie hatte sofort erkannt, dass Nadine in höchster Gefahr schwebte. Nadine erreichte das Auto, sprang hinein, doch der Mann riss eine der hinteren Türen auf, beugte sich hinein, öffnete die Fahrertür und zerrte Nadine heraus. Und dann schlug er sie zusammen, fast systematisch und mit äußerster Brutalität.

Nadine war immer der Mensch gewesen, den sie am meisten auf der

Welt hasste. Es gab fast nichts Schlechtes, Böses, das sie ihr nicht von Herzen gewünscht hätte. Und jetzt, da alles vorüber war und sie hier in ihrer Wohnung saß und teilnahmslos dem Geplapper des jungen Paares zuhörte, fragte sie sich, ob in der Nacht wohl eine Versuchung in ihr gewesen war, wegzufahren und sich um nichts zu kümmern.

Sie hatte eine Weile gebraucht, ehe sie ihren Wagen gewendet hatte und den Berg hinunter zur Hauptstraße gefahren war. Dort hatte sie reglos gesessen und in die Nacht gestarrt. Kostbare Minuten, wie sie jetzt wusste, die das Leben der deutschen Frau hätten kosten können. Bei der Polizei hatte man sie gefragt, ob sie sofort ihren Notruf getätigt habe.

„Ich weiß nicht genau", hatte sie geantwortet, „ich war zuerst wie erstarrt."

Man schien dies für eine normale Reaktion zu halten.

Der Makler streckte den Kopf ins Wohnzimmer. „Die sind ziemlich angetan", zischte er ihr zu, „wenn wir noch ein bisschen im Preis nachgeben …"

„In Ordnung", sagte Cathérine.

Das Pärchen kam nun auch heran. Selbst in den engen Räumen bewegten sie sich nur Hand in Hand.

„Ich glaube, das könnten wir uns ganz kuschelig machen", sagte das Mädchen. „Wir haben nämlich ein bisschen Geld geerbt. Und das würden wir gern in ein eigenes Nest stecken."

Ihrer beider Verliebtheit und ihr Leuchten ließen die Wohnung heller und freundlicher erscheinen. Vielleicht war sie nie so hässlich, wie sie mir schien, dachte Cathérine, vielleicht hingen nur zu viel Einsamkeit und Schwermut zwischen ihren Wänden. Eines jedenfalls wusste sie: Jetzt, am Tag danach, war sie erleichtert, weil Nadine überleben würde. Froh, dass sie die Polizei gerufen hatte. Zum ersten Mal dachte sie an Nadine nicht mit Hass, sondern mit einem Gefühl der Zufriedenheit. Und es war, als habe sie nach langen Jahren dadurch ein Stück Freiheit zurückbekommen.

„Wohin werden Sie gehen?", fragte das Mädchen.

Cathérine lächelte. „In die Normandie. In ein bezauberndes kleines Dorf. Der Pfarrer dort ist ein Freund von mir."

Es kostete Laura einige Überwindung, das Haus zu betreten, in dem vor knapp zwölf Stunden so viel Schreckliches geschehen war. Der Beamte, der sie hierher gefahren hatte, hatte angeboten, sie zu begleiten, aber sie hatte abgelehnt.

DIE TÄUSCHUNG

Die Spurensicherung war bis morgens da gewesen, hatte jedoch kaum Unordnung hinterlassen. Die Kommode im Schlafzimmer stand noch halb vor die Tür gerückt, und Laura beschloss, sie so stehen zu lassen. Wenn sie geklärt hatte, was mit dem Haus passieren würde, musste sie sowieso herkommen und ihre Möbel abholen lassen, und erst dann würde Monsieur Alphonse mit seinen Führungen beginnen. Sie würde die Putzfrau bitten, jemanden kommen zu lassen, der das kaputte Schloss in der Kellertür erneuerte.

„Das hatte er im Handumdrehen aufgebrochen", hatte ein Beamter gesagt.

Die Polizei hatte Monique Lafond tot in seinem Haus gefunden, das hatten sie Laura am Morgen gesagt. Sie hatte sich das Genick gebrochen, als sie die steile Kellertreppe hinuntergestürzt war.

„Es sah so aus, als sei sie in dem Keller gefangen gehalten worden", hatte Bertin gesagt, „doch warum, wissen wir nicht. Sie hat für Camille Raymond gearbeitet. Vielleicht wusste sie irgendetwas, was für Monsieur Heymann gefährlich wurde. Deshalb musste er sie aus dem Verkehr ziehen."

Christopher selbst hatte noch keine Aussage gemacht. Bertin sagte, er schweige beharrlich auf alle Fragen. Sein Fuß hatte sich entzündet, es war eine Blutvergiftung hinzugekommen, und er hatte hohes Fieber. Wie Nadine lag auch er im Krankenhaus von Toulon; auf einer anderen Station und unter scharfer Bewachung.

„Unsere Leute haben Scherben und Blut im Keller gefunden", hatte Bertin berichtet, „da ist wohl sein Unfall passiert. Möglicherweise in einem Kampf mit Mademoiselle Lafond." Er hatte Laura sehr ernst angesehen. „Sie haben unglaubliches Glück gehabt, Madame. Ohne seine schwere Verletzung wäre die Sache wahrscheinlich anders ausgegangen."

An diese Worte musste Laura nun denken, während sie ihre Koffer aus dem Schlafzimmer nach unten trug und durch das Haus ging, die Fensterläden schloss und die Blumen goss. Bei allem, was ihr in den letzten Wochen zugestoßen war, hatte sie tatsächlich zum Schluss doch einen Schutzengel gehabt. Vielleicht auch in Gestalt der armen Monique, ohne deren Zutun Christopher seine Verletzung womöglich gar nicht gehabt hätte. Und natürlich auch in Gestalt von Nadine und Cathérine.

Sie hatte Bertin gefragt, was wohl mit Christopher geschehen würde. Bertin hatte gemeint, er werde eher in eine psychiatrische Anstalt kommen als in ein Gefängnis.

Sie blickte aus ihrer Küche über das verregnete Tal mit seinen vielen Weinstöcken und kleinen provenzalischen Häusern. Wie sehr hatte sie diese Gegend geliebt, und wie schnell war daraus ein Ort des Schreckens für sie geworden.

In den nächsten Wochen musste sie den gewaltigen Schutthaufen ihres alten Lebens beiseite räumen und auf den Trümmern das neue Leben aufbauen. Die Albträume vergessen. Vielleicht konnte sie dann ihrer Tochter sogar irgendwann einmal etwas Gutes über ihren Vater erzählen.

Sie merkte plötzlich, dass sie weinte. Sie lehnte ihr heißes Gesicht gegen das kühle Glas der Fensterscheibe und ließ ihren Tränen freien Lauf. Sie ließ den Schmerz, die Enttäuschung, die Trauer über sich hereinbrechen, ließ sich überschwemmen davon. Ihr Handy läutete. Ihre Tränen versiegten. Sie kramte das Handy hervor und meldete sich.

„Wo bist du?", fragte Anne. „Ich hoffe, schon ein ganzes Stück weit auf der Autobahn. Ich habe mit deiner Mutter gesprochen. Sie sagte, du wolltest heute abreisen."

„Ich bin noch hier."

„O Gott, das gibt's doch nicht! Hast du verschlafen?"

„Meine Nacht war ein bisschen unruhig."

„Bist du erkältet? Du klingst so komisch."

Laura wischte sich mit einem Ärmel ihres Pullovers über das nasse Gesicht. „Nein. Das muss an der Verbindung liegen."

„Fahr gleich los, hörst du? Ich möchte dich so gern noch sehen heute Abend. Ich freu mich so auf dich!"

„Ich freue mich auch auf dich." Laura rieb sich ein letztes Mal die Augen. „Ich bin schon fast bei dir", sagte sie.

CHARLOTTE LINK

Fasziniert von Südfrankreich

Foto: Gudrun Stockinger

Für die Leser der Auswahlbücher schildert Charlotte Link, Jahrgang 1963, wie es zur Entstehung von *Die Täuschung* kam: „Ich habe Südfrankreich vor rund drei Jahren durch meinen Mann kennen gelernt und war sofort fasziniert von der Landschaft, dem Geruch der Pinien, dem Farbenspiel des Meeres. Wie immer, wenn ich mich zu einer Gegend hingezogen fühle, begann ich mich im Hinblick auf einen Roman mit ihr zu beschäftigen. Bald kristallisierten sich zwei Eindrücke heraus: Der eine war eine einfache Pizzeria am Meer, die wir gerne aufsuchten. Sie wurde später die Vorlage für das *Chez Nadine*. Die Frau des Besitzers, eine sehr schöne Frau, die auch bediente, strahlte eine so tiefe Unzufriedenheit mit ihrem Leben aus, dass sich diese Stimmung über das ganze Lokal legte. Diese Frau wurde zur Nadine im Roman.

Das zweite Schlüsselerlebnis war eine Fahrt über die Route des Crêtes, die Felsenstraße hoch über dem Meer. Die Gegend dort ist sehr karg, sehr einsam, sehr schroff. Ich assoziierte unwillkürlich ein Verbrechen mit dieser Landschaft. Damit war der entscheidende Schritt getan, und das Entwickeln von Charakteren und Handlungssträngen begann.

Inzwischen komme ich mehrmals im Jahr ins Departement Var, unten am Mittelmeer. Zum Ausruhen, Sonnetanken, auch zum Arbeiten. Die traurige Frau in der Pizzeria ist nicht mehr da. Sie und ihr Mann sind weggegangen, sagen die Nachfolger, niemand weiß, wohin. Aber wohin sie gehen wollte, das wusste Nadine im Roman ja nicht einmal selbst."

NICHOLAS EVANS

FEUER-
SPRINGER

Sie sind harte Männer. Sie trotzen den alles vernichtenden Feuern in den Wäldern Montanas. Doch dem tobenden Wirbelsturm der Gefühle stehen auch sie machtlos gegenüber.

ERSTER TEIL

1 Die wichtigen Dinge im Leben geschehen immer zufällig. Mit fünfzehn wusste sie wenig, und über das meiste war sie sich von Jahr zu Jahr weniger im Klaren. Doch in einem war sie sich sicher: Man konnte sich abmühen, ein besserer Mensch zu werden, Ewigkeiten darüber nachgrübeln, wie man anständig und ehrlich lebt, sich etwas vornehmen, jede Nacht neben dem Bett knien und Gott versprechen, dass man sich daran halten würde. Und dann brach wie ein Falke, der aus dem Dunkel auf eine Ratte herabstößt, irgendeine Katastrophe über einen herein, die das Leben für immer veränderte und auf den Kopf stellte.

Später dachte Skye, dass der alte Falke an jenem Abend schon auf dem Dach gehockt und den richtigen Augenblick abgewartet haben musste, während er zusah, wie die Ratte sich noch ein wenig amüsierte, denn eigentlich hatte alles ganz unspektakulär damit begonnen, dass diese beiden Frauen in die Bar geschlendert kamen.

Sie wusste nicht, wer sie waren, aber was sie waren, war für jeden deutlich sichtbar. Ihr Make-up war üppiger als ihre Kleidung, und die Art, wie sie auf ihren hohen Absätzen schwankten, ließ ahnen, dass beide schon beschwipst waren. Sie trugen enge, knappe Tops, und eine der beiden Frauen, die schwarzhaarig war, hatte einen derart kurzen Rock an, dass sie sich den auch gleich hätte sparen können.

Die beiden Männer in ihrer Begleitung folgten dicht hinter ihnen und schoben die Frauen durch die Menge. Beide trugen Cowboyhüte, sodass Skye von dem Ecktisch, an dem sie und ihre Freunde saßen, ihre Gesichter nicht sehen konnte. Es interessierte sie auch nicht. Sie war selbst ziemlich betrunken.

Sie beobachtete die vier vor allem deshalb, weil sie sich langweilte, was ziemlich traurig war, denn sie hatte Geburtstag. Jed und Calvin saßen bekifft und stumm neben ihr. Roxy hatte immer noch das Gesicht in den Händen vergraben und weinte wegen irgendetwas, was Craig zu ihr gesagt hatte, der seinerseits ununterbrochen darüber fluchte, dass sein Schrotthaufen von einem Auto liegen geblieben war. Wieder ein toller Abend in der Stadt deiner Träume, dachte Skye und genehmigte sich noch einen Schluck Bier.

Happy Birthday!

Die Bar war ein gottverlassenes Loch, so dicht an der Bahnstrecke gelegen, dass die Flaschen schwankten und klirrten, wenn ein Zug vorbeifuhr. Die Bullen machten einen Bogen um den Laden, und das Personal drückte beim Alkoholausschank an Minderjährige beide Augen zu. Deshalb war ein Großteil der Kundschaft etwa in Skyes Alter. Jedenfalls sehr viel jünger als die vier, die gerade hereingekommen waren und jetzt am Tresen mit dem Rücken zu Skye standen.

Skye beobachtete, wie die Hände des großen Mannes über die Hüften der schwarzhaarigen Frau glitten, während er sich vorbeugte und mit den Lippen ihren Hals berührte. Der Mann musste der Frau etwas Schmutziges ins Ohr geflüstert haben, denn sie warf den Kopf in den Nacken, lachte und versuchte kokett, ihm eine Ohrfeige zu verpassen. Der Mann lachte ebenfalls und wich dem Schlag aus. Dabei fiel sein Hut zu Boden, und Skye konnte zum ersten Mal sein Gesicht sehen.

Es war ihr Stiefvater.

In der kurzen Zeit, bevor sich ihre Blicke trafen, bemerkte sie einen Ausdruck in seinem Gesicht, den sie noch nie zuvor gesehen hatte, gelöst und fröhlich. Dann entdeckte er sie, und seine Miene verfinsterte sich, bis es wieder das Gesicht war, das sie kannte, fürchtete und verachtete, das Gesicht, das sie sah, wenn er spätnachts betrunken und wütend zurück in ihren Wohnwagen in dem Trailer-Park kam, ihre Mutter eine Indianerschlampe schimpfte und sie schlug, bis sie um Gnade winselte, ehe er sich Skye zuwandte.

Er richtete sich auf und setzte sich in ihre Richtung in Bewegung.

Skye drückte ihre Zigarette aus. „Lass uns abhauen", sagte sie leise.

Doch sie saß in ihrer Ecke fest. Auf der einen Seite schluchzte Roxy und beachtete sie gar nicht, auf der anderen dämmerten Calvin und Jed weiter apathisch vor sich hin.

Ihr Stiefvater kam an ihren Tisch. „Was, zum Teufel, machst du hier?"

„Hör mal, ich hab heute Geburtstag." Es war armselig, aber einen Versuch wert.

„Komm mir nicht mit dem Quatsch. Du bist erst fünfzehn!"

„He, mach mal halblang, Mann. Wir haben doch bloß ein bisschen Spaß." Es war Jed, der wieder zu sich gekommen war.

Skyes Stiefvater packte ihn am Kragen und zerrte ihn über den Tisch. „Wag es bloß nicht, so mit mir zu reden!"

FEUERSPRINGER 171

Craig war aufgesprungen, doch Skyes Stiefvater fuhr herum und schlug dem Jungen ins Gesicht. Roxy kreischte.

„Hör auf!", brüllte Skye. „Hör auf, um Himmels willen!"

Sämtliche Gäste der Bar starrten sie an. Ein Kellner und der Mann, mit dem ihr Stiefvater gekommen war, eilten an ihren Tisch.

„He, Leute, ganz cool, ja?", sagte der Kellner.

Skyes Stiefvater stieß Jed auf seinen Stuhl zurück und fragte den Kellner: „Haben Sie diesen Kids Alkohol verkauft?"

„Sie haben gesagt, sie seien einundzwanzig."

Skye stand auf und drängte sich an den anderen vorbei. „Wir gehen, okay? Wir gehen ja schon!"

Ihr Stiefvater fuhr herum und holte zum Schlag aus, und obwohl all ihre Instinkte ihr rieten, in Deckung zu gehen, rührte sie sich nicht von der Stelle und sah ihn wütend an. „Wag es ja nicht, mich anzurühren!"

Er erstarrte und ließ die Hand sinken. „Komm du mir erst mal nach Hause, du kleine Indianernutte. Wir sprechen uns später."

„Die einzigen Nutten hier sind die beiden, mit denen du reingekommen bist."

Er wollte sich auf sie stürzen, doch sie entwischte ihm und stürmte zur Tür. Als sie sich umdrehte, sah sie, wie der Kellner ihren Stiefvater an den Armen festhielt, um ihn daran zu hindern, ihr nachzulaufen. Sie stürzte hinaus in die Dunkelheit und rannte los.

Die Luft war immer noch warm und drückend. Sie spürte die Tränen auf ihren Wangen. Ein Güterzug fuhr vorbei, und sie lief eine Weile neben ihm her. Sie rannte und rannte, wie sie es immer tat. Wohin war egal, weil es nirgendwo schlimmer sein konnte als hier. Zum ersten Mal war sie mit fünf weggelaufen und hatte es seither wieder und wieder versucht. Sie hatte jedes Mal Ärger bekommen.

Jetzt rannte sie wieder, bis ihre Lunge brannte. Als sie, die Hände auf die Knie gestützt, keuchend stehen blieb, fuhr der letzte Waggon des Zugs an ihr vorüber. Sie blickte seinen Schlusslichtern nach, die immer kleiner wurden, bis die Dunkelheit sie verschluckt hatte.

„Mach dir nichts draus. Dann nimmst du eben den nächsten."

Die Stimme ließ sie zusammenfahren. Es war eine männliche Stimme ganz in ihrer Nähe. Skye sah sich in der Dunkelheit um. Offenbar war sie auf dem Hof eines verlassenen Holzlagers gelandet. Sie konnte den Sprecher nirgends entdecken.

„Hier drüben." Er saß auf dem Boden an einen Stapel Zaunpfähle gelehnt. Er war achtzehn oder neunzehn und ziemlich dünn, trug eine zerfetzte Jeans und ein T-Shirt mit einem aufgedruckten chinesischen Drachen. Neben ihm auf dem Boden lag ein Seesack. Der Junge war damit beschäftigt, sich einen Joint zu drehen. „Warum weinst du?"

„Ich weine nicht. Und was geht dich das überhaupt an?"

Er zuckte die Achseln. Eine Zeit lang schwiegen beide. Skye wusste, dass es besser war zu verschwinden. Bei den Gleisen hingen alle möglichen Freaks und Verrückten rum. Doch eine Sehnsucht nach Trost oder Gesellschaft ließ sie bleiben.

Er zündete den Joint an und nahm einen tiefen Zug, bevor er ihn ihr hinhielt. „Hier."

„Ich nehme keine Drogen."

„Klar."

Das Auto, das sie stahlen, gehörte anscheinend einer Familie mit kleinen Kindern, denn auf der Rückbank befanden sich zwei Kindersitze, und der Boden war mit Spielzeug, Bilderbüchern und Bonbonpapier übersät.

Der Junge sagte, sein Name sei Sean, und sie nannte ihm den ihren, und das war alles, was sie voneinander wussten; das und vielleicht die Tatsache, dass sie beide ein Gefühl der Verletzung und Sehnsucht verspürten, das nicht ausgesprochen werden musste.

Er lenkte den Wagen nach Norden bis zur Interstate und dann nach Westen, während sich hinter ihnen langsam die Morgendämmerung über die endlose Prärie ausbreitete. Sie hielten an einem Café, holten sich Kaffee und Muffins und setzten sich an einen Tisch am Fenster. Beim Essen fragte Sean sie nach ihrem Alter. Sie log und behauptete, siebzehn zu sein. Sie sagte, sie sei in South Dakota geboren und mütterlicherseits halb Oglala-Sioux. Das fand er cool, doch sie winkte ab und erklärte, dass sie das nicht finden könne.

Er erzählte ihr, dass er aus Detroit stamme und seine Eltern im Knast säßen. Mit vierzehn sei er aufgebrochen und seither drei Jahre lang herumgereist. Er sei in Mexiko, Nicaragua und El Salvador gewesen.

Skye fragte ihn, was ihn nach Montana verschlagen habe, und er sagte, er wolle einen wilden Grislibären sehen und habe vor, zum Glacier Park zu fahren, der angeblich ein guter Ausgangspunkt für seine Bärensuche sei.

Skye nickte bemüht ernst. „Stimmt", sagte sie.

Sie fuhren den ganzen Tag weiter. Skye sah den Streifenwagen zuerst. Aus irgendeinem Grund drehte sie sich im selben Moment um, als der Polizist sein blau und rot flackerndes Licht einschaltete. Sean blickte in den Rückspiegel und schwieg. Er bremste und fuhr an den Straßenrand. Das Polizeiauto hielt hinter ihnen.

Der Polizist stieg aus dem Wagen und kam langsam auf sie zu. Sean ließ das Fenster herunter und beobachtete ihn die ganze Zeit weiter im Seitenspiegel.

Als der Polizist neben dem Wagen stand, beugte er sich ein wenig herunter. Er war jung und hatte freundliche blaue Augen. „Hallo zusammen. Wo soll's denn hingehen?"

„Glacier Park", sagte Sean, ohne ihn anzusehen.

„Ist das Ihr Wagen?"

„Er gehört einem Freund."

„Hm. Okay. Gut, dann würde ich gern Ihren Führerschein und die Zulassung sehen, bitte."

Sean drehte sich um und griff nach seinem Seesack, doch dann wandte er sich wieder dem Polizisten zu. „Das habe ich völlig vergessen. Die ganzen Papiere sind mir geklaut worden."

Der Blick des Polizisten wurde streng. „Würden Sie dann bitte aussteigen, Sir?"

In dem Moment, in dem er sich aufrichtete und die Hand nach dem Türgriff ausstreckte, trat Sean aufs Gaspedal. Der Polizist riss die Tür auf und versuchte, Seans Schulter zu packen, doch der Wagen hatte sich bereits in Bewegung gesetzt, sodass er das Gleichgewicht verlor, stürzte und sich dabei den Arm hinter Seans Sitz einklemmte. Er schrie.

„Stopp!", rief Skye. „Anhalten!"

Doch Sean trat nur noch fester aufs Gaspedal, bis der Wagen zusammen mit dem schreienden Polizisten schlingernd auf die Interstate schoss.

„Bist du verrückt? Halt an! Halt an, um Himmels willen!", schrie Skye.

Doch Sean hielt nicht an. Skye schrie erneut, fuchtelte mit den Armen und ging dann kratzend auf sein Gesicht los. Schließlich versetzte er ihr einen so heftigen Schlag, dass etwas in ihrem Kopf nachgab und sie das Gefühl hatte, von innen verschluckt zu werden. Sie sank in ihren Sitz zurück und sah die Welt in einem roten Nebel davontrudeln.

2 Der Tag, an dem Edward Tully die Liebe seines Lebens traf, fing schlecht an. Es hatte die ganze Woche geschneit, und er hatte sich auf ein schönes Skiwochenende gefreut. Doch am frühen Freitagmorgen ging der Schnee in Regen über, und bei Tagesanbruch steckte ganz Boston bis zu den Knien in grauem Matsch.

Ed hatte fast die gesamte Nacht am zweiten Akt seines neuen Musicals gearbeitet, das ihn zweifellos berühmt machen würde, und er kam gut mit der Arbeit voran. Im Laufe des Morgens kam dann die Post und brachte ihm nicht nur einmal, sondern gleich zweimal ein höflich formuliertes Ablehnungsschreiben nebst Rücksendung von Textbuch und Demo-Kassette seines letzten Musicals, das ihn ganz sicher nicht berühmt machen würde. In einem der beiden Anschreiben, zweifelsohne von einem namenlosen Untergebenen formuliert, vernichtete ihn ein großer Broadway-Produzent mit halbherzigem Lob, um abschließend festzustellen, dass das Werk „möglicherweise eine Spur zu sehr von Sondheim beeinflusst" sei, was Ed für mehrere Stunden in tiefe Selbstzweifel stürzte.

Inzwischen war es Abend, und Ed machte sich fertig, um zu Ralff's Bar aufzubrechen.

Seit Abschluss seines Studiums vor drei Jahren verdiente Ed sich seinen Lebensunterhalt mit Klavierunterricht, um weiter an seinen eigenen Kompositionen arbeiten zu können. Dabei hatte er sich unfreiwillig auf den verzogenen Nachwuchs der blasiertesten Neureichen der Stadt spezialisiert. Im Winter bestand seine einzige andere Einnahmequelle in den freitagabendlichen Auftritten in einer Bar namens Ralff's in der Innenstadt, die ihm, auch wenn sie ihm wenig Geld und noch weniger Aufmerksamkeit einbrachten, wenigstens Spaß machten.

Obwohl das Lokal sich erst sehr viel später füllte, erwartete man, dass er um acht erschien. Also brach er gegen halb acht auf, um sich mit dem Wagen durch den zähflüssigen Verkehr auf die andere Seite der Stadt zu kämpfen.

Die Bar lag in der Nähe des Flussufers am Rand eines schick sanierten Viertels, in dem es im Sommer von Touristen nur so wimmelte. An einem Winterabend wie diesem jedoch lockte außer Ralff's nur noch das Kino gegenüber Besucher in diese Gegend, was gut fürs Geschäft, aber schlecht für die Parkplatzsuche war. Aber an diesem Abend schien Ed Glück zu haben.

Als er um die Ecke bog, sah er, dass ein Jeep aus einer Parklücke direkt vor der Bar rangierte. Er setzte den rechten Blinker, blieb stehen und wartete, dass der Wagen wegfuhr. Das Auto hinter ihm hupte. Ed blickte in den Rückspiegel und sah einen ramponierten weißen VW-Käfer. Er schüttelte den Kopf. Was für ein Idiot. Der Jeep räumte die Parklücke, und Ed fuhr ein Stück vor, um rückwärts hineinzurangieren. Doch als er den Rückwärtsgang einlegte und sich umdrehte, sah er, wie der

FEUERSPRINGER 175

Käfer sich rasant in seine Parklücke mogelte. Er war fassungslos und keineswegs gewillt, eine solche Unverschämtheit einfach hinzunehmen. Er schaltete die Warnblinkanlage ein und öffnete die Tür.

Aus dem VW stiegen zwei Personen. Die Fahrerin war eine junge Frau, die eine rote Skijacke mit einer Kapuze trug und Ed, als er auf sie zustürmte, mit einem unschuldigen Lächeln anstrahlte. Ihr männlicher Begleiter war größer und kräftiger als Ed, eine Tatsache, der er vielleicht hätte Bedeutung beimessen sollen, was er aber nicht tat. Er sah nur, dass der Typ grinste.

„Verzeihung", sagte Ed so ruhig wie möglich. „Das ist meine Parklücke."

Die Frau blickte zu ihrem Wagen und sah ihn dann wieder mit ihrem aufreizenden Kein-Wässerchen-trüben-können-Lächeln an. „Nein, es ist unsere."

Sie schloss den Wagen ab und zog den Reißverschluss ihrer Jacke hoch. Obwohl er vor Wut kochte, konnte Ed nicht umhin zu bemerken, dass er einer außergewöhnlich hübschen Frau gegenüberstand. Sie hatte olivfarbene Haut, einen breiten Mund und strahlend weiße Zähne. Ihre Augen waren groß und dunkel und funkelten amüsiert, was Ed nur noch wütender machte.

„Hören Sie, Sie wussten ganz genau, was ich vorhatte, und Sie haben sich hinter mir in die Lücke gemogelt. Das können Sie nicht machen, verdammt noch mal!"

Ed war, als hätte er im Gesicht der Frau eine Spur von Verlegenheit entdeckt. Der Freund der Frau grinste immer noch idiotisch wie ein Affe, als er gemächlich um den Wagen herum auf sie zukam. „He, Mann, tut mir echt Leid", sagte der Affe. „Aber hier draußen gelten die Gesetze des Dschungels. In ein paar tausend Jahren wird es nur noch Autofahrer geben, deren Vorfahren es gelernt haben, wie man in anderer Leute Parklücken fährt. Wer zu spät kommt, den bestraft das Leben. Und nun entschuldigen Sie uns bitte, sonst kommen wir noch zu spät ins Kino."

Lächelnd nahm er den Arm der Frau und führte sie über die Straße. Ed stieg wieder in sein Auto. Danach kurvte er zwanzig Minuten durch das Viertel, bis er schließlich nur ein paar Autos hinter dem VW der Frau einen freien Platz fand. Als er an ihrem Wagen vorbeiging, hatte er die perfekte Idee, wie er sich rächen könnte.

Er betrat Ralff's und entschuldigte sich bei Bryan, dem Geschäftsführer, für seine Verspätung. Hinter dem Tresen fand er neben der Registrierkasse einen Stift und einen Zettel. Er kritzelte etwas auf den

Zettel und wickelte ihn sorgfältig in eine Plastiktüte, damit der Regen ihn nicht aufweiche. Auf dem Weg zur Tür rief er Bryan zu, dass er gleich wieder zurück sein werde.

Die Menschenmenge vor dem Kino hatte sich aufgelöst. Ed ging direkt zu dem VW und nahm sorgfältig die Wischerblätter der Scheibenwischer ab. Unter den Wischerarmen befestigte er die eingewickelte Nachricht, steckte die Wischerblätter in seine Jackentasche und kehrte mit einem zufriedenen Lächeln zurück in die Bar.

„In ein paar tausend Jahren", stand auf dem Zettel, „wird es nur noch Fahrer geben, die gelernt haben, wie man Parkplatzdieben die Wischerblätter stiehlt. Wer zu spät kommt, den bestraft das Leben."

TROTZ seiner feuchten Kleidung und des miserablen Tages, der hinter ihm lag, spielte Ed gut an jenem Abend. Gegen zehn begann sich der Laden zu füllen. An einem der Tische applaudierten die Gäste nach jedem Stück, und schon bald animierte das auch die anderen Zuhörer. Ed kramte in seiner Erinnerung nach Songs, die etwas mit Regen zu tun hatten, was beim Publikum besonders gut ankam. Nach „Stormy Weather" wurden sogar Rufe nach einer Zugabe laut.

Jedes Mal wenn die Tür aufging, stellte er mit Genugtuung fest, dass es noch regnete. Er malte sich die ganze Zeit aus, wie die Frau zu ihrem Wagen zurückkehrte und die Nachricht fand. Er hätte dabei gern ihr Gesicht gesehen.

Vor seinem letzten Set hatte er eine Viertelstunde Pause gemacht und setzte sich gerade wieder ans Klavier, als er ihre rote Skijacke bemerkte. Hätte er einen Augenblick später hingesehen, hätte er sie vielleicht gar nicht erkannt, weil sie die Jacke in diesem Moment auszog. Darunter trug sie einen cremefarbenen Pullover. Ihr Freund – der, wie man gerechterweise zugeben musste, kein bisschen wie ein Affe aussah – bestellte Drinks, während sie auf einem Barhocker Platz nahm und sich umsah. Ed beobachtete sie.

Sie fuhr sich mit beiden Händen durchs Haar, eine Geste, die vermutlich auch einem praktischen Zweck diente und bei einer anderen Frau leicht affektiert hätte aussehen können. Doch bei ihr wirkte sie völlig uneitel und äußerst erotisch.

Erst jetzt fiel ihm auf, dass sie zurückstarrte und die Lippen zu einem angedeuteten Lächeln des Wiedererkennens verzog. In einem, wie er es später nennen sollte, Augenblick reiner Genialität spielte Ed einen Song aus seinem letzten, nie aufgeführten und zweifach abgelehnten Musical.

FEUERSPRINGER   177

Es war ein schmalziges Liebeslied und hieß „Ein Plätzchen nur für uns
zwei", was nun nach ihrem Parkplatzstreit plötzlich eine charmante
Doppeldeutigkeit erlangte. Während er sang, sah er sie unentwegt an.
Ihr Freund schien nichts dagegen zu haben, und als Ed fertig war, hob er
sein Glas und prostete ihm zu. Ed spielte weiter jeden halbwegs passenden Song mit Anspielungen zum Thema „Platz", „Auto" oder „Verkehr", der ihm einfiel, wobei er hier und da eine Textzeile veränderte,
um sie zum Lachen zu bringen. Denn er spielte nur für die Frau, deren
Scheibenwischerblätter noch in seiner Jackentasche steckten. Deshalb
war er mehr als nur ein wenig enttäuscht, als er bemerkte, dass sie mitten in „Lovely Rita, Meter Maid" – einem Liebeslied der Beatles an eine
Politesse – aufstand und ihre Skijacke anzog. Doch dann sah er, dass sie
und ihr Freund auf ihn zukamen.

Sie warteten beim Klavier, bis er den Song beendet hatte. Als der Applaus verebbt war, nickte Ed ihr zu.

„Das war wirklich witzig", sagte sie. „Sie sind gut."

„Das stimmt, ich gebe es zu. Danke."

„Hören Sie, das mit vorhin tut mir Leid. Ich weiß nicht, was mich da
geritten hat. So was habe ich noch nie gemacht."

„Es war meine Schuld", schaltete ihr Freund sich ein. „Ich hab ihr gesagt, sie soll das tun. Wir waren schon ziemlich spät dran fürs Kino,
und – na ja, jedenfalls … tut es uns Leid."

Ed nickte, ohne ihn anzusehen. Er konnte seinen Blick nicht von der
Frau losreißen. Sie war einfach umwerfend. „Tja, vielen Dank", sagte er.

Seine Jacke hatte er über die Stuhllehne gehängt, und nun zog er die
Wischerblätter aus der Tasche und gab sie ihr. „Hier."

Sie runzelte die Stirn.

„Sie waren noch nicht bei Ihrem Wagen?"

„Nein."

„Nun, ich glaube, die hier werden Sie brauchen."

Sie lächelte verschmitzt und nahm die Wischerblätter entgegen. Ihr
Freund lachte.

„Quitt?", fragte Ed.

Sie kniff die Augen zusammen. „Das müssen wir erst mal sehen."

„Wenn Ihr Freund nicht so groß und kräftig wäre, hätten Sie echt
Ärger bekommen, das kann ich Ihnen sagen."

„Das ist mein Cousin David."

Es waren die schönsten Worte, die Ed an diesem Tag gehört hatte. Er
streckte die Hand aus. „Edward Tully. Nett, Sie kennen zu lernen."

David sagte, es freue ihn ebenfalls. Er hatte einen Händedruck wie ein Schraubstock. Ed wandte sich wieder der Frau zu, in die er schon jetzt verliebt war. Sie ergriff seine Hand.

„Julia Bishop", sagte sie. Ihre Hand war angenehm kühl und sanft.

Sie lächelte, entschuldigte sich erneut, verabschiedete sich und ging mit ihrem Cousin zur Tür. Ed stimmte einen weiteren Beatles-Song an, ein Liebeslied mit dem Titel „Julia", das er seit Jahren nicht mehr gespielt hatte. Doch falls Julia es erkannte, ließ sie sich nichts anmerken. Sie trat mit ihrem Cousin hinaus in die Dunkelheit, ohne sich noch einmal umzudrehen.

ALS ED eine halbe Stunde später zu seinem Wagen ging und sich immer noch verfluchte, dass er nicht nach ihrer Telefonnummer gefragt hatte, entdeckte er, dass seine Wischerblätter fehlten und unter einem der Wischerarme ein Zettel klemmte. *Ich habe etwas gelernt*, las er auf der einen Seite. Ed drehte die Nachricht um. Auf der Rückseite stand eine Telefonnummer.

Es hatte aufgehört zu regnen.

3 Um zwölf Uhr mittags kamen die Feuerspringer. Paarweise stürzten sie aus dem Flugzeug ins Leere. Die Fallschirme bauschten sich beim Öffnen, zerrten mit einem Ruck an ihrem Körper und ließen sie wie Quallen in einem himmlischen Ozean schweben.

Ihr Team bestand aus sechs Männern und zwei Frauen, die alle sicher im Zielgebiet, einer schmalen, kaum vierzig Meter breiten Lichtung, landeten. Sie legten die Fallschirme und Overalls ab und verstauten sie, nahmen Kettensägen, Feuerwehräxte und Schaufeln aus den separat abgeworfenen Säcken und begannen gleich darauf, eine Schneise gegen das Feuer zu schlagen.

Der Gipfel, der über ihre Arbeit wachte, hieß Iron Mountain. Das Feuer war am Morgen von einem Ranger entdeckt worden und hatte, angefacht von einem auffrischenden Westwind, schon mehr als vierzig Hektar Wald vernichtet. Wenn es weiter nach Osten zog oder eine nördliche Richtung einschlug, bestand kaum ein Risiko. Doch im Süden und Westen lagen Ranches und Hütten, die bei drehendem Wind in höchstem Maß gefährdet waren. Deshalb hatte man die Feuerspringer angefordert.

An einem Kalksteinkamm entlang schlugen sie einen etwa einen Meter breiten und achthundert Meter langen Graben in den Südhang des

Berges. Sie arbeiteten in Gruppen in jeweils gut zehn Meter Abstand voneinander; zuerst die Leute mit der Säge, dann eine Mannschaft, die die gefällten Bäume und Äste aus dem Weg räumte, und zuletzt die Gräber. Sie sägten, hackten, schürften und gruben, bis die nackte Erde erreicht war, sodass das Feuer bei seiner Ankunft keine weitere Nahrung finden würde.

Danach ruhten sie sich schweißnass und erschöpft aus. Ihre gelben, feuersicheren Hemden und ihre grünen Hosen waren voller Erd- und Ascheflecken. Etwa fünf Meter von den anderen entfernt, stand als Letzter in der Reihe ein großer, schlanker junger Mann mit blassblauen Augen und hellblondem, von Schweiß verklebtem Haar. Er war 26 Jahre alt und hieß Connor Ford. Es war sein erster Sprung in dieser Saison gewesen. Und obwohl er erschöpft war und seine Lunge vom Rauch brannte, gab es keinen Ort auf der Welt, an dem er lieber hätte sein wollen.

Er fuhr sich mit der Hand über die Stirn und öffnete seine Feldflasche. Das Wasser schmeckte warm und metallisch. Obwohl es erst Ende Mai war, herrschten Temperaturen wie im Hochsommer. Connor schätzte, dass es über dreißig Grad waren. Es hatte das Jahr über kaum geregnet, und wenn es so weiterging, würde es ein Sommer der Waldbrände werden. Auf ihrem Stützpunkt in Missoula stellten manche Kollegen schon Überlegungen an, wofür sie ihre Überstunden- und Gefahrenzulage ausgeben könnten. Zwei Abende zuvor hatte Connor Ed angerufen und ihm gesagt, er solle das neue Auto, das er sich kaufen wollte, schon einmal anzahlen. Ed und seine sagenhafte Freundin, von der er seit Monaten redete, wollten ihn am kommenden Wochenende in Montana besuchen. Es war das erste Mal, dass Ed den Beginn der Saison verpasst hatte, was nur bewies, was für einen schädlichen Einfluss eine Frau auf einen Mann haben konnte.

Connor hörte, wie Hank Thomas, der Einsatzleiter, ein Stück hangaufwärts das Kommando zum Weitermachen gab. Connor verstaute die Feldflasche und wollte gerade seinen Rucksack schultern, als ein seltsames Geräusch ihn stutzen ließ. Es war sehr leise, wie ein abgewürgter Schrei, und schien von jenseits des Kammes aus dem Feuer zu kommen. Er blickte hoch, sah jedoch nichts. Doch plötzlich bemerkte er, wie sich etwas, was er zunächst für einen brennenden Zweig hielt, über den nackten Felsgrat erhob. Es dauerte einen Moment, bis er erkannte, dass es kein Zweig war.

Es war ein großer Elch. Jedes Härchen seines Fells war verbrannt, die darunter liegende Haut verkohlt. Sein gewaltiges Geweih loderte wie eine Fackel. Das Tier erklomm den Felskamm und trat dabei eine kleine

Lawine von Steinen los. Als es schließlich Halt gefunden hatte, sah es Connor.

Lange Zeit starrten sie einander an. Connor spürte kalten Schweiß im Nacken. Unendlich langsam tastete er nach der kleinen Leica in seiner Tasche, spürte, wie frischer Wind aufkam, und beobachtete, wie die Flammen am Geweih des Elchs seitwärts züngelten, während das Feuer in seinem Rücken wie ein von Unheil kündender Chor brüllte.

Das Tier war jetzt in seinem Sucher und hob stolz den Kopf, als würde es für ein Porträt posieren. Connor drückte auf den Auslöser. Beim klickenden Geräusch des Verschlusses drehte der Elch sich um und war im nächsten Moment verschwunden. Von Ferne hörte er eine Stimme, die ihn rief. „He, Connor! Wir haben hier ein Feuer zu bekämpfen!"

Er nahm seinen Rucksack und schwang ihn über die Schultern.

In JENER Nacht schliefen sie ein paar Stunden in einer windgeschützten Kuhle des Hangs, auf dem die Flammen bereits gewütet hatten. Sie arbeiteten schichtweise und suchten nach heißen Stellen, wo das Feuer in Wurzeln, Baumstümpfen und Felsspalten weiterglühte. Und währenddessen hörte man das gedämpfte Brüllen des Feuers, das hinter dem Hang wütete, als wollte es ihnen zu verstehen geben, dass es noch lange nicht fertig war.

Gegen eins wachte Connor hungrig und frierend auf. Er zog seinen Schlafsack über die Schultern, drehte sich auf den Rücken und versuchte die Sternbilder zu deuten, wie sein Vater es ihn gelehrt hatte. Als sein Vater gestorben war und ihn und seine Mutter hoch verschuldet zurückgelassen hatte, war Connor vierzehn gewesen. Seither war kein Tag vergangen, an dem er nicht an ihn gedacht hatte, und keine Nacht wie diese, in der er nicht die Sterne betrachtet und sich der Stimme seines Vaters erinnert hätte.

Das Bild des brennenden Elchs hatte Connor die ganze Nacht verfolgt. Damit war er eingeschlafen, und nun trat es ihm wieder vor Augen und schob sich vor die Sterne am Himmel. Er fragte sich, ob der Elch überlebt hatte, und wenn ja, wo er jetzt seine einsame Wache hielt.

Erleichtert hörte er, wie Hank Thomas die noch schlafenden Kollegen weckte. Connor setzte sich auf, rieb sich die Augen und schaltete die Helmlampe ein. Dann krabbelte er aus seinem Schlafsack und begann seine Ausrüstung zusammenzupacken.

„Und wann wird uns dein nichtsnutziger Musikerfreund mit seiner Anwesenheit beehren?", fragte Hank.

„Der schwebt am Samstag ein."

„Ich hab gehört, er ist verliebt."

„Muss er wohl sein. Er bringt sie mit."

„Ist sie auch bei der Brandabwehr oder was?"

„Nein", erwiderte Connor. „Sie ist Lehrerin und arbeitet für irgendein Naturprojekt mit straffällig gewordenen Kindern und Jugendlichen."

„Das kenn ich", meinte Hank. „In der Gegend um Helena. Gute Sache."

Hanks Funkgerät erwachte krächzend zum Leben, und alle verstummten, um zuzuhören. Ein Hubschrauber war unterwegs, um aus der Luft Wasser auf die Flanke des Feuers zu schütten, die ganz in ihrer Nähe lag. Hank meldete zurück, dass er mit seiner Mannschaft weiterziehen und eine neue Schneise schlagen werde. Kurz darauf waren alle marschbereit.

ALS SIE zu ihrem Stützpunkt zurückkamen, war es Freitagabend, kurz vor Mitternacht. Bei der Rückfahrt nach Missoula war Connor so müde, dass er fast am Steuer seines Pick-up einschlief. Zu Hause ließ er sich vollständig bekleidet aufs Bett fallen und schlief zwölf Stunden durch.

Er hatte zusammen mit Ed dieselbe Zweizimmerwohnung gemietet wie im Sommer zuvor. Sie lag im obersten Stockwerk eines hellblauen, baufälligen Holzhauses im Osten der Stadt, am der Universität gegenüberliegenden Ufer des Flusses.

Kurz nach Mittag schlug Connor die Augen auf. Er zog die nach Qualm riechenden Kleider aus, duschte und rasierte sich und zog eine Jeans und ein weißes T-Shirt an. Nachdem er sich eine Kanne Kaffee gekocht und ein kräftiges Frühstück aus Schinken, Eiern und Bratkartoffeln bereitet hatte, ging es bereits auf zwei Uhr zu. Bevor Ed und Julia ankamen, blieb ihm gerade noch genug Zeit, um den Film, den er oben auf dem Berg vollgeknipst hatte, zu entwickeln.

Die Dunkelkammer, die Connor benutzte, lag eingezwängt zwischen mehreren Garagen in einer Nebengasse der North Higgins Street. Es war ein schmaler Raum mit einem Studio auf der einen und einer abgetrennten Dunkelkammer auf der anderen Seite. Das Studio gehörte einer früheren Freundin von ihm, einer Fotografin namens Trudy Barratt, die hauptsächlich für die lokale Zeitung arbeitete. Trudy hatte ihm den Schlüssel ihres Studios gegeben, damit er nach Belieben dort arbeiten konnte.

Connor schloss die Tür auf und schaltete das Licht ein. Die Luft war schwül und roch nach Chemikalien, darum ließ er die Tür offen, bis er die Lüftung eingeschaltet hatte. Als alles vorbereitet war, schloss Connor die Tür, schaltete das große Licht aus und zog den Film aus der Tasche. Er arbeitete sorgfältig und ließ sich Zeit.

Connor hatte schon als Kind damit begonnen, Fotos zu machen, und seit seiner Teenagerzeit hatte er sich hier und da ein paar Dollar dazuverdient, indem er Fotos von Ski- und Klettertouren an Magazine verkauft hatte. Doch erst mit dem Feuerspringen war schließlich seine erste große Chance gekommen.

In Eds und seiner ersten Saison vor drei Jahren, einem der trockensten Sommer seit Einführung der Wetterstatistik, hatten Waldbrände landesweit die Schlagzeilen der Zeitungen beherrscht, vor allem das Feuer, das im Yellowstone-Park wütete. Connor, der stets seinen Fotoapparat, eine billige Pocketkamera, dabeihatte, schoss eines Tages eher zufällig ein atemberaubendes Bild von Ed, der mit erhobener Feuerwehraxt allein auf einem Gebirgskamm stand – eine Silhouette vor einer hohen Flammenwand.

Trudy Barratt stellte den Kontakt zu einer Fotoagentur in New York her, und das Bild erschien auf der Titelseite der *New York Times* und in Zeitungen und Magazinen auf der ganzen Welt. Connor verdiente eine Menge Geld, mit dem er nicht nur alle Schulden für die Ranch bezahlen, sondern auch noch ein paar neue Kameras und Objektive anschaffen konnte. Im Herbst ließ Ed das Yellowstone-Foto mit seiner Silhouette auf 1,50 Meter Breite vergrößern und hängte es sich zu Hause in Boston an die Wand. Er behauptete, dass es wahre Wunder für sein Liebesleben bewirke.

Kennen gelernt hatten die beiden sich, als Ed im ersten Jahr an der Universität von Missoula studierte, während Connor sich fragte, ob er sein Leben lang Rancharbeiter bleiben wollte. Jeden Sommer wurden im gesamten Westen vom Forest Service Aushilfen für die Brandbekämpfung im Hinterland gesucht, was längst nicht so aufregend und ruhmreich war wie das Abspringen mit Fallschirmen aus Flugzeugen. Doch man musste mehrere Sommer Erfahrung vorweisen können, bevor man sich überhaupt als Feuerspringer bewerben konnte. Connor und Ed hatten sich Seite an Seite in einem Team wieder gefunden, das einen Feuergraben zog, und Connor, schon eine Saison weiter, hatte es dem Greenhorn vom College nicht gerade leicht gemacht.

In der harten Männerwelt der Feuerbekämpfer war Edward Cavendish Tully ein leichtes Opfer gewesen. Er stammte aus einer wohlhabenden Familie in Lexington, Kentucky, studierte Musik, sprach mit einem leichten Südstaatenakzent und sah auf eine fast aristokratische Weise

FEUERSPRINGER 183

gut aus – Grund genug, ihn gnadenlos aufzuziehen. Doch er konnte es an Fitness und Ausdauer mit den Besten aufnehmen und reagierte auf Hänseleien der anderen mit so viel Humor, dass er bald bei der ganzen Truppe beliebt war.

In Connors Augen stieg Eds Ansehen sogar noch mehr, als er erfuhr, dass dieser seit seinem siebten Lebensjahr Diabetiker war und sich vor jeder Mahlzeit selbst Insulin spritzen musste. Ed hatte einige Schwierigkeiten, die Verantwortlichen für die Auswahl auf dem Stützpunkt in Missoula zu überzeugen, dass sein Diabetes kein Problem für die Arbeit darstellte. Doch er schaffte es schließlich, ihre Befürchtungen auszuräumen, und in der Ausbildung zeigte er herausragende Leistungen.

Außerdem spielte er als Leadgitarrist in einer Collegeband und beherrschte Solos in praktisch jedem Stil, von Van Halen bis Jimi Hendrix. Die Bekanntschaft mit Ed lehrte Connor, wie falsch es war, Menschen nach ihrer Herkunft oder ihrem Vermögen zu beurteilen.

Es war ein klassischer Fall von Gegensätzen, die sich anziehen: Ed, der extrovertierte Intellektuelle, der stets einen Witz oder eine Meinung parat hatte, und Connor, der ruhige, wortkarge Zeitgenosse. Was sie jedoch gemeinsam hatten, war die Liebe zur Natur. An ihren freien Tagen unternahmen sie Angel-, Kletter- und Kanutouren. Bei den Bränden, die sie in jenem ersten Sommer bekämpften, entstand eine tiefe und dauerhafte Freundschaft.

Nach seinem Abschluss in Missoula war Ed zurück in den Osten gegangen, hatte in Boston ein weiterführendes Studium absolviert und sich dort niedergelassen. Irgendwie schaffte er es, jeden Sommer für ein paar Monate nach Montana zu kommen, wo die beiden gemeinsam Brände bekämpften und viel Spaß miteinander hatten. Ed liebte es, auf Connors Ranch auszuhelfen. Sie war nicht weit entfernt, und seit dem Tod von Connors Vater mussten er und seine Mutter fast alles allein erledigen, was auch der Hauptgrund dafür war, dass Connor nie studiert hatte.

Von dem Film, den Connor jetzt entwickelte, interessierte ihn in Wahrheit nur eine einzige Aufnahme. Sein Herz begann schneller zu schlagen, als er das Negativ ins Licht hielt und sah, dass das Bild existierte. Nachdem das Negativ getrocknet war, ging er gleich dazu über, ein Achtzehn-mal-vierundzwanzig-Papier zu belichten und es in die Wanne mit dem Entwickler zu legen, den er behutsam hin und her schwenkte, damit die Flüssigkeit sich gleichmäßig über das Papier verteilte. Genau wie auf dem Berg tauchte der Elch langsam aus dem Weiß auf wie aus einer Rauchwolke.

In dem Bruchteil eines Augenblicks, in dem Connor auf den Auslöser gedrückt hatte, hatte das Tier den Kopf gehoben und ein wenig zur Seite gewandt, sodass die Flammen um sein Geweih wie ein gezackter Streifen aussahen. Doch es waren weder das Geweih, noch waren es die Flammen, die auf dem verkohlten schwarzen Rücken des Elchs züngelten, die Connor erschauern ließen. Es war der Ausdruck im Auge des Tiers. Die Botschaft, die er vermittelte, war nicht so sehr nackte Angst als vielmehr eine bange Warnung.

EINES der vielen Dinge, die Julia an Ed bewunderte, war die Mühelosigkeit, mit der er einschlafen konnte. Egal, wie viel Lärm oder sogar Chaos um ihn herum herrschte, er konnte einfach die Augen schließen, den Kopf anlehnen, und noch bevor man bis zwanzig gezählt hatte, war er eingeschlummert. In diesem Fall war sein Kissen Julias Schulter. Ed hatte darauf bestanden, dass sie den Platz am Fenster bekam, damit sie die bessere Sicht auf Montana hatte, wenn sie den Staat überflogen. Sie wollte ihn nicht wecken. Sie mochte das Gefühl seines Atems an ihrem Hals.

Inzwischen war es vier Monate her, dass Ed angerufen hatte, um seine Wischerblätter zurückzufordern, und Julia war ein wenig schockiert darüber, wie schnell aus ihrer Begegnung mit Ed das geworden war, was ihre Mutter „was Ernstes" nannte.

Schon als Ed all diese Songs nur für sie gespielt hatte, hatte es sie erwischt, und sie war auf Anhieb schwach geworden. Zumindest fast auf Anhieb – bei ihrer dritten Verabredung hatten sie miteinander geschlafen. Und wenn er ein wenig mehr gedrängt und ihre Zimmergenossin nicht die ganze Zeit neugierig bei ihnen gesessen hätte, wäre Julia bestimmt schon bei seinem ersten Besuch in seine Arme gesunken.

An jenem Abend, als Ed in Julias Wohnung gekommen war, um seine Wischerblätter abzuholen, hatten sie eine Flasche Wein aufgemacht und danach noch eine und hatten bis zwei Uhr in der Früh dagesessen und geredet.

Jetzt, vier Monate später, konnten Ed und Julia immer noch nicht die Hände voneinander lassen, und die Vorstellung, den ganzen Sommer getrennt zu verbringen, gefiel keinem von beiden. Deshalb hatte Ed Julia vorgeschlagen, sich einen Ferienjob in Montana zu besorgen, was für sie nicht mehr Aufwand als ein Telefongespräch bedeutete.

Während des Studiums hatte Julia jeden Sommer in Colorado für eine Organisation namens WAY, „Wilderness And Youth" (Wildnis und Jugend), gearbeitet, die ein spezielles Programm für straffällig gewordene

Jugendliche durchführte. In Gruppen von jeweils zwölf Personen wurden sie, ausgestattet nur mit Wanderschuhen, einem Schlafsack, einem wasserdichten Poncho und einer Plane, ins Hinterland gebracht. Mit Unterstützung und unter Aufsicht von vier geschulten Begleitpersonen, darunter auch Julia, mussten sie lernen, in der Wildnis zu überleben.

Julia hatte immer geglaubt, Malerin werden zu wollen, doch die Erfahrung dieser letzten drei Sommer – die atemberaubende Verwandlung scheinbar hoffnungslos ins gesellschaftliche Abseits geratener Jugendlicher in selbstständige, sozial denkende junge Erwachsene – hatte sie so nachhaltig beeindruckt, dass sie ihre Pläne änderte. Sie hatte einen Abschluss in Pädagogik gemacht und arbeitete seitdem als Kunsttherapeutin an einer Sonderschule in Boston.

Vor zwei Jahren hatte WAY ein zweites Zentrum in Helena, Montana, eröffnet, und auf eine einzige telefonische Anfrage hin war Julia für den Sommer engagiert. Glen Nielsen, Chef des WAY-Außenteams in Colorado, war als Leiter der neuen Einrichtung nach Montana gegangen, und als Julia ihn anrief, erklärte er, er wäre begeistert, wenn sie kommen würde.

Wie oft Ed und sie sich sehen würden, wusste sie nicht. Die WAY-Teams arbeiteten schichtweise. Man war acht Tage mit seiner Gruppe zusammen, bevor ein anderes Team übernahm, während man selbst eine sechstägige Pause einlegte. Ed hatte entweder freitags und samstags oder sonntags und montags frei.

Julia spürte, wie Ed sich an ihrer Schulter regte. Er küsste sie auf die Wange. Sie musste sich vorbeugen, um die vor ihnen liegenden, östlichen Hänge der Rockys zu sehen. Wenig später lagen dieselben Gipfel winzig klein unter ihnen. Sie überflogen die große Wasserscheide und glitten in einem sanften Bogen über die Westhänge der Rocky Mountains, die sich dicht bewaldet in zahllosen Grünschattierungen unter ihnen erstreckten, nur unterbrochen von Seen, in denen sich der Himmel spiegelte. Schließlich begann der langsame Anflug auf Missoula. Die undurchdringlichen Wälder machten einem Tal mit Viehweiden Platz. Ed sagte, er hätte jedes Mal das Gefühl, nie fort gewesen zu sein. Beim Anblick dieser Landschaft rege sich in ihm eine Sehnsucht, die ihrer Erfüllung entgegenstrebe.

Als sie aus dem Flugzeug stiegen, stank die Luft nach Kerosin und heißem Asphalt, doch Ed saugte sie ein, als handle es sich um ein köstliches Aroma. Er legte den Arm um Julia, und gemeinsam gingen sie Richtung Ausgang.

„Das ist er." Ed winkte, und durch die Glasscheibe der Ankunftshalle sah Julia einen großen jungen Mann mit blondem Haar, der seinen Cowboyhut schwenkte. Die Schlange der Passagiere kam nur langsam voran, sodass es eine Weile dauerte, bis sie schließlich in die Halle traten, wo Connor geduldig wartete.

Ed breitete die Arme aus, und sie umarmten sich und klopften sich gegenseitig ausgiebig auf die Schulter.

„He, alter Junge", sagte Ed. „Wie geht's?"

„Gut. Und jetzt, wo ich dich sehe, noch besser." Connor wandte sich Julia zu und streckte seine Hand aus. „Ich nehme an, dass du die berühmte Julia bist. Willkommen in Montana."

„Danke."

Seine Hand war hart und schwielig, und er versenkte seinen Blick so tief in den ihren, dass sie sich wie ertappt vorkam und das Gefühl hatte, er könnte in ihren Kopf sehen.

Auf dem Weg zu den Gepäckbändern bombardierte Ed Connor mit Fragen. Er wollte wissen, wer in diesem Sommer im Team war, welche Brände sie bisher bekämpft hatten und so weiter. Connor antwortete geduldig und achtete darauf, sich nicht nur an Ed, sondern auch an Julia zu wenden.

Als sie die beiden beobachtete und ihr Gespräch verfolgte, konnte sie verstehen, warum Connor Eds bester Freund war. Connor strahlte eine Ruhe und Zurückhaltung aus, die wie ein Gegenpol zu Eds extrovertierter Art wirkte. Beim Reden ertappte er sie hin und wieder dabei, wie sie ihn anstarrte, doch er lächelte nur, und sie lächelte zurück.

Endlich kamen ihre Koffer, und sie schoben alles auf einem Gepäckwagen zum Parkplatz und stellten es auf die Ladefläche von Connors altem hellblauem Chevy-Pick-up. Dann kletterten sie in das Fahrerhäuschen, wo sie während der Fahrt nach Missoula zu dritt nebeneinander saßen.

An jenem Abend aßen sie in einem kleinen Restaurant auf der anderen Seite des Clark Fork River und schlenderten hinterher über die Brücke zurück. In der Wohnung setzte Connor Kaffee auf, und sie saßen eine Zeit lang plaudernd um den Küchentisch. Ed wollte wissen, was das Fotografieren machte, und Connor antwortete, dass er in letzter Zeit ein paar kleinere Aufträge gehabt habe, das Geschäft aber ansonsten sehr flau sei. Er stand auf und holte einen großen braunen Umschlag, aus dem er ein Bild zog, das er, wie er sagte, erst am Nachmittag entwickelt habe. Er gab es zuerst Ed, der Julia gegenübersaß.

FEUERSPRINGER 187

Ed riss die Augen auf. „*Wow!* Was um alles in der Welt ist das? Ein Elch?"

„Ja. Er ist direkt aus den Flammen gekommen. In einem Moment war er da und im nächsten wieder verschwunden."

„Mann, Connor, das ist ein infernalisches Bild."

Ed reichte es Julia. Als sie es sah, stockte ihr der Atem.

„Es ist furchtbar."

Ed lachte. „Na, das ist ja ein tolles Kompliment."

Doch Connor lachte nicht. Er starrte sie eindringlich an, als wüsste er genau, was sie meinte.

Sie gab ihm das Bild zurück. „Tut mir Leid, aber ich kann mir das nicht ansehen."

Connor nahm ihr das Foto wortlos ab und schob es zurück in den Umschlag. Ed machte einen Witz darüber, dass Julia eine ebenso strenge Kritikerin seiner Musik sei, doch sie war so fassungslos, dass sie das gar nicht mitbekam. Unvermittelt stand sie auf.

Ed sah sie besorgt an. „Julia? Alles in Ordnung?"

„Tut mir Leid, ich bin einfach nur müde. Ich lass euch jetzt allein."

Sie küsste Ed auf den Kopf, und er versprach gleich nachzukommen.

„Gute Nacht, Connor."

„Nacht, Julia."

Sie putzte sich im Badezimmer die Zähne, ging in Eds Zimmer und zog sich aus. Dann legte sie sich ins Bett, löschte das Licht und zog sich gegen das innere Frösteln, das sie, seit sie Connors Foto gesehen hatte, trotz der Wärme spürte, die Decke über die Schultern. Sie konnte das Bild nicht aus ihrem Kopf verbannen. Ed hatte es ein „infernalisches Bild" genannt, ohne zu begreifen, dass es genau das war – ein Bild aus der Hölle. Aber Connor hatte es verstanden.

4 Der Adler stieg bedächtig in Kreisen aufwärts, getragen von der thermischen Strömung. Sein Schatten glitt über die Wand der Schlucht, die in der Nachmittagssonne ockerfarben glühte. Hin und wieder stieß der Adler einen Ruf aus, der wie ein trauriges Echo in der Schlucht unter ihm verhallte. Was der Vogel von der Gruppe Menschen hielt, die sich hundert Meter tief unter ihm mit gesenkten Köpfen und gebeugten Schultern, schweißnass und verdreckt, langsam einen steilen Pfad entlang eines ausgetrockneten Bachbetts hinaufkämpfte, war unmöglich zu sagen, doch nie hatte sein Klageruf besser gepasst.

Sie sahen aus wie Pilger, die nicht nur vom Weg, sondern auch vom rechten Glauben abgekommen waren, oder Flüchtlinge, denen nichts geblieben war als Kummer und Selbstmitleid. Und im Grunde genommen waren das auch alle – mit Ausnahme von vieren.

Als sie sich durch ein Gestrüpp aus toten Kiefern gekämpft hatten, die von den Sturzbächen entwurzelt worden waren, die zur Schneeschmelze im Frühling durch die Schlucht rauschten, machten sie Halt. Eine Person verließ stolpernd den Weg und versteckte sich hinter einer Gruppe von Krüppelweiden.

„Wir wollen dich rufen hören, Skye! Du musst deine Nummer rufen!"

Im Schutz des Gebüschs hockte Skye McReedie, Halbblut, Polizistenmörderin und ein insgesamt hoffnungsloser Fall, die Hose in den Kniekehlen, mit zusammengebissenen Zähnen, und pinkelte in den Staub. Sie wollte verflucht sein, wenn sie dieses bescheuerte Kinderspiel mitmachte.

„Wenn du nicht rufst, Skye, müssen wir dich suchen kommen."

Skye schloss die Augen, um ihre Wut zu unterdrücken. Es war so erniedrigend. Sie konnte nicht mal in Ruhe pinkeln, ohne einen von ihnen am Hals zu haben. Am schlimmsten war diese arrogante Zimtzicke Julia. Und natürlich war sie es, die wieder mal keifte. Dabei war sie immer so verdammt nett. Man sollte meinen, dass sie als Frau verstehen würde, wie schwer das alles für Skye war. Diese beschissene Truppe von Sträflingen bestand aus insgesamt zehn Jugendlichen, und Skye war das einzige Mädchen.

„Okay, tut mir Leid, Skye, aber wir kommen jetzt da runter!"

„Leck mich doch", murmelte Skye. Wütend zerrte sie ihre Hose hoch. „Sieben!", rief sie. „Sieben!"

Sie trat stampfend hinter den Büschen hervor und brüllte weiter ihre Nummer, bis sie die anderen eingeholt hatte und direkt vor Julia stand.

„Sieben! Sieben! Sieben! Okay? Ist das jetzt okay?"

„Ja, Skye. Das ist prima. Danke."

Mitch, der selbst ernannte Wortführer der Gruppe, ließ einen blöden Spruch darüber los, warum manche Frauen andere immer anpissen müssen, und Skye fuhr herum und erklärte ihm, er solle seine verdammte Klappe halten, sonst würde sie ihm die Zähne einschlagen.

Mitch glotzte sie mit einem Blick verletzter Unschuld an und erntete leises Gelächter. Mit siebzehn war er der Älteste in der Gruppe. Er war groß, dunkelhäutig, muskulös und wusste ganz genau, wie clever und gut aussehend er war. Skye konnte ihn nicht ausstehen.

„Okay, okay, alle mal herhören", sagte Julia. „Wir gehen weiter."

Die Jugendlichen stöhnten, aber mithilfe der anderen Leiter – Scott, Katie und Laura – wurden sie in Reih und Glied aufgestellt, und nachdem alle einen Schluck Wasser aus ihren Feldflaschen genommen hatten, schulterten sie ihre Rucksäcke und machten sich wieder auf den Weg.

Als der Richter sie zur Teilnahme an diesem Programm verdonnert hatte, hatte Skye nicht gewusst, worum es ging. Sie hatte nur gewusst, dass es auf jeden Fall besser klang als das Gefängnis, in das man Sean, den Wahnsinnigen, gesteckt hatte. Und im ersten Monat war es auch echt locker zugegangen.

Sie hatten in leer stehenden Baracken außerhalb von Helena gewohnt, und obwohl es nervte, das einzige Mädchen zu sein und in aller Herrgottsfrühe für lauter idiotische Sachen wie Joggen, Gymnastik und den Fahnenappell aufzustehen, musste man die übrige Zeit bloß rumhängen und sich „evaluieren" lassen. Das bedeutete, dass man ständig dieselben blöden Fragen beantwortete, die einem die Bewährungshelfer, Sozialarbeiter und Psychologen schon eine Million Mal gestellt hatten.

Nach einem Monat in Helena hatte man ihnen in der vergangenen Woche eines Abends plötzlich einen Schlafsack und ein paar andere Sachen gegeben, sie in einen Bus verfrachtet und vier Stunden später am Ende der Welt wieder ausgeladen. Sie waren danach zwei Tage lang fünfzig Kilometer durch die Berge gewandert – wahrscheinlich um ihren Willen zu brechen oder so, dachte Skye, die einfach mit gesenktem Kopf getan hatte, was man von ihr verlangte.

Am dritten Abend hatten sie eine Lichtung erreicht, wo Glen, der Direktor des Programms, und einige andere Mitarbeiter sie alle lächelnd und fröhlich scherzend empfingen und ihnen schulterklopfend versicherten, wie großartig sie sich geschlagen hätten.

Als sie an jenem ersten Abend ums Lagerfeuer versammelt saßen, hatte Glen ihnen erklärt, dass sie lernen würden, wie man mit einem Bogenbohrer Feuer machte wie die Indianer (er nannte sie „amerikanische Ureinwohner", wie man es heutzutage ausdrückte, wenn man keinen Anstoß erregen, sondern den so Angesprochenen ein Gefühl von Stolz oder so vermitteln wollte). Glen sah aus wie ein alter Hippie. Er hatte einen langen blonden Pferdeschwanz und einen dünnen Bart. Als er die Geschichte mit dem Bogenbohrer erzählte, sah er Skye an, als ob sie als Halbindianerin bereits wüsste, wie man auf diese Weise ein Feuer entzündete. Originelle Idee.

Jedes Mitglied der Gruppe, fuhr er fort, müsse diese Technik beherrschen, denn jeden Abend sei ein anderer mit Feuermachen an der Reihe.

Und wenn er oder sie es nicht schaffte, würde es an diesem Abend kein warmes Essen geben. Er hatte gut reden, am nächsten Morgen übertrug er einfach Julia die Verantwortung und fuhr mit seinem Transporter nach Hause.

Sie hatten im Wald geeignetes trockenes Holz gesucht und sich jeder ein eigenes kleines Bogenbohrerset gebastelt. Und in den seither vergangenen fünf Tagen hatten bis auf zwei auch alle gelernt, wie man es benutzte. Nur Skye und ein Junge namens Lester noch nicht, dessen Gehirn von dem ganzen Crack, das er geraucht hatte, total hinüber war. Skye glaubte, dass es ihr nicht schwerfallen würde, mit dem Bogenbohrer ein Feuer zu entfachen, aber sie wollte es erst gar nicht versuchen. Am Abend zuvor war sie an der Reihe gewesen, und alle hatten kalt essen müssen. Das hatte sie nicht gerade beliebter gemacht, aber wen kümmerte das schon?

Die Wanderungen waren nach jenem ersten Gewaltmarsch weniger strapaziös geworden. Sie wussten nicht, wo sie sich befanden oder wohin sie unterwegs waren, und wenn jemand fragte, reagierte Julia nur mit ihrem nervig netten Lächeln und erklärte, dass der Weg und nicht das Ziel entscheidend sei.

Skye war einer von Julias „persönlichen Schützlingen", was bedeutete, dass sie angeblich diese ganz besondere Beziehung zueinander hatten. Wenn sie Hilfe brauchte, sollte Skye sich an sie wenden, sich an ihrer Schulter ausheulen und ihr die tiefsten Geheimnisse anvertrauen. Denkste! Julia ging hinter ihr, als sie jetzt den Hang der Schlucht erklommen. Vor ihr marschierte Byron, ein Junge aus Great Falls, der bei einem Raubüberfall einen Menschen erstochen hatte. Er hatte rote Haare, und seine Haut war weiß wie die eines Albinos. Skye mochte Byron. Er versuchte, sich genauso hart zu geben wie alle anderen, aber manchmal konnte man erkennen, was für ein sanfter und netter Junge er eigentlich war. Als Einziger in der Gruppe ging er freundlich auf Skye zu. Die anderen redeten nur mit ihr, wenn sie mussten, bis auf Mitch, der keine Gelegenheit ausließ, sie zu ärgern, vor allem, wenn die Leiter außer Hörweite waren.

Das Licht in der Schlucht verblasste. Einen Kilometer lang war ihr Pfad steil und tückisch. Als sie schließlich einen Bergkamm umrundet hatten, tat sich vor ihnen eine grasbewachsene Ebene mit einem See in der Mitte auf. Am Horizont fielen die letzten Strahlen der Sonne auf die Berge, deren Gipfel sie den ganzen Tag immer wieder gesehen hatten. Ihr Spiegelbild schimmerte rosafarben auf der Oberfläche des

Sees. Wie auf Kommando blieb die ganze Gruppe stehen, um den Blick zu genießen.

„Schlagen wir hier unser Lager auf?", fragte Byron.

„Genau", antwortete Julia.

„Cool."

„Und, gefällt es dir auch, Skye?"

Skye zuckte die Achseln. „Ist mir egal."

SIE SASSEN in einem Kreis um das Feuer und wärmten ihre Füße an den Flammen. Dies war Lesters Feuer, und jeder konnte sehen, wie stolz er war. Er saß aufrecht, den Kopf erhoben, mit einem schiefen Lächeln im Gesicht. Julia beobachtete ihn von der anderen Seite des Feuers, und bei seinem Anblick wurde ihr warm ums Herz.

Lester war 15 Jahre alt, und die meiste Zeit seines Lebens hatte er in öffentlichen Einrichtungen verbracht. Mit zehn hatte er sein erstes Auto gestohlen und demoliert, dann hatte er angefangen, Drogen zu nehmen, und war schnell in einen Teufelskreis aus Diebstahl und Betrug geraten, um seine Sucht zu finanzieren. Vor zwei Jahren hatte er eine Überdosis genommen und drei Tage im Koma gelegen, was bleibende Schäden hinterlassen hatte. Er sprach undeutlich und lallend, und wenn er eine leichte Aufgabe wie das Binden seiner Schuhe bewältigen musste, stürzte sein Gehirn bisweilen ab wie ein Computer, sodass er wie versteinert ausharrte, bis ihm jemand weiterhalf. Doch an diesem Abend sonnte er sich im Glanz des Feuers und strahlte alle Welt an.

Skye saß neben Lester und starrte ins Feuer. Sie sah so traurig und schön aus, dass Julia den Impuls niederkämpfen musste, einfach aufzustehen und sie zu umarmen. Als Lester es geschafft hatte, ein Feuer zu entzünden, hatte Julia in Skyes Gesicht die Erkenntnis aufblitzen sehen, dass sie jetzt das einzige Hindernis war, das noch zwischen der Gruppe und ihrer täglichen warmen Mahlzeit am Abend stand. Obwohl es Julia drängte, das Mädchen zu trösten und zu beschützen, war es wichtig, dass sie genau das nicht tat. Eines der Hauptziele des Programms bestand darin, diese Jugendlichen zu sozialisieren, indem ihnen bewusst gemacht wurde, welche Wirkung ihre Handlungen auf andere hatten. Skyes Weigerung, ein Feuer zu entzünden, war anfangs nicht viel mehr als eine Provokation gewesen, um Aufmerksamkeit zu erregen. Doch inzwischen hatte es sich zu einer Frage der Ehre entwickelt, und je massiver der Druck auf sie wurde, desto größer wäre ihr Gesichtsverlust gewesen, wenn sie ihm nachgegeben hätte.

Der Feuerspringer-Stützpunkt von Missoula lag in einem langen, flachen Tal direkt südlich des Flughafens. Es war eine Anlage aus unauffälligen weißen Gebäuden, halbherzig mit ein paar Bäumen und Sträuchern aufgelockert. Jenseits der Gebäude verlief die Rollbahn, auf der Flugzeuge unterschiedlichen Typs bereitstanden, um auf Kommando in die Startposition zu rollen. Auf einer Seite des Geländes erhoben sich die Türme und Rampen des Ausbildungsgeländes, zwischen denen sich hochseilartige Leinen und Gurte spannten. Dort hatte schon manch junger Anfänger mit klopfendem Herzen und zittrigen Knien gestanden, nach unten geblickt und sich gefragt, ob das Leben eines Feuerspringers wirklich so romantisch war, wie er es sich immer vorgestellt hatte.

Das Epizentrum des Stützpunkts war als das „Loft" bekannt, ein Labyrinth miteinander verbundener Räume, in denen die Feuerspringer arbeiteten, wenn sie nicht im Einsatz waren. In der Mitte befand sich ein Aufenthaltsraum, in dem der morgendliche Appell abgehalten wurde. Von diesem Raum gingen weitere Räume ab: das Einsatzzentrum, die Gerätekammer, in der Ausrüstung und Vorräte aufbewahrt wurden, der Bereitschaftsraum, in dem jeder Feuerspringer einen Spind hatte, und der Werkraum, in dem Fallschirme und Overalls genäht und geflickt wurden; Feuerspringer nähten und flickten ihre Kleidung und Ausrüstung traditionellerweise selbst. Schließlich gab es noch den Turm, in dem die Fallschirme nach jedem Sprung zur Inspektion aufgehängt wurden.

An diesem speziellen Julimorgen hockten fünf Feuerspringer aus Missoula, allesamt Männer, artig an ihren Nähmaschinen im Werkraum. Ed saß zwischen Connor und Hank Thomas. Neben Hank war ein Anfänger namens Phil Wheatley zugange, und an dessen Seite arbeitete Chuck Hamer, Feuerspringer im zweiten Jahr, der aussah wie ein Bär mit Bürstenschnitt. In diesem Moment begannen die Sirenen zu heulen.

„Einsatz im Lolo National Forest. Springer sind Tully, Ford, Hamer, Schneider, Lennox, Pfeffer …"

Chuck Hamer johlte laut auf, während alle von ihren Stühlen aufsprangen und zur Tür rannten. Die nicht eingeteilten Springer eilten routinegemäß ihren Kollegen zu Hilfe, die sich für einen Einsatz fertig machten. Binnen Sekunden waren alle im Bereitschaftsraum versammelt, und als Ed seinen Spind erreichte, hielt ihm Donna Kiamoto bereits seinen Overall hin, damit er hineinschlüpfen konnte. Alle Overalls waren aus Kevlar, dick gepolstert, mit hohem Kragen und durchgehendem Reißverschluss bis zu den Beinen, um vor Ort schnell heraussteigen zu können.

Donna half ihm, seinen Sprunganzug zuzuschnüren. „Alles klar, Kollege."

„Danke", sagte Ed.

Donna hatte in zwei Tagen Geburtstag und gab eine Party im Henry's, eine der Stammkneipen der Feuerspringer in Downtown Missoula. Ed hatte versprochen, zusammen mit drei Freunden, mit denen er früher in einer Band gespielt hatte, für die Musik zu sorgen.

„Wenn du bis Freitagabend hier nicht wieder auftauchst, Tully, bist du ein toter Mann."

„Na, wenn es so lange dauert, kriege ich jede Menge Überstundenzulage und bin wenigstens ein reicher toter Mann."

Alle lachten. Ed holte seine Stiefel aus dem Spind.

Connor hatte Anzug, Stiefel und Gurtwerk bereits angelegt und beugte sich jetzt vor, um sich von einem Kollegen den Schirm auf dem Rücken befestigen zu lassen. Dann schnallte er sich den Reserveschirm und die Tasche mit seiner persönlichen Ausrüstung um, nahm seinen Helm und war startklar.

„Los, ihr Schlafmützen, was ist denn noch?", sagte er. „Das Flugzeug wartet."

AUS DEM Fenster der Twin Otter sah das Feuer gar nicht so riesig aus – maximal zweieinhalb Hektar, schätzte Ed. Und bei dem lauen Lüftchen würde es sich wohl auch nicht so schnell weiter ausbreiten. So viel zu seiner Überstundenzulage. Aber man konnte nie wissen.

Das Flugzeug zog eine weitere Schleife über das Feuer, während der Absetzer und sein Assistent sich, zur Sicherheit angegurtet, an die Tür hockten und versuchten, ein geeignetes Landegebiet auszumachen.

Sie flogen mit hundertachtzig Kilometer pro Stunde in einer Höhe von fünfhundert Metern, und als der Absetzer ihnen das Zielgebiet zeigte, musste er brüllen, um sich über die dröhnenden Motoren hinweg verständlich zu machen. Es war eine schmale, kaum zehn Meter breite, auf allen Seiten von hohen Drehkiefern gesäumte Lichtung, die den Hang hinunterlief wie eine gezackte grüne Narbe. Sie überflogen die Stelle noch dreimal und warfen jeweils zwei Winddrifter ab, mit kleinen Sandsäckchen beschwerte Krepprollen, um die Thermik zu testen. Ed beobachtete, wie die pink-blau-gelben Papierbänder flatternd auf die Bäume hinabtrudelten.

„Geschätzte dreihundert Meter Winddrift!", rief der Absetzer. „Haben alle die Stelle gesehen? Okay, dann wollen wir mal."

Die Springer überprüften nochmals ihre Ausrüstung. Ed und Connor waren als erstes Paar Springer eingeteilt, was bedeutete, dass Ed das Flugzeug als Erster verlassen und nach der Landung automatisch als Einsatzleiter fungieren würde.

„Okay, Jungs!", rief der Absetzer. „Aufziehleinen einhaken und auf die Plätze!"

Ed tat einen Schritt nach vorn, kauerte sich in die Tür und fasste mit den Händen beide Seiten des Türrahmens. Er spürte, wie das Flugzeug zur Seite kippte. Der Wald unter ihm drehte sich, die Maschine wendete und stabilisierte sich für den Zielanflug.

„Okay, fertig machen zum Absprung!", brüllte der Absetzer.

Er gab Ed einen heftigen Klaps auf die linke Schulter, und Ed stürzte sich mit aller Kraft aus der Tür in die dünne blaue Luft. Einen Augenblick später hörte er ein lautes Rascheln, gefolgt von einem Knall, und fühlte den Ruck, der an ihm zerrte, als wäre er ein Fisch an der Angel. Sein Körper geriet in Schräglage und pendelte sich wieder aus. Er blickte hinauf und sah den weiß-blau-gelben Schirm, der sich über ihm bauschte.

Rechts oberhalb von ihm tauchte Connor auf. Das Flugzeug war verschwunden, sein Dröhnen verklungen, und man hörte nur das Wispern und Flattern der beiden Fallschirme.

Ed landete als erster auf der Lichtung. Er kam mit beiden Füßen auf, rollte sich zur Seite ab und stand bereits wieder, bevor sein Schirm ganz zu Boden gesunken war. Ihm war fast nach einer Verbeugung zumute. Als er sein Gurtzeug ablegte und aus dem Overall stieg, hörte er Connors Stimme.

„Scheiße! Oje! Aua! Verdammter Mist!"

Unter lautem Knacken und Krachen brachen Connors Stiefel durch die Zweige einer hohen Drehkiefer, und wenig später tauchte er höchstselbst auf.

Eine Schrecksekunde lang fürchtete Ed, Connor könnte bis zum Boden stürzen, doch nach gut drei Metern spannten sich die Leinen wieder, und Connor hing in knapp 25 Meter Höhe, sanft hin- und herbaumelnd, in der Luft.

Ed stand da und glotzte nach oben, während Connor sein Visier hochklappte und zu ihm hinunterblickte.

Ed gab sich alle Mühe, ernst zu bleiben. „Hallo", sagte er. „Alles in Ordnung?"

„Ja, mir geht's prima."

Ed begann seinen Schirm einzupacken. Connor fand mit einem Fuß Halt auf einem Ast, dann zog er ein Kletterseil aus der Tasche und sicherte sich damit an dem Baum. Die Twin Otter flog über ihre Köpfe hinweg, und wenig später schwebten Chuck Hamer und Phil Wheatley über dem Zielgebiet und legten beide eine perfekte Landung hin.

„He, Connor", sagte Chuck, „pflückst du da oben Äpfel oder was? Wenn ja, hast du Pech, weil das eine Kiefer ist."

Connor gab keine Antwort. Er versuchte, Leinen und Schirm zu entwirren. Als Connor sich fertig zum Abseilen machte, waren alle sieben Springer sicher am Zielpunkt gelandet, blickten zu ihm auf und machten schlaue Bemerkungen. Als Connor an dem Seil herunterglitt, johlten alle.

Er winkte ihnen huldvoll-majestätisch zu. „Danke. Vielen herzlichen Dank euch allen."

Etwa einen Meter über dem Boden ließ er das Seil los und sprang. Bei der Landung knickte sein rechtes Bein weg, und Connor schrie auf und stürzte zur Seite.

Ed rannte zu ihm hin. „Was ist los?"

„Mein Knöchel. Ich bin auf einem Stein oder so was gelandet. Scheiße." Er richtete sich auf, schnürte seinen Springerstiefel auf und zog die Socke herunter.

Ed sah, dass das Bein bereits angeschwollen war und rasch dicker wurde. „Verdammt noch mal, Connor. Immer musst du dich in den Vordergrund spielen."

„Ich weiß. Ich will einfach nur geliebt werden."

Über Funk orderten sie einen Hubschrauber, um Connor abholen zu lassen, während die übrigen sieben Männer sich daranmachten, das Feuer zu bekämpfen. Es war keine allzu große Herausforderung. Zuerst bekamen sie die Rückseite unter Kontrolle und zogen dann einen Graben entlang seiner nördlichen und südlichen Flanke. Der Wind flaute ab, und mit Einbruch der Dunkelheit stieg eine feuchte Kühle auf, der sich das Feuer lammfromm ergab.

Am folgenden Tag erstickten sie die Feuerspitze mit einem Gegenfeuer. Die Gräben hielten, und in der Nacht waren sie nur noch mit Aufräumarbeiten beschäftigt. Bei Tagesanbruch war das Feuer endgültig gelöscht.

Ed und seine Freunde spielten auf Donna Kiamotos Party bei Henry's, und zwar so gut, dass man sie gar nicht mehr aufhören ließ. Ed hatte nicht erwartet, dass Julia kommen würde, doch sie hatte an diesem Tag

Teamwechsel gehabt und es irgendwie geschafft, ein wenig früher wegzufahren. Beim Singen wandte Ed den Blick nicht von ihr, während sie mit praktisch jedem außer dem armen Connor tanzte, der, das bandagierte rechte Bein auf einen Stuhl gelegt, von einem der vorderen Tische aus zusah und zu viel Bier trank. Der Knöchel war nicht gebrochen, sondern nur verstaucht, allerdings so übel, dass er eine Weile nicht würde springen können.

Es fiel Connor schwer, Julia nicht anzustarren. So ging es ihm, seit er sie zum ersten Mal gesehen hatte. Sie besaß etwas, was einen in ihren Bann schlug. Ihr Lachen, ihre dunkelbraunen Augen und die Lachfältchen – Connor schämte sich, dass ihm so etwas überhaupt auffiel. Schließlich war sie die Freundin seines besten Freundes, Himmel noch mal.

Als es Zeit wurde zu gehen, brachten Ed und Julia ihn nach Hause. Er stützte sich mit jeweils einem Arm auf ihren Schultern ab, während Ed seine Krücken trug. Es dämmerte bereits. Connor sang immer wieder die Refrainzeile von „Great Balls of Fire". Julia und Ed lachten und neckten ihn.

Sie halfen Connor die Treppe hinauf, während er die ganze Zeit lallend erklärte, sie wären das schönste Paar auf der ganzen Welt.

„Schön?"

„Genau", stammelte er. „Du bist einfach nur … wunderschön. Du bist schön, Julia. Ich meine, nicht äußerlich …"

„He, vielen Dank, Connor."

„Nein, ich meine … Natürlich bist du schön. Also, wirklich echt. Aber, ach verdammt, du weißt, was ich meine. Ed, du hast wirklich Glück, so eine Frau gefunden zu haben. Und du, Julia, hast Glück, diesen … diesen hässlichen alten Mistkerl zu haben."

Sie legten ihn auf sein Bett und zogen ihm die Stiefel aus. „Schlaf jetzt", meinte Ed.

Connor streckte plötzlich die Arme aus und drückte die beiden fest an sich. Er hob den Kopf vom Kopfkissen, und Ed bemerkte eine Traurigkeit in seinen blassblauen Augen, die er nie zuvor bei ihm gesehen hatte und die er sich nicht erklären konnte. „Ich liebe euch beide. Ich liebe euch wirklich, wisst ihr das?"

Ed strich ihm übers Haar, und Julia beugte sich vor und küsste ihn sanft auf die Stirn. „Wir lieben dich auch, Cowboy", sagte Ed. „Und jetzt schlaf gut."

5

Julia lag in ihrem Schlafsack, betrachtete den Mond und lauschte. Zum fünften Mal innerhalb einer halben Stunde sah sie auf die Uhr. Es war zwanzig nach drei. Glen kam zu spät.

Julia lag zwischen Byron und Skye, die, dem Geräusch ihres Atems nach zu schließen, beide schliefen, obwohl man das bei Skye nie wusste. Manchmal wachte Julia mitten in der Nacht auf und ertappte sie dabei, wie sie mit Tränen im Gesicht in den Himmel starrte. Beim ersten Mal hatte sie die Hand ausgestreckt, Skyes Schulter berührt und gefragt, ob alles in Ordnung sei, doch Skye hatte ihr nur wortlos den Rücken zugekehrt.

Irgendetwas an diesem Mädchen rührte Julia mehr als bei anderen Kindern, mit denen sie gearbeitet hatte. Eine der Grundideen des Programms bestand darin, dass jemand, der sich feindlich und unkooperativ verhielt, dem Druck der Gruppe ausgesetzt wurde. Wer den anderen durch sein Verhalten Schwierigkeiten bereitete, spürte die Konsequenzen seines Handelns unmittelbar. Viele dieser Kinder und Jugendlichen hatte man in der Welt, in der sie aufgewachsen waren, derart schlecht behandelt, dass sie Wälle um sich errichten mussten, um zu überleben. Zuzusehen, wie diese Mauern langsam bröckelten, war beinahe ein magischer Vorgang. Und auch in dieser Gruppe hatte der Prozess schon begonnen. Sogar Mitch, der sich für so taff hielt, zeigte erste Anzeichen von Nachgiebigkeit.

Nur Skye nicht. Seit mehr als sechs Wochen hatte das Mädchen den Wall um sich herum verteidigt. Sie sagte nur etwas, wenn sie angesprochen wurde, und ihre Züge waren zu einer Maske arroganter Gleichgültigkeit erstarrt. Nur bei den seltenen Gelegenheiten, bei denen sie es nicht vermeiden konnte, einem in die Augen zu blicken, konnte man ihren Schmerz kurz aufflackern sehen.

Das abendliche Lagerfeuer war der zentrale Dreh- und Angelpunkt des Programms. Am Feuer aßen und lachten sie, erzählten Geschichten und redeten darüber, was am Tag geschehen war; hier schienen selbst die verschlossensten Kinder ihr Herz zu öffnen. Doch immer, wenn Skye an der Reihe war, das Feuer zu machen, saß die Gruppe in der Kälte, aß schweigend kalte Haferflocken und ging früh schlafen. Es erfüllte die anderen Jugendlichen mit zum Teil heftigem Widerwillen, doch sie waren es leid, ihr das wieder und wieder zu sagen.

Julia hatte Skyes Fall stundenlang mit dem Therapeutenteam besprochen. Sie waren sich einig, dass es Zeit für eine radikale Therapie wurde. Sie würde Skye auf eine „Seelensuche" mitnehmen.

Diese „Seelensuche" war das letzte Mittel des Programms, das nur angewandt wurde, wenn es zu einer totalen Blockade kam, die mit gewöhnlichen Techniken offenbar nicht zu überwinden war. Der Jugendliche wurde von der Gruppe getrennt und von zwei Leitern auf eine zweitägige Wanderung geführt, die physisch wie psychisch zermürbend war. Die Auswirkungen konnten dramatisch sein, weshalb der Aufbruch auch ganz bewusst inszeniert wurde. Zu diesem Zweck wollte Glen mitten in der Nacht zu der Gruppe stoßen.

Das war zumindest der Plan. Er hatte gesagt, dass er um drei Uhr da sein würde, doch mittlerweile war es halb vier. Endlich hörte Julia unten am Bach das Knacken eines Zweigs, spähte in die Dunkelheit und erkannte einen Schatten. Lautlos schlüpfte sie aus ihrem Schlafsack, zog ihre Stiefel an und ging den Hang hinunter. Die Luft roch süß und harzig.

„He, tut mir Leid, ich hab mich verirrt."

„,Wilderness-Direktor verirrt sich.' Das ist eine gute Geschichte."

„Wenn du es auch nur einem Menschen erzählst, bist du gefeuert."

Flüsternd besprachen sie, was Glen zu der Gruppe sagen würde. Julia war nervös. „Junge, Junge, ich hoffe, dass ihr das nicht einen Riesenschrecken einjagt."

„Das wird es bestimmt. Und das ist auch gut so. Bist du bereit?"

„SKYE? Skye! Ich bin's, Julia. Und Glen ist auch da."

Skye richtete sich auf und rieb sich die Augen. „Was ist passiert?" Sie sah sich um. Die anderen saßen aufrecht in ihren Schlafsäcken und sahen sie an.

„Wir werden jetzt etwas Besonderes machen", sagte Glen. „Können wir ein bisschen Licht haben?"

Julia schaltete ihre Taschenlampe ein.

„Okay, Leute", verkündete Glen. „Ich möchte, dass ihr euch im Kreis aufstellt. So schnell ihr könnt."

Trotz des allgemeinen Gemurmels und Gestöhnes hatten sie eine Minute später einen Kreis gebildet. Nachts musste jeder Hose und Schuhe abgeben, um eine Flucht zu erschweren, sodass die meisten nun in ihre Schlafsäcke gehüllt oder einfach mit nackten Beinen dastanden.

Als alle schwiegen, fuhr Glen in seiner Rede fort. „Okay, tut mir Leid, euch zu wecken, aber ich bin heute Nacht aus einem sehr wichtigen Grund hergekommen." Dann kündigte er an, dass er und Julia Skye auf eine „Seelensuche" mitnehmen würden, und fragte, ob sie eine Ahnung hätten, was das sein könnte.

Mitch hob die Hand. „Wie eine Schatzsuche? Wie *Dragon Quest* oder so?" Die anderen lachten, und Mitch grinste. „Das ist ein Videospiel. Man muss eine Art heiligen Schlüssel finden."

Glen bestätigte nickend. „Genauso. Wir machen uns für ein paar Tage auf eine Reise, um Skye zu helfen, einen Schlüssel zu finden."

Skye wandte den Blick gen Himmel. Sie konnte es nicht glauben. Wussten diese Typen nicht, wann sie aufhören mussten? Das Ganze war so peinlich und blöd. „Einen *Schlüssel?*", fragte sie. „Einen Schlüssel wozu?"

„Was glaubst *du?*", fragte Glen.

„Ich habe nicht die leiseste Ahnung. Und wisst ihr was? Es ist mir offen gesagt auch sch…" Sie blickte zu Boden. „Es interessiert mich nicht."

Glen nickte nachdenklich. „Okay, Skye. Dann müssen wir versuchen, auch dazu den Schlüssel zu finden. Du und Julia, ihr solltet euch jetzt fertig machen. In ein paar Minuten brechen wir auf. Allen anderen vielen Dank. Es tut mir Leid, euren Schlaf gestört zu haben, aber dies ist ein wichtiger Moment für Skye, und wir wollten ihn mit euch teilen."

Die anderen schlurften murmelnd von dannen. Skye zog sich an, schlüpfte in ihre Schuhe und packte ihre Sachen. In ihrem Kopf wirbelten alle möglichen Gedanken wild durcheinander. Sie war wütend, ängstlich und trotzig. Wenn die glaubten, sie so kleinzukriegen, dann konnten sie sich auf etwas gefasst machen.

Sie wanderten schweigend. Glen beleuchtete mit seiner Lampe den Weg, Julia bildete die Nachhut. Skye besaß keine Uhr und wusste deshalb nicht, wie lange sie schon unterwegs waren, doch mussten es viele Stunden sein. Als es hell wurde, kamen sie aus dem Wald auf eine Weide mit Wildblumen und einem schmalen, wilden Bach, der schäumend dahinrauschte und sich ab und an in Becken voller Strudel ergoss. Auf einer Felsplatte an einem dieser Becken machten sie Halt und setzten ihre Rucksäcke ab. Sie sammelten Holz. Glen schürte ein Feuer, und sie aßen Haferflocken mit Rosinen, die sie mit Zimt und braunem Zucker bestreuten – ein köstliches Mahl.

Beim Essen ließ Skye ihren Blick schweifen und sah in weiter Ferne einen pyramidenförmigen Berg. Glen bemerkte es und sagte, dass dieser Berg das Ziel ihrer Wanderung sei.

Dann fing er an, eine dieser blöden Geschichten zu erzählen, mit denen die Leiter immer ankamen, wenn sie einem eine grundsätzliche Lektion über das Leben oder so erteilen wollten. Diese spezielle blöde Geschichte hieß „Der Wolf und der Fels" und handelte von einem kleinen Wolfsjungen namens Nooshka-Lalooshka. Dieser Wolf jagte jedenfalls eines Tages ein Streifenhörnchen und rannte dabei gegen einen Felsen, was wirklich wehtat, doch all die anderen Wölfe lachten ihn aus.

„Das Streifenhörnchen entwischte, und Nooshka-Lalooshka war verlegen und flunkerte den anderen vor, dass er absichtlich gegen den Felsen gerannt wäre und es kein bisschen wehgetan hätte. ,Okay', sagten die anderen, ,wenn es nicht wehgetan hat, dann mach es noch mal.' Und um sein Gesicht zu wahren, tat er genau das. Diesmal tat es sogar noch mehr weh, und er zog sich einen fetten Bluterguss an der Brust zu, doch die anderen Wölfe brüllten vor Lachen und erklärten ihm, was für ein komischer Kerl und harter Bursche er doch sei."

Wer das sein sollte, war nun wirklich nicht schwer zu erraten, dachte Skye.

„Seitdem sagten die Wölfe immer, wenn sie sich langweilten: ,He, Nooshka-Lalooshka, zeig uns deinen Felsentrick!' Wenn er nicht wollte, neckten sie ihn und erklärten, er sei ein Feigling, und um zu beweisen, dass er das nicht war, rannte er erneut gegen den Felsen. Deshalb konnte seine Wunde auch nie ganz verheilen, und je älter er wurde, desto schlimmer wurde sie, entzündete sich und steckte schließlich sein Bein an, bis er eines Tages feststellte, dass er überhaupt nicht mehr laufen konnte und nur noch gegen den Felsen taumelte. Das fanden die anderen Wölfe irgendwann langweilig und meinten, es würde keinen Spaß mehr machen, ihm zuzusehen. Sie erklärten, dass er dem Rudel nichts mehr nutze, und verstießen ihn, und Nooshka-Lalooshka hinkte einsam und verlassen in die Wildnis davon.

Er wurde also immer dünner und trauriger und beschloss, dass er nicht mehr leben wollte. Er suchte sich eine Höhle, die er für einen guten Platz zum Sterben hielt, legte sich hin und wartete. Aber als er am nächsten Morgen aufwachte, sah er direkt vor seiner Nase ein Häufchen mit Nüssen und Früchten. Das ist seltsam, dachte er. Er hatte gerade noch genug Kraft, um die Sachen zu fressen, und sie schmeckten auch gut. Danach fühlte er sich ein wenig besser und schlief den ganzen Tag, und als er aufwachte, fand er ein neues Häufchen mit Nüssen und Früchten, die er ebenfalls fraß, während er sich fragte, wer sie wohl dorthin gelegt hatte. So geschah es Tag um Tag, und jedes Mal schlief er wieder ein. Doch eines Morgens gab er nur vor, noch zu schlafen, während er in Wahrheit durch seine Augenschlitze lugte.

Nach einer Weile sah er ein kleines altes Streifenhörnchen, das eine große Ladung Nüsse und getrockneter Früchte heranschleppte. Nooshka-Lalooshka öffnete die Augen und sagte: ,He!' Das Streifenhörnchen

FEUERSPRINGER   201

erstarrte vor Schreck und bettelte: ‚Bitte, bitte, friss mich nicht!' Noosh-ka-Lalooshka fragte das Streifenhörnchen, warum es so nett zu einem Wolf war, wo doch jeder wusste, dass Wölfe Streifenhörnchen fraßen. Und das Streifenhörnchen sagte: ‚Weil vor langer, langer Zeit ein Wolf einmal nett zu mir war und, anstatt mich zu fressen, gegen einen Felsen gerannt ist, nur um ein paar andere Wölfe zum Lachen zu bringen.'"

Glen lächelte. Eine Weile sagte keiner etwas.

„Vermutlich soll ich mich mit irgendwem in der Geschichte ‚identifizieren' oder so", sagte Skye.

„Tust du das?", wollte Glen wissen.

Skye dachte kurz nach und zuckte dann mit den Achseln. „Ja, ich bin eins von den Früchtchen."

Julia lachte laut los, und Glen stimmte mit ein. Skye starrte die beiden verblüfft an. Verdammt, das war nicht komisch. Doch sie wollten gar nicht wieder aufhören, und je mehr Julia lachte, desto mehr lachte auch Glen. Skye strengte sich an, ihre starre Miene zu wahren, doch sie hielt es nicht lange durch und fing auch zu lachen an. Es fühlte sich eigenartig an, so als hätte eine fremde Macht Besitz von ihr ergriffen, würde ihr Innerstes durchschütteln und etwas in ihr öffnen.

Dann passierte etwas noch Seltsameres. Obwohl Skye immer noch lachte, spürte sie ein Beben in der Brust, das ihren ganzen Körper erschütterte. Sie spürte, wie ihr die Tränen in die Augen schossen und die Wangen hinunterflossen, und sie hörte, wie ihr Lachen in eine Art abgerissenes, animalisches Heulen überging. Sie weinte um sich und ihr ganzes verkorkstes Leben, um ihre Mutter und alles, was sie beide erlitten hatten, und über Sean und den jungen Polizisten, der auf dem Highway getötet worden war.

So blind war sie von ihrer eigenen Trauer, dass sie gar nicht bemerkte, wie Julia und Glen näher traten, doch sie spürte, wie sie die Arme um ihre Schultern legten und sie an sich drückten. Skye bemerkte, dass auch sie weinten, und obwohl sie es merkwürdig fand, dass diese beiden Menschen, die sie kaum kannte, Tränen für sie vergossen, vertraute sie ihnen und wies sie nicht zurück. So standen sie lange zu dritt aneinander geschmiegt und weinten.

SIE ERREICHTEN den Gipfel des Berges wie geplant eine Stunde vor Sonnenuntergang des folgenden Tages. In zwei Tagen waren sie 45 Kilometer gewandert und hatten unablässig geredet. Julia hatte schon drei Schützlinge auf eine Seelensuche begleitet, doch keine war so gewesen wie diese mit Skye. Es war, als ob in dem Mädchen ein Damm gebrochen und der ganze Schmerz der sechzehn Jahre ihres Lebens aus ihr herausgeströmt wäre.

Sie sprach darüber, wie ihr Vater sie verlassen hatte, über den Alkoholismus ihrer Mutter und den langsamen Abstieg in Depression und Verzweiflung. Sie redete über die Männer, die ihre Mutter mit nach Hause in den Trailer gebracht hatte und die sie am Ende alle angebrüllt und geschlagen hatten. Sue hatte nicht verstehen können, was ihre Mutter an ihnen fand, am allerwenigsten an dem, der jetzt ihr Mann war, obwohl der sie mehr geschlagen hatte als alle anderen zusammen. Sie erzählte, wie sie angefangen hatte, aus Angst vor dem Nachhausegehen die Nächte wegzubleiben und in der Stadt mit den anderen verlorenen Seelen an den Bahngleisen rumzuhängen. Wie sie die ersten Drogen genommen hatte, damit sie über all das nicht nachdenken musste. Erst Klebstoff, dann Gras, dann Popper und Speed, so ziemlich alles außer Crack und Heroin, weil einen das umbrachte. Wie sie zu stehlen begonnen hatte, um an das Geld für die Drogen zu kommen.

So redete sie, während sie weiter durch das Tal Richtung Westen wanderten, den Biegungen des Flusslaufs folgten und über gewundene Pfade durch den Wald stapften, den Gipfel immer vor Augen, das Rauschen und Plätschern des Bachs im Ohr. Und die ganze Zeit sprudelten Worte und Tränen nur so aus ihr heraus. Nie hatte Julia einen Menschen so ausdauernd weinen sehen. Hin und wieder wurde sie von so heftigem Schluchzen geschüttelt, dass sie anhalten und sie in ihre Mitte nehmen mussten, bis der Tränenstrom wieder versiegt war.

Am ersten Abend hatten sie am Ufer des Bachs ihr Lager aufgeschlagen, und Skye hatte ihr erstes Feuer mit einem Bogenbohrer versucht. Sie hatte es ohne jede Hilfe geschafft, und als die Flammen aufgelodert waren, hatte sie gegrinst und gesagt, sie sei wohl doch nicht zu dumm dazu.

Nun, am folgenden Abend, erklommen sie den Hang des Berges. Als das Ziel nicht mehr fern war, erklärte Glen Skye, dass sie auf dem Gipfel erwartet würden. Skye wollte wissen, von wem, doch Julia und Glen verrieten ihr nur, dass es jemand war, den sie noch nie getroffen hatte.

Ein paar Wochen zuvor hatte Julia Kontakt mit John Standing Bird aufgenommen. Er war ein Blackfoot-Anwalt, der sein Leben der Arbeit mit Kindern und Jugendlichen aus dem Reservat widmete und versuchte, ihnen ein Gefühl von Zugehörigkeit zu vermitteln und ihr Interesse für die Geschichte und Kultur der Blackfoot-Indianer zu wecken. Julia hatte ihm von Skye berichtet, und er hatte erklärt, dass er gern behilflich

FEUERSPRINGER 203

sein würde. Gemeinsam hatten sie den Plan mit der Seelensuche ausgearbeitet.

Als sie jetzt den Gipfel erreichten, ging die Sonne in lodernden Orange-, Rot- und Violetttönen unter. Davor erkannte sie die Umrisse einer Gestalt, die auf einem Felsen saß und nach Westen blickte. John Standing Bird drehte sich um, stand auf und kam ihnen entgegen, um sie zu begrüßen. Er war groß und breitschultrig, und sein Haar, das er in langen Zöpfen trug, war von grauen Strähnen durchzogen. Er hatte sich eine rot-schwarze Decke mit einem Büffelmuster über die Schultern geworfen. Skye schüttelte nervös seine Hand.

„Ich habe viel Gutes über dich gehört, Skye", sagte John Standing Bird. „Es freut mich, dich kennen zu lernen."

Skye wusste offenbar nicht, was sie sagen sollte, aber das war auch nicht wichtig. John Standing Bird schlug vor, dass sie sich zu ihm auf den Felsen setzen und den Sonnenuntergang betrachten sollten. Als die Sonne verschwunden war, hatte sich ihre Unsicherheit gelegt. John Standing Bird, der bereits Holz gesammelt hatte, fragte Skye, ob sie das Feuer entzünden wolle. Skye holte ihren Bogenbohrer aus dem Rucksack und kam seiner Aufforderung ohne Murren nach.

Beim Essen erzählte John Standing Bird Skye von den Oglala, dem Stamm ihrer Mutter, und was für ein großes und stolzes Volk sie einst gewesen waren. So war einer der größten Krieger überhaupt, Crazy Horse, ein Oglala gewesen. John Standing Bird fragte Skye, ob sie von ihm gehört habe, und Skye meinte, natürlich, das habe schließlich jeder Idiot, aber sie habe nicht gewusst, dass er und sie zum selben Stamm gehörten. Sie grinste Julia und Glen an und erklärte, dass das wohl ziemlich cool sei.

John Standing Bird erzählte noch viele andere Geschichten über die Oglala und wie Crazy Horse am Ende von seinem eigenen Volk verraten und ermordet worden war. Nachdem die letzte Geschichte erzählt und das letzte Holzscheit verbrannt war, beobachteten sie am Himmel das ferne rot-grüne Flackern eines Nordlichts.

Am nächsten Morgen fuhr John Standing Bird sie mit seinem Pick-up zu einer Stelle unweit des vermuteten Standorts der Gruppe. Zum Abschied nahm er Skyes Hand in seine beiden Hände und fragte, ob sie nach Abschluss des WAY-Programms Lust habe, ihn in Glacier zu besuchen. Sie nahm seine Einladung freudig an. Dann fuhr er los, und sie sahen ihm nach, bis der aufgewirbelte Staub über der Straße sich verzogen hatte.

„Wollen wir zurück zu den anderen gehen?", fragte Glen.

Skye nickte.

HENRY'S Bar in Missoula war ein düsteres Lokal, und was der Laden an Dekor zu wünschen übrig ließ, machte er mit etwas wett, was manche Atmosphäre, andere schlicht Lärm nannten, für den an einem beliebigen Sommerabend zum nicht unwesentlichen Teil die Feuerspringer verantwortlich waren.

An diesem speziellen Sommerabend saß Connor Ford auf einem der Barhocker und verfolgte trübsinnig die Fernsehnachrichten. Über den Bildschirm flimmerten Luftaufnahmen von brennenden Berghängen und einem tief fliegenden Flugzeug. „Feuerwehrmänner aus dem gesamten kalifornischen Raum waren nicht in der Lage, die Brände in den Griff zu bekommen, die seit nunmehr fünf Tagen auf furchtbare Weise wüten", sagte ein Reporter. „Deshalb sind heute in Redding sechzehn Feuerspringer aus Missoula, Montana, eingetroffen."

An der Bar erhob sich lauter Jubel. Und dann sah man sie auch schon aus dem Flugzeug steigen, unter ihnen Ed. Er hatte sein bestes Filmstargesicht aufgesetzt, ein scheues, aber resolutes Grinsen.

Connor hatte sich nach Kräften bemüht, den Einsatzkoordinator davon zu überzeugen, dass sein Knöchel so weit verheilt war, dass er mitfliegen konnte. Sein Sturz lag zehn Tage zurück, und die Schwellung war fast abgeklungen. Doch gestern hatte er den vorgeschriebenen Fitnesstest auf dem Stützpunkt absolviert, bei dem man unter anderem zweieinhalb Kilometer in elf Minuten laufen musste. Als der Leiter ihn loshumpeln sah, hatte er ihn sofort zurückgerufen und erklärt, dass er auf gar keinen Fall mit nach Kalifornien könne.

Die Nachrichten wandten sich einem anderen Thema zu, und die Gespräche im Lokal wurden wieder lauter. Connor erhob sich, setzte seinen Hut auf und verließ Henry's Bar. Der Abend war mild, und nach der verrauchten Kneipe tat ihm die frische Luft draußen gut. Connor schlenderte, hier und da ein Schaufenster betrachtend, Richtung Fluss. Als er an dem kleinen Antiquariat vorbeikam, das durchgehend geöffnet hatte, beschloss er hineinzugehen. Der Besitzer kannte und begrüßte ihn.

Connor stöberte eine Weile in den Regalen herum, als ihm ein Buch ins Auge fiel. Es handelte von einem englischen Fotografen namens Larry Burrows, der einige der berühmtesten und eindrucksvollsten Fotos des Vietnamkriegs gemacht und dabei sein Leben verloren hatte. Connor kaufte den Band für fünf Dollar.

Die Wohnung wirkte merkwürdig still ohne Ed, der üblicherweise immer etwas vor sich hinbrabbelte oder sang. Connor zog sich aus und ging mit einem Glas Milch und dem Buch über Burrows ins Bett.

FEUERSPRINGER 205

Er wusste nicht viel über den Mann, nur dass er beim Abschuss eines Hubschraubers in Laos ums Leben gekommen war. Das Buch beschrieb ihn als zurückhaltenden, bescheidenen und tapferen Mann von großer Integrität, der von dem Leiden, das er ans Licht brachte und dokumentierte, tief berührt war. Connor las das Buch in ein paar Stunden durch. Noch lange nachdem er das Buch weggelegt und das Licht gelöscht hatte, fragte er sich, ob er selbst solchen Mut aufgebracht hätte, dem Grauen ohne Furcht ins Auge zu blicken. Und er wusste, dass er es eines Tages herausfinden würde.

EINE weitere Woche verstrich, die Connor zum größten Teil damit zubrachte, allerlei Kleinigkeiten auf dem Stützpunkt zu erledigen. Ed war immer noch in Kalifornien, doch am Dienstag rief er an, um mitzuteilen, dass der Brand unter Kontrolle sei und er zum Wochenende zurück in Montana sein werde. Er erkundigte sich nach Connors Knöchel, und als dieser ihm versicherte, dass alles bestens verheilt sei, zeigte sich Ed überaus erfreut, da er mit Julia einen Plan besprochen habe, zu dritt einen Kanutrip auf einem Abschnitt des Salmon River in Idaho zu unternehmen, den er mit Connor schon mehrmals befahren hatte. Ed wollte versuchen, einen Platz in der Maschine zu erwischen, mit der ein Feuerwehrtrupp aus Boise am Freitag zurückfliegen sollte.

Als Julia am Donnerstagabend nach Missoula kam, hatte Connor alles vorbereitet: Er hatte zwei Kanus und ein zweites Zelt ausgeliehen und die Campingausrüstung bereits zurechtgelegt. Julia war müde, aber guter Dinge. Er schenkte ihr ein Glas Rotwein ein und forderte sie auf, es sich bequem zu machen, während er das Abendessen zubereitete. Er wirbelte in der engen Kochnische herum, während Julia ihm von der Seelensuche und Skyes Zusammenbruch, von dem Marsch zum Berg und John Standing Bird erzählte.

Julias Gesicht war sonnengebräunt, ihr Haar strähnig und mit einem blassgrünen Stirnband nach hinten gebunden. Nie war sie Connor schöner erschienen.

Er hatte Lachsfilet gekauft, das er in der Pfanne briet. Dazu aßen sie Salat und kleine Kartoffeln. Zum Nachtisch gab es Blaubeeren mit Sahne und Kaffee. Danach saßen sie lange und unterhielten sich, bis Julia das auf dem Tisch liegende Larry-Burrows-Buch zur Hand nahm und langsam die Seiten durchblätterte. Bei dem Foto eines kleinen Mädchens, das, über die Leiche seiner Mutter gebeugt, mit schmerzverzerrtem Gesicht und in Tränen aufgelöst in die Kamera blickte, hielt sie inne.

„Glaubst du, es ist herzlos, so ein Foto zu machen?", fragte sie.

„Du meinst, anstatt zu helfen?"

Julia nickte, noch immer auf das Kind starrend.

„Nein. Ein Bild erzählt nie, was als Nächstes geschehen ist. Viele Fotografen helfen den Menschen, wo sie können. Burrows hätte eines der Kinder, das er fotografiert hat, beinahe adoptiert. Aber ich denke, am wichtigsten ist es, der Welt zu zeigen, was passiert."

„Wahrscheinlich."

Sie bat ihn, ihr das Buch auszuleihen, was Connor gern tat. Dann klingelte das Telefon. Julia griff nach dem Hörer. Es war Ed.

Connor stand auf und begann das Geschirr abzuräumen. Er lauschte, wie sie Ed einiges von dem erzählte, was sie auch ihm berichtet hatte, und versuchte, in ihrem Tonfall eine größere Intimität zu entdecken, was ihm aber nicht gelang.

Schließlich gab Julia ihm den Hörer und erklärte, sie würde ein Bad nehmen, ein Luxus, auf den sie sich nach acht Tagen in der Wildnis jedes Mal freute. Connor hörte zu, wie Ed ihm von dem Feuer erzählte. Schließlich besprachen sie die Pläne für den folgenden Tag. Unweit einer kleinen Stadt namens Stanley wollten sie die Kanus ins Wasser lassen. Ed hatte sich mit einem Kollegen aus Idaho angefreundet, der ihn vom Flughafen in Boise mitnehmen würde. Er schätzte, dass er gegen zwei Uhr in Stanley sein konnte.

Als Connor sich in seinem Zimmer auszog, summte und plätscherte Julia im Bad, und er musste sich große Mühe geben, seine Fantasie zu zügeln. Schließlich hörte er, wie sie die Badezimmertür öffnete und das Licht ausmachte.

„Connor?"

„Ja?"

„Vielen Dank für das tolle Abendessen."

„Gern geschehen."

„Gute Nacht."

„Gute Nacht."

Die Fahrt von Missoula nach Stanley dauerte fünf Stunden, und Connor und Julia trafen eine Stunde vor der verabredeten Zeit ein. Sie hielten nahe am Fluss und entluden Kanus und Ausrüstung auf ein grasbedecktes Ufer. Die Campingausrüstung war in wasserdichten schwarzen Seesäcken verstaut.

Julia setzte sich ins Gras, während Connor den Pick-up zum Parkplatz

FEUERSPRINGER

hinter dem Mountain-Village-Laden fuhr, wo sie sich mit Ed verabredet hatten.

Connor trug nur Shorts und ein graues T-Shirt, doch in der dünnen Bergluft empfand er die Mittagssonne als besonders heiß. Auf dem Weg zum Vordereingang des Geschäfts betrachtete er den in der Hitze flimmernden Asphalt der Straße. Der Laden bestand aus einem Holzhaus mit einer langen Veranda, auf der ein Eisautomat und ein öffentliches Telefon standen. Wenn man das Ladeninnere betrat, fühlte man sich in eine lang vergangene Zeit zurückversetzt. An der Wand hingen alte Gewehre und eine Axt, und es gab so ziemlich alles zu kaufen, was ein Mann vielleicht benötigte: von einer Hose bis zu einem Bratensandwich. Im Augenblick brauchte Connor jedoch vor allem gekühlte Getränke.

Die Frau hinter dem Tresen bediente ihn freundlich lächelnd und fragte, wohin die Tour gehen sollte. Connor erwiderte, dass sie mit dem Kanu bis nach Challis paddeln wollten. Auf dem Tresen standen frisch gebackene Kekse, und Connor nahm neben Getränken und Orangen auch davon ein paar mit.

Als er zum Fluss zurückkam, hatte Julia sich eine Sonnenbrille aufgesetzt, die Sandalen ausgezogen und ihre Shorts hochgekrempelt. Connor setzte sich neben sie. Sie tranken, aßen die Kekse und betrachteten das Glitzern der Sonne auf dem Wasser.

Es wurde zwei Uhr, ohne dass Ed auftauchte. Sie hatten verabredet, dass er in dem Laden anrufen würde, falls es Probleme gäbe. Connor ging auch ein paar Mal rüber, doch es waren keine Nachrichten hinterlassen worden. Kurz nach drei begaben sie sich zum Laden und warteten dort eine weitere Stunde im Schatten der Veranda, redeten und tranken kalte Limonade. Ed war immer noch nicht erschienen.

Obwohl Julia sich bemühte, sich nichts anmerken zu lassen, sah Connor, dass sie sich Sorgen machte. Vom Münztelefon auf der Veranda rief er den Stützpunkt der Feuerspringer in Missoula an. Die Einsatzzentrale teilte ihm mit, dass der Brand in Kalifornien über Nacht wieder neu aufgeflammt sei, sodass Ed und die anderen nach wie vor dort gebraucht würden. Gleich nachdem Connor aufgelegt hatte, kam die Frau aus dem Laden und sagte, sie habe einen Anruf für ihn.

„Connor?"

„He, Ed. Ich habe gerade auf dem Stützpunkt angerufen und gehört, was los ist."

„Es tut mir so Leid, Mann. Ich hätte mich schon früher gemeldet, aber hier ging es eine Weile ganz schön rund."

„Bei dir alles in Ordnung?"

„Ja, alles bestens. Ich bin bloß sauer, dass ich nicht mitkommen kann."

„Na, den Fluss wird's ja noch länger geben. Wir machen es ein anderes Mal und fahren einfach zurück."

„Das ist nicht dein Ernst, oder? Seht zu, dass wenigstens ihr euren Spaß habt. Julia wird begeistert sein."

Connor zögerte. Er war sich nicht sicher, ob Julia allein mit ihm aufbrechen wollte. „Hör mal, Ed. Am besten du redest selbst mit ihr, sie steht neben mir."

Er gab ihr den Hörer, und die beiden telefonierten ein paar Minuten. Schließlich verabschiedeten sie sich zärtlich voneinander und ermahnten sich gegenseitig, vorsichtig zu sein. Dann rief Julia noch einmal Connor ans Telefon.

„Ed?"

„Also ihr macht es, okay?"

„Na ja, wenn Julia will –"

„Natürlich will sie. Hör mal, ich muss Schluss machen. Also amüsiert euch, ja? Und pass gut auf mein Mädchen auf, okay?"

Das versprach Connor ihm.

Sie verstauten das zweite Kanu zusammen mit einem Teil der Ausrüstung, die sie nicht mehr brauchten, wieder auf der Ladefläche des Pickups. Die Frau in dem Laden versprach, sie werde ein Auge darauf haben, bis die beiden am Sonntag mit dem Bus zurückkommen würden. Sie erstanden die letzten übrigen Kekse, bedankten sich und gingen zum Fluss.

Sie entledigten sich ihrer Schuhe, zogen ihre Schwimmwesten über und verstauten die Seesäcke zwischen den beiden Bänken. Julia kletterte auf den vorderen Sitz. Als sie Platz genommen hatte, richtete Connor die Spitze des Kanus auf die Strömung, stieß es vom Ufer ab und kletterte selbst hinein. Langsam glitten sie in die Mitte des Flusses und ließen sich forttreiben. Sie hatten viele Stunden geredet und genossen jetzt das Geräusch der ins Wasser tauchenden Paddel und die Laute der Wildnis um sie herum.

Sie erreichten eine Stelle, an der der Fluss in einer lang gezogenen Kurve verlief. Am Südufer verlief drei bis vier Meter über dem Wasser eine Felsbank, die Connor als die Stelle wieder erkannte, an der er schon einmal mit Ed gezeltet hatte. Sie zogen das Kanu aus dem Wasser und schleppten die Seesäcke zu dem Lagerplatz hinauf. Während Julia Holz sammelte, nahm Connor seine Angelrute und watete ein Stück in das flache Wasser hinaus.

FEUERSPRINGER

Überall tauchten Fische auf, und schon beim zweiten Wurf hatte er einen am Haken. Es war eine prächtige, knapp ein Kilo schwere Forelle, die sie an einem Holzspieß über dem Feuer grillten. Ihr Fleisch war so zart und rosa wie der Abendhimmel und schmeckte köstlich.

Sie aßen die restlichen Kekse und saßen am Feuer und beobachteten, wie das Licht über dem Fluss verblasste. Connor hatte sicherheitshalber zwei Zelte mitgebracht. Er bot Julia an, ihr eines davon aufzubauen, doch sie wollte nichts davon wissen: Wenn jemand daran gewöhnt sei, unter freiem Himmel zu schlafen, dann sie, und an einem solchen Ort in einer solchen Nacht könne man gar nichts anderes tun. Also breiteten sie ihre Schlafsäcke neben dem Feuer aus. Connor verstaute die Vorräte in den Provianttaschen und ging los, um sie in einen Baum zu hängen.

Als das Feuer heruntergebrannt war, legten sie sich auf den Rücken und betrachteten die Sterne. Sie sahen zwei Sternschnuppen, und Julia meinte, dass sie sich beide etwas wünschen sollten. Connor wünschte sich nicht das, was er sich eigentlich ersehnte, sondern nur, dass sie alle drei glücklich werden würden. Dann schwiegen sie eine Weile, bis Julia erneut das Wort ergriff.

„Dieses Buch von dir über den Kriegsfotografen …"

„Larry Burrows."

„Hm, hm. Möchtest du auch solche Fotos machen?"

Er fragte sich, woher sie wusste, was er sich selbst kaum eingestand. „Vielleicht schon, irgendwie."

Es entstand eine lange Pause. „Connor?"

Der Ernst in ihrer Stimme ließ ihn aufblicken, und im Licht der ersterbenden Glut des Feuers sah er, dass ihre großen dunklen Augen fest auf ihn gerichtet waren.

„Was?", fragte er.

„Tu's nicht", sagte sie. „Bitte, tu's nicht."

6 Das Feuer auf dem Snake Mountain, das so viele Leben verändern sollte, begann mit einem einzelnen Blitz. Er schlug in den toten Stamm einer Drehkiefer ein, die über einem hohen Felsrücken aus blassem Kalkstein wie ein Bugspriet aus einem Meer von Wald aufragte. In dem Sekundenbruchteil des Einschlags leuchtete ihr Umriss wie ein Schattenriss vor dem grell erleuchteten Nachthimmel auf. Eine Spur winziger Flämmchen fraß sich züngelnd durch den Stamm. Der Boden im Umkreis bebte, etliche Steine lösten sich und fielen prasselnd in den

Wald hinab. Doch die Steine kamen wieder zur Ruhe, und bald senkte sich erneut Stille über das Land. Der einzige Hinweis auf das, was geschehen war und noch kommen sollte, war der Rauch, der sacht kräuselnd aus dem verkohlten Stamm der Kiefer aufstieg.

Über einer Welt, die unverändert schien, ging die Sonne auf. Groß und rot erhob sie sich über den Berg, und als ihr Licht sich tastend über das Land breitete, flogen aus dem Norden ein Paar Raben heran, die sich kurz auf die alte Drehkiefer hockten und dann weiter nach Süden in eine lange, gewundene Schlucht flogen.

Skye hörte ihr Krächzen, blickte auf und sah sie am Himmel über sich hinwegsegeln. „So einer will ich in meinem nächsten Leben werden."

Julia stand neben ihr und sah ebenfalls den Vögeln nach. „Ein Rabe?"

„Ja. Wär doch cool, so fliegen zu können."

Julia zuckte mit den Achseln. „Ich weiß nicht. Das Fliegen ist super, aber das Essen ist grässlich. Das ganze verdorbene Fleisch. Igitt."

Skye lachte und sah Julia an. „Du bist komisch."

Seit ein paar Tagen herrschte eine gnadenlose Hitze, und Julia hatte den Tagesablauf entsprechend geändert. Die Gruppe stand jetzt sehr früh auf und wanderte, solange es noch einigermaßen erträglich war. Um elf Uhr wurde es dann meist zu heiß, und sie suchten einen schattigen Platz, wo sie sich bis gegen vier aufhielten. Die Pause nutzten sie zum Lesen und Tagebuchschreiben, oder sie beschäftigten sich mit Bastel- und Kunstprojekten, an denen die ganze Gruppe beteiligt war.

Heute hatten sie im Schatten einiger alter Pappeln am Ufer eines ausgetrockneten Bachs Halt gemacht. Im Bachbett lagen seltsam geformte Steine, am Ufer allerlei totes Holz, und Julia machte den Vorschlag, dass sie aus Steinen, Holz und was sie sonst noch fanden eine Skulptur errichten sollten.

Skye fragte, ob sie nicht eine Statue von Crazy Horse, dem großen Oglala-Krieger, errichten wollten. Alle schienen begeistert, und so machten sie sich an die Arbeit und begannen das Bachbett samt Ufer nach brauchbaren Materialien abzusuchen.

An einem umgestürzten Baum entdeckten sie einen Ast, der aussah wie Rumpf und Kopf eines Pferdes. Sie setzten ihn auf vier Beine aus aufeinander gestapelten, flachen Steinen. Dann fanden sie einen gegabelten Ast, der Torso und Beine des Kriegers darstellte, und befestigten quer einen weiteren Ast für die Arme. Während einige am Bau der Skulptur arbeiteten, machten sich andere auf die Suche nach noch exotischeren Materialien zur Verzierung.

Skye schlenderte das Bachbett entlang und hielt Ausschau nach etwas, um den Federschmuck des Häuptlings zu gestalten. Eigentlich sollte sie sich nicht außer Sichtweite der Leiter begeben, doch als sie an eine Biegung des Bachs kam, entdeckte sie ein Stückchen weiter zwischen den Felsen etwas und ging, ohne nachzudenken, darauf zu. Es waren die blutigen Überreste eines Vogels, einer Art Waldhuhn. Sie zupfte die Schwanzfedern heraus und zog ein paar lange Grashalme aus dem Boden, die sie zu einem Band für die Federn flocht.

„He, was hast du denn da gefunden? Ist ja cool."

Sie blickte auf und sah Mitch, der grinsend über ihr stand. „Kann ich dir helfen?"

Ohne auf eine Antwort zu warten, setzte er sich einfach neben sie. Er nahm ein paar Grashalme und versuchte erfolglos, sie zu flechten.

Sie konnte den Typ nicht ausstehen, doch seit der Seelensuche hatte sie sich vorgenommen, zu allen freundlich zu sein.

„Komm", sagte sie, „ich zeig's dir." Sie legte ihr Grasgeflecht aus der Hand und nahm das Band, das er begonnen hatte. „Du musst es immer unter Spannung halten, sonst rutschen die Federn raus."

Sie reichte ihm das Band und hielt es fest, bis er es übernommen hatte, damit sich das Geflecht nicht auflöste. Dabei berührten sich ihre Hände. „Deine Haut fühlt sich echt gut an", meinte er.

„Was?" Sie zog ihre Hand weg, und das Band löste sich in seinen Händen auf. Er betrachtete es und sah sie dann lächelnd und schulterzuckend an. „Wirklich", sagte er. „Sie fühlt sich schön an."

Er blickte ihr in die Augen, streckte die Hand aus und streichelte über ihre Wange. Skye erstarrte, ihr Herz hämmerte. Er sah sie mit dem gleichen verschleierten Blick an wie ihr Stiefvater, wenn er nach Alkohol stinkend spät nach Hause kam.

„Es ist okay", sagte Mitch, während er über seine Schulter schaute, „keiner wird es erfahren, wir können hinter die Felsen gehen." Dann ließ er seine Hand sinken und berührte ihre Brust, und irgendetwas in ihr explodierte. Sie holte aus und schlug ihm mit dem Handrücken hart ins Gesicht.

Er stand taumelnd auf und hielt sich die Nase. „Du mieses Dreckstück!"

„Wenn du mich je wieder anfasst, bringe ich dich um." Sie war ebenfalls aufgesprungen, packte ihre Federn und lief am Bachbett entlang. Sie dachte, er würde ihr folgen, und wäre am liebsten losgerannt, doch sie zwang sich, es nicht zu tun. Sie ging nur, so schnell sie konnte, und sah sich kein einziges Mal um.

Der Kanuausflug mit Connor lag mittlerweile mehr als zwei Wochen zurück. Seither hatte Julia das Wochenende im Kopf immer wieder rekapituliert und sich gefragt, wie es dazu hatte kommen können, dass sie derart durcheinander geraten war. Sie hatte nachts wach gelegen. Sie hatte ihre Gefühle analysiert. Und als das alles nichts fruchtete, hatte sie es mit Wut probiert und sich ein mieses Weibsstück gescholten, weil sie solche Gedanken zugelassen hatte über den besten Freund ihres Freundes. Doch auch das funktionierte nicht.

Dabei hatte Connor gar nichts gesagt oder getan, um derlei Fantasien anzuregen. Er hatte sich vollkommen untadelig benommen. Sie konnte sich vorstellen, wie schockiert er wäre, wenn er wüsste, dass sie derartige Gefühle für ihn hegte. Doch seit sie ihn an jenem Abend am Flughafen zum ersten Mal gesehen hatte, hatte sich irgendetwas in ihr verändert.

Wie ein Mantra wiederholte sie still für sich, dass es Ed war, den sie liebte – und das tat sie wirklich. Aber an jenem Wochenende auf dem Fluss hatte sie ihren Blick nicht von Connor wenden können. Als sie nur Zentimeter von ihm entfernt am Feuer lag, hatte sie sich die ganze Zeit vorgestellt, wie es wäre, ihn zu küssen und seine Hände auf ihrer Haut zu spüren. Ihr körperliches Verlangen war so groß gewesen, dass sie sich geschämt hatte.

Am Sonntag war Ed zurück nach Missoula geflogen, hatte ein Abendessen vorbereitet und sie beide warm und herzlich empfangen. Es war wundervoll, ihn wiederzusehen. Und als sie sich in jener Nacht liebten, versicherte sie ihm immer wieder, wie sehr sie ihn liebte, bis sie erkannte, dass sie nicht Ed zu überzeugen versuchte, sondern sich selbst.

Sie hatte gehofft, dass die Rückkehr zur Gruppe sie ein wenig von diesem inneren Chaos ablenken würde. Doch es war eher noch schlimmer geworden und drohte, eine Zeit zu überschatten, die eigentlich eine große Befriedigung in ihr hätte hervorrufen sollen. Denn Skyes Verwandlung hatte die ganze Gruppe verändert. Seit ihrer Seelensuche war sie zum Mittelpunkt geworden. Sie war freundlich, lebhaft und zu allen aufmerksam.

Deshalb wusste Julia sofort, dass etwas nicht stimmte, als Skye jetzt mit den Federn zurückkam. Ihr Gesicht wirkte verschlossen, so wie früher. Als Julia sie fragte, ob alles in Ordnung sei, nickte sie nur knapp. Ein paar Minuten später tauchte Mitch auf. Julia sah, dass seine Nase geblutet hatte. Als sie ihn fragte, was passiert sei, antwortete er, er sei ausgerutscht und mit dem Kopf gegen einen Baum geschlagen.

FEUERSPRINGER 213

Die Skulptur sah mittlerweile prachtvoll aus, doch Skye schien jedes Interesse daran verloren zu haben. Stattdessen hatte Byron das Kommando übernommen. Er brachte jeden dazu, etwas Farbiges beizutragen, und band alles an den Körper von Crazy Horse. Lester fand ein paar abgebrochene Geweihenden, aus denen sie zusammen mit Skyes Federn einen exotischen Kopfschmuck bastelten. Skye saß abseits und starrte in die Ferne.

Julia ging zu ihr hin und setzte sich neben sie. „Und was denkst du? Nicht schlecht, was?"

Skye sah hinüber zur Skulptur. „Ja, sieht super aus."

Ihre Stimme klang tonlos und verzagt, und als Julia sie direkt ansah, entdeckte sie Tränen in ihren Augen. „Okay, erzähl mir, was passiert ist."

Skye schüttelte den Kopf und wandte sich ab. Und dann kullerten Tränen über ihre Wangen, die sie eilig abwischte. Julia streckte die Hand aus und legte sanft einen Arm um Skyes Schulter, darauf gefasst, zurückgewiesen zu werden. Doch Skye drehte sich zu ihr um, legte den Kopf auf Julias Brust, schlang die Arme um sie und schluchzte. Julia hielt sie fest und strich ihr übers Haar.

„Ist ja gut, Liebes, lass es raus. Lass es einfach raus."

Julia versuchte erneut zu erfahren, was passiert war, aber Skye wollte es ihr nicht sagen. Sie hörte jedoch bald auf zu weinen und fasste sich wieder. Als sie sich nach dem Essen gegen vier auf den Weg machten und den stolz über das Bachbett wachenden Crazy Horse allein zurückließen, wirkte sie fast wieder normal.

In jener Nacht schlugen sie ihr Lager in einer felsigen Kuhle am Osthang des Snake Mountain auf. Während die anderen das Abendessen vorbereiteten, meldete Julia sich wie jeden Abend über Funk bei Glen, um ihre Position durchzugeben. Er sagte, dass der Forest Service wegen des heißen, trockenen Wetters verstärkt Brandgefahrwarnungen ausgebe und die Gruppe mit ihren Feuern besonders vorsichtig sein solle.

Als sie am Abend um das Lagerfeuer saßen, achtete Julia auf Anzeichen von Spannung zwischen Mitch und Skye, doch falls etwas im Busch war, ließen sie es sich nicht anmerken. Nachdem sie später das Feuer gelöscht hatten, sammelten Katie, Laura und Scott wie üblich alle Hosen und Schuhe ein, bevor sie in ihre Schlafsäcke krochen.

Skye lag zwischen Katie und Julia. Sie sagte, sie sei müde und wolle schlafen. Erst als Julia sicher war, dass Skye eingeschlafen war, erlaubte sie sich, an andere Dinge zu denken. Und während sie wie jetzt häufig an Connor dachte, schlief sie selbst ein.

HOCH auf dem Berg jenseits des Kamms, wenig mehr als einen Kilometer vom Lagerplatz der Gruppe entfernt, hatte der Blitz die ganze Zeit im ausgetrockneten Herzen der alten Kiefer geschlummert, ein Kokon dumpfer Hitze, die weder glühte noch qualmte. Und wäre in jener Nacht nicht der Wind aufgefrischt und hätte von unten durch den vermoderten Stamm und die von Ameisen und Termiten hineingefressenen Ritzen und Spalten geweht, wäre das verpuppte Feuer womöglich erstickt. Angefacht von der Brise jedoch nährte es sich an harzigen Holzsplittern, bis es glühte und immer heller wurde, bevor es schließlich um Mitternacht ausbrach.

ALS JULIA den Qualm roch, dachte sie als Erstes, dass sie am Abend das Feuer nicht richtig gelöscht hätten, und mit einem Anflug von Panik setzte sie sich in ihrem Schlafsack auf und schaute dorthin, wo sie am Abend gesessen hatten. Dort hing nicht ein Hauch von Qualm in der Luft, doch sie konnte ihn immer noch riechen.

Alle um sie herum lagen in tiefem Schlaf. Skye schlief tief in ihren Schlafsack vergraben, wie sie es öfter tat. Julia sah auf die Uhr. Es war kurz nach halb sechs. Sie schlüpfte aus ihrem Schlafsack, nahm Shorts und Stiefel aus dem verschließbaren Seesack, den sie als Kissen benutzte, zog sich an und wanderte ein Stück durch den Wald.

Einen Kilometer lang folgte sie einem schmalen Wildpfad, und der Qualmgeruch nahm zu. Schließlich lichtete sich der Wald, und sie kam an einen Grat, von dem aus sie zum ersten Mal freie Sicht auf den vor ihr aufragenden Snake Mountain hatte. Die Sonne fiel von Osten auf seinen Gipfel und erhellte die dahinter abziehende Wolke. Julia bewunderte das Naturschauspiel und bemerkte erst nach einer Weile, dass das Gebilde vor ihr keine Wolke, sondern eine Rauchsäule war.

So schnell sie konnte, rannte sie zurück. Im Lager war alles ruhig. Einen Finger auf die Lippen gelegt, weckte sie Katie, Laura und Scott und berichtete ihnen flüsternd, dass in der Nähe ein Waldbrand ausgebrochen sei und dass sie alle dazu bringen sollten, sich so schnell wie möglich marschbereit zu machen. „Es ist auf der anderen Seite des Berges. Wenn wir den Weg zurückgehen, den wir gekommen sind, kann uns nichts passieren. Ihr seht zu, dass ihr alle auf Trab bringt, und ich melde mich bei Glen."

Als sie ihr Funkgerät nahm und sich von den anderen entfernte, kam Katie ihr nachgelaufen. „Julia! Julia! Skye ist weg!"

„Was?"

„Sie muss sich in der Nacht fortgeschlichen haben. Sie hat ihren Rucksack in den Schlafsack gestopft, meine Schuhe und meine Hose genommen und ist abgehauen."

KATIE entdeckte Skyes Abdrücke zuerst, weil sie das Sohlenprofil ihrer eigenen Schuhe im Staub des Pfades wieder erkannte, dem Julia bis zum Grat gefolgt war. Katie zog Skyes Hose und Schuhe an, während Julia einen kleinen Rucksack mit Utensilien packte, die sie möglicherweise brauchen würden: Proviant, Wasser, eine Karte des Berges, einen Kompass und ein Fernglas.

Dann nahmen sie Skyes Spur auf und folgten ihr durch den Wald. Forest Service und Polizei waren bereits alarmiert, eine Gruppe Feuerspringer aus Missoula hatte sich bereits auf den Weg gemacht.

Julia machte sich schwere Vorwürfe wegen Skyes Verschwinden. Obwohl sie immer noch keine Ahnung hatte, was am Vortag zwischen Skye und Mitch vorgefallen war, wusste sie, dass es ihre Schuld war, weil sie die beiden außer Sichtweite hatte gehen lassen. Wäre sie wachsamer gewesen, wäre nichts von alldem passiert.

Sie und Katie näherten sich jetzt dem Grat, und als sie ihn erreichten, bot sich die andere Seite des Berges ihren Blicken dar. Julia sah das Feuer zum ersten Mal direkt und auch den Schaden, den es bereits angerichtet hatte. Der Hang hatte sich bis zu dem gut dreihundert Meter tiefer liegenden Felsrücken in rauchendes Ödland verwandelt. Die Bäume waren zu verkohlten Spießen verbrannt, die im Wind qualmten. Unterhalb, jenseits eines der Felsrücken, die den Berg durchzogen, war der Wald unversehrt, doch über den weiter talwärts liegenden Grashängen stieg hier und da weißer Qualm auf. Funkenflug musste dort neue Brandnester gebildet haben.

Das Hauptfeuer war vom Wind nach Nordosten abgedrängt worden. Julia sah die Flammen etwa einen Kilometer entfernt, eine hohe Feuerwand, die sich durch die Bäume fraß und sich langsam von ihr entfernte.

Als sie sich umdrehte, sah sie, dass Katie wie gebannt auf das Feuer starrte. Sie wirkte völlig verängstigt. „Katie, hier sind wir sicher. Ed sagt immer, dass es wie mit dem Geld ist: Wenn man im Schwarzen ist, ist alles okay. Alles um uns herum ist schwarz und verbrannt. Wir sind sicher."

Katie nickte.

Julia entfaltete die Landkarte, um festzustellen, wo genau sie sich befanden. „Also, mal angenommen, Skye war hier. Wenn du an dieser Stelle stehen würdest, wohin würdest du gehen?"

216

Katie studierte die Karte und wies dann nach links auf einen Abschnitt im Süden des Hangs, wo vom Feuer unberührte Rinnen und weiße Felsrücken sich zum Tal hin vereinigten. „Da runter vermutlich."

„Ich auch. Ich würde versuchen, zum Fluss zu kommen. Los, lass uns weitergehen."

BEI IHREM ersten Flug über den Bergkamm hatten die Feuerspringer Funkkontakt zu Julia hergestellt. Bei dem Motorengedröhn hörte nur Hank Thomas ihre Stimme, doch er übermittelte, was sie sagte, und Ed war erleichtert, dass sie in Sicherheit war. Connor grinste und klopfte ihm auf den Rücken. Julia beschrieb Hank ihren genauen Standpunkt, und beim nächsten Überflug blickten Ed und alle anderen aus den Fenstern und erkannten fünfhundert Meter tiefer zwei winzige Gestalten, die auf einem Stück weißen Fels standen und wie wild winkten.

Hank wollte wissen, ob sie eine Ahnung hätte, wo das flüchtige Mädchen sei. Julia verneinte und erklärte, sie würde sie irgendwo zwischen ihrem eigenen Standpunkt und dem Fluss vermuten. Doch obwohl bei den nächsten Überflügen die Springer an Bord den Hang aus der Luft absuchten, entdeckte niemand eine Spur von ihr.

Das Landegebiet war ein Flachhang aus Gras und Geröll unterhalb der Feuerrückseite. Ed und Connor sprangen als Letzte, sodass die anderen bereits ihre Schirme und Overalls verstaut hatten, als sie landeten. Sie scharten sich mit den anderen um Hank Thomas. Er sprach über Funk mit Julia und studierte die Karte, während sie ihm ihre Position durchgab.

„Wie heißt das Mädchen?", fragte Hank.

„Skye. Skye McReedie."

Hank erklärte, dass ein Rettungshubschrauber unterwegs sei und dass er ihr drei seiner Springer schicken werde, die ihr und Katie bei der Suche helfen würden. Sie beendeten das Gespräch, und bevor Ed darum bitten konnte, teilte Hank ihn, Connor und Chuck Hamer als die drei Springer ein, die bei der Suche nach Skye helfen sollten. Hank und die anderen vier würden eine Schneise um die Ostflanke des Feuers schlagen.

SIE BRAUCHTEN zwanzig Minuten bis zu der Stelle, wo Julia und Katie warteten. Ihr Weg führte über einen der Felsrücken, die sie bereits aus der Luft gesehen hatten. Dieser hatte als natürlicher Brandwall fungiert. Oberhalb davon war der Hang schwarz und voller verkohlter Bäume, während der Wald unterhalb ganz und gar unversehrt war.

Connor, der den Trupp anführte, entdeckte schon bald Julia und Katie, die auf einer Felsplatte saßen. Als er ihre Namen rief, kamen sie ihm entgegengelaufen. Julia trug Shorts und ein hellgraues T-Shirt. Ed rannte voraus, und Julia und er fielen sich in die Arme. Dann wandte Julia sich Connor zu und umarmte auch ihn. Und diese kurze Berührung hätte ihn beinahe überwältigt. Als sie sich voneinander lösten, lächelte sie tapfer und wandte den Blick ab, doch er sah die Anspannung in ihrem Gesicht. Sie begrüßte Chuck und stellte Katie vor, die unvermittelt in Tränen ausbrach, offensichtlich auch jemanden zum Umarmen brauchte und sich für Chuck entschied.

„Mannomann", sagte er, „warum habe ich nicht immer so eine Wirkung auf Frauen?"

Sie breiteten die Karte auf einem Felsen aus, und Julia zeigte ihnen den Weg, den Skye ihrer Meinung nach eingeschlagen hatte. Sie schlug vor, dass sie sich in einer Reihe über den Hang verteilten, das Gebiet nach unten durchkämmten und dabei Funkkontakt hielten. Katie war die Einzige, die kein Funkgerät besaß, und als Connor vorschlug, dass sie mit Chuck gehen sollte, wirkte sie sehr erleichtert. Sie wollten gerade aufbrechen, als Hank sich mit der Nachricht meldete, dass der Funkkontakt zum Rettungshubschrauber abgerissen sei und niemand wisse, wo er stecke. Für den Augenblick seien sie auf sich gestellt.

Ed bildete das nördliche Ende der Reihe und war damit dem Feuer am nächsten, dann folgten Julia, Connor und am südlichen Ende Chuck und Katie. Ed blieb, wo er war, und wünschte Connor und den anderen Glück, bevor sie aufbrachen, um ihre Positionen einzunehmen.

Chuck und Katie marschierten voran. Connor ging neben Julia. „Oh, Connor", sagte sie leise. „Wenn Skye etwas zustößt, werde ich mir das nie verzeihen. Es ist alles meine Schuld."

Er legte sanft eine Hand auf ihre Schulter, und sie umfasste sie. „Sag mir, dass alles gut wird", bat sie.

„Bestimmt. Ich weiß es."

Es war das erste Mal, dass er sie angelogen hatte. Und es sollte nicht das letzte Mal bleiben.

SKYE durchquerte eine weitere Rinne und bewegte sich auf ein breites geschwungenes Tal mit Wiesen und Felsblöcken zu, das den scheinbar besten Weg zum Fluss hinunter bot. Das Tal war auf beiden Seiten von unberührtem Wald flankiert. Ihre Füße waren von Blasen übersät, weil Katies Schuhe ihr eine halbe Nummer zu groß waren, und die Knie taten vom langen Bergabwandern weh. Sie hielt an, um Atem zu schöpfen.

Sie hatte jetzt keine Angst mehr. Zumindest nicht so wie vorhin, als sie den Berggrat erreicht und das Feuer entdeckt hatte. Sie hatte dort eine Weile gestanden und das Feuer beobachtet und sich gesagt, dass sie keine Angst haben musste. Im schlimmsten Fall konnte sie sterben, und was war schon groß dran am Tod? Es machte einfach peng, und dann kam das Nichts. Das reine schwarze Nichts. Doch als sie den Abstieg ins Tal begonnen hatte, machte das Feuer ihr immer noch Angst, sein Geräusch mehr als sein Anblick.

Doch nun ging es besser. Inzwischen fand sie es sogar gut, wieder auf der Flucht zu sein. Eine ganze Weile hatte sie während der letzten zwei, drei Wochen geglaubt, einen Platz gefunden zu haben, wo sie hingehörte. Aber das hatte sich falsch erwiesen, wie alles andere auch, und das Beste war, schnellstens von hier fortzukommen.

Sie hatte Durst und nahm das zusammengeknotete rote T-Shirt, das sie als Tasche benutzte. Darin befand sich ihre Wasserflasche, die fast leer war. Sie nahm den letzten Schluck, warf die Flasche weg, war aber immer noch durstig. Ihr graues T-Shirt war verschwitzt und zerrissen, weshalb sie Katies rotes Hemd entknotete, anzog und das graue in die Büsche warf.

Sie drehte sich um und schaute den Hang hinauf, doch das Feuer war durch eine flache Schulter des Berges verdeckt. Doch es war lauter geworden, und sie roch jetzt zum ersten Mal den Qualm. Der Gedanke, dass sie sich deswegen Sorgen machen sollte, kam Skye nicht, denn sie musste ja mittlerweile so weit Richtung Tal vorgedrungen sein, dass sie außer Gefahr war. Direkt unter ihr erstreckte sich ein Steilhang mit Geröll, und sie überlegte kurz, ob sie ihn hinabklettern sollte, um so den Abstieg durch den Wald abzukürzen. Doch es sah gefährlich aus, und sie beschloss weiter oberhalb am Hang entlang zum anderen Ende des Tals zu wandern, wo die Rinnen sich vereinigten. Diese Entscheidung gab ihr neuen Auftrieb, und sie machte sich im Laufschritt auf den Weg.

ED ENTDECKTE sie als Erster. Links unten am Hang sah er etwas Rotes aufleuchten. Er nahm den kleinen Feldstecher, den er immer dabeihatte, und sah erneut etwas Rotes aufblitzen. Diesmal war deutlich zu erkennen, dass es sich um eine Person handelte, die etwa zwei oder drei Kilometer entfernt war. Er griff nach seinem Funkgerät. „Julia, hier ist Ed. Trägt Skye etwas Rotes?"

„Nein. Graues T-Shirt, blaue Hose."

„Ed. Hier ist Chuck. Das Mädchen hat Katies rotes T-Shirt mitgenommen. Vielleicht trägt sie das."

Ed besaß keine Karte und konnte nicht genau beschreiben, wo er Skye entdeckt hatte. Er bat Julia, für ihn die Karte zu studieren, und während sie redeten, verschwand Skye wieder aus seinem Blickfeld, doch Ed war sich sicher, dass sie auf das obere Ende des Tals zumarschierte. Vermutlich weil es die leichtere Route war oder weil sie sich dort sicherer fühlte. Wenn er den Wald durchquerte, konnte er ihr vielleicht den Weg abschneiden. Julia studierte die Karte und stellte fest, dass er kurz vor dem Talkessel durch eine Klamm musste, was ihrer Ansicht nach aber machbar war. In der Zwischenzeit würde sie mit den anderen zum oberen Ende des Tals kommen.

Als Ed den Waldrand erreichte, wusste er, warum Skye sich für den Weg oberhalb entschieden hatte. Der Hang fiel gut zweihundert Meter tief steil ab und bestand nur aus lockerem Schiefer. Doch Ed erinnerte sich an den Spaß, den er als Kind auf Schutthalden gehabt hatte, und hüpfte bedenkenlos über den Felsvorsprung.

Gleich beim ersten Schritt war alles wieder wie damals. Die Steine unter den Stiefeln gerieten ins Rutschen, und man musste sich nur diesem Gleiten furchtlos hingeben und sich gehen lassen. Leicht vorgeneigt hüpfte er wie mit Siebenmeilenstiefeln den Hang hinunter, jeder Schritt trug ihn acht bis zehn Meter weit. Aber auf halbem Weg blieb er mit dem Fuß an einem Büschel Salbei hängen, überschlug sich und rutschte den Rest des Hangs auf dem Rücken hinunter.

Am Rand des Waldes blieb er zunächst eine Weile liegen, bevor er sich vorsichtig aufrichtete, erleichtert, weil er anscheinend unverletzt war. Er ließ seinen Blick umherschweifen, um sich zu orientieren, und gerade als er feststellte, wie tief und schwarz die Wolken am Himmel hingen, erzitterte die Luft von einem krachenden, blendenden Blitz. Ed warf sich zu Boden, wo er zusammengerollt liegen blieb, bis der Schreck nachließ und sein Pulsschlag sich wieder beruhigt hatte. Er richtete sich auf.

„O verdammt", sagte er. So knapp war er einem Blitzschlag noch nie entronnen. Er warf den Kopf in den Nacken und lachte laut, dass er noch lebte. Wo genau der Blitz eingeschlagen hatte, konnte er nicht erkennen.

Er hatte sich gerade aufgerappelt, als er Julia über Funk seinen Namen rufen hörte. Er versuchte zu antworten, doch sie verstand ihn offensichtlich nicht, denn sie sagte immer wieder: „Ed, hörst du mich?" Vielleicht war das Funkgerät bei dem Sturz kaputtgegangen. Doch er hatte keine Zeit zu verlieren. Er hängte sich das Funkgerät über die Schulter, schaute auf seinen Kompass und tauchte in den Wald ein.

Der Weg war beschwerlicher als erwartet. Er musste gelegentlich weite Umwege machen, um überhaupt vorwärts zu kommen. Und die ganze Zeit rauschte der Wind in den Wipfeln. Es roch nach Qualm, und er dachte, es wäre der Rauch, der von der anderen Seite des Berges herüberwehte, bis er ein Geräusch hörte, das ihn seinen Irrtum erkennen ließ.

Es begann mit einem leisen Grollen, das stetig lauter wurde wie ein Zug, der durch einen Tunnel auf ihn zufuhr. Ed erkannte es sofort und verspürte panische Angst. Zwischen den säulenartig aufgereihten Stämmen hindurch sah er nichts, nicht einmal Rauch. Dann hörte er den ersten Baum in Flammen aufgehen und wenig später den zweiten, spürte die Hitze und wusste, dass das Feuer nicht mehr weit war und rasend schnell näher kam. Er fing an zu rennen.

JULIA sah den Blitz nicht einschlagen, doch sie hörte das infernalische Krachen und sein Echo. Als sie aus der Rinne kletterte, der sie gefolgt waren, entdeckte sie zwischen den Wipfeln ein kleines Brandnest, das sich, während sie zusah, mit unglaublicher Geschwindigkeit ausbreitete. Sie hatte schon jetzt alle Mühe, ihre Panik zu unterdrücken, und als sie das Feuer sah und begriff, dass Ed irgendwo in der Nähe war oder – Gott bewahre – mittendrin sein musste, hätte sie beinahe die Kontrolle über sich verloren. Doch der Schrei, den sie ausstoßen wollte, blieb stumm. Sie konnte kaum glauben, was da geschah.

Verzweifelt versuchte sie, Ed über Funk zu erreichen, und hörte, wie Connor und Chuck das Gleiche taten. Doch er antwortete immer noch nicht. Sie rief Connor. „Connor, siehst du das Feuer dort unten?", fragte sie.

„Ja, ich seh's."

„Genau dort ist Ed."

„Ja. Mach dir keine Sorgen. Er weiß, was zu tun ist."

Seine Stimme klang klar und ruhig. Er fragte sie, wie weit sie noch vom oberen Ende des Tals entfernt sei, und sie erwiderte, dass sie es schon sehen und in etwa fünf Minuten dort sein könne. Connor sagte, er werde die Stelle in zehn Minuten erreichen. Keiner von beiden konnte Skye sehen. Julia meldete sich ab und rannte los.

ALS CONNOR den sich vor ihm öffnenden Talkessel und das Feuer sah, das von rechts durch den Wald stetig näher kam, wusste er genau, woher sein Unbehagen über diesen Ort rührte. Jeder Feuerspringer in Missoula, ja in ganz Amerika, wusste, was vor Jahren am Mann Gulch geschehen war.

FEUERSPRINGER

Am 5. August 1949 waren, nur hundertfünfzig Kilometer von hier entfernt, 13 Feuerspringer ums Leben gekommen, als sie von einem Brand einen Talkessel hinaufgejagt worden waren, sehr ähnlich dem, den Connor jetzt betrachtete. Wie hier hatte es am Fuß des Tals einen Fluss gegeben, und die Topographie hatte boshafterweise ihre eigenen Windverhältnisse geschaffen, sodass das Tal zu einem riesigen Kamin wurde, der das Feuer in einer rollenden Walze schneller angesaugt hatte, als Mensch oder Tier hatten fliehen können.

Connor meldete Hank, was bei ihnen gerade passierte, woraufhin Hank einen Notruf absetzte und einen Hubschrauber anforderte, der sie evakuieren sollte. Connor wies er an, dafür zu sorgen, dass niemand in den Talkessel hinabstieg. Sie sollten sich alle in den verkohlten Bereich weiter hangaufwärts zurückziehen oder, falls das nicht möglich war, in felsigem Gelände bleiben, wo das Feuer weniger Nahrung fand.

Von seiner Position aus sah Connor jetzt Julia, die ein Stück hangabwärts schnurstracks Richtung Tal marschierte, und ein ganzes Stück weiter unterhalb auch Skye. Connor schätzte, dass das Feuer das Tal in 15 Minuten erreicht haben würde, vielleicht auch schneller. Und irgendwo in dem brennenden Wald befand sich sein bester Freund.

Connor rannte, so schnell er konnte, den Hang hinunter und zückte im Laufen sein Funkgerät. „Julia, hier ist Connor. Du kannst da nicht runtergehen. Kehr um und sieh zu, dass du aus dem Talkessel rauskommst."

„Wovon redest du? Ich kann sie sehen. Sie ist direkt unter mir."

„Julia, hier ist Chuck. Connor hat Recht. Geh nicht da runter. Wenn das Feuer das Tal erst einmal erreicht hat, wird es auf dich zurasen. Ich bringe Katie jetzt hier raus."

Julia starrte den Hang hinauf zu Connor. Dann wandte sie sich wieder dem Tal zu, und über dem Heulen des Windes hörte er schwach, wie sie Skyes Namen rief. Falls das Mädchen es mitbekommen hatte, reagierte es nicht darauf. Unbeirrt lief sie weiter hinunter in den Talkessel. Julia wandte sich noch einmal zu ihm um, und Connor wusste, dass sie eine Entscheidung traf, und auch wie sie ausfallen würde. Und tatsächlich drehte sie sich wieder um und rannte, laut Skyes Namen rufend, weiter ins Tal.

Connor brüllte, sie solle stehen bleiben, und wiederholte den Appell, so ruhig er konnte, über Funk, doch sie beachtete ihn nicht. Also rannte er ebenfalls los, sprang über Sträucher und Felsen und trat kleine Gerölllawinen los, während sein Blick vom Boden zu Julia, zu Skye und dem heranrückenden Feuer huschte.

ZUNÄCHST wollte Ed hangabwärts laufen, um unterhalb des Brandes zu gelangen, doch das Gelände wurde ebener, und das Feuer schien sich dorthin ebenso schnell auszubreiten wie in alle anderen Richtungen. So wandte er sich nach Süden und hastete in Richtung der Klamm, von der Julia gesprochen hatte.

Er hörte das Feuer in seinem Rücken wüten, und als er die Klamm erreichte, war das Feuer noch etwa fünfzig Meter hinter ihm. Er spürte die alles durchdringende Hitze, die es wie eine Bugwelle vor sich herschob.

Es war tatsächlich eine Klamm, nur das Wasser, das sie normalerweise führte, war längst versiegt, das steinige Flussbett ausgetrocknet. Doch das Nordufer bestand aus einer knapp 15 Meter hohen, glatten Felswand, an deren Rand Ed nun stand und wusste, dass jede Sekunde, die er zögerte, ihn das Leben kosten konnte.

Zunächst erwog er, sich an der Felswand hinabzuhangeln, doch sie wirkte tückisch, und die Felsen an ihrem Fuß sahen mörderisch aus. Ed hatte ein Seil dabei, das zwar nicht lang genug war, um ganz hinunterzugelangen, seiner Ansicht nach jedoch reichen musste, um vom Ende des Seils zu springen. Er zog es heraus, schlang es um einen Baum, der dem Abgrund am nächsten stand, und ließ sich langsam über die Kante in die Schlucht hinunter.

Er war noch nicht weit gekommen, als er direkt über sich ein Krachen hörte. Ein Regen aus Funken und glühenden Holzstücken ging auf ihn nieder. Er duckte sich, hielt jedoch das Seil fest und musste, als er nach oben sah, erkennen, dass um den Stamm des Baums Flammen züngelten. Das Seil hatte bereits Feuer gefangen. Er lockerte seinen Griff, ließ es durch seine Hände gleiten und spürte, wie es seine Haut versengte, als er inmitten eines Hagels brennender Teilchen in die Schlucht hinabglitt.

Auf halber Höhe brannte das Seil durch und riss. Der Fall dauerte nicht mehr als drei Sekunden, schien sich aber auf eine Ewigkeit auszudehnen. Ed sah den Boden der Schlucht kreiselnd näher kommen, hörte sein Funkgerät knacken und Connor, der erneut seinen Namen rief. Und das Letzte, was er sah und je sehen würde, war ein roter Schmetterling, der sich von den Felsen erhob und davonflatterte.

JULIA rannte, so schnell sie konnte, durch das hohe Gras. Dabei rief sie immer wieder Skyes Namen. Doch es war sinnlos, denn der Wind riss ihr jeden Schrei von den Lippen und ließ ihn ungehört verhallen. Über den noch vom Brand verschonten Bäumen, die den Kamm des Hangs auf der rechten Seite des Talkessels krönten, stieg eine Rauchsäule auf, die aussah wie ein wütender schwarzer Drache, dessen Leib sich im orangefarbenen Widerschein des Feuers wand. Skye, die nur noch etwa vierhundert Meter unterhalb von ihr war, rannte jetzt ebenfalls. Doch dann blieb sie plötzlich wie angewurzelt stehen. Mit einem Knall, der alles zu erschüttern schien, gingen die Bäume auf dem Hang rechts von ihr in Flammen auf. Julia blieb ebenfalls stehen, und einen Moment lang starrten beide wie gebannt auf das Schauspiel.

Connor rief sie über Funk. „Julia, kehr um! Du hast keine Zeit mehr!"

Sie blickte sich um und sah ihn mit Riesenschritten hangabwärts rennen. Er war nur noch hundert Meter entfernt und kam schnell näher. Sie wandte sich wieder nach vorn und erkannte, dass Skye sie endlich bemerkt hatte. Julia winkte ihr zu und machte ihr Zeichen umzukehren. Skye starrte sie einen Moment lang an, dann wandte sie sich wieder den brennenden Bäumen zu.

„Komm, Skye! Um Gottes willen, komm!"

Oberhalb von ihnen lösten sich erst zwei brennende Baumwipfel von ihren Stämmen, dann folgte ein dritter, und wie Kometen schwebten sie hinunter ins Tal. Als sie zwanzig Meter unterhalb von Skye landeten, überschlugen sie sich mehrmals und sprühten Funken.

Skye sah die brennenden Wipfel, drehte sich abrupt um und begann, den Hang hinaufzurennen. Endlich, dachte Julia. Gott sei Dank.

Schon im Laufen wusste Connor, dass sie nicht rechtzeitig aus dem Tal herauskommen würden. Er sah, dass der Wind die Brandherde, die durch ein paar herübergewehte Baumwipfel entstanden waren, peitschend auf sie zutrieb. Das Mädchen würde sterben. Doch es gab eine Chance, nur eine kleine Chance, dass er Julia retten konnte.

Sie befand sich nur noch zwanzig Meter vor ihm, aber nun rannte sie weiter zu Skye hinunter. Der Hang war steil, und das arme Mädchen versuchte dreihundert Meter unter ihnen verzweifelt, ihn zu erklimmen. Hinter ihr hatten sich die drei Brandnester zu einem großen Feuer vereinigt, dessen Flammen von allen Seiten auf sie zurasten. Connor wusste, dass es für das Mädchen keine Rettung mehr gab und auch nicht für Julia und ihn, wenn sie versuchten, ihr zu helfen.

„Julia!" Endlich holte er sie ein und packte mit beiden Händen ihre Schulter. Sie fuhr herum. „Julia, hör zu! Du kannst da nicht runter!"

„Schau sie an! Wir müssen ihr doch helfen!"

„Nein. Sie wird es nicht schaffen. Und wenn wir da hingehen, schaffen wir es auch nicht."

Sie versuchte sich loszureißen, doch er packte ihre Schulter noch fester und schlang den anderen Arm um ihre Hüfte.

„Lass mich los, verdammt noch mal!" Sie schlug aus, er duckte sich, und als sie sich über ihn beugte, richtete er sich wieder auf, hob sie hoch und warf sie über seine Schulter. Sie brüllte ihn an, doch er hielt sie fest und begann den Hang hinaufzuklettern.

„Schau nicht zurück", sagte er. „Schau sie nicht an."

„Du Schwein!", schrie sie. „Lass mich los! Lass mich los!"

Ein einziger Mann hatte die Katastrophe am Mann Gulch überlebt, der Einzige, der nicht versucht hatte, dem Feuer zu entkommen. Connor hatte die Stelle bereits ausgeguckt. Auf dem Weg ins Tal war er an einer Gruppe von Felsen vorübergekommen und hatte entschieden, dass dies der einzige Fleck war, an dem sie eine Chance hatten. Er lag etwa zwanzig Meter hangaufwärts, doch sie kamen nur langsam voran, weil Julia sich so heftig wehrte. Der Qualm waberte jetzt in dicken Schwaden heran.

Noch fünfzehn Meter. Zwölf. Zehn …

Julia stieß einen markerschütternden Schrei aus, und er wusste, dass die Flammen das Mädchen eingeholt hatten. Julia sah sie sterben.

„Sieh nicht hin, Julia! Sieh um Himmels willen nicht hin!"

Ihr Schrei verlor sich in einem Wimmern, und er spürte, wie sich ihr Körper auf seiner Schulter wand und zusammenkrümmte, als ob etwas in ihr ebenfalls sterben würde.

Als sie die Stelle erreicht hatten, ließ Connor sie herunter und lehnte sie mit dem Rücken an einen Felsen. Dort ließ er sie liegen und zündete ein Sturmstreichholz an, das hell in seiner Hand loderte. Die drei großen und etliche kleinere Felsen bildeten zusammen ein Dreieck von zwei Meter Durchmesser, in dessen Mitte Gras wuchs, das Connor als Erstes anzündete. Es fing knisternd Feuer. Der Wind peitschte durch die Spalten zwischen den Felsen, und bald stand der Hang in Flammen. Connor sah zu, wie das Feuer hangaufwärts wanderte, und konnte nur hoffen, dass Chuck und Katie mittlerweile in Sicherheit waren.

Er spähte durch den Qualm und sah, dass das ganze Tal brannte. Eine niedrige Flammenmauer raste auf sie zu. Das Gras zwischen den Felsen war inzwischen abgebrannt, und er trat die glühenden Reste aus. Er hörte Julia auf der dem Tal zugewandten Seite des Felsens, wo er sie abgesetzt hatte, leise stöhnen und rannte, das brennende Streichholz noch in der Hand, zu ihr. Sie war schluchzend in sich zusammengesunken. Er packte ihr Handgelenk, zerrte sie ein paar Schritte hangabwärts, zündete das Gras zwischen ihnen und dem Felsen an und wartete, bis es abgebrannt war.

Um die Felsen erstreckte sich nun ein rauchender schwarzer Fleck von 15 Meter Durchmesser. Connor warf das Sturmstreichholz weg, kniete sich vor Julia und nahm sie in beide Arme.

Sie schlug nach ihm, als er sie hochhob. „Du hast sie sterben lassen. Warum hast du sie sterben lassen?"

Connor antwortete nicht. Er ließ sich einfach schlagen und trug sie zwischen die Felsen, wo er sie auf der schwarzen Erde absetzte und eine Wasserflasche aus der Tasche zog. „Okay, ich werde dich jetzt damit übergießen."

Er zog ein Stirnband aus der Tasche, das er befeuchtete, bevor er Julias Kopf und Schultern mit Wasser übergoss, die Flasche über sich entleerte und sie dann wegwarf. Das Feuer war jetzt noch schätzungsweise dreißig Meter entfernt und toste wie ein Dutzend Düsentriebwerke.

Er holte seinen Notunterstand heraus, ein kleines, schlauchartiges Zelt aus Aluminiumfolie. Er legte es auf den Boden und entfaltete es. „Julia, steh auf!"

Sie rührte sich nicht, also zog er sie hoch, lehnte sie an sich und stützte sie mit einem Arm ab. Sie wimmerte nach wie vor leise vor sich hin. Der Notunterstand war für eine Person konzipiert, doch Connor schätzte, dass sie auch zu zweit gerade genug Platz finden würden. Er zog die Plane über ihre Köpfe und Körper, bis sie ganz eingehüllt waren, legte den Arm um sie und ließ sich mit ihr auf den Boden sinken. Er gab ihr das angefeuchtete Stirnband. „Leg das über dein Gesicht."

Sie wollte nicht, also tat er es für sie. Ihre Leiber waren dicht aneinander gepresst, sodass er ihr Schluchzen spürte. Als das Dröhnen des nahenden Feuers lauter und lauter wurde, legte er schützend beide Arme um sie, drückte sie fest an seine Brust und wartete.

ZWEITER TEIL

7 Als das Flugzeug zum Landeanflug nach Lexington, Kentucky, ansetzte, fragte sich Connor, ob sie ihn am Flughafen abholen würde. Es war Ende Februar, und in den sechs Monaten, die seit dem Feuer vergangen waren, hatte er sie nicht ein einziges Mal gesehen. Nachdem Eds Zustand sich stabilisiert hatte, war sie mit ihm nach Kentucky geflogen und für die Dauer seines Krankenhausaufenthalts bei seinen Eltern geblieben. Jetzt erholte er sich zu Hause, und Julia arbeitete unter der

Woche in Boston und flog jedes Wochenende zurück nach Kentucky – bis auf die beiden Wochenenden, an denen Connor zu Besuch kam. Beide Male war sie in Boston geblieben, angeblich wegen ihrer Arbeit.

Anfangs hatte er versucht, sie anzurufen. In Boston erreichte er immer nur ihren Anrufbeantworter, und sie rief nie zurück. Zweimal hatte sie zufällig das Telefon bei Eds Eltern abgenommen. Sie war höflich, distanziert und berichtete scheinbar emotionslos über Eds Genesung. Ja, die Verbrennungen verheilten gut, ja, die gebrochene Hüfte auch, er humpelte beim Gehen fast gar nicht mehr, und nein, was sein Augenlicht betraf, gab es nach wie vor keine Fortschritte.

Ed hatte bei dem Sturz in beiden Augen heftige Netzhautblutungen erlitten. Die Ärzte sagten, dass es etwas mit dem Diabetes zu tun hätte. Connor fragte nicht groß nach den medizinischen Einzelheiten. Entscheidend war, dass sein Freund jetzt blind war und höchstwahrscheinlich für immer blind bleiben würde.

Connor telefonierte zwei-, dreimal die Woche mit Ed, und seine Stimmung war stets überschwänglich. Nachdem seine Hüfte verheilt war, hatte er einen Monat in einer Rehaklinik für Blinde verbracht, aus der er urkomische Anekdoten über Missgeschicke und Unglücke zu berichten wusste. Und in der letzten Woche hatte er endlos von seiner neuen Computerausrüstung erzählt, mit deren Hilfe er komponieren könne. Er würde ein spezielles Braillekeyboard und sprachgesteuerte Programme bekommen.

Connor drang nicht weiter in ihn, um zu erfahren, was hinter dieser tapferen Fassade vor sich ging, doch er konnte es sich vorstellen. Er wusste, dass sowohl Ed als auch Julia eine posttraumatische Therapie machten. Man hatte auch Connor in Missoula ein entsprechendes Angebot unterbreitet, doch er war nicht darauf eingegangen. Seltsam war, dass er mit Ed noch nicht wirklich über das Feuer geredet hatte.

Ed klang enthusiastisch, als Connor ihn gefragt hatte, ob er ihn noch einmal in Kentucky besuchen könne. Er versprach, ihn dieses Mal selbst am Flughafen abzuholen. Connor rechnete nicht damit, dass Julia ihn begleitete. Wahrscheinlich würde sie wieder in Boston bleiben.

Doch er sollte sich irren. Als er in die Halle kam, sah er sie. Sie stand neben Ed, blass und abgemagert, hatte kurze Haare und dunkle Ringe unter den Augen und trug einen langen schwarzen Mantel mit hochgeschlagenem Kragen und Stiefel. Sie sah tragisch-schön aus. Als sie Connor entdeckte, winkte sie, und er beobachtete, wie sie Ed zuflüsterte, in welche Richtung er sich wenden musste.

FEUERSPRINGER 227

Ed trug eine dunkle Brille und eine alte gelbe Skijacke. Auch er hatte abgenommen, doch die Brandnarben in seinem Gesicht hatten sich zurückgebildet und sahen schon sehr viel besser aus. Pflichtschuldig stellte er sich hin, strahlte und winkte auch. „He, Cowboy! Hier drüben!"

Connor ging auf ihn zu. „He, alter Kumpel!", begrüßte er ihn. Er stellte seinen Lederbeutel ab, fasste Ed bei den Schultern, und die beiden umarmten sich lange.

„He, Mann", sagte er leise, „gut, dich zu sehen."

„Ich freue mich auch, dich zu sehen, Mann." Ed lachte und trat eine Armlänge zurück, als würde er ihn mustern. „Siehst du? Ich sage immer noch ‚sehen', und das werde ich auch weiterhin tun. Außerdem kann ich dich in meinem Kopf sehen, und du bist noch immer ein hässlicher Sack."

Connor lachte und wandte sich Julia zu. „Hallo, Julia."

„Connor." Sie nickte. „Wie geht's?"

„Gut. Und dir?"

„Mir geht's gut. Danke."

Sie wussten nicht, ob sie sich küssen, umarmen oder vielleicht nur die Hand geben sollten. Connor wagte den Schritt, trat auf sie zu, umarmte sie und küsste sie auf die Wange. Sie erwiderte seine Umarmung nicht, sondern berührte nur kurz seine Schultern.

Er ließ sie los. „Du hast dir die Haare abgeschnitten", sagte er unsicher.

„Ja. Sie waren ganz versengt und ausgefranst ..."

„Steht ihr gut, oder?", sagte Ed grinsend und zersauste ihr mit einer Hand das Haar am Hinterkopf. Julia lächelte pflichtschuldig.

„Ja, das stimmt", sagte Connor.

Es entstand betretenes Schweigen. „Na, worauf warten wir eigentlich noch, verdammt noch mal?", fragte Ed. „Los, lass uns diesem Cowboy ein Bier besorgen."

Connor nahm seine Tasche, und sie gingen langsam durch die Halle, Ed in der Mitte. Als sie in den trüben Nachmittag hinaustraten, ließ Julia die beiden Männer im Schutz der überdachten Vorhalle zurück, um den Wagen zu holen.

„Wie sieht sie deiner Meinung nach aus?", fragte Ed.

„Großartig. Vielleicht ein bisschen müde."

„Ja. Sie arbeitet zu viel. Sie war unglaublich. Weißt du, sie fühlt sich wirklich mies wegen der Sachen, die sie zu dir gesagt hat."

Connor wusste genau, was Ed meinte, tat jedoch überrascht. „Was meinst du damit?"

Ed seufzte. „Also, sie hat mir erzählt, dass sie dich beschimpft und gesagt hat, es wäre deine Schuld, dass das Mädchen … na ja, du weißt schon."

„Ach, ich habe nie geglaubt, dass sie es wirklich ernst meint."

„Das ist gut. Denn sie weiß, dass du ihr das Leben gerettet hast. Und dass du, was das Mädchen betrifft, keine andere Wahl hattest."

„Hm, vielleicht."

„Nein, Connor. Kein Vielleicht." Ed tastete nach Connors Arm. „Du hattest keine Wahl, Mann. Jeder von uns hätte so gehandelt. Oder hätte es versucht. Die Wahrheit ist, dass die meisten von uns gescheitert und umgekommen wären."

Der Abschlussbericht der offiziellen Ermittlungen war noch nicht veröffentlicht, doch Connor wusste bereits, dass sie zu demselben Ergebnis gekommen waren, auch wenn er sich deswegen keinen Deut besser fühlte.

Es dauerte ziemlich lange, bis endlich ein schwarzer Jaguar am Bordstein hielt. Durch die getönten Scheiben sah Connor Julia, die sich vorbeugte, um die Beifahrertür zu öffnen.

„Da ist sie", sagte er und schob Ed sanft zu dem wartenden Wagen.

DAS ABENDESSEN in Grassland – oder im Château Tully, wie Ed es nannte – wurde stets pünktlich um halb acht serviert, und verspätetes Erscheinen galt als ziemlich unfein. Doch es war schon zwanzig nach sieben, und Julia lag noch immer in der Wanne und versuchte, die nötige Kraft zu sammeln, um Connor erneut gegenüberzutreten.

Zum ersten Mal war sie mit Ed im vergangenen Frühjahr nach Grassland gekommen, um seine Eltern kennen zu lernen. Sobald das Flugzeug gelandet war, setzte der Kulturschock ein. Raoul, der Chauffeur von Eds Vater, empfing sie am Flughafen und hielt ihnen die Tür zum Fond eines Mercedes auf, der geräumig genug war, um darin eine Party zu feiern. Julia bekam einen Lachanfall, der sich erst wieder legte, als sie den Highway verließen. Wie durch Zauberhand öffneten sich surrend zwei schmiedeeiserne Tore, und der Wagen glitt leise schnurrend auf eine gewundene Straße, die durch eine Parklandschaft führte, bis sie vor einem Palast mit Säulenvorhalle standen, bei dessen Anblick Julia nur noch mit offenem Mund staunen konnte. Es gab Pfauen, Springbrunnen und eine Armee von Bediensteten.

FEUERSPRINGER 229

Mittlerweile fühlte sie sich in Grassland wie zu Hause. Und je besser sie Eds Eltern kennen lernte, desto mehr mochte sie sie. Der Unfall hatte sie einander nahe gebracht, und Julia wusste, dass Eds Eltern sie vergötterten.

Susan Tullys Tapferkeit angesichts des Unglücks erschien fast genauso unglaublich wie Eds. Der Schock und die Trauer über das Erblinden und die Verbrennungen ihres Lieblingssohns waren größer, als Julia sich vorstellen konnte, doch Susan konnte ihre Gefühle gut verbergen. Nach außen hin hatte sie sich von Anfang an stark und zupackend gegeben. Julia hatte davon gezehrt und versucht, es ihr gleichzutun, was ihr meist auch gelang. Niemand, nicht einmal der Therapeut, den sie in Boston konsultierte, wusste, was in ihrem Innern vorging. Er ahnte nichts von den schrecklichen Träumen, den Dämonen, die sie in den dunklen Stunden der Nacht heimsuchten, der Schuld, die auf ihr lastete.

Das Badewasser kühlte langsam ab, und sie stieg aus der Wanne und trocknete sich ab, während sie an Connor dachte und wünschte, sie wäre übers Wochenende in Boston geblieben. Sie hatte all ihre Kraft aufgewendet, um zu verbergen, wie sehr sie bemüht war, ihm aus dem Weg zu gehen. Ed hatte es erst gemerkt, als Connor das letzte Mal nach Kentucky gekommen war und sie sich erneut eine Entschuldigung ausdachte. Er wollte den Grund dafür wissen, und sie hatte gesagt, sie würde sich für ihr Benehmen am Tag des Feuers schämen – was die Wahrheit war, aber nicht die ganze.

Insgeheim schämte Julia sich für die Gefühle, die sie im vergangenen Sommer für Connor gehegt hatte und noch immer hegte. Selbst vor dem Unglück waren ihr diese Regungen wie ein Betrug an Ed erschienen, aber jetzt empfand sie sie beinahe als ungeheuerlich. Julia kannte ihre Pflicht, und so lange Connor viele Kilometer entfernt war und sie ihn nicht sehen musste, konnte sie ihre Gefühle für ihn verdrängen und sich weiter darum kümmern, Ed zu versorgen.

Doch am Flughafen war alles wieder auf sie eingestürmt. Die Art, wie Connor auf sie zugekommen war, der Klang seiner Stimme. Sie hatte inständig gehofft, dass er sie nicht umarmen oder küssen würde, und als er seine Arme um sie legte, hatte sie gespürt, wie sich etwas in ihr löste, und sie hatte sich zwingen müssen, sich nicht an ihm festzuklammern und an seiner Schulter zu weinen. Sie hatte die Tränen zurückgehalten, bis sie im Wagen war, und sich dann schluchzend über das Lenkrad gebeugt.

Jetzt fühlte sie sich zum Glück wieder ein wenig stärker. Sie föhnte ihre Haare und zog rasch eine schwarze Samthose und einen dunkelgrünen

Kaschmirpulli an. Als sie sich vor dem Badezimmerspiegel zurecht-machte, hörte sie Eds leises, spezielles Klopfzeichen an der Schlafzim-mertür, das er immer benutzte, wenn er nachts, nachdem alle schlafen gegangen waren, auf ihr Zimmer kam.

„Mylady wird sehnlichst im Speisesaal erwartet!", rief er.

Sie hörte ihn mit dem Blindenstock durch das Schlafzimmer tappen, bis er hinter ihr im Spiegel auftauchte. Er hatte sich beim Rasieren ge-schnitten und ein wenig getrocknetes Blut auf der Wange. Sie ging zu ihm hin. Er umarmte sie und küsste ihren Hals.

„Du riechst zum Fressen gut."

Sie lächelte, griff hinter sich nach einem Waschlappen und tupfte ihm das Blut von der Wange.

„Verdammt, habe ich mich geschnitten?"

„Nur ein bisschen. So, alles weg. Jetzt aber schnell nach unten. Hast du es ihm schon erzählt?"

„Nein. Ich dachte, wir sagen es ihm nach dem Essen."

DIE ANDEREN saßen bereits am Tisch, als Ed mit Julia im Esszimmer er-schien. Er hörte Stuhlbeine über den Boden scharren und wusste, dass sein Vater und Connor aufgestanden waren. „Tut mir Leid, dass wir zu spät kommen", entschuldigte er sich. „Es ist meine Schuld. Ich hätte mir beim Rasieren fast den Kopf abgeschnitten."

„Warum benutzt du nicht den elektrischen Rasierer, den ich dir be-sorgt habe?", fragte seine Mutter.

„Ich lebe eben gern gefährlich."

Es entstand ein kurzes Schweigen. Julia führte ihn zu seinem Stuhl und setzte sich neben ihn.

„Kommt, lasst uns essen", sagte sein Vater. „Der arme Connor stirbt bald vor Hunger."

Beim Essen erkundigte Eds Vater sich bei Connor nach dem Flug von Montana und hob zu einem langweiligen Monolog über die Vorzüge diverser Fluggesellschaften an. Er fragte Julia, mit welcher Linie sie aus Boston gekommen sei, und sie antwortete höflich. Danach herrschte eine Weile Schweigen.

Dann ergriff Eds Vater wieder das Wort. „Und, Connor, was halten Sie denn davon, dass sich die beiden Turteltäubchen hier zusammentun wol-len und so weiter?"

Ed hätte ihn am liebsten unter dem Tisch getreten. Doch es war schon zu spät.

„Ihr wollt heiraten?", fragte Connor.

„Wir wollten uns die Überraschung für später aufheben. Vielen Dank, Dad." Ed griff nach Julias Hand und spürte eine Anspannung, die ihn überraschte. „Ja. Ich habe einen günstigen Moment abgepasst, sie erst sturzbetrunken und ihr dann meinen Antrag gemacht – und so unglaublich es klingen mag, sie hat Ja gesagt." Er beugte sich vor, und sie küssten sich auf die Lippen.

„Also", rief Connor, „das ist ja toll! Herzlichen Glückwunsch!"

„Danke, Mann."

„Ich finde, du solltest einen Toast aussprechen, Jim, bevor du in noch ein Fettnäpfchen trittst", sagte Eds Mutter.

„Tja, dann", sagt Jim Tully.

Ed hörte, wie alle ihre Gläser hoben.

„Auf Julia und Ed!"

SIE HOCKTE vor dem Kamin auf dem Teppich im Wohnzimmer, und Connor betrachtete sie. Er und Ed saßen sich in Ledersesseln gegenüber und hielten beide einen Schwenker mit Jim Tullys edelstem Cognac in der Hand. Julia lehnte mit dem Rücken an Eds Beinen und starrte in die Flammen, während Ed abwesend ihren Nacken kraulte und eine Anekdote zum Besten gab. Connor sah, dass sie nicht zuhörte, und fragte sich, woran sie dachte.

Eds Eltern waren schlafen gegangen. Es wurde still im Zimmer, und Connor bemerkte, dass Ed ihn etwas gefragt hatte. „Entschuldige. Ich habe gerade an etwas anderes gedacht. Was hast du gesagt?"

„Ich sagte, dass es uns wirklich Leid tut, dass du es so erfahren musstest. Wir wollten es dir selber sagen."

„Das ist schon okay. Ich freue mich wirklich für euch. Wann ist die Hochzeit?"

„Am letzten Samstag im Juni. Ich muss erst noch ein bisschen fitter werden. Für die Flitterwochen, verstehst du?" Er lachte, und Julia verzog das Gesicht. „Ich habe alle meine Freunde gebeten, aber anscheinend will niemand mein Trauzeuge sein, deshalb frage ich mich, ob du es vielleicht machen würdest."

„Nun, ich muss erst sehen, ob ich abkömmlich bin. Wo soll die Feier denn stattfinden?"

„Hier. Wir dachten zuerst an Montana, aber solange wir noch nichts Passendes gefunden haben, wäre es einfacher, die Hochzeit hier zu feiern."

„Solange ihr noch nichts Passendes gefunden habt? Heißt das, ihr wollt in Montana leben?"

„Dies ist ein freies Land, Alter."

„Das ist ja toll." Connor versuchte, begeistert zu klingen. „Wo denn?"

„Oh, irgendwo in der Gegend von Missoula, wenn wir das Richtige finden. Tut mir Leid, aber ich muss mal. Bin sofort zurück."

Er stellte sein Glas ab, nahm seinen Stock und stand auf. Julia starrte wieder ins Feuer, während das Klappern von Eds Stock im Flur verhallte.

„Julia? Geht es dir gut?"

Sie schüttelte verlegen den Kopf. „Nicht besonders. Aber das wird schon."

Connor streckte seine Hand aus, die sie zögernd in beide Hände nahm. „Es tut mir Leid, dass ich nie zurückgerufen habe", sagte sie. „Ich glaube, ich wusste nicht, was ich sagen sollte. Ich habe mich so geschämt wegen der Sachen, die mir an jenem Tag rausgerutscht sind. Es war nicht so gemeint."

„Ich weiß. Das ist schon in Ordnung."

„Du hast mir das Leben gerettet. Und ich weiß, dass ich …" Sie schluckte, schüttelte den Kopf und blickte wieder in die Flammen.

„Sag's mir."

„Manchmal wünschte ich mir einfach … du hättest es nicht getan." Tränen kullerten über ihre Wangen.

Connor beugte sich nach vorn und fasste ihre beiden Hände. „Julia, das darfst du nicht denken."

Im Flur fiel eine Tür zu, und sie hörten das Klappern des Stocks. Julia zog ihre Hände weg und trocknete ihre Tränen.

Connor sprach leise und drängend weiter. „Du hast getan, was du konntest. Was geschehen ist, war nicht deine Schuld."

Ed kam ins Zimmer, und Connor beobachtete, wie er ohne Zögern den Weg zu seinem Sessel fand. Schweigen breitete sich über den Raum aus wie ein Schleier.

„Okay", begann Ed das Gespräch. „Entweder ihr seid eingeschlafen, oder ihr habt über mich geredet – und das ist okay. Ein besseres Thema gibt's doch gar nicht."

„Bild dir bloß nichts ein", erwiderte Julia, die wie auf Knopfdruck wieder fröhlich klang. Nur das unter ihrem linken Auge verschmierte Mascara zeugte davon, was geschehen war. „Außerdem haben wir schon den ganzen Abend über dich geredet. Du hast Connor noch nicht danach gefragt, was er jetzt so vorhat."

FEUERSPRINGER

„Stimmt. Also, was geht ab in Montana, Cowboy? Wie läuft das Fotobusiness?"

„Oh, in etwa so wie immer. Ich habe ein paar Bilder verkauft, aber eigentlich wird es Zeit, dass ich weiterziehe."

Connor nippte an seinem Cognac. Die beiden warteten darauf, dass er fortfuhr.

„Ich werde ein wenig reisen. Zunächst nach Europa, später vielleicht nach Afrika."

„Super. Um zu fotografieren?"

„Hm, hm. Ich gehe nach Bosnien."

„Hast du einen Auftrag oder so was?"

„Nein, ich hatte gedacht, dass ich mich einfach mal auf den Weg mache."

„Wie kann man denn einfach so in ein Krisengebiet reisen?"

Connor zuckte mit den Achseln. „Das wird sich zeigen. Ich werd's einfach mal ausprobieren."

„*Wow!* Also, das finde ich toll, Mann. Wann geht's los?"

„Eigentlich wollte ich nicht mehr allzu lange hier bleiben, aber jetzt muss ich wohl bis zu eurer vermaledeiten Hochzeit mit den Hufen scharren."

Es klang endgültiger, als es war oder zumindest gewesen war. Er hatte schon seit geraumer Zeit über die Reise nachgedacht und einige Recherchen angestellt. Doch erst seit er gehört hatte, dass die Frau, die er liebte, heiraten wollte, wusste er definitiv, dass er wirklich gehen würde. Julia hatte weder ein Wort gesagt noch den Blick von ihm gewandt.

Wenn er darüber nachgedacht und Ed noch hätte sehen können, hätte Connor das, was er dann tat, bestimmt gelassen. Doch so streckte er spontan die Hand aus und wischte die verschmierte Mascara von Julias Wange. Und sie schloss die Augen und senkte stumm den Kopf.

DAS HAUS, das sie in Montana fanden, stand oberhalb eines bewaldeten Hangs, der steil zu einer Biegung des Bittermoon River abfiel. Es war ein zweistöckiges Holzhaus, umgeben von viertausend Quadratmeter Weideland mit einigen Apfel- und Birnbäumen. Die Rückseite hatte große Glastüren, die auf eine von gelben Rosen überwucherte Veranda mit Blick auf den Fluss hinausführten. Das Haus war von einem Bildhauerehepaar gebaut worden, das die lange Scheune auf dem Grundstück als Atelier benutzt hatte.

Eds Eltern hatten ihm zur Hochzeit einen eleganten schwarzen Yamaha-Stutzflügel geschenkt, und der stand nun neun Monate später vor den

Glastüren zur Veranda. Ed hatte ihn zum Mittelpunkt seines „NASA-Kontrollzentrums" gemacht, wie er es nannte – eine Batterie von Tastaturen, Bildschirmen und Computern, die in der Tat aussahen, als könnte man damit eine kleine Rakete starten. Auf dem Deckel des Flügels zwischen den Stapeln von Braillebogen stand ein silbern gerahmtes Schwarz-Weiß-Foto, das Connor bei der Hochzeit von ihnen gemacht hatte. Auf dem Bild lachte Ed, und die Sonne Kentuckys spiegelte sich in seinen dunklen Brillengläsern, während Julia ihn auf die Wange küsste. Sie fand es immer noch seltsam, dass Ed nie wissen würde, wie sie an ihrem Hochzeitstag ausgesehen hatten.

Die tiefere Bedeutung des Bildes jedoch ging ihr erst später auf. Die Pose und ihr andächtiger Kuss symbolisierten in gewisser Weise den Vertrag, den Julia mit sich selbst geschlossen hatte. Sie hatte Eds Erblindung zu verantworten und schenkte ihm deshalb ihr Augenlicht. Das bedeutete nicht, dass sie Ed nur aus Pflichtgefühl geheiratet hatte oder ihn nicht liebte. Natürlich liebte sie ihn. Und ihre Bewunderung für seine Tapferkeit, seinen Mangel an Selbstmitleid und seinen ungebrochenen Optimismus wuchs mit jedem Tag, den sie mit ihm zusammenlebte. All das drückte dieses Bild aus – eine tägliche Erinnerung daran, wie die Dinge jetzt waren und bleiben würden; dies war von nun an das ihr bestimmte Leben. Dass das Bild auch zeigte, dass sie dabei in Connors Richtung blinzelte, verdrängte sie ganz einfach.

Sie waren Ende September eingezogen, und die ersten Monate waren hektisch gewesen. Der Blinden- und Sehbehindertenverband hatte einen Orientierungs- und Mobilitätstherapeuten geschickt, um ihnen Hilfestellung zu geben. Sie hatten die Küche blindengerecht eingerichtet, Herd und Mikrowelle sowie Nahrungsmittelbehälter mit Gummipunkten und Magneten versehen, die Ed die Identifikation ermöglichten. Sie stutzten Rosen und Obstbäume, damit Ed sich an den Zweigen nicht kratzen und stoßen konnte, und errichteten Pfähle, zwischen denen sich ein Seil von der Veranda bis hinunter zum Fluss und weiter am Ufer entlang spannte, damit er sicher allein zum Wasser gelangen konnte.

Es war Julias erster Winter in Montana. Der erste Schnee fiel schon Anfang Oktober. Julia hatte befürchtet, dass sie sich eingesperrt und isoliert fühlen könnte, doch sie mochte es. Sie und Ed zogen sich warm an und unternahmen lange Spaziergänge. Die Abende verbrachten sie in trauter Zweisamkeit auf der Couch vor dem Kamin, lasen, hörten Musik oder sahen sich auf Eds Wunsch einen seiner alten Lieblingswestern oder ein Musical im Fernsehen an, wobei Ed sich von

FEUERSPRINGER 235

Julia einen laufenden Kommentar über die Ereignisse auf dem Bildschirm geben ließ.

Dank der Großzügigkeit von Eds Vater und der Versicherung für Feuerspringer hatten sie kaum finanzielle Sorgen. Seitdem Julia ihren Bostoner Job im davorliegenden Frühling gekündigt hatte, war sie nicht mehr arbeiten gewesen, und obwohl sie sich durchaus mit dem Gedanken trug, nach einer neuen Anstellung Ausschau zu halten, genoss sie fürs Erste die Freiheit, zu lesen, im Haus herumzukramen und sich wieder ernsthaft der Malerei zu widmen, was sie meist vormittags in dem Scheunenatelier tat. Ed hingegen wollte unbedingt beweisen, dass er durchaus in der Lage war, sich selbst zu ernähren. Langfristig plante er immer noch eine Karriere als Komponist, doch bis es so weit war, beschloss er, wieder Klavierunterricht zu geben.

Im Herbst hatte er eine Anzeige in den *Missoulian* gesetzt, auf die sich mehr als ein Dutzend potenzieller Schüler gemeldet hatten. Durch Mund-zu-Mund-Propaganda gab es bald mehr Interessenten. Es handelte sich fast ausnahmslos um Kinder, und als Julia ihre Stimmen und ihr Lachen im Haus hörte und sah, wie viel Spaß Ed mit ihnen hatte, wusste sie, dass es nicht mehr lange dauern konnte, bis er das Thema eigener Kinder ansprach.

Am Abend des Thanksgiving Day war es so weit. Sie hatten miteinander geschlafen und lagen engumschlungen nebeneinander. „Und was meinst du?", fragte er.

„Du meinst wie viel Punkte von zehn? Hm, ich würde sagen vier, vielleicht fünf."

„Du weißt genau, was ich meine."

Das wusste sie tatsächlich, obwohl es ihr ein Rätsel war, wie. Sie hatte häufig das Gefühl, seine Gedanken lesen zu können, und hoffte, dass das nicht auf Gegenseitigkeit beruhte. „Ist es dafür nicht noch ein bisschen zu früh? Ich meine, sollten wir uns nicht noch ein wenig mehr einleben?"

„Keine Ahnung. Ich fühle mich ziemlich eingelebt."

„Na ja, ich auch, aber ..."

„Hör mal, wenn du dir nicht sicher bist, ist das kein Problem. Dann warten wir eben."

Sie dachte die ganze Nacht und den ganzen folgenden Tag darüber nach. Sie wollte Kinder ebenso wie er. Weshalb also warten? Sie hatten bisher immer Kondome benutzt, und als sie das nächste Mal miteinander schliefen, hielt sie ihn wortlos zurück, als er danach griff.

Doch vier Monate später war Julia noch immer nicht schwanger, und obwohl sie wusste, dass so etwas Zeit brauchte, hörte sie eine Stimme in ihrem Kopf, die sagte, dass etwas nicht stimmte. Nach ihrer anfänglichen Unentschlossenheit war ihr Kinderwunsch nun fast zwanghaft geworden. Ohne Ed davon zu erzählen, war sie bei ihrem Arzt gewesen und hatte einige Tests machen lassen.

Als sie dann die Laborergebnisse abholte, erklärte er ihr, dass sie in prächtiger Verfassung sei. „Natürlich gehören immer zwei dazu", sagte er zum Schluss, so als wäre ihm der Gedanke gerade erst gekommen. „Wenn weiterhin nichts passiert, sollte Ed vielleicht mal vorbeischauen, damit wir auch bei ihm ein paar Tests durchführen können."

8 Sie sahen den Rauch schon aus weiter Entfernung wie einen schwarzen schiefen Turm hinter dem Bergkamm am Ende des Tals. Die Straße, die sie dorthin führte, war eng und von Panzerspuren zerfurcht.

Sie hatten die Fenster des alten VW-Käfer-Cabriolets heruntergelassen und das ausgefranste Verdeck ganz aufgerollt. Der Wind wehte Sylvie ihre blond gefärbten Haare ins Gesicht. Während ihrer Fahrt bat sie Connor ständig, ihr eine neue Zigarette anzuzünden. Unter ihrer Kameraausrüstung und den kugelsicheren Westen auf dem Rücksitz hatte sie etliche Schachteln Marlboro verstaut, um sie bei Straßensperren verteilen zu können. Im Lauf der letzten Stunde waren sie dreimal von serbischen Milizionären angehalten worden. Sylvie hatte mit heiserer Stimme und ihrem Pariser Akzent mit ihnen gescherzt und Zigaretten verteilt, und es hatte nie lange gedauert, bis sie durchgewinkt wurden.

Sylvie Guillard war fast vierzig und hatte schon Kriege fotografiert, als Connor noch die Schulbank gedrückt hatte. Sie arbeitete für die berühmte Fotoagentur Magnum, und ihre Furchtlosigkeit war so legendär wie ihr Talent. Connor war sie gleich nach seiner Ankunft in Bosnien im Herbst aufgefallen. Sie war eine Frau, um die die Fantasien der männlichen Journalisten in Sarajewo kreisten, und als Einzelgängerin bekannt, was es noch überraschender machte, dass sie Connor in jüngster Zeit unter ihre Fittiche genommen hatte. Seine Bilder verkauften sich nicht besonders gut, aber ohne Sylvies Hilfe hätte er mit komplett leeren Händen dagestanden.

Um drei Uhr an diesem Morgen hatte Sylvie an seine Zimmertür im Holiday Inn geklopft und ihm gesagt, er solle seine Ausrüstung zusam-

FEUERSPRINGER 237

menpacken. Einer ihrer zahlreichen geheimnisvollen Kontaktleute hatte sie über Satellitentelefon informiert, dass die Roten Kobras, eine der gefürchtetsten paramilitärischen Einheiten der Serben, auf eine muslimische Enklave in den Hügeln zumarschierten. Der Mann hatte gesagt, sie sollten so schnell wie möglich dorthin kommen.

Wegen der Straßensperren und Umleitungen hatte die Fahrt von Sarajewo fast fünf Stunden gedauert, und Sylvie hatte die Zeit genutzt, um Connor von den Kobras zu erzählen. Ihr Anführer war ein charismatischer Faschist namens Grujo, ein Fleischgroßhändler mit einer Vorliebe für teure Autos und alte Waffen. Angeblich liebte er es, seine muslimischen Feinde mit einer Armbrust zu töten und sie anschließend eigenhändig zu skalpieren.

Sie erreichten das Ende des Tals und kamen an einer Reihe verlassener und niedergebrannter Häuser vorbei, zwischen denen sich weder Anzeichen von Leben noch Spuren des Todes ausmachen ließen. Die Straße stieg wieder steil an und führte in Serpentinen durch den Wald.

Noch bevor sie es mit eigenen Augen sahen, konnten sie riechen, was geschehen war. Als die Straße wieder ebener wurde und sie aus dem Wald in die Sonne kamen, verriet der süßliche Leichengeruch in der Luft, dass hier nicht nur Häuser gebrannt hatten.

Die Siedlung – oder das, was davon übrig war – war eher ein Weiler als ein Dorf gewesen: eine Ansammlung von etwa einem Dutzend kleinerer Häuser und Schuppen in einer flachen Senke mit Weideland, auf dem Frühlingsblumen blühten.

Hundert Meter vor dem ersten Gebäude hielt Sylvie den Wagen an und schaltete den Motor aus. Eine Weile starrten sie durch die Windschutzscheibe und lauschten, hörten jedoch nur das Summen der Insekten, die von Blüte zu Blüte flogen. Zwischen den Blumen zeichneten sich zwei dunklere Umrisse ab, und obwohl sie zum Teil verdeckt waren, wusste Connor, dass sie am Ziel waren. Noch immer wortlos griffen sie nach ihren Kamerataschen auf dem Rücksitz. Dann stiegen sie aus und gingen langsam nebeneinander die Straße entlang und fotografierten.

Auf der Wiese neben der Straße lagen verkohlte Bündel, und erst nach einer Weile begriff Connor, dass es Rinder waren, um deren Hälse die Reste von verbrannten Reifen hingen.

Die ersten menschlichen Leichen folgten ein Stück weiter die Straße hinunter und lagen vor ihren ehemaligen Häusern. Während Sylvie sie fotografierte, ging Connor weiter über die Straße zu einem kleinen Obstgarten.

238

Sie hingen zu zweit an den Handgelenken gefesselt am Ast eines Apfelbaums. Eine Mutter und ihre minderjährige Tochter, vermutete Connor. Das Mädchen war nackt, die Frau trug lediglich eine zerrissene und blutgetränkte Bluse. Beide waren auf eine Art verstümmelt, dass Connor noch während des Fotografierens wünschte, er hätte sie nie gesehen. Das Spiel von Licht und Schatten auf den Blüten um den Kopf der toten Frau war von einer schrecklichen Schönheit, und Connor nahm vielleicht mehr Bilder auf, als er hätte machen sollen.

In den vergangenen Monaten hatte er genug Leichen fotografiert, um eine kleine Galerie zu füllen, und ihm wurde nicht mehr jedes Mal schlecht, wenn er sie durch den Sucher der Kamera sah. Trotzdem empfand er nach wie vor Mitleid und Ekel, und er hoffte, dass das auch so bleiben würde. Doch während er seinem Beruf nachging, dämpfte er dieses Gefühl ab, so wie man einen Filter vor die Kameralinse setzt. Inzwischen empfand er vor allem eine wachsende Verwunderung darüber, dass Menschen zu derartigen Grausamkeiten fähig waren.

Sie zählten insgesamt 15 Leichen. Die letzten beiden Opfer saßen nebeneinander, ein kleiner Junge und ein alter Mann. Über ihre Köpfe hatte jemand mit roter Farbe das Wort BALIJE, einen beleidigenden Ausdruck für Muslime, an die Wand geschmiert, daneben eine zusammengerollte Kobra, den Kopf erhoben und bereit zuzubeißen.

Als sie die Szene fotografierten, hörten sie die Lkws.

„Gib mir deine Filme", forderte Sylvie. Sie schraubte die Kappe des mittleren Beins ihres Aluminiumstativs ab, das sie immer bei sich trug. „Los, schnell, alle."

Er gab ihr sämtliche Rollen, die er verbraucht hatte, und sie schob sie nacheinander in das Rohr, drückte die Kappe wieder auf das Bein und reichte ihm rasch ein halbes Dutzend Filmrollen aus ihrer Tasche, die in den Döschen steckten, als wären sie bereits belichtet. „Tu die in deine Tasche."

Sie sahen die Lkws durch das Weideland auf sich zukommen, spannten neue Filme in ihre Kameras und begannen zu fotografieren. Es waren zwei Jeeps, ein Panzerwagen und ein großer Laster mit offener Ladefläche und insgesamt zwanzig bis dreißig Mann Besatzung, bis an die Zähne bewaffnet mit AK-47-Sturmgewehren und RPG-Raketenwerfern.

Etwa zwanzig Meter entfernt kam der Konvoi zum Stehen. Die Männer stiegen aus den Fahrzeugen. Die meisten waren mit schwarzen Arbeitsanzügen bekleidet, einige trugen Feldmützen mit dem aufgemalten

FEUERSPRINGER 239

Abzeichen der roten Kobra. Mindestens ein halbes Dutzend der Männer kam auf sie zu.

Einem der Männer konnten man schon anhand von Gang und Erscheinung ansehen, dass er der Anführer war, ein Mann etwa in Connors Alter, größer und muskulöser als die anderen. Sein Haar war kurz geschoren, und er trug eine Pilotensonnenbrille und ein enges schwarzes T-Shirt. Als er auf sie zukam, begrüßte Sylvie ihn freundlich auf Serbokroatisch. Er blieb direkt vor ihnen stehen, musterte sie verächtlich und antwortete auf Englisch. „Wer sind Sie? Was machen Sie hier?"

Sie antwortete erneut auf Serbokroatisch, und obwohl sie so schnell sprach, dass Connor nicht viel verstand, bekam er mit, dass sie ein paarmal beiläufig den Namen Grujo erwähnte, als wären sie alte Freunde, was den Mann jedoch nicht besonders zu beeindrucken schien. „Zeigen Sie mir Ihre Papiere."

Sie gaben ihm ihre Pässe, und Connor zückte einen UNO-Presseausweis.

„Sie sind Amerikaner?"

„Ja."

„Welche Zeitung?"

Connor zuckte mit den Schultern. „Jede, die interessiert ist. Meistens keine."

Der Mann wies mit dem Kopf auf die Leichen des alten Mannes und des Jungen. „Glauben Sie, die Amerikaner interessieren sich dafür?"

„Was weiß ich? Ich interessiere mich dafür."

„Und was finden Sie so interessant daran?"

Connor wich dem Blick des Mannes nicht aus. „Vermutlich interessiert es mich vor allem, was für ein Mensch man sein muss, um Frauen, Kinder und hilflose alte Männer zu foltern und zu ermorden."

Der Mann sah ihn an, und Connor versuchte, seine Augen hinter den dunklen Gläsern der Brille zu erkennen, doch er sah nur seine eigenen Augen, die ihm entgegenstarrten. „Geben Sie uns Ihre Filme", verlangte der Mann.

Sylvie erklärte ruhig, aber entschlossen, warum sie das nicht tun würde. Er wiederholte seine Aufforderung mehrmals, bevor er schließlich nach ihrer Kameratasche griff. Sylvie beschimpfte ihn in mehreren Sprachen, bis er einen Befehl brüllte und das blanke Chaos ausbrach.

Soldaten packten sie und hielten ihnen ihre Gewehrläufe ins Gesicht, entrissen ihnen Kameras und Taschen, nahmen die Döschen heraus und zerrten die Filme ans Licht, bevor sie die Prozedur mit den Filmen in der

Kamera wiederholten. Und die ganze Zeit schimpfte Sylvie wie ein Rohrspatz.

Dann wurden sie auf Befehl des Anführers mit Gewehrläufen in Rücken und Nacken die Straße hinuntergetrieben. Mit jedem Schritt war Connor sich sicherer, dass sie hinter ein Haus geführt wurden, wo man sie erschießen wollte. Doch sie brachten sie nur zu dem VW.

Die Soldaten durchsuchten den Wagen nach weiteren Filmen, fanden jedoch keine. Stattdessen bedienten sie sich an den Zigaretten, gaben ihnen Papiere und Kamerausrüstung inklusive Stativ zurück und befahlen ihnen einzusteigen und zu verschwinden. Sylvie wendete den Wagen, während sie die Milizionäre durch das offene Fenster weiter mit einer Flut von Flüchen bedachte. Inzwischen lachten und johlten die Männer laut.

Als sie schließlich hangabwärts in dem Wald außer Sichtweite waren, schlug sie mit den flachen Händen aufs Lenkrad und fing an zu lachen. Connor lächelte, brachte jedoch kein Wort heraus. Er hätte ihre Heiterkeit gern geteilt, doch er konnte nicht. Er stand noch immer unter Schock.

In seinem Kopf ging er noch einmal die Straße entlang, davon überzeugt, in wenigen Augenblicken ebenfalls tot zu sein. Was ihn schockierte, war die Erkenntnis, dass es ihm gleichgültig gewesen war.

Das Labor, das Sylvie benutzte, lag nur einen kurzen Fußweg vom Hotel entfernt, oder besser gesagt, einen geduckten Sprint über drei Straßen, die von serbischen Heckenschützen überwacht wurden. Das Labor war eng, und Connor kauerte sich in eine Ecke und ließ Sylvie die meiste Arbeit machen.

Sie trocknete die Negative mit einem Föhn und legte sie auf den Lichtkasten. Als sie zu dem Schwarzweißfilm kam, den Connor in dem Obstgarten verschossen hatte, stieß Sylvie einen leisen Pfiff aus. „Welches?", fragte sie. „Sag es mir."

„Die beste Aufnahme, meinst du?"

Sie nickte und trat einen Schritt zurück, damit er die Bilder in Ruhe betrachten konnte. Er wählte eine Folge von fünf Einstellungen aus, in denen sich die Leichen der Frauen halb im Schatten befanden, und meinte, dass es zwischen diesen Bildern keinen großen Unterschied gebe. Sie widersprach ihm und sagte, er solle ein paar Testabzüge machen.

Schon als das Bild sich zart auf dem Papier abzuzeichnen begann, wusste Connor, welches Bild das beste war. Man konnte erkennen, dass das Mädchen nackt war, doch die Schatten der Blätter verbargen diskret

FEUERSPRINGER 241

seinen Körper wie auch den Körper der Frau bis auf Gesicht und Arme, was die Torturen, die sie erlitten hatten, umso abstoßender erscheinen ließ. Das Licht der Sonne auf den Blüten und ihren gefesselten Handgelenken war schockierend.

„Das ist das Bild des Tages", sagte Sylvie. „Vielleicht sogar das Bild des Jahres."

Connor sah sie an und lächelte. Er nahm den Abzug aus dem Fixierbad, legte ihn auf das Tablett und begann aufzuräumen.

DAS BILD von den Frauen zwischen den Obstblüten landete weltweit auf den Titelseiten der Zeitungen. In der folgenden Woche flog Sylvie heim nach Paris, und Connor sah sie erst wieder, als sie im August nach Sarajewo zurückkam. Eine Woche später wurde er von einem Granatsplitter am rechten Bein verletzt und zu einem Krankenhaus an der kroatischen Küste geflogen. Sylvie war für ein paar Tage nach Norden gegangen, sodass sie keine Gelegenheit hatten, sich voneinander zu verabschieden. Es war nur eine Fleischwunde, doch die Ärzte rieten ihm, nach Hause zu fliegen, um die Verletzung gründlich auszukurieren.

New York war heiß und schwül. Als er in das Büro seiner Agentur hinkte, wurde er begrüßt wie ein Kriegsheld. Er wünschte, er hätte sich auch so gefühlt, doch er empfand nur innere Leere. Harry Turney, einer der Redakteure, lud ihn zum Mittagessen in das vornehmste Restaurant ein, in dem Connor je gegessen hatte. Connor aß wie ein ausgehungerter Wolf und fühlte sich hinterher immer noch nicht satt. Als der Kaffee serviert wurde, sagte Turney, dass ihm das mit Sylvie Leid tue. Connor fragte ihn, was er meinte.

„Sie haben es noch nicht gehört?"

„Was soll ich gehört haben?"

„Es stand gestern in der *New York Times*. Sie war mit einem Reporter von Reuters irgendwo im Norden in der Nähe der Grenze unterwegs. Sie sind auf eine Landmine gefahren und waren beide auf der Stelle tot."

JULIA nahm die Steaks und Hähnchenschenkel aus der Marinade und legte sie zusammen mit dem Salat und den Beilagen auf ein großes Holztablett. Donna Kiamoto hatte das übrige Essen bereits auf die Veranda gebracht. Aus der Küche hörte Julia, dass sie Mühe hatte, das noch unberührte Büfett gegen die stets hungrigen Feuerspringer zu verteidigen. Auch Ed war zu vernehmen, der sich noch einmal vergewisserte, dass jeder den Plan kannte.

242

„Also, wir verstecken uns alle hier draußen, Donna steht hinter den Vorhängen dort, die Haustür ist offen, das Haus sieht verlassen aus. Wenn er das Wohnzimmer betritt, gibt Donna das Zeichen, und ich fange an zu spielen. Hank und Phil, ihr beide entrollt das Banner. Und seht zu, dass ihr es richtig herum haltet, okay? Er ist vielleicht nicht besonders helle, aber lesen kann er schon."

„Julia, wie erträgst du es nur, mit diesem Kerl zusammenzuleben?", fragte Hank Thomas, als sie mit dem Tablett auf die Veranda kam.

„Ohrstöpsel."

Ed fummelte an dem Verstärker seiner elektrischen Gitarre herum. Julia beobachtete ihn eine Weile und musste lächeln. Er stand voll unter Strom, glücklich herumtapsend wie ein Welpe, und in den weiten Shorts, dem Hawaiihemd und mit der violetten Sonnenbrille und dem Stirnband sah er richtig jungenhaft und süß aus.

Der arme Connor. Er glaubte, er würde zu einem ruhigen Abendessen zu dritt kommen, doch Ed hatte darauf bestanden, eine Überraschungs-willkommensparty zu veranstalten. Etwa zwanzig Gäste waren versammelt, in der Hauptsache Connors alte Feuerspringerkumpel und ihre Partnerinnen. Alle waren ausdrücklich angewiesen worden, früh zu erscheinen und vor dem Haus nebenan zu parken, damit Connor die Autos nicht sah.

Es war ein milder und klarer Septemberabend. In den Bäumen hingen reife Äpfel, der wuchernde Rosenstrauch über der Veranda war in leuchtendem Gelb erblüht. Julia hatte in jedem Zimmer Blumen aufgestellt und eine Menge Zeit und Geld auf die Besorgung von Lebensmitteln und Getränken verwandt und sogar ein neues Kleid in einem hellen Blau gekauft, das ihren Teint unterstrich.

Als Julia zurück in die Küche ging, um das letzte Tablett mit Essen zu holen, kam Donna angerannt. Ed hatte sie als Späherin am Ende der Auffahrt postiert.

„Fährt er immer noch den alten Chevy?", fragte sie.

„Ich glaube schon. Ein hellblauer Pick-up."

„Genau. Das ist er."

Donna lief nach draußen, um allen Bescheid zu sagen, und Julia half ihr, sich hinter den Vorhängen zu verstecken, bevor sie sich neben Ed stellte. „Wo ist meine Gitarre? Julia?"

Sie gab ihm das Instrument. Er hängte sich den Gurt über die Schulter. „Okay, Feuerspringer, stillgestanden!"

Alle erstarrten in ihrem Versteck und lauschten, wie Connors Pick-up

FEUERSPRINGER 243

hielt, eine Wagentür zugeschlagen wurde und knirschende Schritte sich auf dem Kies näherten. Man hörte ein Klopfen an der Haustür und dann Schritte im Wohnzimmer. „Ed? Julia?"

Donna nickte aus ihrem Versteck, und Julia tippte Ed auf die Schulter. Er ließ seine Gitarre aufheulen und die Jimi-Hendrix-Version von „The Star-Spangled Banner", der amerikanischen Nationalhymne, erklingen. Hank und Phil, die links und rechts neben der Tür standen, entfalteten das Banner, auf das Julia mit blauer und roter Glitzerfarbe „Willkommen zu Hause, Connor" geschrieben und das Ganze mit silbernen Sternchen verziert hatte. Und plötzlich stand er grinsend darunter, auf dem Kopf seinen alten Cowboyhut. Sein Blick wanderte von einem Gesicht zum nächsten, bis er ihres gefunden hatte und dort verharrte.

Ed hörte zu spielen auf, und alle jubelten und versammelten sich um Connor.

„He, Chuck, wie geht's? Hank, Donna ..." Er schüttelte Hände, umarmte jeden und ging schließlich lächelnd auf Ed und Julia zu. Ihr fiel auf, dass er ein wenig hinkte.

„Julia, wer ist der komische Typ da neben dir?"

„He, Mann", sagte Ed. Er und Connor klatschten sich ab. Connor nahm seinen Hut ab, und die beiden Freunde umarmten sich.

Connor stülpte Ed seinen Hut auf den Kopf und wandte sich endlich Julia zu. Er sah dünner aus, und seine Augen schienen tiefer in ihren Höhlen zu liegen.

„*Hi,* Connor. Willkommen zu Hause."

„Himmel, so lange war ich nun auch wieder nicht weg."

„Es kam mir aber so vor."

Sie umarmten sich, und sie spürte, wie seine Hände fest ihren Rücken umfassten, sodass sie fast keine Luft mehr bekam. Sie hatte Angst, dass ihre Gefühle für die anderen allzu offensichtlich sein könnten, löste sich rasch aus Connors Umarmung und hakte sich bei Ed unter.

„Schau sich einer das an", sagte Connor und machte eine ausladende Geste. „Ihr habt hier euren eigenen kleinen Garten Eden."

„Julia als Eva mag ja gerade noch durchgehen", warf Hank Thomas ein. „Aber wenn das da Adam sein soll, bin ich Bambis Mutter."

„Mit der Brille sieht er eher aus wie die Schlange", meinte Donna.

„Hier, Donna", säuselte Ed. „Nimm einen Apfel."

Das Geplänkel ging weiter, und Julia zerrte Chuck zum Grill, damit er das Fleisch auf den Rost legte, bevor sie im Haus verschwand, um den Champagner zu holen. Als sie wieder herauskam, wurde Connor gerade für seine „Kriegsverletzung" verspottet, doch er hielt kräftig dagegen und erzählte eine Geschichte, die offenbar davon handelte, dass er es allein mit der ganzen serbischen Armee aufgenommen hatte. Ed öffnete den Champagner, und nachdem alle Gläser gefüllt waren, brachte er einen Trinkspruch aus. Als Julia zusammen mit den anderen auf Connors Gesundheit trank, ruhte dessen Blick wieder so lange auf ihr, dass sie wegsehen musste.

ALS JULIA vor Connor die Treppe hinaufging, fiel sein Blick auf ihre wiegenden Hüften und die linke Hand mit dem schlichten goldenen Trauring, die über das Geländer glitt. Draußen dämmerte es, und ihre nackten Schultern zeichneten sich dunkel gegen den hellblauen Stoff des Kleides ab. Sie sah schöner aus denn je.

Ed hatte Bob Marley aufgelegt in der Hoffnung, dass die Leute anfangen würden zu tanzen, doch alle genossen es, auf der Veranda und der Wiese zu sitzen und zu plaudern. Julia hatte Windlichter aufgestellt, die den Ort wie verzaubert aussehen ließen. Connor wollte sich das Haus anschauen, und sie führte ihn herum.

Auf dem obersten Absatz der Treppe blieb sie stehen und drehte sich um. Er hoffte, dass sie ihn nicht dabei erwischt hatte, wie er auf ihre Hüften starrte.

„Ein wirklich tolles Haus", sagte er verlegen.

„Ja. Uns gefällt es prima hier, obwohl es für Ed leichter wäre, wenn wir in der Stadt wohnen würden."

„Warum das?"

„Ach, er könnte selbstständiger leben und sich besser allein zurechtfinden. Den Plan von Missoula hat er im Kopf, während hier draußen alles neu ist und ... na ja, irgendwie gefährlicher, finde ich. Aber das hält ihn natürlich von gar nichts ab. Hat er dir von seinem neuesten Plan erzählt?"

„Nein."

„Felsklettern. Er hat einen Kurs in Colorado belegt, wo man Blinden das Klettern beibringt. Wenn dein Bein ausgeheilt ist, will er, dass wir drei zusammen klettern gehen."

„Klingt super. Gebt mir noch eine Woche, dann bin ich dabei."

Sie lächelten sich kurz an. „Komm", sagte Julia. „Ich zeig dir den Rest."

In der ersten Etage gab es drei Zimmer und ein Bad. Einer der Räume war gelb tapeziert, und Julia sagte, hier werde er schlafen, wenn es ihm recht sei. Er erwiderte, dass er nicht vorgehabt habe zu übernachten,

FEUERSPRINGER 245

doch sie sah so enttäuscht aus, dass er einwilligte zu bleiben, sofern es ihr keine Umstände bereite.

Sie bedachte ihn mit einem strengen Lehrerinnenblick. „Es macht überhaupt keine Umstände, Connor, okay?"

„Ed hat mir erzählt, dass du wieder unterrichtest", sagte er.

„Ja, es ist toll. Nur Teilzeit, drei Tage die Woche in einer kleinen Grundschule in Missoula."

„Kunst?"

„Hm, hm. Aber meist putze ich Nasen oder spritze meine Schüler mit einem Schlauch ab, wenn sie sich wieder mit Farbe beworfen haben."

„Klingt lustig."

„Ist es auch."

Eine Weile standen sie da.

„Er hat sich wirklich Sorgen um dich gemacht, weißt du?", sagte sie. „Wir haben von all den schrecklichen Dingen gehört, die dort geschehen, und wir – ich meine, Ed hatte ein bisschen Angst um dich."

„Habt ihr meine Karten nicht bekommen?"

Sie lachte. „O doch: ‚Schreckliches Wetter, wünschte, ihr wärt hier.'"

„Tut mir Leid."

Sie starrten sich einen Moment lang an, bevor sie unvermittelt die Lippen zu einem knappen, distanzierten Lächeln verzog.

„Ich sollte mich wieder um meine Gäste kümmern."

CONNOR und Ed lagen allein auf der Wiese am Ufer. Über dem Plätschern des Wassers konnten sie die Stimmen und das Gelächter vom Haus hören.

„Wie läuft's mit der Musik?", fragte Connor.

Ed seufzte. „Also, um ehrlich zu sein, es läuft überhaupt nicht."

„Julia sagt, du spielst ständig."

„Ja, klar, ich spiele. Ich hatte sogar ein paar Gigs in einer Kneipe in der Stadt. Aber ich habe seit mehr als einem Jahr nichts mehr geschrieben. Irgendwie ist mir … ich weiß nicht … mein Talent abhanden gekommen."

„Das kommt schon wieder. Du musstest schließlich eine völlig neue Technik erlernen."

„Sicher, aber das ist es nicht. Ich habe das beste Equipment, das man kaufen kann, und kenne mich bestens damit aus. Das ist es nicht. Vermutlich muss ich einfach akzeptieren, dass ich kein … dass mir das Talent fehlt."

„Du hast mehr Talent als jeder andere, den ich kenne, Mann."

246

„Nett, dass du das sagst, aber von Musik verstehst du ungefähr so viel wie ich vom Fotografieren."

„Ich weiß, dass du gut bist."

„Weißt du, wie viele verdammte Musicals ich inzwischen geschrieben habe, Connor?"

„Nein."

„Elf. Und jedes Einzelne ist abgelehnt worden. Nicht einmal, nicht zweimal, sondern etliche Male. Seit meinem Abschluss am College ist kein einziges Werk von mir aufgeführt worden. Und irgendwann kommt ein Punkt, an dem man der Wahrheit ins Auge sehen muss: Es wird auch nie mehr passieren." An Connors Schweigen erkannte er, dass dieser nicht wusste, was er sagen sollte. Er streckte die Hand aus, fand die Schulter seines Freundes und drückte sie kurz. „Weißt du, wie stolz ich auf dich war? Einfach so loszuziehen und die Dinge anzupacken? Dieses Foto von der Frau. Ich habe mir von Julia jedes Detail beschreiben lassen und weiß, wie außergewöhnlich es ist. Ich war so stolz. Und weißt du was? Ich war auch höllisch neidisch."

„Ich hatte nur Glück, Ed. Ich bin über ein Motiv gestolpert und habe ein gutes Bild gemacht. Was du zu schaffen versuchst, ist verdammt viel schwieriger."

„He, bitte. Komm mir jetzt nicht gönnerhaft."

„Gönnerhaft? Meine Güte."

Eine Weile schwiegen sie, und Ed stellte sich vor, dass Connor kopfschüttelnd über den Fluss blickte. Er hätte sich für seine Bemerkung am liebsten selbst in den Hintern getreten. Es war das erste Mal seit Urzeiten, dass er sich von Selbstmitleid hatte übermannen lassen. Schließlich legte Connor eine Hand auf Eds Schulter und sagte, es tue ihm Leid, wenn er so geklungen habe.

„Nein, Mann, mir tut es Leid. Verdammt, ich habe so viel, wofür ich dankbar sein sollte. Ich habe Julia, ich habe dieses fantastische Haus. Und weißt du was? Ich bin ein großartiger Klavierlehrer. Früher fand ich Unterrichten immer nervig, aber jetzt gefällt es mir. Es macht mir richtig Spaß."

„Das ist gut."

„Ja, das ist es." Er zögerte. Er hatte nicht vorgehabt, irgendwem den wahren Grund seiner deprimierten Stimmung anzuvertrauen, doch als er jetzt neben seinem besten Freund lag, wollte er das Geheimnis mit jemandem teilen. Er schluckte. „Hat Julia dir erzählt, dass wir versuchen, ein Kind zu bekommen?"

FEUERSPRINGER 247

„Nein. Das ist ja super."

„Ja, theoretisch. Wir versuchen es jetzt schon seit fast einem Jahr, und nichts ist passiert."

„Na ja, ich bin zwar kein Fachmann, aber das ist doch nicht besonders lang, oder?"

„Mag sein. Jedenfalls hatte ich im letzten Monat ein Problem mit meinem Diabetes. Keine große Sache, doch ich musste meine Insulindosis ein wenig erhöhen. Während der Untersuchung hat der Arzt mich gefragt, ob wir Kinder haben wollten. Und ich hab gesagt, ja, wir versuchen's, aber bis jetzt wär noch nichts passiert. Daraufhin hat er mich gefragt, ob ich je als Kind mit Immunsuppressiva behandelt worden bin, denn offenbar hat man herausgefunden, dass sich einige der damals verschriebenen Medikamente negativ auf die Fruchtbarkeit auswirken.

Wie du dir denken kannst, hab ich sofort meine Mom angerufen, und sie sagte, dass ich dieses Zeug tatsächlich bekommen hätte. Ich habe mich sofort über diese Immunsuppressiva schlau gemacht. Offenbar haben die Ärzte früher gedacht, dass man den Diabetes damit senken könnte. Ich bin also wieder zu dem Arzt gegangen, er hat allerlei Tests mit meinem Sperma durchgeführt, und weißt du was? Nichts. Platzpatronen, Mann. Ich schieße Platzpatronen ab."

„Kann man irgendwas dagegen tun?"

„Überhaupt nichts."

„Weiß es Julia schon?"

„Noch nicht. Ich hab es erst Ende letzter Woche erfahren. Bis jetzt war ich noch nicht Manns genug dazu." Er lachte gekünstelt und spürte Connors Hand auf seiner Schulter. „Ich weiß, wir können eins adoptieren oder so, aber … vermutlich ist es bloß der Schock." Er hielt inne. „Mann, he! Jetzt hab ich dir die ganze Party vermiest. Tut mir Leid, Mann. Ich hätte nicht davon –"

„Es muss dir nicht Leid tun. Ich bin froh, dass du es mir erzählt hast."

9 Julia hielt sich ein wenig abseits und staunte, wie eine so kleine Anzahl Sechsjähriger so viel Lärm machen konnte. Sie standen in ihren roten und blauen Malerkitteln entlang der Mauer auf der Rückseite des Spielplatzes. Auf ihren Gesichtern und Kitteln war mehr Kreide als auf der Mauer, aber schließlich erhielten junge gesetzestreue Bürger nicht jeden Tag die Erlaubnis, Staatseigentum zu verunstalten, und sie kosteten es weidlich aus.

Die Außenanlagen der Schule sollten renoviert werden, und sie hatte Mrs Leitner, die Direktorin, gefragt, ob ihre erste Klasse vor Eintreffen der Maler selbst ein wenig gestalterisch tätig werden dürfte. In der vergangenen Woche hatten sie darüber gesprochen, und heute wurden die Kinder auf die Spielplatzmauer losgelassen.

Während Julia ihnen zusah, schweiften ihre Gedanken zurück zu dem, was sie schon den ganzen Morgen und die Nacht über beschäftigt hatte. Sie dachte an Eds überraschenden Vorschlag.

Am vergangenen Abend waren sie mit Connor im Karmic Moose gewesen, wo Ed gelegentlich Klavier spielte und sang. Es war ein Donnerstagabend gewesen, an dem sich nicht allzu viele Gäste eingefunden hatten. Doch Ed spielte all seine Paradenummern von Cole Porter bis Dolly Parton, und am Ende des letzten Sets verlangten die Leute eine Zugabe.

Die zwei Wochen, die seit der Party vergangen waren, waren eine einzige emotionale Achterbahnfahrt gewesen. Unmittelbar nach Connors Aufbruch am Sonntagabend hatte Ed Julia von seiner Unfruchtbarkeit erzählt, und sie hatten seither praktisch jede wache Minute darüber geredet. Gemeinsam suchten sie erneut Eds Arzt auf, der die Diagnose bestätigte. Als sie nach Hause kamen, brach Ed zusammen und weinte. Doch seitdem war er positiv gestimmt gewesen, genau wie Julia. Es war traurig, sagte sie sich, aber sinnlos, in Trauer zu versinken. Die Lösung war denkbar einfach. Sie würden ein Kind adoptieren.

Ursprünglich hatte Ed seinen Auftritt im Karmic Moose absagen wollen, doch irgendwann beruhigten sie sich beide so weit wieder, dass sie der Meinung waren, ein Abend außer Haus würde ihnen gut tun. Sie riefen Connor an, der von der Ranch seiner Mutter in Augusta kam und sie nach dem Gig im „Depot" um die Ecke zum Abendessen einlud.

Es war beinahe wie in alten Zeiten. Connor war guter Dinge, sein Bein war praktisch verheilt. Er meinte, dass er jetzt jederzeit zu der geplanten Klettertour aufbrechen könnte. Ed war noch immer aufgekratzt von seinem Auftritt und unterhielt sie so, dass sie Tränen lachten. Glücklich und mit geröteten Wangen verabschiedeten sie sich auf dem Parkplatz von Connor und verabredeten, am übernächsten Samstag gemeinsam klettern zu gehen.

Die ersten paar Kilometer der Rückfahrt schwieg Ed. Dann platzte er wie aus heiterem Himmel damit heraus. „Wie fändest du es, wenn wir Connor fragten, ob er bereit wäre, der Vater unseres Kindes zu sein?"

Julia wäre vor Schreck beinahe von der Straße abgekommen. „Was?!
Das ist nicht dein Ernst, oder?"

„Nein, warte mal. Hör mir zu. Halt den Wagen an."

Sie parkte am Straßenrand und stellte den Motor ab, ließ das Licht
jedoch an.

Ed tastete nach ihrer Hand und hielt sie mit beiden Händen. „Hör mir
einfach mal zu. Ich habe sehr lange darüber nachgedacht und –"

„Toll. Dann brauchen wir damit ja keine Zeit mehr zu verlieren, was?"
Sie zog ihre Hand weg und verschränkte die Arme.

„Julia, lässt du mich ausreden? Wir stehen vor einer Wahl. Wir wollen
beide ein Kind, stimmt's? Also können wir nun entweder das Kind wild-
fremder Menschen adoptieren – und versteh mich nicht falsch, wenn du
das willst, kein Problem –, oder wir könnten ein Kind haben, das mehr
unser Kind wäre, ein Kind, das wenigstens die Gene von einem von uns
hätte." Er strich ihr mit der Hand sanft über das Gesicht. „Deine."

Julia seufzte.

„Und es wäre ein Kind, das in dir wachsen könnte. Wir könnten all das
teilen und zusehen, wie es sich entwickelt. Es wäre unser Kind, Julia.
Auf eine Weise, wie es ein adoptiertes Kind nie sein könnte. Verstehst
du das nicht?"

Sie schwieg. Sie war zu schockiert, um klar zu denken.

Ed sprach ruhig weiter. „Und dann würde sich nur noch die Frage stellen, wer der biologische Vater sein soll."

„Und du willst, dass es Connor ist. Hast du darüber schon mit Connor
geredet?"

„Natürlich nicht. Für wen hältst du mich?"

„Ed, vergiss es. Die Antwort lautet Nein, okay?" Sie startete den Motor, bog auf den Highway und fuhr eine Weile schweigend weiter.

„Tut mir Leid", bemerkte er schließlich. „Lass es uns einfach vergessen. Es war eine blöde Idee."

Danach sagte keiner mehr etwas, nicht einmal, um dem anderen eine
gute Nacht zu wünschen, nachdem sie zu Hause angekommen und zu Bett
gegangen waren. Julia musste irgendwann eingeschlafen sein, doch es
war nur ein unruhiger, oberflächlicher Schlaf gewesen, in dem sich die
Gesichter von Connor, Ed und ungeborenen Säuglingen vermischten.

Und diese Bilder schwirrten immer noch in ihrem Kopf herum, als sie
nun auf dem Spielplatz stand, umgeben von einer Gruppe aufgeregter
Kinder, und sich fragte, warum sie so heftig auf Eds Vorschlag reagiert
hatte. Offensichtlich hatte es etwas mit ihren Gefühlen für Connor zu

tun, die bei jeder Begegnung stärker zu werden schienen und die sie nach wie vor für Verrat an Ed hielt.

Aber, gütiger Gott, Connors Kind zu bekommen ... Würde das ihren Verrat nicht noch schlimmer machen? Oder lag es nur daran, dass sie sich selbst misstraute? Dass sie Angst davor hatte, es könnte sich alles verändern, wenn sie die Frucht seines Samens in sich trug, spürte, wie sie wuchs.

Als sie später heimfuhr, parkte sie an der Stelle am Straßenrand, an der sie und Ed am Vortag angehalten hatten. Sie stieg aus, überquerte die Straße und starrte lange auf den Fluss hinunter. Im goldenen Licht der untergehenden Sonne begann sie langsam zu begreifen. Die Zweifel und Ängste verschwanden, und mit großer Ruhe und Klarheit wusste sie mit einem Mal, was sie wollte.

Connor konnte sie nicht haben, aber mit seiner Zustimmung ein Kind von ihm. Ein Kind, das einen Teil von ihm und einen von ihr in sich vereinigen und für Ed das größte Geschenk sein würde.

CONNOR kletterte auf den Felsvorsprung in die Sonne und sicherte sich mit dem in einer Felsspalte befindlichen Klemmkeil. „Stand!", rief er. Er blickte nach unten und sah Ed, der zehn Meter tiefer auf einem schmaleren Felsvorsprung ein Stück Seil aus seinem Karabiner löste, sowie Julia, die ein wenig tiefer und seitlich stand. Connor holte das lose Seil ein, bis er spürte, dass es sich spannte.

„Seil aus!", rief Ed. „Ich komme!"

„Okay!" Connor sicherte ihn und beobachtete Ed mit ehrfürchtigem Schweigen. Ein Fremder wäre nie auf die Idee gekommen, dass er blind war. Ed tastete sich buchstäblich vor, und nur zweimal mussten sie ihm helfen.

Es war einer dieser herrlichen Frühherbsttage, der Himmel war weit und wolkenlos, die Luft mild, ohne einen kühlenden Windhauch. Das grüne Meer des Waldes war mit kleinen hellbraunen und rostroten Inseln gesprenkelt, dazu hier und da ein Tupfer Gelb von Zitterpappeln. Auf den höheren Gipfeln lag bereits der erste Schnee.

Eine halbe Stunde später erreichten sie den Gipfel. Tief gerührt sah Connor Eds strahlendes Gesicht beim Erklimmen des Felsplateaus. Er umarmte ihn und gratulierte ihm. Ed bat Connor, ihn zu der kleinen Spitze zu führen, legte seine Hände darauf und lehnte sich mit dem Rücken an den Fels, als würde er den Horizont überblicken. Auch Julia beobachtete Ed, grinste und wischte sich die Tränen ab.

FEUERSPRINGER 251

„Fotos!", rief Ed. „Wir müssen unbedingt Fotos machen!"

Er witzelte, dass sie sich geehrt fühlten, einen so berühmten Fotografen dabeizuhaben, und Connor spielte mit und kommandierte sie herum. Dann stellte Julia ihre Kamera auf einen Felsen, stellte den Selbstauslöser ein und rannte los, um noch mit aufs Bild zu kommen.

„Jetzt muss ich eins von euch beiden machen", sagte Ed.

Connor gab ihm die Leica und half ihm, die richtige Position zu finden. Julia beobachtete ihn, und als er sich neben sie stellte, sah er ein Lächeln auf ihrem Gesicht, dessen Botschaft er vergebens zu entschlüsseln suchte. Sie legte ihren Arm um seine Hüfte und er den seinen um ihre Schulter, und sie blickte mit demselben Gesichtsausdruck zu ihm auf wie beim ersten Mal.

„Halte ich die Kamera richtig?", rief Ed.

„Ein wenig nach unten", erwiderte Connor. „Und ein bisschen nach rechts."

„So, okay?"

„Perfekt."

„Mann, da wirst du echt sauer sein, wenn mein Bild besser wird als deins. Und jetzt lächeln …"

Sie picknickten in der Sonne, und hinterher ließ sich Ed von Julia in allen Einzelheiten die Aussicht beschreiben. Als sie fertig war, saß sie schweigend da.

„Connor?", sagte Ed plötzlich. Er hatte einen Arm um Julias Schulter gelegt. „Julia und ich wollen dich was fragen."

An ihren Mienen erkannte Connor, dass es etwas Wichtiges sein musste, und ermunterte sie weiterzusprechen. Ed schluckte verlegen und setzte weitschweifig an. Er erklärte, wie sehr er und Julia ihn mochten und dass er ihr bester Freund sei und dass sie viel zusammen erlebt hätten. Und dann sprach Ed von ihrem Bemühen, ein Kind zu bekommen, und darüber, dass sie kürzlich erfahren hatten, dass dies unmöglich sei. Deshalb hätten sie auch schon über eine Adoption gesprochen, wozu sie sich am Ende wahrscheinlich auch entschließen würden, es sei denn … Es gäbe da noch eine verrückte Idee, die sie erörtert hätten …

Plötzlich begriff Connor, noch bevor Ed die Worte fand. Und während er wartete, dass sein Freund sie aussprach, war es ihm, als ob ein Zug durch einen Tunnel auf ihn zuraste und das Rauschen der Luft in seinem Kopf lauter und lauter wurde.

„Und wir haben uns halt gefragt, ob du … ich meine, die Frage ist uns irgendwie peinlich. Also, wenn du es für eine ganz schreckliche

252

Idee hältst, musst du bloß Nein sagen. Trotzdem haben wir uns gefragt, ob du … ich meine, ob du in Erwägung ziehen könntest, der Vater – der biologische Vater – unseres Kindes zu sein."

Connor holte tief Luft. „Also, ich weiß nicht –"

„Wirklich, Mann. Es ist eine verdammt große Bitte, und ich würd's verstehn, wenn du es lieber nicht tun möchtest. Ist überhaupt kein Problem für uns, stimmt's, Schatz?"

„Absolut."

Ed küsste Julia auf die Wange, und sie lächelte verlegen.

„Ich meine, hör mal, Mann", fuhr Ed fort, „es war bloß eine Idee, weißt du?"

„Ed", sagte Connor. „Kannst du bitte mal einen Moment lang still sein?"

Als er zu sprechen begann, hatte Connor keine klare Vorstellung davon, was er sagen wollte. Er war zu perplex, um klar zu denken. Er hörte sich sagen, dass Ed es jedenfalls verstünde, einem den Schock seines Lebens zu verpassen, worauf alle befreit auflachten. Er fuhr fort, ihnen zu erklären, dass ihre Bitte ihn ehren und rühren würde. Doch ein Kind in diese Welt zu setzen sei keine Kleinigkeit, weshalb er gern eine Weile darüber nachdenken wollte. Sie versicherten ihm, dass er sich so viel Zeit lassen sollte, wie er brauchte.

Der Abstieg vom Berg dauerte fast so lang wie der Aufstieg. Beim Abseilen mussten sie Ed Kommandos geben, damit er sich nicht verletzte. Connor war froh, dass keine Zeit für Smalltalk blieb. Und auf der Heimfahrt war ihr Zusammensein bemüht und angespannt.

Sie luden ihn ein, über Nacht zu bleiben, doch er lehnte mit der Ausrede ab, seine Mutter würde ihn zurückerwarten.

Julia gab ihm einen Abschiedskuss und ging ins Haus. Er wusste, dass sie das tat, damit er und Ed einen Moment allein waren. Er stieg in den Pick-up und kurbelte das Fenster herunter.

„Also", begann Ed und legte die Hand auf die Tür, „ich wollte bloß noch mal sagen, dass es okay ist, wie immer du dich entscheidest. Das meine ich wirklich ernst."

„Verrate mir eins: Ist Julia sich genauso sicher wie du?"

„Vollkommen."

Connor schwieg, und Ed streckte seine Hand durch das offene Fenster und legte sie auf Connors Schulter. „Lass dir Zeit, ja?"

„Ich ruf dich an."

10

Seit drei Tagen war Connor zusammen mit ein paar anderen Journalisten mit einer Abteilung der Ruandischen Patriotischen Front unterwegs und stetig nach Südwesten vorgestoßen. Immer wieder hob der Offizier in dem ersten Fahrzeug die Hand, worauf der Konvoi stehen blieb und ein Trupp vorging, um eine Landmine aus dem Weg zu räumen. Connor und die anderen warteten derweil in ihrem Landrover und lauschten der Stimme im Radio, die die Hutukiller anfeuerte, kein Grab halb leer und keine einzige Tutsikakerlake am Leben zu lassen. Und obwohl Connor die Leichen, die sie fanden, immer noch fotografierte, hatte er lange aufgehört, sie zu zählen. Er hatte sie zu hunderten zerstückelt in Gräben, Strömen, Papyrussümpfen und vor ihren Häusern oder aufgeschichtet am Straßenrand liegen sehen. Oder Müllwagen hatten die Leichen eingesammelt. Und er hatte sie alle fotografiert und die eingescannten Bilder per Satellit nach Hause geschickt.

Inzwischen war es dunkel geworden. Das Dorf, in dem sie angehalten hatten, wimmelte von Menschen. Es waren Mitarbeiter von Hilfsorganisationen, Journalisten, offizielle Beobachter der UNO-Menschenrechtskommission und diverse Bürokraten, die sich hier versammelt hatten, um den Tod der früheren Bevölkerung zu dokumentieren. Connor und einige andere Journalisten hatten sich unter einem Affenbrotbaum um einen Leutnant der Ruandischen Patriotischen Front geschart, der abkommandiert worden war, um sie über die letzten Grausamkeiten zu unterrichten – hunderte von Tutsis, die in einer Kirche niedergemetzelt worden waren.

Nach einer Weile konnte Connor es nicht mehr ertragen weiter zuzuhören. Er verließ die Gruppe, schlenderte aus dem Dorf hinaus am Lager der Soldaten vorbei und folgte einem Lehmpfad, der sich von der Straße durch Bananenhaine zu einer begrasten Lichtung wand. Dort setzte er sich auf einen Fels und lauschte dem Summen der Insekten und dem Quaken der Frösche. Und dann dachte er wie immer an Julia und sein Kind in ihrem Leib.

Er hatte seit Weihnachten nicht mehr mit Ed und Julia gesprochen. Sein letzter Anruf war aus Nairobi gekommen, wohin er geflogen war, als die Lage in Somalia zu gefährlich wurde. Ed hatte ihm erzählt, dass Julia im zweiten Monat schwanger war. Gleich nach der ersten Insemination aus dem Vorrat, den Connor vor seinem Abflug nach Afrika in der Klinik hinterlassen hatte.

„Als ob es so sein sollte", sagte Ed.

Sie hatten es ihm in einem Brief mitgeteilt, der von seiner Agentur an ihn weitergeleitet worden, jedoch wie die meiste Post Connors nie angekommen war. Dann übernahm Julia den Hörer und wünschte ihm frohe Weihnachten. Und an ihrer beider Stimmen erkannte er, wie glücklich sie waren. Er versuchte, genauso zu klingen, und hoffte, dass es sich in ihren Ohren überzeugender anhörte als in seinen; denn er war sich nicht wirklich sicher, was er empfand, und wusste es auch nach monatelangem Nachdenken nicht.

Er war glücklich darüber, dass sein Geschenk ihnen solche Freude bereitet hatte, und zog manchmal sogar Kraft daraus. Wenn er zwischen den Toten wandelte, was er praktisch jeden Tag tat, zwang er sich, an das neue Leben zu denken, das viele tausend Kilometer entfernt wuchs, und das gab ihm Hoffnung und Mut. Doch in seinem Herzen nagte auch ein Gefühl des Verlustes.

JULIA lag regungslos da und betrachtete fasziniert, wie die Rundung ihres Bauchs die Form veränderte und sich von einer Seite der Wanne zur anderen bewegte. „Hallo, da drinnen!"

Ed stand vor dem Waschbecken und rasierte sich. „Wieder unterwegs?"

„Und wie. Heute Morgen trainieren wir für die Olympischen Spiele."

Er legte den Rasierer weg und kniete sich, das Gesicht noch halb mit Schaum bedeckt, neben die Wanne, legte seine Hand auf Julias Bauch und wartete auf eine weitere Bewegung. „Jetzt traut er sich nicht mehr", sagte Ed.

„Nein, so ist sie nicht."

„Komm, Kaulquappe. Mach's noch mal für Daddy."

Bei der letzten Ultraschalluntersuchung hatte man ihr ein Bild des Fötus gezeigt und sie gefragt, ob sie wissen wolle, was es werden würde. Das wisse sie bereits, hatte sie erklärt – es würde ein Baby werden. Alle hatten gelacht und es dabei belassen. Obwohl sie es nicht gesagt bekommen wollte, hatte sie nie einen Zweifel gehegt: Es würde ein Mädchen werden.

Weshalb sie sich da so sicher war, vermochte Julia nicht zu sagen, außer dass es etwas mit Skye zu tun hatte. Sie dachte nicht mehr so oft an sie. Im ersten Jahr nach dem Feuer war ihr Skye praktisch nicht aus dem Kopf gegangen. Doch das Bild war im Lauf der Zeit verblasst und tauchte jetzt nur noch selten auf.

Aber ihre Schuldgefühle waren deshalb noch längst nicht verschwunden. Sie war vielmehr zu dem Schluss gekommen, dass Schuld unvergänglich war und weder Zeit noch Glück sie eliminieren konnten. So einfach konnte das mit der Schuld sein. Schuld war eine Tatsache. Man lebte mit ihr und ihren Konsequenzen, eine Art Vertrag, der einem unentrinnbare Verpflichtungen aufbürdete. Die gegenüber Ed löste sie bereits ein, indem sie ihm ihr Leben widmete. Nun war Skye an der Reihe. Julia hatte den Tod eines jungen Lebens zu verantworten und musste es deshalb wieder neu erschaffen. Und obwohl ihr die Irrationalität dieses Gedankens vollkommen bewusst war, glaubte sie felsenfest, dass das Kind, das seit nunmehr sieben Monaten in ihrem Bauch wuchs, ein Mädchen war.

Ed hatte da natürlich ganz andere Vorstellungen. Die Tully-Dynastie in Montana brauchte einen männlichen Erben, erklärte er großspurig – und er würde ihn verdammt noch mal auch bekommen.

Er hatte seine Hände immer noch auf ihrem Bauch liegen. „Er ist eingeschlafen."

„Nein … Es geht wieder los."

„*Wow!* Sieh ihn dir an. Mein Junge!"

Sie sah, wie Ed grinste, während seine Augen ein wenig zuckten, wie sie es in letzter Zeit häufig taten. Wenn er seine Hände so auf ihren Bauch gelegt hatte, fragte sie sich manchmal, ob die Freude, die er so offensichtlich empfand, in irgendeiner Weise dadurch getrübt wurde, dass das Kind nicht wirklich seins war.

Darüber hatten sie nie gesprochen. Nachdem Connor ihnen seine Entscheidung telefonisch mitgeteilt hatte und sie auf die erste Insemination warteten, hatte Ed nervös und rastlos gewirkt, sodass sie befürchtet hatte, er würde seine Meinung im letzten Moment ändern. Doch als sie ihn fragte, ob er sich immer noch sicher sei, die Sache durchzuziehen, erklärte er ihr, dass er voll dahinter stehe und sie nicht albern sein solle.

Sie sprachen häufig von Connor und fragten sich, wo er gerade war und was er machte. Ed hatte darauf bestanden, dass das mit dem Selbstauslöser geschossene Foto von ihrer Klettertour vergrößert und gerahmt im Wohnzimmer aufgehängt wurde. Er wollte, dass Kaulquappe es von Anfang an sehen könne, damit er die Besetzung kannte: Mom, Dad und Bio-Dad. Er fand allerdings, dass Connor den besseren Titel hatte; Bio-Dad hörte sich an wie ein Superheld. Julia meinte, es klänge eher wie ein Waschmittel.

Das Badewasser war kalt geworden, und das Baby hatte sein Training beendet. Eds Hände wanderten zu Julias Brüsten hinauf, die mittlerweile riesig waren.

„He", sagte sie, „lass das. Sonst komme ich zu spät zur Arbeit."

ALS ER im Norfolk Hotel in Nairobi eincheckte, überreichte man ihm die Post, die sich in seiner Abwesenheit angesammelt hatte. Während er dem Jungen folgte, der seine Tasche auf das Zimmer trug, blätterte er die Umschläge durch, bis er auf den gestoßen war, nach dem er suchte: einen weißen Umschlag aus Missoula, Montana, an ihn adressiert in Julias eleganter Handschrift.

Erst nachdem er geduscht, sich frisch angekleidet und es sich auf einem Stuhl am Fenster bequem gemacht hatte, öffnete er den Umschlag.

Er enthielt einen Brief und ein Foto: Julia saß lächelnd in einem Krankenhausbett, auf der Bettkante neben ihr der grinsende Ed und in ihrem Arm, rosafarben und mit zerknittertem Gesicht, das Baby.

Der Brief berichtete, dass es am fünften Juli geboren worden war und 3515 Gramm wog. Nach einer nervenaufreibenden Diskussion hatten Ed und Julia sich darauf geeinigt, sie Amy zu nennen. Mit zweitem Namen sollte sie Constance heißen, was die größtmögliche Annäherung an Connor darstellte, auf die sie gekommen waren. Julia hoffte, dass das okay sei. Natürlich sollte er Pate des Kindes werden, weshalb sie mit der Taufe warten wollten, bis er nach Hause kam.

JULIA war in der Küche und kochte Kaffee. Es war der Tag nach Amys Taufe, bei der es sich um einen Wochenend-Partymarathon handelte, und dies war nun der letzte Akt: ein kleines Essen am Sonntagabend für Amys „inneren Kreis", wie Ed es nannte. Um den von Kerzen erleuchteten Tisch auf der Veranda saßen Ed und seine Eltern, Connor und seine Mutter sowie Julias Mutter. Und es schien nicht so, als drohte ihnen der Gesprächsstoff auszugehen. Amy schlief oben im ersten Stock in ihrem Bettchen, und als sie zu schreien anfing, eilte Julia nach oben, um sie zu stillen.

Sobald Julia in der Tür auftauchte, hörte das Baby auf zu schreien und grinste zahnlos.

„Du kleines Äffchen. Du wolltest bloß nicht allein sein, was?" Julia hob sie aus ihrem Bettchen, drückte ihre Nase an den kleinen warmen Körper und atmete seinen wunderbaren Duft ein. Dann trat sie mit ihr ans Fenster und blickte im Dunkeln nach unten auf die Veranda, wo sich alle unterhielten.

Sie konnte nicht verstehen, was gesprochen wurde, und ertappte sich dabei, wie sie Connor anstarrte. Sie hatten ihn jetzt genau ein Jahr nicht mehr gesehen. Er war sonnengebräunt und sein Haar, das er jetzt kürzer trug, beinahe weiß gebleicht. Um seine Augen hatten sich kleine Fältchen gebildet, und Julia fragte sich, ob sie nur vom Blinzeln in die afrikanische Sonne kamen oder von dem, was seine Augen hatten sehen müssen.

Als hätte er ihre Gedanken gehört, blickte er auf, und obwohl sie dachte, hier oben in der Dunkelheit unsichtbar zu sein, sah er sie und lächelte. Keiner außer ihr bemerkte es. Sie erwiderte sein Lächeln und spürte nicht zum ersten Mal an diesem Wochenende, dass etwas in ihrem Bauch flatterte, was sie eilig zu unterdrücken suchte. Sie wandte sich ab, setzte sich aufs Bett und entblößte ihre Brust, um Amy zu stillen, und bald fand sie in dieser Zweisamkeit Ruhe und Geborgenheit.

ED GING ins Haus und fand Julia mit dem Versuch beschäftigt, Amy wieder zum Schlafen zu bringen, während diese alles andere als schlafen wollte. „Hast du sie schon gefüttert?"

„Ja. Sie ist hellwach."

„Bring sie mit runter. Schließlich ist es ihre Party."

Ed trug Amy auf die Veranda, und alle Frauen brachen in Seufzer aus und wollten sie halten, und Ed meinte, um die Reihenfolge zu organisieren, müsse er wohl Nummernzettel ausgeben.

Er hielt Amys Gesicht an sein Ohr, sodass es aussah, als wollte sie etwas hineinflüstern.

„Wirklich? Okay, du bist der Boss. Wisst ihr, auf wessen Knie sie sitzen möchte?" Er fing an, die Titelmelodie des Paten zu singen, und überreichte sie Connor.

„Ich habe ihr ein Angebot gemacht, das sie nicht ablehnen konnte", meinte Connor.

Ed gab ihm eine Kopfnuss. „He, das ist mein Text. Wenn du nicht aufpasst, schläfst du heute Nacht bei den Fischen."

Der Witz kam auch nicht besonders gut an, und seine Stimme hatte einen ungewohnt scharfen Unterton. Ed ging zurück zu seinem Platz und griff nach seinem Weinglas. Es stand nicht dort, wo er es abgestellt hatte. „He, hat irgendjemand mein Glas weggenommen?"

Niemand hörte ihn. Er versuchte, sich nicht zu ärgern, wenn derartige Kleinigkeiten passierten, doch jetzt war er sauer. Vielleicht lag es am Wein. Er hatte schon das eine oder andere Gläschen intus. Möglicherweise hatte jemand sein Glas absichtlich weggenommen, damit er nicht noch mehr trank. So etwas war seiner Mutter durchaus zuzutrauen. Er fragte noch einmal lauter nach seinem Glas, und seine Mutter, die sich eifrig in der Babysprache mit Amy unterhielt, sagte, dass sie es zur Seite gestellt hätte. Sie entschuldigte sich, goss es noch einmal voll, gab es ihm und wandte sich sofort wieder Amy und Connor zu.

Alle redeten, doch keiner mit ihm, sodass er sich plötzlich ausgeschlossen fühlte und schlechte Laune bekam. Er wusste, dass das idiotisch war. Alle amüsierten sich prächtig, und er wollte ihnen den Spaß nicht verderben. Er lehnte sich zurück und leerte sein Glas in zwei Schlucken.

Plötzlich spürte er, wie Julia von hinten ihren Arm um seinen Hals legte und ihr Gesicht an seines schmiegte. Sie küsste ihn auf die Wange und fragte leise, ob es ihm gut gehe.

„Mir? Ja, bestens. Wieso? Sehe ich nicht so aus?"

„Doch, doch, natürlich."

„Also, warum fragst du dann?"

„Nur so. Alles in Ordnung. Tut mir Leid."

Sie zog ihre Arme weg. Er hörte, wie sich ihre Schritte entfernten, und fühlte sich sofort mies, weil er so unfreundlich gewesen war. Er hörte, wie Connor auf Amy einsäuselte, was ihn erneut wütend machte. Wütend? Nicht direkt. Eher … eifersüchtig.

Es hatte keinen Zweck, sich selbst zu belügen. Er war eifersüchtig. Und wenn er es sich recht überlegte, war er schon das ganze Wochenende eifersüchtig gewesen, wenn Connor in Amys Nähe gekommen war. Er verübelte Connor, dass er sie sehen konnte. Und dass er Julia sehen konnte. Ed wusste, dass das verrückt war, doch er fühlte sich ausgegrenzt. Jetzt stellte er sich wieder vor, wie Amy fröhlich auf Connors Knie saß und alle wussten, dass er ihr wirklicher Vater war. Und dann würde ihr Blick den armen alten Ed streifen, der ganz allein am Ende des Tisches hockte, und sie würden denken: Der arme Kerl, wirklich schade, dass er es nicht selbst hingekriegt hat. Er hasste sich für diese Gedanken, doch so war es nun mal.

Dann fing Amy an zu schreien, und Connor gab sie Julia, in deren Armen sie sich wie immer sofort beruhigte. Und nach zwei weiteren Gläsern Wein legte sich Eds Selbstmitleid.

Das Nächste, was er mitbekam, war, dass Julia ihn auszog und ins Bett brachte. Und das Letzte, woran er sich erinnerte, war, dass sie ihn auf die Stirn küsste, ihm eine gute Nacht wünschte und sagte, dass sie ihn liebte.

FEUERSPRINGER 259

DER REST der Taufgäste übernachtete in der Stadt im Red Lion, aber Connor schlief in Eds und Julias Gästezimmer. Connor wusste nicht, wie lange er schon wach gelegen hatte, doch es mussten Stunden gewesen sein. Nachdem die anderen gegangen waren, hatte er Julia geholfen, Ed aus dem Stuhl zu hieven, auf dem er eingeschlafen war, und ihn ins Bett zu tragen. Sie hatten die Küche aufgeräumt und sich dabei unterhalten. Doch sie waren beide müde und verschwanden bald in ihren Zimmern.

Vor einer Weile hatte er Amy weinen hören, doch jetzt war das Haus wieder still. Er spürte einen dumpfen Schmerz in der Brust, der ihn schon eine Weile bedrückte. Er war das ganze Wochenende noch einmal durchgegangen und konnte sich nicht erklären, warum die an sich so fröhlichen Tage ihn derart deprimiert hatten. Was immer es war, er wusste, dass sich etwas zwischen ihnen dreien verändert hatte und es nie wieder so sein würde wie früher.

Bei Ed hatte er es am stärksten gespürt. Sie hatten sich die ganzen Tage kein einziges Mal vernünftig unterhalten, und wenn es sich doch mal ergab, ein paar Worte zu wechseln, hatte er es stets als gezwungen empfunden. Der Grund war natürlich Amy. Connor hatte vor seiner Ankunft versucht, sich auf den Moment vorzubereiten, in dem er sie zum ersten Mal sehen würde. Doch diese Wirkung hätte er nie im Leben erwartet. Der Anblick dieses kleinen Wesens, das Fleisch von seinem und Julias Fleisch war, und die Tatsache, dass weder dieses Kind noch seine Mutter zu ihm gehörten, trafen ihn wie ein Schlag. Er fragte sich, wie er so dumm hatte sein können, sich darauf einzulassen. Doch dann sah er wieder das Kind und dachte, er habe es eben einfach tun müssen.

Er schaute auf die Uhr. Es war drei, und er war hellwach. Vielleicht sollte er draußen ein wenig frische Luft schnappen. Er streifte sich Jeans und T-Shirt über und öffnete leise die Zimmertür. Außer Eds Schnarchen war nichts zu hören. Barfuß ging er zur Treppe.

Er sah sie, als er durchs Wohnzimmer kam. Sie saß in einem weißen Trägernachthemd auf den Stufen der Veranda und blickte auf den Fluss hinunter.

Sie hörte ihn und drehte sich um, als er auf die Veranda trat. „Hat Amy dich geweckt?"

„Nein." Er setzte sich neben sie.

„Ich kann es kaum erwarten, dass sie endlich durchschläft. Es macht mich ganz fertig, dreimal in der Nacht aufzustehen. Ich laufe den ganzen Tag rum wie ein Zombie."

„Dafür siehst du aber ziemlich gut aus."

„Schön wär's. Ich fühle mich fett und erledigt."

Er wollte ihr sagen, wie hübsch sie in diesem Augenblick aussah, wagte es aber nicht, sodass sie eine Weile schweigend in die graue Nacht starrten.

„Es tut mir Leid wegen Ed", sagte sie.

„Er hatte bloß ein Gläschen zu viel, das ist alles."

„Nein, nein. Ich glaube, es ist für ihn alles ein wenig schwieriger als erwartet. Es ist das erste Mal, dass du in Amys Nähe bist und … nun, du kannst's dir ja denken."

Er konnte es sich tatsächlich denken, fand jedoch keine Worte. „Sie ist wunderschön", sagte er schlicht.

„Natürlich ist sie das."

„Und wie Ed mit ihr umgeht, finde ich großartig."

„Ja, er ist wirklich erstaunlich."

Sie schwiegen erneut. Julia starrte auf ihre nackten Füße. „O Gott", seufzte sie, bevor sie unvermittelt aufstand und die Arme über dem Kopf streckte. „Gehst du mit mir zum Fluss?"

„Gern."

Sie schlenderten nebeneinander durch das kühle, feuchte Gras und folgten dem Seilgeländer bis ans Ufer hinunter, wo eine Bank stand. Julia nahm auf der einen, Connor auf der anderen Seite Platz, und lange Zeit blickten sie schweigend aufs Wasser.

„Und wie fühlst du dich jetzt?", fragte sie leise.

Was sollte er sagen? Dass es ihm beinahe das Herz brach. Dass er manchmal wünschte, Julia nie getroffen zu haben, denn dann wäre er vielleicht noch immer er selbst und nicht ein Schatten seiner selbst.

„Du musst es nicht sagen, wenn du nicht willst", sagte sie.

„Ich freue mich einfach nur für euch beide."

Sie sah ihn lange an. „Aber?"

„Kein Aber. So ist es."

„Connor, du bist ein wirklich schlechter Lügner."

Er lächelte. Sie starrte ihn immer noch an, und eine Weile hielt er ihrem Blick stand.

„Ich habe neulich daran gedacht, wie wir uns zum ersten Mal gesehen haben", begann sie wieder. „Weißt du noch? Du hast uns am Flughafen abgeholt."

„Ich erinnere mich gut."

„Es ist seltsam, aber ich hatte das Gefühl, dich schon zu kennen."

„Mir ging es genauso."

„Weißt du, manchmal sagen die Leute, dass irgendetwas ‚so sein sollte', als stünde es in den Sternen geschrieben. Glaubst du das auch?"

„Keine Ahnung. Früher habe ich so was abgelehnt. Aber jetzt denke ich hin und wieder, dass doch was dran sein könnte."

„Mir geht es genau umgekehrt. Ich hab immer geglaubt, dass alles ‚sein sollte', aber jetzt bin ich mir nicht mehr so sicher." Sie hielt inne und blickte ans andere Ufer. „Ich weiß noch, wie Skye einmal gesagt hat, dass alle wichtigen Dinge im Leben zufällig geschehen. Und ich habe ihr widersprochen und geantwortet, dass unser ganzes Leben meiner Ansicht nach vorgezeichnet und vorherbestimmt sei und sich uns im Lauf der Zeit offenbare. Aber das glaube ich jetzt nicht mehr. Ich glaube, es gibt Zufälle, und dann müssen wir eine Wahl treffen."

Connor schwieg.

„Und du denkst jetzt, dass alles vorgezeichnet ist?", fragte sie.

„Nein, ich glaube, du hast Recht. Es gibt durchaus eine Wahl. Aber die wichtigen Entscheidungen können wir manchmal nicht selber treffen."

„Na ja, du hast doch in letzter Zeit ziemlich wichtige Entscheidungen getroffen. Schau dir Amy an. Schau dir deine Karriere als Fotojournalist an. An gefährliche Schauplätze zu reisen und ständig dein Leben aufs Spiel zu setzen. Ich meine, viel größer werden die Entscheidungen nicht, die man im Leben zu treffen hat."

Er lachte. „Nun, ich sehe das anders. Ich tue das, was ich tue, weil jemand anderes die große Entscheidung getroffen hat. Nicht ich."

Sie sah ihn mit gerunzelter Stirn an. „Welche Entscheidung? Wer?"

Er hatte schon zu viel verraten. Er musterte sie, und weil er in seinem Herzen vielleicht schon wusste, dass dies ihre letzte Begegnung sein würde, sagte er es ihr. „Du", erklärte er schlicht. „Du hast dich für Ed entschieden."

Sie starrte ihn schweigend an, und selbst in der Dunkelheit erkannte er, wie sich langsam eine große Traurigkeit über ihr Gesicht senkte, als sie begriff. „O Connor", flüsterte sie. „Ich hatte ja keine Ahnung."

„Dann bin ich ein besserer Lügner, als wir beide dachten."

„O Connor."

Er lächelte wehmütig. „Ich hab dich vom ersten Augenblick an geliebt."

„Nicht. Sprich nicht weiter."

„Es tut mir Leid. Ich hätte es dir nie sagen dürfen, und ich verspreche, dass ich nie mehr darüber reden werde. Aber so ist es nun mal. Und eigentlich kann ich mich doch glücklich schätzen, denn ich bin ein Teil von Amy, und sie ist ein Teil von dir. Und egal, was mit mir passiert, sie wird dich immer haben."

Sie hob langsam die Hände und presste ihre Fingerspitzen an die Schläfen. „O Connor. O Gott." Sie schloss die Augen und fing herzzerreißend zu schluchzen an. Die Augen fest geschlossen, breitete sie langsam die Arme aus. Er zog sie an sich und hielt sie fest, spürte ihre Tränen an seiner Brust und seine eigenen auf seinen Wangen. Sie hob ihr Gesicht, küsste ihn und sagte, dass sie ihn auch liebe und immer geliebt habe, und dann küsste sie ihn erneut und die Tränen auf seiner Wange.

Wie lange sie so verharrten, wusste er nicht. Er konnte nur denken, dass diese wenigen kostbaren Momente alles waren, was er je von ihr haben würde, sodass er sie mit jeder Faser seines Seins spüren und erleben musste, um sie dann sorgfältig in seiner Erinnerung zu bewahren.

DRITTER TEIL

11 Amy Constance Tully war ein Engel. Sie hatte sogar Flügel, um das zu beweisen. Als Tochter des Komponisten, der zugleich musikalischer Direktor der Weihnachtsaufführung an ihrer Schule war, hatte sie sich ihre Rolle aussuchen dürfen – zumindest eine Nebenrolle, denn die Hauptrollen hatten die Stars aus der vierten und fünften Klasse mit den besseren Fürsprechern abgesahnt. Sechs Wochen zuvor hatte Amy eindeutig erklärt, dass sie ein Engel sein wollte.

Da die Schule multikulturell, politisch korrekt und tolerant war, bedeutete, einen Engel zu spielen, natürlich nicht, dass man in klassischer Manier über dem Jesuskind zu schweben hatte. Die ganze Aufführung war, wie Ed meinte, eine eher spirituelle Feier der Natur und ihrer zahllosen Wunder.

Im privateren Rahmen hatte er sie Julia gegenüber als „pure ökoanarchistische Propaganda" bezeichnet. Deshalb waren die Engel auch eher von der rächenden Art, die am Ende der Show mehrere böse Holzfäller und einen Ölmagnaten erledigt hatten.

Jetzt lag Amy in ihrem Bett und sah vom Scheitel bis zur Sohle aus wie ein richtiger Engel. Ihre Wangen glühten rosig vom Baden, und ihre blonde, lockige Mähne war so ordentlich gebürstet, wie es überhaupt nur ging. Die Farbe stammte offensichtlich von Connor, doch woher die

FEUERSPRINGER 263

Locken kamen, wusste keiner. Ihre Augen waren so dunkelbraun wie Julias Augen, und sie hatte den gleichen dunklen Teint. Doch wenn sie gelegentlich gefragt wurde, wem Amy charakterlich am ähnlichsten war, antwortete Julia ohne Zögern: Ed.

Amy war fröhlich, witzig und schlagfertig und von Natur aus musikalisch. Sie hatte sich Eds Marotte angewöhnt, vor sich hin zu trällern, wenn sie mit etwas beschäftigt war, und sie hatte eine schöne Stimme. Lange bevor sie den Windeln entwachsen war, brachte Ed ihr Lieder bei und setzte sie am Klavier auf seinen Schoß. Inzwischen spielte sie besser als einige seiner Schüler, die ein paar Jahre älter waren als sie.

Julia lag neben ihrer Tochter auf dem Bett in Amys Zimmer. Als Gutenachtgeschichte lasen sie gemeinsam Amys Lieblingsbuch „Das Butterbrot-Banden-Buch" von Dr. Seuss. Wie üblich musste Julia fast die ganze Zeit allein lesen. Amy gefielen die lustigen Stimmen, die Julia den Zooks und den Yooks verlieh, wenn deren verrückter Krieg darüber eskalierte, wie man sein Butterbrot nun essen sollte – mit der Butterseite nach oben oder nach unten.

Julia fand es seltsam, dass ausgerechnet dies Amys Lieblingsbuch war, denn es war ziemlich unheimlich, weil es von einer Welt handelte, die wegen einer albernen Meinungsverschiedenheit auf den Abgrund zusteuerte. Als sie das Buch vor zwei Jahren gekauft hatten, hatte es lange Diskussion über den Krieg ausgelöst. Julia versicherte Amy, dass heutzutage niemand mehr eine Art Weltkrieg befürchtete, wie er in dem Buch dargestellt wurde. Doch es gebe nach wie vor kleinere Kriege, die ständig irgendwo auf der Welt stattfänden. Sie erzählte ihrer Tochter auch, dass ihr biologischer Vater häufig in solche Länder fuhr und dort Fotos machte.

Als Amy noch ein Säugling gewesen war, hatten Ed und Julia darüber diskutiert, in welchem Alter sie Amy verschiedene Dinge erklären sollten. Sie wollten, dass sie von Anfang an wusste, dass sie zwei Väter hatte. Doch was das Feuer betraf, waren sie anderer Ansicht. Sie sorgten sich, dass die Geschichte das Kind traumatisieren könnte, und einigten sich darauf, dass sie es ihr sagen würden, wenn sie ungefähr zwölf war. Doch mit viereinhalb fragte Amy Ed, warum er blind sei, und so kam die Geschichte heraus. Amy wirkte auch kein bisschen erschrocken, sondern war vor allem stolz auf ihre beiden heldenhaften Väter, die vom Himmel gesprungen waren, um ihre Mama zu retten.

Amy sprach nicht so oft von Connor. Es war schwer, eine Erinnerung wach zu halten, die sich nur von Fotos, Geschichten und gelegentlichen

264

Briefen nährte. Connor schrieb Amy nach wie vor und schickte ihr exotische Geschenke aus entlegenen Winkeln der Welt, doch seit der Taufe war er kein einziges Mal gekommen, um sie zu besuchen.

Während des ersten Jahres hatte Julia mehrere Briefe an Connor geschrieben, sie aber alle wieder zerrissen. In jenen vergangenen Tagen hatte sie ständig an ihn gedacht. Kaum eine Stunde war verstrichen, in der sie nicht jenes letzte Bild heraufbeschwor, wie er im kalten Mondlicht neben ihr saß, seine Liebe gestand, sie umarmte und ihre Tränen wegküsste.

Bevor er am nächsten Morgen aufgebrochen war, hatte sie heimlich ein Foto in seine Tasche geschmuggelt: das Bild, das Ed von ihnen beiden an jenem Tag aufgenommen hatte, als sie zum letzten Mal gemeinsam geklettert waren und ihn darum gebeten hatten, der Vater ihres Kindes zu werden.

Julia hatte sich große Mühe gegeben, ihn nicht aus den Augen zu verlieren. Auf die eine oder andere Art – meist dank Connors Mutter – erfuhr sie, wenn eine Zeitschrift seine neuesten Bilder publiziert hatte. Ihr fiel auf, dass er inzwischen auch die begleitenden Artikel selbst schrieb. Am meisten bewegte sie eine Reportage über einen kleinen, kaum beachteten Krieg, der seit Jahren im Norden Ugandas wütete. Dorthin schien Connor häufig zurückzukehren. Sein jüngster Artikel handelte von einem Rehabilitationszentrum für Kinder, die aus ihrer Heimat verschleppt und gezwungen worden waren, als Soldaten in der Armee der Rebellen zu kämpfen. Die Bilder rührten Julia zu Tränen.

Nur einmal hatten sie und Ed in einem Gespräch den wahren Grund für Connors Fernbleiben gestreift. Pünktlich zu Amys viertem Geburtstag war ein in braunes Packpapier gewickeltes Paket aus Uganda eingetroffen. Es enthielt ein kleines Kleid sowie ein Tuch aus einem bunten afrikanischen Stoff. Amy war begeistert. Sie zog es eine Woche lang nicht mehr aus.

Ed war stinksauer. Nachdem Amy außer Hörweite war, platzte er los.

„Diese verdammten Geschenke!", tobte er. „Was schreibt er auf der Karte? ‚Grüße an deine Mom und deinen Dad'? Na toll! Vielleicht kommt er eines Tages vorbei, um es uns persönlich zu sagen. Oder er nimmt einen Telefonhörer in die Hand und sagt es. Sie hat noch nie seine verdammte Stimme gehört! Er war mein bester Freund, Herrgott noch mal!"

„Ach, komm, Ed, sei nicht so", erwiderte Julia. „Vielleicht denkt er, es ist fairer, nicht zu kommen."

FEUERSPRINGER 265

„Fairer? Wie kommst du denn darauf?"

„Nun, ich weiß nicht. Vielleicht denkt er, dass es schwierig für dich ist."

„Weil ich auf ihn und Amy eifersüchtig sein könnte oder was?"

„Nein, nicht direkt. Bitte, Ed, lass uns das Thema vergessen, ja?"

„Nein, das interessiert mich. Denn offensichtlich denkst du das ja. Dass er unser Haus meidet, weil er glaubt, dass ich mich von der Tatsache bedroht fühlen könnte, dass er Amys biologischer Vater ist. Ist das richtig?"

„Nun ja, vielleicht ein bisschen. So wie du auf der Taufe warst –"

„Was soll das denn heißen? Dass ich mich ihm gegenüber feindselig verhalten habe?"

„Ein wenig schon, ja."

„Das sagst du mir jetzt? Nach vier Jahren? Dass ich der Grund bin, dass er uns nicht mehr besucht?"

„Ed, woher sollte ich das wissen?"

„*Wow*", sagte er leise und schüttelte traurig den Kopf. „Junge, Junge."

Julia bedauerte sofort, was sie gesagt hatte, und versuchte es abzuschwächen, indem sie erklärte, dass das vielleicht doch nicht der Grund sei, sondern dass es möglicherweise Connor schwer gefunden habe, Amy zu sehen, und es nun für besser hielt, den Kontakt zu ihr aus der Distanz aufrechtzuerhalten, um keine zu große emotionale Abhängigkeit zu entwickeln. Danach war Ed tagelang schweigsam und nachdenklich und kritisierte Connor nie wieder.

Julia glaubte, dass beide Vermutungen richtig waren. Wahrscheinlich hatte Connor Eds Eifersucht gespürt und beschlossen, dass er seinem Freund einen größeren Gefallen tat, wenn er sich fern hielt. Und wahrscheinlich fand er auch die Aussicht schmerzhaft, seine Tochter als die eines anderen heranwachsen zu sehen. Wenn er Amy nicht ganz haben konnte, dann war es wohl besser, sie gar nicht zu haben. Und Julia war überzeugt, dass er ihr gegenüber genauso empfand. Und obwohl er jeden Tag in ihren Gedanken war, musste sie zugeben, dass sie es so, wie es war, am besten fand. Wenn sie ihn nicht ganz für sich haben konnte, dann lieber gar nicht.

Julia beendete die Geschichte und drehte das Licht aus. Dann lehnte sie sich zu Amy hinüber, um ihr einen Gutenachtkuss zu geben. „Drück mich ganz fest", bat sie.

„Ich hab dich lieb, Mami."

„Ich dich auch, mein Schatz."

KAY NEUMARK sagte den Streifenhörnchen zum dritten Mal, dass jetzt Schluss sei. Sie sollten sofort aufhören, herumzualbern und den Engeln ein Bein zu stellen. Doch der erste Durchlauf war immer eine Zerreißprobe, obwohl es bisher eigentlich ganz gut geklappt hatte.

Kay war Regisseurin und Eds Koautorin bei der Weihnachtsaufführung. Sie unterrichtete Geschichte und Englisch, und von Julia wusste Ed, dass sie Mitte dreißig war, kurzes silbergraues Haar hatte und eine Vorliebe für weite, gestreifte Pullover. Ed war sie vor allem wegen ihrer dröhnenden Stimme aufgefallen.

„Okay!", rief sie jetzt. „Lasst uns das noch mal machen. Und dieses Mal bedrohlicher, Mr Gloop. Zeig diesem Orka, mit wem er es zu tun hat. Ja! Genau so. Auf geht's. Alle auf Position, bitte. Julia, bist du da hinten so weit?"

Julia firmierte als Regieassistentin und versuchte irgendwo hinter den Kulissen ihre Truppen auf Vordermann zu bringen. Sie rief, dass sie so weit sei.

„Okay, Maestro!", rief Kay.

Ed saß am Klavier, das bis auf ein paar Soundeffekte vom Band die einzige Begleitung war. Die Produktion hatte mehr Arbeit erfordert, als Ed dachte, und seit er zur Dialyse ging, schien er einfach nicht mehr dieselbe Ausdauer zu haben wie früher. In letzter Zeit war er fast ständig müde.

Er atmete tief durch. „Okay, noch einmal!", rief er. „Gloop und die Holzfäller, von oben." Und sie legten munter los.

Ed ging jetzt seit zwei Jahren zur Dialyse. Sein jährlicher Diabetescheck hatte anormal hohe Werte für Kalium und Proteinabfälle ergeben. Seine Nieren reinigten sein Blut nicht mehr ausreichend. Deshalb musste er jetzt dreimal die Woche vormittags nach Missoula gebracht werden, wo er an eine Maschine angeschlossen wurde, die den Job für ihn erledigte. An diesem Morgen war er wieder vier Stunden dort gewesen, und er hasste die ganze Prozedur.

Die Probe verlief alles in allem gut, und alle gingen frohen Mutes nach Hause. Nun ja, fast alle. Auf der Heimfahrt berichtete Amy von einem Drama, das sich hinter den Kulissen abgespielt hatte. Bei einer der Elfen war offenbar etwas in die Hose gegangen, woraufhin das oberste Streifenhörnchen etwas Gemeines gesagt hatte, sodass beide schließlich handgreiflich geworden waren.

Ed hörte nur mit halbem Ohr zu, und Julia, die gelernt hatte, auf alle seine Stimmungen zu achten, fragte sofort, ob er sich nicht wohl fühle. Er brummte, sie solle nicht so ein Theater machen, er sei nur ein wenig müde. Dann schloss er die Augen, lehnte den Kopf an die Kopfstütze und dachte an die Show, deren Melodie ihm noch immer durch den Kopf ging. Es war eine Ironie des Schicksals, dass ihn seine großen Träume ausgerechnet hierher geführt hatten. Vor zehn Jahren war noch alles so klar gewesen. Ohne jeden Zweifel an seinem Talent hatte er seine Karriere vorausgeplant. Den Beginn würden kleinere Off-Broadway-Produktionen machen, musikalische Juwelen, die hymnische Kritiken bekamen; dann sollte der Broadway selbst folgen und später Hollywood – er würde das Filmmusical für eine Generation komplett neu erfinden. Und nun war er fast 36, ein blinder Klavierlehrer in einem Städtchen in Montana, der sich für die Weihnachtsaufführung an der Grundschule seiner Tochter abrackerte. Überraschenderweise war er deshalb nicht verbittert. Es gab Dinge im Leben, die wichtiger waren.

Als besonders ironisch empfand er die Tatsache, dass von ihnen beiden am Ende Connor berühmt geworden war. Neulich hatte Julia gelesen, dass er gerade einen bedeutenden Preis für Fotojournalismus erhalten hatte und seine Bilder demnächst in einer schicken New Yorker Galerie ausgestellt werden sollten. Dabei hatte Ed ihn nie ehrgeizig erlebt.

Ed vermisste Connor immer noch. Anfangs war er wütend gewesen, bis ihm Julia vor drei Jahren erklärt hatte, was ihrer Ansicht nach der Grund für die Entfremdung zwischen ihm und Connor war. Ed hatte ihm einen langen Brief an seine Agentur geschickt, indem er sich für sein Benehmen bei der Taufe entschuldigt hatte. Connor hatte nie darauf geantwortet. Eine Weile glaubte Ed, der Brief sei verloren gegangen, und er spielte mit dem Gedanken, noch einmal zu schreiben, ließ es dann aber bleiben. Vielleicht war es ja am besten so. In dem Brief hatte Ed seine Eifersucht nicht offen eingestanden, aber je länger er darüber nachdachte, desto sicherer war er, dass Connor sie bemerkt hatte. Ed hasste sich für seine Gefühle. Wenn Connor in den vergangenen Jahren mehr präsent gewesen wäre, hätte sich diese Paranoia zweifelsohne fortgesetzt und Ed noch verkrampfter und missgünstiger gemacht. Diese Erkenntnis stimmte ihn traurig, aber so hatte die Entfremdung vielleicht doch ihren Sinn.

Der arme alte Connor. Ed vermisste ihn so. Was für ein Chaos das alles war.

CONNOR bat den Taxifahrer, gegenüber der Galerie zu halten, und reichte ihm eine Zwanzigdollarnote. Er ließ dem Fahrer das Wechselgeld und stieg aus dem Wagen, hinaus in die eiskalte Nachtluft des New Yorker Stadtteils SoHo.

268

Connor betrachtete die großen Glasfenster der Galerie gegenüber. Drinnen hielten sich etwa zwanzig bis dreißig Personen auf, die Sekt schlürften und plauderten. Zwei oder drei betrachteten sogar seine Fotos.

Er war eine Stunde zu spät und wäre beinahe gar nicht gekommen. Warum er sich überhaupt dazu hatte überreden lassen, wusste er auch nicht mehr. Eloise Martin, die Galeristin, war eine Freundin seines Chefredakteurs, des guten alten Harry Turney, und wer wem einen Gefallen tat, war schwer zu sagen. Er holte tief Luft und überquerte die Straße.

Eloise war eine jener New Yorker Frauen, die, stets schwarz gekleidet, schlank, schick und energisch waren. Harry Turney wusste aus verlässlicher Quelle, dass sie schon auf die sechzig zuging, was man jedoch nie vermutet hätte. Ihm zufolge widmete sie ihre Zeit zu gleichen Teilen der Kunst und der Wohltätigkeit.

Connors Ausstellung fiel in die zweite Kategorie. Etliche der Bilder stammten von seiner jüngsten Reise in den Norden Ugandas, wo er zwei Wochen in St. Mary of the Angels verbracht hatte, einem Rehabilitationszentrum für Kindersoldaten. Er war schon mehrmals dort gewesen und schickte regelmäßig Geld dorthin. Auch der Erlös der bei der Ausstellung verkauften Bilder sollte an das Zentrum fließen.

Eloise kam auf ihn zu und begrüßte ihn, während er seinen Mantel an der Garderobe abgab.

„Connor, Darling, Sie ungezogener Junge. Hier sind so viele Leute, die Sie unbedingt kennen lernen wollen."

„Tut mir Leid, der Verkehr war grauenhaft."

„Natürlich. Trinken Sie ein Glas Champagner, damit Sie in Schwung kommen. Kommen die Bilder nicht phantastisch zur Geltung?"

„Ja, das haben Sie toll hingekriegt."

Sie winkte einen Kellner heran. Connor nahm ein Glas und trank es in einem Zug fast leer. Eloise verschwand, um „jemand Wichtigen" zu suchen, den er unbedingt kennen lernen müsse. Sein Mut sank weiter.

Harry trat neben ihn und legte ihm tröstend eine Hand auf die Schulter. „Keine Sorge", sagte er leise, „du musst nicht lange bleiben."

Eloise kam mit einer hoch gewachsenen jungen Frau zurück, die so atemberaubend schön war, dass Connor bei Eloises Vorstellung nur ihren Vornamen mitbekam, Beatrice, und dass sie für *Vanity Fair* arbeitete. Eloise ging mit Harry weg und ließ die beiden allein.

Beatrice bat ihn, sie durch die Ausstellung zu führen, und er willigte ein. Die Aufnahmen deckten so ziemlich seine gesamte Karriere ab und waren chronologisch geordnet, beginnend mit dem Bild von Eds

FEUERSPRINGER 269

Silhouette vor dem Feuer im Yellowstone Park. Auch das Bild von dem Elch mit dem brennenden Geweih war darunter. Er hatte es seit Jahren nicht mehr angesehen und aus Aberglauben nie veröffentlicht.

Manchmal blieb Beatrice stehen und stellte eine Frage, doch meist betrachtete sie nur stumm die Bilder. Ihr durch die Ausstellung zu folgen, war, als würde er eine Reise durch sein eigenes Leben unternehmen. Während er von einem Foto zum anderen ging und den Schmerz, den Verlust und das Entsetzen in den Augen derer las, denen er gegenübergestanden hatte, stieg Kummer in ihm auf. Die Frauen, die in den blühenden Obstbäumen hingen; das kleine Mädchen, das sich weinend über die Leiche seiner Mutter beugte; ein junger liberianischer Rebell, der gefesselt vor seinen Henkern kniete. Ein Gesicht nach dem anderen, die Toten, die Sterbenden und die Killer mit ihren kalten Augen, sie alle zogen stumm an Connor vorüber.

Schließlich kamen sie zum letzten Bild. Es zeigte Thomas, eins der Kinder, die Connor in St. Mary of the Angels aufgenommen hatte. Zusammen mit seinem Zwillingsbruder war er im Alter von zehn Jahren von Rebellen entführt worden, die sich „Krieger Gottes" nannten. Um sich die Loyalität der Jungen zu sichern, hatten die Rebellen sie gezwungen, dabei zu sein, als ihr Dorf angezündet und ihre eigenen Leute umgebracht wurden. Etliche Monate später war Thomas entkommen; entweder war ihm die Flucht gelungen, oder man hatte ihn zum Sterben zurückgelassen. Eine Grenzpatrouille der Regierung hatte ihn aufgegriffen, als er ziellos durch den Busch geirrt war. Er war bis auf die Knochen abgemagert und unfähig, ein Wort herauszubringen.

Connor verharrte lange vor dem Bild. Irgendetwas schien sich in seiner Brust auszudehnen und seine Lunge zuammenzupressen, sodass er nur mühsam Luft bekam. Er schwankte, und seine Schultern begannen zu zittern.

„Wonach haben Sie gesucht?", fragte Beatrice.

Connor schluckte. Er wusste nicht, ob er seiner eigenen Stimme trauen konnte. „In diesem Bild, meinen Sie?"

„In allen."

Es war eine Frage, die sehr nahe an seinen eigenen Gedanken war. „Hoffnung", antwortete er. Er war selbst schockiert, sich das sagen zu hören. Ihm war seltsam zumute, und er konnte gar nicht mehr aufhören zu zittern. Beatrice sah ihn an und dachte über seine Antwort nach. Er zuckte die Achseln. „Vielleicht auch nicht. Wer weiß? Also, ich glaube nicht, dass ich nach etwas suche."

„O doch. Das glaube ich schon. Aber es ist nicht Hoffnung."

„Okay, wonach suche ich denn?", fragte er scharf.

Beatrice zögerte und sagte dann leise: „Ich glaube, Sie suchen nach einem Spiegel Ihrer eigenen Traurigkeit."

Connor starrte sie an und nickte. „Tja, also dann, vielen Dank. Jetzt weiß ich Bescheid. Beatrice, es war mir ein Vergnügen."

Er wandte sich abrupt ab und ging wie benommen zur Tür. Er spürte, wie ihm Tränen in die Augen schossen. Mein Gott, was war bloß los? Er wühlte an der Garderobe nach seinem Mantel, fand ihn und stürzte nach draußen, wo er gierig die kalte Luft einsog und versuchte, sich zu sammeln. Sein Herz hämmerte so wild, dass er einen Moment glaubte, einen Herzinfarkt oder etwas Ähnliches zu erleiden. Aber nein, er war okay.

Er marschierte los.

Wie weit oder wohin er lief, wusste er nicht. Doch als er in seine Wohnung zurückkam, schimmerte hinter der Skyline der Eastside schon ein erster Streifen Rot.

In der Wohnung war es genauso kalt wie draußen. Die Heizung funktionierte nicht, und er hatte sich nie darum gekümmert, sie reparieren zu lassen. Er hatte die Wohnung vor sechs Jahren gekauft, bisher jedoch nur in eine mit modernster Technik ausgestattete Dunkelkammer investiert, die sich im Schlafzimmer befand. Er schlief im Wohnzimmer; das Bett stand auf der einen Seite, ein großer Tisch voller Zeitungen, Fotos und alter Zeitschriften auf der anderen.

Er knipste das Licht nicht an, sondern legte sich im Mantel auf das Bett. Sein beschlagener Atem stieg in Wölkchen auf. Er starrte an die Decke und betrachtete die sich widerspiegelnden gelben und roten Lichter der Autos, die über ihn hinwegwanderten und langsam verblassten, als das Grau eines neuen Tages durch die Jalousien sickerte.

Ein Spiegel seiner eigenen Traurigkeit. Es war eine intelligente und doch persönliche Bemerkung, der man im Grunde nicht widersprechen konnte. Ihm wurde bewusst, dass er nur deshalb so grob auf Beatrices Bemerkung reagiert hatte, weil sie zielsicher ins Schwarze getroffen, etwas in ihm erkannt hatte, was er gut verborgen glaubte.

Er fragte sich, ob er heute an demselben Punkt wäre, wenn er sich vor sieben Jahren nach Amys Geburt anders entschieden hätte. Dabei hatte er damals nicht das Gefühl gehabt, eine echte Wahl zu haben. Es musste einfach sein, zum Besten aller. Nachdem die Entscheidung getroffen war, hätte er sich erlauben sollen weiterzuziehen. Er hatte schließlich immer geglaubt, dass das Glück eine Frage der Wahl war. Man konnte sich entweder in Selbstmitleid suhlen oder eben nicht. Doch er hatte die Macht der Gewohnheit unterschätzt. Denn wenn man erst einmal anfing sich zu suhlen, konnte man bald nicht mehr aufhören damit. Die erschreckende Wahrheit, an die Beatrice in der Galerie gerührt hatte, war die, dass Connor kein anderes Leben mehr kannte.

In den ersten zwei bis drei Jahren wollte er seinen Entschluss, Amy fernzubleiben, zigmal rückgängig machen, doch als ihn dann Eds Brief erreichte, in dem dieser sich für sein Benehmen bei der Taufe entschuldigte, war es bereits zu spät. Connor hatte eine Entscheidung gefällt und würde dabei bleiben.

Die Briefe von Amy, die zwei- bis dreimal im Jahr eintrafen, kamen dem Glück immer noch am nächsten. Ihr Bild stand auf seinem Nachttisch neben dem Foto von ihm und Julia, das sie sieben Jahre zuvor in seine Tasche gesteckt hatte. Auf dem Bild von ihm und Julia berührten sich ihre Gesichter beinahe, sodass jeder, der die Wahrheit nicht kannte, annehmen musste, dass sie ein Paar waren. Und Connor lag da, starrte es an und träumte davon, wie sie es in einer anderen, gnädigeren Welt vielleicht hätten sein können.

IN DREIEINHALB Stunden würde sich der Vorhang öffnen, und vorher hatte Ed noch tausend Dinge zu erledigen. Er hatte an diesem Morgen sogar seine Dialysesitzung ausfallen lassen. Aber das war keine große Sache. Es würde schon nichts passieren. Mediziner gingen immer auf Nummer sicher, sagte er sich. Er hoffte nur, dass Julia es nicht herausfand wie beim letzten Mal, als er geschwänzt hatte. Sie hatte ihm die Hölle heiß gemacht.

Um vier Uhr wollte Kay Neumark ihn abholen, und er hatte noch nicht mal die Hälfte dessen geschafft, was er sich vorgenommen hatte. Ed setzte gerade den Kopfhörer auf, als das Telefon klingelte. Es war Julia mit schlechten Nachrichten aus der Schule. Der Junge, der den „ersten Holzfäller" spielte, war im Schnee ausgerutscht und hatte sich ein Bein gebrochen. Kay war schon losgefahren, um Ed abzuholen, damit sie gemeinsam beraten konnten, was zu tun sei.

Er steckte einige Schokoriegel in die Tasche, zog seinen Mantel an und nahm seinen Stock. Als er zur Tür ging, hörte er Kays Wagen vorfahren.

JULIA beobachtete aus der Kulisse, wie Amy sich auf der Bühne im Scheinwerferlicht die Lunge aus dem Hals und die Socken von den Füßen sang. Die Socken waren ihr genau wie das rot-schwarz karierte

Hemd und das übrige Kostüm des „ersten Holzfällers" etliche Nummern zu groß, doch was ihr an Statur fehlte, machte sie mit schierer Energie wett. Es war der große Auftritt der Holzfäller: „O bitte! O bitte! Es sind doch nur Bäume!", und sie sang, was das Zeug hielt.

Julia wunderte sich, dass Amy überhaupt eingewilligt hatte. Es war Eds Idee gewesen, absolut vernünftig und nahe liegend, weil Amy seit vier Monaten nur für die Aufführung lebte und den ganzen Text in- und auswendig konnte. Sie hatte zugestimmt, ihre Rolle als Engel und auch ihr Engelskostüm aufzugeben. Eine halbe Stunde lang hatten sie geprobt, und da stand sie nun und ratterte den Text des ersten Holzfällers herunter, als hätte sie ihn seit Wochen geübt. Nie war Julia stolzer auf ihre Tochter gewesen, und dem Grinsen des am Klavier sitzenden Ed nach zu schließen, ging es ihm ebenso.

Die Aula war bis auf den letzten Platz gefüllt. Etwa zweihundert Leute, schätzte Julia, und weitere, die hinter den Sitzreihen standen. Vor Beginn der Aufführung hatte Kay, die neben Ed saß, um ihm bei Bedarf Zeichen zu geben, verkündet, dass die Rolle des ersten Holzfällers heute Abend von „Miss Amy Tully" gespielt wurde, die „sich bereit erklärt hat, kurzfristig einzuspringen". Natürlich drückte das ganze Publikum ihr die Daumen, und als sie ihren Song beendet hatte, wurde sie mit frenetischem Applaus belohnt.

Eine Stunde später war die Aufführung beendet und nach einhelliger Meinung ein triumphaler Erfolg. Amy bekam Standingovations und stand blinzelnd, grinsend und ein wenig benommen im Scheinwerferlicht. Schließlich zerrte Kay Neumark Ed auf die Bühne, und auch er wurde begeistert gefeiert.

Aus der Kulisse beobachtete Julia ihn unter Tränen und klatschte, bis ihre Hände wehtaten. Er trug ein schickes schwarzes Hemd, verbeugte sich lächelnd, während sich Blitzlichter in seinen dunklen Brillengläsern spiegelten. Schließlich breitete er die Arme aus, um alle ihm ebenfalls applaudierenden Mitwirkenden in den Beifall mit einzubeziehen.

Was für ein Mann, dachte Julia. Was für einen unglaublichen Mann habe ich da geheiratet.

Es WAR vielleicht nicht der Broadway, dachte Ed, doch es fühlte sich trotzdem gut an. Sie wollten gar nicht mehr aufhören zu klatschen. Er streckte die Arme aus, rief nach Amy, spürte ihre kleine heiße Hand in seiner, und alle jubelten noch lauter.

Er beugte sich zu ihr hinunter und küsste sie. „Mein Star", flüsterte er.

FEUERSPRINGER 273

„War ich okay?"

„Ja, du warst großartig."

Es dauerte noch mindestens eine Stunde, bis sie überhaupt daran denken konnten, nach Hause zu fahren. Ed fürchtete, zu Tode geküsst zu werden, was vielleicht nicht die schlechteste Art wäre abzutreten. Jeder wollte ihm gratulieren.

Inzwischen war die Aula fast leer. Julia half den letzten Kindern in ihre Mäntel, während Ed und Kay am Bühnenrand saßen und einige Details besprachen, die für die Vorstellung am nächsten Tag geändert werden mussten.

Nachdem jetzt alles vorüber war, sackte Ed sichtlich zusammen. Vor der Aufführung hatte Julia sich vergewissert, dass er seine Insulininjektion nicht vergessen hatte, und außerdem Milchshakes und Steaksandwiches bestellt. Während der Vorstellung hatte er einen dumpfen Schmerz in der Brust verspürt, der seither nicht mehr abgeklungen war. Wahrscheinlich bloß eine Magenverstimmung. Die Show hatte ihn ziemlich erschöpft, und er wusste, dass er bald etwas essen musste, denn er konnte sich nur schwer auf das Gespräch mit Kay konzentrieren. Er fand den Schokoriegel in seiner Tasche, hatte jedoch Probleme, ihn auszupacken.

„Soll ich Ihnen helfen?", fragte Kay.

„O ja, bitte. Ich hab ganz zittrige Finger."

„Geht es Ihnen nicht gut?"

„Doch, doch, ich bin bloß ein bisschen müde."

„Hören Sie, wir können das auch morgen Vormittag besprechen."

„Das wäre vielleicht besser."

Kay holte seinen Mantel, und als Julia und Amy kamen, fühlte er sich schon ein wenig sicherer auf den Beinen.

Draußen hatte es angefangen zu schneien. Weil der Parkplatz vereist war, ließ Julia Amy und Ed an der Tür warten, während sie den Jeep holte. Der Druck in der Brust hatte noch immer nicht nachgelassen, und auch nach Verzehr des Schokoriegels war ihm weiter schwummrig.

„Daddy, deine Hände sind ganz kalt", sagte Amy.

„Na ja, du weißt doch – kalte Hände, warmes Herz. He, du warst heute Abend wirklich ganz toll. Du hast gesungen wie ein Engel."

„Komm, da ist Mami."

Der verschneite Boden war tückisch. Als Amy ihn ein paar Meter zum Wagen führte, rutschte er aus und wäre beinahe hingefallen. Julia stieg aus, um ihm zu helfen. Sie behandelte ihn nicht oft wie einen hilflosen Krüppel, aber wenn sie es tat, ärgerte es ihn maßlos.

„Ich brauche keine Hilfe."

„Es ist glatt. Du wärst um ein Haar gestürzt. Ed? Sieh mich an."

„Mir geht's gut."

„So siehst du aber nicht aus. Was ist los? Ed, sag's mir."

„Hör auf, mich zu bemuttern. Ich bin nur müde. Lass uns endlich fahren, damit die kleine Shirley Temple hier ins Bett kommt."

„Wer ist Shirley Temple?", fragte Amy.

Er wollte es ihr gerade erklären, als der dumpfe Schmerz in seiner Brust plötzlich explodierte, als hätte jemand auf ihn geschossen oder eingestochen. Er taumelte rückwärts und hörte Amy entsetzt aufschreien.

Er musste kurz das Bewusstsein verloren haben, denn als Nächstes kauerte Julia über ihm, ohrfeigte ihn und schrie. Der Schmerz in seiner Brust war jetzt nicht mehr so schlimm. Nur ein seltsam strömendes Gefühl war zurückgeblieben. Offenbar lag er auf dem Rücken im Schnee, denn er spürte die Kälte an seinem Hinterkopf und Schneeflocken, die auf seinem Gesicht landeten. Er war wirklich verdammt müde.

Aus weiter Ferne rief Julia ihn. Er konnte sie nur mit Mühe verstehen. Außerdem hörte er Amy weinen, während Julia sie anschrie, sie solle Hilfe holen. Dann wurde er von mehreren Händen an den Schultern gepackt und gezogen, sodass seine Füße durch den Schnee schleiften. Er wollte etwas sagen, hatte jedoch keine Stimme. Er wollte nur schlafen. Wenn sie ihn einfach in Ruhe ließen, ginge es ihm gut.

NIEMAND musste es ihr sagen, weil Julia es schon wusste. Sie wusste, dass er tot war, bevor der Krankenwagen vor der Notaufnahme hielt und die Ärzte ihnen durch das Schneetreiben entgegeneilten. In einer Ecke des Krankenwagens zusammengekauert, hatte sie beobachtet, wie die Sanitäter sich abmühten, sein Herz wieder in Gang zu bringen, wie sie auf seine bleiche Brust pressten, ihm Spritzen gaben, während sein Gesicht unter der Sauerstoffmaske langsam gespenstisch grau wurde.

Kay Neumark traf mit Amy ein, als sie ihn gerade durch die Tür schoben. Julia rannte ihnen entgegen, nahm das Mädchen auf den Arm, drückte es an sich und erklärte ihm idiotisch, es müsse sich keine Sorgen machen, Daddy würde schon wieder gesund werden, er würde bestimmt wieder gesund werden.

Julia wollte der Trage in die Notaufnahme folgen, doch eine der Krankenschwestern hielt sie zurück und meinte, es sei besser, wenn sie bei Amy wartete. So saßen sie gemeinsam mit Kay im kalten Neonlicht,

FEUERSPRINGER 275

klammerten sich aneinander und beobachteten die grün gekleideten Gestalten, die sich hinter den Milchglasscheiben der Doppeltür hin und her bewegten.

Schließlich kam einer der Notärzte heraus und sprach mit der Schwester an der Rezeption, die mit dem Kopf auf Julia und Amy wies. Er drehte sich um und kam auf sie zu. Julia stand auf, sagte Amy, sie solle mit Kay warten, und ging dem Mann entgegen.

Er sagte, es tue ihm Leid, sie hätten alles Menschenmögliche getan, aber es tue ihm schrecklich Leid.

ED WURDE an einem frostigen, klaren Dienstagmorgen vor Weihnachten begraben. Es kamen mehr als zweihundert Menschen, die sich im strahlenden Sonnenlicht, das durch die Fenster fiel, dicht an dicht in der kleinen weißen Holzkirche drängten.

Eds Familie war aus Kentucky eingeflogen, außerdem hatten sich Ärzte, Schwestern, Feuerspringer, alte Freunde vom College, Schüler mit ihren Eltern und viele andere eingefunden, die Julia nicht kannte. Jeder, der ihn geliebt hatte. Bis auf Connor.

Sie hatte versucht, ihn zu erreichen, und an allen erdenklichen Orten eine Nachricht hinterlassen, in der sie ihn um Rückruf bat. Niemand schien zu wissen, wo er sich aufhielt oder wie man Kontakt mit ihm aufnehmen konnte, nicht einmal seine Mutter, die neben Eds Eltern unter den Trauernden saß. Julia hatte die Fotoagentur angerufen und war zu einem Mann mit einer freundlichen Stimme durchgestellt worden, der ihr erklärte, dass er keine Ahnung habe, wo Connor sich befinde. Er mache in letzter Zeit ein großes Geheimnis um seine Projekte. Man könne ihn nicht erreichen, weil er sein Satellitentelefon und den Scanner nicht dabeihabe und auch über keine E-Mail-Adresse verfüge. Manchmal schicke er ein paar Filme oder melde sich telefonisch, doch dazwischen sei er oft monatelang abgetaucht.

Als Julia das hörte, spürte sie gleichzeitig Wut und Schuld in sich aufsteigen. Was war mit Connor passiert? Wie hatte sie, wie hatten sie alle miteinander zulassen können, dass es so weit gekommen war? Als der Mann sie schließlich fragte, ob sie eine Nachricht für ihn hinterlassen wolle für den Fall, dass Connor sich melde, ließ sie ihren Gefühlen freien Lauf. „Sagen Sie ihm einfach, sein bester Freund ist gestorben."

Der Gottesdienst begann mit dem Lied „Stille Nacht", Eds liebstem Weihnachtslied. Anschließend sang Amy mit dem Chor der Schule „Vom Himmel hoch".

Julia betrachtete das Gesicht ihrer Tochter und bewunderte deren Kraft und Mut, die ihr selbst offenbar fehlten. Eds Mutter saß neben ihr und drückte ihre Hand, während beide versuchten, nicht zu weinen. Julia wusste, dass sie, wenn sie erst einmal anfinge, nicht wieder würde aufhören können. Es hatte schon genug Tränen gegeben, außerdem wusste sie aus Eds Brief, dass er sich ein fröhliches Fest und keine Trauerfeier gewünscht hatte.

Der Brief, den sein Anwalt in Missoula geschickt hatte, war vor drei Tagen eingetroffen. Der Anwalt erklärte, Ed habe ihn im letzten Herbst mit der Anweisung hinterlegt, ihn im Fall seines Todes an sie auszuhändigen. Julia wartete, bis sie allein war, bevor sie ihn öffnete.

Meine geliebte Julia,
vielleicht kommt es dir seltsam vor, dass ich das getan habe, doch das Leben ist ein Tanz auf dem Seil, und man weiß nie, wann man abstürzt. Ich wollte nicht auf dem Boden aufschlagen, ohne noch ein paar Dinge zu sagen, die gesagt werden müssen. Seit jenem verregneten Abend vor so vielen Jahren, als du meinen Parkplatz – und mein Herz – gestohlen hast, habe ich nie aufgehört zu denken, was für ein unglaubliches Glück ich hatte, eine derart bemerkenswerte Frau zu treffen. All die vielen Dinge aufzulisten, für die ich dir danken muss, würde zu lange dauern, also beschränke ich mich auf die wichtigsten.

Danke, dass du meine Augen und mein Schutzengel warst, das Licht meines Lebens und die Inspiration für jeden guten Gedanken, den ich hatte. Danke, dass du die wunderbare Mutter eines wunderbaren Kindes bist. Dafür, dass du schön und liebevoll und sexy bist, dass du ein so großes Herz hast, dass du so großzügig, geduldig, optimistisch und voller Energie bist.

Danke, dass du bist, wie du bist, und mir erlaubt hast, dein Leben zu teilen.

So weit die Danksagungen. Damit bleiben nur noch ein paar Dinge, für die ich mich entschuldigen möchte.

Es tut mir Leid, dass ich so eine ungeduldige, fordernde und missgelaunte Nervensäge war und immer wütend auf dich geworden bin, wenn du angefangen hast, mich zu bemuttern, obwohl du doch nur versucht hast, diesen armen, undankbaren Tropf am Leben zu erhalten.

Am meisten bedaure ich, dass ich dir nicht all die Kinder schenken konnte, die wir hätten haben sollen. Doch vielleicht macht die Tatsache, dass ich dazu nicht in der Lage war, Amy zu einem noch einzigartigeren Menschen. (Als ob das möglich wäre!)

Und noch eins: Es tut mir Leid, dass ich dir Connor genommen habe. Ich weiß, dass du ihn geliebt hast und wahrscheinlich immer noch liebst. Ich bin vielleicht blind, aber nicht so blind. Ich wusste es immer. Ich habe mich so angestrengt, nicht eifersüchtig zu sein, aber die Eifersucht ist wie ein Terrier, der sich an deinem Knöchel festbeißt und nicht mehr abschütteln lässt. Und es tut mir Leid, dass ich nicht die Größe hatte, darüber hinwegzukommen, denn wir haben alle darunter gelitten, dass ich ihn vertrieben habe.

Wenn es nicht zu spät ist und es dich und Amy glücklich macht, werdet ihr beide, du und Connor, euch vielleicht eines Tages wieder finden. Meinen Segen habt ihr. Dein Glück – und Amys – ist alles, wofür ich bete.

Ich liebe dich so sehr, Julia.

Ed

Mittlerweile hatte Amy fertig gesungen, und als sie zurückkam, gab Julia ihr einen Kuss und setzte sie zwischen sich und Eds Mutter, bevor sie sich alle an den Händen fassten, während der Pastor über Ed sprach. Der Pastor pries Ed als einen der prächtigsten und mutigsten Menschen, die zu treffen er je die Ehre gehabt hätte; er habe Licht und Freude in das Leben all jener gebracht, die ihm begegnet seien.

Und dann war Julia an der Reihe. Man hörte nur ihre Schritte, als sie zu dem Pult im Altarraum schritt und das Blatt Papier entfaltete, das zusammen mit Eds Brief in dem Umschlag gelegen hatte.

Der Titel des Gedichts lautete: „Ich gehe in dir weiter", und es war nicht zu erkennen, ob Ed es selbst verfasst oder irgendwo gefunden und abgeschrieben hatte. Sie hatte sich gefragt, ob es angemessen wäre, es öffentlich vorzutragen. Doch Amy wollte es so, deshalb würde sie es versuchen. Julia hob den Kopf, blickte in die erwartungsvollen Gesichter. Es herrschte vollkommene Stille. Sie räusperte sich und begann:

„Muss ich als Erster von uns beiden sterben,
Lass Kummer deinen Himmel nicht zu lange dunkel färben.
Nicht schüchtern, aber maßvoll sollst du um mich trauern,
Kein Abschied, nur Veränderung ist zu bedauern.
Denn wie der Tod dem Leben angehört,
Bleiben die Toten in den Lebenden lebendig.

Was wir waren, sind wir.
Was wir hatten, bleibt uns.
Geteiltes Gestern, ewig gegenwärtig.
Wenn also durch den Wald du wanderst, den früher wir zu zweit
    durchstreift,
Am Licht betupften Ufer vergeblich meinen Schatten suchst,
Wenn du wie wir auf jenem Hügel rastest, den Blick aufs weite
    Land,
Und, der Gewohnheit folgend, tastest nach meiner Hand,
Wenn dich, weil du nichts findest, dann Trauer überkommt,
Sei still. Schließe die Augen. Atme.
Lausch meinem Schritt in deinem Herzen.
Ich bin nicht fort, ich gehe in dir weiter."

12 Im ersten halben Jahr waren Julia und Amy beide ausschließlich damit beschäftigt gewesen, ihr Leben weiterzuleben. Sie klammerten sich aneinander wie verlassene Küken in einem Nest. Und wenn Julia in die Welt hinausblickte, war es, als würde sie durch einen Dunstschleier schauen.

Während des ersten Sommers ohne Ed versuchte Julia, mit neuem Enthusiasmus für ihre Lehrtätigkeit ihr Leben in Schwung zu bringen. Doch als im Herbst der Schulbeginn nahte, war sie nicht dazu imstande. Die Vorstellung eines weiteren Winters und Schuljahres bedrückte sie.

Sie liebte Montana, doch in Wahrheit war es immer mehr Eds Zuhause gewesen als ihres. Sie konnte sich nicht vorstellen, den Rest ihres Lebens hier zu verbringen. Natürlich war es jetzt auch Amys Heimat. Aber das Mädchen war jung und außerdem intelligent und selbstbewusst genug, um sich an eine andere Umgebung zu gewöhnen. Als der Herbst kam und die Tage kürzer wurden, fühlte Julia sich zunehmend rastlos und war mehr denn je davon überzeugt, dass es Zeit für einen Neuanfang wurde.

In ihrer Aufräumwut hatte sie auch mehrere große Kartons mit Fotos gefunden, die sie seit Jahren ordnen und in Alben kleben wollte. Es war genau die richtige Aufgabe für ein düsteres Herbstwochenende, und Amy war sofort begeistert von der Idee. Sie fuhren nach Missoula, kauften sechs Alben, zündeten zu Hause den Kamin an und machten es sich dann auf dem Fußboden bequem.

In einem Karton befanden sich Fotos, die Julia auf ihrer Keniareise gemacht hatte, im Sommer des Jahres, bevor sie Ed kennen gelernt

FEUERSPRINGER 279

hatte. Amy war Feuer und Flamme, sie wollte die Geschichte zu jedem Foto wissen und alles andere, was Julia dort erlebt hatte.

„Können wir auch mal nach Afrika fahren?", fragte sie.

„Ja, warum nicht. Irgendwann mal."

Ein paar Tage später sortierte Julia alte Zeitschriften und stieß dabei auf Connors Artikel über St. Mary of the Angels, das Rehabilitationszentrum für Kindersoldaten in Uganda. Connor schrieb darin, dass das Zentrum hauptsächlich von einer Hilfsorganisation in Genf finanziert werde, deren Mittel jedoch arg strapaziert seien, sodass permanenter Bedarf „sowohl an finanzieller als auch praktischer Hilfe" bestehe. Als nächstes zitierte der Artikel die Leiterin des Zentrums, eine Schwester Emily, die erklärte, dass immer „entsprechend ausgebildetes und qualifiziertes Personal" gebraucht werde. Julias Gedanken fingen an zu rasen.

Es war genau ihr Arbeitsbereich, und sie dachte daran, dass Amy gesagt hatte, sie wolle auch einmal nach Afrika. Sie legte die Zeitschrift beiseite, doch die Sache ging ihr nicht aus dem Kopf.

In den ersten Tagen erwähnte sie es niemandem gegenüber. Es war eine absurde Idee. Wie konnte sie sich und Amy entwurzeln, das Kind aus der Schule nehmen und einfach nach Afrika abrauschen? Was war mit all den Gefahren und Krankheiten? Nein, es kam überhaupt nicht in Frage.

Doch so sehr sie sich auch bemühte, sie konnte den Gedanken nicht loswerden, dass es irgendwie sein sollte. Außerdem wäre es für das Kind eine außergewöhnliche Erfahrung, einen fremden Kontinent und andere Völker und Kulturen kennen zu lernen. Und es musste ja auch nicht ewig dauern. Ein paar Monate, höchstens ein Jahr. Sie brauchte nicht einmal ihre Anstellung in der Schule aufzugeben, sie konnte unbezahlten Urlaub nehmen. Sie konnten das Haus vermieten und damit die Reise bezahlen. Und sie würden beide mit einer Erfahrung heimkehren, die ihr Leben bereichern würde.

Während Julia all dies tage- und nächtelang in ihrem Kopf herumwälzte, wurde aus einer aberwitzigen Schnapsidee ein ernsthafter, überlegenswerter Plan, der für alle Beteiligten Vorteile brachte – etwas, was man unbedingt in Angriff nehmen musste.

Sie und Amy aßen Spaghetti mit Pesto, als Julia das Thema zur Sprache brachte. „Weißt du noch, wie du gesagt hast, dass du gern mal nach Afrika fahren möchtest? Na ja, ich habe darüber nachgedacht. Vielleicht sollten wir es tun."

„He, Mom! Ist das dein Ernst? *Wow!*"

„Ja, und ich habe gedacht, dass ich dort eine Weile arbeiten könnte."

„Wo?"

Julia hatte die Zeitschrift bereitgelegt und schob sie über den Tisch. Amy warf einen Blick darauf. „Das habe ich schon gesehen. Würdest du da arbeiten?"

„Wenn sie mich nehmen. Hast du den Artikel gelesen?"

„Klar. Ich lese alles von Connor. Wohnt er da?"

Julia lachte. „O nein. Ich glaube, er war nur zu Besuch dort. Ich weiß nicht, wo er im Moment ist. Von wo kam die letzte Postkarte, die er dir geschickt hat?"

Amy runzelte die Stirn. „Ich glaube … aus Indien."

„Und, was meinst du dazu?"

„Wozu?"

„Sollen wir beide diesen Kindern in Uganda helfen?"

Amy zuckte die Achseln. „Cool. Ist Uganda wie Kenia?"

„Es liegt gleich daneben. Es soll sogar dort noch schöner sein als in Kenia."

Julia fand die Telefonnummer der Hilfsorganisation in Genf und rief dort an. Eine kompetent klingende Frau erklärte ihr, dass sie in der Tat qualifizierte pädagogische Mitarbeiter für St Mary's brauchten. Sie sagte Julia, dass die Organisation auch eine Niederlassung in New York besitze, und nannte ihr Adresse und Telefonnummer.

Julia schrieb sofort an das Büro der Hilfsorganisation in New York und fügte eine Bewerbungsmappe mit einem Lebenslauf bei. Zwei Tage später rief eine Frau an, die ihr förmlich, aber freundlich sagte, dass Julia sich hoffentlich darüber im Klaren sei, dass St Mary's streng genommen in einem Kriegsgebiet lag – auch wenn es dort seit einem Jahr vollkommen ruhig gewesen sei –, dass Essen und Unterbringung sehr schlicht seien und die Honorierung ebenfalls, was hieß, die Arbeit sei unbezahlt. Wenn sie mit diesen Konditionen allerdings einverstanden sei, würde St Mary's sie sehr gerne einstellen.

Julia erkundigte sich, ob es ginge, Amy mitzunehmen, und die Frau meinte, dass das ungewöhnlich, aber nicht unmöglich sei, jedoch nur auf Julias eigene Verantwortung. Sie müsse verstehen, dass die Organisation keinerlei Verantwortung für das Mädchen übernehmen könne. Die Frau versprach, Julia die nötigen Formulare zuzuschicken.

Als Julia an diesem Abend zu Bett ging, lag sie viele Stunden wach und dachte über Afrika nach. Sie wusste, dass ihr Drang, nach Afrika zu

FEUERSPRINGER 281

gehen, natürlich etwas mit Connor zu tun hatte. Dabei war sie nicht so naiv zu glauben, dass sie ihn dort finden würde. Außerdem hatte sie wirklich keine Ahnung, wo er stecken könnte. Nein, was sie dorthin zog, war komplexer. Sie wollte sehen, was er gesehen hatte, ihr gemeinsames Kind an den Ort führen, der ihn angerührt hatte, sich selbst davon anrühren lassen und damit auch mit ihm verbunden sein. Und auch wenn er mittlerweile ein Fremder war und sie vielleicht nicht mehr liebte, würde sie auf diese Weise womöglich doch noch dieses Stück seines Lebens teilen.

CONNOR schreckte hoch und wusste einen Moment lang nicht, wo er sich befand. Lauschend starrte er auf die Falten des Moskitonetzes über ihm, das blass im Licht der ersten Dämmerung schimmerte. Dann hörte er gebrüllte Befehle und Soldaten, die über den schlammigen Hof rannten, und es fiel ihm wieder ein.

Ein Fahrzeug war mit jaulendem Motor aus dem tiefer gelegenen Lager am Flussufer zu ihnen unterwegs, deshalb stand er rasch auf und entrollte seine Jeans und das Hemd, die er als Kopfkissen benutzt hatte. Als das Fahrzeug vor der Tür hielt, war er komplett angezogen und ergriff seine Kameratatasche.

„*Muzungu!* Wach auf! Zieh dich an! Du musst kommen!"

Es war Okello, der arrogante Colonel, der während der zwölftägigen Wartezeit sein Begleiter gewesen war. Er kannte Connors Namen genau, doch er nannte ihn immer *Muzungu*, Swahili für „weißer Mann".

Okello beschimpfte den jungen Wächter, der die ganze Nacht vor Connors Tür gesessen hatte. Laut Okello diente er zu seinem Schutz, doch Connor wusste, dass seine eigentliche Aufgabe darin bestand, ihn davon abzuhalten, sich ins Lager zu schleichen und mit den entführten Kindersoldaten zu sprechen.

Okello duckte sich unter den Türsturz und spähte hinein. Er war etwa 25 Jahre alt, knapp einsneunzig groß und von kräftiger Statur. „Du musst kommen! Sofort!", sagte er.

„Was ist los?", fragte Connor. „Ist es Makuma? Ist er hier?"

„Du wirst schon sehen. Komm, schnell!"

Auf dem Hof drängten sich Soldaten, die im Laufen ihre Kleidung überstreiften. Auf der Ladefläche von Okellos Jeep saßen zwei seiner Spießgesellen, der eine streichelte liebevoll eine M 16, der andere einen 90-Millimeter-Raketenwerfer. Connor nahm auf dem Beifahrersitz Platz. Okello setzte sich hinters Steuer. Er legte den Gang ein und bretterte durch die Menge.

Im violetten Halbdunkel folgten sie dem Pfad, der sich endlos zu der Hochebene hinaufwand. Das Licht ihrer Scheinwerfer zuckte über das Dickicht aus Akazien und Eukalyptus und die nackten Rücken der Soldaten, die denselben Weg zu Fuß zurücklegten.

Eine halbe Stunde später standen alle Soldaten auf der Hochebene aufgereiht. Etwa zweitausend Mann, schätzte Connor. Sein Blick wanderte über die Reihen der Gesichter auf der Suche nach dem einen, das ihn hierher geführt hatte und von dem er, obwohl er es nie gesehen hatte, sicher war, dass er es erkennen würde. Doch es waren zu viele, und das Licht war immer noch zu schwach.

Trotzdem bemerkte er, wie jung manche der Soldaten aussahen. Die in der ersten Reihe Stehenden trugen zerlumpte Tarnkleidung. Die dahinter sahen aus, als hätten sie ihre Kleidung von der Müllkippe: zerrissene, ausgefranste und vor Dreck starrende T-Shirts, Schlafanzugoberteile und Hosen. Einige trugen Schuhe, andere Sandalen aus Autoreifen, doch viele waren barfuß. Die „Armee" bestand in der Hauptsache aus Jungen, doch zwischen ihnen und weiter hinten bei den Frauen, die als Köchinnen, Trägerinnen und Sexsklavinnen entführt worden waren, gab es auch etliche Mädchen.

Connor musste nicht fragen, was los war. Es konnte nur einen Grund dafür geben, warum sie hier alle miteinander versammelt waren: Daniel Makuma, der Gesegnete, Prophet und oberster geistiger Führer der Krieger Gottes, sollte vom Himmel herabsteigen.

Makuma war ein Acholi aus dem Norden Ugandas, und seine Anhänger behaupteten, dass er in einer Vision beauftragt worden war, einen heiligen Krieg gegen das „große Böse" zu führen, welches Uganda regiere. Zu diesem Zweck hatte er die Reihen seiner verbrecherischen Rebellenarmee seit mehr als einem Jahrzehnt immer wieder mit verschleppten Kindern aufgefüllt, die im Namen Gottes aus Lagern wie diesem im Süden Sudans über die Grenze geschickt wurden, um mordend, plündernd und vergewaltigend durch das Land zu ziehen, das Makuma angeblich liebte und retten wollte.

Bisher war es noch keinem westlichen Journalisten oder Fotografen gelungen, von Makuma empfangen zu werden, und Connor hatte seine ganze List und Beharrlichkeit aufbieten müssen, um sich in dem Geflecht von Heimlichtuerei und Verfolgungswahn zurechtzufinden und über die Jünger des Gesegneten an ihren Herrn heranzukommen.

Plötzlich hob ein Murmeln in der wartenden Menge an. Einer von Okellos Handlangern wies rufend in eine Richtung, in der Connor die

Lichter eines Flugzeugs ausmachen konnte, das auf die Hochebene zuschwebte.

Auf ein Nicken Okellos hin durfte Connor das Flugzeug fotografieren, das zum Landeanflug ansetzte, aufsetzte und ausrollte. Okello bedeutete Connor, ihm zu folgen, und marschierte mit einem kleinen Empfangskomitee aus höheren Offizieren auf das Flugzeug zu.

Die Tür öffnete sich, und eine ausfahrbare Treppe wurde heruntergelassen. Dann trat eine kleine, ganz in Weiß gekleidete Gestalt ins Sonnenlicht, und unter den Soldaten erhob sich ein ungeheuerer Jubel. Makuma stand, beide Arme erhoben, auf der obersten Stufe, und Connor zoomte auf sein lächelndes Gesicht.

Durch den Sucher sah er einen schmächtigen, gut aussehenden Mann mit feinen Gesichtszügen und einem seligen Lächeln. Der Mann ließ die Arme sinken und ging die Treppe hinunter, gefolgt von einer kleinen Gruppe Berater und Leibwächter.

Ein hübsches Mädchen in einer grünen Uniform wartete mit einem Blumenkranz und trat auf ein Zeichen Okellos vor, um ihn Makuma umzuhängen. Als dieser den Kopf senkte, sah er zur Seite und starrte direkt in Connors Linse, und in diesem kurzen Moment glaubte jener, im Blick des Mannes Kälte und Entschlossenheit zu erkennen.

Okello wollte die Gruppe gerade zur Inspektion der Waffen führen, als Makuma sich noch einmal umdrehte und auf Connor zuging. Connor ließ die Kamera sinken und ergriff Makumas dargebotene Hand.

„Es tut mir Leid, dass Sie so lange warten mussten. Ich habe gehört, dass Sie schon seit vielen Tagen hier sind." Makumas Stimme war sanft, sein Englisch makellos.

„Kein Problem. Colonel Okello und ich hatten viel Spaß miteinander."

„Das freut mich. Später wird sich, wie ich hoffe, die Zeit finden, Ihre Fragen zu beantworten."

„Das hoffe ich doch sehr. Ich möchte Sie nämlich etwas sehr Wichtiges fragen."

BEI SONNENUNTERGANG wurde er gerufen. Zwei von Okellos Handlangern holten ihn ab und fuhren über einen Weg am Kamm oberhalb des Lagers entlang, das Connor nicht hatte betreten dürfen. Zwischen den Eukalyptusbäumen entdeckte er verfallene Lehmhütten und improvisierte Zelte und Unterstände. Alles war in einen Schleier aus blauem Lagerfeuerrauch gehüllt, und der Duft von Essen stieg in den goldenen Himmel.

Im Schutz der Bäume am Ende des Kamms befand sich das Lager der Offiziere. Als der Jeep hielt, empfing ihn Okello. „Der Gesegnete ist müde", sagte er. „Du hast zwanzig Minuten, keine Sekunde länger."

Connor verzichtete auf Einwände und folgte Okello durch ein Labyrinth aus Gassen zwischen den Zelten und Hütten. Schließlich erreichten sie einen Platz, auf dem zwei von Makumas Leibwächtern vor einer Hütte standen, die deutlich größer war als die anderen. Okello führte ihn bis zur Tür. Die Wachen tasteten Connor ab und durchsuchten seine Fototasche, bevor einer von ihnen ihn mit einem Nicken aufforderte einzutreten.

Die dunkle Hütte war von einem seltsamen Duft erfüllt, einer Mischung aus Weihrauch und etwas Modrigem. Connor sah einen vollen Klapptisch, drei leere Campingstühle und darüber eine schwach brennende Gaslaterne. Von Makuma war keine Spur zu sehen.

Über dem Stampfen der Generatoren hörte Connor jetzt leise klassische Musik, einen Choral oder etwas Ähnliches. Außer dem wenigen, was Ed ihm beigebracht hatte, wusste Connor nichts über Musik, doch selbst ihm fiel die Schönheit des Stücks auf. Es kam aus einem kleinen tragbaren CD-Spieler mit zwei Miniboxen, der auf dem Tisch stand.

Als Connor sich an die Dunkelheit gewöhnt hatte, erkannte er eine mit Zebrafell verhängte Tür, durch die an den Rändern Licht fiel. Connor trat leise näher und entdeckte Makuma, der betend vor einem Schrein in einer Nische kniete, auf dem ein goldenes Kreuz und zwei Kerzen standen. Connor ging rasch in die Mitte des Raums zurück. Und als er sich umdrehte, trat Makuma hinter dem Zebrafellvorhang hervor und hielt eine kleine, in schwarzes Leder gebundene Bibel in der Hand.

Makuma legte die Bibel auf den Tisch. Er wies auf einen der Stühle und nahm selbst auf einem anderen Platz. „Glauben Sie an Gott, Mr Ford?"

„Das kommt darauf an, was Sie mit Gott meinen."

„Ah. Also nicht."

Connor zuckte die Achseln. Wenn der Mann das so verstehen wollte, sollte er doch. Makuma lehnte sich zurück und sah Connor mit einem herablassenden, ein wenig bedrohlichen Lächeln an. „Mögen Sie Bach?"

„Ist das die Musik, die Sie gerade hören?"

„Ja, die Johannespassion."

„Es ist wunderschön."

„In der Tat. Glauben Sie, dass solche Musik existieren könnte, wenn es keinen Gott gäbe?"

„Ich habe den Eindruck, dass vieles existiert, sowohl Gutes als auch Böses, unabhängig vom Willen eines Gottes."

„Sie glauben also nicht an Gott, aber Sie glauben an Gut und Böse?"
„Ich weiß, dass die Menschen zu beidem fähig sind."
„Und Sie meinen, Sie könnten zwischen beidem unterscheiden?"
„Zwischen gut und böse? Ja, das glaube ich."
„Aber wie ist das möglich, wenn es keinen Gott gibt?"

Connor hatte nichts von all dem erwartet. Er hatte lange und gründlich darüber nachgedacht, wie er den Vorschlag, den zu machen er hierher gekommen war, präsentieren sollte. Er wusste, dass er sich nicht provozieren lassen durfte. Doch genau das geschah jetzt, ohne dass er etwas dagegen tun konnte.

Als Antwort auf Makumas Frage öffnete er seine Kameratasche und nahm das Foto von Thomas, dem stummen Jungen aus St Mary's heraus. Er hielt es Makuma hin, der es nahm und betrachtete. „Das Bild kenne ich schon. Ich habe den Artikel und all die Lügen gelesen, die Sie geschrieben haben."

Er sagte das ganz schlicht, ohne jede Bitterkeit oder die Spur eines Vorwurfs. Er wollte Connor das Bild zurückgeben, doch der weigerte sich, es anzunehmen.

„Sie haben mich gefragt, wie ich Gut und Böse unterscheiden kann", sagte Connor. „Was diesem Jungen angetan wurde, war böse. Ihre Soldaten haben seine Mutter und seinen Vater ermordet. Sie haben ihn entführt und dann gezwungen, zurückzugehen und den Rest seiner Familie und Freunde umzubringen und sein Dorf niederzubrennen. Und dann haben sie ihn zum Sterben im Busch zurückgelassen. Hört sich das für Sie nicht auch böse an? Oder hat Ihr Gott eine andere Bezeichnung dafür?"

Makuma warf das Foto auf den Tisch. Er legte die Hände zusammen wie zum Gebet und führte die Fingerspitzen an sein Kinn. „Wer immer Ihnen das erzählt hat, lügt", sagte er leise. „Wir verschleppen die Kinder, die für unsere Sache kämpfen, nicht. Sie strömen zu hunderten freiwillig zu uns. Warum? Weil sie uns helfen wollen, das Land von dem großen Bösen zu befreien, das es ergriffen hat. Die Regierung ist es, die mein Volk foltert und tötet, unsere Dörfer niederbrennt und die Welt dann glauben macht, dass wir die Schuldigen sind. Haben Sie den weiten Weg hierher gemacht, um mich zu interviewen oder um mich zu beleidigen?"

Connor zögerte. Die Musik war verklungen, und man hörte nur das Stampfen der Generatoren und das leise Zischen der Gaslaterne. Wahrscheinlich war es bereits zu spät, doch er atmete tief durch, zog den

Zettel aus seiner Tasche und reichte ihn Makuma. „Dies ist eine Liste von einigen der Kinder, die Ihre Soldaten in der Gegend von Karingoa entführt haben, insgesamt 73. Der Letzte auf der Liste, Lawrence Nyeko, ist der Zwillingsbruder von Thomas, dessen Bild Sie dort sehen. Bitte nehmen Sie sie."

Makuma rührte sich nicht, also beugte Connor sich vor und legte die Liste vor ihn auf den Tisch. Makuma würdigte sie keines Blickes, sondern starrte weiterhin auf Connor.

„Ich bin bereit, Sie zu interviewen, zu fotografieren und alles", fuhr Connor fort. „Und Sie können sagen, was Sie wollen, all die von mir verbreiteten Lügen richtig stellen, was auch immer. Ich sorge dafür, dass es gedruckt wird. Doch eigentlich bin ich hier, um Ihnen ein Angebot zu machen." Connor hielt inne und wies auf die Liste. „Ich weiß nicht, wie viel Ihnen diese Kinder wert sind. Wenn Sie auch nur annähernd in dem Zustand sind wie die Geflüchteten, die ich getroffen habe, denke ich, nicht allzu viel. Vielleicht sind einige ja schon gar nicht mehr hier. Aber die Übrigen würde ich gern kaufen."

Makuma sah ihn einen Moment lang verblüfft an, bevor er laut loslachte. „Wie kommt es, dass Amerikaner immer glauben, man könnte alles kaufen?"

„Ich versuche nur, ihnen die Freiheit zu erkaufen."

„Mit wessen Geld?"

„Mit meinem eigenen."

Makuma lachte verächtlich.

„Sie müssen mir nicht glauben. Aber das Geld liegt auf einem Konto in Nairobi bereit. Ich gebe Ihnen zweitausend Dollar für jedes Kind auf der Liste. Zahlung bei Lieferung in jeder gewünschten Form."

Makuma antwortete nicht. Stattdessen sah er auf die Uhr. „Gehen Sie jetzt", forderte er ihn auf. „Wir reden morgen früh weiter."

FRÜH am nächsten Morgen holte Okello Connor mit seinem Jeep ab und fuhr ihn auf dem gewundenen Pfad ins untere Lager. Connor sah sich um und bemerkte, dass hinter ihnen ein weiterer Jeep fuhr, auf dessen Beifahrersitz Makuma saß.

Sie hielten an einer Lichtung am äußersten Rand des Lagers, wo eine Gruppe der jüngsten Soldaten, die Connor bisher gesehen hatte, in Formation Aufstellung genommen hatte, fast ausnahmslos Jungen im Alter zwischen neun und sechzehn Jahren. Als Makuma aus dem Jeep stieg, gingen sie in Hab-Acht-Stellung. Auch alle anderen sprangen aus den

FEUERSPRINGER

Jeeps, Connor blieb an die Kühlerhaube gelehnt stehen. Makuma kam auf ihn zu.

„Das sind Ihre so genannten ‚verschleppten' Kinder. Zumindest 42 von ihnen, weitere 19 von Ihrer Liste sind zurzeit mit aktiven Einheiten unterwegs. Über die restlichen zwölf Namen auf Ihrer Liste wissen wir nichts. Wahrscheinlich wurden sie von Regierungstruppen entführt oder getötet."

„Darf ich ein paar Fotos machen?"

„Nein."

„Ein Foto würde ihren Eltern zumindest die Gewissheit geben, dass sie noch leben. Ich habe diese Kinder noch nie gesehen und muss irgendeine Möglichkeit haben, sie zu identifizieren."

Makuma nickte Okello zu, der die Liste hochhielt und die Namen laut vorlas. Connor sah kopfschüttelnd zu, wie die Kindersoldaten einer nach dem anderen antworteten. Das war mit Sicherheit eine Inszenierung. Der letzte Name, den Okello vorlas, war der von Thomas' Bruder Lawrence Nyeko.

„Lassen Sie mich mit ihm sprechen", bat Connor.

Makuma nickte Okello erneut zu, und der Junge wurde gerufen. Connor konnte die Ähnlichkeit des Jungen mit seinem Bruder schon aus zwanzig Meter Entfernung erkennen. Er trug viel zu große und zerlumpte Tarnkleidung. Als er näher kam, sah Connor, wie abgemagert er war. Der Junge blieb vor ihnen stehen und salutierte tapfer, doch seine Blicke hasteten nervös zwischen Makuma und Connor hin und her.

Connor lächelte ihm zu. „Lawrence?" Connor hielt ihm die Hand hin. *„Jambo. Jina langu ni Connor."*

„Er spricht kein Swahili", sagte Okello. „Auch kein Englisch. Nur Acholi."

Lawrence schaute erst auf die Hand und dann zu Okello, der ihm mit einem Nicken erlaubte, sie zu schütteln. Die kleine Hand des Jungen fühlte sich kalt, schlaff und knochig an. Connor zeigte ihm das Bild von Thomas. Lawrence betrachtete es kurz und blickte dann wieder zu Okello, um zu sehen, wie er reagieren sollte.

„Fragen Sie ihn, wer das ist", sagte Connor.

Das tat Okello, und in der Antwort des Jungen hörte Connor den Namen Thomas, ohne den Rest zu verstehen. Okello übersetzte. „Er sagt, das ist sein Bruder Thomas, der als Verräter gestorben ist."

„Sagen Sie ihm, dass das nicht wahr ist und dass sein Bruder lebt."

Okello sprach wieder mit ihm, und als er antwortete, brach seine Stimme, und seine Augen sprühten vor Angst.

„Er meint, dass Sie lügen", übersetzte Okello.

Connor hatte genug von dem Theater. „Ich habe nicht die geringste Ahnung, was Sie und der Junge reden, aber jeder Idiot kann sehen, dass der Kleine völlig verängstigt ist."

„Ich glaube, er hat Angst vor Ihnen", bemerkte Makuma und wandte sich erneut an Lawrence. Der Junge hörte zu und schüttelte dann heftig den Kopf.

„Was haben Sie zu ihm gesagt?"

„Ich habe ihm erklärt, dass Sie gekommen sind, um ihn zu kaufen, und ihn gefragt, ob er verkauft werden will."

Connor wandte sich kopfschüttelnd ab. Er war verrückt gewesen zu glauben, dass es je hätte funktionieren können.

„Ich werde den anderen dieselbe Frage stellen", sagte Makuma.

„Ja, klar. Natürlich werden Sie das."

Makuma sprach etwa eine Minute lang auf die Kinder ein, und allein sein Tonfall ließ Connor ahnen, was er sagte. Offensichtlich endete die Rede mit einer Frage, danach standen alle Kinder stumm da und wagten es nicht, einander anzublicken.

Makuma wandte sich mit einem Lächeln geheuchelten Bedauerns wieder an Connor. „Ich habe sie gefragt, ob irgendwer an Sie verkauft werden möchte. Und Sie haben ja selbst gesehen: keiner."

„Sagen Sie ihnen, dass ich sie nach Hause bringen werde. Dass sie ihre Familien wiedersehen werden. Sagen Sie ihnen das."

Makuma wandte sich erneut an die Kinder, doch Connor wusste ganz genau, dass er etwas anderes sagte, und begann selbst auf Swahili zu brüllen. Okello schrie ihn an, er solle aufhören, kam, als er das nicht tat, auf ihn zu und schlug ihn mit seinem Stock auf die Schulter. Connor wollte sich auf ihn stürzen, doch Okellos Handlanger packten ihn von hinten und hielten ihn fest, während Okello ihn ins Gesicht schlug und ihn mit voller Wucht in den Magen boxte, sodass Connor die Luft wegblieb. Er sank röchelnd auf die Knie, und Okello verpasste ihm einen Tritt gegen die Brust, der ihn nach hinten fallen ließ. So blieb er liegen, und das Letzte, was er hörte, bevor er nach einem weiteren harten Schlag das Bewusstsein verlor, war der von Makuma intonierte Schlachtruf der Krieger Gottes, der von den schrillen Stimmen der Kinder aufgegriffen wurde.

13 Die Stadt Karingoa lag am Eingang eines Tals im Norden Ugandas. Sie bestand aus einer einzigen Straße mit einer Reihe von Läden, der Kirche an einem und der Polizeiwache am anderen Ende. In den weit zurückliegenden Tagen vor dem Krieg war es ein verschlafener, unscheinbarer Ort mit ein paar tausend Einwohnern gewesen. Doch nun hatte sich die Einwohnerzahl von Karingoa verfünfzigfacht, während die Farmen und Dörfer im Umkreis geplündert, niedergebrannt und verlassen waren.

Die ugandische Regierung hatte für die Besitz- und Obdachlosen „geschützte" Lager eingerichtet, doch viele weigerten sich, dorthin zu gehen, weil diese Lager weit entfernt lagen und nachts trotz allem von Rebellen überfallen wurden, die ihnen ihre Kinder raubten. Stattdessen waren die Menschen in Scharen in das Flüchtlingslager von Karingoa geströmt, das sich auf beiden Seiten der Stadt über einen Kilometer weit ausbreitete. Von hier aus konnten die Mutigen zumindest von Zeit zu Zeit in ihre Dörfer zurückschleichen, um ihre Felder zu bestellen oder abzuernten. Dabei lasen sie häufig Kinder auf, die den Rebellen entkommen waren und nun auf der Suche nach ihren Familien durch die Ruinen ihrer alten Häuser geisterten.

Das Rehabilitationszentrum St. Mary of the Angels, wohin man viele dieser Kinder brachte, stand am Südrand des Elendsviertels von Karingoa. Von der bröckelnden Toreinfahrt aus wirkte das alte, dreigeschossige Kloster, das wuchtig am Fuß einer leicht abschüssigen Straße aus rotem Lehm thronte, durchaus stolz und imposant. Die Zufahrt war auf beiden Seiten von Flammenbäumen gesäumt, dahinter erhoben sich Palmen und riesige Mangobäume, die von Flughunden bevölkert waren. Das weiß getünchte Kloster samt angrenzender Kapelle war mit feuerroter Bougainvillea bewachsen.

Hinter dem Haupthaus befanden sich einige kleinere Nebengebäude, die der Versorgung des Rehabilitationszentrums dienten. Die Küchen standen um einen von einer flachen Mauer umgebenen Hof, in dem magere Hühner und Enten im Staub nach Essensresten scharrten. Ein riesiges offenes Zelt diente als Speisesaal. Es gab Vorratskammern, eine kleine Sanitätseinheit, einen Handwerksraum und eine Garage mit einer bunten Mischung aus mehr oder weniger reparaturbedürftigen Fahrzeugen. Sie alle wurden überragt von einem roten Doppeldeckerbus, der vor einem Jahrzehnt auf einer Spendensammelfahrt den weiten Weg von

England hierher zurückgelegt hatte. Man hatte ihm den Namen Gertrude gegeben, und dank der liebevollen Pflege durch George, den uralten Gärtner und Mechaniker, war er immer noch fahrtüchtig. Daneben erstreckte sich ein Platz, auf dem Kinder in der Spätnachmittagssonne Fuß- und Basketball spielten. Hinter dem Spielplatz lag ein knapp fünf Hektar großer Garten, ein wucherndes Eden, in dem Orangen, Bananen, Mangos und Avocados gediehen.

Als Julia die Szenerie von ihrem Fenster aus betrachtete, erinnerte sie sich daran, wie fremd ihr das alles bei ihrer Ankunft vor einem Vierteljahr erschienen war und wie schnell sie sich hier eingewöhnt hatten.

Sie kam soeben mit Amy aus ihrem täglichen Acholi-Unterricht bei Schwester Emily. Amy hatte ihre Mutter gerade mal wieder beschämt, denn sie beherrschte die Sprache mittlerweile fast fließend, während Julia noch bei einfachen Sätzen ins Stocken geriet. Nach dem Unterricht war Amy nach draußen gestürmt, um Basketball zu spielen.

Julia sah auf die Uhr. Bis zum Englischunterricht, den sie seit kurzem jeden Abend vor dem Essen gab, blieb ihr noch eine halbe Stunde. Sie setzte sich an den Tisch, um einen Brief an Connors Mutter zu beenden.

In ihrem letzten Schreiben hatte Connors Mutter nach Connor gefragt und ob die Leute in St Mary's vielleicht wüssten, wo er sei. Sie wussten es nicht, doch Schwester Emily hatte als Letzte von ihm gehört. Erst vor einem halben Jahr, im vergangenen Herbst, hatte er sie aus Nairobi angerufen und um eine Liste der Kinder aus der Gegend gebeten, von denen man wusste, dass sie von den Kriegern Gottes verschleppt worden waren. Schwester Emily war davon ausgegangen, dass er sie für einen Artikel gebraucht hatte.

An der Art, wie sie und die anderen Nonnen und Mitarbeiter in St Mary's über ihn sprachen, wurde deutlich, dass Connor äußerst beliebt war. Julia erfuhr, dass er regelmäßig Geld und große Kleiderpakete schickte und bei seinem letzten Besuch eine neue Video- und Stereoanlage mitgebracht hatte. Julia erwähnte natürlich, dass er Amys Pate sei, seine Vaterschaft verschwieg sie jedoch.

Als sie die Nachricht von Schwester Emily hörte, wäre sie vor Erleichterung beinahe in Tränen ausgebrochen. Connor lebte! Doch schon bald stiegen Gefühle des Verletztseins in ihr auf, weil er den Kontakt zu ihr und seiner eigenen Tochter abgebrochen hatte. Sie vermutete, dass er nach wie vor nichts von Eds Tod wusste, weil er sich sonst bestimmt gemeldet hätte.

FEUERSPRINGER 291

Insgesamt lebten 42 Kinder in St Mary's, zwei Drittel davon Jungen. Sieben der neun Mitarbeiter waren Nonnen, die aus der Gegend von Karingoa stammten und selbst das Kloster besucht hatten, als es noch eine Schule gewesen war; Hilfsorganisationen hatten sie speziell für die Arbeit mit traumatisierten Kindern ausgebildet. Die beiden anderen waren Sozialpädagogen: Françoise, eine vergnügte geschiedene Frau mittleren Alters aus der Schweiz, und Peter Pringle, ein netter, leicht melodramatischer junger Schotte, der gleichzeitig auch noch als Arzt fungierte.

Julia beendete ihren Brief und packte die Requisiten für ihren Unterricht zusammen. Jede Stunde kam ein anderes Thema an die Reihe; an diesem Abend sollte es um einen Besuch auf dem Markt gehen. Sie hatte einen Korb voll verschiedener Dinge zusammengestellt, damit die Kinder spielerisch kaufen, verkaufen und handeln lernen konnten. Insgesamt befanden sich etwa dreißig Gegenstände darin, die von Früchten wie Bananen und Orangen über Wäscheklammern und Kämme bis hin zu mehreren Packungen Streichhölzern reichten, die sie als Geld benutzen wollte.

Die Englischstunde lief gut. Eine Rekordteilnehmerzahl von fünfzehn Kindern war erschienen. Am meisten überraschte sie das Kommen von Thomas, dem Jungen auf Connors Foto, der auch nach fast zwei Jahren in St Mary's noch immer kein Wort sprach. Er hatte gegenüber dem Foto ein wenig zugenommen, wirkte jedoch nach wie vor mager und zerbrechlich.

Die ganze Englischstunde saß er in der hintersten Ecke des Raums und verfolgte das Geschehen aufmerksam, doch als er an der Reihe war, etwas bei dem Marktstand zu kaufen, schüttelte er nur den Kopf. Julia nahm ein paar Artikel in die Hand, brachte sie ihm und konnte ihn schließlich dazu bewegen, auf einen Kamm zu zeigen, den er mit fünf Streichhölzern bezahlte. Alle klatschten Beifall, und er verzog die Lippen zu einem schüchternen Lächeln.

Julia wusste nicht, wie viel Englisch am Ende hängen geblieben war, doch sie hatten viel Spaß gehabt und gelacht, was wahrscheinlich wichtiger war. Sie selbst fühlte sich müde und sehr erleichtert, als die Glocke zum Abendessen läutete.

Als sie auf den Flur trat, sah sie zu ihrer Überraschung zwei Soldaten, die mit Schwester Emily redeten. An ihrer Uniform erkannte Julia, dass es sich um Mitglieder der Demokratischen Einheitsfront Ugandas (UDF), der Armee der Regierung, handelte, die einen Stützpunkt am Nordrand der Stadt unterhielt. Beim Näherkommen hörte Julia einen der beiden

Soldaten den Namen Makuma erwähnen, doch dann bemerkte er sie und unterbrach sich, bis sie außer Hörweite war.

Im Speisezelt waren alle schon beim Essen, als Schwester Emily sich zu ihnen gesellte. Sie war eine große, würdevolle Frau Ende dreißig. Offiziell war sie die Direktorin des Rehabilitationszentrums, aber für die meisten Kinder war sie die Mutter, die sie verloren hatten, und so nannten sie sie auch.

Die Mitarbeiter saßen an einem anderen Tisch als die Kinder, erhielten jedoch die gleichen Mahlzeiten. Sie hatten Platz für Schwester Emily gelassen, und als sie sich zu ihnen setzte, brachte ihr eines der Küchenmädchen einen Teller Eintopf. Seit Beginn des Essens hatte sich das Gespräch ausschließlich um die Soldaten und den Grund ihres Besuchs gedreht, und nun verstummten alle erwartungsvoll.

Schwester Emily blickte in die gespannten Gesichter. „Also gut", sagte sie, „es ist nichts, es sind Gerüchte. Laut Geheimdienstinformation zieht Makuma jenseits der Grenze zum Sudan eine große Streitmacht zusammen und plant eine neue Offensive. Sie wollten als Vorsichtsmaßnahme einige Soldaten hier stationieren."

„Und was haben Sie gesagt?", fragte Peter Pringle.

„Ich habe natürlich abgelehnt. Man stelle sich die Wirkung auf die Kinder vor, wenn auf dem gesamten Gelände Soldaten herumtrampeln. Wir haben unsere eigenen Wachen am Tor, das reicht." Schwester Emily nahm einen Löffel voll Eintopf. Es war ein deutlicher Wink, dass für sie das Thema Krieg beendet war.

Nach dem Abendessen versammelten sich die meisten im Gemeinschaftsraum, wo sie Spiele machten oder einen Videofilm ansahen. An diesem Abend stand ein Streifen an, den Amy und Julia mitgebracht hatten: „König der Löwen". Julia hatte den Film schon mindestens hundertmal gesehen und erklärte Amy, dass sie in ihrem Zimmer lesen werde.

Als sie durch die dunkle Halle zur Treppe ging, sah sie Schwester Emily in ihrem kleinen Büro neben der Eingangstür am Schreibtisch sitzen. Die Nonne hörte Julias Schritte, blickte auf und lächelte. „Haben Sie einen Augenblick Zeit für mich, Julia?"

„Selbstverständlich."

Sie betrat das Büro, und Schwester Emily wies auf einen der Stühle. Julia setzte sich. „Wir sind hier so beschäftigt, dass man manchmal gar nicht zum Reden kommt. Ich wollte nur fragen, ob alles in Ordnung ist, was Ihre Arbeit betrifft und so weiter."

„Ja. Absolut. Ich genieße jede Minute."

„Ich habe gehört, Ihr Englischunterricht ist ein großer Erfolg?"

„Ja, die Kinder sind wirklich großartig. Ich wünschte nur, ich könnte ihre Sprache so schnell lernen wie sie meine."

„Aber Sie sprechen inzwischen doch recht gut Acholi."

„Von wegen! Amy beherrscht es weit besser. "

„Sie ist ein hübsches Kind und ihrem Vater sehr ähnlich."

Julia runzelte die Stirn. „Sie meinen …"

„Verzeihung, ich meine ihren – wie nennt sie ihn noch? Ihren ,biologischen' Vater."

„Amy hat Ihnen von Connor erzählt?"

„Ja. Sollte sie das nicht?"

„Nein. Ich meine, doch. Kein Problem. Ich wusste es nur nicht."

„Sie ist sehr stolz auf ihn, und das kann sie auch sein. Er ist ein guter Mensch."

„Ja. Ja, natürlich." Julia wusste nicht, warum, aber das Thema machte sie verlegen. Sie beschloss, den Gesprächsgegenstand zu wechseln. „Meinen Sie, dass der Krieg erneut aufflackern wird?"

„Das glaube ich nicht. Karingoa war für die Rebellen nie von Bedeutung."

Einige Tage später jedoch fuhr Peter Pringle zum Flughafen nach Entebbe, um dort Medikamente und Sanitätsmaterial abzuholen. Er kehrte mit der ernüchternden Nachricht zurück, es gebe zuverlässige Berichte, dass Makuma und seine Armee nach Süden Richtung Uganda zögen.

MAN HATTE Connor seine Uhr abgenommen, sodass er stets wartete, bis der Tag anbrach, bevor er ihn zählte. Wenn das Morgenlicht schließlich grau durch den Fensterschlitz drang, tastete Connor mit einer Hand unter der Bastmatte seines Betts nach der Steinscherbe, hob das Moskitonetz an und kratzte behutsam einen weiteren Strich in die Wand der Lehmhütte. 56 Tage.

Er wusste immer noch nicht, was Makuma mit ihm vorhatte. Am ersten Tag seiner Einkerkerung hatte Okello ihn fotografiert, bevor er sämtliche Kameras, Notizbücher und Stifte beschlagnahmt hatte.

Den einzigen Hinweis darauf, was sie mit ihm zu tun gedachten, hatte Makuma selbst gegeben. Als Connor, nachdem sie ihn zusammengeschlagen hatten, im Staub liegend wieder zu sich gekommen war, hatte er die smarte Bemerkung des Mannes aufgeschnappt, dass man für einen amerikanischen Fotografen bestimmt einen besseren Preis erzielen könnte als für ein paar abgemagerte Kinder. Doch seither wurde nie wieder darüber gesprochen. In all den Wochen hatte er Makuma nicht zu Gesicht bekommen.

Anfangs hatten sie ihn in seine Hütte gesperrt. Von den Schlägen hatte er zwei gebrochene Rippen davongetragen, und in den ersten Tagen waren die Schmerzen so groß, dass er immer wieder das Bewusstsein verlor. Sie schoben ihm Nahrung und Wasser unter der Tür durch, und er musste all seine Kräfte aufbieten, um bis dorthin oder zu dem Eimer zu gelangen, den man ihm als Toilette hingestellt hatte. Dann war eines Morgens Okello in Begleitung eines ihm unbekannten, aber offenbar medizinisch ausgebildeten Offiziers erschienen, der Connor untersuchte und über seinen Zustand sichtlich schockiert war. Allem Anschein nach verfügte er auch über einen gewissen Rang, denn Connor hörte, wie er Okello nach Verlassen der Hütte anbrüllte.

Von jenem Tag an wurde es deutlich besser. Man gab ihm reichlich zu essen, und er durfte zweimal am Tag vor der Hütte Gymnastik machen. Der Sanitätsoffizier sah noch mehrere Male nach ihm und schien mit den Fortschritten seiner Genesung zufrieden.

Vor der Hütte standen rund um die Uhr bewaffnete Soldaten, denen man offenbar jedes Fraternisieren streng verboten hatte. Nur ein junger Mann namens Vincent, der regelmäßig die Nachtwache übernahm und ein wenig Englisch sprach, fragte Connor nach Amerika, wenn er sicher war, dass sich niemand in der Nähe befand, und brachte ihm ein paar Wörter Acholi bei.

In den letzten beiden Wochen, wenn Connor unter strengster Bewachung seinem Frühsport nachging oder Abendspaziergänge unternahm, konnte er beobachten, dass sich die Zahl der Soldaten und Fahrzeuge seit seiner Ankunft deutlich erhöht hatte. Offenbar war ein großer Appell oder eine Übung im Gange.

An diesem Abend jedoch schien während seines Spaziergangs alles ruhig. Der Soldat, der ihn begleitete, war neu und nervös. Er brüllte die ganze Zeit, Connor solle nicht zu weit vorgehen.

Später saß er brütend, verbittert und voller Selbstmitleid in der düsteren Hütte. Nachden er sich ausgezogen hatte und auf seiner Matte lag, fiel er schließlich, der Verzweiflung näher als seit vielen Wochen, in einen unruhigen Schlaf.

Mitten in der Nacht wachte er auf und wusste sofort, dass draußen etwas vor sich ging. Als er Stimmen hörte, schob er das Moskitonetz beiseite und stand auf. Nackt ging er zur Tür und spähte durch die Ritzen.

FEUERSPRINGER

Der Mann, der ihn bewachte, stand vor einem Soldaten, der sehr viel kleiner war als er, stieß ihm den Lauf seiner Waffe gegen die Brust und schimpfte auf ihn ein. Dann bemerkte Connor eine dritte Gestalt, die hinter dem Wächter aus der Dunkelheit trat und sich lautlos von hinten anschlich. Er war genauso groß wie der Wächter und hatte eine Machete in seiner rechten Hand. Er holte damit aus und ließ sie in hohem Bogen auf den Nacken des Wächters niedersausen. Der Wächter sank zu Boden.

Die beiden anderen nahmen sein Gewehr und Messer und liefen zur Hütte. Der Größere hatte eine Tasche über der Schulter hängen. Connor rannte zum Bett, entrollte Hemd und Jeans und zog sich eilig an. Er hörte das Klappern des Schlüssels im Schloss. Die Tür ging auf, der Größere der beiden trat ein, und als er sein Gesicht ins Licht wandte, erkannte Connor, dass es Vincent war.

„Ziehen Sie Ihre Schuhe an, schnell!", flüsterte Vincent. „Nehmen Sie Ihre Sachen."

Connor stellte keine Fragen. Er schlüpfte in die Schuhe, band seine wenigen Habseligkeiten mit einem zweiten T-Shirt zu einem Bündel und war eine Minute später fertig. Vincent hatte die Leiche des Wächters vor die Tür geschleift, und Connor half ihm, sie in die Hütte zu zerren. Der kleinere Junge hatte mit den Füßen Staub über dem Blutfleck verteilt. Als er jetzt näher kam, erkannte Connor, dass es Lawrence Nyeko war. Der Junge wirkte sehr verängstigt. Er sagte etwas auf Acholi, Vincent nickte und wandte sich Connor zu. „Er fragt, ob es stimmt, dass sein Bruder lebt."

Connor bejahte die Frage. Lawrence nickte knapp.

„Bleiben Sie dicht hinter uns, und seien Sie leise!", mahnte Vincent. „Wenn die uns entdecken, bringen sie uns alle drei um."

Sie rannten über die Lichtung bis zu den Bäumen oberhalb des Lagers. Vincent ging voran, er hatte die AK-47 des Soldaten mitgenommen, die er manchmal hochhob, um ihnen zu signalisieren, dass sie anhalten sollten. Jedes Mal blieben sie wie angewurzelt stehen und starrten ins schattige Zwielicht, wobei sie kaum zu atmen wagten.

Connor wusste nicht, wie lange sie so gingen, vielleicht zwei oder drei Stunden. Erst als sie eine kleine grasbedeckte Lichtung erreichten und das erste Licht der Dämmerung den Horizont vor ihnen erhellte, blieb Vincent stehen. Er zog einen Zettel aus der Tasche und reichte ihn Connor. Im fahlen Licht erkannte er, dass es sich um eine primitive, mit Holzkohle gemalte Karte handelte.

„Folgen Sie dem Fluss nach Osten, aber nicht entlang des Ufers", sagte Vincent. „Bleiben Sie weiter oben im Schutz der Bäume, und wandern Sie nur nachts."

„Wie weit entfernt ist Karingoa?"

„Keine Ahnung. Vielleicht hundert Kilometer nach Süden. Aber Sie dürfen nicht nach Süden gehen. Bis zur Grenze nach Uganda gibt es noch weitere Lager. Viele, viele Soldaten. Sie bereiten einen großen Krieg vor. Sie müssen nach Osten gehen. Drei oder vier Tage lang. Erst dann ist es sicher, die Grenze zu überqueren."

„Kommst du nicht mit?"

„Ich kann nicht. Nehmen Sie das." Er streifte die Tasche von seiner Schulter und gab sie Connor. „Hier ist ein bisschen Proviant und Wasser." Dann hielt er Connor das Gewehr hin. „Nehmen Sie es!"

Connor schüttelte den Kopf. „Ich fühle mich ohne sicherer."

Vincent hielt ihn offenbar für verrückt und bestand darauf, dass sie wenigstens die Machete nahmen. Er legte eine Hand auf Lawrences Schulter und sagte etwas auf Acholi. Der Junge nickte und murmelte eine Antwort, in der er sich, so viel verstand Connor, bei Vincent bedankte.

Connor reichte Vincent die Hand, und Vincent schüttelte sie.

„Vielen Dank", sagte Connor.

Vincent nickte. „Gehen Sie jetzt. Bringen Sie diesen Jungen zu seinem Bruder."

Ihre Wege trennten sich, und erst als er und Lawrence die andere Seite der Lichtung erreicht hatten, wandte Connor sich noch einmal um. Doch Vincent war bereits zwischen den Bäumen verschwunden.

SIE BEFOLGTEN die Warnung und wanderten nur nachts. Die Karte nutzte ihnen wenig, doch der Himmel war meist wolkenlos, sodass Connor sich an den Sternen und am Mond orientieren konnte. Wenn möglich hielten sie sich im Schutz der Bäume und des hohen Elefantengrases auf, jedenfalls stets abseits von Straßen und Pfaden, die häufig überwacht und vermint waren.

Wasser und Nahrung, die Vincent ihnen mitgegeben hatte, reichten zwei Tage. Sie teilten das Wasser, aber Connor drängte den Jungen, den größten Teil des Proviants zu essen. Die meisten Flussbetten waren ausgetrocknet, doch sie fanden gerade genug Wasser, um durchzukommen. Im Lager hatten die Kinder versucht, ihre mageren Rationen im Busch aufzubessern, und Lawrence hatte gelernt, welche Blätter essbar waren.

Wenn sie an einem geeigneten Baum oder einer Pflanze vorüberkamen, wies er darauf hin, und sie zwangen sich, etwas davon zu essen.

Als der sechste Tag ihrer Reise anbrach, fanden sie sich am Rand eines gewundenen, waldigen Tals wieder. Die nächtliche Wanderung war beschwerlich gewesen, und sie fühlten sich müde und schwach vor Hunger.

Sie stiegen tiefer ins Tal hinab und kamen an einen Fluss. Ein Wasserfall stürzte in ein kleines, halb von Fels eingefasstes Becken. Sie gingen hinunter, und bis beide getrunken und sich und ihre Kleider gewaschen hatten, war die Sonne schon fast ganz aufgegangen. Sie breiteten ihre Kleider über ein paar Büsche und legten sich zum Schlafen ins Gras.

Connor erwachte mit dem Gefühl, dass sich ein Insekt auf seinen Hals gesetzt hatte. Ohne die Augen zu öffnen, hob er träge eine Hand, um das Insekt zu verscheuchen, und spürte stattdessen eine kalte, harte Klinge.

Er riss die Augen auf und sah vor dem Hintergrund der grell scheinenden Sonne schattenhaft eine Gestalt über sich stehen. Dann erkannte er, dass es ein Mann war, der ihm die Spitze seines Speers an den Hals hielt. Er war groß und kräftig, und seine Augen blitzten. Connor stellte fest, dass er nicht allein war. Insgesamt ein Dutzend mit Speeren und Macheten bewaffnete Männer umringten sie.

Die Männer brüllten so aufgeregt durcheinander, dass Connor erst nach einer Weile bemerkte, dass sie eine Art Swahili sprachen. Er verstand genug, um zu begreifen, dass man ihn und Lawrence verdächtigte, zu den Rebellen zu gehören.

Die Männer zerrten sie beide auf die Füße. Connor blickte weiter fest in die Augen des Mannes, den er für den Anführer hielt und der ihn weiter mit seinem Speer bedrohte. Connor begrüßte ihn auf Swahili und berichtete dann so ruhig wie möglich, dass sie keineswegs Makumas Spione, sondern aus seiner Gefangenschaft geflohen seien.

Die Männer berieten sich wortreich, und offenbar hatte Connor genug Zweifel gesät, um ihre Ermordung an Ort und Stelle zu verhindern. Der Anführer wandte sich Connor zu und sagte, sie müssten sich anziehen und mitkommen.

Etwa eine Stunde lang marschierten sie vor den Speeren der Männer her, bis sie in einer von Palmen beschatteten Lichtung oberhalb des Flusses eine Ansammlung von Lehm- und Basthütten erreichten. Man ließ sie im Schatten der Palmen Platz nehmen, bewacht von zwei ihrer Häscher. Kurz darauf brachte ihnen eine Frau einen Krug Wasser und zwei Schalen mit einer dicken Getreidegrütze, die beide hungrig verschlangen.

Am späten Nachmittag trafen Soldaten ein, und aus ihren Fragen schloss Connor, dass sie zur sudanesischen Volksbefreiungsarmee gehörten. Ihr Kommandeur wollte alles über Makumas Lager und die Anzahl und Bewaffnung der Soldaten erfahren, und Connor und Lawrence berichteten ihm, was sie wussten.

Als der Abend dämmerte, wurden sie zu einer kahlen Hütte geführt, wo man ihnen erneut etwas zu essen brachte. Lawrence kauerte zusammengesunken an der Wand und starrte verloren zu Boden. Connor setzte sich neben ihn, und Lawrence legte seinen Kopf auf Connors Brust und schlief ein.

Die Soldaten weckten sie bei Sonnenaufgang und führten sie aus dem Lager, ohne ein Ziel zu nennen. Doch es wurde bald deutlich, dass sie dem Flusslauf nach Süden folgten. Das dicht bewaldete Tal machte das Vorwärtskommen beschwerlich, und als sie die erste Rast einlegten, stand die Sonne hoch am Himmel, und ihre Kleidung war nass von Schweiß. Sie kühlten sich im Fluss ab und tranken von seinem Wasser.

Der Kommandeur erklärte Connor, dass sie in der Nähe der ugandischen Grenze seien und er ein paar Männer losgeschickt habe, um Kontakt mit den Grenzpatrouillen der ugandischen Regierungstruppen aufzunehmen. Eine halbe Stunde später kehrten die Männer mit einem Sergeant der Demokratischen Einheitsfront Ugandas zurück. Er stellte Connor noch einmal die gleichen Fragen, die dieser schon zigmal beantwortet hatte, während der sudanesische Kommandeur ohne ein weiteres Wort mit seiner Truppe abzog.

Auf der anderen Seite der Grenze wurden sie von einem Landrover erwartet, der sie über Lehmpisten viele Kilometer durch die trockene Savanne nach Süden brachte, bis sie bei Anbruch der Dämmerung eine Kaserne erreichten. Dort wurde Connor von Lawrence getrennt und in einen Raum mit dreckigem Betonboden, nackten Wänden und vergitterten Fenstern geführt. Die einzigen Möbel waren zwei Stühle und ein Tisch, an dem Connor lange wartend saß, bis ein junger Major in einem tadellos gebügelten Hemd erschien, sich auf den anderen Stuhl setzte und in akkuratem Englisch noch einmal die gleichen sowie eine Menge weiterer Fragen stellte.

Anschließend wurde Connor über einen Hof zu einer Art Gefangenenblock geführt, wo Lawrence ihn bereits in einer Zelle erwartete. Der Junge wirkte erleichtert, ihn zu sehen.

Die Zelle hatte zwei Pritschen, und zum ersten Mal nach fast drei Monaten schlief Connor wieder in einer Art Bett. Auch wenn die Matratze hart und klumpig war, erschien es ihm wie der Luxus eines Fünfsterne-hotels.

Am nächsten Morgen wurde er erneut zu dem Major gebracht, der ihn diesmal sehr viel freundlicher begrüßte. Er teilte ihm mit, er habe eine Reihe von Anrufen getätigt, darunter auch einen bei der US-Botschaft in Kampala. Dort habe irgendwer Harry Turney von der Agentur und sogar seine Mutter in Montana aufgespürt. „Alle haben geglaubt, Sie seien tot", sagte der Major. „Sie werden schon sehr lange vermisst."

„Ich bin gereist." Mehr wollte Connor nicht sagen, und der Major hakte auch nicht nach.

„Man wird Sie und den Jungen heute nach Kampala bringen."

„Aber wir müssen nach Karingoa."

„Das ist unmöglich. Die Rebellen stoßen in einer großen Offensive nach Süden vor. Die Armee hat diesen Teil des Landes abgeriegelt."

Connor bat, wenigstens in St Mary's anrufen zu dürfen, um von Lawrence zu berichten. Doch der Major erklärte, dass auch das nicht gehe. Alle Verbindungen mit Karingoa seien unterbrochen.

CONNOR saß auf dem Bett, blickte auf den Hotelgarten und wartete auf den Rückruf der Telefonistin. Es war später Nachmittag, und nach den hektischen Aktivitäten der letzten Stunden fühlte er sich erschöpft und ausgelaugt. Er war den ganzen Tag in Kampala unterwegs gewesen, hatte mit Regierungsbeamten und Angestellten der US-Botschaft gesprochen und überlegt, was er wegen Lawrence unternehmen sollte. Die Botschaft hatte zugesagt, ihm einen neuen Pass zu besorgen und ihn mit seiner Bank in Nairobi telefonieren lassen, damit diese ihm telegrafisch Geld überweisen konnte. Für das Allernötigste hatte er sich von Geoffrey Odong, dem einzigen Freund, den er in Kampala hatte, etwas geliehen.

Geoffrey Odong war ein Journalist, den er bei seinem ersten Besuch in Uganda noch vor seiner Reise nach Ruanda kennen gelernt hatte. Sowohl er als auch seine Frau Elizabeth waren Acholi und hatten Connor als Erste auf die Situation im Norden und die außergewöhnliche Arbeit aufmerksam gemacht, die in St Mary's of the Angels geleistet wurde.

Connor hatte die Odongs am Abend zuvor angerufen, als er und Lawrence nach einer drückend heißen und unbequemen Tagesfahrt auf der Ladefläche eines Armeelasters in Kampala angekommen waren. Geoffrey hatte sie abgeholt und darauf bestanden, dass sie bei ihm übernachteten. Elizabeth tischte ihnen so lange Essen auf, bis Connor befürchtete, der Junge würde platzen. Die Odongs hatten drei Töchter, deren älteste genauso alt war wie Lawrence, und nach anfänglicher Schüchternheit verstanden die beiden sich bestens. Die Familie bewohnte ein kleines Haus, und Connor hatte ein schlechtes Gewissen, weil die Mädchen für ihn ins Wohnzimmer ausquartiert werden sollten. Nach massivem Protest hatte Elizabeth schließlich widerwillig zugestimmt, dass er sich ein Zimmer im Sheraton nahm, aber nur unter der Bedingung, dass Lawrence bei ihnen blieb.

Nach den langen Wochen der Entbehrung kam sich Conor in dem sterilen, genormten Luxus seines Zimmers vor wie ein Besucher von einem anderen Stern. Die kühle Luft und das leise Rauschen der Klimaanlage schotteten ihn gegen die Außenwelt ab, die ihm mit ihrem üppigen und sorgsam gepflegten Garten, den weißen Bürotürmen und den baumbestandenen Hügeln dahinter selbst ziemlich unwirklich erschien.

Er saß auf dem Bett und fragte sich jetzt, ob die Telefonistin den angemeldeten Anruf vergessen hatte. Endlich klingelte der Apparat. Es war Harry Turney in New York. „Connor! Wo, zum Teufel, hast du gesteckt? Wenn du dich entführen und umbringen lassen willst, ist das deine Sache, aber du hättest wenigstens so vernünftig sein können, jemanden wissen zu lassen, wo es passieren soll."

„Es tut mir Leid, Harry."

„Das sollte es auch! Hast du deine Mutter schon angerufen?"

„Das hatte ich gerade vor."

„Was ist eigentlich los mit dir? Leg sofort auf, und melde dich bei ihr. Ich ruf dich später zurück. Wie ist deine Nummer?"

Connor nannte sie und legte mit einem schuldbewussten Lächeln auf. Er bat die Telefonistin, die Nummer seiner Mutter anzurufen.

Seine Mutter war versöhnlicher. Sie sagte, sie habe sich schon seit einer Weile daran gewöhnt, dass er von Zeit zu Zeit abtauche, und habe sich überhaupt keine Sorgen gemacht. Connor glaubte ihr kein Wort.

„Das mit Ed hast du sicher gehört?"

„Was ist mit ihm?"

Es entstand eine lange Pause. „Ed ist gestorben, mein Sohn. Weihnachten vor einem Jahr."

Connor konnte es nicht fassen. Sie erzählte ihm, was geschehen war und wie geschockt alle gewesen waren.

„Wie geht es Julia und Amy?"

„Na, die sind doch gleich bei dir um die Ecke in Afrika."

FEUERSPRINGER 301

„In Uganda?"

„Ja. Ich glaube zumindest, dass es Uganda ist. Julia wollte den armen Kindern helfen, die du fotografiert hast, die sie zu Soldaten gemacht haben, weißt du? Sie hat Amy mitgenommen."

„In Karingoa? St Mary's of the Angels?"

„Genauso hieß es. Ich habe vor einem Monat einen Brief bekommen." Einen Moment schwiegen sie. „Connor? Bist du noch da?"

„Ja." Doch seine Gefühle hatten ihn übermannt, sodass er nicht weitersprechen konnte. Flüsternd versprach er seiner Mutter, dass er sich bald wieder melden werde, und legte auf.

Eine Stunde später lief er aufgeregt in Geoffrey Odongs winzigem Büro bei der Zeitung auf und ab. Geoffrey telefonierte seit zwanzig Minuten mit einem Studienfreund, der jetzt ein führender Offizier in der UDF war.

Connor hatte nur einen Teil des Gesprächs gehört, jedoch in etwa mitbekommen, was los war. Endlich legte Geoffrey auf, warf Connor einen düsteren Blick zu und schüttelte den Kopf. „Völlig unmöglich. Alle Straßen in das Gebiet sind gesperrt. Sie lassen niemanden auch nur in die Nähe von Karingoa, schon gar keine Journalisten."

„Wie ist die Lage in Karingoa?"

„Er hat gesagt, die Offensive der Rebellen sei abgewehrt worden, aber das glaube ich nicht. Viele Menschen hätten die Stadt bereits verlassen. Er behauptet, die Situation sei unter Kontrolle, doch für mich klingt es so, als hätte die Regierung die Stärke der Rebellen gewaltig unterschätzt."

„Geoffrey, ich muss sie da rausholen!"

„Das ist absolut unmöglich. Außerdem sind sie ja vielleicht längst evakuiert worden."

„Wie ich Schwester Emily kenne, werden sie die Letzten sein, die das Gebiet verlassen. Kennst du jemanden, der mich dorthin fliegen würde?"

DREIMAL waren die Regierungssoldaten mittlerweile gekommen, um ihnen zu raten, das Kloster zu verlassen, und immer hatte Schwester Emily sich geweigert. St Mary's of the Angels hatte Makumas Drohungen und Raubzügen seit mehr als zehn Jahren getrotzt, und sie würden auch jetzt nicht klein beigeben.

Anfangs war ihre Gelassenheit und Zuversicht ansteckend. Sie erklärte Kindern wie Mitarbeitern, dass sie nichts zu befürchten hätten. Wenn es zum Schlimmsten käme, könnten sie sich alle in Gertrude, den alten Doppeldeckerbus, setzen und binnen Minuten verschwunden sein.

Doch als der Gefechtsdonner Tag für Tag näher kam, wurde klar, dass es sich nicht bloß um einen weiteren „Raubzug" Makumas handelte. Von morgens bis abends zog ein unablässiger Strom von Flüchtlingen auf der Straße vor den Toren des Klosters vorbei. Und obwohl Julia sich nach Kräften bemühte, die Sorgen der Kinder zu zerstreuen, hatte sie insgeheim begonnen, sie zu teilen. Vielleicht sollten Amy und sie St Mary's of the Angels verlassen, bevor es zu spät war.

Am Abend zuvor, nach dem dritten Besuch der Soldaten und nachdem alle Kinder zu Bett gegangen waren, hatte Schwester Emily Julia, Françoise und Peter Pringle in ihr Büro gebeten und mit leiser Stimme erklärt, dass jeder frei sei zu gehen. „Ich selbst weigere mich nach wie vor zu glauben, dass es irgendeinen Grund zur Sorge gibt", sagte sie. „Wenn Sie sich jedoch Sorgen wegen Amy machen, sollten Sie gehen, Julia. Dafür hätten wir alle Verständnis." Sie wandte sich Françoise und Peter Pringle zu. „Dasselbe gilt für Sie beide. Wir würden Sie natürlich vermissen, aber wir kommen schon zurecht."

Nach einem kurzen Schweigen räusperte sich Pringle. „Ich kann natürlich nur für mich selbst sprechen", sagte er. „Aber solange Sie und die Kinder hier sind, gehe ich nirgendwohin."

Seine tapfere Erklärung beschämte Julia. In dieser Nacht war zum ersten Mal seit einer Woche kein Gefechtslärm zu hören, und sie lag wach und schalt sich für ihre Schwäche. Wie hatte sie auch nur einen Moment daran denken können, St Mary's zu verlassen? Hatte sie nicht genau das vor all den Jahren mit Skye getan? Einmal reichte.

Am nächsten Morgen erwachte Julia mit neuem Mut. Doch dieser dauerte nur ein paar Stunden an. Bei Sonnenuntergang hob der Kanonendonner wieder an, und näher als zuvor. Als sie sich zum Abendessen im Zelt versammelten, fuhr ein weißer Landrover mit heulendem Motor vor, und ein Mann und eine Frau sprangen heraus. Es waren Mitarbeiter einer dänischen Hilfsorganisation, die manchmal nach St Mary's zum Essen kamen.

Als sie ins Zelt traten, scharten sich alle um sie. Der Mann atmete schwer und versuchte vergeblich, seine Panik zu verbergen. Er berichtete, dass Makuma die Front der Regierungstruppen durchbrochen und die UDF den ungeordneten Rückzug angetreten hatte. Die Rebellen waren keine 15 Kilometer mehr entfernt und marschierten brandschatzend unaufhaltsam auf Karingoa zu.

14

Geoffrey Odong hatte mit drei Anrufen die Sorte Mann gefunden, die Connor brauchte. Johannes Kriel betrieb ein kleines Flugunternehmen und war angeblich in den Schmuggel von Waffen und anderen Gütern sowie weitere finstere Machenschaften verwickelt. Er und Connor saßen nun auf der Terrasse des Parkside Inn und tranken Bier.

Mit hartem südafrikanischem Akzent bestellte Kriel beim Kellner ein weiteres Nil Special und forderte Connor dann auf, fortzufahren und ihm zu sagen, was er wolle.

„Hat Ihnen schon mal wer gesteckt, dass da oben ein Krieg im Gange ist?", fragte er, als Connor fertig war.

„Bringen Sie mich so nahe hin, wie es Ihnen gefahrlos möglich ist."

„Gefahrlos? Makuma hat wärmegelenkte Boden-Luft-Raketen." Kriel nahm einen Schluck Bier. „Wann wollten Sie starten?"

„Sofort."

„Heute Abend noch? Glauben Sie, ich würde mitten in der Nacht im Scheißbusch landen?"

„Sie müssen nicht landen. Ich werde springen. Können Sie mir einen Fallschirm besorgen?"

„Vielleicht." Er grinste. „Ob der sich allerdings öffnet, ist eine ganz andere Frage."

„Ich gebe Ihnen zweitausend Dollar."

Der Mann lachte. „Für zehn würde ich vielleicht darüber nachdenken."

Sie einigten sich auf sechs, obwohl der Deal um ein Haar geplatzt wäre, als Connor erklärte, dass er das Geld nicht zur Hand habe, sondern es telefonisch von seiner Bank in New York auf Kriels Konto überweisen müsse.

Kriels schwarzer Range Rover parkte samt Chauffeur vor dem Haus. Sie stiegen ein und fuhren aus der Stadt hinaus zu einer mit stabilen Zäunen gesicherten, kleinen privaten Landebahn. Die bewaffneten Wächter am Tor winkten den Wagen durch, als sie Kriel erkannten.

Neben der Landebahn gab es ein kleines Büro mit einer flackernden Neonröhre und einem Schwarm Moskitos. Kriel erkundigte sich bei Connor nach dem Namen seiner Bank und wählte die Nummer selbst, um sich zu vergewissern, dass er nicht getäuscht wurde. Dann gab er Connor den Hörer, schrieb seine Bankverbindung auf und verfolgte aufmerksam, wie Connor die Überweisung veranlasste.

Danach ging er in den Lagerraum auf der Rückseite des Gebäudes, um nach dem Fallschirm zu suchen. Derweil rief Connor Geoffrey an und bat ihn, Lawrence auszurichten, dass er so bald wie möglich wieder zurück sein werde, und nahm Geoffrey das Versprechen ab, dafür zu sorgen, dass der Junge mit seinem Bruder zusammengebracht werde, falls er sich aus irgendeinem Grund nicht selbst darum kümmern könne. Geoffrey versprach es.

„Ich erinnere mich, dass du von dieser Frau schon gesprochen hast, als wir uns kennen gelernt haben", sagte Geoffrey. „Du scheinst sie noch immer zu lieben."

„Schon immer und für immer", erwiderte Connor schlicht.

Kriel tauchte mit einem schmutzigen Segeltuchsack wieder auf und warf ihn auf den Boden, wo er in einer Staubwolke landete. „Ist lange her, dass jemand Verwendung dafür hatte", meinte er grinsend.

Connor bat um eine Taschenlampe. Nachdem Kriel eine gefunden hatte, trugen sie den Sack nach draußen und packten ihn aus. Connor hakte das Ende des Schirms an die Wand und breitete ihn aus, um ihn inspizieren. Der Schirm war nichts Besonderes, aber er erfüllte seinen Zweck.

Zwanzig Minuten später rollten Connor und Kriel in einer Cessna 206 ohne Flugzeugkennzeichen über die Startbahn. Bis auf die vorderen waren alle Sitze ausgebaut worden, vermutlich um Stauraum für die Schmuggelware zu schaffen, die die Maschine normalerweise transportierte. An der hinteren Steuerbordseite gab es eine Frachttür, sodass der Absprung nicht so schwierig werden würde, wie Connor befürchtet hatte.

Sie starteten in südlicher Richtung. Unter ihnen erstreckte sich der Victoriasee bis ins Unendliche. Sie gingen in Schräglage und zogen eine Schleife nach Norden. Die Lichter von Kampala glitzerten rechts unter ihnen. Für Connor war es der erste ruhige Moment seit dem Telefonat mit seiner Mutter, und er stellte fest, dass wegen seiner Besessenheit, zu Julia und Amy zu gelangen, noch gar kein Raum für Gedanken an seinen verlorenen Freund Ed gewesen war – seinen jetzt für immer verlorenen Freund. Doch als jetzt die kleine Maschine sich in die unheilvolle dunkle Nacht hinaus nach Norden vortastete, spürte er eine tiefe Trauer, die sich wie ein bleiernes Gewicht auf seine Brust legte.

DIE ÄSTE der Flammenbäume kratzten über das Dach des Busses, als er die Auffahrt hinunterfuhr – ein Geräusch so laut und erschreckend, dass einige der Kinder, die im Oberdeck saßen, vor Angst aufschrien.

Julia saß, einen Arm um Amy gelegt, auf dem hintersten Sitz direkt neben der Treppe. Wenn sie sich umdrehte, konnte sie das entschlossene Gesicht von Peter Pringle am Steuer des Lkw hinter ihnen sehen. Die meisten Kinder und Mitarbeiterinnen saßen in dem Bus, der Rest drängte sich auf der offenen Ladefläche von Pringles Laster. Dahinter folgten noch zwei kleinere Transporter mit sämtlichen Mägden, Köchinnen und Küchenhilfen. Die vier Sicherheitsleute des Zentrums waren auf die Wagen verteilt worden.

Als der Bus das Tor des Klosters erreichte, musste er anhalten, weil auf der Straße davor das blanke Chaos herrschte. Die meisten Flüchtlinge waren zu Fuß unterwegs, doch zwischen den Menschen fuhren hupende Pkws und Lkws, an deren Dächer sich verzweifelte Menschen klammerten. Ohne von all dem Notiz zu nehmen, donnerten Laster der abziehenden Armee durch den Dunst aus rotem Staub, voll beladen mit Soldaten.

Als die Menge den Konvoi von St Mary's sah, rannten etwa zwanzig Leute winkend und rufend auf den Bus zu, der jedoch unbeirrt weiterfuhr. Daraufhin hämmerten die Flüchtlinge kreischend mit den Fäusten gegen die Seiten. Julia hörte, wie die Sicherheitsleute und Schwester Emily auf dem Deck unter ihnen sie abwehrten und immer wieder erklärten, dass kein Platz mehr sei.

Amy zitterte vor Angst. „Mami!"

„Ist schon gut, Schätzchen. Ist schon gut."

Natürlich war gar nichts gut, aber was konnte sie anderes sagen. Julia strich Amy übers Haar und spürte, wie das Mädchen sich noch fester an sie klammerte.

Der Bus war jetzt endlich auf der Straße, und George, der alte Gärtner, steuerte Gertrude durch den sich teilenden Menschenstrom nach Süden. Julia drehte sich erneut um und sah Pringle und die anderen Wagen folgen. Dahinter machte sie zum ersten Mal das Blitzen explodierender Geschosse aus.

Es würde alles gut werden, sagte sie sich. Sie würden alle durchkommen.

DIE CESSNA flog ohne Licht und die erste Stunde in großer Höhe, während sich tief unter ihnen die Landschaft ausdehnte. Connor und Kriel trugen Kopfhörer, damit sie sich beim Dröhnen der Motoren unterhalten konnten, sprachen jedoch kaum.

Sie waren noch gut hundert Kilometer von Karingoa entfernt, als sie die ersten Spuren des Krieges ausmachten. Durch eine Lücke in der Wolkendecke sahen sie die Lichter zahlreicher Armeelaster auf einer Straße, und Kriel drehte sofort nach Westen ab und stieg wieder auf. Als es ihnen gelang, erneut einen Blick auf die Straße zu werfen, wirkte sie viel belebter, und die Lichter bewegten sich langsamer. Sie flogen über eine Wolkenschicht und sahen im Norden ein schwaches rotes Leuchten, das beim Näherkommen immer heller und größer wurde. Aus seinen Tagen als Feuerspringer wusste Connor sofort, was es war.

Kurz darauf schien die Wolkendecke vor ihnen wie ein riesiger roter Kessel zu glühen, und Kriel wich nach Westen aus. Dann teilten sich die Wolken, und sie sahen die Stadt Karingoa und das Flammenband im Norden. Selbst in den wenigen Sekunden, bevor der Spalt sich wieder schloss, erkannten sie blitzende Geschosse und die roten Zickzacklinien von Gewehrfeuer.

„Ich ziehe noch eine Schleife, dann bin ich hier weg. Wenn Sie aussteigen wollen, gehen Sie jetzt besser nach hinten."

Connor löste seinen Sicherheitsgurt und nahm den Kopfhörer ab. Er stand auf, und Kriel streckte ihm die rechte Hand entgegen. „Viel Glück, Kumpel."

Connor ergriff die Hand und bedankte sich.

„Und jetzt machen Sie, dass Sie rauskommen, verdammt noch mal!", rief Kriel.

Connor tastete sich zur Frachttür im Heck. Er überprüfte sein Gurtwerk, ging neben der Tür in die Hocke und packte einen der Griffe. „Okay!", rief er. „Ich mache jetzt auf!"

Kriel hielt einen Daumen hoch, ohne sich umzusehen.

Connor riss die Tür auf, und Kriel stieß mit dem Flugzeug unter die Wolkendecke. Connor bekam einen ersten verschwommenen Blick auf sein Landegebiet.

„Okay!", brüllte Kriel. „Wir sind auf fünfhundert Meter. Ich bringe sie auf vierhundert, aber tiefer gehe ich nicht. Machen Sie sich zum Absprung bereit!"

Connor hockte sich langsam in die offene Tür, sodass der vordere Teil seiner Schuhe über dem Abgrund hing.

„Okay, vierhundert! Springen Sie, Sie verrückter Idiot!"

Connor stieß sich mit aller Kraft ab und spürte einen warmen Luftstrom.

„Einundzwanzig. Zweiundzwanzig …"

Um das Risiko, erschossen zu werden, auf ein Minimum zu reduzieren, musste er die Reißleine möglichst spät ziehen. Er schätzte, dass er höchstens fünf Sekunden hatte.

„Dreiundzwanzig. Vierundzwanzig …"

Er tastete nach der Reißleine und hielt sie fest.

„Fünfundzwanzig …"

Er zog heftig daran und spürte ein leichtes Flattern, als zunächst der Hilfsschirm aus seiner Hülle und danach auch die Hauptkappe aus dem Packsack gezogen wurde. Kurz darauf folgte der erwartete Ruck und der Stoß gegen die Brust, als der Hauptschirm sich knackend und knisternd öffnete und bauschte. Und dann der Moment der Ruhe, bevor die Außengeräusche wieder zu ihm durchdrangen. Er hörte das letzte leise Brummen der davonfliegenden Cessna, die Explosionen von Granaten und jetzt auch das Knattern von Maschinengewehren.

Er fand die Steuerschlaufen, die ihm jedoch wenig nutzten, weil er nicht die leiseste Ahnung hatte, wohin er steuern sollte. Es dauerte eine Weile, bis er mit seinen tränenden Augen etwas erkennen konnte und bemerkte, dass die Luft voller Qualm war, der bitter in seinem Mund schmeckte und in Augen und Nase brannte.

Etwa dreißig Meter über dem Boden löste sich der Qualm plötzlich auf. Links von sich hörte er Männerstimmen und konnte für einen Moment in drei- bis vierhundert Meter Entfernung mehrere Gestalten ausmachen, die in seine Richtung rannten. Als er nach unten blickte, sah er die dunklen Kronen der riesigen Palmen auf sich zurasen. Auf der von den Männern abgewandten Seite des Waldes entdeckte er einen hellen Fleck und betete, dass es eine Lichtung sein möge. Er zerrte heftig an den Steuerschlaufen, krachte durch die Palmwedel und stürzte ins Leere. Er landete auf den Füßen, rollte sich nach vorn ab, blieb auf dem Rücken liegen und sah die Schirmkappe auf sich herabsinken.

Er spürte einen stechenden Schmerz in der rechten Schulter, aber seine Beine waren unversehrt, und darauf kam es an. Stimmen kamen näher, doch innerhalb weniger Augenblicke gelang es ihm, sich vom Fallschirm zu befreien, und er rannte, so schnell er konnte, auf das Dickicht zu.

Sobald er einmal dort angelangt war, hörte er nur noch das Quaken der Frösche und das Summen der Insekten. Das Unterholz war dicht und undurchdringlich; bisweilen kam er bloß geduckt oder sogar nur robbend voran. Er hatte nur eine vage Ahnung, in welche Richtung er lief, doch nach seinem letzten Blick auf die brennende Stadt schätzte er, dass er nach Süden unterwegs war. Immer wieder legte er Pausen ein und lauschte auf Geräusche seiner Verfolger. Doch alles, was er hörte, war das Knacken der Äste, die er beiseite gedrückt hatte.

Schließlich erkannte er den Wasserturm in der Nähe des Marktplatzes, anhand dessen er sich orientieren und seinen Kurs korrigieren konnte. Bei der allgemeinen Verwirrung konnte Connor nur Vermutungen anstellen, doch er hatte den Eindruck, dass die Rebellen die Stadt fast überrannt hatten und die Regierungstruppen nur noch in den südlichen Ausläufern letzten Widerstand leisteten.

Als Connor weiter nach Süden vordrang, verschwand die Stadt wieder hinter Bäumen, und er konnte nur noch den Widerschein des Feuers am Himmel sehen. Endlich tauchte das Ziel seiner Suche aus dem Dunkel: ein blasses horizontales Band, das von den schwarzen Umrissen einer Reihe von Bäumen gesäumt war. Es war die Mauer des Klostergartens. Er hangelte sich auf die Mauer und sprang in den Garten.

Kloster und Kapelle standen in Flammen. Er hatte erwartet, Soldaten zu sehen, doch die Anlage wirkte wie ausgestorben. Auch Schüsse waren nicht mehr zu hören, nur das Knistern und Knacken des brennenden Gebäudes.

Er ging über den Sportplatz, vorbei an brennenden Trümmern, den geplünderten Küchen und den qualmenden Pfosten und Fetzen des Essenszeltes und um die Kapelle herum zur Auffahrt. Als er sich dem Tor näherte, sah er, dass die Straße von zwei brennenden, umgestürzten Lkws blockiert wurde. Im nächsten Moment hörte er das Knattern eines schweren Maschinengewehrs, suchte Deckung zwischen den Mangobäumen und wäre beinahe über einen Soldaten gestolpert.

Der Mann lag im Schutz der Mauer im Gras und hielt sein Sturmgewehr auf das Tor gerichtet. Seiner Uniform nach gehörte er zu den ugandischen Regierungstruppen der UDF. Connor stellte fest, dass insgesamt sechs oder sieben Mann im Gras lagen, und als er sich aufrichten wollte, schrien sie, er solle liegen bleiben. Kaum hatte er sich wieder auf den Boden geworfen, als in der Toreinfahrt eine Granate explodierte.

„Kommen Sie! Kommen Sie! Kommen Sie!"

Plötzlich sprangen alle auf und rannten die Auffahrt entlang. Connor folgte ihnen, ohne nachzudenken. Als sie in dem sich verziehenden Rauch der Granate durch das Tor liefen, ging das Maschinengewehrfeuer wieder los. Zum Glück wurde niemand getroffen, und sie hasteten im Schutz der Büsche und Bäume geduckt weiter, bis sie die Seitenmauer des Klosters erreichten. Dort halfen sie sich gegenseitig hinauf und sprangen in das Gebüsch auf der anderen Seite.

FEUERSPRINGER 309

Einer der Soldaten hatte die Streifen eines Sergeants am Ärmel. Er packte Connors Schulter. „Sind Sie Lehrer hier?"

„Ja", antwortete Connor.

„Kommen Sie jetzt! Wir müssen uns beeilen."

Etwa einen Kilometer die Straße entlang wartete ein kleiner Konvoi von Lkws im Schutz einiger hoher Bäume.

Connor war der einzige Zivilist und Ausländer, doch niemand fragte ihn, was er hier machte, und er hielt sich an den jungen Sergeant, als dieser mit seinen Männern auf die Ladefläche eines offenen Lasters stieg. Wenn ein Lkw voll war, wurde er auf die Straße gewinkt, und bald setzte sich auch Connors Gefährt durch den dichten Staub in Bewegung, während der Himmel in ihrem Rücken von dem brennenden Kloster erleuchtet wurde.

Die Rebellen hatten die Stadt offenbar umzingelt, um die Straße durch das Tal abzuschneiden, denn auf den Hügeln zu beiden Seiten konnte er gelegentlich das Flackern und Donnern von Gefechtsfeuer hören. Im Scheinwerferlicht der Lastwagen erkannte er, dass die Straße von Geschosskratern übersät und von der Hinterlassenschaft einer flüchtenden Menschenmenge gesäumt war. Auch Leichen lagen am Wegrand, und Connor betrachtete sie mit einem Gefühl dunkler Vorahnung, während er sich immer wieder einzureden versuchte, dass die beiden Menschen, die er am meisten liebte, irgendwo in Sicherheit seien.

Connor fiel in Schlaf, und als er aufwachte, begann es zu dämmern. Die meisten Soldaten um ihn herum schliefen noch. Schlaftrunken blickte Connor zurück auf die Straße und betrachtete die blasser werdenden Lichter der hinter ihnen in der Kolonne fahrenden Lkw, die abbremsten, um ein paar ausgebrannte Wracks zu umfahren.

Und dann sah er ihn: den uralten Doppeldeckerbus des Klosters.

Er sprang auf und brüllte dem Fahrer zu, er solle anhalten. Die Soldaten um ihn herum wachten auf und knurrten ihn an, sich wieder hinzusetzen. Er stolperte über ihre Beine hinweg bis zum Fahrerhäuschen und hämmerte gegen das Rückfenster. „Anhalten! Sie müssen anhalten!"

Der Fahrer sah nicht begeistert aus und brüllte etwas zurück, was Connor nicht verstand. Er trommelte weiter, bis der Mann schließlich bremste. Noch bevor der Wagen zum Stehen gekommen war, sprang Connor schon auf die Straße. Der Fahrer und etliche Soldaten stiegen ebenfalls aus und riefen ihm wüste Beschimpfungen nach, doch das kümmerte Connor nicht.

„Der Bus! Das ist der Bus vom Kloster! Meine Familie!"

Er drehte sich um und hastete los. Gertrude hing schräg mit einem Rad im Straßengraben, und es sah aus, als würde ein winziger Schubs genügen, um den Bus umzukippen. Lange bevor er ihn erreichte, sah Connor, dass er ausgebrannt war. In der Fahrerkabine saß zusammengekauert eine bis zur Unkenntlichkeit verbrannte Leiche.

Connor machte sich darauf gefasst, im Bus auf weitere Leichen zu stoßen, doch er konnte auf keinem der beiden Decks welche entdecken.

Der junge Sergeant und zwei seiner Soldaten waren ihm nachgerannt, um ihn zurückzuholen. „Wir dürfen hier nicht anhalten", sagte der Sergeant. „Kommen Sie. Hier ist es gefährlich."

„Fahren Sie ohne mich weiter", erwiderte Connor. Vor seinem inneren Auge spulten sich rasend schnell Bilder des möglichen Geschehens ab. Da es nur eine Leiche gab, waren die anderen Insassen vielleicht unverletzt entkommen.

„Kommen Sie", wiederholte der Soldat. „Hier finden Sie nichts."

„Sie könnten noch irgendwo in der Gegend sein."

„Wo? Sehen Sie sich doch um. Hier ist niemand."

Connor ließ verzweifelt seinen Blick über die dichte Vegetation auf dem Hang schweifen. Eine tiefe Verzweiflung überkam ihn. Er stolperte ein paar Schritte in das Gebüsch neben der Straße und schrie laut zum Himmel: „*Julia!*"

Der Ruf hallte durch das Tal, und er rief ihren Namen wieder und wieder. Als schließlich die letzte Silbe verklungen war, suchte er den Hang auf irgendein Zeichen von Bewegung ab, doch es rührte sich nichts.

„Kommen Sie", sagte der Sergeant noch einmal leise. „Vielleicht finden Sie sie in einem der Lager."

Connor nickte und ließ den Kopf sinken. Die Soldaten, die auf der offenen Ladefläche des Lasters warteten, schimpften ungeduldig.

„Kommen Sie jetzt", sagte der Sergeant wieder und legte eine Hand auf Connors Schulter, der sich in seiner Verzweiflung zum Lkw führen ließ.

Als sie den halben Weg zurückgelegt hatten, klangen die Rufe der Soldaten plötzlich verändert, so als würden sie nicht mehr schimpfen. Der Sergeant drehte sich um und blieb stehen. „Schauen Sie", sagte er.

Auch Connor wandte sich um. Seine Augen waren jedoch so von Tränen verschleiert, dass er zunächst gar nichts sah. Dann bewegte sich die Gestalt im Gebüsch neben der Straße, und er erkannte sie.

„Connor?" Sie war jetzt aus dem Gebüsch auf die Straße getreten und kam auf ihn zu. „Connor? Bist du es wirklich?" Ihre Stimme klang klein, zerbrechlich und staunend.

FEUERSPRINGER 311

Er machte kehrt und stolperte auf wackligen Beinen die Straße entlang. „Julia?"

Noch ein gutes Stück voneinander entfernt, blieben sie stehen und starrten einander an, als sähen sie einen Geist. Ihr Kleid war zerrissen, ihr Gesicht schmutzig und ihr kurzes Haar strähnig und nass. Doch nie hatte sie schöner ausgesehen als jetzt.

„Warum bist du ...?", fragte sie. „Was machst du ...?"

„Ich hab gehört, dass du hier bist. Ich musste dich finden."

Sie schüttelte kaum merklich den Kopf, bevor ihr die Tränen kamen. Er ging auf sie zu und nahm sie in die Arme. Ihr ganzer Körper begann zu zittern, und er versuchte, ihr zu sagen, was er empfand. Aber er hatte keine Worte dafür. Sie klammerte sich an ihn und versuchte etwas zu sagen, fing aber stattdessen bitterlich zu weinen an.

Über ihre Schulter hinweg sah er jetzt die anderen aus dem Gebüsch treten. Er erkannte Pringle, den Arzt, und Schwester Emily mit zwei Kindern an der Hand. Die anderen folgten, von den Nonnen geführt, dicht dahinter.

In diesem Moment drängte sich ein Mädchen an ihnen vorbei und lief durch den Regen auf ihre Mutter zu: Amy, seine Tochter, die er seit ihrer Taufe nicht mehr gesehen hatte und die zu einem hoch aufgeschossenen, hübschen jungen Mädchen geworden war. „Mami?"

Julia nahm sie in die Arme und erklärte ihr, wer Connor war, doch irgendwie wusste Amy das längst, streckte zögernd die Hand aus und ergriff die seine. Und so klammerten sich die drei aneinander, als ob sie sich nie wieder trennen wollten.

15

Es war ein kristallklarer Montanamorgen, der frisch gefallene Schnee glitzerte in der Sonne wie paillettenbesetzter Samt, und die Berge zeichneten sich so scharf vor dem blauen Himmel ab, dass man jede vereiste Felsspalte erkennen konnte. Julia folgte den Hunden auf die unberührten Planken der neuen Terrasse und schloss die Küchentür hinter sich.

Sie schirmte ihre Augen mit der Hand gegen das grelle Licht ab. Alles, was sie von den Pferden sah, war eine doppelte Hufspur, die aus der Scheune vorbei an dem Pferch und dann den Hang hinauf in den Wald führte. Sie vermutete, dass sie auf dem üblichen Weg zurückkommen würden, schlug ihren Kragen hoch und wandte sich Richtung Bach.

Das Haus, das sie gebaut hatten, stand in einer flachen Mulde zwischen den Hügeln, mehrere Kilometer östlich der massiven Kalksteinwände der Rocky Mountains. Es war ein flaches, bescheidenes Holzhaus, aus dessen steinernem Kamin Rauch aufstieg. Mehr als ein Jahr hatten sie daran gebaut. Und mit jedem Balken und jedem Nagel, jeder Strebe und jedem Sparren hatte auch die Neukonstruktion ihres Lebens langsam Gestalt angenommen.

DIE HEIMKEHR war ihnen schwer gefallen.

In den wenigen Tagen, die sie vor dem Rückflug in die USA in Kampala verbracht hatten, hatten Amy und Julia sich verstört in ihrem Hotelzimmer verkrochen, um ihre Wunden zu lecken, während Connor durch die Stadt gehetzt war und Verschiedenes organisiert hatte. Er wollte Schwester Emily bei der Suche nach einem neuen Zuhause für die Kinder von St Mary's helfen und brachte Thomas und Lawrence Nyeko endlich zusammen, die beide von seinen Freunden, den Odongs, adoptiert wurden. Er half sogar, die Beerdigung des armen George in die Wege zu leiten, der eine volle Maschinengewehrsalve abbekommen hatte und wie durch ein Wunder das einzige Opfer auf der Flucht aus Karingoa geblieben war. Deshalb hatten Julia und Connor kaum einen Moment Zeit für sich gehabt. Sogar auf dem Rückflug hatte sich alles gegen sie verschworen, denn es gab keine drei nebeneinander liegenden Sitze, und Connor saß irgendwo anders.

Nachdem Connors Suche sie zusammengeführt hatte, nahm Julia an, dass nun alles geklärt sei und sie und Connor nach ihrer Heimkehr ein Paar seien und mit Amy glücklich in Montana leben würden. Doch es sollte anders kommen.

Das Haus in Missoula war voller Erinnerungen an Ed. Er schien überall anwesend zu sein, nicht nur in den Fotos – viele von ihnen hatte Connor aufgenommen –, sondern fast in jedem Raum.

Julia wusste, dass Connor es noch deutlicher spürte als sie. Sie versuchte sich zwar einzureden, dass sie Eds Segen hatten und er gewollt hätte, dass sie glücklich waren, doch sie schaffte es nicht, einfach darüber hinwegzugehen. Sie wollte mit Connor darüber reden, hatte aber Angst davor.

Connor blieb ein paar Tage und half ihnen, sich wieder einzurichten. Doch Julia spürte seine Verlegenheit. Am dritten Morgen brach er zur Ranch seiner Mutter auf und schien deswegen erleichtert zu sein. Zum Abschied küsste er sie auf die Wange wie eine gute Freundin.

FEUERSPRINGER 313

In den folgenden Wochen rief Connor täglich an und kam sie auch häufig besuchen. An den Wochenenden fuhr sie mit Amy zur Ranch seiner Mutter. Es waren die ersten Frühlingstage, und als es wärmer wurde, ritt Connor mit Amy aus, oder sie gingen zu dritt wandern.

Connors Art, mit Amy umzugehen, war vollkommen anders als Eds. Amys Beziehung zu Ed war von überschwänglichem Plappern und Scherzen geprägt gewesen. Auch Connor redete mit Amy, doch meist hörte er nur zu.

Julia beobachtete, wie die beiden vertrauter miteinander wurden, und freute sich für sie, konnte jedoch einen Hauch von Eifersucht nicht unterdrücken, denn ihre eigene Beziehung mit Connor schien sich zu einer Art geschwisterlichen Freundschaft entwickelt zu haben. Es gab Blicke und Berührungen, bei denen sie sich sicher war, dass er sie genauso wollte wie sie ihn. Doch keiner schien bereit oder in der Lage, die Grenze zu überschreiten. Außerdem ergab sich, solange Amy noch so anhänglich und die Erinnerung an Ed noch so lebendig war, einfach keine Gelegenheit.

Anfang Juni schien Amy ihr Selbstbewusstsein wieder gefunden zu haben. Eines Abends verkündete sie beim Essen, dass ihre Freundin Molly am nächsten Wochenende eine Geburtstagsparty mit Übernachten feiern würde. „Darf ich da auch hingehen?", fragte sie vorsichtig.

„Ob du darfst? Aber sicher, das ist doch toll."

„Und du hast ganz bestimmt nichts dagegen?"

„Wer weiß, vielleicht mache ich ja auch eine Party mit Übernachten!"

„Mit Connor?"

Julia schluckte. Sie lachte ein wenig zu laut und spürte, wie sie rot wurde. „Nein, nein, mein Schatz, das habe ich bloß so dahergesagt. Es war ein Witz."

„Es ist okay, weißt du. Ich hab nichts dagegen. Ich meine, ich dachte, wir würden alle, na ja, zusammenleben."

„Möchtest du denn das?"

„Natürlich möchte ich das! Ich hab ihn lieb. Er ist nicht mein Daddy, aber er ist mein Vater."

Julia stand auf, und sie umarmten sich lachend und weinend.

Am selben Abend rief Julia Connor an und fragte ihn, was er am Freitagabend vorhätte.

„Nun, ich habe eine Verabredung."

„Oh." Julia war wie vor den Kopf gestoßen.

„Mit dir und Amy. Kommt ihr dieses Wochenende denn nicht auf die Ranch?"

314

„Amy ist zu einer Geburtstagsfeier eingeladen." Julia schluckte. „Es ist eine von diesen Partys mit Übernachten, weißt du. Deshalb habe ich mich gefragt, ob du Lust hättest vorbeizukommen. Ich könnte uns was Leckeres kochen. Wenn es trocken bleibt, grillen wir."

„Nur wir beide."

„Ja."

Eine Weile schwieg er. Wollte er sie auf die Folter spannen? Sie wusste es nicht.

„Um wie viel Uhr?"

„Ich muss Amy um sechs bei der Party abliefern."

„Dann bin ich um sieben bei dir."

Die Zeit bis zum Freitag verging nur langsam, und Julia kam sich vor wie ein Teenager vor der ersten Verabredung. Sie fuhr in die Stadt, um Lebensmittel einzukaufen und sich die Haare schneiden zu lassen. Als sie zurückkam, bemerkte Amy, wie hübsch sie aussehe, und Julia meinte beiläufig, dass kürzere Haare im Sommer praktischer seien.

Sie setzte Amy zehn Minuten früher bei Molly ab und wäre auf dem Heimweg beinahe beim Zuschnellfahren erwischt worden. Es war ein klarer, warmer Tag, und sie hatte den Tisch auf der Veranda gedeckt und Windlichter in den Bäumen verteilt. Es sollte Thunfischsteaks und Salat und zum Nachtisch Himbeeren mit Sahne geben. Sie stellte den Grill an und ging ins Bad.

Sie duschte, trocknete sich ab und beschäftigte sich unziemlich lange mit der Frage, welche Unterwäsche sie tragen sollte. Und während der ganzen Zeit sagte sie sich, dass sie sich lächerlich machen würde, und versuchte das Herzklopfen zu unterdrücken, was ihr aber nicht gelang. Schließlich zog sie das hellblaue Kleid an, das sie vor so vielen Jahren für Connors Überraschungsparty gekauft hatte. Es sah umwerfend aus.

Um fünf nach sieben hörte sie Connors Pick-up in der Auffahrt. Sie warf einen letzten prüfenden Blick in den Spiegel, schloss dann die Augen und flüsterte: „Ed? Es ist doch okay, oder? Sag mir, dass es okay ist."

Sie deutete sein Schweigen als Zustimmung.

Connor hatte ein lachsfarbenes Jeanshemd an und seine alte Jeans, die aussah wie frisch gewaschen. Dazu trug er seine besten Stiefel und den besten Hut, den er auf dem Weg über den Kies in der Auffahrt abnahm, ohne den Blick von ihr zu wenden. In der anderen Hand hatte er eine Flasche Sekt und unter dem Arm einen Strauß blauer Kornblumen. Ein paar Schritte von ihr entfernt blieb er stehen, betrachtete sie und lächelte.

„Ich erinnere mich an das Kleid", sagte er. „Du siehst so verdammt schön aus, dass ich gar nicht weiß, wo ich hinschauen soll."

Julia lächelte. „Na, dann schau eben weiter."

Er machte einen Schritt auf sie zu und überreichte ihr die Blumen.

„Danke." Ihre Stimme war so leise, dass sie sich selbst kaum hören konnte. Und obwohl sie es versuchte, konnte sie nicht aufhören zu zittern.

Er kam noch ein wenig näher, sodass sie sich beinahe berührten. Sie roch seinen sauberen, seifigen Duft, bemerkte, wie er seinerseits den ihren einsog und seinen Blick auf ihre Lippen senkte. Sie öffnete leicht den Mund und streckte ihm ihre Lippen entgegen, und plötzlich schien alles still zu stehen, als hätte die Welt aufgehört zu existieren.

Da ihre Hände voll waren mit Blumen, Flaschen und Hüten, berührten sich nur ihre Lippen. Dann drehte sie sich wortlos um, ging voraus ins Haus und hinauf ins Schlafzimmer, obwohl das so nicht geplant gewesen war.

Sie legte die Blumen auf den Nachttisch. Er deponierte den Sekt und seinen Hut auf dem Stuhl und wandte sich ihr zu, und sie sahen sich in die Augen. Er fasste ihre Schultern, küsste sie auf den Hals, unter dem Kinn und weiter zum Ohr hinauf.

„O Connor, ich habe mich schon so lange nach dir gesehnt."

„Und ich mich nach dir. Wie oft habe ich davon geträumt."

„Ich auch. Versprich mir, dass du nie wieder weggehst."

„Ich verspreche es."

ÜBER Nacht waren fast dreißig Zentimeter Neuschnee gefallen, der unter ihren Stiefeln knirschte. Die Collies rannten vor, jagten einander, Schnee aufwirbelnd, um die Bäume und kehrten immer wieder zu ihr zurück, um sich zu vergewissern, dass sie noch da war.

Sie folgte den Hunden am Ufer entlang bis zu der Biegung, wo das Land ebener wurde, sodass man das ganze Tal überblicken konnte. Und da waren sie.

Die beiden waren so sehr ins Gespräch vertieft, dass sie Julia noch nicht entdeckt hatten. Sie versteckte sich hinter den Pappeln, um sie zu beobachten. Amy trug einen roten Wollmantel und ein Paar abgewetzte lederne Beinschützer, die Connors Mutter ihr vermacht hatte. Ihr Hut war einer von Connors alten Schmuckstücken, das er ausgepolstert hatte, damit er ihr passte. Er war fast so fleckig wie der, den Connor trug. Connor ritt auf einem hellgrauen Pferd, das ein wenig größer war als das

316

hübsche braun-weiß gescheckte, das er Amy zu Weihnachten geschenkt hatte. Vor dem Hintergrund der Berge sahen sie aus wie zwei Desperados.

Die Hunde verrieten Julias Versteck. Sie rannten auf die Pferde zu. Als Connor Julia entdeckte, winkten er und Amy. Julia erwiderte die Geste und beobachtete, wie sie ihren Pferden die Sporen gaben.

Als sie näher kamen, zügelten sie die Tiere und brachten sie zum Stehen.

Connor stieg ab und ging, während er sein Pferd am Halfter führte, zu ihr. „He, Mrs Ford, Sie sollten doch eigentlich im Bett bleiben."

„An einem Tag wie diesem? Ich bitte dich."

Er legte seine Hand auf ihren gewölbten Bauch und küsste sie auf den Mund. Julia war im achten Monat schwanger. Sie wussten bereits, dass es ein Mädchen war, und hatten sogar schon einen Namen für sie. Mit erstem Vornamen sollte sie Emily, mit zweitem Skye heißen.

Amy ritt vor. Connor legte seinen Arm um Julia, und sie gingen am Ufer entlang zum Haus.

Manchmal fragte Julia sich, was geschehen oder auch nicht geschehen wäre, wenn Amy nicht die Initiative ergriffen hätte und zu dieser Party mit Übernachten gegangen wäre. Die wichtigen Dinge im Leben geschehen nie zufällig. Doch selbst auf die Dinge, die vorherbestimmt waren, musste man manchmal eine Weile warten, und dann musste man ihnen womöglich noch einen ganz kleinen Schubs geben.

NICHOLAS EVANS

Foto: David Middleton

„Manchmal muss man durchs Feuer gehen."

Schon von Kindesbeinen an war Nicholas Evans begeistert von Natur und Abenteuer. Im ländlichen England, wo er aufwuchs, lernte er reiten, seine Lieblingsfilme waren Western, und er verschlang die Bücher von Jack London. Später ging er als Entwicklungshelfer für die britische Organisation „Volunteer Service Overseas" nach Afrika. Und auch als er sich dem Schreiben zuwandte – zunächst als Journalist und Drehbuchautor, dann als weltweit erfolgreicher Schriftsteller –, ließ seine Abenteuerlust nicht nach: Erst vor kurzem bestieg er den Gipfel des Montblanc.

Der Nordwesten Amerikas, eine Landschaft, die ihn seit jeher fasziniert hat und in der bereits seine Romane *Der Pferdeflüsterer* und *Im Kreis des Wolfs* spielten, ist auch in weiten Teilen der Schauplatz seines neuesten Erfolgs *Feuerspringer*. „Die Feuerbekämpfung ist dabei gar nicht das eigentliche Thema", erklärt Evans. „Das ist eher sinnbildlich zu verstehen: Manchmal muss man durchs Feuer gehen, um seine Erfüllung zu finden. Aus meiner Sicht geht es um eine Entscheidung, die viele von uns in ihrem Leben zu treffen haben: die Wahl zwischen Leidenschaft und Loyalität."

Während der Arbeit an *Feuerspringer* ging Evans' langjährige Ehe in die Brüche, und so fand auch er sich in der Situation wieder, „durchs Feuer gehen" zu müssen. „Ich wusste nicht, wie ich das schaffen soll", gesteht er. „Aber ich glaube daran, dass man sich stets so verhalten muss, dass man nie etwas bereut. Es gibt nichts Schlimmeres als Reue."

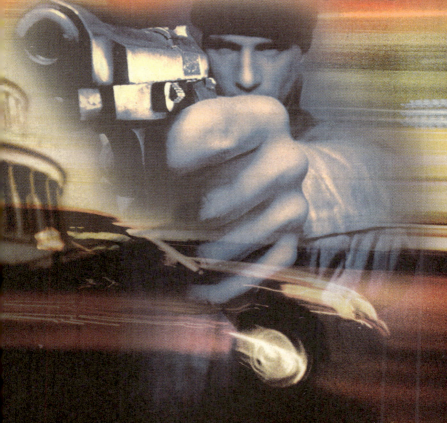

Die Kugel musste direkt über seinen Kopf hinweggeflogen sein. Vielleicht sogar durch sein Haar, denn gleich darauf hob er die Hand und strich sich darüber, als ob ein Windstoß es durcheinander gebracht hätte.

1

Im Juli wurden sie auf ihn aufmerksam, und ihre Entrüstung hielt den ganzen August über an. Im September versuchten sie, ihn umzubringen. Doch es war viel zu früh. Sie waren noch nicht so weit. Der Versuch war ein Fehlschlag und hätte sogar eine Katastrophe werden können. Aber in Wirklichkeit war es ein Wunder. Weil niemand etwas merkte.

Sie praktizierten ihre übliche Methode, um durch die Absicherungen zu gelangen, und bezogen etwa dreißig Meter von dort, wo er sprach, Position. Sie verwendeten einen Schalldämpfer und verfehlten ihn um wenige Zentimeter.

Die Kugel musste direkt über seinen Kopf hinweggeflogen sein. Vielleicht sogar durch sein Haar, denn gleich darauf hob er die Hand und strich sich darüber, als ob ein Windstoß es durcheinander gebracht hätte. Sonst tat er nichts. Ohne etwas gemerkt zu haben, fuhr er mit seiner Rede fort, denn ein mit Schalldämpfer abgefeuertes Geschoss fliegt so schnell, dass man es nicht sehen kann, und so leise, dass man es nicht hört. Die Kugel verfehlte auch alle, die hinter ihm standen, und flog weiter, bis ihre Energie verbraucht war und sie in der Ferne auf einer Wiese durch die Schwerkraft zu Boden fiel.

Sie schossen kein zweites Mal. Sie waren zu aufgewühlt.

Den Oktober über verhielten sie sich so, wie man es von Profis wie ihnen erwarten konnte.

Sie fingen wieder von vorne an, kamen zur Ruhe, lernten dazu und bereiteten sich auf den zweiten Versuch vor. Einen, der nicht fehlschlagen würde.

Dann kam der November, und alles änderte sich von Grund auf.

JACK REACHERS Tasse war leer, aber immer noch warm. Er hob sie von der Untertasse, neigte sie zur Seite und betrachtete den braunen Bodensatz, der sich langsam voranbewegte wie der Schlick in einem Fluss.

„Wann muss es erledigt werden?", fragte er.

„So bald wie möglich", antwortete sie.

Er nickte, rutschte aus der Nische und stand auf. „Ich rufe Sie in zehn Tagen an."

„Um mir mitzuteilen, wie Sie sich entschieden haben?"

Er schüttelte den Kopf. „Um Ihnen zu sagen, wie es gelaufen ist."

„Das weiß ich ja bis dahin sowieso."

„Na gut, dann teile ich Ihnen mit, wohin Sie mein Geld schicken sollen."

Sie lächelte.

Er schaute auf sie hinunter. „Sie dachten wohl, ich würde ablehnen?"

„Ich dachte, dass es nicht so einfach wäre, Sie zu überreden."

Er zuckte mit den Schultern. „Wie Sie von Joe wissen, mag ich Herausforderungen. In dieser Hinsicht kannte er sich gut aus. Er wusste sowieso in vielen Dingen recht gut Bescheid."

„Mir fehlen die Worte. Ich kann Ihnen nur danken."

Er erwiderte nichts. Sie erhob sich nun ebenfalls und streckte die Hand aus. Er schüttelte sie. Dann stellte sie sich auf die Zehenspitzen und küsste ihn auf die Wange. Die Berührung wirkte auf ihn wie ein schwacher Stromstoß.

„Ein Händedruck reicht nicht", erklärte sie. „Sie werden es für uns tun. Und weil Sie fast mein Schwager geworden wären."

Er nickte nur. Dann ging er die Treppe hoch und auf die Straße hinaus. Er roch ihr Parfüm an seiner Hand. Im Lokal angekommen, hinterließ er an der Lounge eine Nachricht für seine Freunde, die sich in ihrer Garderobe aufhielten. Danach machte er sich auf in Richtung Highway. Er hatte zehn Tage Zeit, um herauszufinden, wie er den Mann töten konnte, der unter den bestgeschützten Personen der Welt an vierter Stelle stand.

ACHT Stunden zuvor hatte es folgendermaßen angefangen: Dreizehn Tage nach den Wahlen und sieben Tage, nachdem das Wort *Attentat* erstmals in den Mund genommen worden war, traf Teamleiterin M. E. Froelich an diesem Montagmorgen ihre endgültige Entscheidung. Sie machte sich auf die Suche nach ihrem direkten Vorgesetzten und traf ihn vor seinem Büro. Als sie darauf bestand, ihn unbedingt sprechen zu müssen, ging er in sein Büro zurück, ließ sie eintreten und schloss die Tür. Die Art und Weise, wie er sie ins Schloss fallen ließ, machte unmissverständlich klar: Stehlen Sie mir mit dieser Angelegenheit ja nicht die Zeit!

Er war Mitte fünfzig, hatte 25 Dienstjahre hinter sich und stand kurz

AUS DEM HINTERHALT 323

vor der Pensionierung. Er war immer noch groß, schlank und athletisch, aber sein Haar ergraute und wurde schütter. Sein Name war Stuyvesant. Er trug stets Anzüge desselben Herstellers, galt aber, was seine Taktiken betraf, als flexibel. Vor allem jedoch hatte er noch nie versagt, obwohl er schon so lange dabei war.

Sein Büro war klein, ruhig, sparsam möbliert und sehr sauber. Es hatte ein Fenster mit senkrechten Jalousien, die wegen der trüben Witterung, die draußen herrschte, halb zugezogen waren.

„Ich möchte Ihre Genehmigung einholen", begann M. E.

„Weswegen?"

„Weil ich was ausprobieren möchte." Sie war 35 und durchschnittlich groß, strahlte aber eine alles andere als mittelmäßige Intelligenz und Vitalität aus. Außerdem war sie geschmeidig, aber auch muskulös und besaß einen hellen Schimmer auf ihrer Haut und einen Glanz in ihren Augen, die sie wie eine Athletin aussehen ließen. Ihr blondes Haar war kurz geschnitten und lässig ungekämmt. Sie erweckte den Eindruck, sich rasch geduscht und umgezogen zu haben, nachdem sie bei den Olympischen Spielen eine Goldmedaille gewonnen hatte.

„Was denn?" Stuyvesant legte das Aktenstück, das er bei sich gehabt hatte, auf seinen großen Schreibtisch, der mit einer grauen Kunststeinplatte abgedeckt war. Das hochmoderne Büromöbel war sorgfältig poliert. Stuyvesant war bekannt dafür, dass er seinen Schreibtisch von Papierkram freihielt. Es wirkte ungemein effizient.

„Ich möchte, dass es jemand von außen erledigt", antwortete M. E.

„Wer käme infrage?"

„Sie möchte ich da nicht mit reinziehen."

Er nickte. „Ist die Person empfohlen worden?"

„Ja, von einem hervorragenden Gewährsmann."

„Lassen Sie mich des Teufels Advokaten spielen", erwiderte Stuyvesant. „Ich habe Sie vor vier Monaten befördert. Wenn Sie jetzt jemanden von außerhalb reinbringen, könnte es so verstanden werden, dass es Ihnen an Selbstvertrauen fehlt."

„Darauf kann ich keine Rücksicht nehmen."

„Das sollten Sie aber. Ihren Job wollten auch noch sechs andere haben. Wenn Sie diese Sache durchziehen und es dann publik wird, stecken Sie tief im Schlamassel. Weil Sie Ihre eigenen Fähigkeiten angezweifelt haben – und die Geier schon warten."

„Mir gefällt das auch nicht. Ich glaube aber, dass es getan werden muss. Also: Werden Sie es genehmigen?"

Stuyvesant zuckte mit den Achseln. „Sie sollten mich nicht lange fragen. Sie hätten einfach loslegen sollen, ohne sich um mich zu kümmern."

„Das ist nicht mein Stil."

„Dann sprechen Sie mit niemand anderem darüber, und machen Sie keine schriftlichen Aufzeichnungen." Als guter Bürokrat kam er zum wichtigsten Punkt. „Wie viel würde diese Person kosten?"

„Nicht viel. Vielleicht nur die Unkosten. Wir haben das eine oder andere, das uns verbindet."

„Sie waren meine erste Wahl", sagte Stuyvesant. „Ich habe Sie ausgesucht. Alles, was Ihnen schadet, schadet deshalb auch mir."

„Das verstehe ich, Sir."

„Also, holen Sie tief Luft und zählen Sie bis zehn. Und dann sagen Sie mir, ob es tatsächlich notwendig ist."

Sie holte Luft und schwieg zehn oder elf Sekunden lang. „Es ist wirklich notwendig", gab sie schließlich zurück.

Stuyvesant nahm seine Akte wieder auf. „Dann machen Sie's."

Sie fing sofort an. Plötzlich war sie sich bewusst, dass die Umsetzung das Schwierigste war. Die Genehmigung einzuholen war ihr bis zu diesem Zeitpunkt als das unüberwindlichste Hindernis erschienen. Aber jetzt hatte sie nichts anderes als einen Nachnamen und eine lückenhafte Biografie, die vor acht Jahren auf aktuellem Stand gewesen war – oder auch nicht. An die Einzelheiten konnte sie sich sowieso kaum noch erinnern. Ihre Quelle hatte sie zu später Stunde nebenbei erwähnt. Sie beschloss deshalb, sich ganz auf den Namen zu beschränken.

Sie schrieb ihn in Großbuchstaben oben auf ein gelbes Blatt Papier. Der Name weckte viele Erinnerungen in ihr. Sie strich ihn durch und schrieb *UNSUB* darüber, das machte die Sache unpersönlicher. Ein „unbekanntes Subjekt" war jemand, der erst noch identifiziert und ausfindig gemacht werden musste. Nicht mehr und nicht weniger.

Der Computer war bei ihrem Vorgehen der wichtigste Pluspunkt. Sie verfügte über weit besseren Zugang zu Datenbanken als der Durchschnittsbürger. UNSUB war beim Militär, das wusste sie genau. Deshalb wandte sie sich an die Datenbank der Nationalen Personalarchiv-Verwaltung; dort waren alle Männer und Frauen aufgelistet, die je in einer US-Uniform gedient hatten. Sie tippte den Nachnamen ein. Die Anfrage erbrachte drei Treffer. Den ersten schloss sie wegen des weiblichen Vornamens sofort aus, den zweiten wegen des Geburtsdatums. Der dritte musste sich demnach auf UNSUB beziehen. Sie starrte kurz auf den vollen Namen und notierte sich das Geburtsdatum und die Sozialversicherungsnummer auf dem gelben Blatt. Dann klickte sie auf das Bildsymbol für Einzelheiten und gab ihr Passwort ein. Auf dem Bildschirm erschien eine Kurzfassung der militärischen Laufbahn von UNSUB. Doch sie hatte vor fünf Jahren abrupt mit einer ehrenhaften Entlassung nach 13-jähriger Dienstzeit geendet. Letzter Dienstgrad war Major gewesen. Verschiedene Orden waren aufgeführt, darunter ein Silver Star und ein Purple Heart.

Der nächste logische Schritt war, bei der Sozialversicherung das Gesamtverzeichnis der Verstorbenen zu überprüfen. Aber die Anfrage ergab nichts. Soweit dem Staat bekannt war, lebte UNSUB noch. Als Nächstes folgte die Überprüfung beim NCIC, dem von der Bundespolizei FBI geführten Nationalen Datenbanksystem zu Verbrechen und Straftaten. M. E. erhielt einen negativen Bescheid hinsichtlich etwaiger Festnahmen oder Verurteilungen. Nun klickte sie sich zur landesweiten Datenbank des Amts für Verkehrsangelegenheiten durch. UNSUB besaß keinen Führerschein. Das war nicht nur ungewöhnlich, sondern bedeutete auch, dass kein aktuelles Foto und keine aktuelle Anschrift vorhanden waren. M. E. klickte sich weiter zum Computer des Hauptamts für Armeeveteranen. Doch auch diese Anfrage ergab nichts. UNSUB erhielt keine staatliche Pension und hatte auch keine Nachsendeanschrift hinterlassen. Sie versuchte es noch bei der Finanzbehörde. UNSUB hatte seit fünf Jahren keine Steuern entrichtet und nicht einmal eine Steuererklärung abgegeben.

M. E. schaute sich um, bevor sie eine illegale Software startete, die sie geradewegs in die geschützten Bereiche der Bankenwelt brachte. Das war ein klarer Verstoß gegen offizielle Vorschriften, doch wenn UNSUB in einem der fünfzig Bundesstaaten auch nur ein einziges Bankkonto unterhielt, würde es angezeigt werden. M. E. gab die Sozialversicherungsnummer und den Namen ein, dann drückte sie auf die Taste für die Suchfunktion.

An diesem Montag gab es fast 12 000 bei der Staatlichen Einlageversicherungsgesellschaft registrierte Bankinstitute, die in den USA zugelassen waren, aber nur eine tauchte im Zusammenhang mit dem Namen und der Sozialversicherungsnummer von UNSUB auf. Es handelte sich um ein einfaches Girokonto bei der Zweigstelle einer regionalen Bank in Arlington, Virginia.

M. E. notierte die Einzelheiten auf ihr gelbes Blatt. Dann rief sie einen ranghöheren Kollegen in einem anderen Bereich der Behörde an und bat ihn, so schnell, aber auch so diskret wie möglich mit der Bank Verbindung aufzunehmen und so viele Details wie möglich zu erfragen, insbesondere die Privatanschrift des Kontoinhabers. In diesem anderen Bereich der Behörde war es ein Leichtes, bei Banken vertrauliche Informationen einzuholen. Bei M. E. hingegen hätte es sehr merkwürdig ausgesehen.

290 KILOMETER entfernt fröstelte Jack Reacher vor Kälte. Atlantic City war Mitte November nicht gerade der wärmste Ort auf der Welt. Der vom Atlantik kommende Wind brachte so viel Salz mit sich, dass es dauernd feuchtkalt und klamm war. Fünf Tage zuvor war Reacher noch in Los Angeles gewesen, und er fand, er hätte bleiben sollen, deshalb überlegte er gerade, ob er dorthin zurückkehren oder bleiben und sich einen Mantel kaufen sollte.

Er war mit einer alten Schwarzen und deren Bruder an die Ostküste gekommen. Von Los Angeles aus war er per Anhalter gen Osten aufgebrochen, weil er die Mojave-Wüste hatte anschauen wollen, und die beiden alten Leute hatten ihn in ihrem klapprigen Buick Roadmaster mitgenommen. Nachdem ihm auf der Ladefläche bei den Koffern ein Mikrofon und ein verpacktes Keyboard aufgefallen war, hatte die alte Frau ihm erzählt, sie sei Sängerin und unterwegs zu einem kurzen Engagement in Atlantic City. Ihr Bruder begleite sie auf dem Keyboard und sei außerdem ihr Chauffeur. Er rede aber kaum noch etwas und sei auch kein besonders guter Fahrer mehr, und der Roadmaster tauge auch nicht mehr viel.

All das stimmte. Der alte Knabe machte den Mund nicht auf, und schon auf den ersten zehn Kilometern schwebten sie mehrmals in Lebensgefahr. Um sich zu beruhigen, fing die alte Frau an zu singen. Reacher entschloss sich sofort, bis zur Ostküste mitzufahren, nur um sie weiter singen zu hören, deshalb bot er an, den Wagen zu fahren. Mit ihrer wohlklingenden rauchigen Stimme hätte die Frau längst ein Superstar des Blues sein müssen, aber sie war wohl zu oft am falschen Ort gewesen. Während der Bruder die meiste Zeit auf dem Rücksitz schlief, fuhr Reacher drei Tage hintereinander jeweils achtzehn Stunden. Als sie in New Jersey eintrafen, fühlte er sich wie nach einem Urlaub.

Die Auftritte sollten in einem fünftklassigen, acht Häuserblocks von der Promenade entfernten Lokal stattfinden, dessen Manager nicht gerade der Typ war, von dem man erwarten konnte, dass er Verträge einhielt. So machte Reacher es sich zur Aufgabe, die Gäste zu zählen und die Summe auszurechnen, die am Ende der Woche als Gage anfallen müsste. Am Wochenende blieb er zwei Nächte lang bei allen drei Auftritten im Lokal, aber dann wurde er unruhig. Und kalt war ihm auch. Am Montagmorgen war er drauf und dran, wieder loszuziehen, als der alte Keyboardspieler nach dem Frühstück zu ihm kam und endlich sein Schweigen brach.

„Wenn du nicht mehr da bist, wird uns dieser Manager garantiert leimen. Kriegen wir die Gage aber, reicht das Geld für Sprit bis nach New York. Und dann können wir vielleicht von B. B. King einen Auftritt am Times Square bekommen und Karriere machen. Einen großen Kerl wie dich könnten wir gut gebrauchen. Was bist du eigentlich? Boxer oder so was?"

„Ich war Militärpolizist bei der Army."

„Und du wohnst in Los Angeles?"

„Ich wohne nirgendwo. Ich ziehe umher."

„Fahrende Leute müssen zusammenhalten."

„Es ist sehr kalt hier", wandte Reacher ein.

„Da hast du Recht. Du könntest aber einen Mantel kaufen."

Jetzt stand Reacher an einer windgepeitschten Ecke, an der ihm die Meeresböen die Hosenbeine platt drückten, und versuchte, eine Entscheidung zu treffen – Highway oder Bekleidungsgeschäft? Er malte sich kurz aus, wie es beispielsweise in La Jolla am Pazifik wäre: ein billiges Zimmer, warme Nächte, kühles Bier. Und dann: die alte Frau in B. B. Kings Club in New York. Sie nimmt eine CD auf, kriegt eine landesweite Tournee, wird berühmt, kommt zu Geld. Ein neues Auto.

Reacher stemmte sich dem Wind entgegen und ging nach Osten, um nach einem Bekleidungsgeschäft zu schauen.

Drei Blocks näher am Atlantik fand er einen Discountladen und schlüpfte hinein. Kleiderständer zogen sich hin, so weit das Auge reichte. Er fing in der hinteren Ecke an und arbeitete sich bei der Männerbekleidung nach vorn durch. Auf den ersten beiden Stangen hingen kurze, gefütterte Jacken, auf der dritten neutralfarbene, knielange Segeltuchmäntel mit dickem Flanellfutter.

„Kann ich Ihnen behilflich sein?"

Als er sich umdrehte, sah er eine junge Frau direkt hinter sich stehen.

„Eignen sich diese Mäntel für das Wetter hier?", fragte er.

„Die sind absolut richtig." Die Verkäuferin wies ihn auf die wetterfeste Verarbeitung hin und versicherte ihm, der Mantel werde ihn auch bei Minusgraden noch warm halten. „Sie werden wohl Größe 3-XLT brauchen – bei einer Körpergröße von 1,95?", überlegte sie laut.

„Ich glaube, ja", bestätigte Reacher.

„Und Ihr Gewicht?"

„Ungefähr 110 Kilo."

„Sie brauchen den großen legeren Schnitt, der ist richtig."

Der 3-XLT, den sie ihm reichte, war in einem dunklen Olivton gehalten und passte. Er fiel etwas gefällig aus, was Reacher behagte. Auch die Ärmel hatten die richtige Länge.

„Sind Sie mit Hosen versorgt?", rief ihm die Verkäuferin zu. Sie war zu einem anderen Kleiderständer geeilt und ging eine Reihe schwerer Arbeitshosen aus Segeltuch durch, wobei sie mit einem Blick auf Reachers Taille und Beine die Größe abzuschätzen versuchte. Sie kam mit einer Hose zurück, die im Farbton zum Futter des Mantels passte. „Und probieren Sie bitte die." Sie zeigte ihm eine bunte Reihe von Flanellhemden. „Welche Farbe sagt Ihnen zu?"

„Was Unauffälliges."

Sie legte alles zusammen auf einen Kleiderständer. Den Mantel, die Hose, das Hemd. Alles passte recht gut zusammen, in Dunkeloliv und Khaki.

„In Ordnung?" Als Reacher nickte, führte die Frau ihn zur Kasse, wo sie die Etiketten einlas. „Zusammen sind es 189 Dollar."

„Ich dachte, das sei ein Discountladen", murrte er.

„Das ist aber wirklich preisgünstig", erwiderte sie.

Reacher schüttelte den Kopf. Er griff in die Tasche, holte ein Bündel zerknitterter Scheine hervor und zählte 190 Dollar ab.

Mit dem Wechselgeld, das die Verkäuferin ihm gab, blieben ihm noch vier Dollar.

DER RANGHÖHERE Kollege aus dem anderen Bereich der Behörde rief M. E. innerhalb von 25 Minuten zurück.

„Haben Sie die Privatanschrift rausgekriegt?", fragte sie.

„Washington Boulevard 100 in Arlington, Virginia. Die Postleitzahl lautet 20310-1500."

Sie notierte es. „Danke. Ich glaube, das ist alles, was ich brauche."

„Ein bisschen mehr brauchen Sie wohl schon. Kennen Sie den Washington Boulevard? Das ist nur ein Highway."

„Keine Gebäude? Dort muss es doch Häuser geben."

„Ein Gebäude gibt es dort schon. Das Pentagon. M. E., das ist eine

AUS DEM HINTERHALT 329

Scheinadresse. Auf der einen Seite des Washington Boulevard liegt der Nationalfriedhof Arlington, auf der anderen das Pentagon. Das ist alles. Sonst gibt es dort nichts."

„Dann stehe ich wieder ganz am Anfang."

„Nicht unbedingt. Diese Bankangelegenheit ist merkwürdig. Ein sechsstelliger Betrag auf einem Girokonto, das keine Zinsen einbringt. Abhebungen macht der Kunde nur über Western Union. Er taucht nie persönlich auf. Er ruft an, nennt sein Passwort, und die Bank überweist den Betrag dann telegrafisch über Western Union. Irgendwohin. In den letzten fünf Jahren ging das in 40 Bundesstaaten so. Die Bank gibt mir Bescheid, sobald der Kunde wieder anruft."

„Und dann verständigen Sie mich?"

„Könnte ich machen."

„Gibt es bei den Abhebungen ein bestimmtes Muster?"

„Das wechselt. Montage kommen relativ häufig vor. Wegen des Wochenendes davor vermutlich."

„Dann könnte ich heute Glück haben."

„Durchaus möglich", entgegnete der Kollege. „Ich vielleicht auch?"

„So viel Glück nicht."

REACHER ließ sich an der Rezeption seines Motels für einen Dollar Kleingeld geben und ging zum Münzfernsprecher. Aus dem Gedächtnis wählte er die Nummer seiner Bank, nannte sein Passwort und gab den Auftrag, bis Geschäftsschluss 500 Dollar über Western Union nach Atlantic City zu überweisen. Dann ging er auf sein Zimmer und legte sich ein paar Stunden aufs Ohr.

Nachdem er aufgestanden war, zog er seine neuen Sachen an und ging hinaus, um die Wetterfestigkeit seines neuen Mantels zu testen. Er marschierte nach Osten in Richtung Atlantik, dem Wind entgegen, und hielt dabei Ausschau nach der Niederlassung der Western Union. Die Adresse hatte er im Motel im Telefonbuch nachgeschlagen.

Vor der Tür des Büros stand ein Chevy Suburban, schwarz und makellos sauber. Auf dem Dach befanden sich drei kurze UKW-Antennen. Eine Frau saß auf dem Fahrersitz, sonst war niemand drin. Die Frau war blond und wirkte entspannt, aber auch konzentriert und wachsam. Außerdem war sie sehr hübsch. Reacher ging in das Büro und ließ sich das Geld geben.

Als er wieder herauskam, stand die Frau auf dem Gehsteig und schaute ihn an, als wolle sie ihn mit einem Bild aus ihrer Erinnerung vergleichen und feststellen, welche Ähnlichkeiten und Unterschiede es gab. Er war schon früher auf diese Weise angesehen worden.

„Jack Reacher?", fragte sie.

Er überprüfte sein Gedächtnis. Sie hatte Qualitäten, die ihm erinnerlich wären, ihm fiel aber nichts ein. Folglich war er noch nie mit ihr zusammengetroffen. „Sie haben meinen Bruder gekannt", sagte er.

Sie schien überrascht zu sein und fand keine Worte.

„Ich hab's gleich gemerkt", fuhr er fort. „Wer mich so anschaut, denkt, dass wir uns sehr ähneln, es aber auch gewisse Unterschiede gibt."

Sie schwieg weiter.

„Es war nett, Sie zu treffen." Er schickte sich an zu gehen.

„Warten Sie!", rief sie. „Können wir miteinander sprechen, bitte?"

Er wandte sich um und nickte. „Im Auto. Ich friere mir hier draußen den Hintern ab."

Sie öffnete die Beifahrertür, und er setzte sich, während sie um den Wagen herumging und auf der Fahrerseite einstieg. Sie ließ den Motor an und setzte die Heizung in Betrieb.

„Ich habe Ihren Bruder sehr gut gekannt", erklärte sie. „Joe und ich sind zusammen gegangen." Sie hielt inne. „Nein, in Wirklichkeit war es mehr als das. Eine Zeit lang hatten wir eine ernsthafte Beziehung."

„Wann war das?"

„Wir waren zwei Jahre zusammen. Ein Jahr vor seinem Tod haben wir uns getrennt. Ich bin M. E. Froelich."

„Emmy? Wie die Fernsehauszeichnung?"

„M. E. – das sind die Anfangsbuchstaben meiner Vornamen."

„Was bedeuten sie?"

„Das verrate ich Ihnen nicht."

Reacher schwieg einen Moment. „Wie hat Joe Sie genannt?"

„Froelich."

Er lächelte kurz. „Das sieht ihm ähnlich."

„Er fehlt mir immer noch."

„Mir auch. Also, geht es um Joe oder um was anderes?"

„Ich möchte Sie für etwas engagieren. Sozusagen auf posthume Empfehlung von Joe."

„Und wofür?"

Sie zögerte. „Für diesen Satz habe ich lange geübt."

„Dann lassen Sie ihn mich auch hören."

„Ich möchte Sie anwerben, damit Sie den Vizepräsidenten der Vereinigten Staaten töten."

2

Ein toller Satz. Ein interessanter Vorschlag."

„Und wie lautet Ihre Antwort?"

„Nein. Im Moment ist das wohl die sicherste pauschale Erwiderung."
Sie lächelte. „Ich möchte Ihnen gern einen Ausweis zeigen."

„Nicht nötig. Sie sind vom United States Secret Service."
Sie schaute ihn an. „Sie sind nicht schlecht."

„Joe hat ebenfalls beim Inlandsgeheimdienst gearbeitet. Und weil ich
weiß, wie er war, kann ich mir denken, dass er hart gearbeitet hat. Außerdem war er etwas schüchtern, und deshalb muss die Person, mit der er
was angefangen hat, eine Kollegin gewesen sein. Sonst hätte er sie nie
näher kennen gelernt. Und noch was: Ein zwei Jahre alter Suburban, der
noch so schön glänzt, muss einer staatlichen Stelle gehören. Und wer
sonst als der Secret Service könnte mich über meine Bankverbindung
aufspüren? Das fällt schließlich in einen der beiden Aufgabenbereiche
Ihrer Behörde: Bekämpfung der Wirtschaftskriminalität sowie Personenschutz der politischen Elite unseres Landes."

„Sie sind nicht schlecht", wiederholte sie.

„Danke. Allerdings hatte Joe mit Vizepräsidenten nichts zu schaffen.
Er war in der Abteilung Wirtschaftsverbrechen."

Sie nickte. „Wir fangen alle dort an. Als Grünschnäbel verdienen wir
uns unsere Sporen im Kampf gegen Falschgeld. Joe leitete die entsprechende Unterabteilung. Und Sie hatten Recht: Wir haben uns im Dienst
kennen gelernt. Damals wollte er sich jedoch noch nicht mit mir verabreden; es sei unangemessen, meinte er. Ich hatte aber sowieso vor, mich
zum Personenschutz versetzen zu lassen, und sobald ich gewechselt hatte, trafen wir uns regelmäßig."

„Und?"

„Eines Abends sagte er was. Damals war ich voller Diensteifer und
Ehrgeiz und überlegte mir immer, ob wir auch wirklich unser Möglichstes taten. Joe sagte, die einzige Methode, uns zu testen, sei, jemanden
von außerhalb dafür zu engagieren, an unseren Schutzbefohlenen ranzukommen. Er nannte es eine Sicherheitsüberprüfung. Als ich ihn fragte, an wen er da denke, antwortete er: ,An meinen kleinen Bruder.' Wenn
es überhaupt jemand schaffen könne, dann er. Das klang recht Furcht
einflößend."

Reacher grinste. „Das sieht ihm ähnlich. Joe war zwar ein schlauer Bursche, aber manchmal hatte er bescheuerte Einfälle."

„Wieso ist das bescheuert?"

„Wenn Sie jemanden von außen anheuern, brauchen Sie nur darauf zu warten, dass er auftaucht. Das macht die Sache zu einfach."

„Nein, die Person könnte ja anonym und ohne Vorwarnung auftauchen. So wie jetzt, wo niemand außer mir über Sie Bescheid weiß."

Reacher brummte zustimmend. „Gut, vielleicht war er doch nicht so dämlich. Aber wieso haben Sie so lange gewartet, es auszuprobieren?"

„Weil ich erst jetzt das Sagen habe. Vor vier Monaten wurde mir die Leitung des Teams übertragen, das für den Schutz des Vizepräsidenten zuständig ist. Ich bin nach wie vor voller Diensteifer und Ehrgeiz und möchte, dass wir unsere Sache gut machen. Deshalb habe ich beschlossen, Joes Ratschlag zu befolgen. Und ich bin gekommen, um Sie zu fragen, ob Sie das übernehmen wollen."

„Möchten Sie eine Tasse Kaffee trinken?"

Das schien sie zu überraschen. „Es ist eine dringende Angelegenheit", wandte sie ein.

„Meiner Erfahrung nach ist nichts so dringend, dass man nicht einen Kaffee trinken könnte. Fahren Sie mich zu meinem Motel, dann gehe ich mit Ihnen nach unten in die Lounge. Der Kaffee ist gut, und es ist ziemlich dunkel dort. Genau richtig für ein Gespräch dieser Art."

NACHDEM sie vor dem Motel geparkt hatten, geleitete er sie hinein und ging mit ihr hinunter in die Lounge. Dort roch es abgestanden und stickig, aber es war warm, und hinter der Bar stand neben der Maschine eine Thermoskanne mit Kaffee. Reacher zeigte auf die Kanne, dann auf sich und M. E., und der Barmann setzte sich in Bewegung. Reacher ging zu einer Nische in der Ecke voraus und rutschte mit dem Rücken zur Wand auf die Bank, sodass er den ganzen Raum im Blickfeld hatte. Alte Angewohnheit. M. E. hatte offenbar dieselbe, und so saßen sie nebeneinander.

„Sie sind ihm sehr ähnlich", bemerkte sie.

„In bestimmten Dingen schon. In anderen wiederum nicht. Zum Beispiel bin ich noch am Leben."

„Ich habe Sie nicht auf seiner Beerdigung gesehen."

„Der Zeitpunkt war ungünstig."

Der Barmann brachte den Kaffee. Zwei Tassen, schwarz, zwei Plastiktöpfchen mit Milchersatz und kleine Zuckerpapiertüten.

„Er war sehr beliebt", sagte M. E.

„Ich glaub, er war schon in Ordnung."

„Ist das alles?"

„Unter Brüdern ist das ein Kompliment." Er führte seine Tasse zum Mund.

„Sie trinken ihn schwarz und ohne Zucker. Genau wie Joe", stellte M. E. fest.

Reacher nickte. „Was mir absolut nicht aus dem Kopf geht, ist, dass ich immer der jüngere Bruder war, doch jetzt bin ich drei Jahre älter, als er je wurde."

„Ich weiß. Er war einfach nicht mehr da. Aber das Leben ging trotzdem weiter." Sie nippte an ihrem Kaffee. Schwarz, ohne Zucker. Genau wie Joe.

„Der Secret Service ist eine relativ alte Behörde", sagte Reacher.

„Richtig. Präsident Lincoln rief ihn am 14. April 1865 kurz nach dem Mittagessen ins Leben. Am Abend ging er ins Theater und wurde ermordet."

„Das ist nicht ohne Ironie."

„Damals hatten wir lediglich die Aufgabe, die Währung zu schützen. Nach der Ermordung McKinleys im Jahr 1901 kam man auf den Gedanken, dass sich auch jemand um den Schutz des Präsidenten kümmern sollte. Das wurde dann zusätzlich unsere Aufgabe."

„Weil es das FBI erst seit den Dreißigerjahren gibt."

Sie schüttelte den Kopf. „Genau genommen, gab es von 1908 an das so genannte Büro des Generalermittlers, aus dem 1935 das FBI als Bundespolizei entstand."

„Das hört sich wie das penible Detailwissen an, das Joe draufhatte."

„Ich glaube sogar, dass ich das von ihm weiß."

„Wenn Sie nach 101 Jahren zum ersten Mal eine Person von außen einsetzen, muss mehr dahinter stecken als nur Ihr Perfektionismus."

Sie zögerte, und Reacher merkte, dass sie beschloss, ihm nicht die Wahrheit zu sagen.

„Ich stehe beruflich unter großem Druck. Viele warten nur drauf, dass ich Mist baue. Ich muss auf Nummer Sicher gehen."

Er wartete auf Ausschmückungen. Lügner brachten immer Ausschmückungen.

„Es ist immer noch eine Seltenheit, dass eine Frau ein Team leitet", fuhr sie fort. „Das hat mit Chauvinismus zu tun wie anderswo auch. Ich habe ein paar Neandertaler als Kollegen."

„Um welchen Vizepräsidenten geht es? Den alten?"

„Den neuen. Um Brook Armstrong, den designierten Vizepräsidenten. Genau genommen, wurde ich schon zur Leiterin seines Bewacherteams, als er bei den Wahlen kandidierte, und wir legen Wert auf Beständigkeit.“

„Was hat Joe über mich gesagt?“, wechselte Reacher das Thema.

„Er meinte, Sie liebten Herausforderungen. Sie würden sich den Kopf zermartern, um die Sache zu erledigen. Und Sie hätten einen fantastischen Einfallsreichtum. Wir könnten sogar noch von Ihnen lernen.“

„Und was haben Sie darauf erwidert?“

„Dass Sie keine Chance hätten, nah ranzukommen.“

Reacher schwieg.

„Würden Sie die Angelegenheit in Betracht ziehen?“, fragte M. E.

„Über Armstrong weiß ich so gut wie nichts.“

„Seine Aufstellung kam überraschend. Ein relativ unbedeutender Senator aus North Dakota. Ein biederer Familienvater, mit Ehefrau und erwachsener Tochter, der sich aus der Ferne um seine kranke alte Mutter kümmert und bis dato nie landesweit in Erscheinung trat. Für einen Politiker ist er ein recht annehmbarer Typ. Ich mag ihn alles in allem.“

Reacher nickte.

„Wir würden Sie selbstverständlich bezahlen“, fügte sie hinzu. „Ihre Honorarvorstellungen müssten allerdings im Rahmen bleiben.“

„Ich bin nicht sehr erpicht auf Geld.“

„Wenn Sie's kostenlos machen wollen, haben wir auch nichts dagegen.“

„Vermutlich würden Unkosten anfallen.“

„Die würden Sie natürlich erstattet bekommen.“

„Was genau müsste ich für Sie tun?“

„Einen Attentäter spielen. Die Sicherheitslücken aufzeigen. Mir anhand von Datums-, Zeit- und Ortsangaben nachweisen, dass Armstrong verwundbar ist. Zu Beginn könnte ich Sie mit Informationen über die Terminplanung versorgen.“

„Machen Sie das bei allen Attentätern? Wenn Sie die Sache durchziehen wollen, sollte es so wirklichkeitsnah wie möglich geschehen, meinen Sie nicht auch?“

„Das stimmt.“

„Und Sie sind fest davon überzeugt, dass niemand nah rankommen kann?“

Sie überlegte sich ihre Antwort sorgfältig. „Im Großen und Ganzen bin ich dieser Meinung. Ich glaube, wir haben alles berücksichtigt.“

Reacher musterte sie. Joe hatte einen guten Geschmack gehabt. Aus der Nähe sah sie fantastisch aus. Und duftete gut. Makellose Haut, wunderschöne Augen mit langen Wimpern, markante Wangenknochen, eine kleine gerade Nase. Sie wirkte geschmeidig und kräftig zugleich. Er fragte sich, wie es wohl wäre, sie in den Armen zu halten. Mit ihr ins Bett zu gehen. Und er stellte sich Joe vor, wie der sich dasselbe überlegt hatte.

„Also, werden Sie mir helfen?" Sie wandte sich halb um und betrachtete ihn ihrerseits. Sie waren sich so nahe wie ein Liebespaar an einem gemütlichen Nachmittag.

„Ich weiß nicht", antwortete Reacher.

„Es wird gefährlich werden", gestand sie ein. „Niemand außer mir wird wissen, dass Sie da draußen sind. Das wäre ein großes Problem, falls Sie entdeckt würden."

„Mich würde man nirgendwo entdecken."

„Vor acht Jahren sagte mir Joe voraus, dass Sie genau das antworten würden."

Er erwiderte nichts.

„Es ist sehr wichtig und dringlich", fügte M. E. hinzu.

„Verraten Sie mir, wieso? Ich habe nicht den Eindruck, dass es hier allein um theoretische Möglichkeiten geht."

Sie schaute weg. „Dazu kann ich keinen Kommentar abgeben."

„Ich war bei der Armee. Antworten wie diese kenne ich."

„Es dient lediglich der Überprüfung der Sicherheitsmaßnahmen", beharrte sie. „Werden Sie es für mich tun?"

„Zwei Bedingungen würde ich stellen."

Sie wandte sich ihm erneut zu. „Nämlich?"

„Zum einen möchte ich mich an einem Ort betätigen, an dem es kalt ist. Ich habe eben erst für 189 Dollar warme Kleidung gekauft."

Sie lächelte kurz. „Mitte November müsste es überall, wo er sich aufhält, kalt genug sein."

„Gut." Reacher holte ein Heftchen Streichhölzer aus der Tasche und zeigte auf die aufgedruckte Adresse. „Zweitens: In diesem Schuppen arbeiten zwei alte Leutchen, die Angst haben, dass man sie bei der Gage übers Ohr haut. Sie sind Musiker. Ich möchte sicher sein, dass alles seine Ordnung hat."

„Wann soll Zahltag sein?"

„Freitagabend, nach dem letzten Auftritt. Etwa um Mitternacht. Dann wollen die beiden nach New York aufbrechen."

„Ich werde einen unserer Agenten bitten, jeden Tag nach ihnen zu schauen. Wir haben eine Zweigstelle hier. In Atlantic City wird in großem Stil Geld gewaschen. Das hängt mit den Kasinos zusammen. Also, werden Sie die Sache übernehmen?"

Reacher dachte an seinen Bruder. *Er ist zurück und sucht mich heim.*

Seine Tasse war leer, aber immer noch warm. Er hob sie von der Untertasse, neigte sie zur Seite und betrachtete den braunen Bodensatz, der sich langsam voranbewegte wie der Schlick in einem Fluss.

„Wann muss es erledigt werden?", fragte er.

DER DESIGNIERTE Vizepräsident Brook Armstrong hatte in den zehn Wochen zwischen Wahl und Amtseinsetzung sechs Hauptaufgaben zu erledigen. Die sechste und am wenigsten wichtige war, seinen Aufgaben als Senator bis zum offiziellen Ende seiner Amtszeit nachzukommen. Bis Januar war im Kongress allerdings nicht viel los, und deshalb beanspruchten ihn seine Verpflichtungen als Senator kaum noch.

Die fünfte Aufgabe war, zu Hause seinem Nachfolger in den Sattel zu helfen. Dafür hatte er in North Dakota zwei Versammlungen anberaumt, bei denen er den neuen Mann mit seinen eigenen Kontaktleuten bei den heimischen Medien bekannt machen wollte. Die Sache sollte telegen aufgezogen werden, mit gemeinsamen Auftritten Schulter an Schulter und einem Bad in der Menge. Die erste Veranstaltung war für den 20. November in Bismarck vorgesehen.

Die vierte Aufgabe bestand darin, dass er sich auf verschiedenen Gebieten das nötige Wissen aneignete. Er würde beispielsweise Mitglied des Nationalen Sicherheitsrats sein. Ein CIA-Beamter war ihm als persönlicher Tutor zugeteilt, Leute vom Pentagon und vom Außenministerium kamen hinzu.

Bei der dritten Aufgabe wurde es allmählich wichtig. Zehntausende aus dem ganzen Land hatten den Wahlkampf durch Spenden finanziert. Die Partei hatte in Washington deshalb eine Reihe großer Empfänge anberaumt, und es war vorgesehen, dass überwiegend Armstrong die Gastgeberrolle übernahm.

Bei der zweiten Aufgabe wurde es *wirklich* wichtig. Es ging darum, der Wallstreet Streicheleinheiten zu verabreichen. Der designierte Präsident machte das weitgehend selbst, wobei er mit den bedeutsamsten Akteuren persönlich in Washington zusammentraf. Armstrong sollte sich in New York um die zweite Garnitur kümmern.

Seine erste und wichtigste Aufgabe war jedoch, das Übergangsteam

AUS DEM HINTERHALT 337

zu leiten. Bei einer neuen Administration sind nahezu 8000 Dienststellen neu zu besetzen, und etwa 800 der Anwärter müssen zuerst vom Senat bestätigt werden. Armstrong sollte bei deren Auswahl mitwirken und dann seine Verbindungen im Senat dazu nutzen, um ihnen bei der Bestätigung den Weg zu ebnen.

So verlief die dritte Woche nach der Wahl bei ihm folgendermaßen: Dienstag, Mittwoch und Donnerstag verbrachte er mit dem Übergangsteam. Seine Frau genoss zu Hause in North Dakota einen nach dem Wahlkampf wohlverdienten Urlaub, und deshalb lebte er in seinem Reihenhaus in Georgetown, dem ältesten Stadtteil Washingtons, vorübergehend allein.

Vier Agenten hielten sich ständig bei ihm auf, und auf der Straße vor dem Haus sowie in der Gasse dahinter standen stets vier Polizeifahrzeuge. Eine Limousine des Secret Service holte ihn jeden Morgen ab und fuhr ihn zu den Büros des Senats, während ein zweiter Wagen mit Bewaffneten folgte. Drei Agenten blieben dann den ganzen Tag über als seine persönlichen Leibwächter bei ihm; sie trugen Mikrofone an den Handgelenken und automatische Waffen unter ihren Jacken. Vor dem Gebäude, in dem sich sein Büro befand, standen zusätzlich Washingtoner Polizisten, drinnen gab es spezielle Sicherheitskräfte des Kapitols, außerdem Metalldetektoren an allen Eingängen. Und bei den Leuten, mit denen er zusammentraf, handelte es sich entweder um gewählte Kongressmitglieder oder deren Mitarbeiter, die bereits zigfach überprüft worden waren.

Sowohl in Georgetown als auch in der Umgebung des Kapitols hielt M. E. sorgsam nach Reacher Ausschau, sah aber keine Spur von ihm. Das hätte sie beruhigen müssen, tat es aber nicht.

Der erste Empfang für Spender der mittleren Kategorie sollte am Donnerstagabend im Ballsaal eines großen Hotels abgehalten werden. Im Laufe des Nachmittags wurde das Gebäude von Spürhunden abgesucht, und an wichtigen Positionen im Inneren wurden Polizisten postiert, die erst abgezogen würden, wenn Armstrong das Hotel wieder verlassen hatte. M. E. beorderte zwei Agenten des Secret Service an den Eingang, sechs in die Hotelhalle und acht in den Ballsaal selbst. Vier weitere sicherten den Lieferanteneingang, durch den Armstrong hereinkommen sollte. Versteckte Videokameras überwachten die Halle und den Ballsaal; jede von ihnen war mit einem eigenen Rekorder und einem Monitor verbunden.

Die Gästeliste umfasste tausend Personen. Da man sie angesichts der

Jahreszeit und des Charakters der Veranstaltung zur Überprüfung nicht vor dem Eingang Schlange stehen lassen konnte, schleuste man sie durch einen Metalldetektor in die Halle. Dort wurden ihre Einladungen und Ausweise überprüft, bevor sie durch einen zweiten Detektor den Ballsaal betreten durften. M. E. verbrachte einige Zeit damit, auf die Videomonitore zu starren und nach Gesichtern Ausschau zu halten, die nicht dazupassten. Obwohl sie nichts Verdächtiges entdeckte, machte sie sich weiterhin Sorgen. Von Reacher sah sie auch hier keine Spur.

Eine halbe Stunde nach dem Eintreffen der Gäste kam Armstrongs Konvoi am Lieferanteneingang an. Sein Auftritt sollte zwei Stunden dauern, und dies bedeutete, dass er für jeden Gast im Durchschnitt kaum mehr als sieben Sekunden Zeit hatte. Manche waren mit diesem kurzen Zusammentreffen zufrieden, andere zogen es ein wenig in die Länge und überhäuften ihn mit Glückwünschen. Im Besonderen eine Frau hielt seine Hand zehn oder zwölf Sekunden lang fest, zog ihn sogar an sich und flüsterte ihm etwas ins Ohr. Sie war schlank und hübsch, hatte dunkles Haar und ein schönes Lächeln. Armstrong lächelte zurück und ging weiter. Seine Bewacher vom Secret Service hatten nicht mit der Wimper gezuckt.

Er bewegte sich im Kreis durch den Saal und schaffte es nach zwei Stunden und elf Minuten, zurück zum Hintereingang zu gelangen. Seine Leibwächter fuhren ihn nach Hause.

AM FREITAGMORGEN blieb Armstrong zu Hause. Er rief den CIA-Beamten zu sich und ließ sich von ihm zwei Stunden lang instruieren. Dann fuhren ihn seine Leibwächter in einer gepanzerten Stretch-Limousine und mit Polizeibegleitung zum Luftwaffenstützpunkt Andrews. Von dort sollte er mittags nach New York fliegen. Die abgewählten Amtsinhaber hatten ihm höflichkeitshalber gestattet, die *Air Force Two* zu benutzen, obwohl das Flugzeug diese Bezeichnung eigentlich erst dann führen durfte, wenn ein „echter", also ein amtierender Vizepräsident, an Bord war. Die Maschine landete auf dem Flughafen La Guardia, von wo drei Wagen der New Yorker Außenstelle des Secret Service Armstrong und seine Leibwächter zur Wallstreet brachten. Eine Motorradeskorte der New Yorker Polizei fuhr dem kleinen Konvoi voran.

M. E. hatte bereits im Börsengebäude Position bezogen. Sie war überzeugt, dass es hinreichend sicher war. Der Gedanke, dass Armstrong sich aber auch kurz draußen im Freien der Presse zeigen wollte, behagte ihr allerdings gar nicht. Daher hatte sie dafür gesorgt, dass Agenten

AUS DEM HINTERHALT 339

Videoaufnahmen von den Fotografen machten, deren Presseausweise doppelt kontrolliert sowie deren Kamera- und Jackentaschen inspiziert wurden.

Als Armstrong seine Gespräche beendet hatte, nahm sie mit dem zuständigen Lieutenant der New Yorker Polizei Funkverbindung auf und ließ sich bestätigen, dass das Umfeld im Umkreis von 300 Metern am Boden und angesichts der Wolkenkratzer ringsum bis in 150 Meter Höhe definitiv abgesichert war. Daraufhin genehmigte sie, dass Armstrong mit ausgewählten Brokern und Bankern nach draußen ging. Die Gruppe stellte sich fünf endlos erscheinende Minuten in Pose, dann war es Gott sei Dank vorbei. Armstrong winkte zum Abschied so, als ginge er nur ungern, dann zog er sich in das Gebäude zurück. Als Nächstes stand die routinemäßige Rückfahrt zur *Air Force Two* auf dem Programm, dann der Flug nach North Dakota, wo am folgenden Tag Armstrongs erste Abschiedskundgebung stattfinden sollte.

M. E.s HANDY klingelte, als sich der Konvoi schon in der Nähe von La Guardia befand. Es war ihr ranghöherer Kollege, der sich mit Finanzangelegenheiten befasste.

„Es geht um das Bankkonto, das wir im Auge haben", teilte er ihr mit. „Der Kunde hat eben erneut angerufen. Er lässt zwanzig Riesen telegrafisch zur Western Union in Chicago schicken."

Chicago? In diese Gegend kam Armstrong doch gar nicht.

NACHDEM die *Air Force Two* in Bismarck gelandet war, fuhr Armstrong nach Hause zu seiner Frau, um die Nacht im Eigenheim der Familie im Seengebiet südlich der Stadt zu verbringen. Es war ein altes, geräumiges Haus; das Apartment über dem Garagenanbau nahm der Secret Service für sich in Beschlag. M. E. gab den Leibwächtern für den Rest der Nacht frei und beauftragte vier Agenten, das Haus zu bewachen, zwei vorn, zwei hinten. Als Verstärkung kamen Staatspolizisten aus North Dakota hinzu, die im Umkreis von hundert Metern in ihren Autos saßen. Für eine abschließende Überprüfung ging M. E. das ganze Gelände selbst ab und überzeugte sich davon, dass alles in Ordnung war. Als sie in die Auffahrt zurückkam, klingelte ihr Handy.

„M. E.?", meldete sich Reacher.

„Wo stecken Sie?"

„Vergessen Sie die Musiker in Atlantic City nicht, okay?"

Dann brach die Verbindung ab. Sie ging hinauf zu dem Apartment über der Garage, rief das Büro in Atlantic City an und erfuhr, dass die beiden alten Leute den ihnen zustehenden Geldbetrag ordnungsgemäß bekommen hatten. Man hatte sie zu ihrem Wagen begleitet und den ganzen Weg bis zur Interstate 95 eskortiert, von wo aus sie in nördlicher Richtung weitergefahren waren.

M. E. setzte sich eine Weile an einen Fensterplatz und dachte nach. Es war eine sehr dunkle Nacht. Völlige Stille, nichts rührte sich. Solche Nächte hasste sie. In den Privathäusern der zu schützenden Personen war die Situation immer besonders schwierig. Sie wusste, dass Armstrong ausspannen wollte, deshalb hatte sie niemanden im Inneren des Hauses postiert und verließ sich ganz auf die äußere Abschirmung. Ihr war klar, dass sie eigentlich mehr hätte tun sollen, aber sie hatte keine andere Wahl, solange Armstrong das Ausmaß der aktuellen Gefährdung nicht offen gelegt worden war. Das hatte man bis jetzt unterlassen, weil der Secret Service dergleichen sowieso nie tat.

IN NORTH DAKOTA brach ein heller, kalter Samstag an, und die Sicherheitsvorkehrungen begannen gleich nach dem Frühstück. Die Veranstaltung sollte um 13 Uhr auf dem Gelände eines kirchlichen Gemeindezentrums stattfinden. M. E. postierte zwei Agenten und einen örtlichen Polizisten am Eingangstor und verteilte zwölf weitere Beamte auf dem ganzen Gelände. Außerdem beorderte sie je zwei Polizeiwagen in jede der umliegenden Straßen und verhängte dort ein allgemeines Parkverbot. Nachdem die Kirche von einer Hundestaffel durchsucht worden war, wurde sie verschlossen. Als letzte Maßnahme verdoppelte M. E. das Team der Leibwächter, denn Mrs Armstrong würde ihren Mann begleiten.

Der Nachmittag verging dann mit nicht viel mehr als einem netten Gang über das Gelände. Armstrongs Frau war hübsch, sein Nachfolger hielt sich die ganze Zeit an seiner Seite auf, und die Presse stellte keine unangenehmen Fragen. Die ganze Zeit schaute sich M. E. die Gesichter in der Menge an, behielt die Umgebung im Auge und achtete auf Anzeichen von Anspannung oder Unruhe. Doch sie bemerkte nichts dergleichen. Und von Reacher keine Spur.

Gegen Ende der Veranstaltung nahm Armstrongs Stabschef einen Anruf entgegen. Der ausscheidende Präsident und sein Vize luden den gewählten Präsidenten und dessen Vize zu einer eintägigen Besprechung in Sachen Amtsübergabe in die Naval Support Facility in Thurmont ein, die am nächsten Morgen in der Frühe beginnen sollte.

M. E. war entzückt, denn der inoffizielle, aber bekanntere Name dieser Einrichtung lautet Camp David, und es gibt auf der ganzen Welt keinen sichereren Ort. Sie kam zu dem Entschluss, dass alle sofort nach Andrews zurückkehren und in Marinehelikoptern direkt zu dem eingezäunten Anwesen fliegen sollten. Dort würde sie vollkommen abschalten können.

AM SPÄTEN Vormittag des nächsten Tages suchte sie ein Steward der Marine beim Frühstück auf und schloss in ihrer Nähe ein Telefon an eine Dose in der Fußleiste an. In Camp David werden keine schnurlosen Telefone oder Handys benutzt, weil diese für elektronische Lauschangriffe zu anfällig sind.

„Der Anruf wird von Ihrem Zentralbüro durchgestellt, Ma'am", sagte der Steward.

Einen Moment lang herrschte Stille. Dann war eine Stimme zu hören.

„Wir sollten uns treffen", sagte Reacher.

„Wo sind Sie jetzt?"

„In einem Zimmer des Hotels, in dem Sie sich am Donnerstag wegen des Empfangs aufgehalten haben."

„Haben Sie was Dringendes für mich?"

„Eine Schlussfolgerung."

„Schon? Es sind erst fünf Tage vergangen. Sie sprachen von zehn."

„Fünf haben genügt."

„Und wie lautet die Schlussfolgerung?"

„Es ist aussichtslos."

Sie atmete tief durch und lächelte. „Das habe ich Ihnen vorhergesagt."

„Nein, Ihre Bemühungen sind aussichtslos. Sie sollten sofort hierher kommen."

SIE FUHR in ihrem Suburban nach Washington zurück und machte sich die ganze Zeit über Gedanken. Wenn es wirklich schlimme Neuigkeiten gibt, wann beziehe ich Stuyvesant mit ein? Sofort oder später? Am Dupont Circle hielt sie schließlich an, wählte seine Privatnummer und fragte ihn danach.

„Mich schaltet man ein, wenn es notwendig ist", antwortete er. „Wen haben Sie eingesetzt?"

„Joe Reachers Bruder."

„Unser Joe Reacher? Ich wusste nicht, dass er einen Bruder hatte."

„Nun, er hatte einen."

„Ist der so schlau wie Joe?"

„Das weiß ich noch nicht."

Sie beendete das Gespräch, fädelte sich wieder in den sonntäglichen Verkehr ein und parkte vor dem Hotel. An der Rezeption wurde sie bereits erwartet; man schickte sie gleich hoch in den zwölften Stock zu Zimmer 1201. Sie folgte einem Kellner, der ein Tablett mit einer Kanne Kaffee und zwei Tassen trug. Das Zimmer hatte die Standardausstattung eines City-Hotels: nichts sagende Lithographien an den Wänden, französische Betten, ein Tisch, zwei Stühle, eine Kommode mit einem Fernseher, ein Telefon und eine doppelte Verbindungstür zum Nachbarzimmer.

Reacher saß auf dem Bett, das näher an der Tür stand. Er trug eine schwarze wattierte Nylonjacke, ein schwarzes T-Shirt, schwarze Jeans und schwarze Schuhe. Außerdem trug er einen Ohrlautsprecher, und am Kragen seiner Jacke steckte eine ziemlich gute Imitation des Secret-Service-Abzeichens. Sein Haar war jetzt sehr kurz.

Der Kellner stellte das Tablett auf den Tisch, verließ das Zimmer und schloss leise die Tür hinter sich.

„Sie sehen wie einer von uns aus", sagte M. E.

„Sie schulden mir eine Menge Geld", gab Reacher zurück.

„20 Riesen?"

Er lächelte. „Beinahe. Hat man Sie darüber informiert?"

Sie nickte. „Also, was haben Sie mir mitzuteilen?"

„Dass Sie gut sind. Dass Sie wirklich gut sind. Und dass es meiner Meinung nach niemand sonst besser machen könnte als Sie."

„Reacher, geben Sie mir einfach die Informationen."

„Armstrong hätte schon dreieinhalbmal erledigt werden können."

Sie starrte ihn an. „Was meinen Sie mit dreieinhalb?"

„Drei definitive Gelegenheiten und eine Chance."

„Schon jetzt? Innerhalb von fünf Tagen?", fragte sie bestürzt. „Wie denn?"

Er erhob sich und ging zum Tisch. Dort drehte er die Tassen auf dem Tablett um, ergriff die Kanne und goss Kaffee ein. „Greifen Sie zu."

Steif wie ein Roboter bewegte sich M. E. auf den Tisch zu. Als Reacher ihr eine Tasse reichte, nahm sie sie entgegen und ging zum Bett.

„Die Veranstaltung hier in Washington am Donnerstagabend", begann Reacher, als er sich zu ihr auf die Bettkante setzte. „Mit den tausend Gästen."

„Was ist mit denen?"

„Unter ihnen war eine dunkelhaarige Frau, die Armstrongs Hand ergriff und recht lange hielt."

Sie musterte ihn. „Waren Sie dort?"

Er schüttelte den Kopf. „Aber ich habe davon erfahren. Diese Frau hätte Armstrong umbringen können. Das war die erste Gelegenheit."

„Hätte können? Reacher, Sie stehlen mir wertvolle Zeit! Alles Mögliche hätte passieren können. Der Blitz hätte einschlagen können. Die Frau war ein geladener Gast, sie hat der Partei Geld gespendet. Und ihre Identität ist bei der Ankunft kontrolliert worden."

„Angenommen, sie wäre Nahkampfexpertin gewesen. Militärisch ausgebildet. Armstrong wäre erledigt gewesen."

„Angenommen. Wäre."

„Angenommen, sie wäre bewaffnet gewesen."

„War sie nicht. Sie musste zwei Metalldetektoren passieren. Wie alle anderen."

Reacher steckte die Hand in die Tasche und holte einen schmalen braunen Gegenstand hervor. „Haben Sie schon mal so was gesehen?"

Es sah wie ein Taschenmesser aus. Als Reacher auf einen Knopf drückte, sprang eine braun gesprenkelte Klinge hervor.

„Ganz aus Keramik. Mit Ausnahme eines Diamanten gibt es nichts Härteres. Ein Metalldetektor reagiert nicht darauf. Es wird in Deutschland hergestellt. Es ist teuer, aber relativ leicht zu beziehen. Die Frau hätte Armstrong damit vom Bauchnabel bis zum Kinn aufschlitzen können. Oder ihm die Kehle durchschneiden."

M. E. zuckte mit den Achseln. „Na gut, Sie haben also ein Messer gekauft."

„Als die Frau Armstrongs Hand schüttelte, hielt sie das offene Messer die ganze Zeit mit der linken Hand in ihrer Umhängetasche fest umklammert. Als sie Armstrong an sich zog, war sein Bauch nur wenige Zentimeter davon entfernt."

M. E. schaute ihn mit großen Augen an. „Ist das Ihr Ernst? Wer war die Frau?"

„Eine Parteianhängerin namens Elizabeth Wright aus New Jersey."

„Wieso hätte sie ein Messer bei sich tragen sollen?"

„Genau genommen, hat sie das gar nicht." Er erhob sich, ging zu der Verbindungstür und klopfte kräftig gegen die innere Tür. „Kommen Sie, Frances!", rief er.

Die innere Tür ging auf, und eine Frau trat ein. Sie war Ende 30, mittelgroß und schlank, trug Bluejeans und ein weiches graues Sweatshirt.

344

Sie hatte dunkles Haar, dunkle Augen und ein wundervolles Lächeln. Ihr Gang verriet, dass sie oft Sport trieb.

„Sie sind die Frau, die Armstrong die Hand geschüttelt hat", staunte M. E.

Reacher lächelte und kehrte zu seinem Platz auf der Bettkante zurück. „Frances Neagley, darf ich Sie mit M. E. Froelich bekannt machen? M. E. Froelich, das ist Frances Neagley, der beste Master Sergeant, mit dem ich je zusammengearbeitet habe. Eine überaus qualifizierte Expertin für alle Arten von Nahkampf, die mir eine Heidenangst einjagt. Sie schied zum selben Zeitpunkt aus der Army aus wie ich und arbeitet jetzt als Sicherheitsberaterin in Chicago."

„Aha, deshalb ging die Überweisung dorthin."

Reacher nickte. „Sie hat alles beglichen, weil ich weder eine Kreditkarte noch ein Scheckbuch besitze, wie Sie wahrscheinlich bereits wissen."

„Und was ist mit Elizabeth Wright passiert?"

„Zunächst habe ich mir diese Kleidung gekauft, denn so stelle ich mir ein Secret-Service-Outfit vor. Dann ging ich zum Friseur, weil ich glaubhaft aussehen wollte. Und schließlich passte ich am Donnerstag auf der Suche nach einer allein stehenden Frau aus New Jersey einige Flüge aus Newark ab. Machte mich an Miss Wright heran und erzählte ihr, ich sei ein Agent des Secret Service, es gebe einen großen Sicherheitsschlamassel und sie solle mitkommen."

„Woher wussten Sie, dass sie zu dem Empfang wollte?"

„Ich wusste es gar nicht. Ich schaute mir lediglich alle Frauen an, die von der Gepäckausgabe kamen, und versuchte, sie nach ihrem Aussehen einzuordnen."

„Und sie hat Ihnen geglaubt?"

„Ich hatte einen beeindruckenden Ausweis, diesen Ohrknopf aus einem Radioladen und eine schwarze Mietlimousine. Ich sah überzeugend aus. Also brachte ich Elizabeth Wright auf dieses Zimmer und blieb den ganzen Abend über bei ihr. Lauschte meinem Ohrknopf und sprach in meine Uhr. Währenddessen wurde Frances aktiv."

„Dass wir jemanden aus New Jersey ausgewählt haben, hatte einen guten Grund", schaltete sich diese ein. „Die Führerscheine von dort lassen sich am leichtesten fälschen. Ich hatte einen Laptop und einen Farbdrucker dabei. Zuvor hatte ich Reacher einen gefälschten Secret-Service-Ausweis verpasst, nun machte ich einen Führerschein mit meinem Foto, auf dem ihr Name und ihre Anschrift standen, und schweißte ihn mit einem Apparat ein, den wir für sechzig Dollar in einem Büromarkt gekauft hatten. Dann brezelte ich mich ein wenig auf, nahm Miss Wrights Einladung und ging nach unten. Mit dem Messer in der Tasche."

„Und dann?"

„Ich stand herum und bekam ihn schließlich zu fassen."

M. E. war blass geworden.

„Hätte ich ihm das Messer in die Halsschlagader gejagt, wäre er in einer halben Minute verblutet", fuhr Frances fort. „Die Leibwächter waren drei Meter weit weg. Sie hätten mich zwar sofort danach abgeknallt, aber verhindern können hätten sie es nicht. Ohne das Messer wäre es schwieriger gewesen. Ich hätte ihm wohl einen Schlag gegen den Kehlkopf verpasst. Kräftig genug, um diesen zu zerschmettern. Ich wäre vermutlich vor ihm tot gewesen, aber er wäre kurz darauf erstickt. Es sei denn, Sie hätten Spezialisten, die einen Luftröhrenschnitt durchführen können. Was ich aber bezweifle."

„Haben wir nicht", bestätigte M. E. „Was haben Sie ihm eigentlich zugeflüstert?"

„Ich sagte: ‚Ich habe hier ein Messer', sehr leise allerdings. Wäre ich dennoch von jemandem zur Rede gestellt worden, hätte ich behauptet, ‚Sie gefallen mir immer besser' gesagt zu haben, als hätte ich ihn anmachen wollen. Das passiert wahrscheinlich von Zeit zu Zeit."

„Und was haben Sie noch rausgefunden?"

„Na ja, in seinem Haus in Georgetown ist er jedenfalls sicher."

„Haben Sie das etwa auch überprüft? Ich habe Sie gar nicht gesehen."

„So sollte das auch sein."

„Wie haben Sie rausbekommen, wo er wohnt?"

„Wir sind Ihren Limousinen gefolgt."

„Die waren recht gut", warf Reacher ein. „Schlaue Taktik."

„Der Freitagmorgen war besonders gut", setzte Frances hinzu.

„Aber der Rest des Tages ziemlich schlecht", kritisierte Reacher.

„Was meinen Sie damit?"

„Ihre Leute in Washington hatten Videoaufzeichnungen aus dem Ballsaal, aber Ihre Kollegen in New York haben diese offenbar nicht zu sehen bekommen. Frances war nämlich nicht nur die Frau, die am Donnerstagabend Armstrong so nahe kam, sie gehörte auch zu den Fotografen, die sich am Tag darauf vor der Börse drängten."

„In North Dakota gibt es eine Zeitung, die eine Webseite hat", erläuterte Frances. „Wie üblich, gibt es dort auf der Homepage eine Grafik

346

ihres Titels. Ich habe sie runtergeladen und in einen Presseausweis umgewandelt."

„Sie sollten eine Zugangsliste aufstellen", empfahl Reacher.

„Das geht nicht", erwiderte M. E. „Der erste Verfassungszusatz garantiert Journalisten freien Zugang. Außerdem sind die Fotografen doch alle durchsucht worden."

„Ich war unbewaffnet", sagte Frances. „Ich wollte einfach Ihre Sicherheitslücken aufdecken. Aber ich hätte genauso gut bewaffnet sein können, so wie da kontrolliert wurde."

Reacher erhob sich und ging zur Kommode. Er öffnete eine Schublade, nahm einen Stapel Fotos heraus und hielt das erste hoch. Es zeigte eine Nahaufnahme von Armstrong vor der Börse.

„Das hat Frances geschossen." Er ging zurück zum Bett, setzte sich und reichte M. E. das Foto. Sie nahm es und betrachtete es.

„Der Witz ist: Ich war gerade mal eineinhalb Meter von ihm entfernt", bemerkte Frances.

M. E. nickte verblüfft.

Die nächste Aufnahme war ein körniges Foto, das mit dem Teleobjektiv von einem erhöhten Standort aus gemacht worden war. Es zeigte Armstrong vor dem Börsengebäude. Um seinen Kopf war ein Fadenkreuz eingezeichnet worden.

„Dies ist die halbe Chance", sagte Reacher. „Ich befand mich im 60. Stock eines Bürogebäudes. Innerhalb des polizeilichen Sperrgebiets, aber in einem Stockwerk, das nicht überprüft worden war, weil es oberhalb der vertikalen Sicherheitszone lag."

„Hatten Sie ein Gewehr bei sich?"

„Ein Stück Holz in Größe und Form eines Gewehrs. Und natürlich auch eine Kamera. Aber ich inszenierte alles ganz realistisch, besorgte mir einen großen Karton, in dem ein Computermonitor gewesen war, und legte das Stück Holz quer hinein. Dann beförderte ich den Karton einfach auf einer Handkarre in den Aufzug. Ich sah einige Polizisten, die mich wohl für einen Auslieferungsfahrer hielten. In einem leeren Konferenzzimmer entdeckte ich dann ein geeignetes Fenster. Ich hätte einen Schuss abgeben und mich unbemerkt davonmachen können."

„Wieso war das nur die halbe Chance? Es sieht doch ganz so aus, als hätten Sie ihn auf dem Präsentierteller gehabt."

„Aber nicht in Manhattan. Die Entfernung betrug über 300 Meter. Das ist normalerweise kein Problem für mich, aber die Windstöße und die Thermik um diese Hochhäuser machen es zu einem Lotteriespiel.

Kein erfahrener Schütze würde in Manhattan einen Distanzschuss wagen. Das würde nur ein Schwachkopf versuchen."

M. E. nickte wieder, diesmal sichtlich erleichtert. „Gut."

Sie macht sich also keine Gedanken wegen eines Idioten, dachte Reacher. Sie rechnet offenbar mit einem Profi. Er zeigte die nächsten beiden Fotos vor. „Infrarotfilm. Im Dunkeln aufgenommen."

Auf dem ersten Bild war die Rückseite des Armstrong-Hauses in Bismarck zu sehen. Jede Einzelheit war klar zu erkennen. Türen, Fenster, sogar einer der Agenten im Garten.

„Vom Nachbargrundstück aus", erläuterte Reacher. „Aus fünfzehn Meter Entfernung. Die Staatspolizisten in den Autos haben nichts bemerkt."

Das zweite Foto zeigte die Vorderseite des Hauses.

„Ich habe mich auf der anderen Straßenseite befunden", sagte Frances. „Hinter einer Garage."

Reacher beugte sich vor. „Zum Plan hätte gehört, dass jeder von uns über eine M 16 mit einem Granatwerfer verfügt. Außerdem über einige weitere vollautomatische langläufige Waffen. Mit den M 16 hätten wir gleichzeitig vorn und hinten Phosphorgranaten ins Haus geschossen. Armstrong wäre entweder im Bett verbrannt, oder wir hätten ihn abgeknallt, sobald er rausgekommen wäre. Als Zeitpunkt hätten wir vermutlich vier Uhr morgens gewählt. Alle wären geschockt gewesen. In dem Tumult hätten wir Ihre Agenten erledigen und uns vermutlich aus dem Staub machen können."

„Das nehme ich Ihnen nicht ab", sagte M. E. „Sie waren nicht an diesem Abend dort."

Reacher reichte ihr ein weiteres Foto. Die Aufnahme war mit einem Teleobjektiv gemacht worden. Man sah M. E. am Fenster des Apartments über der Garage sitzen. Sie starrte in die Dunkelheit hinaus und hielt ihr Handy in der Hand.

„Ich hatte gerade in Atlantic City angerufen", sagte sie leise. „Ihre Musikerfreunde sind gut weggekommen."

„Fein. Vielen Dank, dass Sie das arrangiert haben."

Sie schaute sich nochmals die drei Infrarotfotos an.

„Der Ballsaal und das Privathaus waren also zwei definitive Möglichkeiten", fuhr Reacher fort. „Aber der gestrige Tag brachte den echten Kracher. Bei der Versammlung an der Kirche."

Das letzte Foto war mit normalem Tageslichtfilm von oben aufgenommen worden.

Man sah, wie Armstrong über den Rasen des Gemeindezentrums ging. Er war von einer Reihe von Leuten umgeben, doch sein Kopf war deutlich sichtbar. Und um diesen war wieder ein Fadenkreuz eingezeichnet.

„Ich war im Kirchturm", sagte Reacher.

„Die Kirche war abgeschlossen."

„Seit acht Uhr morgens. Ich war schon ab fünf drin."

„Man hat sie durchsucht."

„Ich war oben bei den Glocken und hatte Pfeffer auf die Leiter gestreut. Ihre Hunde verloren das Interesse und blieben unten. Es war ein schöner Tag – sonnig, ein klarer Himmel und überhaupt kein Wind. Ich war knapp 70 Meter von ihm entfernt. Ich hätte ihm in die Augen schießen und in der anschließenden Panik wohl abhauen können."

M. E. stand auf und ging zum Fenster. Sie legte die Handflächen aufs Fensterbrett und schaute hinaus. „Das ist eine Katastrophe! Ich habe nicht damit gerechnet, dass Sie sich so reinhängen würden. Und auch nicht geahnt, dass Sie Unterstützung bekommen würden."

„Sie können von Attentätern nicht erwarten, dass sie ihre Pläne vorher bekannt geben."

„Das ist mir klar. Ich bin aber davon ausgegangen, dass Sie allein sein würden. Joe meinte, Sie seien ein ausgeprägter Einzelgänger."

„Es wird sich immer um ein Team handeln."

Frances trat neben M. E. „Sie müssen das immer im Zusammenhang sehen. So schlimm ist es auch wieder nicht. Reacher und ich waren bei der Armee, wir sind entsprechend ausgebildet. Solche wie wir sind nicht der Normalfall. Also, lassen Sie sich keine grauen Haare wachsen. Sie haben eine unmögliche Aufgabe. Sie können und dürfen Armstrong nicht hermetisch abriegeln, denn er ist ein Politiker. Er muss sich in der Öffentlichkeit sehen lassen."

M. E. schluckte hart. „Danke, dass Sie versuchen, mich aufzumuntern. Aber ich muss jetzt scharf nachdenken, das steht fest."

„Dehnen Sie die Sperrzone auf einen Umkreis von achthundert Metern aus", riet Reacher. „Halten Sie die Öffentlichkeit auf Abstand, und sorgen Sie dafür, dass vier Agenten ständig auf Tuchfühlung mit ihm bleiben. Mehr können Sie nicht tun."

M. E. schüttelte den Kopf. „Das würde man als übertrieben ansehen. Sogar als undemokratisch. Es wird in den nächsten Jahren noch hunderte solcher Wochen geben. Ein Albtraum."

Im Zimmer wurde es still. Frances ging hinüber zur Kommode, zog zwei dünne Mappen aus der Schublade, in der die Fotos gewesen waren, und hielt die erste in die Höhe. „Ein schriftlicher Bericht einschließlich unserer professionellen Schlussfolgerungen und Empfehlungen." Sie hielt die zweite hoch. „Und unsere Unkosten. Sie sind alle mit Quittungen belegt. Den Scheck sollten Sie auf Reacher ausstellen."

„In Ordnung." M. E. nahm die Mappen entgegen und umklammerte sie, als müsste sie sich daran festhalten.

„Dann wäre da noch Elizabeth Wright aus New Jersey", sagte Reacher. „Die dürfen Sie nicht vergessen. Ich habe sie wissen lassen, dass man sie als Ausgleich dafür, dass sie den Empfang versäumt hat, wahrscheinlich zum Ball anlässlich der Amtseinführung einladen wird."

„Ich werde mich darum kümmern." M. E. klemmte die Mappen unter den Arm, nahm die Fotos und steckte sie in ihre Handtasche. „Ich muss los." Sie verließ das Zimmer, und die Tür schloss sich hinter ihr.

Eine Weile herrschte Stille. Dann reckte Frances die Arme in die Höhe, legte den Kopf in den Nacken und gähnte. „Sind wir hier fertig?", fragte sie, als sie die Arme wieder sinken ließ.

„Müde?"

„Wir haben geschuftet wie die Blöden und dieser armen Frau den Tag versaut."

„Was halten Sie von ihr?"

„Ich mag sie. Und wie ich ihr schon gesagt habe: Sie hat einen unmöglichen Job. Ich bezweifle, ob es irgendwer besser machen könnte."

„Das sehe ich auch so."

„Wer ist eigentlich dieser Joe, von dem sie sprach?"

„Mein Bruder. Sie war mit ihm befreundet."

„Wie ist er?"

„Wie ich, nur zivilisierter." Den Tempusfehler korrigierte Reacher nicht.

„Vielleicht will sie auch mal mit Ihnen ausgehen. Ob jemand zivilisiert ist oder nicht, spielt unter Umständen gar keine Rolle. Das ist eine überbewertete Tugend. Und für eine junge Frau ist es manchmal ganz reizvoll, beides kennen zu lernen."

Reacher schwieg.

„Ich glaube, ich mache mich jetzt auf den Nachhauseweg", sagte Frances. „Zurück in den Alltag. Es hat Spaß gemacht, mal wieder mit Ihnen zusammenzuarbeiten."

„Bleiben Sie noch. Es wird keine Stunde dauern, bis sie zurückkommt."

Frances lächelte. „Weil sie mit Ihnen ausgehen möchte?"

„Nein, weil sie uns sagen will, was ihr tatsächliches Problem ist."

REACHER sah ihren Wagen vom Fenster des Hotelzimmers aus um die Ecke biegen, die Fahrt verlangsamen und in einer Parkbucht für Taxis halten.

„Sie ist wieder da", teilte er Frances mit.

Sie stellte sich zu ihm ans Fenster, und gemeinsam sahen sie zu, wie M. E. mit einem Kuvert in der Hand aus dem Wagen stieg. Sie ging zum Eingang des Hotels und war nicht mehr zu sehen. Einige Minuten später hörten sie ein Klopfen an der Tür, und Reacher öffnete.

M. E. kam herein und blieb in der Mitte des Zimmers stehen, wobei sie zuerst Frances, dann Reacher anschaute. „Kann ich Sie einen Moment unter vier Augen sprechen?", fragte sie ihn.

„Nicht nötig. Die Antwort lautet: Ja."

„Sie kennen die Frage doch noch gar nicht."

„Sie vertrauen mir, weil Sie Joe vertrauten und er mir. Damit ist der Kreis geschlossen. Und jetzt wollen Sie wissen, ob ich Frances vertraue, damit dieser Kreis ebenfalls geschlossen ist. Meine Antwort ist: Ja. Ich vertraue ihr uneingeschränkt, deshalb können Sie es auch tun."

„Gut. Das wollte ich klären." M. E. zog ihre Jacke aus und ließ sie aufs Bett fallen. Dann ging sie zum Tisch und legte den Umschlag darauf. „Ich habe Ihnen nur die halbe Wahrheit gesagt", räumte sie ein.

„Das habe ich mir schon gedacht", entgegnete Reacher.

Schuldbewusst nickte sie und griff nach dem Umschlag, öffnete ihn und zog eine Klarsichthülle hervor, in der sich ein Farbfoto befand. Es zeigte ein weißes Blatt Papier, das wie ein normaler Briefbogen aussah. Wenige Zentimeter oberhalb der Mitte standen zentriert die Wörter SIE WERDEN BALD STERBEN. Die fett gedruckten Buchstaben stammten offenbar von einem Computer.

„Wann ist das eingetroffen?", fragte Reacher.

„Am Montag nach der Wahl. Mit der Post."

„War es an Armstrong adressiert?"

M. E. nickte. „Es kam zum Senat. Er hat es jedoch noch nicht gesehen. Wir öffnen alles, was unsere Schutzbefohlenen mit der normalen Post erhalten, und leiten das weiter, was uns passend erscheint. Das hier zählte nicht dazu."

„Wieso machen Sie sich Sorgen deswegen? Diese Typen kriegen doch bestimmt jede Menge Drohbriefe mit der Post."

„Stimmt. Im Jahr sind es meist mehrere tausend. Die meisten gehen jedoch an den Präsidenten. Dass ein Drohbrief speziell an den Vizepräsidenten gerichtet wird, kommt recht selten vor."

AUS DEM HINTERHALT 351

„Wo wurde er aufgegeben?"

„In Las Vegas. Aber das hilft uns nicht groß weiter. In Vegas gibt es immer viele Leute, die sich nur vorübergehend dort aufhalten."

„Sind Sie sicher, dass ein Amerikaner der Absender ist?"

„Von einem Ausländer haben wir noch nie einen Drohbrief erhalten."

„Hat man kriminaltechnische Untersuchungen angestellt?", erkundigte sich Frances.

„Haben Sie sich bei der Militärpolizei damit befasst?"

„Sie war darauf spezialisiert, Leuten den Hals zu brechen", warf Reacher ein. „Aber ich glaube, dass sie von den anderen Sachen auch was mitbekommen hat."

„Hören Sie nicht auf ihn", wiegelte Frances ab. „Ich wurde sechs Monate lang in den FBI-Labors ausgebildet."

M. E. verzog den Mund zu einem gequälten Lächeln. „Wir haben das genau dorthin geschickt; das FBI ist besser ausgerüstet als wir. Der Umschlag war braun und im üblichen Briefformat, hatte eine gummierte Klappe, außerdem eine Metallklemme als zusätzlichen Verschluss. Die Anschrift stammte vermutlich von demselben Computer, mit dem die Botschaft geschrieben wurde, und war auf ein selbstklebendes Etikett gedruckt. Die Klappe wurde mit Leitungswasser angefeuchtet. Kein Speichel, keine DNA. Keine Fingerabdrücke auf der Metallklemme. Auf dem Umschlag selbst befanden sich fünf Abdrucksets. Drei stammten von Postangestellten. Ihre Abdrücke sind gespeichert, da sie im Staatsdienst arbeiten. Der vierte stammte vom Postsortierer des Senats, der das Schreiben an uns weitergeleitet hat. Und der fünfte von dem Agenten, der die Sendung geöffnet hat."

„Und was ist mit dem Schreiben selbst?", fragte Reacher.

„Nach Angaben des FBI-Labors wurde das Papier von der Firma Georgia-Pacific hergestellt. Es handelt sich um schweres, säurefreies Hochglanz-Laserdruckerpapier im üblichen Briefformat. Die Firma verkauft davon wöchentlich hunderte von Tonnen. Die Spur eines einzelnen Blattes lässt sich deshalb nicht zurückverfolgen."

„Was ist mit der Schrift?"

„Sie stammt von einem Hewlett-Packard-Laserdrucker. Das erkennt man an der chemischen Zusammensetzung des Toners. Der Schrifttyp heißt Times New Roman, aus dem Programm Microsoft Works 4.5 für das Betriebssystem Windows 95. Die Schriftgröße ist 14 Punkt, fett gedruckt. Aber all das hilft uns nicht weiter. Es gibt Millionen PCs mit Works 4.5."

„Auch hier keine Fingerabdrücke, nehme ich doch an", sagte Frances.

„Also, da wird die Sache langsam mysteriös." M. E. zeigte auf die obere Ecke des Fotos. „Genau hier an der Ecke des Schreibens wurden mikroskopisch feine Spuren von Talkumpuder gefunden." Sie wies auf eine Stelle etwas weiter unten. „Und hier zwei Ablagerungen von Talkumpuder, eine vorn und eine hinten."

„Latexhandschuhe", folgerte Frances.

„Genau. Wegwerfhandschuhe wie beim Arzt, fünfzig oder hundert in einer Schachtel. Auf ihrer Innenseite befindet sich Talkumpuder, damit man sie besser anziehen kann. In der Schachtel ist aber auch immer ein wenig Talkumpuder, und dieses überträgt sich dann auch von der Außenseite des Handschuhs. Der Puder an der oberen Ecke ist übrigens eingebrannt, die Ablagerungen sind es nicht."

„Der Typ zieht also seine Handschuhe an, nimmt einen neuen Stapel Papier und fächert es auf", rekonstruierte Frances. „Dadurch gerät Talkumpuder auf die obere Ecke. Dann lädt er den Drucker und druckt seine Mitteilung aus. Dabei wird der Puder eingebrannt." Sie lehnte sich vor. „Im Anschluss holt er das Papier aus der Ablage, indem er es mit Zeigefinger und Daumen greift. Dadurch entstehen die Ablagerungen auf Vorder- und Rückseite. Sie sind nicht eingebrannt, weil sie nach dem Druckvorgang draufkamen. Und soll ich Ihnen noch was sagen? Das war kein Bürodrucker, sondern einer für den Hausgebrauch."

„Warum?"

„Weil das Papier vorn und hinten angefasst wurde. Das bedeutet, dass es senkrecht aus dem Drucker kam, wie Brotscheiben aus einem Toaster. Und die einzigen Hewlett-Packard-Laserdrucker, die das Papier senkrecht auswerfen, sind die kleinen für den Hausgebrauch."

„Klingt einleuchtend."

Frances lächelte. „Also, er holt das Schreiben aus seinem Drucker und steckt es in den Umschlag. Diesen klebt er mit etwas Leitungswasser zu und trägt dabei weiterhin seine Handschuhe."

M. E.s Gesichtsausdruck veränderte sich. „Hier wird die Sache wirklich mysteriös." Mit dem Fingernagel berührte sie eine Stelle unterhalb des Textes. „Was würde man hier erwarten, wenn es sich um einen normalen Brief handelte?"

„Eine Unterschrift", antwortete Reacher.

„Richtig. Und genau hier haben wir einen dicken, senkrechten, ganz deutlichen Fingerabdruck. Viel zu groß für eine Frau. Der Kerl hat die Drohung mit seinem Daumen unterschrieben."

„Den Abdruck haben Sie natürlich abgeglichen."

„Bis jetzt ohne Ergebnis."

„Das ist in der Tat seltsam. Er unterzeichnet die Mitteilung mit seinem Daumenabdruck, was ihm gar nichts ausmacht, weil seine Fingerabdrücke nirgends gespeichert sind. Gleichzeitig setzt er aber alles daran, dass sie nirgendwo sonst auf Brief und Umschlag auftauchen." Reacher hielt einen Moment inne. „Was gibt's noch? Warum sind Sie wegen dieser Sache so beunruhigt?"

M. E. stöhnte, bevor sie aus ihrem Umschlag ein zweites Foto in Klarsichtfolie hervorholte. Es war mit dem ersten fast völlig identisch. Ein weißes Blatt Papier war abgebildet, auf dem die Wörter VIZE-PRÄSIDENT ARMSTRONG WIRD BALD STERBEN standen.

„Es ist weitgehend identisch", sagte M. E. „Die kriminaltechnischen Befunde stimmen überein, und derselbe Daumenabdruck dient als Unterschrift."

„Und weiter?"

„Es tauchte auf dem Schreibtisch meines Chefs auf. Ohne Umschlag."

„Wann war das?"

„Drei Tage nach dem Eintreffen der ersten Sendung."

„Es könnte weniger *gegen* Armstrong als *an* Sie gerichtet sein", überlegte Frances laut. „Damit Sie die erste Drohung ernst nehmen."

„Wer ist Ihr Chef?", erkundigte sich Reacher.

„Ein Mann namens Stuyvesant."

„Was genau sollen wir für Sie tun?", fragte Reacher.

M. E. schwieg eine Weile, bevor sie antwortete. „Ich würde gern mit jemandem darüber reden. Am liebsten mit Joe. Hier gibt es nämlich verschiedene vertrackte Schwierigkeiten, und er hätte bestimmt einen Ausweg gefunden. Er war ein schlauer Bursche."

„Und Sie möchten, dass ich an seine Stelle trete?"

„Na ja, vielleicht kommen Sie ihm am nächsten." Sie biss sich auf die Zunge. „Entschuldigen Sie. Das klang ziemlich dumm."

Reacher ignorierte es. „Erzählen Sie mir mal ein bisschen was über die Kollegen, die Sie Neandertaler genannt haben."

Sie nickte. „Das war auch mein erster Gedanke."

„Es ist doch durchaus vorstellbar, dass einer von denen neidisch oder nachtragend ist. Dass er Ihnen all dieses Zeug aufbürdet und hofft, dass Sie durchdrehen und sich blamieren. Gibt es bestimmte Kandidaten, die dafür infrage kommen?"

Sie zuckte mit den Schultern. „Auf den ersten Blick nicht. Aber bei genauerer Betrachtung könnte es jeder von ihnen sein. In meiner alten Vergütungsgruppe gibt es sechs Kollegen, die nicht befördert wurden. Und jeder hat Freunde, Verbündete, Sympathisanten. Doch einen konkreten Verdacht habe ich nicht."

„Gibt es einen, dem die Art und Weise, wie Sie das Team leiten, nicht gefällt?"

„Ich habe einiges umgekrempelt, aber ich bin immer taktvoll vorgegangen. Sie dürfen außerdem nicht vergessen, dass die Fingerabdrücke sämtlicher Mitarbeiter des Secret Service gespeichert sind. Und augenblicklich sind wir auch voll ausgelastet, so zwischen Wahl und Amtseinführung. Da hätte keiner Zeit für einen Trip nach Las Vegas, um von dort einen Brief abzusenden. Deshalb glaube ich, dass es sich tatsächlich um eine von außen kommende Drohung handelt."

„Das meine ich auch", stimmte Frances zu. „Eine gewisse interne Beteiligung gibt es jedoch. Wie sollte sonst etwas auf den Schreibtisch Ihres Chefs gelangen?"

„Ich möchte, dass Sie sich sein Büro ansehen", bat M. E. „Würden Sie das tun?"

Sie fuhren das kurze Stück in dem schwarzen Suburban. Die Nachtluft war feucht, erfüllt von Nieselregen und Abenddunst. Der orangefarbene Lichtschein der Laternen spiegelte sich auf den nassen Straßen. Reacher konnte einen Blick auf das Weiße Haus und die Vorderfront des Finanzministeriums werfen, in dem der Secret Service untergebracht war, bevor M. E. in ein schmales Seitensträßchen einbog. Sie kamen zur steilen Rampe einer Garageneinfahrt mit einem Wachposten in einer Glaskabine.

M. E. parkte ihren Dienstwagen in einer Reihe mit sechs identischen Modellen und führte Reacher und Frances durch eine Tür und ein enges mahagoniverkleidetes Treppenhaus hinauf zu einer kleinen Halle im Erdgeschoss, wo sich eine einzelne Fahrstuhltür befand.

„Sie haben eigentlich keinen Zutritt", sagte M. E. „Halten Sie sich also immer in meiner Nähe auf. Aber zuerst möchte ich Ihnen noch was zeigen."

Sie ging ihnen um eine Ecke in eine große Halle voraus. „Das ist die eigentliche Eingangshalle des Gebäudes." Ihre Stimme hallte durch den leeren, schwach beleuchteten Raum.

An den Wänden hingen große, erhabene Marmortafeln. Die Tafel,

AUS DEM HINTERHALT 355

unter der sie standen, wies oben die Gravur FINANZMINISTERIUM DER VEREINIGTEN STAATEN auf. Darunter befand sich eine weitere Inschrift: GEDENKTAFEL. Eine Auflistung von Namen und Jahreszahlen in Blattgold folgte. Insgesamt waren es etwa drei oder vier Dutzend Eintragungen. Die vorletzte lautete: J. REACHER 1997.

„Das ist Joe", sagte M. E. „Auf diese Weise ehren wir ihn."

Reacher schaute hinauf zum Namen seines Bruders und sah Joes Gesicht vor sich, als dieser ungefähr zwölf gewesen war. Er war immer ein bisschen schneller als andere gewesen, wenn es darum ging, einen Witz zu begreifen, und doch hatte es bei ihm immer etwas länger gedauert, bis er gelächelt hatte. Dann fiel Reacher ein, wie sich sein Bruder mit einem Seesack über der Schulter von zu Hause zur Militärakademie West Point aufgemacht hatte. Schließlich das letzte Zusammentreffen am Grab ihrer Mutter bei deren Beerdigung.

„Nein, das ist nicht Joe", brummte Reacher. „Das sind nur Namen."

M. E. erwiderte nichts und führte sie zurück in die kleine Halle mit dem Fahrstuhl. Sie fuhren drei Stockwerke hoch und gelangten in eine andere Welt.

Hier gab es enge Gänge, niedrige Decken und Arbeitsplätze, die durch schulterhohe Stellwände voneinander abgetrennt wurden. Das Surren der Computerlaufwerke und Lüfter sowie das leise Klingeln der Telefone vermittelte den Eindruck von Aktivität. Bei der Eingangstür saß hinter einer Empfangstheke ein Mann im Anzug, der einen Telefonhörer zwischen Kopf und Schulter geklemmt hatte und sich etwas notierte. So gut es ging, nickte er M. E. zu.

„Der Dienst habende Beamte", erläuterte sie. „Dieser Platz ist rund um die Uhr in einer Dreierschicht besetzt."

„Ist das der einzige Eingang?", wollte Reacher wissen.

„Ganz hinten gibt es noch eine Feuertreppe. Aber ziehen Sie nur keine voreiligen Schlüsse. Sehen Sie?"

Sie wies auf winzige Kameras an der Decke, die sämtliche Gänge überwachten, und führte Reacher und Frances dann weiter, bis sie ans Ende der Etage kamen. Dort gab es einen langen, schmalen Korridor, der in einen fensterlosen quadratischen Raum mündete. An einer Seitenwand befand sich der Arbeitsplatz einer Sekretärin mit Schreibtisch, Aktenschränkchen und Regalen. Hinter dem Schreibtisch ging es zum Notausgang, über dem eine Überwachungskamera installiert war, und gegenüber befand sich eine schlichte Tür, die geschlossen war.

„Stuyvesants Büro", erklärte M. E.

Sie öffnete die Tür und ließ die beiden anderen eintreten. Als sie auf einen Schalter drückte, durchflutete helles Halogenlicht den Raum. Es war ein kleines Büro mit einem Fenster, dessen weiße Kunststoffjalousien während der Nacht geschlossen waren.

„Kann man das Fenster öffnen?", wollte Frances wissen.

„Nein", erwiderte M. E. „Aber selbst wenn – es geht auf die Pennsylvania Avenue hinaus. Wenn ein Einbrecher drei Stockwerke hochklettert, wird man ihn bemerken, das können Sie mir glauben."

Im Mittelpunkt des kleinen Büros stand ein riesiger Schreibtisch mit einer grauen Kunststeinplatte. Er war vollkommen leer.

„Braucht er kein Telefon?", fragte Reacher.

„Er hat es in seiner Schreibtischschublade", antwortete M. E.

An der Wand standen hohe Aktenschränke, und es gab zwei Ledersessel für Besucher. Das war alles. Der Raum machte einen nüchternen Eindruck. Er schien einem ordnungsliebenden Menschen zu gehören.

„Die Drohung aus Las Vegas kam am Montag, in der Woche nach der Wahl", berichtete M. E. „Am Mittwochabend verließ Stuyvesant gegen halb acht das Büro, seine Sekretärin eine halbe Stunde später. Kurz bevor sie ging, steckte sie noch mal den Kopf durch Stuyvesants Tür, das ist so eine Angewohnheit von ihr. Sie hat bestätigt, dass nichts auf dem Schreibtisch lag."

Reacher nickte. Selbst die kleinste Spur von Staub wäre hier aufgefallen.

„Am Donnerstagmorgen kam die Sekretärin um acht wieder herein. Sie ging zu ihrem Schreibtisch und fing an zu arbeiten. Stuyvesants Tür öffnete sie nicht. Um 8.10 Uhr erschien Stuyvesant. Er trug einen Regenmantel und hatte eine Aktentasche bei sich. Er zog den Mantel aus und hängte ihn an den Kleiderständer. Dann stellte er die Aktentasche auf den Schreibtisch der Sekretärin, sprach kurz mit ihr und ging dann in sein Büro. Die Tasche ließ er auf dem Schreibtisch der Sekretärin stehen. Nach wenigen Sekunden kam er wieder heraus und rief sie zu sich. Beide bestätigten, dass nun das Blatt Papier auf dem Schreibtisch lag."

„Haben die beiden eine entsprechende Aussage gemacht?", fragte Frances. „Oder sind die Überwachungskameras mit Aufnahmegeräten verbunden und haben alles aufgezeichnet?"

„Sowohl als auch. Ich habe das Band mit ihrer Aussage verglichen, und es ist genauso passiert, wie sie gesagt haben."

„Wenn die zwei nicht unter einer Decke stecken, kann also keiner von ihnen das Blatt dort deponiert haben."

„Genau, so sehe ich das."

„Was ist noch auf dem Videoband zu sehen?", wollte Reacher wissen.

„Die Putzkolonne."

SIE FÜHRTE Reacher und Frances zu ihrem eigenen Büro und holte drei Videokassetten aus einer Schreibtischschublade. Dann ging sie zu einem kleinen Rekorder hinüber, der zwischen einem Drucker und einem Faxgerät stand und mit einem Fernseher verbunden war.

„Das sind Kopien. Die Originale sind unter Verschluss. Jedes Band deckt einen Zeitraum von sechs Stunden ab. Von sechs Uhr morgens bis Mittag, von Mittag bis achtzehn Uhr, von achtzehn Uhr bis Mitternacht, von Mitternacht bis sechs und wieder von vorn."

Sie schaltete den Fernseher an und legte das erste Band ein. Auf dem Bildschirm erschien ein düsteres Bild.

„Das ist vom Mittwochabend", erklärte sie. „Von achtzehn Uhr an."

Die hinter dem Kopf der Sekretärin über dem Notausgang befindliche Kamera zeigte den ganzen quadratischen Raum, während die Frau an ihrem Schreibtisch saß und telefonierte. Die Tür zu Stuyvesants Büro war geschlossen. Am linken unteren Bildrand wurden Datum und Uhrzeit angezeigt. M. E. drückte auf eine Taste der Fernbedienung und ließ das Band schnell vorlaufen. Die Hand der Sekretärin fuhr hektisch auf und ab, als sie das Telefonat beendete und ein neues begann. Jemand stürmte herein, gab einen Stapel interne Post ab und stürmte wieder hinaus. Die Sekretärin sortierte die Post und versah die Zugänge mit einem Eingangsstempel.

Reacher wandte sich vom Bildschirm ab und ließ seinen Blick durch M. E.s Büro wandern. Es wirkte behördenmäßig. Ein harter grauer Teppichboden aus Nylon, Laminatmöbel, überall hohe Papierstapel, Berichte und an die Wände gepinnte Memos.

„Jetzt geht Stuyvesant nach Hause", sagte M. E.

Reacher schaute wieder auf den Bildschirm und sah, wie die Zeitangabe von 19.30 auf 19.31 Uhr sprang. Stuyvesant kam aus seinem Büro. Er war ein groß gewachsener Mann mit breiten Schultern, der etwas gebeugt ging und dessen Schläfen sich langsam grau färbten. Er trug eine schmale Aktenmappe bei sich. Der Schnelldurchlauf des Videos verlieh seinen Bewegungen eine groteske Energie. Er raste zum Kleiderständer hinüber, riss einen schwarzen Regenmantel herunter, warf ihn über die Schulter und eilte zum Schreibtisch der Sekretärin. Dort sagte er etwas und verschwand danach in Windeseile. Als es zwanzig Uhr wurde, sprang die Sekretärin auf, und M. E. ließ das Band langsamer laufen. Man sah, wie die Sekretärin Stuyvesants Bürotür öffnete. Sie ließ die Hand an der Klinke, beugte sich kurz hinein, zog den Kopf wieder zurück und schloss die Tür. Dann lief sie durch den Raum, nahm ihre Handtasche und ihren Mantel und verschwand ebenfalls.

„Wann kommt der Putztrupp?", fragte Reacher.

„Kurz vor Mitternacht."

M. E. drückte erneut auf die Taste für schnellen Vorlauf. Um 23.50 Uhr ließ sie das Band wieder normal laufen. Um 23.52 Uhr tauchte eine dreiköpfige Gruppe aus dem Dunkel des Korridors auf, die aus zwei Frauen und einem Mann bestand. Sie schienen Latinos zu sein. Alle trugen dunkle Overalls und Gummihandschuhe. Der Mann schob einen Karren, an dem vorne ein schwarzer Müllsack hing; hinten befanden sich Ablagen mit Putzlappen und Sprühflaschen. Eine der beiden Frauen schleppte einen Staubsauger, die zweite hatte einen Eimer in der einen und einen Mopp in der anderen Hand. Alle drei wirkten müde, sahen aber ordentlich, sauber und wie richtige Fachkräfte aus.

„Um wen handelt es sich da?", fragte Reacher, und M. E. drückte auf die Taste für die Standbildfunktion.

„Um Behördenangestellte. Reinigungsarbeiten werden in Washington meist entsprechenden Firmen übertragen. Wir stellen jedoch unsere eigenen Leute ein, denn wir brauchen ein gewisses Maß an Zuverlässigkeit, wie Sie sich denken können. Wir beschäftigen stets zwei Putzkolonnen im Schichtbetrieb. Die Leute werden vor ihrer Einstellung ordnungsgemäß befragt und überprüft."

„Und doch sind Sie der Meinung, dass dieser Putztrupp den Drohbrief eingeschmuggelt hat."

„Das ist die unausweichliche Schlussfolgerung. Das Schreiben hätte in dem Müllsack sein können, in einem kartonierten Umschlag. Oder man hätte ihn mit Klebeband unten an einer Ablage des Karrens oder unter einem Overall befestigen können."

Als M. E. auf die Wiedergabetaste drückte, betraten die drei Latinos Stuyvesants Büro. Die Tür fiel hinter ihnen zu. Acht Minuten später war das Band zu Ende.

„Mitternacht." M. E. holte die Kassette heraus, legte das zweite Band ein und startete es. Zwei Minuten vergingen, vier, sechs. Sieben Minuten nach Mitternacht kam die Putzkolonne wieder heraus.

„Sie glauben also, dass die Mitteilung jetzt auf dem Schreibtisch liegt", sagte Reacher.

M. E. nickte. Auf dem Video war nun zu sehen, wie sich der Trupp dem Arbeitsplatz der Sekretärin zuwandte. Die drei ließen nichts aus; der schwarze Müllsack war mittlerweile auf das Doppelte seiner ursprünglichen Größe angeschwollen. Besonders der Mann sah im Vergleich zu vorher ein bisschen unordentlich aus, weil er sich so ins Zeug legte. Sechzehn Minuten nach Mitternacht verschwanden die drei.

„Das wär's", sagte M. E. „In den nächsten fünf Stunden und 44 Minuten bis zum nächsten Kassettenwechsel passiert nichts. Und danach zwischen sechs und acht auch nicht. Dann kommt die Sekretärin rein, und es geht genauso weiter, wie sie und Stuyvesant gesagt haben."

„Und das darf man wohl auch erwarten", bemerkte eine Stimme von der Tür her. „Auf unsere Aussagen kann man sich verlassen. Schließlich bin ich seit 25 Jahren im Staatsdienst, und meine Sekretärin sogar noch länger."

3

Der Mann an der Tür war eindeutig Stuyvesant. Reacher erkannte ihn von dem Video sofort.

Stuyvesant hatte seinen Blick auf Frances gerichtet. „Sie sind die Frau aus dem Ballsaal." Dann schaute er Reacher an und trat näher. „Und Sie sind Joe Reachers Bruder. Sie gleichen ihm sehr."

„Jack Reacher." Er streckte die Hand aus, und Stuyvesant ergriff sie. „Mein Beileid. Ich weiß, das kommt fünf Jahre zu spät, aber das Finanzministerium hat Ihren Bruder immer noch in guter Erinnerung."

Reacher nickte nur. „Das ist Frances Neagley. Wir waren früher zusammen bei der Army."

„Er hat sie hinzugezogen, damit sie ihn bei der Sicherheitsüberprüfung unterstützt", fügte M. E. hinzu.

„Das dachte ich mir schon", erwiderte Stuyvesant. „Kluger Schachzug. Und wie lauten die Resultate?" Im Büro trat Stille ein.

„So schlimm?", fragte Stuyvesant. „Nun, das möchte ich auch hoffen. Ich kannte Joe Reacher. Er war beeindruckend. Ich nehme an, dass sein Bruder mindestens halb so clever ist. Und Miss Neagley vielleicht sogar noch cleverer. Sie werden es vermutlich geschafft haben, sich durchzumogeln. Habe ich Recht?"

„Ja", antwortete M. E. „Dreimal. Und einmal noch halb."

„Gehen wir in den Konferenzraum", schlug Stuyvesant vor.

Er führte sie zu einem geräumigen Raum im Herzen des Gebäudekomplexes, in dem ein langer Tisch mit fünf Stühlen auf jeder Seite stand. Keine Fenster. Drei Telefone. An der Wand ein niedriges Schränkchen.

Stuyvesant nahm Platz und deutete auf die Stühle gegenüber. „Ich möchte ausnahmsweise ganz offen reden, zumindest vorerst mal. Weil ich meine, dass wir Ihnen eine Erklärung schulden. Weil M. E. Sie mit meiner vorherigen Genehmigung hinzugezogen hat. Und weil Joe Reachers Bruder sozusagen zur Familie gehört. Reden wir mal über Baseball. Wissen Sie, was daran einzigartig ist?"

„Die Länge der Saison und die relativ niedrige Erfolgsquote", antwortete Reacher.

„Sie sind anscheinend doch mehr als halb so schlau wie Ihr Bruder", bemerkte Stuyvesant. „Beim Baseball hat die normale Saison 162 Spieltage. Bei anderen Sportarten sind es fünfzehn, zwanzig oder dreißig, und die Spieler können die Saison in dem Glauben beginnen, dass sie es schaffen werden, jedes einzelne Spiel zu gewinnen. Ab und zu ist das tatsächlich der Fall. Beim Baseball ist es jedoch unmöglich. Selbst die allerbesten Mannschaften verlieren ein Drittel ihrer Partien. Stellen Sie sich mal vor, wie die Spieler sich fühlen. Sie sind hervorragende Sportler, sie sind ehrgeizig, aber sie wissen, dass sie des Öfteren verlieren werden. Wenn sie mit diesen Gegebenheiten zurechtkommen wollen, müssen sie sich geistig darauf einstellen. Und beim Präsidentenschutz sieht es genauso aus. Wir gewöhnen uns daran, dass wir nicht Tag für Tag gewinnen können."

„Sie haben erst einmal verloren", warf Frances ein. „Bei Kennedy 1963."

„Nein, wir verlieren immer wieder", widersprach Stuyvesant. „Aber nicht jede Niederlage zählt. Wie beim Baseball. Nach einzelnen Niederlagen verliert man nicht gleich die Meisterschaft. Und bei uns ist es nicht so, dass jeder Fehler unserem Mann sofort das Leben kostet."

„Was wollen Sie damit sagen?"

„Dass Sie durchaus auf uns vertrauen können, egal, was Ihre Überprüfung ergeben hat. Sie haben vielleicht ein paar Lücken entdeckt, und wir müssen jetzt herausfinden, ob wir sie schließen können. Aber Lücken wird es immer geben. Man muss sich daran gewöhnen. Wir leben in einer Demokratie." Er lehnte sich zurück, um anzudeuten, dass er fertig war.

„Und wie steht's mit dieser speziellen Drohung?", fragte Reacher.

Stuyvesant schüttelte den Kopf. Sein Gesichtsausdruck änderte sich. Die gesamte Stimmung im Raum änderte sich. „Genau ab hier bin ich nicht mehr so offenherzig. Dass Sie überhaupt vom Vorhandensein einer Drohung in Kenntnis gesetzt wurden, ist ein schwerer Fehler, den Agent Froelich zu verantworten hat. Ich kann nur so viel sagen: Wir fangen viele Bedrohungen ab. Wie wir mit ihnen umgehen, ist streng geheim. Sie sind daher verpflichtet, kein Wort über die momentane Situation verlauten zu lassen, wenn Sie von hier weggehen. Sie sollten in diesem Zusammenhang wissen, dass mir auch Druckmittel zur Verfügung stehen."

Stille trat ein. M. E. sah verstört aus, während Stuyvesant nachzudenken schien. Schließlich stand er auf, ging zu dem Schränkchen und nahm zwei gelbe Notizblöcke und zwei Kugelschreiber heraus. Jeweils einen legte er vor Reacher und Frances hin und setzte sich wieder.

„Notieren Sie mir Ihren vollen Namen, das Geburtsdatum, die Sozialversicherungsnummer, Ihre Militärkennziffer und die gegenwärtige Anschrift."

Reacher zögerte und nahm dann den Kugelschreiber in die Hand. Frances zuckte mit den Schultern und fing an zu schreiben.

Reacher wartete kurz, dann folgte er ihrem Beispiel. Er war lange vor ihr fertig, denn er hatte keinen zweiten Vornamen und keine aktuelle Adresse.

Stuyvesant nahm die Notizblöcke vom Tisch, klemmte sie unter den Arm und verließ wortlos den Raum. Die Tür fiel laut hinter ihm zu.

„Ich bin in Schwierigkeiten. Und ich habe Ihnen ebenfalls Probleme bereitet", seufzte M. E.

„Machen Sie sich keine Gedanken darüber", erwiderte Reacher. „Er wird uns dazu bringen, eine Art Geheimhaltungsvereinbarung zu unterschreiben. Das ist alles. Ich nehme an, er lässt sie gerade tippen."

Nach zwanzig Minuten schaute er auf seine Uhr. „Was zum Teufel treibt er nur? Tippt er das etwa selbst? Wir geben ihm noch zehn Minuten, dann gehen wir alle und essen was zu Abend."

Nach fünf weiteren Minuten kam Stuyvesant zurück. Er hatte keine Papiere bei sich. Er setzte sich auf seinen alten Platz und trommelte mit den Fingerspitzen auf den Tisch. „Wo waren wir stehen geblieben? Reacher, Sie hatten eine Frage. Sie erkundigten sich nach dieser speziellen Drohung. Nun, das ist entweder eine interne oder eine externe Angelegenheit."

„Sollen wir das jetzt erörtern?"

„Ja. Wenn es eine externe Angelegenheit ist, müssen wir uns dann unbedingt Sorgen machen? Dass es groß angekündigt wurde, heißt noch lange nicht, dass es auch in die Tat umgesetzt wird."

Stille trat ein.

„Bitte äußern Sie sich dazu", sagte Stuyvesant.

„Glauben Sie denn, dass die Drohung von außen kommt?", fragte Reacher.

„Nein, ich halte es für eine interne Einschüchterung, die das Ziel hat, Agent Froelichs Karriere zu schaden. Und jetzt können Sie mich fragen, was ich dagegen unternehmen werde."

„Ich weiß, was Sie unternehmen werden. Sie werden mich und Frances für eine interne Untersuchung engagieren."

„Tatsächlich?"

Reacher nickte. „Wenn Sie sich Gedanken wegen einer internen Einschüchterung machen, brauchen Sie eine interne Untersuchung. Und dazu können Sie keine eigenen Leute verwenden, weil Sie per Zufall den Bösewicht damit beauftragen könnten. Das FBI können Sie nicht hinzuziehen, weil das in Washington nicht üblich ist; niemand wäscht seine schmutzige Wäsche in der Öffentlichkeit. Also brauchen Sie andere Außenstehende. Zwei sitzen Ihnen gegenüber. Die haben sich bereits mit der Sache befasst. Wegen Joe gelte ich von Anfang an als vertrauenswürdig. Außerdem war ich beim Militär ein guter Ermittler. Dasselbe gilt für Frances. Das wissen Sie, denn Sie haben es eben überprüft. Ich vermute, dass Sie die letzten 25 Minuten damit verbracht haben, mit dem Pentagon und dem Amt für Nationale Sicherheit zu telefonieren. Deshalb brauchten Sie unsere Angaben."

„Sehr gut kombiniert", lobte Stuyvesant. „Sie bekommen den Job, sobald ich Ihre Unbedenklichkeitsbescheide schwarz auf weiß vor mir habe. Sie müssten in ein oder zwei Stunden eintreffen."

„Und dazu sind Sie befugt?", wunderte sich Frances.

„Ich kann machen, was ich für richtig halte. Die Präsidenten geben den Leuten, die ihr Leben beschützen sollen, große Vollmachten."

Wieder trat Stille ein.

„Werde ich zu den Verdächtigen zählen?", fragte Stuyvesant schließlich. „Oder Froelich selbst?"

„Nein", antwortete Reacher. „Keiner von Ihnen zählt zu den Verdächtigen. M. E. kam aus freien Stücken zu mir. Und Sie engagierten uns, nachdem Sie sich nach unserer Vorgeschichte beim Militär erkundigt hatten. Keiner von Ihnen hätte das getan, wenn Sie was zu verbergen hätten. Zu riskant." Er machte eine Pause. „Wo sind die Leute vom Putztrupp jetzt?"

„Zu Hause, bei voller Bezahlung", erwiderte Stuyvesant. „Sie wohnen zusammen. Eine der Frauen ist mit dem Mann verheiratet, und die andere ist seine Schwägerin."

„Was hatten sie zu dieser Geschichte zu sagen?"

„Angeblich haben sie keinen blassen Schimmer. Sie hätten das Blatt nicht reingebracht und vorher auch nie zu sehen bekommen."

„Aber Sie glauben ihnen nicht."

„Alle drei haben einen Lügendetektortest bestanden."

„Also glauben Sie ihnen."

Stuyvesant schüttelte den Kopf. „Ich kann ihnen nicht glauben. Wie sollte ich? Sie haben die Videos gesehen. Ich glaube, jemand vom Secret Service hat diese Leute beauftragt, es zu erledigen. Er hat es als harmlose Sache ausgegeben, zum Beispiel als Sicherheitskontrolle, und ihnen beigebracht, wie sie mit der Überwachungskamera und dem Lügendetektor umzugehen hatten. Folglich waren sie gelassen genug, um den Test zu bestehen. Vor allem, wenn sie davon überzeugt sind, dass sie nichts Unrechtes getan, sondern der Behörde einen Dienst erwiesen haben, ohne Konsequenzen fürchten zu müssen."

„Haben Sie das bei den dreien schon zur Sprache gebracht?", erkundigte sich M. E.

„Das wird Ihre Aufgabe sein. Verhöre sind nicht meine Stärke."

STUYVESANT verschwand so schnell, wie er gekommen war. Er ging einfach aus dem Zimmer, während Reacher, Frances und M. E. in dem hellen Licht am Tisch sitzen blieben.

„Ich habe bereits einen Job", sagte Frances.

„Nehmen Sie eine Weile Urlaub", erwiderte Reacher. „Bleiben Sie hier."

Sie schürzte die Lippen. „Na ja, auf meine Partner wird das wegen des Prestiges vielleicht Eindruck machen. Also werde ich im Hotel ein paar Telefonate führen, um rauszufinden, ob sie eine Weile ohne mich auskommen können."

„Möchten Sie vorher zu Abend essen?", fragte M. E.

Frances schüttelte den Kopf. „Nein, ich esse auf meinem Zimmer."

Sie gingen über die verwinkelten Gänge zu M. E.s Büro zurück, wo diese für Frances einen Fahrer kommen ließ. Dann begleitete sie sie hinunter in die Garage. Als M. E. zurückkam, saß Reacher schweigend an ihrem Schreibtisch.

„Gehen wir!", forderte sie ihn auf. „Wir essen bei mir zu Hause."

364

„Bei Ihnen?"

„An einem Sonntagabend kriegt man in den Restaurants hier schwer einen Platz. Und sie sind mir sowieso zu teuer."

SIE WOHNTE in einem kleinen, gemütlichen Reihenhaus in einer wenig prestigeträchtigen Gegend auf der anderen Seite des Anacostia River. Hinter der hölzernen Eingangstür öffnete sich eine kleine Diele, die direkt zum Wohnzimmer führte. Es war heimelig eingerichtet: ein Parkettboden mit Teppich und altmodische Möbel. Die Heizkörper waren so stark aufgedreht, dass Reacher seine schwarze Jacke auszog und auf eine Stuhllehne legte.

M. E. ging zum anderen Ende des Zimmers, wo es einen bogenförmigen Durchgang zu einer Wohnküche gab, und schaute sich dort etwas ratlos um, als wundere sie sich, wozu all die Geräte und Schränke da seien.

„Wir könnten was vom Chinesen kommen lassen!", rief Reacher hinüber.

Sie zog ihre Jacke nun ebenfalls aus, faltete sie zusammen und legte sie auf einen Hocker. „Keine schlechte Idee."

In einer Schublade entdeckte sie die Speisekarte des Lieferservices, rief die Nummer an und bestellte zweimal Hühnchen süßsauer.

„Ist das okay?", fragte sie Reacher.

„Ich wette, das war Joes Lieblingsgericht."

„Ich habe immer noch ein paar Sachen von ihm. Die sollten Sie mal anschauen."

Sie ging vor ihm her zur Diele zurück und die Treppe hoch. Oben gab es auf der Vorderseite des Hauses ein Gästezimmer mit einem eintürigen Wandschrank. Auf der Kleiderstange hing eine lange Reihe Anzüge und Hemden, die noch in den Plastikhüllen einer Reinigung steckten.

„Das gehörte ihm", erklärte M. E. „Ich dachte, er würde zurückkommen, um alles abzuholen, aber er tat es nicht. Sie können die Sachen mitnehmen. Es sind jetzt sowieso Ihre, nehme ich an."

„Warum ist es zur Trennung gekommen?", fragte Reacher.

Unten läutete die Türglocke. In der sonntäglichen Stille klang sie schrill.

„Das Essen", wechselte M. E. rasch das Thema.

Sie gingen nach unten und aßen schweigend am Küchentisch. In einer Atmosphäre seltsamer Vertrautheit, aber auch der Distanz.

„Wenn Sie wollen, können Sie hier übernachten", schlug M. E. vor.

„Ich habe im Hotel nicht ausgecheckt."

„Dann checken Sie morgen aus und quartieren sich hier ein."

„Und Frances?"

Einen Moment lang herrschte Stille.

„Wenn sie will, kann sie auch herkommen. Es gibt noch ein Schlafzimmer."

„Fein."

Sie beendeten ihre Mahlzeit und stellten den Geschirrspüler an. Als das Telefon klingelte, ging M. E. ins Wohnzimmer und nahm ab. Sie redete kurz und kam zurück. „Das war Stuyvesant. Er gibt Ihnen das offizielle Startzeichen."

Reacher nickte. „Rufen Sie Frances an, und sagen Sie ihr, sie soll sich marschbereit machen."

„Um diese Zeit?"

„Probleme sollte man so schnell wie möglich anpacken. Das ist meine Devise. Sagen Sie ihr, dass sie in einer halben Stunde vor dem Hotel auf uns warten soll."

„Wo wollen Sie anfangen?"

„Mit den Videoaufnahmen. Ich möchte mir die Bänder noch mal anschauen. Und ich möchte den Mann kennen lernen, der für die Videoüberwachung zuständig ist."

30 MINUTEN später holten sie Frances vor dem Hotel ab. Sie hatte sich umgezogen und trug jetzt einen schwarzen Hosenanzug mit einer kurzen Jacke. Die Hose war eng geschnitten und sah, wie Reacher fand, von hinten ziemlich gut aus.

Im Bürotrakt des Secret Service ging M. E. zu ihrem Schreibtisch, nachdem sie die beiden anderen mit dem Agenten bekannt gemacht hatte, der die Videoüberwachung betreute. Er war ein kleiner, schmächtiger, nervöser Bursche in Sonntagskleidung, der eilends herbeizitiert worden war. Er führte sie zu einem Kämmerchen mit Regalen, die voller Videorekorder standen. Eine Wand bestand aus einem raumhohen weiteren Regal, auf dem hunderte von VHS-Kassetten säuberlich in schwarzen Plastikboxen aufbewahrt wurden.

„Das System arbeitet weitgehend selbsttätig", erklärte der Agent. „An jede Kamera sind vier Rekorder angeschlossen. Jedes Band hat eine Laufzeit von sechs Stunden. Also wechseln wir einmal am Tag die Kassetten, archivieren sie im Regal und lagern sie dort drei Monate lang. Dann werden sie überspielt."

„Wo sind die Originalbänder von der betreffenden Nacht?", erkundigte sich Reacher.

„Da drin." Der Agent holte aus seiner Tasche einen Bund kleiner Messingschlüssel hervor, öffnete ein niedriges Schränkchen und entnahm ihm drei Boxen mit Kassetten.

„Wo können wir sie anschauen?"

„Das können Sie hier machen." Er schaltete einen Videorekorder und einen Bildschirm an und stellte die Boxen in der richtigen zeitlichen Reihenfolge auf. „Hier ist es ziemlich eng. Ich warte wohl besser im Foyer. Sie können mir ja Bescheid geben, wenn Sie fertig sind." Bei diesen Worten schaute er sich um, als missfiele es ihm, Fremde in seinem kleinen Reich allein zu lassen.

„Wie heißen Sie?", fragte Frances.

„Nendick", antwortete der Agent schüchtern.

Er verließ den Raum, und Reacher legte eine Kassette ein.

„Wissen Sie was?", sagte Frances. „Dieser Typ hat nicht einen Blick auf meinen Hintern geworfen. Die Männer tun das gewöhnlich, wenn ich diese Hose trage."

„Vielleicht ist er schwul."

„Er trug einen Ehering. Vielleicht werde ich langsam alt."

Reacher drückte die Taste für schnellen Rücklauf. Der Motor surrte, als die Kassette zurückspulte.

„Das dritte Band. Donnerstagmorgen. Wir schauen uns das von hinten nach vorn an."

Als Reacher die Wiedergabetaste drückte, tauchte ein leeres Büro auf dem Bildschirm auf. Das Datum von Donnerstag wurde angezeigt und die Zeit mit 7.55 Uhr angegeben. Reacher drückte den Suchlauf und schaltete auf Standbild, als die Sekretärin Punkt acht eintrat. Als er die Wiedergabetaste betätigte, ging die Sekretärin in den quadratischen Raum, zog ihren Mantel aus und hängte ihn am Kleiderständer auf. Schwer ließ sie sich auf ihren Stuhl fallen, schob ihn vor und befasste sich mit einem hohen Stapel Memos. Manche von ihnen legte sie ab, andere versah sie mit ihrem Stempel. Zweimal wandte sie sich von dem Stapel ab, um Anrufe entgegenzunehmen.

Reacher stellte wieder den schnellen Suchlauf ein, bis Stuyvesant um 8.10 Uhr in einem dunklen Regenmantel auf der Bildfläche erschien. Er zog den Mantel aus, hängte ihn auf und stellte seine Aktentasche auf den Schreibtisch der Sekretärin. Dann beugte er sich vor, um mit ihr zu sprechen. Schließlich richtete er sich wieder auf, ging ohne die Aktentasche zu seiner Tür und verschwand in seinem Büro. Nach genau vier Sekunden erschien er wieder in der Tür und rief seine Sekretärin zu sich.

„Er hat das Schreiben gefunden", murmelte Reacher.

„Die Sache mit der Tasche ist merkwürdig", bemerkte Frances.

Er ließ die nächste Stunde schnell durchlaufen. Leute gingen in dem Büro ein und aus. M. E. tauchte zweimal im Bild auf. Dann traf ein Spurensicherungsteam ein, das das Schreiben in einer Plastikhülle mitnahm.

Reacher spulte das Band zurück. Vor ihren Augen vollzog sich das ganze Geschehen von Donnerstagmorgen im Rückwärtsgang, bis vor acht Uhr wieder das leere Büro zu sehen war. „Jetzt kommt der langweilige Teil", sagte Reacher. „Stundenlang gar nichts."

Um sechs Uhr war das Band am Anfang angelangt und kam zum Stehen. Reacher nahm die Kassette heraus und ließ die nächste bis ans Ende vorlaufen. Dann drückte er wieder die Rücklauftaste und setzte die Suche fort. Doch nichts geschah.

„Warum machen wir das heute Abend?", wollte Frances wissen.

„Weil ich ungeduldig bin", antwortete Reacher.

„Vielleicht gibt's auch noch einen anderen Grund. Vielleicht wollen Sie Ihren Bruder übertreffen."

„Das habe ich nicht nötig. Ich weiß genau, was bei einem Vergleich rauskäme."

„Was ist eigentlich mit ihm passiert?"

„Er wurde in Ausübung seines Dienstes unten in Georgia umgebracht, kurz nach meinem Ausscheiden aus der Army. Bei einem Geheimtreffen mit einem Informanten aus einem Geldfälscherring. Sie gerieten in einen Hinterhalt und mussten beide dran glauben. Man schoss Joe zweimal in den Kopf."

„Hat der Secret Service die Täter erwischt?"

„Nein."

„Das ist schrecklich."

„Nicht unbedingt. Ich habe sie selbst geschnappt. Und die Moral von der Geschichte: Mit mir und meinen Leuten sollte man sich nicht anlegen. Zu dumm, dass die Täter das nicht vorher wussten."

„Gab es darauf irgendwelche Reaktionen?"

„Ich verschwand schnell und tauchte unter. Konnte deshalb nicht mal an der Beerdigung teilnehmen."

„Miese Geschichte."

Reacher schwieg einen Moment und starrte auf das schnell zurücklaufende Band. „Eigentlich war er selbst schuld dran", fuhr er fort.

„Würden Sie bei einem Geheimtreffen in einen Hinterhalt geraten?"

„Nein, ich würde die üblichen Vorkehrungen treffen: frühzeitig eintreffen, die Gegend erkunden, alles überwachen, die Zugangswege blockieren."

„Aber Joe tat nichts dergleichen. Das Seltsame an ihm war Folgendes: Er sah aus wie ein zäher Bursche, war zwei Meter groß und gut 110 Kilo schwer. Hände wie Schaufeln und ein Gesicht wie der Handschuh eines Baseballfängers. Äußerlich waren wir wie Klone, aber wir dachten ganz unterschiedlich. Tief drinnen war er ein durchgeistigter Typ. Und ziemlich naiv. Er dachte nie was Unsauberes. Für ihn war alles wie ein Schachspiel. Er bekam einen Anruf, arrangierte ein Treffen und fuhr hin, gerade so, als mache er einen Zug mit einem seiner Bauern. Er rechnete einfach nicht damit, dass jemand auftauchen und das ganze Schachbrett abräumen würde. Zunächst war ich wütend, dass er so unachtsam gewesen war, aber dann ging mir auf, dass ich ihm keine Schuld geben konnte. Um unachtsam zu sein, muss man zunächst mal wissen, weshalb man achtsam sein soll. Und das tat er nicht. Er dachte einfach nicht auf diese Weise. Wie gesagt, er war ziemlich naiv."

„Seine ehemaligen Kollegen sehen das aber offenbar ganz anders."

„Stimmt. Hier muss er den wilden Mann markiert haben. Ist aber alles relativ."

Frances wandte ihre Aufmerksamkeit wieder dem Bildschirm zu. „Aufgepasst. Jetzt kommt die Geisterstunde."

Die Zeitangabe lief auf 0.30 Uhr zurück. Das Büro lag verlassen da. Um 0.16 Uhr flitzte die Putzkolonne rückwärts aus dem düsteren Korridor herbei. Reacher betrachtete die drei im schnellen Suchlauf, bis sie um 0.07 Uhr in Stuyvesants Büro verschwanden. Dann ließ er das Band mit normaler Geschwindigkeit vorwärts laufen und schaute zu, wie die drei wieder herauskamen und sich den Arbeitsplatz der Sekretärin vornahmen.

„Was halten Sie davon, Frances? Wenn sie das Schreiben eben deponiert hätten, würden sie dann so gelassen aussehen?"

Die drei wirkten überhaupt nicht heimlichtuerisch oder ängstlich, sondern gingen einfach engagiert ihrer Arbeit nach.

Reacher ließ das Band zurücklaufen, bis es um Mitternacht am Anfang angekommen war und von selbst stoppte. Er nahm die Kassette heraus und schob die erste in den Schacht des Rekorders. Spulte sie zum Ende vor und ließ das Bild dann schnell zurücklaufen, bis die Putzkolonne erstmals erschien. Reacher drückte auf die Wiedergabetaste und ließ das Geschehen nun regulär ablaufen. Als die drei klar zu erkennen waren, stellte er auf Standbild.

„Wirken sie hier besorgt oder ängstlich?", fragte er Frances.

„Lassen Sie das Band noch ein bisschen weiterlaufen, damit wir sie in Bewegung sehen."

Er drückte die Wiedergabetaste, und sie schauten den dreien zu, wie sie in Stuyvesants Büro verschwanden.

Frances lehnte sich zurück und schloss ihre Augen. „Sie sind mit weniger Energie am Werk als beim Rauskommen. Ein wenig langsamer. Als wären sie zögerlich."

„Oder als hätten sie Angst, gleich was Unrechtes zu tun?"

Sie sahen sich die betreffenden Stellen noch einmal an, aber was sie hatte stutzen lassen, war nicht wirklich greifbar. Die drei wirkten beim Hineingehen einfach etwas schwerfälliger als beim Herauskommen. Oder müder. Vielleicht hatten sie sich in Stuyvesants Büro außerhalb der Reichweite der Kameras einfach ein wenig ausgeruht. Immerhin waren sie eine Viertelstunde drin gewesen, obwohl es ein kleines Büro war. Und immer sauber und aufgeräumt.

Reacher ließ das Band zurücklaufen, bis die Sekretärin und Stuyvesant nach Hause gingen. Dazwischen ereignete sich nichts. Reacher fällte sein Urteil. „Okay, die Putzkolonne war es. Aus eigenem Antrieb?"

„Das bezweifle ich", erwiderte Frances.

„Dann hat sie also jemand beauftragt. Aber wer?"

SIE GABEN Nendick im Foyer Bescheid, dass sie fertig waren, und gingen dann zu M. E.s Büro. Sie saß an ihrem Schreibtisch und erledigte Papierkram.

„Wir müssen mit dem Putztrupp sprechen", sagte Reacher.

„Jetzt?"

„Einen besseren Zeitpunkt gibt es gar nicht. Verhöre zu später Stunde sind immer am effektivsten."

Sie schaute verdutzt drein. „Na gut. Ich kann Sie fahren."

„Es ist besser, wenn Sie nichts damit zu tun haben", warf Frances ein. „Die Leute werden ungezwungener mit uns reden, wenn niemand von der Behörde dabei ist."

„Dann werde ich draußen warten. Aber ich komme mit."

Mit dem Aufzug fuhren sie zur Garage hinunter und stiegen in den Suburban. Während der Fahrt schloss Reacher die Augen. Er war müde, hatte sechs Tage hintereinander schwer gearbeitet. Als der Wagen in einer heruntergekommenen Gegend hielt, öffnete er die Augen wieder.

„Nummer 2301, das ist es", sagte M. E.

Es war die linke Hälfte eines Zweifamilienhauses. Reacher und Frances stiegen aus und gelangten über einen rissigen zementierten Zugangsweg zur Haustür. Reacher drückte auf die Klingel, dann warteten sie. Als die Tür aufging, erblickten sie einen Mann in Baumwollhosen und einem Pulli. Er war der Mann von den Videos, da gab es keine Zweifel. Sein schwarzes, glänzendes Haar war vor nicht allzu langer Zeit in einem altmodischen Stil geschnitten worden. „Ja?", fragte er.

„Wir möchten über den Vorfall im Büro reden", sagte Reacher.

Der Mann stellte keine weiteren Fragen, wollte auch keinen Ausweis sehen. Er warf nur einen Blick auf Reachers Gesicht und wich zurück.

Frances und Reacher traten in eine kleine Diele, in der viele Spielsachen säuberlich in Regale eingeräumt waren. In der benachbarten Küche waren bunte Kinderzeichnungen an der Kühlschranktür zu sehen. Von der Diele ging es in ein Wohnzimmer, in dem zwei schweigende, verängstigt dreinschauende Frauen saßen.

„Wir brauchen Ihre Namen." Frances' Stimme strahlte eine gewisse Wärme aus, war aber zugleich so Furcht einflößend wie das Jüngste Gericht. Das war ihre Methode. Niemand wagte je, sich mit ihr anzulegen.

„Julio", erwiderte der Mann.

„Anita", sagte die eine Frau. Reacher nahm an, dass sie es war, die mit Julio verheiratet war, weil sie diesen anschaute, bevor sie antwortete.

„Maria", entgegnete die andere Frau. „Ich bin Anitas Schwester."

Die Frauen saßen auf einem kleinen Sofa, bei dem noch zwei Sessel standen, und rückten nun zusammen, damit Julio bei ihnen Platz nehmen konnte. Reacher verstand das als Einladung und setzte sich in den einen Sessel. Frances nahm den anderen.

„Wir glauben, dass Sie das Schreiben in das Büro gelegt haben", fiel sie mit der Tür ins Haus.

Keine Antwort, keinerlei sonstige Reaktion.

„Sind die Kinder im Bett?", fragte Reacher.

„Sie sind nicht da", antwortete Anita.

„Wo sind sie?"

„Bei einem Cousin", erwiderte sie nach kurzem Zögern.

„Wieso?"

„Weil wir nachts arbeiten."

„Nicht mehr lange", drohte Frances. „Wenn Sie nicht bald den Mund aufmachen, werden Sie überhaupt keine Arbeit mehr haben."

„Mit einem Brief haben wir nichts gemacht", beteuerte Julio.
„Was haben Sie dann getan?", bohrte Reacher nach.
„Wir haben geputzt. Dazu sind wir da."
„Sie waren ziemlich lang in Stuyvesants Büro."
Julio schaute seine Frau an. Er schien verdutzt. „Nicht länger als sonst auch. Es ist doch Nacht für Nacht immer dasselbe. Außer wenn jemand Kaffee verschüttet oder viel Abfall hinterlassen hat. Das kann uns eine Weile aufhalten."
„Gab es in jener Nacht in Stuyvesants Büro was Derartiges?"
„Nein. Stuyvesant ist einer, der auf Sauberkeit achtet."
„Auf dem Video sieht man, wie Sie reingehen", sagte Frances. „Nachher lag die Mitteilung auf dem Schreibtisch. Wir glauben, dass Sie sie dort hingelegt haben, weil jemand Sie darum gebeten und Ihnen gesagt hat, es sei eine Art Test. Und deswegen sei es okay. Und das war es auch. Es wurde kein Unheil angerichtet, Ihnen wird also nichts passieren. Aber wir müssen wissen, wer Sie beauftragt hat. Denn das gehört auch zum Test, dass wir versuchen, das rauszufinden. Sie müssen es uns sagen, sonst müssen wir annehmen, dass Sie es aus eigenem Antrieb getan haben. Und das wäre was anderes, das wäre nicht mehr okay. Denn dann haben Sie eine Drohung gegen den designierten Vizepräsidenten gerichtet, und dafür können Sie ins Gefängnis kommen."

Maria bekam einen versteinerten Gesichtsausdruck, Anita und Julio ebenfalls. Ausdruckslos und mit stoischen Leidensmienen blickten die drei vor sich hin.

„Gehen wir", seufzte Reacher.

Sie standen auf und verließen das Haus. Als sie beim Suburban ankamen, klappte M. E. gerade ihr Handy zu. „Es wird eine weitere Strategiebesprechung geben. Kommen Sie morgen früh um neun ins Büro."

Am folgenden Morgen, einem Montag, war es feucht und sehr kalt, als wolle die Natur mit dem Herbst Schluss machen und mit dem Winter anfangen. Frances und Reacher trafen sich um 8.40 Uhr vor dem Hotel und stellten fest, dass ein Wagen des Secret Service auf sie wartete.

Der Fahrer wühlte sich durch den morgendlichen Verkehr und fuhr mit kreischenden Reifen in die Tiefgarage. Dann führte er sie schnellen Schrittes in die kleine Halle und zum Fahrstuhl.

Im Konferenzraum im dritten Stock saßen nur M. E. und Stuyvesant. Beide sahen blass aus. Vor ihnen lag ein Foto auf dem polierten Tisch, ein hastig gemachtes Polaroidfoto, auf dem ein Blatt Papier abgebildet war. Reacher trat näher, beugte sich vor und schaute es genauer an.

In der Mitte des Blattes stand säuberlich zentriert die Mitteilung: HEUTE WIRD DEMONSTRIERT, WIE EXPONIERT UND VERWUNDBAR SIE SIND.

„Wann ist das eingetroffen?", fragte Reacher.

„Heute Morgen", antwortete M. E. „Mit der Post, an Armstrongs Büro adressiert. Wir leiten jetzt aber seine gesamte Post hierher."

„Von wo kommt es?"

„Aus Orlando, Florida, Poststempel vom Freitag. Die Spurensicherung arbeitet schon dran. Aber ich bin sicher, wir wissen bereits, was sie herausfinden werden."

„Ich habe den Putztrupp festnehmen lassen", teilte Stuyvesant mit.

Niemand erwiderte etwas.

„Was meinen Sie spontan dazu?", fuhr Stuyvesant fort. „Ist es eine echte Drohung oder nur ein Scherz?"

„Eine echte Drohung", urteilte Frances.

„Wir unterstellen, dass sie ernst gemeint ist, bis wir vom Gegenteil überzeugt sind", präzisierte Reacher. „Ich habe zwei Fragen. Erstens: Wie gut ist Armstrong bei seinen heutigen Aktivitäten abgesichert?"

„So gut wie möglich", erwiderte M. E. „Ich habe die Zahl seiner Leibwächter verdoppelt. Es ist vorgesehen, dass er um elf von zu Hause zum Capitol Hill aufbricht. Ich setze eine gepanzerte Stretch-Limousine und den üblichen Konvoi ein. Und bei Abfahrt und Ankunft schirmen wir die Gehsteige mit Zeltbahnen ab. Er wird nie richtig ins Freie gelangen. Wir werden ihm sagen, dass es sich um eine Sicherheitsübung handelt."

„Er weiß bis jetzt immer noch nicht Bescheid über die Briefe?"

„Das ist die übliche Vorgehensweise", antwortete Stuyvesant. „Wir erwähnen das nicht."

„Jedes Jahr kommen tausende von Drohungen", erinnerte sich Frances.

Stuyvesant nickte. „Genau. Bei den meisten steckt nichts dahinter. Wir warten ab, bis wir absolut sicher sind, dass wirklich Gefahr droht. Aber selbst dann machen wir kein großes Getue. Unsere Schutzbefohlenen haben Wichtigeres zu erledigen, als sich darüber den Kopf zu zerbrechen. Das ist unsere Aufgabe."

AUS DEM HINTERHALT 373

„Alles klar", sagte Reacher. „Meine zweite Frage lautet: Wo ist Armstrongs Frau? Außerdem hat er doch ein erwachsenes Kind, nicht wahr? Seine Familie zu behelligen, wäre eine gute Methode, seine Verwundbarkeit unter Beweis zu stellen."

M. E. nickte. „Mrs Armstrong hält sich momentan wieder hier in Washington auf. Sie ist gestern aus North Dakota angereist. Und die Tochter geht in der Antarktis einem meteorologischen Studienprojekt nach, wo es ringsum nur hunderte Quadratkilometer Eis gibt."

„Was den heutigen Tag betrifft: Ich möchte, dass Frances und ich als Beobachter vor Ort sind."

„Glauben Sie etwa, dass wir Mist bauen werden?"

„Nein, aber ich nehme an, dass Sie alle Hände voll zu tun haben. Und falls der Täter schon in der Gegend lauert, sind Sie vielleicht zu beschäftigt, um ihn zu entdecken."

„Also gut", stimmte Stuyvesant zu. „Sie beide werden dabei sein."

M. E. FUHR sie nach Georgetown, wo sie kurz vor zehn ankamen. Drei Blocks vor Armstrongs Haus stiegen Reacher und Frances aus, dann fuhr M. E. weiter. Obwohl sich die dunstverhangene Sonne alle Mühe gab, war es ein kalter Tag geblieben.

Frances schaute in alle vier Himmelsrichtungen. „Wie packen wir's an?"

„Wir bewegen uns im Kreis, diese drei Häuserblocks bilden unseren äußeren Radius", erwiderte Reacher. „Sie gehen im Uhrzeigersinn, ich umgekehrt. Dann bleiben Sie im Süden, ich im Norden. Wenn Armstrong abgefahren ist, treffen wir uns vor seinem Haus."

Frances nickte, und sie gingen los. Mit Georgetown war Reacher nicht sehr vertraut, nicht wie ein Polizist in seinem Revier, der auf das achten würde, was nicht so recht stimmte. Was war ungewöhnlich? Diese Frage konnte nur beantworten, wer die Gegend seit langem kannte.

Aus diesem Grund erschien Reacher fast alles verdächtig, was er sah. Aber nichts stach ihm wirklich ins Auge. Im Gehen überprüfte er die Fenster in den Obergeschossen. Mit einem Gewehr hätte man in diesem Umfeld etwas anfangen können. Ein Labyrinth von Häusern, Hinterhöfen und schmalen Gässchen. Ein Gewehr konnte andererseits gegen eine gepanzerte Stretch-Limousine nichts ausrichten; dazu bräuchte man schon eine Panzerabwehrrakete.

Schließlich bog Reacher um eine Ecke und gelangte ans obere Ende von Armstrongs Straße. Eine kleine Gruppe von Gaffern schaute zu, wie das Team des Secret Service zwischen dem Haus des Vizepräsidenten und dem Straßenrand Bahnen aus schwerem weißem Segeltuch aufspannte, die völlig undurchsichtig waren und aussahen wie ein langes, schmales Zelt. Das eine Ende reichte bis zur Backsteinumrandung der Haustür, das andere würde die Limousine so einrahmen, dass sich die Wagentür in das Zelt hinein öffnete. Armstrong würde beim Einsteigen nicht zu sehen sein.

Reacher umrundete die Gruppe der Neugierigen. Sie sahen harmlos aus, vermutlich Anwohner. Ihrer Kleidung nach waren sie nur kurz aus ihren Häusern gekommen, um sich das Spektakel anzusehen.

Auf der Suche nach Personen, die vielleicht von weiter entfernt zuschauten, ließ Reacher seinen Blick die Straße hinunterwandern. Es gab viele Passanten, die in Cafés saßen, an ihrem Espresso nippten, Zeitung lasen oder in ihr Handy sprachen.

Reacher wählte eines der Cafés, von dem aus er die Straße in südlicher Richtung gut im Blick hatte, holte sich einen schwarzen Kaffee und setzte sich an einen Tisch. Um 10.55 Uhr kam ein schwarzer Suburban herbeigefahren und hielt kurz nach den Tuchbahnen. Ihm folgte ein langer schwarzer Cadillac, der genau an der Öffnung des Zelts hielt. Hinter ihm befand sich eine weitere schwarze Limousine. Alle drei Wagen hatten verspiegelte Scheiben. Vier Agenten stiegen aus dem Suburban und bezogen auf dem Gehsteig Position, zwei nördlich des Hauses, zwei südlich davon. Zeitgleich hielten zwei Streifenwagen der Stadtpolizei mitten auf der Straße an, schalteten ihre Blaulichter ein und stoppten den Verkehr.

Reacher hielt die Zeltbahnen fest im Blick und versuchte zu erkennen, ob Armstrong hindurchging. Es war unmöglich. Noch während er hinstarrte, hörte er undeutlich, wie eine gepanzerte Wagentür geschlossen wurde. Die vier Agenten stiegen wieder in den Suburban, worauf sich der kleine Konvoi in Bewegung setzte und davonfuhr.

Reacher trank seinen Kaffee aus und ging auf Armstrongs Haus zu, wo er mit Frances zusammentraf, die aus der entgegengesetzten Richtung kam. „Und?", fragte er.

„Es gab die eine oder andere Möglichkeit, doch es war niemand zu sehen, der sie hätte nutzen können. Und das Zelt und den gepanzerten Wagen finde ich gut."

Reacher nickte. Als sie sich umwandten, sahen sie M. E. in ihrem Suburban herannahen und sie zu sich ins Auto winken. Frances stieg vorne ein, und Reacher machte es sich auf dem Rücksitz bequem.

AUS DEM HINTERHALT 375

M. E. nahm den Fuß vom Bremspedal und ließ den Wagen langsam anrollen. Sie hielt ihn nahe am Bordstein und stoppte wieder, als sich die rechte Hintertür auf Höhe des Zelts befand. Dann sprach sie in das Mikrofon an ihrem Handgelenk. „Eins ist bereit."

Reacher schaute in den Tunnel aus Segeltuch hinein und sah, wie sich die Haustür öffnete und ein Mann heraustrat. Es war Armstrong. Weder besonders langsam noch besonders schnell kam er auf das Auto zu.

„Der Konvoi war ein Lockvogel", bemerkte M. E.

„Und ich bin drauf reingefallen", stöhnte Reacher.

Armstrong öffnete die Tür und nahm neben ihm Platz. „Guten Morgen, M. E."

„Guten Morgen, Sir. Das sind meine Mitarbeiter Jack Reacher und Frances Neagley."

Frances wandte sich halb um, und Armstrong schüttelte ihr die Hand. „Ich kenne Sie doch." Er stutzte. „Ich bin Ihnen am Donnerstagabend bei dem Empfang begegnet. Sie haben die Partei unterstützt, nicht?"

„In Wirklichkeit gehört sie zu den Sicherheitsleuten", klärte M. E. ihn auf.

„Ausgezeichnet", lobte er. „Glauben Sie mir, ich bin sehr dankbar für die Sorgfalt, mit der man mich behandelt."

Reacher fand ihn großartig. Der Mann musste ein fantastisches Personengedächtnis haben, wenn er ein Gesicht wieder erkannte, das er vor vier Tagen unter tausend anderen gesehen hatte. Der geborene Politiker.

Armstrong schüttelte nun auch seine Hand. „Freut mich, Sie kennen zu lernen, Mr Reacher."

„Ganz meinerseits."

„Gehören Sie auch zum Sicherheitspersonal?"

„Ich bin beratend tätig."

„Die Sicherheitsleute machen ihre Arbeit hervorragend. Ich bin froh, dass Sie mit an Bord sind."

Als M. E. auf die Wisconsin Avenue zufuhr, gab Armstrong ein Geräusch von sich, das wie ein kleiner zufriedener Seufzer klang, und schaute hinaus auf die Stadt, als könnte er immer noch nicht glauben, dass er hier war. Er war groß und voller Energie. Blaue Augen, ebenmäßige Gesichtszüge, widerspenstiges Haar mit einem Goldschimmer.

„Sie waren früher beim Militär, stimmt's?", fragte er unvermittelt.

„Meinen Sie mich?", gab Frances zurück.

„Sie und Mr Reacher. Das sehe ich Ihnen beiden an. Mein Vater war auch beim Militär."

M. E. fuhr am Kapitol vorbei, bog nach links in die First Street ab und hielt so dicht bei einem weiteren Sichtschutzzelt an, das vor einem Seiteneingang der Senatsbüros aufgebaut worden war, dass Armstrongs Tür wieder von den Segeltuchbahnen umrahmt wurde. Vier Agenten warteten auf dem Gehsteig, drei in dem Tunnel. Einer von ihnen öffnete die Tür des Suburban.

„Es war nett, Sie beide kennen zu lernen", verabschiedete sich Armstrong. „Und vielen Dank, M. E." Dann stieg er hinaus in die Düsternis des Zelts, wo er sofort von den Agenten umringt und in das Gebäude eskortiert wurde.

„So weit, so gut", seufzte M. E. erleichtert auf. „Er ist jetzt den ganzen Tag da drin bei Besprechungen. Gegen 19 Uhr bringen wir ihn zurück nach Hause. Da seine Frau da ist, besorgen wir ihnen einen Videofilm oder sonst was und achten darauf, dass sie den ganzen Abend hermetisch abgeriegelt sind."

„Wir brauchen mehr Informationen", sagte Reacher. „Wir wissen nicht, wie und wo Armstrongs Exponiertheit unter Beweis gestellt werden soll. Es könnte ja alles Mögliche sein, angefangen mit banalen Graffiti. Sofern überhaupt was passiert."

Sie nickte. „Wir kümmern uns um Mitternacht drum, wenn wir's bis dahin geschafft haben."

„Außerdem möchte ich, dass Frances den Putztrupp noch mal verhört. Wenn wir von den Leuten bekommen, was wir brauchen, können wir beruhigt sein."

SIE SETZTEN Frances am Bundesgefängnis ab und fuhren zu M. E.s Büro. Die kriminaltechnischen Untersuchungen, die das FBI am neuesten Drohbrief vorgenommen hatte, lagen jetzt vor. Sie stimmten in der Tat mit den früheren beiden überein.

M. E. öffnete eine Schublade und blätterte eine Akte durch, bis sie auf ein einzelnes Blatt stieß, das sie hervorzog und Reacher reichte. Es war das Fluoroskopie-Bild eines Fingerabdrucks in Originalgröße.

„Ist das der Daumen unseres Mannes?", fragte Reacher.

Sie nickte.

Es war ein sehr deutlicher Abdruck. Alle Furchen und Rillen waren exakt abgebildet. Und es war ein großer Abdruck. Ein sehr großer sogar. Der Bursche musste Hände wie ein Schaufelbagger haben. Und raue Haut, betrachtete man die außerordentliche Klarheit des Abdrucks.

„Er arbeitet mit den Händen", folgerte Reacher. „Vielleicht ein Handwerker." Er überlegte kurz. „Bis Frances zurück ist, möchte ich noch was in Erfahrung bringen, das mir schon länger im Hinterkopf herumspukt. Ich bin bald wieder da."

Er ging in den quadratischen Raum vor Stuyvesants Büro, wo dessen Sekretärin an ihrem Schreibtisch saß.

„Ist Ihr Boss da?", fragte er.

Sie schüttelte den Kopf. „Er hat einen Termin im Weißen Haus."

„Erinnern Sie sich an den Morgen, an dem in seinem Büro das Schreiben auftauchte?"

„Natürlich."

„Wieso ließ Stuyvesant seine Aktentasche hier draußen stehen?"

„Weil es ein Donnerstag war."

„Was hat es damit auf sich?"

„Seine Frau fährt dienstags und donnerstags mit ihrem gemeinsamen Wagen nach Baltimore. Sie arbeitet dort Teilzeit in einer Klinik. Mr Stuyvesant kommt deshalb mit der U-Bahn zur Arbeit."

Reacher schaute verwundert drein. „Na und?"

„Er hat für Dienstag und Donnerstag eine spezielle Aktentasche. Weil er sie in der U-Bahn auf dem Boden abstellen muss. Aber da er Schmutz nicht ausstehen kann, nimmt er sie nicht in sein Büro mit. Er lässt sie den ganzen Tag hier draußen stehen. Wenn er was braucht, muss ich es ihm reinbringen."

Ungläubig verzog Reacher das Gesicht.

„Eine harmlose Schrulle", fuhr die Sekretärin fort. „Den Drohbrief hat die Putzkolonne deponiert. Eine andere Erklärung gibt es nicht."

Als ihr Telefon klingelte, entschuldigte sie sich höflich.

Reacher ging durch das Labyrinth von Korridoren zu M.E.s Büro zurück.

In der Zwischenzeit war Frances eingetroffen. Sie hatte M. E. gegenüber am Schreibtisch Platz genommen. Da es keine weitere Sitzmöglichkeit gab, hockte sich Reacher auf den Boden.

„Was haben Sie erreicht?"

Frances trommelte mit den Fingern auf dem Schreibtisch herum. „Sie haben alle einen Rechtsbeistand bekommen und sind über ihre Rechte im Bilde."

„Wie schön. Was hatten sie zu sagen?"

„Nicht viel. Sie waren nach wie vor ziemlich verstockt. Haben offensichtlich große Angst davor, denjenigen zu nennen, der sie beauftragt hat, das Schreiben zu deponieren. Aber auch genauso viel Angst, ihren

Job zu verlieren und in den Knast zu kommen. Sie sind in einer verzwickten Situation."

Reacher schwieg und schaute auf seine Uhr.

„Und was jetzt?", fragte M. E.

„Finden Sie raus, ob heute irgendwas für uns Wissenswertes passiert ist", forderte er sie auf.

Zuerst setzte sie sich mit der Polizei von Washington in Verbindung. Es gab die übliche Liste von Straftaten, aber keine von ihnen konnte man als die angekündigte Demonstration von Armstrongs Exponiertheit betrachten. Dann griff M. E. auf die Datenbank des NCIC zu und schaute nach Neueinträgen. Aus dem ganzen Land wurde jede Sekunde mindestens eine Straftat gemeldet. Das ging so schnell, dass M. E. gar nicht mehr mitkam.

„Es ist hoffnungslos", stöhnte sie. „Wir müssen bis Mitternacht abwarten."

„Oder bis eins", meinte Frances. „Es könnte auch in Bismarck passieren, wo die mittlere Zeitzone gilt. Vielleicht wird sein Haus dort beschossen."

„Wir können nur hoffen, dass nichts passiert."

GEGEN neunzehn Uhr wurde es in dem Bürokomplex allmählich ruhiger.

„Haben Sie sich im Hotel abgemeldet?", erkundigte sich M. E.

„Ja", antwortete Reacher.

„Nein", erwiderte Frances. „Ich tauge nicht als Hausgast."

M. E. zeigte sich verwundert, Reacher war es nicht. Frances blieb gern für sich.

„Wie auch immer", sagte M. E. „Wir sollten auf jeden Fall eine Weile abschalten. Ich nehme Sie in meinem Auto mit, dann sorge ich dafür, dass Armstrong sicher nach Hause kommt."

Als sie am Hotel angekommen waren, ging Reacher mit Frances bis zum Portier und ließ sich dort die Kleider geben, die er in Atlantic City gekauft hatte. Zusammen mit seinen alten Schuhen, der Zahnbürste und dem Rasierapparat befanden sie sich in einem schwarzen Müllsack, den er vom Servicewagen eines Zimmermädchens genommen hatte. Nachdem er sich von Frances verabschiedet hatte, trug er den Sack zu dem Suburban hinaus und setzte sich wieder neben M. E.

Sie fuhr weiter. Es war kalt, feucht und dunkel und der Verkehr grauenvoll. Sie kämpften sich über die Eleventh Street Bridge und durch ein Labyrinth von Straßen zu M. E.s Haus durch. Dort hielt sie mit laufendem Motor in der zweiten Reihe, nestelte hinter dem Lenkrad am Schlüsselbund herum und reichte Reacher den Hausschlüssel.

„Ich bin in ein paar Stunden wieder da. Machen Sie sich's gemütlich."

Er nahm den Sack, stieg aus und sah ihr nach, als sie davonfuhr. Dann überquerte er den Gehweg, schloss die Haustür auf und suchte nach dem Lichtschalter. Drinnen angelangt, legte er den Schlüssel auf eine Kommode und stellte den Sack in der Diele ab. Er ging ins Wohnzimmer, von dort in die Küche und schaute sich um.

Hinter einer Tür führte eine Treppe ins Untergeschoss. Reachers angeborene Neugier machte sich bemerkbar, auch wenn er sein Verhalten selbst unhöflich fand. Im Keller befanden sich die Heizung und ein Wasserenthärter, außerdem eine Waschmaschine und ein Wäschetrockner. Ansonsten das übliche Gerümpel.

Reacher kehrte wieder nach oben in die Küche zurück und schaute an den üblichen Stellen nach. In einer Kasserolle, die in einem Wandschrank hoch oben auf einem Regal stand, fand er 500 Dollar. Eine Rücklage für Notfälle. Außerdem entdeckte er in einer Schublade eine unter einem Stapel Platzdeckchen versteckte M 9 Beretta Kaliber neun Millimeter. Sie war alt, zerkratzt und wies Spuren von angetrocknetem Öl auf. Nicht geladen. Kein Magazin.

Reacher öffnete die Schublade links davon und bekam vier Austauschmagazine in die Finger, die Seite an Seite unter einem Küchenhandschuh lagen. Alle waren mit Standardpatronen gefüllt. Eine gute Methode, die aber auch Nachteile hatte. Die Anordnung an sich war schlau gewählt. Man konnte mit der rechten Hand nach der Waffe greifen und mit der linken nach den Magazinen. Sehr praktisch. Die Magazine gefüllt aufzubewahren war jedoch keine gute Idee. Wenn sie längere Zeit lagerten, gewöhnte sich die Feder an die Spannung, und dann funktionierte sie nicht mehr richtig. Besser wäre es, die Beretta mit einer einzigen Patrone in der Kammer aufzubewahren und die übrige Munition lose zu lagern. Dann war man zwar nicht so schnell wie im Idealfall, aber es war immer noch besser, als wenn man den Abzug betätigte und nichts hörte außer einem dumpfen Klicken.

Reacher schloss die Schubladen und kehrte ins Wohnzimmer zurück. Dort war nichts Besonderes zu entdecken. Im Flur auch nicht. Oben in den Bade- und Schlafzimmern ebenfalls nicht. Er ging wieder nach unten und schaffte seine Kleider hinauf ins Gästezimmer. Er beschloss, eine Stunde zu warten und allein zu essen, wenn M. E. bis dahin nicht zurück war. Seine Kleider aus Atlantic City brachte er neben den Anzügen, die Joe zurückgelassen hatte, im Schrank unter. Er betrachtete die Anzüge, wählte einen aus und nahm ihn von der Stange.

Der Anzug war aus feinem dunkelgrauem Wollstoff gefertigt. Reacher legte ihn aufs Bett. Dann ging er zum Schrank und holte ein Hemd, Unterwäsche und Socken heraus. Er zog sich aus und trat ins Bad. Als er sich geduscht und rasiert hatte, kehrte er ins Zimmer zurück und zog die Kleider seines Bruders an. Suchte sich eine dunkelrote Krawatte aus. Musterte sich im Spiegel. Der Anzug saß gut. Er sah darin sehr beeindruckend aus. Älter. Imposanter. Seriöser. Mehr wie Joe.

Da hörte er von unten ein Geräusch; jemand klopfte an die Haustür. Er eilte die Treppe hinunter. Draußen in der Abenddämmerung stand M. E.

„Ich habe Ihnen meinen Schlüssel gegeben", sagte sie.

Er trat zurück und ließ sie eintreten.

Als sie ihn erblickte, erstarrte sie. Fingerte hinter ihrem Rücken herum, drückte die Tür zu und lehnte sich schwer dagegen. Starrte ihn unentwegt an.

„Was ist?", fragte er.

„Eine Sekunde lang habe ich geglaubt, Sie wären Joe." Sie fing an zu weinen.

Zunächst stand Reacher regungslos da. Dann trat er vor und nahm sie in die Arme. „Tut mir Leid. Ich habe seinen Anzug anprobiert."

Sie schwieg. Weinte nur. Schließlich kämpfte sie gegen die Tränen an und löste sich von ihm. „Es ist nicht Ihre Schuld. Es ist nur so, dass *ich* ihm diese Krawatte gekauft habe."

„Tut mir Leid", wiederholte er. „Ich hätte mir das besser überlegen sollen."

„Sie sehen nur so gut damit aus, das ist alles."

Sie streckte die Hand aus und strich die Krawatte glatt. Berührte die Stelle an seinem Hemd, wo ihre Tränen Spuren hinterlassen hatten. Ließ ihre Finger am Revers des Jacketts entlanggleiten. Stellte sich auf die Zehenspitzen, legte ihm die Arme um den Hals und küsste ihn auf den Mund. Küsste ihn noch einmal. Fest.

Er erwiderte den Kuss. Fest. Ihre Lippen waren kühl. Auf ihrer Haut und ihrem Haar roch er ihr Parfum. Er legte eine Hand an ihre Hüfte, die andere hinter ihren Kopf. Er spürte ihren Busen an seiner Brust und ihr Haar zwischen seinen Fingern. Doch plötzlich wich er zurück.

„Das sollten wir nicht tun."

Schwer atmend schaute sie ihn an. „Was dann?"

„Ich weiß es nicht. Vielleicht zu Abend essen."

„Wir haben uns ein Jahr vor seinem Tod getrennt, vergiss das nicht", sagte sie leise.

Das Klingeln des Handys in ihrer Handtasche unterbrach die Stille, die zwischen ihnen entstanden war.

„Sicher meine Leute, die sich aus Armstrongs Haus melden." M. E. nahm den Anruf entgegen und hörte eine Weile zu, bevor sie kommentarlos die Verbindung beendete. „Es ist nichts vorgefallen."

Reacher nickte. Die Stimmung war verflogen.

„Bleibt es bei Chinesisch?", fragte sie.

„Einverstanden. Die gleiche Bestellung."

Sie rief vom Küchenapparat aus an und verschwand im Anschluss nach oben. Reacher wartete im Wohnzimmer und nahm das Essen vom Lieferservice entgegen. Kurz darauf kam M. E. wieder herunter. Sie setzten sich einander gegenüber an den Küchentisch und aßen. Punkt halb elf klingelte M. E.s Handy erneut, das sie jetzt neben sich auf dem Tisch liegen hatte. Es waren abermals ihre Agenten in Georgetown, die einen kurzen Bericht durchgaben.

„Alles ruhig. So weit, so gut."

„Hör auf, dir den Kopf zu zerbrechen."

M. E. nickte und blickte auf ihre Uhr. „Wir sollten ins Büro zurückfahren und noch mal schauen, ob irgendwo sonst was vorgefallen ist. Während ich hier aufräume, kannst du Frances anrufen."

Kurz vor 23.15 Uhr befanden sie sich wieder im Büro. Es waren keine Mails eingegangen, weder von der Washingtoner Polizei noch aus North Dakota noch vom FBI. Nur die Datenbank des National Crime Information Center wurde weiterhin kontinuierlich um neue Fälle ergänzt. M. E. ging die jüngsten Berichte durch, fand aber auch jetzt nichts, das von Interesse war. Um halb zwölf klingelte ihr Handy erneut. In Georgetown war immer noch alles ruhig und friedlich. Langsam bewegte sich die Uhr auf Mitternacht zu.

Als der Montag endlich vorüber war und der Dienstag begann, erschien Stuyvesant.

„Das wär's", teilte M. E. ihm mit. „Es ist nichts passiert."

„Ausgezeichnet."

„Nein, das ist es überhaupt nicht", widersprach Reacher. „Im Gegenteil. Eine schlechtere Nachricht hätten wir gar nicht bekommen können."

382

STUYVESANT machte sich mit ihnen unverzüglich auf den Weg zum Konferenzraum. Frances ging an der Seite von Reacher durch die schmalen Korridore.

„Toller Anzug", flüsterte sie.

„Mein erster überhaupt", flüsterte er zurück. „Doch davon abgesehen: Sind wir in dieser Geschichte derselben Meinung?"

„Ja, und wahrscheinlich sind wir unseren Job damit los. Wenn Sie tatsächlich dasselbe denken wie ich."

Stuyvesant dirigierte sie in den Konferenzraum, wo sich Reacher und Frances nebeneinander auf der einen Seite des langen Tisches hinsetzten, während die beiden anderen gegenüber Platz nahmen.

„Erläutern Sie mal, wie Sie das gerade gemeint haben", forderte Stuyvesant Reacher auf.

„Eine ausschließlich interne Angelegenheit ist es definitiv nicht. Wir waren bislang der irrigen Meinung, es müsse entweder das eine oder das andere sein. In Wirklichkeit ist es beides. Die eigentliche Frage hätte demnach lauten müssen: Ist es eine interne Angelegenheit mit ein bisschen Hilfe von draußen? Oder ist es eine externe Angelegenheit mit ein bisschen Hilfe von drinnen?"

„Was verstehen Sie unter ein bisschen Hilfe?"

„Ist der Täter vom Secret Service, brauchte er einen fremden Daumenabdruck. Und jemand von außerhalb brauchte eine Möglichkeit, die zweite Mitteilung in dieses Gebäude zu schaffen."

„Und Sie sind zu dem Schluss gekommen, dass es jemand von außen ist, der Hilfe von innen hatte?"

Reacher nickte. „Und das ist die schlimmste Variante, die es gibt. Einen Unruhestifter in den eigenen Reihen zu haben, ist zwar schmerzlich, aber eine Person von außerhalb bedeutet wirklich Gefahr."

„Und das bisschen Hilfe von drinnen kam demnach vom Putztrupp", folgerte Stuyvesant.

„Davon gehe ich aus."

Stuyvesant wirkte noch nicht überzeugt. „Aber was spricht dagegen, dass ein Interner versucht, M. E. das Leben schwer zu machen?"

„Weil dafür das Vorgehen in unserem Fall viel zu kompliziert ist. Man würde sonst die üblichen Methoden einsetzen: mysteriöse Kommunikationspannen, falscher Alarm an dubiosen Orten. Sie trifft dort ein, fordert Verstärkung an, niemand taucht auf. Sie gerät in Panik und meldet sich in diesem Zustand wieder über Funk. Jemand macht einen Mitschnitt und reicht ihn herum."

„Das sind reine Vermutungen", erwiderte Stuyvesant. „Woher wollen Sie das so genau wissen?"

„Ich weiß es, weil heute nichts passiert ist."

„Na und? Er hat es nicht geschafft, das ist alles."

„Nein, er hat es gar nicht versucht. Weil er nicht wusste, dass der Zeitpunkt zum Handeln schon gekommen war. Weil er nicht weiß, dass sein neuer Brief schon heute eingetroffen ist. Er hat vielmehr damit gerechnet, dass er morgen ankommt. Der Brief wurde am Freitag aufgegeben und am Montag zugestellt – für unsere Post ist das ganz schön schnell. Er ist also davon ausgegangen, dass der Brief erst am Dienstag eintrifft. Deshalb hält er sich bereit, um seine Drohung morgen wahr zu machen."

„Ausgerechnet morgen", stöhnte M. E. „Da ist wieder ein Empfang angesetzt."

„Also, was schlagen Sie vor?", fragte Stuyvesant.

„Das müssen Sie durchstehen", antwortete Reacher. „Es wird lediglich eine Demonstration sein, die Sie zermürben soll. Hier oder in Bismarck. Irgendwo. Sie wird theatralisch ausfallen."

„Wir müssen rausbekommen, wer dieser Kerl ist. Was wissen wir über ihn?"

„Wir sollten nicht schon wieder von einem Irrtum ausgehen. Es handelt sich nicht um eine Person, sondern um zwei", erwiderte Reacher. „Ich habe mir schon von Anfang an Gedanken darüber gemacht, dass auf den Schreiben der Daumenabdruck ist, es gleichzeitig aber eindeutige Beweise dafür gibt, dass Latexhandschuhe verwendet wurden. Wieso sollte jemand beides machen? Entweder sind seine Fingerabdrücke registriert, oder sie sind es nicht. Daraus folgt, dass es sich in Wirklichkeit um zwei Leute handelt. Der Typ mit dem Daumenabdruck ist nie registriert worden. Die Fingerabdrücke des Handschuhträgers sind dagegen bekannt."

Stuyvesant sah müde aus. Es war fast zwei Uhr morgens.

„Sie brauchen uns eigentlich nicht mehr", meldete sich Frances zu Wort. „Jetzt ist es keine interne Untersuchung mehr."

„Doch", entgegnete Stuyvesant. „Solange vom Putztrupp gewisse Auskünfte zu erwarten sind, ist es nach wie vor eine interne Angelegenheit. Die drei müssen mit diesen Leuten Kontakt gehabt haben."

Frances zuckte mit den Achseln. „Sie haben ihnen Anwälte zur Seite gestellt. Das erschwert die Sache noch mehr."

„Mein Gott, sie mussten doch rechtlichen Beistand bekommen! Das verlangt der sechste Verfassungszusatz."

„Das stimmt natürlich. Aber sagen Sie: Gibt es auch eine gesetzliche Regelung für den Fall, dass der designierte Vizepräsident vor seiner Amtseinführung umgebracht wird?"

„Ja", antwortete M. E. „Im 20. Verfassungszusatz. Der Kongress wählt einen anderen."

„Nun, ich hoffe sehr, dass die Kandidatenliste schon fertig ist."

„Sie sollten das FBI hinzuziehen", riet Reacher.

„Das werde ich tun", erwiderte Stuyvesant. „Sobald wir von der Putzkolonne Namen erfahren haben."

M. E. schüttelte den Kopf. „Unsere Hauptaufgabe ist, dafür zu sorgen, dass Armstrong bis Mitternacht am Leben bleibt."

„Es wird lediglich eine Demonstration sein", sagte Reacher.

„Das habe ich schon mal gehört", gab sie zurück. „Aber es fällt in meinen Verantwortungsbereich. Und diese Interpretation könnte falsch sein. Es ist doch so: Am besten kann man etwas dadurch beweisen, dass man es tatsächlich macht."

Stuyvesant ließ sie die Termine vortragen, die für Armstrong am folgenden Tag anstanden. Zuerst würde er vom CIA bei sich zu Hause instruiert werden. Am Nachmittag folgten auf dem Capitol Hill Gespräche wegen der Amtsübergabe. Und am Abend gab es den Empfang im selben Hotel wie am Donnerstag.

Kurz vor halb drei Uhr morgens endete die Besprechung.

MITTEN in der Nacht ist Washington still und menschenleer. Es dauerte nur zwei Minuten zu Frances' Hotel, und nur zehn zu M. E.s Haus.

In der Diele blieb sie stehen. „Wegen vorhin – alles in Ordnung?"

„Alles in Ordnung", beruhigte Reacher sie.

„Ich hatte nach ihm noch andere Beziehungen. Und Joe ebenfalls. Ganz so schüchtern war er dann doch nicht."

„Seine Sachen hat er aber hier gelassen."

„Spielt das eine Rolle?"

„Ich weiß nicht recht. Es hat schon was zu bedeuten."

„Ich mache jetzt Tee. Möchtest du auch welchen?"

Reacher schüttelte den Kopf. „Ich verschwinde ins Bett."

Er ging hinauf, machte die Tür des Gästezimmers hinter sich zu, zog sich bis auf Joes Boxershorts aus und ging ins Bad. Als er wieder herauskam, stand M. E. in der Zimmertür. Sie trug ein kurzes Nachthemd aus weißer Baumwolle, das im Flurlicht durchsichtig wirkte. Ihr Haar war zerzaust, und sie hatte tolle Beine.

„Er hat sich von mir getrennt", sagte sie. „Es war *seine* Entscheidung."
„Und warum?"

„Er hatte eine Frau kennen gelernt, die ihm besser gefiel. Seine Sachen sind noch da, weil ich nicht wollte, dass er hier noch mal auftauchte. Ich war verletzt und wütend."

„Wieso erzählst du mir das?"

„Damit für dich Klarheit herrscht. Damit es nur um dich und mich geht und nicht um dich und mich und Joe. Er war ein toller Kerl. Ich habe ihn geliebt. Aber du bist anders. Du bist du. Es geht mir nicht darum, ob ich ihn in dir irgendwie wiederfinden kann."

„Das ist gut. Weil ich nicht so bin wie er. Allerdings wird es genauso enden wie mit ihm. Ich werde gehen, genau wie er. Das mache ich immer."

„Dieses Risiko gehe ich ein. Nichts währt ewig."

„Es behagt mir trotzdem nicht. Ich trage die Sachen deines Ex."

„Ist doch gar nicht viel, und außerdem lässt es sich leicht ändern."

Sie legte die Hände an seine Taille und zog die Shorts herunter. Ihr Nachthemd ließ sich ebenso leicht abstreifen. Sie schafften es kaum bis zum Bett.

SIE BEKAMEN drei Stunden Schlaf und wachten um sieben auf, als M. E.s Wecker drüben in ihrem Zimmer läutete. Benommen und verschlafen setzte sie sich im Bett auf.

„Guten Morgen", begrüßte Reacher sie.

Sie lächelte ihn an. Dann gähnte sie und reckte die Arme. „Den wünsche ich dir auch."

Er zog sie zu sich herunter, strich ihr die Haare aus dem Gesicht und küsste sie.

„Wir müssen aufstehen", sagte sie nach einer Weile. Sie stieg aus dem Bett und ging in ihr Badezimmer.

Reacher schob die Bettdecke weg und schlurfte ins Gästebad. Als er mit der Morgentoilette fertig war, zog er wieder einen von Joes Anzügen an, einen schwarzen diesmal. Unten an der Treppe traf er mit M. E. zusammen. Sie trug eine feminine Version seines eigenen Outfits, einen schwarzen Hosenanzug mit offener weißer Bluse, und brachte gerade ihren Ohrknopf an.

Es war jetzt fast acht. „Wir haben noch sechzehn Stunden und sechzehn Minuten vor uns", bemerkte M. E. „Ruf Frances an, und sag ihr, dass wir auf dem Weg sind."

386

Den ganzen Vormittag und den größten Teil des Nachmittags über blieben sie im Büro, wo M. E. von den Agenten, die bei Armstrong waren, regelmäßige Lageberichte erhielt. Um sechzehn Uhr fuhren sie zu Frances' Hotel hinüber, das wieder als Veranstaltungsort diente. Der Empfang für die Spender sollte um neunzehn Uhr beginnen; sie hatten also drei Stunden Zeit für die Sicherheitsüberprüfung des Gebäudes. M. E. ging genau nach Plan vor. Hundestaffeln der Washingtoner Polizei arbeiteten sich in Begleitung von Secret-Service-Leuten von Stockwerk zu Stockwerk vor. Sobald eines überprüft war, bezogen dort drei Polizisten Position, je einer an den Enden des zu den jeweiligen Zimmern führenden Korridors und der dritte in der Nähe des Fahrstuhls und der Feuertreppe. Um achtzehn Uhr wurden Metalldetektoren am Hoteleingang und an der Tür zum Ballsaal aufgestellt. Außerdem wurden die Kameras installiert und in Betrieb genommen.

Um 18.30 Uhr standen fast 700 Gäste in der Hotelhalle zwischen Eingang, Garderobe und dem Zugang zum Ballsaal Schlange. Man unterhielt sich laut und aufgeregt. Die Damen trugen neue Kleider, die Herren dunkle Anzüge.

Reacher lehnte an einer Säule bei den Fahrstühlen und beobachtete das Geschehen. Durch die Scheiben sah er drei Agenten des Secret Service auf der Straße stehen. Zwei andere befanden sich bei dem Metalldetektor am Eingang, durchsuchten Handtaschen und klopften Kleidungsstücke ab. Acht weitere hatten sich in der Halle verteilt, und noch einmal drei kontrollierten beim Metalldetektor an der Tür zum Ballsaal die Ausweise und Einladungen.

Frances stand auf der anderen Seite der Halle auf der zweiten Treppenstufe. Ihr Blick bewegte sich wie ein Radarstrahl über die Menschenmenge. Reacher sah auch, wie M. E. aufmerksam herumging. Sie sah gut aus und strahlte Autorität aus.

Als sich um neunzehn Uhr die meisten Gäste im Ballsaal befanden, kamen sie und Frances zu der Säule herüber und gesellten sich zu Reacher.

„Ist er schon eingetroffen?", fragte er.

M. E. schüttelte den Kopf. „Er kommt etwas später und geht etwas früher." Sie erstarrte und horchte, was ihr Ohrknopf meldete, dann führte sie das Handgelenk an den Mund und sprach in ihr Mikrofon. „Verstanden, Ende."

Blass geworden, fuhr sie herum und rief den letzten Agenten herbei, der noch nicht wie seine Kollegen den Gästen in den Ballsaal gefolgt war, ernannte ihn zum zeitweiligen Leiter des Teams und trug ihm auf, für erhöhte Wachsamkeit zu sorgen.

„Was ist denn los?", fragte Reacher.

„Das war Stuyvesant. Wir sollen sofort zurückkommen. Anscheinend gibt's ein wirklich großes Problem."

5

Sie setzte die roten Stroboskoplichter ein, die sich hinter dem Kühlergrill des Suburban befanden und raste durch den abendlichen Verkehr, als ginge es um Leben und Tod. Dabei redete sie kein Wort. Da sie bei jeder Ampel die Sirene ertönen ließ, brauchten sie bis zur Tiefgarage des Finanzministeriums weniger als vier Minuten. Nach einer weiteren trafen sie in Stuyvesants Büro ein. Er hing in seinem Sessel, als hätte er einen Schlag in den Magen bekommen.

„Was ist passiert?", wollte Reacher wissen.

„Die Bedrohung kommt von außerhalb, das steht jetzt fest."

„Woher wissen Sie das?"

„Sie hatten vorausgesagt, es würde theatralisch werden." Stuyvesant machte eine Pause. „Kennen Sie die landesweite Mordrate?"

Reacher zuckte mit den Achseln. „Ziemlich hoch, nehme ich mal an."

„Fast 20 000 Morde pro Jahr, das heißt 55 am Tag. Soll ich Ihnen mal von zwei Fällen erzählen, die es heute gab? Eins: eine kleine Zuckerrübenfarm in Minnesota. Der Farmer geht heute Morgen durch sein hinteres Tor und wird mit einem Kopfschuss getötet. Ohne ersichtlichen Grund. Zwei: heute Nachmittag in einem kleinen Einkaufszentrum am Rande von Boulder in Colorado. In einem der Räume im Obergeschoss befindet sich das Büro eines Wirtschaftsprüfers. Er kommt herunter und wird auf dem Hof mit einer Maschinenpistole umgelegt. Ebenfalls ohne ersichtlichen Grund. Der Farmer hieß Bruce Armstrong, der Wirtschaftsprüfer Brian Armstrong. Beide waren Weiße, ungefähr im selben Alter wie Brook Armstrong, etwa so groß und schwer wie er, die gleiche Augen- und Haarfarbe."

„Verwandte?"

„Nein, keinerlei Verwandtschaft. Aber wie hoch ist wohl die Wahrscheinlichkeit, dass rein zufällig zwei x-beliebige Männer, deren

Nachname Armstrong lautet und deren Vornamen mit Br beginnen, am selben Tag ohne Grund umgebracht werden, an dem wir mit einer ernsthaften Gefährdung des Vizepräsidenten rechnen?"

„Das war die Demonstration", entgegnete Reacher.

„Ja. Kaltblütige Morde. Sie haben Recht. Es ist niemand vom Secret Service, der M. E. an den Karren fahren will."

„Wie sind Sie benachrichtigt worden?"

„Das FBI hat uns alarmiert. Sie verfügen über eine Software, die die NCIC-Berichte nach bestimmten Namen absucht. Einer davon ist Armstrong."

„Jetzt ist das FBI also involviert."

Stuyvesant schüttelte den Kopf. „Es hat einige Informationen weitergeleitet, mehr nicht. Deren Bedeutung hat man nicht erkannt."

„Was für eine Demonstration!", entfuhr es M. E.

Reacher starrte aus dem Fenster. Leichter Nebel war aufgezogen.

„Aber was genau soll damit unter Beweis gestellt werden?"

„Dass es sich hier um keine sehr netten Leute handelt", antwortete Stuyvesant.

„Aber auch nicht viel mehr als das. Es demonstriert Armstrongs Verwundbarkeit nicht im selben Maße, als wenn es eine wie auch immer geartete Verbindung zu den Opfern gäbe. Können wir wirklich sicher sein, dass sie nicht verwandt waren, und sei es nur um ein paar Ecken? Minnesota grenzt an North Dakota, stimmt's?"

„Genau das war auch mein erster Gedanke. Ich habe es aber genau nachgeprüft. Zum einen stammt der Vizepräsident nicht aus North Dakota; er ist aus Oregon dorthin gezogen. Zum anderen hat das FBI im Rahmen seiner Kandidatur seinen Hintergrund durchleuchtet, uns liegt das vollständige Dokument vor. Es ist recht umfassend. Soweit bekannt ist, hat er außer seiner Mutter in Oregon und einer älteren Schwester in Kalifornien keine lebenden Verwandten. Seine Frau hat allerdings eine Reihe von Cousins und Kusinen, aber die heißen nicht Armstrong, und die meisten von ihnen sind noch Kinder."

„Hm", machte Reacher. *Kinder*, ging ihm durch den Kopf. Und *Cousin*. „Wir müssen ein Stück zurückgehen und ein paar Sachen überdenken. Wir wissen jetzt also sicher, dass es Leute von außen sind. Und die Ereignisse in Minnesota und Colorado zeigen, dass sie zu allem bereit sind."

„Also?", fragte Frances.

„Nehmen wir mal den Putztrupp. Was wissen wir über die drei?"

„Dass sie was mit der Sache zu tun haben. Dass sie Angst haben."

„Genau. Und wie jagt man jemandem Angst ein, ohne gewaltsam gegen ihn vorzugehen?"

„Man droht ihm, dass etwas Schlimmes passieren wird."

„Richtig. Ihm selbst oder jemandem, der ihm wichtig ist. Wo haben Sie in letzter Zeit das Wort *Cousin* gehört?"

„Beim Putztrupp. Die Kinder sind bei einem Cousin der Eltern."

„Die zögerten aber ein bisschen, als sie uns das erzählten. Erinnern Sie sich? Es könnte sein, dass sich die Kinder nicht bei dem Cousin aufhalten, sondern als Faustpfand mitgenommen wurden. Gibt es eine bessere Methode, jemanden unter Druck zu setzen?"

SIE HANDELTEN schnell. Stuyvesant sorgte jedoch dafür, dass alles seine Ordnung hatte. Er rief die Anwälte der Putzkolonne an und teilte ihnen mit, er wolle von ihren Klienten auf eine einzige Frage eine Antwort: Er brauche den Namen und die Adresse des Verwandten, bei dem die Kinder seien. Die Anwälte meldeten sich innerhalb einer Viertelstunde wieder. Der Name des Cousins lautete Gálvez, er wohnte etwa eineinhalb Kilometer von seinen Verwandten entfernt.

Bevor sie aufbrachen, erkundigte sich M. E. über Funk nach der aktuellen Lage im Hotel. Dort gab es keine Probleme.

Sie quetschten sich zu viert in den Aufzug und fuhren in die Tiefgarage hinunter, wo sie in M. E.s Suburban stiegen.

Als der Wagen vor einem hohen, schmalen Zweifamilienhaus zum Stehen kam, fragte Stuyvesant: „Also, was machen wir?"

„Wir gehen rein und reden mit diesen Leuten", antwortete Reacher. „Aber nicht alle auf einmal. Wir wollen ihnen keine Angst einjagen. Nicht dass sie glauben, wir gehören zu den Tätern. Frances sollte vorgehen."

Sie stieg sofort aus. Auf dem Gehsteig drehte sie sich zunächst einmal um die eigene Achse und musterte die Umgebung, bevor sie zur Haustür ging und klopfte. Kurz darauf wurde aufgemacht, und ein warmer Lichtschein drang heraus. Frances sprach kurz mit der Person an der Tür, dann wandte sie sich um und winkte. Die drei anderen stiegen aus dem Suburban und gingen den Weg hinauf. Ein kleiner, dunkelhäutiger Mann stand schüchtern lächelnd am Eingang.

„Das ist Mr Gálvez", stellte Frances ihn vor.

Der Mann machte eine einladende Handbewegung. Er trug Anzughosen und einen gemusterten Pullover. Sein Haar war frisch geschnitten und sein Gesichtsausdruck offen.

390

Das kleine Haus platzte aus allen Nähten, war aber sehr sauber. Gleich bei der Tür waren sieben Kindermäntel säuberlich an Kleiderhaken aufgehängt. Darunter lagen sieben Schultaschen nebeneinander auf dem Boden. In der Küche waren drei Frauen zu sehen.

Ein paar schüchterne Kinder schauten mit dunklen, weit aufgerissenen Augen hinter ihren Röcken hervor, andere tobten im Haus herum. Sie sahen alle gleich aus. Es war unmöglich, auf einen Blick zu sehen, wie viele es waren.

Reacher blieb in der Küchentür stehen. Auf einer Theke waren bereits sieben Pausenbrotdosen aufgereiht, die am Morgen gefüllt werden sollten. Er ging in die Diele zurück und schaute die kleinen Mäntel an. Einen nahm er vom Haken.

Innen am Kragen war mit einem Stoffschreiber *J. Gálvez* eingetragen. Er überprüfte die anderen sechs. Insgesamt fünf *Gálvez* und zwei *Alvárez*.

Reacher fing den Blick von Gálvez auf und bedeutete ihm mit einer Kopfbewegung, ins Wohnzimmer zu gehen.

„Sie haben fünf Kinder?", fragte er.

Gálvez nickte. „Ich bin ein glücklicher Familienvater."

„Und wem gehören die beiden Mäntel, auf denen *Alvárez* steht?"

„Julios Kindern. Ich bin der Cousin von Anita, seiner Frau."

„Ich möchte ihre Kinder sehen."

Gálvez schaute verwundert. „Haben Sie doch eben. In der Küche."

„Ich möchte sehen, welche genau es sind. Ich will wissen, ob es ihnen gut geht."

Gálvez sagte schnell einen Satz auf Spanisch. Daraufhin trotteten zwei kleine, sehr nette Mädchen mit großen dunklen Augen, weichem schwarzem Haar und einem ernsten Gesichtsausdruck ins Zimmer. Sie waren etwa fünf und sieben Jahre alt.

„Hallo, ihr beiden", sagte Reacher. „Zeigt mir mal eure Mäntel."

Er folgte ihnen in die Diele und schaute zu, wie sie sich auf Zehenspitzen stellten und die beiden kleinen Mäntel berührten, auf denen *Alvárez* stand.

„Klasse", lobte er sie. „Und jetzt holt euch was zu naschen."

Die beiden huschten in die Küche zurück. Reacher schaute ihnen nach, bevor er sich wieder an Gálvez wandte. „Hat sich sonst jemand nach ihnen erkundigt?"

Gálvez schüttelte nur den Kopf.

Reacher musterte den Blick des Mannes, wie er es von seinem frühe-

AUS DEM HINTERHALT 391

ren Beruf her gewohnt war. Diese Augen zeigten ein wenig Verwirrung, waren aber unschuldig. „Okay. Tut uns Leid, dass wir Sie gestört haben."

Auf der Rückfahrt ins Büro war Reacher sehr schweigsam.

SIE BENUTZTEN wieder den Konferenzraum. Über Funk erfuhr M. E., dass Armstrong im Begriff war, das Hotel zu verlassen. Jetzt blieb nur noch, ihn rasch im Konvoi nach Georgetown und durch das Zelt ins Haus zu schaffen. Einigermaßen entspannt lehnte sie sich zurück.

„Merkwürdig", sagte Frances. „Es sieht fast so aus, als gäbe es da was, um das sich die Alvárez mehr Sorgen machen als um ihre Kinder. Sind sie legal im Land?"

„Ja", antwortete Stuyvesant. „Schließlich sind sie Angestellte des Secret Service, wie jeder, der in diesem Gebäude arbeitet."

Reacher achtete nicht auf das Gespräch. Er schloss die Augen und dachte angestrengt nach. Ließ das Überwachungsvideo in Gedanken noch einmal ablaufen. Sah es, als befände sich auf der Innenseite seiner Augenlider ein Bildschirm. Konzentrierte sich. Nach einer Weile öffnete er die Augen und fing an zu lächeln. Zeigte ein breites, zufriedenes Grinsen. Alle schauten ihn an.

„Ich mochte Mr Gálvez. Er scheint ein wirklich glücklicher Vater zu sein, nicht wahr? All diese aufgereihten Pausenbrotdosen …"

„Wir müssen uns mit schwierigen Problemen auseinander setzen", unterbrach ihn Frances.

„Eben. Haben Sie bemerkt, dass Gálvez vor kurzem beim Friseur war?"

„Na und?"

„Und mit dem größtmöglichen Respekt denke ich jetzt auch an Ihren Hintern."

M. E. starrte ihn an, und Frances wurde rot. „Was wollen Sie damit sagen?"

„Dass es für Julio und Anita nichts Wichtigeres gibt als ihre Kinder. Aber sie haben keine Angst um sie."

„Und warum wollen sie dann den Mund nicht aufmachen?" Allerdings wartete M. E. die Antwort nicht ab, sondern drückte einen Finger auf ihren Ohrknopf. Sie hörte kurz zu, dann hob sie das Mikrofon an ihrem Handgelenk an den Mund. „Verstanden. Alle haben gute Arbeit geleistet. Ende." Sie lächelte. „Armstrong ist zu Hause in Sicherheit."

Reacher schaute nach der Zeit. Es war genau 21 Uhr. Er blickte zu Stuyvesant hinüber. „Kann ich Ihr Büro noch mal sehen?"

Stuyvesant blickte ihn fragend an, stand aber auf und ging voraus. Er drückte seine Tür auf und schaltete das Licht an. Auf seinem Schreibtisch lag ein Blatt Papier.

Einen Moment stand Stuyvesant völlig regungslos da. Dann ging er entschlossen hinüber und starrte auf das Blatt hinunter. „Nur ein dienstliches Fax", sagte er erleichtert. „Das muss meine Sekretärin für mich hingelegt haben."

„Schauen Sie sich mal um und überlegen Sie", forderte Reacher ihn auf. „Sieht Ihr Büro abends so aus, wenn der Putztrupp reinkommt?"

Stuyvesant blickte sich um. „Genau so sieht's aus."

„Gut", erwiderte Reacher. „Wir können wieder gehen."

„Wieso wollten Sie mein Büro sehen?", fragte Stuyvesant, nachdem sie zurück im Konferenzraum waren.

„Wir liegen falsch, was den Putztrupp betrifft", antwortete Reacher.

„In welcher Hinsicht?"

„In jeder. Was ist passiert, als wir mit den dreien geredet haben?"

„Sie mauerten total."

„Das dachte ich auch. Sie verfielen in ein hartnäckiges Schweigen. Ich interpretierte das als Reaktion auf irgendeine Gefährdung. Aber wissen Sie was? Die hatten einfach nicht die geringste Ahnung, wovon die Rede war. Keinen blassen Schimmer. Sie waren einfach nur zu höflich, uns zu sagen, dass wir uns unsere dämlichen Fragen sonst wo hinstecken können."

„Und was heißt das?"

„Denken Sie mal darüber nach, was wir sonst noch wissen. Auf dem Band gibt es eine merkwürdige Abfolge von Fakten. Julio und die beiden Frauen sehen müde aus, als sie ins Büro gehen, wirken aber ziemlich auf Zack, als sie rauskommen. Außerdem hat ihr Äußeres gelitten, sie sehen irgendwie unordentlicher aus als zuvor. Und nicht zu vergessen: Sie halten sich fünfzehn Minuten im Büro auf, aber nur neun im Bereich der Sekretärin."

„Na und?", fragte Stuyvesant.

Reacher lächelte. „Ihr Büro ist vermutlich der sauberste Raum auf der ganzen Welt. Er könnte als OP dienen. Dennoch hat sich der Putztrupp eine Viertelstunde dort drin aufgehalten. Warum?"

„Sie haben das Schreiben ausgepackt", warf Frances ein.

„Nein, haben sie nicht. Denken Sie an das unordentliche Äußere. Wodurch hatten wir diesen Eindruck?"

Sie zuckte mit den Achseln.

„Auf dem Band ist noch was zu entdecken", fuhr Reacher fort. „Beim Reingehen ist der Müllsack ziemlich leer, nachher ist er fast voll. Fiel im Büro an diesem Tag eine Menge Abfall an?"

„Nein", antwortete Stuyvesant. „Ich lasse dort auch niemals Abfall liegen."

„Ich verstehe das alles nicht", sagte M. E.

„Fünfzehn Minuten sind eine lange Zeit", führte Reacher weiter aus. „Sie haben den Bereich der Sekretärin gründlich gereinigt und waren in neun Minuten fertig. Der Raum ist etwas größer als das Büro, und es liegt mehr herum. Also, wie lange hätten sie im Büro Ihrer Meinung nach brauchen dürfen?"

Sie machte eine vage Geste. „Sieben Minuten? Oder acht?"

„Aber eben keine fünfzehn. Und wir haben sie danach gefragt, warum es so lange gedauert habe."

„Sie gaben keine Antwort", erinnerte sich Frances. „Sie schauten nur verwundert drein."

„Dann fragten wir sie, ob sie jeden Abend gleich lange da drin seien. Das bejahten sie. Fassen wir zusammen: Es geht um fünfzehn Minuten. Was haben die drei in dieser Zeit gemacht? Es gibt zwei Möglichkeiten. Entweder waren sie gar nicht so lange drin, oder sie ließen sich in dieser Zeit die Haare wachsen."

„Wie bitte?", fragte M. E. irritiert.

„Deshalb sehen sie so unordentlich aus, besonders Julio. Beim Rauskommen hat er längere Haare als beim Reingehen."

„Wie ist das möglich?"

„Weil wir nicht die Aktivitäten einer Nacht, sondern aus zwei verschiedenen Nächten zusammengesetztes Bildmaterial gesehen haben. Der Kassettenwechsel um Mitternacht ist entscheidend. Das erste Band ist koscher. Das muss es auch sein, weil es zu Beginn zeigt, wie Stuyvesant und seine Sekretärin am Mittwochabend nach Hause gehen. Der Putztrupp taucht um 23.52 Uhr auf. Die drei sehen müde aus, weil es vielleicht die erste Nacht einer neuen Schicht ist, aber alles ist Routine. Sie liegen in der Zeit. Nirgends viel Abfall. Der Müllsack am Wagen ist ziemlich leer. Sie sind in etwa acht, neun Minuten mit dem Büro fertig. Das ist wahrscheinlich ihre normale Geschwindigkeit, und deshalb waren sie auch verwirrt, als wir wissen wollten, warum es so lange gedauert habe."

„Und wie lautet das große Aber?", wollte Frances wissen.

„Aber für die Zeit nach Mitternacht bekamen wir dann auf dem

394

Videoband eine ganz andere Nacht zu sehen. Vielleicht von vor ein paar Wochen, bevor Julio beim Friseur war. Eine Nacht, in der sie mit Stuyvesants Büro später dran waren und es auch später als üblich verließen. Vielleicht weil in einem anderen Büro zuvor ein Riesenchaos herrschte. Denn ihr Müllsack ist jetzt voll bis oben hin. Deshalb sehen sie auch so unordentlich aus, als sie gar nicht mehr müde, sondern recht zackig aus dem Büro kommen – sie müssen sich ranhalten. Kurzum: Wir sehen sie an besagtem Mittwoch reingehen, aber in einer völlig anderen Nacht wieder rauskommen."

„Aber das Datum stimmte", gab M. E. zu bedenken.

„Richtig. Nendick hat es im Voraus geplant und so eingerichtet."

„Nendick?"

„Ihr Kollege, der für die Videoüberwachung zuständig ist. Ich vermute, er hat ein, zwei Wochen lang für jene Bänder, die die Zeit zwischen Mitternacht und sechs Uhr morgens aufnehmen sollten, im Voraus das Datum des fraglichen Donnerstags einprogrammiert. Denn er brauchte jeweils eine Ersatzkassette für drei mögliche Szenarien: Entweder kam und ging die Putzkolonne bereits vor Mitternacht. Oder sie kam und ging nach Mitternacht. Oder sie kam davor, verschwand aber danach – so wie es schließlich auch der Fall war. Nendick musste diese Alternativen zur Verfügung haben, um an besagtem Donnerstag richtig reagieren zu können. Wäre der Putztrupp bereits vor Mitternacht fertig gewesen, hätte er eine falsche Kassette eingesetzt, die zwischen Mitternacht und sechs gar nichts gezeigt hätte. Wären sie erst nach Mitternacht gekommen, hätte das falsche Band genau das gezeigt. Aber so, wie es abgelaufen ist, musste er eine Kassette verwenden, die nur zeigte, wie sie das Büro verließen."

„Soll das heißen, dass Nendick den Brief auf meinem Schreibtisch deponiert hat?", fragte Stuyvesant.

„Er ist der interne Täter, nicht der Putztrupp. Was die Kamera in jener Nacht wirklich aufnahm, war Folgendes: Der Putztrupp verschwand kurz nach Mitternacht. Irgendwann vor sechs Uhr morgens kam dann Nendick über den Notausgang rein. Er trug Handschuhe und hatte den Brief dabei. Ich schätze, es war gegen halb sechs. Auf diese Weise musste er nicht lange warten, bis er das echte Band beim regulären Kassettenwechsel um sechs durch das falsche ersetzen konnte."

„Aber man hat doch gesehen, wie ich am Morgen wieder ins Büro kam."

„Das war aber schon auf der dritten Kassette für die Zeit zwischen sechs und Mittag. Die war wieder echt. Nur die mittlere wurde vertauscht."

Schweigen trat ein.

„Wie sind Sie dahinter gekommen?", fragte Stuyvesant schließlich. „Durch die Frisur?"

„Zum Teil. Hauptsächlich aber durch Frances' Hintern. Nendick war so aufgeregt wegen der Kassetten, dass er ihn gar nicht beachtete. Das fiel ihr auf. Sie sagte zu mir, das sei sehr ungewöhnlich."

Stuyvesant errötete, als hätte er an ihrem Hintern insgeheim auch schon Gefallen gefunden.

„Wir sollten also den Putztrupp gehen lassen", fuhr Reacher fort, „und uns Nendick vorknöpfen."

MIT DEM Dienst habenden Beamten als Zeugen betrat Stuyvesant den Videoraum. Sie stellten fest, dass vor dem fraglichen Donnerstag zehn Bänder für den Zeitraum von Mitternacht bis sechs Uhr fehlten. Nendick hatte sie in einem Protokoll als fehlerhafte Aufnahmen eingetragen. Danach griffen sie wahllos ein Dutzend Kassetten heraus und schauten sich die wichtigen Zeiten darauf an. Sie bekamen die Bestätigung dafür, dass sich die Putzkolonne nie länger als neun Minuten im Büro aufhielt. Stuyvesant sorgte dafür, dass die drei unverzüglich freigelassen wurden.

Nun standen drei Möglichkeiten zur Wahl: Man konnte Nendick unter einem Vorwand herbeizitieren, Agenten losschicken und ihn festnehmen lassen oder zu seinem Haus fahren und mit einer Befragung beginnen, bevor er seine verfassungsmäßigen Rechte in Anspruch nehmen und Komplikationen schaffen konnte.

„Wir sollten gleich hinfahren", meinte Reacher. „Überrumpelungstaktik."

Er rechnete mit einer Ablehnung, aber Stuyvesant stimmte sofort zu. Er fuhr den Computer seiner Sekretärin hoch und schaute nach der Privatadresse Nendicks. Er wohnte in einer Vorstadt. Sie brauchten ungefähr zwanzig Minuten, um dort hinzugelangen.

Nendicks Reihenhaus lag in einer stillen Straße. M. E. fuhr direkt in die Auffahrt. Sie stiegen aus und gingen durch die Kälte zur Eingangstür, wo Stuyvesant auf den Klingelknopf drückte. Nach einer halben Minute ging auf der Veranda das Licht an. Die Tür öffnete sich, und Nendick erschien auf der Schwelle. Er schien nicht überrascht, sie zu sehen, und sah ganz krank vor Angst aus, als stünde ihm zu einer schweren Prüfung, der er bereits unterzogen wurde, nun eine weitere bevor.

Wortlos ließ er sie eintreten. Frances schloss die Tür hinter sich und bezog dort Stellung wie ein Wachposten.

Nendick schwieg immer noch. Stuyvesant legte ihm die Hand auf die Schulter, drehte ihn herum und schob ihn auf die Küche zu. Er leistete keinen Widerstand und stolperte voran. In der Küche ließ er sich an der Frühstückstheke auf einen Hocker fallen.

„Sagen Sie uns die Namen", verlangte Stuyvesant.

Nendick blieb stumm. Es war offensichtlich, dass er sich dazu zwang, nichts zu sagen. Seine Hände fingen an zu zittern. Er klemmte sie unter die Achseln und begann, sich vor- und zurückzuwiegen.

Reacher schaute sich um.

Am Fenster standen Vasen mit Blumen darin. Sie waren alle verdorrt. In der Spüle stapelte sich Geschirr. An manchen Tellern klebten getrocknete Essensreste. Reacher trat ins Wohnzimmer. Über dem Kamin standen auf einem niedrigen Sims sechs Fotos in Messingrahmen. Auf allen waren Nendick und eine Frau zu sehen, angefangen mit der Hochzeit bis hin zu gemeinsamen Urlaubstagen. Fotos von Kindern gab es nicht.

Reacher kehrte in die Küche zurück. „Wir können sie wieder zu Ihnen zurückbringen", sagte er. „Aber Sie müssen uns unterstützen."

Nendick starrte nur die Wand an.

„Wann wurde sie von hier weggeholt?", bohrte Reacher weiter.

Doch Nendick gab einfach keine Antwort.

Frances kam von der Diele herein und reichte Reacher einen Umschlag, den sie in einem Schränkchen gefunden hatte. Ein Polaroidfoto steckte darin. Es zeigte eine Frau, die mit bleichem, angsterfülltem Gesicht auf einem Stuhl saß. Es war die Frau von den Bildern im Wohnzimmer. Sie schien allerdings um hundert Jahre gealtert und hielt ein Exemplar von *USA Today* hoch.

Frances reichte Reacher einen zweiten Umschlag, der ein weiteres Polaroid enthielt. Dieselbe Frau. Die gleiche Positur. Die gleiche Zeitung, aber mit einem anderen Datum.

„Beweise, dass sie noch am Leben ist", sagte Reacher.

Nun reichte Frances ihm eine gefütterte Versandtasche, in der sich eine kleine Schachtel befand. Sie enthielt einen Wattebausch, und darauf lag ein Stück von einem Finger. Er war am ersten Knöchel abgetrennt worden. Reacher nickte und gab Frances die Schachtel zurück. Stellte sich Nendick gegenüber an die Theke und schaute ihm ins Gesicht. Spielte auf Risiko.

„Stuyvesant und M. E., warten Sie bitte draußen in der Diele."

Gehorsam verließen die beiden den Raum.

Reacher ging auf Augenhöhe mit Nendick und sprach mit sanfter Stimme. „Okay, die sind weg. Jetzt sind nur noch wir zwei da. Und wir gehören nicht zum Secret Service. Die würden nur Mist bauen, aber uns passiert das nicht. Wir müssen uns an keine Regeln halten. Vertrauen Sie uns. Wir sorgen dafür, dass Ihre Frau wohlbehalten nach Hause zurückkommt."

Nendick legte den Kopf in den Nacken und öffnete den Mund. Doch sofort schloss er ihn wieder und presste die Kiefer fest aufeinander. Schaum trat auf seine Lippen. Er fing an zu husten, doch er wollte den Mund um keinen Preis aufmachen. Verzweifelt rang er nach Luft. Seine Augen zeigten blankes Entsetzen. Dann verdrehten sie sich, sodass nur noch das Weiß zu sehen war, und er fiel rücklings vom Hocker.

SIE TATEN alles, was in ihren Kräften stand, aber es nützte nichts. Nendick lag regungslos auf dem Küchenboden, obwohl er das Bewusstsein nicht verloren hatte. Eine Stunde später befand er sich im Walter Reed Army Medical Center in einem bewachten Krankenzimmer. Aufgrund einer Psychose entstandene Katatonie, lautete die vorläufige Diagnose.

„Einfacher ausgedrückt: Er ist gelähmt vor Angst", erläuterte der behandelnde Arzt. „Ich vermute, die Entführer seiner Frau haben ihm geschildert, was sie ihr antun werden, falls er redet. Ihre Ankunft hat eine Krise ausgelöst. Er befürchtete, dass er gegen seinen Willen doch auspacken würde."

„Wann können wir mit ihm sprechen?"

„Vielleicht in ein paar Tagen. Vielleicht nie."

Sie gaben auf und fuhren zum Büro zurück. Als sie sich im Konferenzraum zusammensetzten, stand eine Entscheidung an.

„Armstrong muss informiert werden", sagte Frances. „Die haben unter Beweis gestellt, wozu sie fähig sind. Nun wird es wirklich ernst."

Stuyvesant schüttelte den Kopf. „Wir teilen unseren Schützlingen eine Bedrohung niemals mit."

„Dann sollten wir seine öffentlichen Auftritte einschränken", schlug M. E. vor.

„Kommt nicht infrage. Das wäre schon das Eingeständnis einer Niederlage. Wir müssen ihn vielmehr nach besten Kräften beschützen. Also fangen wir jetzt mit der entsprechenden Planung an. Wogegen setzen wir uns zur Wehr? Was wissen wir?"

„Dass bereits zwei Männer umgekommen sind", erwiderte M. E.

„Zwei Männer und eine Frau", korrigierte Reacher sie. „In 99 Prozent aller Fälle ist Entführung gleichbedeutend mit Ermordung."

„Das FBI muss informiert werden. Die sind dafür zuständig", forderte Frances. „Jetzt geht es nicht mehr nur um Armstrong."

Stuyvesant stöhnte. „Ja, das FBI muss ins Bild gesetzt werden. Ich werde ihm alles übergeben. Inzwischen konzentrieren *wir* uns aber ganz auf Armstrong."

„Morgen steht der zweite Termin in North Dakota an", teilte M. E. ihnen mit. „Wieder im Gemeindezentrum. Nicht sehr sicher. Wir brechen um zehn Uhr auf."

„Und am Donnerstag?"

„Da ist Thanksgiving. Armstrong serviert in einem Obdachlosenheim hier in Washington ein Truthahnessen. Er wird sehr exponiert sein."

„Okay", schloss Stuyvesant die Sitzung. „Kommen Sie morgen früh um sieben wieder her. Ich bin sicher, das FBI wird nur zu gerne einen Verbindungsmann zu uns rüberschicken."

„Ich komme mir so hilflos vor", sagte M. E. „Ich möchte aber aktiv was erreichen."

„Die defensive Rolle gefällt dir nicht?", fragte Reacher.

Sie lagen in ihrem Bett, in ihrem Zimmer. Das Bett war warm. In der kalten grauen Großstadtnacht war es wie ein wärmender Kokon.

„Die Defensive ist schon in Ordnung", erwiderte sie. „Ist Angriff aber nicht auch eine Art von Verteidigung? Gerade in einer Situation wie dieser? Stattdessen lassen wir die Dinge auf uns zukommen. Und wenn es brenzlig wird, rennen wir mit Armstrong einfach davon. Wir treiben nicht genug Ermittlungsarbeit."

„Ihr habt doch Ermittler", wandte er ein.

Ihr Kopf strich an seiner Schulter auf und ab, als sie nickte. „Das Büro zur Erforschung und Entwicklung von Schutzmaßnahmen. Aber das hat so was Akademisches an sich. Dort geht es nicht um Fragen der Taktik, sondern um Strategien."

„Dann ermittle doch selbst. Nimm dir ein paar Sachen vor."

„Was zum Beispiel?"

„Du solltest dich auf den Daumenabdruck konzentrieren."

„Der ist nicht gespeichert."

„Dateien werden ständig aktualisiert. Du solltest es noch mal versuchen. Und die Suche ausdehnen. Versuch's mal bei Interpol. Außerdem solltest du nachprüfen, ob schon mal jemand einen Drohbrief mit einem Daumenabdruck unterzeichnet hat."

Sie erwiderte nichts, sondern schmiegte sich an seine Schulter und war bald fest eingeschlafen. Er lag eine Weile still da, dann streckte er den freien Arm aus und löschte das Licht.

SCHON bald saßen sie wieder im Konferenzraum des Secret Service, aßen Doughnuts und tranken Kaffee mit einem FBI-Verbindungsmann namens Bannon. Reacher trug den dritten Anzug und das dritte Hemd von Joe sowie eine schlichte blaue Krawatte.

Bannon war um die vierzig, groß und schwer. Er trug ein Tweedjackett und graue Flanellhosen und sah rau, aber herzlich, also irisch aus. Außerdem war er höflich und fröhlich und hatte die Donuts und den Kaffee spendiert.

Die zwanzig Dollar, die er dafür ausgegeben hatte, hatten viel zur Verbesserung des Klimas zwischen den beiden üblicherweise stark miteinander konkurrierenden Behörden beigetragen.

„Wir schlagen vor, dass keiner Geheimnisse vor dem anderen hat", sagte er. „Und dass keine Schuldzuweisungen vorgenommen werden. Es muss Tacheles geredet werden. Wir müssen davon ausgehen, dass Mrs Nendick tot ist. Damit haben wir bereits drei Opfer. Es gibt einige Indizien, aber nicht viele. Nendick wird uns helfen, falls er je wieder zu sich kommt. In der Annahme, dass dies jedoch nicht sehr bald geschehen wird, gehen wir aus drei Richtungen an die Sache ran. Erstens sind da die Drohbriefe, zweitens gibt's den Mord in Minnesota und drittens den in Colorado."

„Haben Ihre Leute dort die Zuständigkeit?", fragte M. E.

„An beiden Orten. Unsere Ballistikexperten sind der Meinung, dass in Colorado eine Maschinenpistole der Marke Heckler & Koch vom Typ MP 5 verwendet wurde. Die wird von der Polizei und Eingreiftrupps der Bundesbehörden verwendet. Außerdem hatte die Waffe vermutlich einen Schalldämpfer, denn niemand hat was gehört. Somit müsste es sich um den Typ MP 5 SD 6 handeln."

„Und wie sieht's in Minnesota aus?"

„Es war ein glatter Durchschuss, aber wir haben das Geschoss gefunden, als wir das Gelände mit einem Metalldetektor abgesucht haben. Es steckte im Boden. Der Einschlagwinkel lässt vermuten, dass von einem etwa 120 Meter von der Farm entfernten bewaldeten Hügel aus geschossen wurde."

„Was für ein Geschoss ist es?"

„NATO 7,62 Millimeter. Wenig Power, schwache Füllung."

„Unterschallmunition", sagte Reacher. „Bei diesem Kaliber muss es sich um ein Vaime-Gewehr MK 2 mit Schalldämpfer handeln, das für Scharfschützen gedacht ist."

„Es wird aber auch von der Polizei und paramilitärischen Verbänden wie Antiterroreinheiten verwendet", fügte Bannon hinzu. „Aber wissen Sie was? Wenn Sie eine Liste derer, die in den USA die Heckler & Koch MP 5 kaufen, mit der Liste derer vergleichen, die die Vaime MK 2 anschaffen, finden Sie nur einen einzigen offiziellen Erwerber für beide: den Secret Service."

Stille trat ein, die kurz darauf durch ein Klopfen unterbrochen wurde. Der Dienst habende Beamte erschien in der Tür. „Die Post ist gerade eingetroffen. Es ist was dabei, das Sie sich anschauen sollten."

SIE LEGTEN es auf den Tisch des Konferenzraums. Es war der vertraute braune Umschlag mit gummierter Klappe und Metallklemme. Der Aufdruck auf dem Adressaufkleber stammte von einem Computer und lautete: BROOK ARMSTRONG, SENAT DER VEREINIGTEN STAATEN, WASHINGTON D. C.

Bannon öffnete seine Aktenmappe, nahm ein Paar weiße Baumwollhandschuhe heraus und zog sie an. „Wir verwenden keine aus Latex, damit's kein Durcheinander bei möglichen Talkumspuren gibt", erklärte er. „Hab sie vom Labor." Er öffnete den Umschlag, drehte ihn herum und ließ ein einzelnes Blatt Papier herausgleiten. Es landete auf dem polierten Holz und lag flach da.

Zentriert über zwei Zeilen ausgedruckt, stand die Frage HAT IHNEN DIE DEMONSTRATION GEFALLEN? darauf.

Bannon drehte den Umschlag um und betrachtete den Poststempel. „Wieder aus Las Vegas. Samstag. Die sind sehr optimistisch, wie? Wollen wissen, ob ihm die Demonstration gefallen hat, bevor sie sie überhaupt inszeniert haben."

„Wir müssen jetzt los", unterbrach ihn M. E. „Abflug um zehn. Ich möchte Reacher und Frances dabeihaben. Sie waren bereits vor Ort und kennen die Gegebenheiten."

Stuyvesant machte eine vage Geste des Einverständnisses.

„Ich möchte, dass wir uns zweimal täglich treffen", sagte Bannon. „Um halb acht Uhr morgens und abends um zehn. Ja?"

„Sofern wir in Washington sind", erwiderte M. E. und ging hinaus.

Frances und Reacher folgten ihr. Er holte sie ein und schob sie nach links auf den Gang, der zu ihrem Büro führte.

„Schau in der Datenbank nach", flüsterte er.

Sie blickte auf ihre Uhr. „Das dauert viel zu lang."

„Starte die Suche jetzt, und lass sie den ganzen Tag laufen."

Sie zögerte, doch dann wandte sie sich zu ihrem Büro, wo sie das Licht anschaltete und den Computer in Gang setzte. Die NCIC-Datenbank hatte ein kompliziertes Suchprotokoll. M. E. gab ihr Passwort ein, klickte den Cursor auf das entsprechende Feld und gab DAUMENAB-DRUCK+DOKUMENT+BRIEF+UNTERSCHRIFT ein. „Einverstanden?"

„Das ist immerhin ein Anfang", antwortete Reacher. „Wir können es später noch präzisieren."

Sie klickte auf die Suchfunktion. Die Festplatte ratterte, und das Eingabefeld verschwand vom Bildschirm.

„Gehen wir", sagte sie.

EINEN gefährdeten designierten Vizepräsidenten von der Hauptstadt nach North Dakota zu bringen, war ein kompliziertes Unterfangen. Es waren acht Fahrzeuge des Secret Service, vier Polizeiautos, 20 Agenten und ein Flugzeug erforderlich.

M. E. ließ ihren Suburban in der Tiefgarage stehen und benutzte eine Stretch-Limousine mit Chauffeur, damit sie ungestört ihre Anweisungen erteilen konnte. Reacher und Frances saßen bei ihr im Fond, als sie in Richtung Georgetown fuhren. Der Himmel war dunkelgrau, und es regnete leicht.

Wegen des Wetters herrschte in der Stadt dichter Verkehr. Nachdem der Konvoi bei Armstrongs Haus losgefahren war, erreichte er jedoch bald das Nordtor der Luftwaffenbasis Andrews und brauste zur Rollbahn.

Als Armstrongs Limousine stoppte, war die Beifahrertür sechs Meter von der untersten Stufe der Rolltreppe entfernt. Das Flugzeug war ein Gulfstream-Twinjet im feierlichen Blau der Luftwaffe. Die Turbinen heulten laut und bliesen den Regen in feinen Schwaden über den Boden.

Armstrong stieg aus und rannte die sechs Meter durch den Nieselregen. Seine Leibwächter waren dicht hinter ihm, dann folgten M. E., Frances und Reacher. Aus einem wartenden Pressefahrzeug kamen zwei Reporter hinzu. Ein zusätzliches dreiköpfiges Agententeam bildete den Schluss.

Das kleine Flugzeug verfügte über zwölf Sitzplätze. Acht davon waren in zwei Vierergruppen angeordnet, bei denen sich, durch einen Tisch getrennt, je zwei Plätze gegenüberlagen. Die übrigen vier Sitze befanden sich in einer Reihe vorn in der Nähe des Cockpits. Armstrong wählte in einer der Vierergruppen einen Fensterplatz mit Blick nach hinten. Die beiden Reporter setzten sich ihm gegenüber, M. E. und die Leibwächter nahmen die andere Vierergruppe, die zusätzlichen Agenten und Frances belegten die vordere Sitzreihe. So war der einzige Platz, der Reacher blieb, der neben Armstrong.

Der Vizepräsident sah ihn an, als wäre er inzwischen ein alter Freund, während die Reporter seinen Anzug prüfend musterten. Reacher war klar, was sie dachten: Zu anspruchsvoll gekleidet für einen Agenten – wer ist dieser Typ?

Der Turbinenlärm schwoll an, das Flugzeug rollte auf die Startbahn. Reacher klappte seinen Sitz zurück und schloss die Augen.

BEIM Landeanflug auf Bismarck wachte er auf. Er schaute zu Armstrongs Fenster hinaus und erblickte einen klaren blauen Himmel sowie den Missouri, der sich von Norden nach Süden durch eine endlose Folge hellblauer Seen schlängelte.

„Wir lassen die Umgebung von der Ortspolizei absperren", hörte Reacher M. E. ihre Agenten einweisen. „Es sind mindestens 40 Beamte im Einsatz. Dazu kommen noch Fahrzeuge der Staatspolizei. Für uns kommt es darauf an, dicht beieinander zu bleiben."

Die Maschine landete weich und rollte zu einer aus fünf Fahrzeugen bestehenden wartenden Autokolonne hinüber. Vorn und hinten standen je ein Streifenwagen der Staatspolizei, dazwischen drei identische Stretch-Limousinen. Armstrong stieg mit seinen Leibwächtern in die mittlere, M. E., Reacher und Frances nahmen die erste, die zusätzlichen Agenten die letzte.

Nach einer kurzen, schnellen Fahrt sah Reacher in der Ferne plötzlich den vertrauten Kirchturm. Nachdem der Konvoi die Absperrung der Ortspolizei passiert hatte, fuhr er auf den Parkplatz des Gemeindezentrums zu, dessen Umzäunung mit Fähnchen geschmückt war. Etwa 300 Menschen hatten sich bereits versammelt.

Über ihnen erhob sich der massive viereckige Kirchturm in die frostige, klare Herbstluft.

„Hoffentlich haben sie die Kirche heute gründlicher durchsucht." M. E. bedachte Reacher mit einem ironischen Seitenblick.

Die fünf Autos fegten auf die Kiesfläche des Parkplatzes und kamen

AUS DEM HINTERHALT 403

knirschend zum Stehen. Die zusätzlichen Agenten waren als Erste draußen. Sie bauten sich vor Armstrongs Wagen auf, sahen sich die Gesichter der Leute genau an und warteten ab, bis M. E. von der Ortspolizei über Funk die Entwarnung bekam. Sie gab sie sofort an den Leiter des Zusatzteams weiter. Er bestätigte, ging zu Armstrongs Tür und öffnete sie feierlich.

Als Armstrong in die Kälte hinausstieg, hatte er bereits das passende Lächeln aufgesetzt: der Heimkehrer, den der große Bahnhof ganz verlegen macht. Er streckte die Hand aus, um seinen Nachfolger zu begrüßen, der an der Spitze des Empfangskomitees stand.

„Diese Kirche ist wie ein Schießstand", murmelte M. E.

„Wir sollten sie selbst noch mal kontrollieren, damit wir ganz sicher sind", erwiderte Reacher. „Lass Armstrong gegen den Uhrzeigersinn eine Runde durch die Menge drehen, bis wir das erledigt haben."

„Auf diese Weise kommt er aber näher an die Kirche ran."

„In deren Nähe ist er sicherer. Das Schussfeld beginnt in einer Entfernung von zirka zwölf Metern vom Sockel des Turms."

M. E. führte das Handgelenk an den Mund und sprach über das Mikro mit ihrem leitenden Agenten. Wenige Sekunden später sahen sie, wie er und seine Kollegen Armstrong nach rechts dirigierten.

„Jetzt müssen wir nur noch den Kerl auftreiben, der den Schlüssel hat", sagte Reacher.

Über Funk setzte sich M. E. mit dem Leiter der Ortspolizei in Verbindung und hörte seiner Antwort zu. „Der Küster erwartet uns an der Tür."

Sie gingen über den Kiesweg zur Kirche hinüber, als M. E. plötzlich stehen blieb und die gewölbte Hand ans Ohr legte.

„Staatspolizisten haben sich gerade vom Rand der Sperrzone gemeldet", teilte sie den beiden anderen mit. „Sie sind beunruhigt wegen eines Burschen, der in der Gegend rumlungert. Ich muss hin."

Reacher wandte sich Frances zu. „Überprüfen Sie sicherheitshalber die Straßen in der unmittelbaren Umgebung. Ich kümmere mich allein um die Kirche."

Sie nickte und lief zur Zufahrt hinüber, während Reacher auf den Kirchhof trat. An der geschnitzten, etwa zehn Zentimeter dicken Eichentür wartete er. Über ihm ragte der Turm zwanzig Meter in die Höhe. An seiner Spitze hing eine schlaffe Fahne. Es war kalt und windstill, genau die rechten Luftverhältnisse, um eine Kugel geradewegs zu ihrem Ziel zu tragen.

Kurz darauf sah er den Küster näher kommen. Der Mann hatte eine

Drahtschlinge in der Hand, an der ein großer eiserner Schlüssel baumelte. Er hielt ihn Reacher hin, und dieser nahm ihn entgegen.

„Das ist der Originalschlüssel von 1870", mahnte der Küster.

„Sie bekommen ihn zurück", versicherte ihm Reacher.

Der Küster wandte sich um und ging in die Richtung davon, aus der er gekommen war. Reacher trat an die Tür, steckte den Schlüssel ins Schloss und drehte ihn kräftig. Nichts geschah. Er griff nach der Klinke.

Die Tür war nicht abgeschlossen.

Als sie aufging, quietschten die alten Angeln. Rasch trat Reacher ein. Das Gotteshaus war eine schlichte Holzkonstruktion mit einem gewölbten Dach. Am anderen Ende standen ein Altar und ein hohes Lektionar. Dahinter führten einige Türen zur Sakristei und zu anderen Räumen.

Reacher machte die Tür zu und schloss sie von innen ab. Den Schlüssel versteckte er in einer Holztruhe mit Gesangbüchern. Dann schlich er den Mittelgang entlang. Blieb stehen und horchte. Nichts. Er überprüfte die Nebenräume hinter dem Altar. Niemand drin.

Er schlich zurück und trat durch eine Tür in den Sockel des Turms. In der Mitte des viereckigen Raumes hingen drei Glockenseile herunter, und eine steile, schmale Treppe wand sich in die Düsternis hinauf. Reacher blieb am Fuß der Treppe stehen und lauschte angestrengt. Nichts. Er zwängte sich hinauf, bis die Treppe nach drei rechtwinkligen Kehren an einem Vorsprung endete. Von hier führte eine an der Innenwand des Turms befestigte Holzleiter sechs Meter zu einer Falltür hinauf, die in der Decke eingelassen war. Diese sah massiv aus und wurde nur von drei kleinen Löchern durchbrochen, durch welche die Glockenseile führten. Wenn da oben jemand war, bekam er durch die Löcher alles mit, was unten vorging. So wie Reacher selbst vor fünf Tagen die Polizeihunde gehört hatte.

Er verharrte am Fuß der Leiter und holte das Keramikmesser aus der Jackentasche, das er bei sich trug, seit er es für den Test bei dem Spenderempfang besorgt hatte. Dann kletterte er nach oben.

Auf halbem Weg hielt er inne, nahm eine Hand von der Sprosse und betrachtete die Innenfläche. Der Pfeffer, den er vor fünf Tagen ausgestreut hatte, befand sich immer noch auf der Leiter. Auf den Sprossen war er allerdings verwischt worden. Vielleicht, als er neulich wieder nach unten geklettert war. Oder als Polizisten heute bei der Überprüfung hinaufgestiegen waren. Oder als es sonst jemand getan hatte.

Er holte tief Luft, öffnete das Messer und steckte es zwischen die Zähne. Für die restlichen Meter brauchte er nur wenige Sekunden. Oben angekommen, ließ er einen Fuß und eine Hand auf der Leiter, schwang seinen Körper ansonsten aber hinaus ins Leere. Mit den gespreizten Fingern der freien Hand stützte er sich an der Decke ab und versuchte zu ertasten, ob sich über ihm etwas bewegte.

Nichts. Keine Vibrationen, keine Schwingungen. Er wartete dreißig Sekunden, dann schwang er sich auf die Leiter zurück. Mit einem Stoß drückte er die Falltür auf und kletterte hinauf in den Glockenraum.

Die drei Glocken hingen stumm in ihren Halterungen. Ansonsten war der Raum leer. Es sah genauso aus wie vor fünf Tagen. Oder doch nicht?

Der Staub auf dem Boden war hier und da verwischt, und es gab Abdrücke, die nach Absätzen, Knien und Ellbogen aussahen. Er hatte sie nicht hinterlassen, dessen war er sich sicher. Außerdem lag ein schwacher Geruch in der Luft. Nach Anspannung, Schweiß und Waffenöl. Er ging zu den Schallöffnungen und schaute durch die Schlitze nach unten. Eine gute Schussposition, allerdings ein begrenztes Schussfeld.

Er sah nach oben und entdeckte in der Decke eine zweite Falltür, zu der eine weitere Leiter hinaufführte. Bei seinem ersten Besuch hatte er sie ignoriert. Für jemanden, der an einem sonnigen Nachmittag ein unbegrenztes Schussfeld suchte, wäre sie jedoch durchaus von Interesse. Üblicherweise brauchte man sie vermutlich, um die Flagge zu wechseln.

Reacher steckte das Messer wieder zwischen die Zähne und kletterte die vier Meter lange Leiter hoch. Als er sich in der Nähe der oberen Sprossen befand, hielt er inne und schaute hinauf. Die Sprossen waren voller Staub. An den rechten und linken Randbereichen gab es jedoch in regelmäßigen Abständen blanke Stellen. Jemand war die Leiter hinaufgestiegen. Vor kurzem.

Reacher schob sich hinauf, bis er gekrümmt an der Spitze der Leiter stand und sein Rücken gegen die Falltür stieß. Er holte abermals tief Luft. Dann drückte er die Beine durch, sodass sein Rücken die Falltür aufstieß und er selbst ins grelle Tageslicht aufs Dach hinauskatapultiert wurde. Er packte das Messer und rollte sich von der Öffnung weg. Er hob sich auf die Knie und wirbelte einmal um die eigene Achse. Niemand da.

Er befand sich in einem blechverkleideten Geviert, das wie ein flacher Geschenkkarton ohne Deckel wirkte. Die Umrandung war knapp einen Meter hoch.

Auf allen vieren kroch Reacher zum Rand und schob den Kopf über die Brüstung. Direkt unter sich erblickte er Armstrong. Der neue Senator stand neben ihm. Die sechs Agenten umgaben sie in einem perfekten kreisförmigen Ring. Dann machte Reacher aus den Augenwinkeln eine Bewegung auf der anderen Seite der Gemeindewiese aus. An der hinteren Ecke des umfriedeten Geländes versammelten sich einige Polizisten. Sie schauten auf etwas hinunter und beugten sich über ihre Funkgeräte. Als Reacher wieder direkt nach unten schaute, sah er, wie sich M. E. durch die Menge drängte und schnell auf die Beamten zulief.

Er kroch zurück und kletterte in den Kirchenraum zurück. Dort sah er sofort, dass die Eichentür weit offen stand und der Deckel der Truhe aufgeklappt war. Der Schlüssel steckte innen im Schloss.

Reacher rannte in die Kälte hinaus. Auf dem Kiesweg blieb er stehen und schaute sich um. Niemand. Von der Wiese her hörte er allerdings Geräusche. Er lief in diese Richtung und sah plötzlich einen Mann auf sich zurennen. Er trug einen langen braunen Mantel, der nicht zugeknöpft war und hinter ihm herflatterte. Dazu ein Tweedjackett und Flanellhosen. In seiner erhobenen Hand hielt er eine goldene Dienstmarke. Offenbar einer von den einheimischen Detectives.

„Ist im Turm alles in Ordnung?", rief er aus zehn Meter Entfernung.

„Niemand drin. Was ist denn los?"

„Weiß ich selbst noch nicht." Der Polizist starrte zur Kirche hinüber. „Verdammt, Sie hätten die Tür wieder verschließen sollen!"

Er rannte auf die Kirche zu, während Reacher in die entgegengesetzte Richtung stürmte, zur Wiese hin. Unterwegs begegnete er Frances, die von der Zufahrtsstraße herbeilief. „Da stimmt was nicht", rief er ihr zu.

Gemeinsam rannten sie auf die Wiese, wo M. E. gerade auf die Autos zulief. Sie änderten die Richtung und trafen mit ihr zusammen.

„Unten am Zaun war ein Gewehr versteckt", berichtete sie.

„Jemand muss in der Kirche gewesen sein", teilte Reacher ihr mit. „Im Turm. Wahrscheinlich sogar ganz oben auf dem Dach. Ist vermutlich immer noch in der Nähe."

Eine Sekunde lang stand M. E. ganz still da. Dann sprach sie in ihr Mikrofon. „Bereitmachen zum Abbrechen. Ich zähle bis drei." Ihre Stimme war ganz ruhig. „Eins, zwei, drei. Sofort abbrechen. Sofort abbrechen."

Zweierlei geschah gleichzeitig. Zum einen heulten bei der wartenden Autokolonne die Motoren auf, und sie löste sich im Handumdrehen auf. Die ersten beiden Limousinen vollzogen eine scharfe Kehre und rasten über die Kiesfläche auf die Menge zu. Zum anderen stürzten die Leibwächter von allen Seiten auf Armstrong zu, schirmten ihn ab und schoben ihn durch die Menschen, die in panischer Angst auseinander stoben. Als die Autos schlitternd zum Stehen kamen, stießen die Leibwächter

Armstrong in den ersten Wagen und schmissen sich ebenfalls hinein, während das zusätzliche Team in die zweite Limousine sprang.

Der Polizeiwagen, der den Konvoi bei der Herfahrt angeführt hatte, rollte bereits mit Blaulicht und Sirene langsam die Straße entlang. Die beiden Limousinen drehten um, bogen auf die Straße und setzten sich hinter das Polizeifahrzeug. Sofort beschleunigten alle drei Autos und rasten davon, während die dritte Limousine direkt auf M. E. zukam.

„Wir können diese Typen schnappen", sagte Reacher zu ihr. „Sie sind hier."

Sie erwiderte nichts, sondern packte ihn und Frances am Arm und zog sie mit sich in die Limousine hinein. Der Wagen fuhr los und jagte hinter den anderen drein, gefolgt von dem zweiten Polizeiauto. Die ganze Aktion hatte nicht mehr als zwanzig Sekunden gedauert.

„Da siehst du's", seufzte M. E., als sie sich in ihren Sitz sinken ließ. „Wir verhalten uns passiv. Wenn etwas passiert, rennen wir weg."

Als sie wieder in der Luft waren, informierte M. E. Armstrong über das gefundene Gewehr, das den sofortigen Abbruch der Veranstaltung mehr als gerechtfertigt habe. Er diskutierte nicht mit ihr herum. Stellte nicht einmal Fragen.

Reacher beugte sich zu ihr hinüber. „Wir hätten bleiben sollen."

„Da wimmelt es von Polizisten. Und das FBI wird bald zu ihnen stoßen. Das ist deren Aufgabe. Wir konzentrieren uns ausschließlich auf Armstrong. Auch wenn mir das genauso wenig gefällt wie dir."

„Wann wurde die Kirche eigentlich abgeschlossen?", fragte er.

„Letzten Sonntag. Vor mehr als sechzig Stunden."

„Dann haben unsere Freunde das Schloss geknackt. Es ist ziemlich antiquiert."

„Und du bist sicher, dass du niemanden gesehen hast?"

Er schüttelte den Kopf. „Aber sie haben mich gesehen. Sie waren mit mir da drin. Und sie haben gesehen, wo ich den Schlüssel hingetan habe. So konnten sie sich selbst rauslassen."

M. E. runzelte die Stirn. „Ich verstehe einfach nicht, was sie vorhatten. Sie in der Kirche und das Gewehr am Zaun – das macht doch keinen Sinn!"

UM 18.30 UHR Ortszeit landeten sie in Andrews. In der Stadt war es ruhig; das lange Thanksgiving-Wochenende hatte im Laufe des Nachmittags bereits begonnen. Die Autokolonne machte sich auf nach Georgetown, wo Armstrong durch den Sichtschutz in sein Haus geleitet wurde.

M. E., Reacher und Frances fuhren ins Büro und befassten sich mit den Ergebnissen der Suche in der NCIC-Datenbank. Mit diesen war jedoch nichts anzufangen. Die Software hatte nicht weniger als 243 791 Treffer gefunden.

„Wir müssen die Suche besser eingrenzen." Frances hockte sich neben M. E. und zog sich die Tastatur heran. Sie löschte die Angaben vom Bildschirm, rief das Anfragefeld auf und gab DAUMENABDRUCK-ALS-UNTERSCHRIFT ein. Reacher griff nach der Maus und klickte auf die Suchfunktion.

Das Telefon klingelte, und M. E. nahm ab. Sie hörte einen Moment zu und legte auf. „Stuyvesant hat den vorläufigen FBI-Bericht über das Gewehr. Wir sollen in den Konferenzraum kommen."

„HEUTE hätten wir beinahe eine Niederlage erlitten", sagte Stuyvesant. Er saß am Kopfende des Tisches und hatte Faxe vor sich ausgebreitet. „Der erste Faktor ist die unverschlossene Tür. Das FBI vermutet, dass das Schloss in den frühen Morgenstunden geknackt wurde."

„Sie hätten einen Agenten auf dem Dach postieren sollen", warf Frances ein.

„Keine Haushaltsmittel. Erst nach der Amtseinführung."

„Sofern es überhaupt dazu kommt."

„Was war das für ein Gewehr?", fragte Reacher.

Stuyvesant strich über das vor ihm liegende Blatt. „Eine alte Knarre vom Kaliber .22."

„Fingerabdrücke?"

„Natürlich Fehlanzeige."

„Also ein Köder. Das Gewehr sollte lediglich gefunden werden. Sie wollten damit gar nicht schießen."

Stuyvesant nickte. „Die unverschlossene Tür bedeutet aber, dass sie in der Kirche waren, um zu schießen, wenn auch nicht mit diesem alten Ding. Ich vermute, dass sie mit der MP 5 oder der Vaime MK 2 drinnen gewartet haben. Sie hatten Folgendes geplant: Man sollte den Schießprügel am Zaun entdecken. Damit wäre gewährleistet, dass die meisten Polizisten dorthin eilen würden. Und wir würden abbrechen und Armstrong zum Auto schaffen. So hätten sie ein gutes Ziel, und die allge-

AUS DEM HINTERHALT 409

meine Ablenkung und Aufregung wären groß genug, damit sie hinterher unbehelligt abhauen könnten. So ist es ja großenteils auch gekommen – mit dem entscheidenden Unterschied, dass Sie sie vorher aufgescheucht haben und sie verschwinden mussten."

„Klingt plausibel", stimmte Reacher zu. „Aber ich habe wirklich keine Menschenseele da drin entdeckt."

„In einer Kirche auf dem Land gibt es zig Möglichkeiten, sich zu verstecken. Haben Sie die Krypta überprüft?"

„Nein."

Einen kurzen Augenblick herrschte Schweigen.

„Und was ist mit dem Mann, der in der Gegend rumlungerte?", fragte Reacher.

„Vermutlich völlig uninteressant. Sie wissen doch, wie das ist. Wie verhält sich ein Staatspolizist, wenn er den Secret Service unterstützen soll? Er muss Alarm schlagen, sobald ihm jemand verdächtig erscheint, auch wenn er eigentlich nicht genau sagen kann, warum."

„Wir stehen also nach wie vor mit leeren Händen da", fasste M. E. zusammen.

„Immerhin ist Armstrong noch am Leben", entgegnete Stuyvesant. „Essen Sie jetzt zu Abend, und kommen Sie um 22 Uhr zur Besprechung mit dem FBI wieder her."

SIE KEHRTEN zu M. E.s Büro zurück, um die Ergebnisse von Frances' NCIC-Suche zu überprüfen. Doch die hatte keinen einzigen Treffer erbracht.

„Wir haben's jetzt schneller geschafft, nichts zu erreichen", spöttelte M. E.

„Lass mich mal ran", bat Reacher, und sie stand auf. Er setzte sich an ihren Platz und gab EIN KURZER BRIEF MIT EINEM GROSSEN DAUMENAB-DRUCK ALS UNTERSCHRIFT ein.

Nach dem Mausklick wurde auf dem Monitor in Sekundenbruchteilen angezeigt, dass es keine Treffer gab.

„Wenigstens ein neuer Geschwindigkeitsrekord", brummte Reacher.

„Okay, versuchen wir's mal damit", sagte M. E. „Entweder gewinne ich die Goldmedaille, oder wir sitzen noch die ganze Nacht hier."

Sie gab nur ein Wort ein: DAUMEN.

Auf dem Bildschirm erschien ein einziger Eintrag, ein Polizeibericht aus Sacramento. Ein Notarzt hatte die Ortspolizei fünf Wochen zuvor darüber informiert, einen Mann behandelt zu haben, der seinen Daumen angeblich bei Zimmermannsarbeiten verloren hatte. Aufgrund der Wunde war der Arzt jedoch der Überzeugung gewesen, dass der Daumen auf amateurhafte Weise absichtlich abgetrennt worden war. Das Opfer hatte der Polizei auf Nachfrage jedoch versichert, es sei ein Unfall mit einer Motorsäge gewesen. Damit war der Fall erledigt.

„Merkwürdiges Zeug gibt's in dieser Datenbank", sagte M. E.

„Gehen wir essen", schlug Reacher vor.

„Vielleicht sollten wir was Vegetarisches bestellen", meinte Frances.

UM 22 UHR kehrten alle zur abendlichen Besprechung in den Konferenzraum zurück. Special Agent Bannon hatte eine dünne Dokumentenmappe bei sich und schaute pessimistisch drein. „Nendick gibt immer noch keinen Ton von sich."

Er ließ sich gegenüber von Frances auf einen Stuhl fallen, öffnete seine Mappe und nahm einen kleinen Stapel Farbfotos heraus, die er wie Spielkarten verteilte. Jeder erhielt zwei. „Bruce Armstrong und Brian Armstrong. In Minnesota beziehungsweise Colorado verstorben."

Es waren Vergrößerungen von Schnappschüssen, die man von den Familien erhalten hatte. Keiner der beiden wies große Ähnlichkeit mit Brook Armstrong auf. Alle drei waren einfach Männer Mitte vierzig mit blondem Haar und blauen Augen. Aber gerade deshalb hatten sie eben doch eine gewisse Gemeinsamkeit.

„Was halten Sie davon?", fragte Bannon.

„Ähnlich genug, um auf Armstrong zu verweisen", erwiderte Reacher.

„Das meinen wir auch. Die beiden waren verheiratet und hinterlassen fünf Kinder."

„Haben Sie sonst noch was?", erkundigte sich Stuyvesant.

„Wir geben uns alle Mühe, aber wir sind nicht sehr optimistisch. Wir haben Nendicks Nachbarn befragt. Das Ehepaar Nendick ging anscheinend öfter aus, meist in eine Bar, die draußen in der Nähe von Dulles liegt. Eine Bullenkneipe."

„Und was war vor etwa zwei Wochen? Als die Frau entführt worden sein muss?"

Bannon schüttelte den Kopf. „Dazu fiel niemandem was ein."

„Sonst noch was?"

„Wir sind zu dem Schluss gekommen, dass Sie keine weiteren Mitteilungen erhalten werden. Die Täter werden an einem Zeitpunkt und einem Ort ihrer Wahl zuschlagen. Wir arbeiten gegenwärtig an einer

AUS DEM HINTERHALT   411

Theorie. Ich nehme an, dass Sie morgen früh alle hier sein werden, auch wenn Thanksgiving ist?"

„Armstrong ist aktiv, also sind wir auch aktiv."

„Was macht er denn?"

„Er besucht eine Unterkunft für Obdachlose und gibt sich als netter Mensch."

„Ist das klug?"

„Keine andere Wahl", antwortete M. E. „Es steht in der Verfassung, dass Politiker an Thanksgiving Truthahn servieren sollen, und zwar im schlimmsten Stadtteil, den sie finden können."

„Vielleicht sollten Sie versuchen, ihn umzustimmen", sagte Bannon. „Notfalls könnten Sie ja die Verfassung ändern."

M. E. SETZTE Frances vor deren Hotel ab, dann fuhr sie mit Reacher zu sich nach Hause. Sie schwieg auf der ganzen Strecke. War auf eine verdächtige, aggressive Weise still.

„Was ist?", fragte er.

„Nichts."

„Es muss irgendwas sein."

Sie antwortete nicht. Fuhr einfach weiter und parkte in der Nähe ihres Hauses. Stellte den Motor ab, stieg aber nicht aus.

„Ich glaube nicht, dass ich's ertragen kann, wie du dein Leben aufs Spiel setzt. Genauso, wie du Joes Leben aufs Spiel gesetzt hast."

„Ich habe sein Leben nicht aufs Spiel gesetzt."

„Er war solchen Aufgaben nicht gewachsen. Trotzdem übernahm er sie. Weil er immer Vergleiche anstellte. Weil er dazu getrieben wurde."

„Von mir?"

„Von wem denn sonst? Er ist in deine Fußstapfen getreten."

„Jetzt pass mal auf", erwiderte Reacher. „Die Verbindung zwischen Joe und mir brach ab, als ich sechzehn war und er achtzehn. Er ging damals nach West Point. Auf den Gedanken, mir nachzueifern, wäre er nie gekommen. Und danach hatte ich keinen richtigen Kontakt mehr mit ihm. Ich habe ihn in der Hauptsache bei Beerdigungen getroffen. Er beachtete mich nicht. Oft hörte ich jahrelang überhaupt nichts von ihm."

„Er ist in deine Fußstapfen getreten", beharrte M. E. „Eure Mutter hat ihm Informationen über dich geschickt."

„Unsere Mutter starb sieben Jahre vor ihm. Damals hatte ich's noch nicht weit gebracht."

„Gleich am Anfang wurde dir in Beirut der Silver Star verliehen."

„Ich bin mit einer Bombe in die Luft geflogen. Sie haben mir den Orden verliehen, weil ihnen nichts anderes einfiel. Joe wusste Bescheid darüber."

„Er stellte aber doch Vergleiche an", entgegnete sie starrsinnig.

„Kann sein. Aber nicht mit mir."

„Mit wem denn sonst?"

„Vielleicht mit unserem Vater. Er war bei der Marineinfanterie. In Korea und Vietnam. Ein sanftmütiger, schüchterner, liebevoller Mann, aber auch ein eiskalter Killer. Neben ihm sehe ich wie ein Friedensengel aus."

„Joe hätte nicht nach Georgia gehen sollen", flüsterte sie.

„Das ist klar. Er hätte vernünftiger sein müssen."

„Du aber auch."

„Ich bin recht vernünftig. Ich verlasse mich auf das, was ich weiß."

„Du glaubst also, dass du genau weißt, wie du diese Typen unschädlich machen kannst?"

„So wie der Müllmann weiß, wie er den Abfall entsorgen kann."

„Ich hoffe nur, dass dein Selbstvertrauen gerechtfertigt ist."

„Das ist es. Besonders jetzt, wo ich Frances dabeihabe. Verglichen mit ihr, sehe ich echt wie ein Friedensengel aus."

M. E. schaute weg und schwieg.

„Was ist?", fragte Reacher.

„Sie ist verliebt in dich."

„Sie hat nie Interesse gezeigt."

M. E. schüttelte bloß den Kopf.

Er lächelte. „Meinst du tatsächlich, sie hat was für mich übrig?"

„Du lächelst genau wie Joe", erwiderte sie. „Ein bisschen schüchtern, etwas schief. Es ist das schönste Lächeln, das ich je gesehen habe."

„Du hast die Sache mit ihm doch noch nicht verwunden, oder?"

Sie erwiderte nichts. Stieg einfach aus und ging los. Er folgte ihr zu ihrem Haus, und sie traten ein.

In der Diele lag ein Blatt Papier auf dem Boden.

Es war der vertraute Briefbogen. Die Mitteilung umfasste vier Wörter, die in der vertrauten Druckerschrift auf die vertraute Weise zentriert auf zwei Zeilen verteilt waren: Schon bald wird's geschehen.

M. E. zog ihre Dienstpistole – eine große, kantige SIG-Sauer P 226 – aus dem Halfter, und zusammen gingen sie durch das Wohnzimmer und von dort in die Küche. Die Hintertür war zu, aber nicht abgeschlossen.

Reacher zog sie einen Spalt auf und ließ seinen Blick prüfend über die Nachbarschaft schweifen, konnte aber nichts Verdächtiges entdecken. Er machte die Tür weiter auf und betrachtete die Blende am Schloss.

„Nur ganz feine Kratzer. Alle Achtung."

„Sie sind also hier in Washington, nicht mehr in Bismarck. Und sie waren in meinem Haus." Sie ging zur Küchentheke und riss eine Schublade auf. „Sie haben meine Pistole geklaut! Ich hatte hier eine in Reserve."

„Ich weiß. Eine alte Beretta."

Sie öffnete die benachbarte Schublade. „Die Magazine sind auch weg. Hier hatte ich die Munition aufbewahrt."

„Ich weiß", wiederholte Reacher. „Unter einem Küchenhandschuh."

„Woher weißt du das?"

„Ich habe das überprüft. Montagabend."

„Wieso denn?"

„Eine Angewohnheit. Nimm's nicht persönlich."

„Sie sind vielleicht immer noch im Haus", sagte sie leise.

„Ich schau nach."

Sie gab ihm ihre Pistole, und er schaltete das Licht in der Küche aus. So waren seine Umrisse nicht zu sehen, als er die Kellertreppe hinunterging. Unten war niemand. Oben auch nicht. Er kam in die Küche zurück und streckte M. E. die SIG mit dem Knauf voraus entgegen.

„Nichts", teilte er ihr mit.

„Jetzt muss ich erst mal einige Anrufe machen", erwiderte sie.

40 MINUTEN später traf Bannon mit drei Mitgliedern seiner Sonderkommission in einer FBI-Limousine ein. Fünf Minuten nach ihnen kam Stuyvesant in einem Suburban des Secret Service an.

„Soso, wir erhalten also keine weiteren Mitteilungen mehr", brummte er.

Bannon ignorierte seine Spitze und betrachtete das Blatt Papier. „Das hier ist nichts wirklich Neues. Man will uns nur verarschen." Er schaute M. E. an. „Wie lange waren Sie heute weg?"

„Den ganzen Tag. Heute Morgen um halb sieben sind wir los."

„Was heißt *wir*?"

„Reacher wohnt bei mir."

„Nicht länger. Und Sie auch nicht mehr. Das ist zu gefährlich. Wir werden Sie beide an einen sicheren Ort bringen. Außerdem muss sich die Spurensuche hier umtun. Das ist schließlich ein Tatort."

„Dies ist vor allem mein Haus!"

„Keine Widerrede." Das kam von Stuyvesant. „Ich möchte, dass Sie in Sicherheit sind. Wir bringen Sie in einem Motel unter. Vor der Tür postieren wir US-Marshals."

„Und was ist mit Frances?", fragte Reacher.

„Keine Angst, ich habe schon jemanden losgeschickt, der sie abholen soll. Also, packen Sie schnell ein paar Sachen zusammen. Wir brechen gleich auf."

ALS REACHER im Gästezimmer stand, hatte er das starke Gefühl, dass er nie mehr dorthin zurückkehren würde. Deshalb holte er seine Sachen aus dem Bad, packte seine Kleider aus Atlantic City sowie alle Anzüge und Hemden von Joe zusammen, die er noch nicht getragen hatte, und stopfte frische Unterwäsche und Socken in die Taschen der Jacken und Hosen. Dann ging er die Treppe hinunter, trat in die Nachtluft hinaus und verstaute alles im Kofferraum des Suburban, bevor er auf den Rücksitz kletterte. Kurz nach ihm kam M. E. mit einem kleinen Handkoffer aus dem Haus. Stuyvesant legte ihn zu Reachers Sachen in den Kofferraum, dann stieg er mit M. E. vorn ein und fuhr los.

In Georgetown hielten sie vor einem Motel an, das etwa zehn Blocks von Armstrongs Straße entfernt lag und auf drei Seiten von eingezäuntem Botschaftsgelände umgeben war. Eine gute Wahl. Leicht zu kontrollieren.

Frances war bereits angekommen. Sie trafen sie im Eingangsbereich, wo sie sich mit einem der Marshals unterhielt.

Stuyvesant erledigte am Empfang den Papierkram und kam mit drei Chipkarten zurück, die er ihnen reichte. „Morgen früh um sieben treffen wir uns im Büro." Er wandte sich um und ging.

Sie machten sich auf die Suche nach ihren Zimmern, die alle nebeneinander lagen. Als Reacher seines betrat, fand er vor, was er in seinem Leben schon tausendmal gesehen hatte: ein Bett, einen Sessel, einen Tisch, ein Telefon und einen kleinen Fernseher. Er brachte sein Gepäck unter, dann schaute er auf die Uhr. Nach Mitternacht. Thanksgiving-Tag.

EINE halbe Stunde später klopfte es an der Tür. Er rechnete damit, dass es M. E. war, aber er sah sich Frances gegenüber.

„Sie sind allein?", fragte sie.

Er nickte und bat sie herein. „Mal wünscht sie sich, dass ich Joe wäre, mal will sie mir die Schuld dafür zuschieben, dass er nicht mehr lebt."

„Sie liebt ihn immer noch. Er muss ein toller Bursche gewesen sein."

„Sie behauptet, er habe sich mit mir verglichen und deshalb dazu verleiten lassen, Kopf und Kragen zu riskieren."

Er legte sich aufs Bett, während Frances auf dem Sessel Platz nahm.

„Er war ein groß gewachsener Kerl und voller Lerneifer", fuhr Reacher fort. „An den Schulen, die wir besuchten, wurde man aber als Schlappschwanz angesehen, wenn man lernbegierig war. Und trotz seines Äußeren war Joe kein besonders zäher Bursche. Also trampelte man auf ihm rum."

„Und dann?"

„Ich war zwei Jahre jünger, aber ich war groß *und* zäh – und nicht sehr lernbegierig. Also fing ich an, auf ihn aufzupassen. Ich war ungefähr sechs. Ich schreckte vor nichts zurück. Legte mir ein bestimmtes Gebaren zu, das mächtig Eindruck machte. Wenn man so tut, als meinte man's wirklich ernst, machen die Leute meist einen Rückzieher. Ich führte mich auf wie ein Berserker. Wenn wir an einen anderen Ort umzogen, sprach es sich schnell herum, dass man Joe in Ruhe lassen musste, weil man es sonst mit dem Verrückten zu tun bekam."

„Das heißt also, dass Joe auf Sie angewiesen war."

„Ja. So war es im Grunde zehn Jahre lang. Ich glaube, er hat es verinnerlicht. Weil ihn der Verrückte stets beschützte, gehörte es zu seiner Einstellung, Gefahren zu ignorieren. Ich glaube also, dass M. E. in gewisser Weise Recht hat. Er riskierte wirklich Kopf und Kragen. Aber nicht, weil er mir nacheifern wollte, sondern weil ich immer auf ihn aufgepasst hatte."

„Wie alt war er, als er starb?"

„Achtunddreißig."

„Das heißt, er hatte zwanzig Jahre Zeit, sich anzupassen. Jeder von uns passt sich an."

„Tatsächlich?"

Sie schwieg kurz. „Und, zu welchem Ergebnis sind Sie gekommen? Werden Sie von nun an glauben, Sie hätten Ihren Bruder umgebracht?"

„Es ist schon was dran. Aber ich werde darüber hinwegkommen."

Sie nickte. „Das sollten Sie auch. Ihre Schuld war es nicht. Er war 38. Er hat nicht darauf gewartet, dass sein kleiner Bruder aufkreuzt."

Reacher zögerte. „Darf ich Sie was fragen?"

„Um was geht's denn?"

„M. E. sagte noch was."

„Wundert sie sich, dass wir nie was miteinander hatten?"

„Sie sind schnell von Begriff."

„Wir haben uns nicht mal angefasst, die ganze Zeit nicht. Ist Ihnen das bewusst?"

Er ließ sich die vergangenen fünfzehn Jahre durch den Kopf gehen. „Ist das gut oder schlecht?"

„Das ist gut. Fragen Sie mich aber nicht näher danach. Ich habe meine Gründe. Jedenfalls mag ich's nicht, wenn man mich anfasst. Und Sie haben das nie getan. Ich war immer dankbar dafür. Es ist mit ein Grund dafür, dass ich Sie immer schon so gern habe."

Er erwiderte nichts.

„Sie müssen bei M. E. auch das Positive sehen", fuhr Frances fort. „Drücken Sie mal ein Auge zu. Sie ist es wert. Amüsieren Sie sich."

Sie stand auf und gähnte. Dann drückte sie einen Kuss auf ihre Fingerspitzen und blies ihn Reacher zu. Anschließend ging sie ohne ein weiteres Wort hinaus.

ER WAR müde, aber auch aufgewühlt. Das Zimmer war kalt, und er konnte nicht schlafen. Nach einer Weile hörte er wieder ein Klopfen an der Tür.

Diesmal war es wirklich M. E. Sie hatte ihren Hosenanzug an. Unter der Jacke trug sie keine Bluse, wahrscheinlich überhaupt nichts.

„Komm rein."

Sie trat ein und wartete, bis Reacher die Tür zugemacht hatte. „Ich bin dir nicht böse", sagte sie dann. „Du bist nicht schuld an seinem Tod. Ich bin ihm böse, weil er mich verlassen hat."

Er ließ sich am Ende des Bettes nieder, und sie setzte sich neben ihn.

„Ich bin über ihn hinweg. Aber nicht darüber, dass er mich einfach hat sitzen lassen. Und deshalb bin ich auf mich selbst böse. Ich wollte nämlich, dass er vor die Hunde geht. Das ist ja dann auch passiert. Und deshalb fühle ich mich schuldig."

„Er ist unbedacht vorgegangen, und so ist es eben passiert", erwiderte Reacher. „Du bist nicht verantwortlich dafür. Niemand ist verantwortlich dafür. Bis auf den Kerl, der den Abzug gedrückt hat."

Sie nickte kaum wahrnehmbar und rutschte ein Stück näher.

„Hast du unter dem Anzug was an?", fragte er.

„Wieso hast du mein Haus durchsucht?"

„Weil ich eine genetische Veranlagung habe, die Joe nicht hatte. Ich schlittere nicht in was rein. Ich bin kein Hasardeur." Er machte eine Pause. „Trägst du jetzt eine Waffe?"

„Nein", antwortete sie. „Und ich habe unter dem Anzug nichts an."

AUS DEM HINTERHALT 417

„Davon möchte ich mich selbst überzeugen. Eine reine Vorsichtsmaßnahme. Genetisch bedingt, du weißt schon."

Er öffnete den ersten Knopf ihres Jacketts. Dann den zweiten. Schob
die Hand hinein. Ihre Haut war warm und glatt.

UM SECHS UHR morgens kam vom Empfang des Motels der telefonische
Weckruf. Stuyvesant musste es am Abend zuvor beim Einchecken ver-
anlasst haben. Reacher verfluchte ihn.

„Frohes Thanksgiving", sagte er, als sich M. E. neben ihm aufsetzte.

„Das will ich mal hoffen", erwiderte sie. „Ich habe ein bestimmtes
Gefühl, was heute betrifft. Ich glaube, es ist der Tag, an dem wir gewinnen oder verlieren."

„So einen Tag mag ich. Eine Niederlage kommt nicht in Betracht, also
ist es der Tag, an dem wir gewinnen."

„Heute ist zwangloses Erscheinungsbild angesagt. Keine Anzüge in
einer Suppenküche." Sie stand auf, zog sich an und verließ das Zimmer.

Reacher stapfte zum Wandschrank und zog die Sachen heraus, die er
in Atlantic City gekauft hatte. Dann duschte er, ohne sich rasiert zu
haben. Sie will's ja zwanglos, dachte er.

In der Hotelhalle traf er Frances. Sie trug Jeans und ein Sweatshirt, dazu
eine abgewetzte Lederjacke. Am Frühstücksbüfett gab es Kaffee und
Muffins, doch die Marshals hatten kaum noch welche übrig gelassen.

„Waren Sie lieb zueinander, haben Sie sich ausgesöhnt?", fragte Frances.

„Beides", antwortete er.

Dann tauchte M. E. auf. Sie trug Jeans, ein Polohemd und eine
Nylonjacke, alles in Schwarz. Sie aßen und tranken, was die Marshals
verschont hatten, anschließend gingen sie hinaus zu dem Suburban. Es
war jetzt kurz vor sieben. Die Morgensonne stand an einem blassblauen
Himmel. Die Straßen waren völlig leer, und so erreichten sie im Nu das
Finanzministerium. Stuyvesant erwartete sie schon im Konferenzraum.
Bannon saß ihm ungeduldig gegenüber.

„Erster Punkt", sagte der FBI-Beamte. „Wir sprechen uns in aller
Form dafür aus, den heutigen Termin zu streichen. Seit gestern wissen
wir, dass die Täter in der Stadt sind. Sie könnten was versuchen."

„Eine Streichung kommt nicht infrage", entgegnete Stuyvesant. „Armstrong kann keine Benefizveranstaltung an Thanksgiving absagen. Der
politische Schaden wäre immens."

„Gibt es denn konkrete Hinweise?", fragte M. E.

„Nein", antwortete Bannon. „Nur so eine Ahnung. Ich möchte Ihnen aber dringend raten, die sehr ernst zu nehmen."

„Ich nehme alles sehr ernst. Deshalb ändere ich sogar den Plan und verlege den Termin ins Freie."

„Ins Freie? Ist das nicht schlechter?"

„Nein. Die Obdachlosenunterkunft besteht aus einem langen, niedrigen Raum. Hinten ist die Küche. Es wird dort sehr voll sein. Wir haben Ende November, und die meisten von diesen Obdachlosen werden dick vermummt sein. Wir können sie nicht durchsuchen. Das würde ewig dauern. Alles in allem hätten die Täter im Innern eine gute Chance."

„Aber gilt das nicht auch, wenn die Sache im Freien stattfindet?"

„Seitlich gibt es einen Hof. Wir stellen eine Reihe von Serviertischen im rechten Winkel zur Außenwand der Unterkunft auf. Das Essen kann aus dem Küchenfenster gereicht werden. Hinter den Tischen befindet sich dann die Abschlussmauer des Hofes. Wir stellen Armstrong, seine Frau und vier Agenten nebeneinander hinter die Tische, die Rücken zur Mauer, und sorgen dafür, dass die Gäste von links herankommen und einer nach dem anderen an weiteren abschirmenden Agenten vorbei von links nach rechts am Tisch entlanggeht."

„Welche Vorteile bringt das?", fragte Stuyvesant.

„Wesentlich mehr Sicherheit. Wir haben die Menge besser unter Kontrolle. Eine Waffe kann einer erst dann ziehen, wenn er Armstrong am Tisch gegenübersteht, weil er vorher die ganze Zeit von Agenten umgeben ist. Und selbst in einem solchen Fall wären die Kollegen gleich zur Stelle."

„Und die Nachteile?"

„Halten sich in Grenzen. Wir sind auf drei Seiten von Mauern abgeschirmt, aber nach vorn ist der Hof offen. Genau auf der anderen Seite der Straße liegt ein fünfstöckiger Häuserblock. Alte Lagergebäude. Die Fenster sind mit Brettern vernagelt, aber trotzdem müssen wir auf jedem Dach einen Scharfschützen postieren. Das Budget sollten wir für diesen Einsatz einfach mal vergessen."

Stuyvesant nickte. „Ein guter Plan."

„Entspricht er im Wesentlichen der üblichen Praxis des Secret Service?", erkundigte sich Bannon.

„Ich glaube schon", antwortete M. E. „An einem derartigen Ort haben wir nicht viele Alternativen. Wieso wollen Sie das wissen?"

„Wir haben eine Menge nachgedacht und eine Theorie erarbeitet, wie ich Ihnen bereits angedeutet habe. Hier geht es um vier ganz bestimmte Fragen. Die ganze Sache fing vor knapp drei Wochen an, nicht wahr?"

Stuyvesant bestätigte es mit einem Nicken.

„Die erste Frage lautet: Wer steckt dahinter? Als Nächstes muss man an die demonstrativen Morde in Minnesota und Colorado denken. Wie wurden Sie darauf aufmerksam gemacht?, so die zweite Frage. Die dritte: Welche Waffen wurden dort verwendet? Und die vierte: Wie kam die letzte Mitteilung in Miss Froelichs Haus? Ich will damit sagen, dass alle vier Fragen in eine Richtung weisen."

„Auf Armstrong, ist doch klar", warf M. E. ein.

„Tatsächlich? Sie sagen ihm doch nichts. Also kommt er gar nicht ins Schwitzen. Wer aber schon?"

„Wir", räumte sie ein.

„Sind die Drohungen demnach in Wirklichkeit nicht vielleicht eher gegen den Secret Service gerichtet?"

Sie schwieg.

„Na gut", fuhr Bannon fort. „Denken Sie jetzt mal an Minnesota und Colorado. Wie hat man Sie darauf hingewiesen?"

„Es gab vorher nur die vage Ankündigung einer Demonstration von Armstrongs Exponiertheit. Aber nichts Konkretes."

„Genau. Die Täter planten die Morde, zogen sie mit großem Aufwand und äußerst kaltblütig durch – und dann warteten sie einfach! Denn die Dinge liefen, wie sie in solchen Fällen nun mal laufen: Die örtlichen Polizeireviere meldeten die Berichte an das NCIC, die entsprechend programmierten FBI-Computer durchsuchten routinemäßig die NCIC-Datenbank nach Schlagwörtern und stießen dabei zwangsläufig auf den Namen Armstrong. Und dann nahmen wir mit Ihnen Verbindung auf und informierten Sie. Nun sagen Sie mal: Wie viele Durchschnittsbürger gibt es wohl, die diese Abläufe kennen?"

„Was wollen Sie damit sagen? Wer steckt denn nun dahinter?"

Bannon ignorierte M. E.s Einwurf. „Was für Waffen wurden eingesetzt?"

„Eine H & K MP 5 SD 6 und eine Vaime MK 2."

„Und nur eine einzige staatliche Einrichtung verfügt über beide."

„Wir", sagte Stuyvesant mit leiser Stimme.

„So ist es. Und was die letzte der vier Fragen betrifft: Ich habe die Telefonverzeichnisse nach Miss Froelichs Adresse durchgesehen. Sie ist aber nirgends aufgeführt. Woher wussten diese Kerle dann, wo sie die letzte Mitteilung deponieren sollten?"

„Weil sie mich kennen", antwortete M. E. kaum hörbar.

Bannon machte eine bedauernde Geste. „Tut mir Leid, Freunde, aber von nun an hält das FBI Ausschau nach Leuten vom Secret Service. Die gegenwärtig aktiven scheiden aus, denn die hätten gewusst, wie rasch der dritte Drohbrief angekommen ist, und einen Tag früher gehandelt. Wir befassen uns also mit solchen, die vor kurzem ausgeschieden sind und sich immer noch gut auskennen. Die auch Miss Froelich und Nendick kennen. Es könnte jemand sein, der Groll hegt. Gegen den Secret Service, nicht gegen Armstrong. Unsere Theorie besagt, dass er nur ein Mittel zum Zweck ist. Wie auch die beiden anderen Armstrongs nur Mittel zum Zweck waren."

„Und was ist mit dem Daumenabdruck?", fragte Stuyvesant. „Unseren Leuten werden Fingerabdrücke abgenommen. Schon immer."

„Unserer Einschätzung nach ist der Kerl, von dem der Daumenabdruck stammt, ein unbekannter Helfershelfer jener Person, die hier gearbeitet hat, nämlich der mit den Latexhandschuhen. Wir glauben also nicht, dass Sie zwei Abtrünnige zu beklagen haben. Ansonsten tut's mir schrecklich Leid. Wer hört schon gern, dass das Problem hausgemacht ist? Aber es ist die einzig mögliche Schlussfolgerung. Ich rate Ihnen daher noch einmal, den Termin zu streichen. Die Täter sind hier und wissen, wie Sie denken und vorgehen werden. Und wenn Sie es partout durchziehen wollen, sollten Sie sehr viel Vorsicht walten lassen."

„Das tun wir", versicherte Stuyvesant.

„Ich treffe Sie dort." Nach diesen Worten verließ Bannon den Raum.

„Seine Ausführungen sind nicht zu widerlegen", bemerkte Stuyvesant nach einer Weile. „Den Typ mit dem Daumenabdruck können sie uns nicht anhängen, aber der andere ist definitiv einer von uns. Diese FBI-Fritzen freuen sich bestimmt diebisch darüber."

„Was bedeuten könnte, dass sie falsch liegen", sagte Frances. „Weil sie sich von der Möglichkeit blenden lassen, Ihnen eins reinzuwürgen."

„Nein", entgegnete M. E. „Die Täter wissen, wo ich wohne. Folglich glaube ich, dass Bannon Recht hat."

Stuyvesant zuckte zusammen. „Und Sie, Reacher?"

„Ich muss es Wort für Wort akzeptieren."

Stuyvesant ließ den Kopf sinken, als wäre seine letzte Hoffnung dahin.

„Aber ich glaube nicht daran", fügte Reacher hinzu.

Stuyvesants Kopf kam wieder hoch.

„Ich bin froh, dass das FBI der Sache nachgeht", fuhr Reacher fort. „Wir müssen alle Möglichkeiten überprüfen. Aber ich bin ziemlich sicher, dass es nur Zeitverschwendung ist. Ich vermute, dass beide von außen kommen, zwischen zwei und zehn Jahre älter sind als Armstrong und in abgelegenen ländlichen Gegenden aufwuchsen, in denen es ein recht ordentliches Schulsystem gab, aber niedrige Schulgebühren. Lassen Sie sich mal alles, was uns bekannt ist, durch den Kopf gehen. Selbst das kleinste Detail."

„Jetzt nicht, wir müssen weg", wandte Stuyvesant ein. „Sie können's uns später erzählen. Aber sind Sie Ihrer Sache sicher?"

„Beide kommen von außen. Garantiert. Es steht in der Verfassung."

7

Die Obdachlosenunterkunft, die für Armstrongs Auftritt ausgewählt worden war, befand sich auf halbem Weg zum Niemandsland nördlich der Union Station. Rundherum standen zerfallene Gebäude. Die Unterkunft beherbergte Nacht für Nacht fünfzig Obdachlose. Sie wurden morgens geweckt und bekamen ein Frühstück, bevor sie hinaus auf die Straße geschickt wurden. Anschließend wurden die Pritschen aufgestapelt und weggeräumt, der Boden geschrubbt und Metalltische und -stühle hereingeschafft. Jeden Tag gab es ein Mittag- und ein Abendessen, und jeden Abend um neun wurde der Raum erneut in einen Schlafsaal umgewandelt.

Diesmal war es anders. Das Wecken erfolgte etwas früher, und das Frühstück wurde ein bisschen schneller serviert.

Die ersten Secret-Service-Agenten, die eintrafen, sollten die Umgebung überprüfen. Sie hatten eine Karte vom Vermessungsamt und das Zielfernrohr eines Scharfschützengewehrs bei sich. Ein Agent ging jeden Schritt, den Armstrong laut Plan machen sollte, blieb immer wieder stehen, schaute durch das Zielfernrohr und machte auf jedes Fenster und Dach aufmerksam, das er sehen konnte. Denn umgekehrt wäre es dann genauso: Von dort würde auch er gesehen. Der Agent mit der Karte identifizierte daraufhin das betreffende Gebäude und berechnete die Schussweite. Alles, was unter 200 Metern lag, markierte er schwarz.

Es zeigte sich, dass die Örtlichkeit gut ausgewählt worden war. Die einzigen Positionen, die für Scharfschützen infrage kamen, befanden sich auf den Dächern der verlassenen fünfstöckigen Lagerhäuser auf der anderen Straßenseite.

Als Nächstes fuhr ein Polizeikonvoi mit fünf Hundestaffeln vor. Eine nahm sich die Unterkunft vor, zwei weitere gingen in die Lagerhäuser.

422

Die übrigen beiden waren auf Sprengstoffe spezialisiert und überprüften die Straßen der Umgebung. Sobald ein Gebäude oder eine Straße als sicher bezeichnet wurde, bezog ein Streifenpolizist dort Stellung.

Um 9.30 Uhr bildete die Unterkunft den Mittelpunkt eines 65 Hektar großen sicheren Gebiets. Zusammen mit Reacher und Frances traf M. E. um zehn in ihrem Suburban ein, Stuyvesant in einem weiteren Suburban gleich hinter ihnen. Ihm folgten vier Kleinbusse mit fünf Scharfschützen und fünfzehn Agenten für allgemeine Aufgaben.

M. E. rief ihre Leute im Hof der Unterkunft zusammen und beauftragte die Scharfschützen mit der Sicherung der Lagerhausdächer. Die Männer würden drei Stunden vor dem Ereignis auf Posten sein, aber das war normal.

Stuyvesant zog Reacher beiseite und bat ihn, mit den Scharfschützen hinaufzugehen. „Anschließend kommen Sie wieder zu mir. Ich möchte aus sicherer Quelle erfahren, wie schlimm es ist."

Also ging Reacher zusammen mit einem Agenten namens Crosetti über die Straße zum zentralen Treppenhaus. Crosetti trug eine schussichere Weste und hatte ein Gewehr bei sich. Die Treppe endete in einem kleinen Aufbau des flachen Dachs. Es war asphaltiert und hatte als Umrandung ein Mäuerchen, das mit erodierten Abdeckplatten verkleidet war. Crosetti ging zuerst zum linken Rand, dann zum rechten und nahm dabei Blickkontakt mit seinen Kollegen auf beiden Seiten auf.

Der Hof der Unterkunft lag unter ihnen, und die Rückwand, vor der Armstrong am Tisch stehen sollte, genau vor ihnen. Es wäre ein Kinderspiel, Armstrong von hier aus zu erledigen.

„Wie viel beträgt die Schussweite?", fragte Reacher.

Crosetti holte einen lasergesteuerten Entfernungsmesser hervor und richtete ihn aus: „92 bis zur Wand, 91 bis zu seinem Kopf."

„Als stünde man neben ihm", meinte Reacher.

„Keine Bange. Solange ich hier bin, kommt niemand rauf."

„Wo werden Sie sich aufhalten?"

Crosetti zeigte mit dem Finger auf die entfernte Ecke. „Da drücke ich mich rein. Meine Blickrichtung verläuft dann parallel zum vorderen Mäuerchen. Drehe ich den Kopf nach links, sehe ich den Hof. Drehe ich ihn nach rechts, sehe ich das Ende des Treppenschachts."

„Gut ausgedacht. Versuchen Sie, nicht einzuschlafen."

Crosetti grinste. Reacher stieg die fünf Treppen wieder hinunter, überquerte die Straße und schaute hinauf. Er sah Crosetti in der Ecke hocken und winkte ihm zu. Dann ging er weiter und traf Stuyvesant auf dem

Hof. „Es ist okay dort oben. Tolle Schussposition, aber solange Ihre Leute dort sind, besteht keine Gefahr."

Stuyvesant nickte und schaute selbst hinauf. Alle fünf Lagerhausdächer waren vom Hof aus zu sehen, und auf allen befanden sich jetzt Scharfschützen.

„Reacher!"

Als er sich umdrehte, sah er, wie M. E. die Unterkunft verließ und auf ihn zukam. Sie hatte ein Klemmbrett mit einem dicken Stapel Blätter bei sich. Sie sah toll aus. Ihre schwarze Kleidung betonte ihre geschmeidige Figur und machte ihre Augen strahlend blau.

„Wir kommen gut voran", berichtete sie. „Ich möchte, dass du eine Runde drehst. Sieh dich ein bisschen um. Frances ist bereits unterwegs. Ihr wisst schon, worauf ihr achten müsst."

„Du bist die Beste. Armstrong kann sich glücklich schätzen."

„Das hoffe ich." Mit einem kurzen Lächeln verschwand sie.

Einen Häuserblock von der Unterkunft entfernt, traf Reacher Frances. Sie kam ihm entgegen, und gemeinsam gingen sie weiter.

„Schöner Tag, nicht wahr?", sagte sie. „Wie würden Sie's anstellen?"

„Ich würde gar nichts unternehmen. Nicht in Washington."

„Bismarck war ein Fehlschlag, und der Termin in der Wallstreet in zehn Tagen eignet sich nicht. Dann geht es schon weit in den Dezember hinein, als Nächstes kommen die Feiertage, und schließlich folgt die Amtseinführung. Es gibt kaum noch Möglichkeiten."

GENAU um zwölf kamen sie wieder bei der Unterkunft an, ohne etwas Auffälliges entdeckt zu haben. Auf dem Hof war inzwischen alles vorbereitet. Die Serviertische waren so aufgestellt, dass das Küchenfenster direkt hinter ihnen hinauszeigte. Die Unterkunft selbst war als Speisesaal hergerichtet.

„Alle mal herhören!", rief M. E. ihren Agenten zu. „Denken Sie daran, dass es sehr leicht ist, ein bisschen wie ein Obdachloser zu wirken, aber sehr schwer, genau wie einer auszusehen. Schauen Sie auf die Schuhe der Leute, auf ihre Hände. Achten Sie auf Schmutz unter den Fingernägeln, fettige Haare und Kleidung, die aussieht, als sei sie schon länger nicht mehr gewechselt worden. Wenn Sie irgendwelche Zweifel haben: sofort einschreiten, nachdenken können Sie später. Ich werde mit den Armstrongs und ihren Leibwächtern hinter den Tischen servieren. Wir werden alle Schutzwesten tragen, aber wir verlassen uns dennoch auf Sie, dass Sie keinen zu uns schicken, der Ihnen nicht gefällt."

EINE halbe Stunde vor dem Termin zog M. E. ihre kugelsichere Weste an und teilte dem Einsatzleiter der Polizei über Funk mit, er könne die Menge jetzt am Eingang antreten lassen. Außerdem bat sie die Medienvertreter in den Hof und gab bekannt, dass die Armstrongs auf dem Weg seien. „Schafft das Essen raus!", rief sie als Letztes.

Das Küchenpersonal schwärmte hinter die Tische, und die Köche reichten volle Töpfe durch das Küchenfenster. Reacher lehnte sich derweil am Ende der Serviertische gegen die Wand der Unterkunft und beobachtete aufmerksam das Geschehen. Frances stand zwei Meter entfernt auf dem Hof und tat das Gleiche.

Ein Polizeifahrzeug fuhr am Eingang vorbei, dann ein Suburban. Zuletzt kam eine Stretch-Limousine, die genau vor dem Tor anhielt. Ein Agent trat vor und öffnete die Tür. Armstrong stieg aus, wandte sich um und streckte seiner Frau die Hand entgegen. Kameraleute drängten sich vor. Mrs Armstrong war eine große, blonde Frau, der man die skandinavische Herkunft ihrer Vorfahren deutlich ansah.

M. E. führte die beiden hinter die Tische. Ein Leibwächter stellte sich in den rechten Winkel zur Hauswand, ein anderer bezog am anderen Ende der Tischreihe Position. Der dritte sollte neben Armstrong die Teller reichen. Nachdem alle auf ihren Plätzen standen, nahm Armstrong eine Schöpfkelle in die eine und einen Löffel in die andere Hand. Als er sich sicher war, dass die Kameras auf ihn gerichtet waren, streckte er das Besteck wie Waffen in die Höhe. „Ich wünsche allen ein frohes Thanksgiving!", rief er.

Die Obdachlosen schoben sich langsam durchs Tor. Sie wirkten bedrückt und redeten wenig, vermutlich weil jeder sechs Agenten passieren musste. Endlich zwängte sich der erste Gast am letzten Beamten vorbei, nahm vom Leibwächter einen Plastikteller entgegen und wurde von Armstrong mit einem strahlenden Lächeln bedacht, als dieser ihm einen Truthahnschlegel auf den Teller legte. Dann reichte M. E. das Gemüse, und Mrs Armstrong servierte die Fülle. Mit seinem vollen Teller ging der Mann nach drinnen und suchte sich einen Tisch aus.

So ging es die nächsten Minuten weiter. Jedes Mal, wenn ein Topf leer war, wurde durch das Küchenfenster ein gefüllter nachgereicht. Armstrong zeigte ein Dauerlächeln, als fühle er sich in seiner Rolle wohl.

Dreißig Personen standen immer noch Schlange, als es passierte.

Reacher spürte in der Nähe einen dumpfen Einschlag, und irgendetwas stach ihn in die rechte Wange. Aus den Augenwinkeln sah er an der hinteren Wand ein Staubwölkchen aus einer kleinen kraterförmigen

Vertiefung aufsteigen. Kein Geräusch. *Geschoss*, sagte ihm sein Verstand einen Sekundenbruchteil später. *Schalldämpfer*. Er warf einen hastigen Blick auf die Schlange. Keiner rührte sich. Er riss den Kopf herum und blickte hinauf zum Dach. Crosetti befand sich sechs Meter von seiner alten Position entfernt. Er schoss.

Aber es war überhaupt nicht Crosetti.

Reacher versuchte, seine lähmende Panik zu überwinden und rasch zu handeln, doch alles schien in Zeitlupe abzulaufen. Er öffnete den Mund, um einen verzweifelten Schrei auszustoßen. Aber M. E. war ihm bereits einen Schritt voraus. „Es-wird-ge-schos-sen!", brüllte sie.

Sie stand links von Armstrong und wandte sich ihm jetzt zu, immer noch in Zeitlupe. Ihr Löffel flog in die Luft und glitzerte in der Sonne. Sie sprang in die Höhe wie ein Basketballspieler beim Korbwurf. Mitten im Flug drehte sie sich, zog die Knie hoch und krachte genau gegen Armstrongs Brustkorb. Seine Beine gaben nach, und er fiel in dem Moment nach hinten, als ein zweites Geschoss in M. E.s Nacken einschlug. Wieder kein Geräusch. Nichts als ein grellroter Blutstrahl, der nach hinten ins Sonnenlicht emporstieg, sich wie eine Wolke in der Luft ausbreitete und sich zu einem einzigen Punkt zusammenzog, als M. E. zu Boden stürzte.

Jetzt stand die Zeit nicht mehr still. Hundert Dinge passierten gleichzeitig und ganz schnell, mit nervenzerreißendem Lärm. Agenten stürzten sich auf Mrs Armstrong. Rissen sie zu Boden. Sie schrie laut. Andere Agenten zogen ihre Waffen. Eröffneten das Feuer auf das Dach des Lagerhauses. Die Menge stürmte in wilder Flucht davon. Reacher kämpfte sich zu M. E. durch. Agenten zogen Armstrong unter ihr hervor. Automotoren heulten auf. Sirenen jaulten.

Als Armstrong weggeschafft wurde, ließ sich Reacher neben M. E. in einer Blutlache auf die Knie fallen und schlang die Arme um ihren Kopf. Sie war ganz schlaff und leblos, aber ihre Augen waren weit aufgerissen.

„Ist er okay?", flüsterte sie.

„Er ist in Sicherheit."

Er schob die Hand unter ihren Nacken und fühlte das Blut. Als er ihren Kopf leicht anhob, sah er an ihrer Kehle eine gezackte Austrittswunde. „Einen Arzt!", rief er.

Niemand hörte ihn. Der Lärm war zu stark.

„Sag mir, dass es keiner von unseren Leuten war", flüsterte sie.

„Es war keiner von euch", gab er zurück.

Sie ließ das Kinn auf die Brust fallen.

„Einen Arzt!", rief Reacher noch einmal mit lauterer Stimme, obwohl er wusste, dass es zwecklos war. Sie verlor viel zu viel Blut.

Mühsam schaute sie ihm ins Gesicht. „Weißt du noch, wie wir uns kennen gelernt haben?"

„Ich erinnere mich sehr gut daran."

Sie lächelte schwach, als wäre sie mit seiner Antwort überaus zufrieden. Sie war jetzt unnatürlich blass. Überall auf dem Boden war Blut. Ihr Blick ruhte unverändert auf seinem Gesicht. Ihre Lippen waren ganz weiß und wurden allmählich blau. Sie bewegten sich stumm, als probte sie ihre letzten Worte.

„Ich liebe dich, Joe", flüsterte sie schließlich. Lächelte friedlich.

„Ich liebe dich auch."

Reacher hielt sie in den Armen, bis sie tot war.

Etwa zum selben Zeitpunkt befahl Stuyvesant, das Feuer einzustellen. Auf einmal herrschte völlige Stille. In der Luft hing der metallene Geruch von Blut und der säuerliche des Pulverdampfes.

Reacher wartete, bis die Rettungssanitäter herankamen. Dann bettete er M. E.s Kopf vorsichtig auf den Betonboden und erhob sich schwankend. Er fühlte sich schwach und war ganz verkrampft. Stuyvesant packte ihn am Ellbogen und führte ihn weg.

„Ich kannte nicht mal ihre Vornamen", murmelte Reacher.

„Sie hieß Mary Ellen", entgegnete Stuyvesant.

Die Sanitäter betätigten sich einen Moment lang, dann gaben sie auf und deckten M. E. mit einem Laken ab.

Reacher taumelte. Er setzte sich mit dem Rücken zur Wand und verbarg den Kopf in den Händen. Frances setzte sich neben ihn, und Stuyvesant hockte sich vor ihnen auf den Boden.

Reacher schaute auf. „Was geschieht jetzt?"

„Die Stadt wird abgeriegelt", antwortete Stuyvesant. „Straßen, Brücken, Flughäfen. Bannon hat das Kommando. Wir kriegen sie."

„Ist Armstrong okay?"

„Völlig unversehrt. M. E. hat ihre Pflicht getan."

Ein langes Schweigen folgte. Reacher schaute zum Dach hinauf.

„Was ist da oben geschehen? Wo war Crosetti?"

„Er wurde irgendwie weggelockt", erwiderte Stuyvesant. „Liegt im Treppenhaus. Auch er ist tot."

„Von wo stammte er?"

„Aus New York, glaube ich", antwortete Stuyvesant verwundert.

„Das passt nicht. Wo wuchs M. E. auf?"

„In Wyoming. Aber warum wollen Sie das wissen?"

„Das taugt schon besser." Reacher reagierte nicht auf Stuyvesants Frage. „Wo hält sich Armstrong jetzt auf?"

„Kann ich Ihnen nicht sagen. Ist gegen die Vorschriften."

Reacher betrachtete seine blutverschmierten Handflächen. „Raus damit, sonst brech ich Ihnen den Hals!"

„Im Weißen Haus, in einem abgesicherten Raum."

„Ich muss mit ihm reden. Sofort."

„Das geht nicht."

„Das muss gehen."

„Dann möchte ich ihn wenigstens vorher anrufen." Stuyvesant erhob sich schwerfällig und ging davon.

„Sind Sie okay?", fragte Frances.

„Es ist wie damals, als Joe starb", antwortete Reacher.

„Sie konnten nichts dagegen tun."

„Sie hat die Kugel aufgefangen, die für Armstrong gedacht war."

„Instinkt. Und sie hatte Pech. Die Kugel muss einen Zentimeter oberhalb ihrer Weste eingedrungen sein."

„Haben Sie den Schützen gesehen?"

Frances schüttelte den Kopf. „Sie etwa?"

„Ganz kurz. Einen Mann."

„Und was nun?"

„Ich werde nicht einfach verschwinden."

„Dann bleibe ich auch noch da."

„Ich komme schon allein zurecht."

„Weiß ich. Sie kommen aber besser voran, wenn ich dabei bin."

Sie sahen Stuyvesant über den Hof zurückkommen. „Er wird uns empfangen", teilte er ihnen mit. „Möchten Sie sich vorher umziehen?"

Reacher blickte auf seine Kleidung hinunter. Sie war durchtränkt von Mary Ellens Blut. „Nein, das möchte ich nicht."

IN DER Umgebung des Weißen Hauses hatte die Polizei an jeder Durchgangsstraße eilends doppelte Straßensperren errichtet, doch Stuyvesant wurde überall durchgewinkt. An der Zufahrt zum Weißen Haus zeigte er seinen Ausweis vor und parkte dann vor dem Westflügel. Ein Wachposten von der Marineinfanterie brachte sie zu einer Secret-Service-Eskorte, die sie nach drinnen führte, wo sie zwei Treppen zu einem gewölbten Untergeschoss aus Backstein hinunterstiegen. Die Eskorte blieb vor einer Stahltür stehen und klopfte.

Einer von Armstrongs Leibwächtern öffnete die Tür. Der Vizepräsident und seine Frau saßen in der Mitte des Raumes an einem Tisch beisammen.

Mrs Armstrong hatte geweint. Er selbst wies an der Wange einen Spritzer von Mary Ellens Blut auf.

„Wie ist die Lage?", erkundigte er sich.

„Zwei Tote", antwortete Stuyvesant. „Der Wachposten auf dem Dach des Lagerhauses und M. E. selbst. Beide sind vor Ort gestorben."

„Haben Sie die Täter geschnappt?"

„Das ist nur eine Frage der Zeit. Das FBI kümmert sich drum."

„Ich möchte mithelfen."

„Wir werden Ihre Unterstützung auch brauchen", mischte sich Reacher ein.

„Was soll ich tun?"

„Sie können umgehend eine Erklärung abgeben. Des Inhalts, dass Sie Ihren Wochenendurlaub in North Dakota aus Mitgefühl für die beiden toten Agenten streichen und bis zum Sonntagmorgen, an dem Sie an einem Gedenkgottesdienst für Ihre leitende Agentin in deren Heimatstadt in Wyoming teilnehmen werden, nirgendwohin gehen. Finden Sie den Namen der Stadt raus, und erwähnen Sie ihn laut und deutlich."

„Das könnte ich machen. Aber wieso?"

„Diese Leute werden es in Washington nicht noch mal versuchen. Sie werden nach Hause gehen und abwarten. So bekäme ich Zeit bis Sonntag, um rauszufinden, wo sie leben."

„Sie? Wird das FBI diese Leute heute nicht schnappen?"

„Wenn das gelänge, wäre es prima. Dann könnte ich weiterziehen."

„Und wenn nicht?"

„Dann werde ich sie selbst ausfindig machen."

„Und wenn Sie es nicht schaffen?"

„Dann werden sie in Wyoming aufkreuzen und einen weiteren Versuch unternehmen. Und ich werde dort auf sie warten."

„Nein, das geht nicht. Sind Sie verrückt?", fuhr Stuyvesant dazwischen. „Ich darf einen Schutzbefohlenen nicht als Köder einsetzen!"

„Er braucht ja nicht wirklich dorthin zu gehen", erwiderte Reacher.

Armstrong schüttelte den Kopf. „Ich kann nicht bekannt geben, dass ein Gottesdienst stattfindet, wenn es nicht stimmt. Und wenn einer stattfindet, geht es nicht, dass ich nicht daran teilnehme."

„Wenn Sie mithelfen wollen, müssen Sie genau das tun."

Sie verabschiedeten sich von den Armstrongs und wurden zu dem

Suburban zurückgeleitet. Es war immer noch ein großartiger Tag voller Sonnenschein.

„Fahren Sie uns zum Motel", bat Reacher. „Ich möchte duschen. Und dann möchte ich mit Bannon zusammentreffen."

„Warum?", fragte Stuyvesant.

„Weil ich ein Tatzeuge bin. Ich habe den Schützen auf dem Dach gesehen. Nur einen Moment lang. Aber an der Art und Weise, wie er sich bewegte, war irgendwas merkwürdig. Ich habe ihn schon mal gesehen."

8

Er streifte seine Sachen ab. Sie waren steif und kalt und blutdurchtränkt. Als er sich unter die Dusche stellte, färbte sich das Wasser in der Wanne erst rot, dann rosa. Schließlich war es klar. Er wusch sich zweimal die Haare und rasierte sich sorgfältig. Zog wieder einen Anzug von Joe an und band sich zum Gedenken die Krawatte um, die Mary Ellen seinem Bruder gekauft hatte. Dann ging er hinunter in die Hotelhalle, wo Frances bereits auf ihn wartete. Sie hatte sich ebenfalls umgezogen und trug jetzt einen schwarzen Hosenanzug.

Kurze Zeit später erschien Stuyvesant und fuhr sie zum Hoover Building, der FBI-Zentrale. Die Zuständigkeit der beiden Behörden hatte sich nun definitiv verschoben. Die Ermordung von Bundesagenten war ein Bundesverbrechen; deshalb ermittelte das FBI nun auch hier und hatte die Zügel fest in die Hand genommen. Bannon erwartete sie in der Eingangshalle und fuhr mit ihnen im Aufzug zum Konferenzraum hinauf, der besser ausgestattet war als sein Gegenstück im Finanzministerium: Holztäfelung und Fenster.

„Was für ein Tag", brach Bannon das anfängliche Schweigen. „Im Namen meiner Behörde möchte ich Ihnen unser tiefstes Mitgefühl aussprechen."

„Sie haben die Täter nicht gefunden", erwiderte Stuyvesant lediglich.

„Wir haben den Befund des Gerichtsmediziners. Crosetti wurde von einer NATO-Patrone Kaliber 7,62 in den Kopf getroffen. Er war sofort tot. Miss Froelich erhielt von hinten einen Halsdurchschuss, vermutlich mit derselben Waffe."

„Sie haben die Täter nicht gefunden", wiederholte Stuyvesant.

Bannon verzog das Gesicht. „Nein", räumte er ein. „Aber es hilft nichts, wenn Sie mit dem Finger auf uns zeigen. Schließlich ist irgendjemand durch die Absperrung geschlüpft, die *Sie* eingerichtet haben."

„Wir haben schwer dafür büßen müssen", gab Stuyvesant zurück.

„Wie ist es passiert?", ging Frances dazwischen. „Wie sind die überhaupt dort raufgekommen?"

„Jedenfalls nicht durch den Vordereingang", antwortete Bannon. „Wir vermuten, dass die Täter in ein Gebäude eingedrungen sind, das einen Block weiter hinten liegt. Sie durchquerten es und gingen durch eine Hintertür auf die dazwischenliegende Gasse hinaus. Von dort drangen sie durch den Hintereingang in das Lagerhaus ein und stiegen die Treppe hoch. Sie sind zweifellos auf demselben Weg verschwunden."

„Und wie haben sie Crosetti weggelockt?", fragte Stuyvesant.

Bannon zuckte mit den Achseln. „Es gibt immer eine Methode." Er wandte sich Reacher zu. „Sie haben den Schützen zu Gesicht gekriegt?"

„Nur einen Moment lang, als er abgehauen ist."

„Und Sie meinen, Sie hätten ihn schon mal gesehen?"

„Die Art und Weise, wie er sich bewegte, hatte was Auffälliges an sich. Vielleicht hatte es auch mit seiner Kleidung zu tun. Ich komme einfach nicht drauf."

Bannon nickte. „Wie dem auch sei, es hat nicht viel zu bedeuten. Es wäre aber schön, wenn wir eine Beschreibung bekommen könnten."

„Ich gebe Ihnen Bescheid, falls mir mehr einfällt."

„Halten Sie Ihre Theorie weiter aufrecht?", fragte Stuyvesant.

„Ja", antwortete Bannon. „Wir überprüfen nach wie vor Ihre Exleute. Jetzt noch intensiver als zuvor. Dass Crosetti seinen Posten verlassen hat, hatte unserer Meinung nach einen ganz bestimmten Grund: Er hat jemanden gesehen, den er kannte und dem er vertraute."

SIE PARKTEN in der Tiefgarage und fuhren im Aufzug zum Konferenzraum des Secret Service hinauf.

Die ganze Zeit war ihnen die Abwesenheit von Mary Ellen schmerzlich bewusst.

„Ich habe noch nie zuvor einen Agenten verloren", sagte Stuyvesant. „In 25 Jahren nicht. Und jetzt an einem Tag gleich zwei. Ich will, dass diese Typen dingfest gemacht werden."

„Die werden bald dran glauben müssen", erwiderte Reacher.

„Ich hoffe sehr, dass es keine Leute von uns sind", fuhr Stuyvesant fort. „Aber ich befürchte, dass Bannon Recht haben könnte."

AUS DEM HINTERHALT 431

„Es ist ganz einfach: Entweder er hat Recht, oder er hat nicht Recht. Er zieht jedoch nicht in Betracht, dass er falsch liegen könnte. Unsere Aufgabe ist daher, das zu überprüfen, was er beiseite lässt. Er verlässt sich bei seiner Theorie ganz darauf, dass Armstrong nichts von den Drohungen weiß. Aber das ist nicht logisch. Es kann nach wie vor sein, dass es diese Kerle auf Armstrong persönlich abgesehen haben. Vielleicht wissen sie einfach nicht, dass Sie ihn nicht informieren."

„Das klingt plausibel. Aber da ist noch die NCIC-Geschichte mit den Morden in Colorado und Minnesota. Da hatte Bannon Recht. Wenn die Typen von außen kämen, hätten sie uns selbst darauf hingewiesen."

„Die Waffen sprechen ebenfalls eine deutliche Sprache", warf Frances ein. „Und dass sie M. E.s Adresse hatten."

„Aber ich glaube es trotzdem nicht", beharrte Reacher. „Könnte ich noch mal die Mitteilungen sehen?"

Stuyvesant verließ den Raum. Drei Minuten später kehrte er mit einer Dokumentenmappe zurück und legte die fünf Fotos säuberlich nebeneinander auf den Tisch.

„Jetzt schauen Sie sich die Mitteilungen mal genau an", forderte Reacher ihn auf.

SIE WERDEN BALD STERBEN.
VIZE-PRÄSIDENT ARMSTRONG WIRD BALD STERBEN.
HEUTE WIRD DEMONSTRIERT, WIE EXPONIERT UND VERWUNDBAR SIE SIND.
HAT IHNEN DIE DEMONSTRATION GEFALLEN?
SCHON BALD WIRD'S GESCHEHEN.

„Schauen Sie sich besonders die dritte an", sagte Reacher. „Das Wort *exponiert* ist richtig geschrieben."

„Na und?", fragte Stuyvesant.

„Es ist nicht ganz einfach. Und jetzt die letzte Mitteilung. Das Auslassungszeichen in *wird's*. Manche Leute vergessen das."

„Und was beweist das?"

„Ein bisschen Bildung, sonst nichts. Es legt aber vor allem etwas nahe. Haben Sie je die Verfassung gelesen?"

„Ja, aber das ist lange her."

„Bei mir auch. Die Verfassung ist so etwas wie eine Urkunde. Wer sie abdruckt, darf keine Veränderungen vornehmen. Die ältesten Teile stammen von 1787. In dem Exemplar, das ich hatte, stammte der letzte Zusatz von 1971. Es war der 26., der das Wahlalter auf achtzehn senkte.

Meine Ausgabe umfasste also einen Zeitraum von 184 Jahren, und alles war so abgedruckt, wie es zur betreffenden Zeit abgefasst worden war."

„Und?"

„An eines erinnere ich mich deutlich: Im ältesten Teil stand *Vizepräsident* ohne Bindestrich, ebenso im neuen Teil. Im mittleren Teil wurde jedoch ein Bindestrich gesetzt. Also galt es von den Sechzigerjahren des 19. Jahrhunderts bis etwa in die Dreißigerjahre des 20. als korrekt, bei diesem Wort einen Bindestrich zu verwenden."

„Die Verfasser der Drohbriefe schreiben es mit Bindestrich. Was hat das zu bedeuten?"

„Dreierlei. Zum einen verweist es darauf, dass sie in der Schule aufgepasst haben. Und dass sie in einer Gegend zur Schule gingen, in der veraltete Lehrbücher verwendet wurden. Deshalb kam ich auf den Gedanken, dass sie aus einer ländlichen Gegend stammen könnten, in der man wenig Schulgeld zahlen musste. Zum anderen bedeutet es, dass sie nie beim Secret Service gearbeitet haben. Jeder, der dort beschäftigt ist oder war, hat im Lauf seiner Tätigkeit x-mal *Vizepräsident* geschrieben. Und zwar in der modernen Variante ohne Bindestrich. Und drittens heißt es, dass sie nicht älter als Anfang 50 sein können, sonst kämen sie bei all ihren Aktivitäten außer Puste. Aber auch nicht jünger als Mitte 40, denn die Verfassung liest man in der Mittelstufe, und spätestens ab 1970 waren alle Schulen im Land mit neuen Lehrbüchern ausgestattet."

„Wenn es nur so wäre", meinte Stuyvesant. „Aber wenn sie von außen kommen, wie konnten sie dann M. E.s Adresse wissen?"

„Durch Nendick. Sie hatten ihn doch völlig in der Hand."

„Das ist alles sehr spekulativ."

„Das Schöne daran ist, dass es keine Rolle spielt, ob ich völlig falsch liege. Weil sich das FBI um das andere Szenario kümmert. Ich werde der Sache jedenfalls nachgehen. Notfalls auf eigene Faust. Schon allein wegen M. E. Sie hat es verdient."

Stuyvesant nickte. „Aber was hätten die denn für ein Motiv?"

„Da kommt vielleicht Verschiedenes zusammen", meldete sich Frances zu Wort. „Es könnte jemand sein, der auf den Secret Service schlecht zu sprechen ist, weil er mal eine Absage bekommen hat. Möglicherweise altgediente Polizeibeamte, die sich mit dem NCIC auskennen und wissen, was für Waffen Sie kaufen."

„Hier geht es um Armstrong als Person", widersprach Reacher. „Denken Sie an die Ereignisse und deren zeitlichen Ablauf. Armstrong wurde im Lauf des Sommers Kandidat für das Amt des Vizepräsidenten. Zuvor hatte die große Öffentlichkeit nie was von ihm gehört. Und nun bekommen wir Drohbriefe, die gegen ihn gerichtet sind. Wieso gerade jetzt? Weil er im Verlauf des Wahlkampfs irgendwas getan hat."

„Gut, wir machen Folgendes", entschied Stuyvesant. „Miss Neagleys Theorie unterbreiten wir Bannon. Aber wir lassen Ihre Alternative nicht unter den Tisch fallen, sondern befassen uns damit, denn wir müssen schließlich irgendwas unternehmen. Also, womit fangen wir an?"

„Mit Armstrong", erwiderte Reacher. „Wir finden raus, wer ihn hasst und wieso."

STUYVESANT rief einen Mitarbeiter des Büros zur Erforschung und Entwicklung von Schutzmaßnahmen an und bestellte ihn ins Ministerium. Da der Mann gerade mit seiner Familie beim Thanksgiving-Essen saß, ließ Stuyvesant ihm zwei Stunden Zeit. Reacher und Frances warteten am Empfang, denn dort stand ein Fernseher, und Reacher wollte sehen, ob Armstrong in den Vorabendnachrichten die Erklärung abgab. Bis dahin waren es noch 30 Minuten.

„Sind Sie okay?", erkundigte sich Frances.

„Mir ist seltsam zumute", antwortete Reacher. „Ich komme mir gespalten vor. M. E. dachte zuletzt, ich sei Joe."

„Schließen Sie die Augen", riet Frances ihm. „Schieben Sie alles beiseite, und konzentrieren Sie sich auf den Schützen."

Er tat es.

Sah den Rand des Daches vor sich, der sich gegen die Herbstsonne abzeichnete. Rief sich in Erinnerung, was er gehört hatte. Zuerst das Klappern der Servierlöffel. Dann, wie Mary Ellen sagte: „Nett, dass Sie vorbeigekommen sind", und wie Mrs Armstrong „Guten Appetit" wünschte. Jetzt das schwache Geräusch des ersten mit Schalldämpfer abgefeuerten Geschosses, das Armstrong verfehlte und in der Wand einschlug. Vermutlich ein Schnellschuss. Beim zweiten Mal zielte der Schütze sorgfältiger. Mary Ellen in der letzten Minute ihres Lebens. Der Blutstrahl. Seine eigene Reaktion. Er hatte hinaufgeschaut. Und was gesehen?

„Seinen Mantel", murmelte er. „Und wie der sich bewegt hat."

„Kam Ihnen der Mantel bekannt vor?", bohrte Frances tiefer.

„Ja."

„Farbe?"

„Ich weiß nicht. Irgendwie unbestimmbar. Aber es war ein langer Mantel." Er hielt die Augen geschlossen und durchforstete sein Gedächtnis nach einer Verbindung zu Mänteln. Doch alles, was ihm einfiel, war der Laden in Atlantic City, in dem er sich seinen eigenen gekauft hatte.

Zwanzig Minuten später gab er auf und bedeutete dem Dienst habenden Agenten, den Ton des Fernsehers für die Nachrichten lauter zu stellen. Der Beitrag begann mit einem Filmbericht. Man sah, wie Armstrong seiner Frau aus der Limousine half, dann wie er lächelnd Schöpfkelle und Löffel in die Höhe hielt. Als Nächstes sieben oder acht Sekunden, in denen sich die Schlange an der Essenausgabe vorbeibewegte.

Dann passierte es.

Wegen des Schalldämpfers gab es keinen Knall, und deswegen duckte sich der Kameramann auch nicht weg. Das Bild wackelte nicht. Und da kein Schuss zu hören war, erschien es völlig unerklärlich, dass sich Mary Ellen plötzlich auf Armstrong stürzte. Sie brachte ihn zu Fall und ging gerade selbst zu Boden, als das zweite Geschoss sie traf.

„Sie war zu schnell", bemerkte Frances. „Wäre sie eine Viertelsekunde langsamer gewesen, wäre sie noch hoch genug in der Luft gewesen, um das Geschoss in die Weste zu bekommen."

„Sie war zu gut."

Nun war der Moderator zu sehen, der mitteilte, dass Armstrong umgehend reagiert habe. Anschließend zeigte der Bildschirm den Parkplatz beim Westflügel des Weißen Hauses, auf dem Armstrong zusammen mit seiner Frau stand. Er sah entschlossen aus. Der Tod der beiden Agenten habe ihn tief berührt, sagte er. Gegen die Urheber der Gräueltat werde man rasch und zielgerichtet vorgehen. Er versicherte der Nation, die Regierung werde sich durch Terror oder Einschüchterungsversuche keinesfalls von ihrer Arbeit abbringen lassen. Zum Abschluss sagte er jedoch, als Zeichen seiner Hochachtung werde er in Washington bleiben und alle Auftritte absagen, bis er dem Gedenkgottesdienst für die Leiterin seines Sicherheitsteams beigewohnt habe. Die Trauerfeier werde am Sonntagmorgen in der Kirche von Grace stattfinden, einem Landstädtchen in Wyoming.

Als die Nachrichten zum Sport wechselten, stellte der Dienst habende Beamte den Ton wieder ab.

Reacher schloss abermals die Augen. Er dachte an Joe, dann an Mary Ellen. Rief sich erneut das Dach in Erinnerung. Sah den Schützen sich davonmachen. Seinen Mantel. Reacher konzentrierte sich auf den Mantel.

Er riss die Augen auf. „Der Mantel war lang, rötlich braun und schwach gemustert. Er flatterte hinter dem Mann her, als der abgehauen ist. Es war der Polizist aus Bismarck, der auf mich zulief, als ich aus der Kirche kam. Er war der Mann auf dem Dach des Lagerhauses."

„Ein Polizist?"

„DAS IST eine schwerwiegende Beschuldigung", meinte Bannon. „Sie basiert auf einer Beobachtung aus neunzig Meter Entfernung, die nur den Bruchteil einer Sekunde währte und bei größtem Tumult gemacht wurde."

Sie befanden sich wieder im Konferenzraum des FBI.

„Er war es, das steht fest", bekräftigte Reacher.

„Von allen Polizisten liegen Fingerabdrücke vor", wandte Bannon ein.

„Dann ist sein Partner keiner."

„Das leuchtet ein", meinte Stuyvesant. „Bismarck ist Armstrongs Heimatort. In der Heimat nehmen Feindschaften oft ihren Anfang."

Bannon verzog das Gesicht. „Beschreibung?"

„Groß", antwortete Reacher. „Rotblondes, grau meliertes Haar. Schmales Gesicht, hagere Gestalt. Langer Mantel, eine Art schwerer Körper, rötlich braun, offen. Tweedjackett, weißes Hemd, graue Flanellhose."

„Alter?"

„Mitte oder Ende vierzig."

„Dienstgrad?"

„Er zeigte eine goldene Dienstmarke vor, aber er war ein paar Meter weg. Schien aber ein leitender Beamter zu sein."

„Sagte er was?"

„Er rief mir was zu."

„Wir sollten vom Polizeipräsidium in Bismarck die Personalunterlagen anfordern, damit Reacher die Fotos anschauen kann", schlug Stuyvesant vor.

„Das würde Tage dauern", erwiderte Bannon. „Und an wen sollte ich mich wenden? Könnte ja sein, dass ich an den Falschen gerate."

„Dann wenden Sie sich an Ihre Zweigstelle in Bismarck", sagte Frances. „Es würde mich sehr wundern, wenn die dort nicht unerlaubte Akten über das gesamte Präsidium horten würden, mit Fotos und allem."

Bannon grinste ihr zu. „So was dürften Sie eigentlich gar nicht wissen." Er stand auf und ging hinaus, um das Notwendige zu veranlassen.

Fünfzehn Minuten später kehrte er wieder zurück. „Ich habe eine gute und eine schlechte Nachricht. Die gute zuerst: Bismarck zählt nicht gerade zu den Großstädten. Im Polizeipräsidium sind 106 Beamte tätig. Zwölf von ihnen sind Frauen, also bleiben noch 94 übrig. Dank unerlaubter Akten und moderner Technologie können deren Fotos innerhalb von zehn Minuten eingescannt werden und per E-Mail zu uns gelangen."

„Und wie lautet die schlechte Nachricht?", fragte Stuyvesant.

„Später. Nachdem Reacher noch ein wenig mehr von unserer Zeit verplempert hat."

Keine zehn Minuten danach huschte ein Agent mit einem Stapel Papier herein, den Bannon sofort zu Reacher hinüberschob. 94 Gesichter. Er beeilte sich. Schaute alle Fotos an. Doch von den Gesichtern zeigte keines auch nur eine entfernte Ähnlichkeit mit dem Mann.

„Jetzt kommt die schlechte Nachricht", sagte Bannon. „Das Polizeipräsidium von Bismarck hatte keine Beamten in Zivil vor Ort. Alle trugen Uniform."

„Der Mann war ein Bulle aus Bismarck", beharrte Reacher.

„Nein, das stimmt so nicht. Er war allenfalls jemand, der sich als ein Bulle aus Bismarck ausgegeben hat. Ich fürchte, es hat sich überhaupt nichts geändert. Wir verdächtigen nach wie vor frühere Angestellte des Secret Service."

ALS REACHER, Frances und Stuyvesant ins Finanzministerium zurückkehrten, wurden sie bereits von dem Mitarbeiter des Büros zur Erforschung und Entwicklung von Schutzmaßnahmen erwartet. Er war etwa in Reachers Alter und sah wie ein Universitätsprofessor aus. Bis auf seine Augen. Diese sprachen davon, dass er schon einiges gesehen und noch mehr gehört hatte. Sein Name war Swain. Nachdem Stuyvesant sie miteinander bekannt gemacht hatte, verschwand er, und Swain führte Reacher und Frances in einen Bereich, der offenbar als Bibliothek und Vortragssaal diente.

„Was das FBI meint, habe ich erfahren", begann Swain.

„Was halten Sie davon?", wollte Reacher wissen.

„Auszuschließen ist das nicht. Aber es gibt keinen Grund, es wirklich ernst zu nehmen. Es könnten genauso gut ehemalige FBI-Agenten sein. Oder welche, die noch im Dienst sind."

„Glauben Sie, wir sollten uns in diese Richtung orientieren?"

„Dieser Fall unterscheidet sich von allen anderen, die ich kenne. Der Hass ist unübersehbar. Attentate haben entweder eine ideologische oder eine funktionale Ursache. Bei einem funktionalen Attentat will man jemanden aus politischen oder wirtschaftlichen Gründen beseitigen. Bei einem ideologischen will man jemanden hauptsächlich deswegen ermorden, weil man ihn hasst. Der Hass bleibt jedoch in der Regel im Verborgenen. Wir sehen nur das Resultat. Diesmal tritt der Hass aber ganz offen zutage. Man hat sich große Mühe gegeben, um sicherzustellen, dass wir genau im Bilde sind. Besonders die Anfangsphase war sehr ungewöhnlich. Mit den Mitteilungen und Morden ging man hohe Risiken ein. Es wurde ein unglaublicher Aufwand betrieben. Ich schließe daraus, dass man diesen Aufwand für angebracht hielt."

„War er aber nicht", wandte Frances ein. „Armstrong bekam keinen von diesen Drohbriefen zu Gesicht und erfuhr nichts von den Morden. Es war völlig sinnlos."

„Das beruht auf schlichter Unkenntnis", entgegnete Swain. „Wussten Sie etwa, dass wir mit Schutzbefohlenen nie über Drohungen reden?"

„Nein, das hat mich überrascht."

„Eben. Das weiß niemand. Diese Typen dachten, sie könnten sich direkt an ihn wenden. Ihm Angst machen, ihn leiden lassen. Ich bin überzeugt, dass es was Persönliches ist. Es ist gegen ihn gerichtet, nicht gegen uns. Und noch was: Ich glaube, wir haben falsch gezählt. Wie viele Mitteilungen hat es gegeben?"

„Fünf."

„Ich gehe davon aus, dass es sechs waren."

„Wie kommen Sie darauf?"

„Ich glaube, dass Nendick die zweite deponiert hat und die dritte selbst dargestellt. Er verdeutlicht, wozu diese Leute fähig sind."

„Wenn man es so betrachtet, gibt es sogar acht Mitteilungen", sagte Frances. „Die Morde in Minnesota und Colorado müssen wir dann auch dazuzählen."

„Unbedingt", bestätigte Swain. „Verstehen Sie jetzt, was ich meine? Alles zielt darauf ab, Angst zu erregen. Jeder einzelne Vorfall."

Reacher starrte auf den Boden. „Und was soll mit den Daumenabdrücken bezweckt werden?"

„Das ist Angeberei. Sie wollen zeigen, dass sie zu schlau sind, um geschnappt zu werden."

„Bleiben wir mal weiter spekulativ. Vielleicht haben wir den Fingerabdruck völlig falsch interpretiert. Wir haben die ganze Zeit angenommen, die Typen wüssten, dass er nicht identifiziert werden kann. Aber vielleicht gingen sie ja auch gerade davon aus, dass er identifiziert würde. Sie spielten ein Spielchen und hatten Pech dabei. Angenommen, Sie suchten aufs Geratewohl einen sechzig oder siebzig Jahre alten Mann aus – wie groß wäre die Wahrscheinlichkeit, dass man von ihm im Lauf seines Lebens Fingerabdrücke genommen hat?"

„Recht groß. Alle Einwanderer wurden so registriert. Und wenn er gebürtiger Amerikaner ist, muss man an die ganzen Kriege denken – den Zweiten Weltkrieg, Korea, Vietnam. Damals wurden alle Wehrpflichtigen erfasst, auch wenn sie nicht eingezogen wurden."

„Na bitte. Daher glaube ich nicht, dass der Abdruck von einem der Täter stammt, sondern von einer unbeteiligten Person. Und er sollte uns direkt zu dieser Person führen. Wir sollten einen zweiten Nendick finden. Der Abdruck befindet sich auf jeder Mitteilung, und der Mann, von dem er stammt, stellt selbst ebenso eine Botschaft dar wie Ihrer Meinung nach Nendick: ein völlig verängstigtes Opfer, das uns gegenüber kein Wort rausbrächte. Aber durch puren Zufall erwischten unsere Freunde einen Mann, dessen Fingerabdrücke nicht registriert sind, und folglich konnten wir ihn nicht finden."

„Aber zwischen dem ersten und dem letzten Brief lagen knapp drei Wochen. Wurden alle Mitteilungen im Voraus angefertigt?"

„Nein. Sie wurden erst nach und nach ausgedruckt. Die Täter sorgten jedoch dafür, dass der Abdruck die ganze Zeit über verfügbar war."

„Wie denn? Haben sie jemanden entführt?"

„Nein. Suchen Sie mal im NCIC-Computer nach dem Schlagwort *Daumen*."

„In Sacramento haben wir eine große Zweigstelle", sagte Bannon. „Drei Agenten und ein Arzt sind unterwegs. In einer Stunde wissen wir Bescheid."

Diesmal war er zu ihnen gekommen; sie befanden sich im Konferenzraum des Secret Service.

„Eine abstruse Idee", fuhr Bannon fort. „Sollen die Burschen den Daumen etwa im Gefrierschrank aufbewahrt haben?"

„Schon möglich", erwiderte Reacher. „Sie haben ihn vielleicht ein wenig auftauen lassen, um den Abdruck auf den Briefen anzubringen."

„Und was ergibt sich daraus?", fragte Stuyvesant.

„Dass die Abdrücke von beiden gespeichert sind und beide Latexhandschuhe trugen."

„Zwei Abtrünnige", folgerte Bannon.

„Aber nicht unbedingt aus unserem Haus", wandte Stuyvesant ein.

„Das glauben Sie doch selbst nicht!", raunzte Bannon zurück. „Erklären Sie mir erst mal die anderen offenen Fragen. Und welcher Otto

AUS DEM HINTERHALT 439

Normalverbraucher macht sich schon Gedanken wegen des Vizepräsidenten? Der sitzt nur rum und hofft, dass der große Häuptling stirbt."

Swain unterdrückte ein Lächeln. „Aber wozu braucht man ihn anfänglich, im Wahlkampf? Er tritt als Kandidat für das Amt auf und soll Dinge zur Sprache bringen, die der Präsidentschaftskandidat selbst nicht sagen kann, weil er den edlen Staatsmann geben muss."

„Sie meinen also, Armstrong hat so vielen Leuten auf die Zehen getreten, dass man ihn deswegen ermorden will?"

Swain nickte. „Der Zeitpunkt ist sehr aufschlussreich. Armstrong gehörte dem Repräsentantenhaus sechs Jahre an und war sechs weitere im Senat. In dieser Zeit bekam er fast nie einen unschönen Brief. Das ist mehrfach abgesichert. Zuerst durch Ihre eigene FBI-Überprüfung bei seiner Nominierung, die nichts erbrachte. Dann haben wir die Nachforschungen der Opposition über die früheren Wahlkämpfe für Senat und Repräsentantenhaus. Er war immer sauber. Die ganze Geschichte wurde also durch etwas ausgelöst, das jüngeren Datums ist: den zurückliegenden Wahlkampf. Er hat jemanden gegen sich aufgebracht."

„Jemanden, der über Waffen des Secret Service verfügt", erwiderte Bannon provokativ. „Der die Verbindung zwischen Secret Service und FBI kennt. Der weiß, dass die an den Vizepräsidenten gerichtete Post unweigerlich zum Secret Service gelangt. Dem bekannt ist, wo Miss Froelich wohnte. Haben Sie mal vom Ententest gehört? Etwas sieht aus wie eine Ente, klingt wie eine und watschelt wie eine?"

Die anderen erwiderten nichts.

Bannon zog sein Handy hervor und legte es auf den Tisch. „Ich halte an meiner Theorie fest. Allerdings sind für mich jetzt beide Täter Leute von Ihnen. Genauer gesagt: Falls dieses Telefon klingelt und sich herausstellt, dass Reacher mit dem Daumen Recht hat."

In diesem Moment klingelte das Handy. Bannon ergriff es, meldete sich mit einem knappen „Ja?" und hörte kurz zu.

„Aus Sacramento?", fragte Stuyvesant, als Bannon die Verbindung beendet hatte.

„Nein. Von hier. Man hat das Gewehr gefunden."

SIE LIESSEN Swain zurück und machten sich auf den Weg zu den FBI-Labors im Hoover Building, wo sich ein Stab von Experten versammelt hatte, Gelehrtentypen, die so ähnlich aussahen wie Swain und ebenfalls von zu Hause herbeibeordert worden waren.

„Eine Vaime MK 2?", fragte Bannon.

„So ist es", bestätigte einer der Techniker. „Wir untersuchen sie gerade auf Fingerabdrücke. Es wird aber nichts dabei rauskommen."

„Ist eine Seriennummer drauf?"

„Wurde mit Säure entfernt."

„Wo wurde die Waffe gefunden?"

„Im Lagerhaus. Hinter einer Tür im dritten Stock."

„Ich nehme an, dass die Täter dort erst mal fünf Minuten gewartet und sich dann auf dem Höhepunkt des Tumults davongemacht haben. Kaltblütige Burschen."

„Patronenhülsen?", erkundigte sich Frances.

„Keine", antwortete der Techniker. „Wir verfügen jetzt jedoch höchstwahrscheinlich über alle vier Geschosse, die aus dieser Waffe abgefeuert wurden. Das eine der drei von heute ist zwar durch den Einschlag in die Mauer deformiert worden. Die beiden, die den Scharfschützen und die Agentin getötet haben, sowie das aus Minnesota sind jedoch intakt. Das reicht für den ballistischen Vergleichstest."

„Holen Sie das Gewehr", bat Bannon.

Es war eine unförmige, undramatische Waffe. Am Visier war ein starkes Zielfernrohr befestigt.

„Das ist das falsche", stellte Reacher fest. „Es ist ein Hensoldt. Vaime verwendet Bushnell-Zielfernrohre."

„Ja, es wurde ausgetauscht", bestätigte der Techniker.

„Ist ein Hensoldt besser als ein Bushnell?", fragte Bannon.

„Nicht unbedingt. Beide sind hervorragende Zielfernrohre", erklärte ihm Reacher.

„Wieso hat man sie dann ausgetauscht?"

„Ich bin mir nicht sicher. Vielleicht war etwas beschädigt. Staatliche Instandsetzungsstellen hätten jedoch ein anderes Bushnell verwendet. Der Staat kauft nicht nur die Waffen, sondern auch kistenweise Ersatzteile."

„Vielleicht waren gerade keine vorrätig."

„Dann hätte man wohl in der Tat ein Hensoldt verwendet. Die gehören in der Regel zu SIG-Gewehren. Sie sollten noch mal in Ihre Listen schauen und rausfinden, wer Vaimes *und* SIGs für seine Scharfschützen kauft."

„Hat die SIG ebenfalls einen Schalldämpfer?"

„Nein."

„Also", fasste Bannon zusammen, „irgendeine Dienststelle braucht zwei Arten von Gewehren für Scharfschützen. Sie kauft Vaimes als Ver-

AUS DEM HINTERHALT 441

sion mit Schalldämpfer und SIGs als Version ohne Schalldämpfer. Und bei den Ersatzteilen lagert man zwei unterschiedliche Typen von Zielfernrohren."

„Möglich", stimmte Reacher zu. „Das könnte wichtig sein."

„Ich muss leider einräumen, dass wir SIGs gekauft haben." Stuyvesants Blick ging in weite Ferne. „Vor etwa fünf Jahren. Eine Anzahl SG 550, halb automatisch, ohne Schalldämpfer. Sie waren als Alternative gedacht. Wir setzten sie aber nicht oft ein, da sie sich in Situationen mit vielen Menschen nicht sonderlich eignen. Heutzutage verwenden wir ständig die Vaimes. Ich bin sicher, dass die Ersatzteillager für die SIGs immer noch voll sind."

Im Labor wurde es still.

In das Schweigen hinein klingelte Bannons Handy. Er drückte auf die Taste, meldete sich und hörte zu. „Zwei?" Er lauschte weiter. „In Ordnung. Danke." Als er das Handy abschaltete, war er ganz blass. „Gehen wir rauf."

Gemeinsam fuhren sie hinauf zum Konferenzraum. Draußen wurde es mittlerweile dunkel; der Thanksgiving-Tag neigte sich seinem Ende entgegen.

„Sein Name ist Andretti", begann Bannon. „73 Jahre alt, Zimmermann im Ruhestand, früher bei der freiwilligen Feuerwehr. Unser Arzt hat sich seine linke Hand angeschaut. Der Daumen fehlte. Er ist abgehackt oder sonstwie absichtlich abgetrennt worden. Andretti blieb anfangs bei seiner Geschichte vom Unfall bei Zimmermannsarbeiten. Unser Arzt meinte aber, es könne keinesfalls mit einer Säge passiert sein. Die Kollegen beschworen Andretti, die Wahrheit zu sagen. Schließlich rang er sich durch, nachdem man ihm die Sicherheit seiner Angehörigen garantiert hatte. Er hat Enkeltöchter. Damit wurde er unter Druck gesetzt."

„Und wie spielte es sich ab?", fragte Frances.

„Er besucht öfters eine Polizistenbar außerhalb von Sacramento, die er aus seiner Feuerwehrzeit kennt. Dort lernte er zwei Typen kennen."

„Waren es Bullen?", fragte Reacher.

„Er meint, sie hätten ganz den Eindruck gemacht. Sie kamen ins Gespräch, zeigten sich Bilder ihrer Familien, redeten darüber, wie schlimm die Zustände in der Welt seien und was sie unternehmen würden, um ihre Familien davor zu schützen."

„Und?"

„Andretti ist Witwer. Die beiden Typen schafften es, dass er sie zu sich nach Hause einlud. Dort fragten sie ihn, wozu er bereit sei, wenn es darauf ankomme, seine Familie zu beschützen. Zuerst war es nur Gerede, aber dann wurde rasch Ernst daraus. Sie stellten Andretti vor die Wahl, entweder seinen Daumen oder seine Enkeltöchter zu verlieren. Er entschied sich, sie packten ihn und schritten zur Tat. Am Ende nahmen sie seine Fotoalben und sein Adressbuch an sich. Sie sagten, jetzt wüssten sie, wie seine Enkelinnen aussähen und wo sie wohnten. Er zweifelte nicht daran, dass sie's ernst meinten. Für den Transport des Daumens holten sie einen Eisbehälter aus der Küche und einige Eiswürfel aus der Gefriertruhe. Danach verdufteten sie, und Andretti machte sich auf ins Krankenhaus."

„Personenbeschreibungen?", fragte Stuyvesant.

„Unergiebig. Er hatte zu viel Angst."

Eine ganze Weile sprach niemand ein Wort.

„Ich spreche noch mal mit Swain", sagte Reacher schließlich. „Ich gehe zu Fuß, das wird mir gut tun."

„Ich komme mit", schloss sich Frances an.

Die knapp einen Kilometer lange Strecke auf der Pennsylvania Avenue legten sie rasch zurück. Durch den schwachen Smog der Großstadt waren Sterne zu sehen. Die Straßensperren beim Weißen Haus waren verschwunden; in Washington war wieder Normalität eingekehrt.

„Wie geht es Ihnen?", fragte Frances.

„Ich sehe gerade den Tatsachen ins Gesicht", antwortete Reacher. „Ich werde alt. Dass ich Nendick recht bald auf die Spur gekommen bin, hat mich gefreut. Ich hätte aber sofort draufkommen müssen. In Wirklichkeit war es also eine schwache Leistung. Dasselbe gilt für den Daumenabdruck."

„Wir sind aber schließlich doch dahinter gekommen."

„Außerdem habe ich Schuldgefühle. Ich habe M. E. für ihre Arbeit gelobt, dabei hätte ich sie dazu bringen müssen, die Wachposten auf dem Dach zu verdoppeln. Einen am Rand des Daches, einen im Treppenhaus. Das hätte ihr und Crosetti das Leben retten können."

„Das hatte sie zu regeln, nicht Sie", erwiderte Frances. „Sie brauchen sich nicht schuldig zu fühlen. Die Täter sehen wie Polizisten aus. Sie wären auch an einem Dutzend Wachen vorbeigekommen."

„Sieht Bannon Ihrer Meinung nach wie ein Bulle aus?"

„Zu hundert Prozent. Das sitzt ihm in jeder Pore."

„Kurz bevor Armstrong auftauchte, richtete M. E. das Wort an ihre Leute und warnte sie. Sie sagte, es sei sehr leicht, ein bisschen, aber sehr

AUS DEM HINTERHALT 443

schwer, genau wie ein Obdachloser auszusehen. Ich glaube, mit Polizisten verhält es sich ebenso. Diese Burschen sehen wirklich genau wie Bullen aus. Ich habe ja selbst einen von ihnen erblickt und mir überhaupt keine Gedanken gemacht. Sie bekommen überall Zugang, und kein Mensch stellt irgendwelche Fragen. Es ist wie bei Bannons Ententest. Sie sehen aus wie Bullen, bewegen sich wie Bullen und reden wie Bullen. Weil sie Bullen sind."

„Das würde auch die Erklärung dafür liefern, dass sie über die DNA auf Briefumschlägen und die routinemäßige NCIC-Computersuche des FBI Bescheid wissen."

„Und über die Waffen. Kann sein, dass diese bestimmten Sondereinsatzkommandos zur Verfügung gestellt wurden. Besonders instand gesetzte Exemplare mit anderen Zielfernrohren."

„Andererseits haben Sie doch die 94 Verbrecherfotos angeschaut."

„Damit steht nur fest, dass es keine Beamten aus Bismarck sind", sagte Reacher. „Vielleicht sind es Polizisten von woanders."

SWAIN erwartete sie im Konferenzraum und blickte ihnen fragend entgegen.

„Der Mann heißt Andretti", berichtete ihm Reacher. „Er war in der gleichen Lage wie Nendick. Es ist Ihr Treffer, Swain. Sie müssen uns jetzt erzählen, was Sie über den Wahlkampf wissen. Wer hat eine Wut auf Armstrong gekriegt?"

Swain schaute zu Boden. „Niemand. Was ich gesagt habe, trifft so nicht zu. Er hat manche Leute verärgert, das stimmt. Aber niemand von Bedeutung."

„Wieso haben Sie's dann gesagt?"

„Ich wollte nur das FBI von seinem Kurs abbringen. Ich glaube nicht, dass es einer von uns war. Ich möchte nicht, dass unsere Behörde in ein schlechtes Licht gerät. Ich habe es für M. E. und Crosetti getan. Die haben was Besseres verdient."

„Sie verlassen sich also auf Ihr Gespür, und wir haben ein Problem", resümierte Reacher.

„Und was machen wir jetzt?", fragte Frances.

„Wir suchen anderswo. Wenn es nichts Politisches ist, muss es etwas Persönliches sein."

Swain zögerte. „Ich weiß nicht so recht, ob ich Ihnen das Wahlkampfmaterial zeigen darf."

„Ist irgendwas Schlimmes dabei?"

„Nein, sonst hätten Sie ja im Wahlkampf davon erfahren."

„Was schadet es dann, wenn wir einen Blick darauf werfen?"

„Na gut, es wird wohl nichts ausmachen."

Durch die rückwärtigen Korridore gingen sie zur Bibliothek. Als sie dort eintrafen, klingelte Swains Handy. Er meldete sich und reichte den Hörer gleich an Reacher weiter. „Stuyvesant möchte Sie sprechen."

Reacher hörte eine Weile zu. Dann beendete er die Verbindung. „Armstrong ist auf dem Weg. Er ist sehr betroffen und will mit allen reden, die heute dabei waren."

OHNE Swain kehrten sie zum Konferenzraum zurück. Kurz darauf kam Stuyvesant mit zwei Agenten herein. Er sah erschöpft und niedergedrückt aus. Reacher ahnte den Grund: 25 Jahre ohne Zwischenfälle, und dann wurde das alles an einem einzigen schrecklichen Tag zerstört.

Reacher musterte die beiden Agenten. Er hatte sie am heutigen Tag beide schon einmal gesehen. Der eine war ein Scharfschützenkollege des toten Crosetti, der andere hatte zu den Beamten gehört, die die Schlange der Obdachlosen im Auge gehabt hatten.

Der Personenschutz umgab den wenig später eintreffenden Armstrong wie eine unsichtbare Hülle. Zuerst betrat einer seiner Leibwächter den Empfangsbereich und vergewisserte sich, dass alles in Ordnung war. Daraufhin brachten die beiden anderen Armstrong in den Konferenzraum. Er grüßte die Anwesenden mit einem Kopfnicken und schritt zum Tisch.

„Ich danke Ihnen für die hervorragende Arbeit, die Sie heute geleistet haben", sagte er. „Ich stehe in Ihrer Schuld und möchte deshalb etwas für Sie tun. Teilen Sie mir unumwunden mit, wie ich Ihnen behilflich sein kann. Ganz gleich, ob offiziell oder inoffiziell."

Niemand äußerte sich.

„Erzählen Sie mir von Crosetti", fuhr Armstrong deshalb fort. „Hatte er Familie?"

„Er hinterlässt Frau und Sohn", antwortete der Scharfschütze.

Armstrong schüttelte den Kopf. „Es tut mir so Leid. Kann ich für die beiden etwas tun?"

„Für sie wird gesorgt", erklärte Stuyvesant knapp.

Armstrong räusperte sich. „Die Eltern von Miss Froelich leben noch immer in Wyoming. Geschwister hatte sie nicht. Ich habe den Eltern bereits kondoliert und mit ihnen gesprochen, bevor ich mich im Fernsehen geäußert habe. Ich hatte das Bedürfnis, meine Erklärung mit

ihnen abzustimmen. Die Überlegung, am Sonntag einen Gedenkgottesdienst abzuhalten, gefiel ihnen. Sie werden alles in die Wege leiten. Mir
geht es bei dieser Sache nicht darum, eine Falle für die Täter zu stellen.
Ich möchte einfach gern daran teilnehmen. Und ich werde es auch tun."

„Ich rate davon ab", entgegnete Stuyvesant.

„Ihre Bedenken nehme ich zur Kenntnis, aber meine Entscheidung ist
unwiderruflich. Notfalls werde ich ganz allein hingehen. Ich werde den
heutigen Tag nie vergessen. Ich lebe nur, weil ein anderer Mensch für
mich gestorben ist."

„Sie wusste, worauf sie sich einließ. Wir alle machen das freiwillig."

Armstrong nickte. „Danke. Ich danke Ihnen allen. Das ist im Grunde
alles, was ich Ihnen mitteilen wollte."

Seine Leibwächter geleiteten ihn auf dieses Stichwort hin zur Tür.
Drei Minuten später traf aus seinem Wagen ein Funkspruch ein: Er war
sicher auf dem Weg nach Georgetown.

„Verfluchter Mist!", schimpfte Stuyvesant. „Jetzt kommt zu allem
anderen auch noch der Sonntag hinzu. Ein Albtraum."

Reacher und Frances gingen hinaus. Im Empfangsbereich begegneten
sie Swain, der seinen Mantel anhatte.

„Ich gehe nach Hause", teilte er ihnen mit.

„In einer Stunde", gab Reacher zurück. „Zeigen Sie uns erst Ihre Unterlagen."

9

Insgesamt waren es zwölf Aktenmappen. Elf enthielten
loses Material wie Zeitungsartikel und Interviews, in
der zwölften befand sich eine Zusammenfassung der anderen. Sie war
so dick wie eine mittelalterliche Bibel und las sich wie ein Buch. Sie erzählte die gesamte Lebensgeschichte von Brook Armstrong.

Seine Biografie begann mit der Vita seiner Eltern. Seine Mutter war
in Oregon aufgewachsen, hatte ein College im Bundesstaat Washington
besucht und war nach ihrem Abschluss wieder nach Oregon zurückgekehrt. Drei Seiten waren allein dem Aufbau ihrer eigenen Apotheke
gewidmet. Sie gehörte ihr nach wie vor, aber sie lebte jetzt im Ruhestand
und litt an einer schweren Krankheit.

Auch Ausbildung und Werdegang des Vaters waren aufgeführt. Aus gesundheitlichen Gründen war er aus dem Militärdienst entlassen worden, aber es standen keine Einzelheiten da. Er stammte ebenfalls aus Oregon und heiratete nach seiner Rückkehr ins Zivilleben die Apothekerin. Sie zogen in ein abgelegenes Städtchen in der Südwestecke des Bundesstaates, wo sich der Vater mit dem gemeinsamen Kapital eine Holzfirma kaufte. Bald bekamen die frisch Vermählten eine Tochter. Zwei Jahre danach kam Brook Armstrong zur Welt.

Sein Vater bekam einen Schlaganfall und starb, kurz nachdem Brook zum Studium von zu Hause weggegangen war. Die Holzfirma wurde verkauft. Armstrong besuchte sieben Jahre lang zwei verschiedene Universitäten, zuerst die Cornell im Bundesstaat New York, dann Stanford in Kalifornien. Drogenkonsum oder sonstige Auffälligkeiten waren aus dieser Zeit nicht bekannt. In Stanford lernte er schließlich eine junge Frau aus Bismarck kennen. Beide machten ihren Abschluss in Politikwissenschaft, heirateten und ließen sich in North Dakota nieder, wo Armstrongs politische Karriere im Landesparlament begann.

„Hier gibt's wohl nichts, was uns auf eine Spur bringen könnte, oder?", fragte Reacher.

„Es gibt nirgendwo was. Er hat eine absolut saubere Biografie. Deswegen ist er jetzt, was er ist." Swain hielt kurz inne. „Hören Sie, ich muss los. Es ist Thanksgiving, ich habe Kinder, und meine Frau ist sowieso schon stinksauer, dass ich heute hermusste."

„Also gut, gehen Sie nach Hause."

Swain verschwand eilends. Reacher überflog die verbleibenden Jahre, und Frances blätterte das umfangreiche Material der ersten elf Akten durch. Nach einer Stunde gaben sie auf.

„Irgendwelche Schlussfolgerungen?", seufzte Frances.

„Ja, mir fällt etwas auf. Etwas, das gar nicht da ist. Bei Wahlkämpfen verwenden die Politiker doch alles, was sie in ein gutes Licht rückt. Da sind zum Beispiel die ganzen Details über die Apotheke seiner Mutter. Welchen Grund gab es dafür?"

„Das beeindruckt selbstständige Frauen und kleine Geschäftsleute."

„Dann haben wir die Ausführungen über die Holzfirma des Vaters."

„Für die Unternehmer."

„Genau. Aber seinen Militärdienst haben sie ausgelassen. Normalerweise würde man ein großes Getue machen, wenn der Vater beim Militär war. Hier stehen jedoch keinerlei Einzelheiten, abgesehen von der vagen Notiz über sein Ausscheiden. Das fällt auf."

„Sein Vater ist tot."

„Das spielt keine Rolle. Wie kam es dazu, dass er aus gesundheitlichen Gründen entlassen wurde?"

„Da kann es keinen Zusammenhang geben. Das geschah doch vor Armstrongs Geburt. Und der Vater starb vor fast dreißig Jahren."

„Das ist richtig. Aber ich möchte trotzdem mehr darüber erfahren. Wir könnten uns ja direkt an Armstrong wenden, oder? Schließlich will er uns ja angeblich unterstützen."

„Nicht nötig, ich kann das auch so rausbekommen."

Reacher gähnte. „Einverstanden. Tun Sie das gleich morgen früh."

„Ich erledige es noch heute Nacht. Erinnern Sie sich? Beim Militär wird sieben Tage die Woche rund um die Uhr Dienst geschoben."

„Sie müssen schlafen. Das kann warten. Ich hau mich jetzt jedenfalls aufs Ohr."

„Ein schlimmer Tag", sagte Frances nach kurzem Schweigen.

„Schlimmer geht's nicht."

DER BEAMTE vom Nachtdienst sorgte dafür, dass sie zum Motel nach Georgetown kamen. Reacher ging sofort auf sein Zimmer. Dort war es sehr still und sehr leer. Er vermisste Mary Ellen und sehnte sich nach ihr. *Ich glaube, es ist der Tag, an dem wir gewinnen oder verlieren*, hatte sie gesagt. *Eine Niederlage kommt nicht in Betracht*, hatte er erwidert.

Das Bett war kalt, und die neuen, frisch gestärkten Laken waren ganz steif. Reacher schlüpfte hinein, starrte eine Stunde lang zur Decke hinauf und dachte angestrengt nach. Dann zwang er sich dazu, endlich einzuschlafen.

UM SECHS wurde er von der Rezeption telefonisch geweckt, und eine Minute später klopfte es an der Tür. Er rollte aus dem Bett, schlang ein Handtuch um seine Hüften und schaute durch den Türspion. Es war Frances, die ihm Kaffee brachte. Sie war bereits angekleidet und startbereit.

Er ließ sie herein, setzte sich aufs Bett und trank den Kaffee, während sie vor dem Fenster auf und ab ging. Sie wirkte total aufgedreht.

„Kommen wir zu Armstrongs Vater", schoss sie los. „Er wurde gegen Ende des Koreakriegs eingezogen. War nie im aktiven Dienst, brachte es jedoch zum Leutnant und wurde einer Infanteriekompanie zugeteilt, die in Alabama stationiert war. Sie sollte für eine Auseinandersetzung gefechtsbereit gemacht werden, von der alle wussten, dass sie eigentlich zu Ende war."

Verschlafen nippte Reacher an seinem Kaffee. „Das bedeutete vermutlich einen idiotischen Hauptmann, der andauernd irgendwelche Wettbewerbe veranstalten musste", murmelte er.

„Richtig. Und Armstrong senior wurde mit seiner Einheit meist Sieger. Sie waren gut in Form. Er hatte aber ein Problem mit seinen Nerven. Wenn jemand Mist baute und Punkte verschenkte, geriet er völlig außer sich. Das waren nicht die üblichen Wutausbrüche, wie man sie von Offizieren kennt, sondern schwere, unkontrollierbare Anfälle."

„Und?"

„Zweimal ließ man's durchgehen. Beim dritten Mal kam's zu einer schweren Misshandlung, und deswegen warfen sie ihn raus. Sie vertuschten es weitgehend, gaben ihm eine ehrenhafte Entlassung und bescheinigten ihm eine Frontneurose, obwohl er nie an einem Gefecht teilgenommen hatte."

Reacher verzog das Gesicht. „Dann hatte er einflussreiche Freunde. Wie Sie übrigens auch. Sonst hätten Sie das alles nicht rausgefunden. Was ist mit den Opfern seiner Ausbrüche?"

„Die können wir als potenzielle Täter vergessen. Einer fiel in Vietnam, der Zweite starb vor zehn Jahren in Palm Springs, und der Dritte ist über siebzig und lebt in Florida."

„Ein Schuss in den Ofen."

„Man versteht jedoch, wieso man es für den Wahlkampf unter den Tisch fallen ließ."

„Ist es möglich, dass Armstrong dieses Temperament geerbt hat?"

„Schon denkbar. Ich vermute aber, dass es dann längst zum Vorschein gekommen wäre. Die ganze Sache fing aber erst in diesem Sommer im Verlauf des Wahlkampfs an. In dieser Hinsicht sind wir uns ja einig."

Reacher stand auf und starrte aus dem Fenster. „Wir sind betriebsblind. Wir betrachten diese Sache nicht wie normale Leute. Nahezu allen Bürgern dieses Landes sind all diese Politiker völlig unbekannt. Die meisten würden einen Senator aus einem anderen Bundesstaat nicht erkennen, auch wenn sie ihn direkt vor sich hätten."

„Was wollen Sie damit sagen?"

„Armstrong hat bei seinem Wahlkampf etwas sehr Wichtiges, Grundsätzliches erreicht: Er schaffte es, die ganze Nation auf sich aufmerksam zu machen. Ich glaube, dass es vielleicht nur darum geht."

„Inwiefern?"

„Nehmen wir mal an, dass sich jemand von früher an sein Gesicht erinnert hat."

„Wer zum Beispiel?"

„Stellen Sie sich vor, Sie wären jemand, der vor langer Zeit von einem jungen Mann verdroschen wurde, der die Beherrschung verloren hat. Das war eine Riesendemütigung für Sie. Sie haben den Kerl nie wiedergesehen, konnten den Vorfall aber nicht vergessen. Und nach all den Jahren taucht der Bursche in den Zeitungen groß auf. Er ist jetzt Politiker und kandidiert für das Amt des Vizepräsidenten. Was tun Sie nun?"

„Überlegen, wie ich mich rächen kann. Aber das ist reichlich weit hergeholt. So was verkraftet man mit der Zeit, finden Sie nicht?"

„Die Ursache für Ihre Abneigung gegen Berührungen haben Sie selbst auch nicht verkraftet."

„Okay. *Normale* Menschen kommen über solche Dinge hinweg."

„Normale Menschen kidnappen keine Frauen. Sie schneiden niemandem den Daumen ab und töten auch keine unschuldigen Dritten."

„Okay", wiederholte sie. „Es ist eine Theorie."

Reacher schwieg.

„Es ist Zeit, dass wir aufbrechen", unterbrach Frances die Stille. „Um sieben treffen wir Bannon. Sollen wir's ihm erzählen?"

„Nein, er würde sowieso nichts davon wissen wollen."

REACHER zog den letzten Anzug von Joe an. Er war anthrazitgrau und glatt wie Seide. Dazu das letzte saubere Hemd. Es war gestärkt und so weiß wie frisch gefallener Schnee. Die letzte Krawatte war dunkelblau mit einem winzigen Muster.

Sie trafen mit Verspätung im Konferenzraum ein. Bannon und Stuyvesant waren bereits anwesend.

„Das FBI soll keine Agenten nach Grace schicken", berichtete Bannon. „Auf besonderen Wunsch von Armstrong. Er möchte dort keinen Rummel haben."

„Ist mir recht", erwiderte Reacher.

„Sie verschwenden dort nur Ihre Zeit", meckerte Bannon. „Die Täter kennen das Geschäft schließlich. Sie wissen, dass seine Erklärung eine Falle war, und werden nicht kommen."

Reacher zuckte die Schultern. „Es wäre nicht die erste Reise, die ich umsonst mache."

„Die Ballistiktests liegen vor", wechselte Bannon das Thema. „Das Gewehr, das wir im Lagerhaus gefunden haben, ist definitiv dasselbe, das schon in Minnesota eingesetzt wurde."

„Und wie kam es hierher?", fragte Stuyvesant.

„Ich kann Ihnen nur mit Sicherheit sagen, wie nicht: auf dem Luftweg. Wir haben auf acht Flughäfen alle Landungen von Verkehrs- und Privatflugzeugen überprüft. Es gab nichts, was auch nur den geringsten Verdacht erregt hätte."

„Also haben sie es in einem Fahrzeug hergeschafft", schloss Reacher.

Bannon nickte. „Von Bismarck nach Washington sind es aber 2000 Kilometer. Im fraglichen Zeitraum ist das nicht zu schaffen. Also kam es direkt aus Minnesota. Die 1700 Kilometer kann man in 48 Stunden bewältigen. Wir nehmen an, dass sich das Team am Dienstag aufgeteilt hat. Einer ging nach Minnesota, einer nach Colorado. Und danach blieben sie getrennt. Der Typ, der in Bismarck als Bulle auftrat, war in der Kirche allein zugange. Wir nehmen an, dass er nur die Maschinenpistole bei sich hatte. Das leuchtet ein, denn er wusste, dass Armstrong nach der Entdeckung des als Köder dienenden Gewehrs von Agenten umringt sein würde. Und gegen einen Haufen Leute ist eine Maschinenpistole besser als ein Gewehr, vor allem eine MP 5 von Heckler & Koch."

„Und wieso hat sich der andere Bursche um diese Zeit die Mühe gemacht, hierher zu fahren?", fragte Stuyvesant.

„Weil es sich um Leute von Ihnen handelt", antwortete Bannon. „Um realistische Profis. Sie wussten, dass sie nirgends einen Treffer garantieren konnten. Deshalb schauten sie sich Armstrongs Termine im Internet an und planten ihr Vorgehen so, dass sie abwechselnd alle abdecken konnten."

„Gestern waren sie aber beisammen", gab Reacher zu bedenken. „Sie meinen ja, dass der eine die Vaime hierher gefahren hat. Und den Kerl aus Bismarck habe ich selbst auf dem Dach des Lagerhauses gesehen."

„Gestern wechselten sie sich nicht mehr ab, weil da die letzte gute Gelegenheit zum Zuschlagen war. Der Typ aus Bismarck muss mit einem Verkehrsflugzeug angereist sein."

„Und was ist mit der H & K? Er muss sie in Bismarck versteckt haben, irgendwo zwischen der Kirche und dem Flughafen. Haben Sie die Waffe gefunden?"

„Nein, aber wir suchen weiterhin nach ihr."

„Und wer war der Kerl, den die Staatspolizisten auf dem Gelände entdeckt haben?"

„Der kommt für uns nicht in Betracht. Es handelte sich höchstwahrscheinlich um irgendeine neugierige Zivilperson."

„Der Bursche aus Bismarck versteckte also das als Köder dienende

AUS DEM HINTERHALT 451

Gewehr und eilte mit der H & K zur Kirche zurück – verstehe ich Sie da richtig?"

„So muss es gewesen sein."

„Haben Sie sich jemals versteckt und darauf gewartet, dass Sie jemanden erschießen können?"

„Nein", antwortete Bannon.

„Ich schon. Da muss man ganz entspannt und doch hochkonzentriert und wachsam sein. Man trifft rechtzeitig ein, berechnet die Entfernung und bestimmt den Schusswinkel. Dann legt man sich auf die Lauer. Man sorgt dafür, dass der Atem langsam geht, ebenso der Herzschlag. Und wissen Sie, was man mehr als alles andere braucht?"

„Was denn?"

„Eine Vertrauensperson, die einem den Rücken freihält. Wenn diese Typen, wie Sie behaupten, echte Profis sind, ist es ausgeschlossen, dass einer von ihnen ganz allein auf dem Turm war."

„Reacher hat Recht", unterstützte Frances ihn. „Wahrscheinlich war der Mann, der auf dem Gelände umherstreunte, der Helfer, der gerade den Köder versteckt hatte. Der Schütze lauerte in der Kirche und wartete auf ihn."

„Das wirft eine Frage auf, folgt man der FBI-Theorie", meinte Reacher. „Wer war zu diesem Zeitpunkt von Minnesota aus hierher unterwegs?"

„Also gut, dann sind es eben drei", knurrte Bannon.

Reacher schüttelte den Kopf. „Sie leiden unter Wahnvorstellungen."

„Wir bleiben bei unserer Theorie."

„Na schön. Dann kommen Sie mir wenigstens nicht in die Quere."

„Ich warne Sie. Gehen Sie nicht auf eigene Faust vor."

„Ich hab's vernommen."

Bannons Gesichtsausdruck entspannte sich. Er schaute zu Mary Ellens freiem Platz hinüber. „Für Ihre Beweggründe hätte ich jedoch Verständnis."

„Es sind zwei, nicht drei", begann Reacher von neuem. „Wenn ein Dritter dabei wäre, würde sich das Risiko gewaltig erhöhen."

„Was ist dann mit dem Gewehr geschehen?"

„Sie ließen es zustellen. Zum Beispiel von FedEx oder UPS. Wahrscheinlich verpackten sie es zusammen mit ein paar Sägen und Hämmern und gaben es als Mustersendung von Werkzeugen aus. Die ging an die Adresse eines hiesigen Motels, wo sie die Sendung nach ihrer Ankunft in Empfang nahmen."

Bannon erwiderte nichts weiter. Er stand einfach auf und ging.

Stuyvesant dagegen blieb auf seinem Platz sitzen. Er wirkte verlegen. „Wir müssen miteinander reden."

„Sie wollen uns feuern", vermutete Frances.

Er nickte, schob die Hand in seine Jackentasche und holte zwei schmale weiße Umschläge hervor. „Es ist keine interne Angelegenheit mehr. Das wissen Sie. Die Sache hat viel zu große Ausmaße angenommen."

„Aber Sie wissen doch, dass Bannon die falsche Spur verfolgt."

„Ich hoffe, dass er das merken wird. Wir kümmern uns inzwischen um Armstrongs Schutz. Insbesondere bei dieser verrückten Sache in Wyoming. Mehr können wir nicht tun. Wir sind defensiv eingestellt, wir reagieren lediglich. Wir haben keine gesetzliche Grundlage für den Einsatz Außenstehender bei einem aktiven Vorgehen."

„Lassen Sie uns noch den Rest des Tages", bat Reacher. „Wir müssen mit Armstrong reden. Nur ich und Frances."

„Ich kann es nicht zulassen, dass Sie ohne mich mit ihm sprechen."

„Das ist die einzige Möglichkeit, ihn zum Reden zu bringen." Er warf Stuyvesant einen Blick zu. „Seit wann überprüfen Sie seine Post?"

„Seit seiner Nominierung als Kandidat. Das ist die übliche Vorgehensweise. Zuerst öffneten die in seinem Haus stationierten Agenten alles, was dort ankam, und wir hatten jemand in den Senatsbüros. Und in Bismarck kümmerte sich ein weiterer um die dortige Post. Nach den ersten beiden Drohbriefen verlegten wir jedoch alles zentral hierher."

„Bis auf die Drohungen wurde aber alles an ihn weitergeleitet?"

„Natürlich."

„Wir müssen ihn so bald wie möglich sprechen. Frances und ich, niemand sonst. Danach betrachten wir uns als entlassen, und Sie werden uns nie wiedersehen. Und Bannon auch nicht mehr. Ihr Problem wird nämlich in wenigen Tagen erledigt sein."

Stuyvesant steckte die beiden Umschläge wieder in sein Jackett.

Am Tag nach Thanksgiving mied Armstrong bewusst das Licht der Öffentlichkeit, aber es erwies sich dennoch als ungeheuer schwierig, ein Treffen mit ihm zu arrangieren. Gleich nach der morgendlichen Zusammenkunft setzte Stuyvesant einen von Mary Ellens ursprünglichen Rivalen als Nachfolger ein, und der legte ihnen alle nur erdenklichen Hindernisse in den Weg. Der größte Stolperstein war die jahrzehntealte Regel, dass ein Schutzbefohlener nur dann mit Besuchern zusammentreffen darf, wenn mindestens ein Agent anwesend ist. Stuyvesant setzte

AUS DEM HINTERHALT 453

sich widerstrebend darüber hinweg. Dann rief er Armstrong zu Hause an, um dessen Einverständnis einzuholen.

Der Vizepräsident teilte ihm mit, der Gesundheitszustand seiner Mutter habe sich verschlechtert. Er wolle deshalb am Nachmittag nach Oregon fliegen. Für das Treffen mit Reacher und Frances stehe also nicht viel Zeit zur Verfügung.

„Keinerlei Körperkontakt", sagte Stuyvesant in seinem Büro.

Reacher lächelte. „Nicht mal ein Händedruck?"

„Das geht wohl in Ordnung. Aber sonst nichts. Und Sie dürfen nichts über die gegenwärtige Situation verlauten lassen. Er weiß nichts, und ich möchte nicht, dass er durch Sie Bescheid bekommt. Ist das klar?"

Reacher nickte.

„Kapiert", sagte Frances.

„Und seien Sie höflich. Denken Sie daran, wer er ist. Und dass er sich gerade um seine Mutter Sorgen macht." Stuyvesant hielt inne. „Ich will gar nicht wissen, warum Sie ihn unbedingt sprechen wollen. Aber ich möchte Ihnen für alles danken, was Sie bisher geleistet haben. Ich werde mich zur Ruhe setzen. Ich müsste jetzt kämpfen, um meine Karriere zu retten. Aber in Wahrheit ist mir meine Karriere nicht so wichtig, dass ich dafür kämpfen will."

„Diese Typen waren nie Agenten von Ihnen", sagte Reacher.

„Das weiß ich, aber ich habe zwei Leute verloren. Ich möchte hier nur zum Ausdruck bringen, dass es ein Vergnügen war, mit Ihnen beiden zusammenzuarbeiten."

Schweigen trat ein.

„Und ich bin froh, dass Sie da waren, als es mit M. E. zu Ende ging", fuhr Stuyvesant fort. Er holte die Umschläge wieder hervor und schob sie über seinen Schreibtisch. „Unten wartet ein Wagen auf Sie. Er bringt Sie nach Georgetown, und danach sind Sie auf sich selbst gestellt."

Sie fuhren im Aufzug nach unten, wo Reacher einen Abstecher in die große Eingangshalle machte. Unterhalb der Gedenktafel blieb er stehen und schaute zum Namen seines Bruders auf. Betrachtete die leere Stelle, an der bald M. E. FROELICH stehen würde. Dann kehrte er um und gesellte sich wieder zu Frances.

VOR ARMSTRONGS Haus stand das weiße Zelt immer noch quer über dem Gehsteig. Drei Agenten erwarteten sie in dem Zwielicht, das unter dem Segeltuch herrschte. Einer streckte die Arme aus, um ihnen anzudeuten, dass sie zur Durchsuchung stehen bleiben mussten. Frances erstarrte, als sie abgeklopft werden sollte. Es war jedoch nur eine Formalität. Man rührte sie kaum an, weshalb Reachers Messer auch nicht entdeckt wurde, das in einer Socke versteckt war.

Die Agenten führten sie ins Haus und schlossen die Tür. In der Diele befanden sich dunkle antike Möbelstücke und eine Vielzahl gerahmter Bilder. In einer Ecke stand bereits das Gepäck für die Reise nach Oregon.

Einer der Agenten geleitete Reacher und Frances in die riesige Wohnküche, in der es stark nach Kaffee roch. Armstrong und seine Frau saßen mit schweren Porzellanbechern und vier verschiedenen Zeitungen am Tisch. Mrs Armstrong trug einen Jogginganzug. Sie hatte kein Make-up aufgelegt und sah müde und niedergeschlagen aus. Armstrong wirkte gefasst. Er hatte ein Hemd mit aufgekrempelten Ärmeln an. Keine Krawatte.

„Tut mir Leid, dass es Ihrer Mutter nicht gut geht", sagte Frances.

Armstrong nickte. „Stuyvesant teilte mir mit, Sie hätten gern eine vertrauliche Unterredung."

„Das halte ich für angebracht", erwiderte Reacher.

„Du kannst mir ja später alles erzählen", sagte Mrs Armstrong.

Ihr Mann nickte erneut. „Gehen wir."

Er führte sie in ein angrenzendes Zimmer. Zwei Agenten folgten ihnen und stellten sich zu beiden Seiten der Tür auf. Der Raum war als Arbeitszimmer eingerichtet. Ein Schreibtisch aus dunklem Holz, Ledersessel und Bücher. Armstrong schloss die Tür und setzte sich hinter den Schreibtisch, Reacher und Frances nahmen in den Sesseln Platz.

„Hier können wir ganz vertraulich miteinander reden", sagte Armstrong.

„Und am Ende werden wir wohl darin übereinstimmen, dass die Angelegenheit auch vertraulich bleiben sollte", sagte Reacher.

„Um was geht es?"

„Stuyvesant brachte uns verschiedene Grundregeln bei. Ich setze sie jetzt erstmals außer Kraft. Der Secret Service hat fünf an Sie gerichtete Drohbriefe abgefangen. Der erste kam vor drei Wochen mit der Post. Alle Mitteilungen trugen als Unterschrift einen Daumenabdruck. Wir haben festgestellt, dass er von einem alten Mann aus Kalifornien stammt. Man hatte seinen Daumen abgetrennt und wie einen Stempel verwendet."

Armstrong erwiderte nichts.

„Die zweite Mitteilung lag in Stuyvesants Büro. Es stellte sich heraus,

AUS DEM HINTERHALT 455

dass sie von einem Überwachungstechniker namens Nendick dort deponiert worden war. Man hat seine Frau entführt und ihn auf diese Weise unter Druck gesetzt. Nendick hatte bei seiner Vernehmung solche Angst, sie zu gefährden, dass er in ein Koma fiel."

Armstrong schwieg weiterhin.

„Ein Behördenmitarbeiter namens Swain, der Forschungstätigkeiten nachgeht, hatte einen bedeutsamen Einfall. Er merkte, dass Nendick selbst auch eine Nachricht darstellen soll. Dadurch erhöhte sich die Zahl der Mitteilungen auf sechs. Zählt man den Mann dazu, dessen Daumen entfernt wurde, kommt man auf sieben. Außerdem gab es am Dienstag zwei Morde, welche die achte und neunte Mitteilung darstellten. Als Demonstration wurden in Minnesota und Colorado zwei Männer umgebracht, die ebenfalls Armstrong hießen und deren Vornamen mit Br begannen."

„Mein Gott!", entfuhr es dem Vizepräsidenten.

„Es gab also neun Mitteilungen", fuhr Reacher fort. „Mit diesen wollte man Ihnen zusetzen, aber Sie wussten ja gar nichts davon. Dann kam ich auf den Gedanken, dass wir immer noch nicht richtig gezählt hatten. Meiner Meinung nach gab es mindestens zehn Mitteilungen."

„Was wäre die zehnte?"

„Da muss was durchgeschlüpft sein. Ich vermute, es traf ganz am Anfang ein, bevor der Secret Service auf die Sache aufmerksam wurde. Es könnte eine Art Ankündigung gewesen sein, die nur Sie verstanden haben. Ich glaube, Sie wissen genau, wer dahinter steckt und was für ein Motiv vorliegt."

„Das ist eine ungeheuerliche Unterstellung!"

Reacher beugte sich vor. „Bestimmte Fragen tauchten überhaupt nie auf. Wenn ich irgendwo Truthahn servieren würde und plötzlich Schüsse fielen und jemand verbluten würde, der mir das Leben gerettet hat, dann würde ich früher oder später fragen: Wer zum Teufel war das? Was wollen die erreichen? Sie haben diese Fragen aber nicht gestellt. Dafür gibt es nur eine Erklärung: Sie kannten die Antwort bereits."

Armstrong schwieg wieder.

„Und jetzt haben Sie wohl Schuldgefühle. Deshalb waren Sie auch bereit, im Fernsehen die Erklärung abzugeben. Und deshalb wollen Sie unbedingt am Gottesdienst teilnehmen."

„Ich bin Politiker. Da hat man hunderte von Feinden."

„Hier geht es nicht um Politik. Es ist was Persönliches. Ihr politischer Gegner ist ein Sojabohnenbauer aus North Dakota, den Sie um zehn

456

Cents die Woche ärmer gemacht haben, weil Sie bestimmte Zuschüsse kürzen ließen. Aber darum geht es hier nicht."

Armstrong schwieg weiterhin.

„Ich bin kein Dummkopf", sagte Reacher. „Ich bin wütend, weil ich zuschauen musste, wie eine Frau verblutete, die ich gern hatte."

„Ich bin auch kein Dummkopf", entgegnete Armstrong.

„Doch, ich glaube schon. Irgendetwas aus der Vergangenheit hat Sie eingeholt, und Sie meinen, Sie könnten es einfach ignorieren und unbeirrt weitermachen." Er hielt kurz inne. „Ich glaube, Sie haben Probleme mit Ihrem Temperament. Wie Ihr Vater. Bevor Sie gelernt haben, sich zu beherrschen, mussten verschiedene Leute darunter leiden. Manche haben es vergessen, andere nicht. Ich vermute, da war jemand, der es verdrängt hatte. Dann schaltete er eines Tages den Fernseher an und erblickte nach dreißig Jahren wieder Ihr Gesicht."

„Wie weit ist das FBI dabei vorangekommen?", fragte Armstrong.

„Sie tappen im Dunkeln. Jagen Tätern hinterher, die es gar nicht gibt. Wir sind ihnen weit voraus."

„Welche Absichten verfolgen Sie?"

„Ich werde Ihnen helfen. Obwohl Sie's nicht verdient haben. Es wird ein ganz zufälliges Nebenprodukt sein bei meinem Eintreten für Nendick und dessen Frau, für einen alten Mann namens Andretti, zwei Männer namens Armstrong, für Crosetti und insbesondere für Mary Ellen Froelich, die die Freundin meines Bruders war."

„Wird das auch wirklich vertraulich bleiben?"

„Zwangsläufig. In meinem eigenen Interesse."

„Das hört sich an, als wollten Sie drastische Maßnahmen ergreifen."

Reacher nickte. „Wer mit dem Feuer spielt, wird sich verbrennen."

Ein langes Schweigen folgte. Man merkte, wie bei Armstrong der Politiker in den Hintergrund trat und der Mensch zum Vorschein kam.

„Sie liegen in vieler Hinsicht falsch, aber nicht durchweg." Er beugte sich nieder und öffnete eine Schublade. Zog eine gefütterte Versandtasche heraus und warf sie auf den Schreibtisch. „Das kam am Wahltag an. Der Secret Service muss sich ein bisschen gewundert haben, aber er hat es an mich weitergeleitet."

Die Adresse war mit der bekannten Schrift auf eines der vertrauten selbstklebenden Etiketten gedruckt. Die Sendung war am 28. Oktober irgendwo in Utah aufgegeben worden. Reacher schaute hinein. Dann hielt er die Versandtasche so, dass Frances ebenfalls hineinsehen konnte.

Außer einem Miniatur-Baseballschläger, wie man sie als Souvenir kaufen konnte, befand sich nichts darin. Der Schläger war angesägt und an dieser Stelle abgeknickt.

„Ich habe kein Problem mit meinem Temperament", erklärte Armstrong. „Sie haben allerdings Recht: mein Vater schon. Wir wohnten in einem Städtchen in Oregon, in dem die Holzverarbeitung im Vordergrund stand. Meiner Mutter gehörte die Apotheke, meinem Vater ein Holzhandel. Man hatte das Gefühl, im Wilden Westen zu sein. Es ging ein wenig gesetzlos zu, aber richtig schlimm war es nicht. Ich war damals 18. Mein Studium sollte bald beginnen, und ich verbrachte die letzten Wochen in meinem Elternhaus. Meine Schwester war verreist. Am Tor hatten wir einen Briefkasten, der wie eine kleine Sägemühle aussah. Mein Vater hatte ihn selbst gebastelt. Im Jahr zuvor war der Briefkasten an Halloween zertrümmert worden, als Jugendliche mit Baseballschlägern unterwegs gewesen waren und sich die üblichen Streiche erlaubt hatten. Mein Vater hörte, wie es passierte, und nahm die Verfolgung der Täter auf, aber er bekam sie nicht richtig zu Gesicht. Daraufhin baute er einen neuen, robusteren Briefkasten und hütete ihn wie seinen Augapfel. Es wurde schon fast zur Besessenheit. Manchmal bewachte er ihn nachts."

„Und die Jugendlichen tauchten erneut auf", warf Frances ein.

„Im Spätsommer. Es waren zwei, in einem Kleinlaster und mit einem Baseballschläger. Ich kannte sie vom Sehen. Sie waren Brüder, glaube ich. Richtig harte Burschen, Rabauken aus der Umgebung. Die Sorte, mit der man nicht in Berührung kommen wollte. Als sie den ersten Schlag auf den Briefkasten landeten, lief mein Dad zu ihnen hinaus. Es kam zu einem Wortwechsel. Sie verhöhnten und bedrohten ihn und sagten schlimme Dinge über meine Mutter. ‚Hol sie raus, damit wir sie mit dem Schläger mal ordentlich beglücken können!', riefen sie. Es kam zu einer Auseinandersetzung. Mein Dad landete zwei Glückstreffer und siegte. Vielleicht half ihm auch seine militärische Ausbildung. Dabei war der Schläger auseinander gebrochen. Er schleppte die Burschen auf den Hof, holte ein paar Ketten und Vorhängeschlösser und fesselte sie so an einen Baum, dass die beiden einander gegenüber am Stamm knieten. Mein Vater war außer sich. Die Wut hatte ihn völlig übermannt, und er drosch mit dem zerbrochenen Schläger auf sie ein. Ich versuchte vergeblich, ihn aufzuhalten. Dann sagte er, jetzt werde er *sie* mit dem Schläger beglücken, und zwar mit dem abgebrochenen Ende, wenn sie ihn nicht sofort um Gnade anflehten. Und da bettelten sie ihn an, er solle sie verschonen." Er machte eine Pause. „Ich war die ganze Zeit dabei und versuchte nur, meinen Vater zu beruhigen. Die beiden meinten jedoch,

458

dass ich mit von der Partie sei, dass ich zuschaute, wie sie völlig gedemütigt wurden. Ich glaube, das ist das Schlimmste, was man einem Rabauken antun kann. In ihren Augen stand tiefer Hass. Auf mich. Das sollte wohl heißen: Du hast das mit angesehen, und deshalb musst du sterben."

„Was passierte dann?", fragte Frances.

„Mein Vater sagte, er werde sie die Nacht über am Baum lassen und am Morgen weitermachen. Dann gingen wir zu Bett. Eine Stunde später schlich ich nach draußen. Ich wollte die beiden freilassen. Sie hatten sich aber schon irgendwie losmachen können und waren verschwunden. Sie kamen nicht wieder, und ich habe sie nie mehr zu Gesicht bekommen."

„Und Ihr Vater verstarb wenig später."

„Ja. Er hatte Probleme mit dem Blutdruck. An diese Typen dachte ich nicht mehr, aber völlig vergessen habe ich sie nicht. Der Ausdruck in ihren Augen blieb mir immer in Erinnerung. Es war wirklich abgrundtiefer Hass. Als die Sendung eintraf, war ich gar nicht verwundert, obwohl die Sache fast 30 Jahre zurückliegt."

„Kannten Sie die Namen der beiden?", fragte Reacher.

Armstrong schüttelte den Kopf. „Ich wusste nicht viel über sie. Nur, dass sie in einem Nachbarort wohnten. Was haben Sie vor?"

„Ich weiß, was ich am liebsten täte. Ich würde Ihnen am liebsten beide Arme brechen. M. E. Froelich wäre nämlich noch am Leben, wenn Sie den Mund aufgemacht hätten. Herrgott noch mal, warum haben Sie geschwiegen?"

„Weil ich keine Ahnung hatte, dass es ernst gemeint war. Wirklich nicht, glauben Sie mir. Ich nahm an, dass es mich an den Vorfall erinnern oder durcheinander bringen sollte. Ein schlechter Scherz. Ich bin jetzt 30 Jahre älter, und die beiden sind es auch. Ich bin ein vernünftig denkender Erwachsener, und das Gleiche nahm ich von ihnen auch an. Ich konnte mir nicht vorstellen, dass da irgendwelche Gefahren lauern könnten. Ich hielt es vielleicht nicht ganz für ausgeschlossen, dass es irgendein harmloses Nachspiel geben würde. Aber dann kam nichts, jedenfalls soweit ich wusste, denn man teilte mir ja nichts mit. Bis jetzt. Warum hat mich Stuyvesant nicht informiert? Ich hätte ihm die ganze Geschichte erzählen können, wenn er mich nur danach gefragt hätte." Er breitete die Hände aus. „Das also ist mein dunkles Geheimnis. Nicht, dass ich vor dreißig Jahren irgendetwas verbrochen hätte, sondern dass ich mir vor drei Wochen nicht vorstellen konnte, was auf diese Sendung alles folgen würde."

Einen Moment lang herrschte Stille in dem Raum. Dann fragte Armstrong: „Soll ich's Stuyvesant jetzt erzählen?"

„Das liegt bei Ihnen", antwortete Reacher.

Der Politiker kam wieder zum Vorschein. „Ich möchte es ihm lieber nicht mitteilen. Verschiedene Menschen hatten darunter zu leiden, einige sind zu Tode gekommen. Man wird es uns beiden als schlimmen Fehler ankreiden."

Reacher nickte. „Also, dann überlassen Sie's uns. Sie werden unser Geheimnis kennen und wir das Ihre."

„Und wir werden alle froh und glücklich weiterleben."

„Jedenfalls werden wir weiterleben."

„Wie heißt denn das Städtchen?", wollte Frances wissen.

„Underwood", antwortete Armstrong. „Meine Mutter lebt noch dort, und ich reise in einer Stunde dorthin. In die Höhle des Löwen. Sie sagten ja voraus, dass sie nach Hause gehen und warten würden."

„Nur keine Bange", beruhigte ihn Reacher. „Ich nehme an, die beiden rechneten damit, dass Sie sich an sie erinnern würden, und wollten nicht, dass Sie ihnen den Secret Service ins Haus schickten. Von Ihrem gegenseitigen Versteckspiel mit Stuyvesant konnten sie ja nichts wissen. Deshalb sind sie weggezogen. Und sie hätten ihre Identität nicht mit dem kleinen Baseballschläger enthüllt, wenn sie noch in Oregon leben würden."

„Wie wollen Sie die beiden dann ausfindig machen?"

„Das können wir gar nicht. Sie werden zu uns kommen. Bei dem Gedenkgottesdienst."

„Ich werde ebenfalls dort sein. Mit einem Minimum an Personenschutz. Aber ich kann den Besuch des Gottesdienstes nicht absagen. Das wäre nicht recht."

„Das wäre es in der Tat nicht. Sie können nur hoffen, dass alles vorbei ist, bevor Sie eintreffen." Reacher stand auf. „Zum Schluss noch was: Wir glauben, dass diese Burschen jetzt Polizisten sind."

Armstrongs Miene verfinsterte sich. Er schien sich an etwas zu erinnern, das weit zurücklag. „Ich habe es damals nicht genau gehört. Ich glaube aber, die beiden behaupteten irgendwann, ihr Vater sei Polizist. Sie drohten damit, dass er uns große Schwierigkeiten machen könne."

DIE AGENTEN geleiteten Reacher und Frances hinaus. Die beiden gingen durch das Segeltuchzelt und traten auf die Straße, wo sie sich nach Osten wandten und zur U-Bahn aufmachten. Es war spät am Morgen, und die

Luft war klar und kalt. Frances öffnete den Umschlag, den Stuyvesant ihr gegeben hatte. Er enthielt einen Scheck über 5000 Dollar. In Reachers Umschlag steckten zwei Schecks. Der eine, der sich ebenfalls auf 5000 Dollar belief, stellte das Honorar dar, mit dem anderen wurden seine Auslagen bis auf den letzten Cent erstattet.

„Wir sollten einkaufen gehen", schlug Frances vor. „In diesem Aufzug können wir in Wyoming nicht auf die Jagd gehen."

„Ich möchte nicht, dass Sie mich begleiten", gab Reacher zurück.

10

Ihren anschließenden Streit trugen sie mitten auf der Straße aus.

„Machen Sie sich etwa Sorgen um meine Sicherheit?", fragte Frances. „Das brauchen Sie nicht. Ich kann selbst auf mich aufpassen."

„Darüber mache ich mir keine Sorgen."

„Worüber dann? Über meine Leistungen? Ich bin ein ganzes Stück besser als Sie."

„Über Ihre Lizenz. Sie haben was zu verlieren. Außerdem haben Sie ein Büro, einen Job und ein Zuhause. Ich werde verschwinden, wenn alles vorbei ist. Sie können das nicht."

„Wenn ich ein Problem hätte, würden Sie mir nicht auch helfen?"

„Durchaus, wenn Sie mich darum bitten würden. Es ist nur so: Ich bitte Sie nicht darum."

„Das werden Sie schon noch. Sie sind mehr als 3000 Kilometer von Wyoming entfernt und haben keine Kreditkarte, mit der Sie ein Flugticket kaufen können. Ich schon. Sie sind mit einem Klappmesser bewaffnet, das eine sieben Zentimeter lange Porzellanklinge hat, und ich kenne einen Typ in Denver, der uns jede gewünschte Waffe liefern kann. Ich kann dort für den Rest des Weges auch einen Wagen mieten, Sie aber nicht."

Sie gingen weiter. Zwanzig Meter. Dreißig.

„Also gut", brummte Reacher. „Ich bitte Sie darum."

KURZ vor fünfzehn Uhr Ortszeit trafen sie in Denver ein. Um sie herum erstreckten sich die gelbbraunen, stillen Hochflächen. Frances mietete einen schwarzen Yukon-Geländewagen, mit dem sie in die Stadt fuhren und einen Laden ausfindig machten, der Freizeitartikel aller Art führte.

AUS DEM HINTERHALT 461

Sie kauften ein Fernrohr für Vogelkundler und eine Wanderkarte für den mittleren Teil von Wyoming. Dann gingen sie zu den Kleiderständern. Frances entschied sich für ein strapazierfähiges Outfit in Grün- und Brauntönen. Reacher ergänzte seine in Atlantic City erworbene Ausstattung durch ähnliche Kleidungsstücke, die doppelt so teuer, aber auch von weit besserer Qualität waren. Er fügte einen Hut und ein Paar Handschuhe hinzu und zog sich in der Anprobekabine um. Den letzten Anzug von Joe stopfte er in den Abfalleimer.

Als Frances am Straßenrand eine Telefonzelle entdeckte, machte sie einen kurzen Anruf. Im Anschluss fuhren sie durchs Zentrum zu einem zweifelhaften Stadtteil und gelangten über eine schmale Straße in eine Art Industriegebiet. In einer abgelegenen Ecke befand sich ein langes, niedriges Gebäude mit einem geschlossenen Rolltor und einem handgeschriebenen Schild, auf dem MECHANIKERWERKSTATT EDDIE BROWN stand.

„Ist das unser Mann?", fragte Reacher.

Frances nickte. „Was brauchen wir?"

„Was Kurzes und was Langes für jeden sowie passende Munition."

Frances hielt vor dem Rolltor an und drückte auf die Hupe, worauf in einem Personalausgang ein hünenhafter Mann erschien. „Das ist Eddie", erklärte Frances. Er winkte ihnen zu und verschwand wieder. Kurz darauf bewegte sich das große Tor nach oben. Frances fuhr hinein, und das Tor schloss sich hinter ihnen.

Eddie zog an einem zusammengeschweißten Haufen Schrott, der sich als Tarnung einer Stahlplatte entpuppte, mit der er ebenfalls verschweißt war. Das ganze Konstrukt schwang in gut geölten Angeln wie eine riesige dreidimensionale Tür auf. Eddie führte seine Besucher in das geheime Lager.

Auf allen vier Seiten befanden sich Regale und Ständer. An drei Wänden lagerten Handfeuerwaffen auf den Regalen. Manche waren in Kartons verpackt, andere lagen offen da. Die Ständer waren mit langläufigen Waffen voll gepackt, mit Gewehren, Karabinern, Schrotflinten und Maschinengewehren. An der vierten Wand waren Munitionskartons aufgereiht.

„Nehmen Sie, was Sie brauchen", sagte Eddie.

„Was besagen die Seriennummern?"

„Sie führen zum österreichischen Heer. Dann verliert sich die Spur."

Zehn Minuten später befanden sie sich mit dem Yukon wieder auf der Straße. Im Kofferraum hatte Reacher seine neue Jacke sorgfältig ausgebreitet. Sie verdeckte zwei Selbstladepistolen vom Typ Steyr GB Kaliber neun Millimeter, eine Heckler & Koch MP 5 ohne Schalldämpfer, ein M-16-Gewehr und Munitionskartons mit 200 Schuss für jede Waffe.

NACH Einbruch der Dunkelheit erreichten sie Wyoming. In Cheyenne bogen sie links ab und fuhren auf der Interstate 80 nach Westen bis Laramie, von dort nach Norden. Grace war immer noch fünf Stunden entfernt. Der Karte war zu entnehmen, dass es völlig ab vom Schuss ein ganzes Stück hinter Casper zwischen hohen Bergen und endlosem Grasland eingebettet lag.

„In Medicine Bow halten wir an", beschloss Reacher.

Dort gab es ein Motel, das Zimmer frei hatte. Frances übernahm die Bezahlung. Sie fanden ein Steakhouse und verzehrten gewaltige Rumpsteaks, die weniger kosteten als ein Drink in Washington. Dann wünschten sie sich eine gute Nacht und gingen auf ihre Zimmer.

AM SAMSTAG wachte Reacher um vier Uhr morgens auf. Frances duschte und sang dazu; er konnte es durch die Wand hören. Er stand auf, ging ebenfalls unter die Dusche, zog sich an und traf Frances beim Auto. Es war immer noch stockdunkel und sehr kalt. Aus Westen wehten Schneeflocken heran.

Nach einstündiger Fahrt in Richtung Norden fragte Frances: „Sind Sie immer noch überzeugt, dass die beiden Männer Polizisten sind?"

Reacher nickte. „Nur so erhält alles eine bestimmte Logik – die Kontaktaufnahme mit Nendick und Andretti in den Bullenkneipen, die Vertrautheit mit dem NCIC, der Zugang zu Waffen staatlicher Dienststellen. Nicht zu vergessen, wie sie überall Zugang bekamen. Mit einer goldenen Dienstmarke kommt man überallhin. Aber wissen Sie, was die Sache ganz eindeutig macht? Wir hätten schon längst drauf kommen müssen: die Ermordung der beiden Armstrongs. Wie findet man zwei Weiße mit blonden Haaren und blauen Augen, die die passenden Vor- und den identischen Nachnamen haben? Es gibt nur eine praktikable Möglichkeit: die landesweite Datenbank des Amts für Verkehrsangelegenheiten. Und da hat niemand Zugang außer Polizisten."

„Also gut, sie sind welche", stimmte Frances zu. „Aber dann hätte ihnen Armstrong doch längst ein Begriff sein müssen, oder nicht?"

„Wieso denn? Wie andere Leute kennen auch Polizisten nur ihre eigene kleine Welt. Wer auf einer ländlichen Polizeiwache in Florida oder

AUS DEM HINTERHALT 463

Maine Dienst schiebt, braucht einen Senator aus North Dakota nicht zu kennen."

„Glauben Sie wirklich, dass Florida oder Maine infrage kommen?"

„Nein. Aber Kalifornien halte ich für eine Möglichkeit. Und Nevada. Idaho auch. Alles andere ist zu weit entfernt."

„Wie meinen Sie das?"

„Es muss von Sacramento aus einigermaßen erreichbar sein. Wie lange kühlt ein gestohlener Eisbehälter? Ich glaube, sie halten sich eine ganze Tagesfahrt von Sacramento entfernt auf. Was bedeutet, dass sie auch von hier eine ganze Tagesfahrt entfernt sind, nur in die andere Richtung. Deshalb gehe ich davon aus, dass sie auf dem Landweg kommen werden und bis an die Zähne bewaffnet sind."

„Wann?"

„Heute, wenn sie halbwegs vernünftig sind."

„Wie werden sie vorgehen?"

„Sie wollen am Leben bleiben und können mit einem Gewehr umgehen. Sie werden wohl versuchen, ihn am Eingang der Kirche zu erwischen."

„Und was wollen wir unternehmen?"

„Wir müssen zuerst das Gelände sondieren."

Am Rand von Casper hielten sie an, um zu tanken und Kaffee zu trinken. Dann setzte sich Reacher ans Lenkrad. Er fuhr schnell, weil sie spät dran waren. Im Osten dämmerte der Morgen, und sie waren noch ein ganzes Stück von Grace entfernt. Der Himmel wies mittlerweile eine wunderschöne Rosafärbung auf. Das Licht fiel in hellen, horizontalen Strahlen über das Land und erleuchtete die Berghänge im Westen.

„Wir müssen Richtung Thunder Basin abbiegen", sagte Frances.

Reacher zweigte vom Highway auf eine kleine, schmale Landstraße ab. Grasflächen zogen sich endlos nach Osten hin.

„Das Gelände sieht topfeben aus." Reacher wusste aber, dass dem nicht so war. Die Bodenfalten und Verwerfungen, die er in der tief stehenden Sonne erkannte, waren alles andere als flach, auch wenn sie natürlich nicht mit den Bergen zur Linken mithalten konnten.

„Für uns ist es doch günstig, wenn es völlig flach ist", meinte Frances.

„Jedenfalls dann, wenn wir eine kleine Anhöhe oder was Ähnliches finden, von wo aus wir alles im Blick haben."

Sie fuhren weiter. Am Himmel waren keine Schneeflocken mehr zu sehen.

„Jetzt abbiegen", sagte Frances.

„Hier?" Reacher hielt an. Die abzweigende Straße war völlig unbefestigt. „Die soll in einen Ort führen?"

„Der Karte nach schon."

Sie setzten die Fahrt fort. Vierzig Kilometer, auf denen die Straße bergauf und bergab führte. Dann erreichten sie einen Scheitelpunkt. Vor ihnen dehnte sich das Land in einer achtzig Kilometer breiten Senke voller Gras und Salbei aus. Wie ein schwacher Bleistiftstrich verlief die Straße in gerader Linie nach Süden und überquerte am tiefsten Punkt einen Fluss. Zwei weitere Straßen führten von irgendwoher zu der Brücke. Das Ganze sah aus wie ein großes K. Wo seine drei Linien zusammentrafen, gab es schwache Besiedelung.

„Das ist Grace", sagte Frances. „Wo diese Straße den südlichen Nebenarm des Cheyenne River überquert."

Reacher brachte den Yukon zum Stehen. „Wie viele Zufahrten?"

Frances fuhr mit dem Finger über die Karte. „Nur auf dieser Straße von Norden und Süden. Die beiden anderen führen nicht weiter."

„Aus welcher Richtung werden sie wohl kommen?"

„Aus südlicher, wenn sie aus Nevada, aus nördlicher, wenn sie aus Idaho kommen. Könnte aber auch sein, dass sie schon da sind."

Eines der Gebäude war ein winziger weißer Klecks in einem grünen Quadrat. Vermutlich die Kirche. Reacher stieg aus, ging zur Heckklappe und kam mit dem Fernrohr zurück. Er legte es auf die offene Tür, drückte es ans Auge und stellte es ein, bis der Ort nur noch einen Kilometer entfernt zu sein schien. Der Fluss war ein schmaler Einschnitt, die Brücke darüber aus Stein. Die Straßen waren alle unbefestigt. Die Kirche stand im unteren Dreieck des K auf einem gemähten Gelände, das mit Grabsteinen übersät war.

Südlich des Friedhofs befand sich ein Zaun, und dahinter stand eine Ansammlung zweigeschossiger Gebäude aus verwittertem Zedernholz. Nördlich der Kirche sah es ähnlich aus: Wohnhäuser, Geschäfte, Scheunen. Geparkte Autos. Passanten. Alles in allem mochten dort ein paar hundert Menschen wohnen.

Er reichte Frances das Fernrohr.

„Sie werden im Süden in Position gehen", sagte sie, nachdem sie eine Weile hindurchgesehen hatte. „Vor dem Gottesdienst wird sich das gesamte Geschehen südlich der Kirche abspielen. Im Abstand von hundert Metern gibt es einige Scheunen und natürliche Deckung."

„Wie werden sie anschließend verschwinden?"

„Sie werden damit rechnen, dass die für hier zuständige Ortspolizei

AUS DEM HINTERHALT 465

aus Casper im Norden und Süden Straßensperren errichtet. Vielleicht würden sie mit ihren Dienstmarken durchkommen, aber sie werden sich nicht darauf verlassen. Hier gibt es viel weniger Menschen als an den Orten, an denen sie bisher zugeschlagen haben."

„Also wie?"

„Ich weiß, wie ich es machen würde. Ich würde mich überhaupt nicht um die Straße kümmern, sondern in westlicher Richtung ins Grasland verschwinden. Mit einem Fahrzeug mit Allradantrieb käme ich nach 60 Kilometern durch offenes Gelände zum Highway. Und ich bezweifle, dass die Polizei von Casper über einen Hubschrauber verfügt, um die Verfolgung aufzunehmen."

„Auf dem Highway würde aber die Verkehrspolizei im Norden und Süden Position beziehen."

„Das würde ich einkalkulieren. Deshalb würde ich den Highway einfach überqueren und weiter durch die Pampa fahren. Westlich des Highways zieht sich ein riesiges unbesiedeltes Gebiet hin, das von Casper bis zur Wild River Reservation reicht. Dort gibt es nur eine einzige Straße. Bis man von irgendwo einen Hubschrauber herbeigerufen und die Suche eingeleitet hätte, wäre ich längst verschwunden."

Reacher kletterte wieder auf den Fahrersitz. „An die Arbeit."

Die Brücke schien den geographischen Mittelpunkt von Grace zu bilden. Auf dem kleinen Platz davor gab es einen Gemischtwarenladen mit einer Postfiliale und einer Frühstückstheke, einen Futtermittelvertrieb und eine Eisenwarenhandlung.

„Wo sollen wir uns aufhalten?"

„Dort drüben." Frances zeigte auf ein schlichtes Gebäude aus rotem Zedernholz, vor dem ein Schild mit der Aufschrift Saubere Zimmer stand. „Fahren wir nach Süden Richtung Kirche, damit wir einen Überblick bekommen", schlug sie vor.

Die Straße führte an der Kirche und dem Friedhof vorbei. Es folgte die Ansammlung der Gebäude aus Zedernholz, dann kamen ungefähr 30 kleine Häuser. Dahinter war der Ort zu Ende. Vor ihnen lag nichts als Grasland. Das Gelände war aber nicht flach. Es gab bis zu vier Meter tiefe Erdspalten, deren kantige Ränder über zehntausende von Jahren hinweg von Wind und Wetter abgeschliffen worden waren. Das Gras selbst war einen Meter hoch, braun und ausgedörrt.

„Hier könnte man eine ganze Infanteriekompanie verstecken", sagte Frances.

Als Reacher den westlichen Horizont betrachtete, sah er graue Wolken, die sich über den fernen Bergen zusammenballten. „Es wird Schnee geben."

Er wendete, fuhr zur Kirche zurück und parkte beim Friedhof. Die Kirche glich der in Bismarck. Sie hatte das gleiche steile Dach und den gleichen gedrungenen viereckigen Turm.

„Von hier aus können wir nichts sehen." Frances hatte Recht. Die Kirche stand ganz unten im Grund der Flußniederung. „Sie können auftauchen, ohne dass wir das Geringste merken. Wir müssen in der Lage sein, sie kommen zu sehen."

Reacher nickte.

Er öffnete die Tür und stieg aus. Frances tat es ihm gleich, und gemeinsam gingen sie über den Friedhof auf die Kirche zu. Am Ende einer Reihe von verwitterten Grabsteinen war mit Band der Platz für eine neue Grabstelle markiert worden. Reacher machte einen Abstecher, um es sich genauer anzusehen. Vier Froelich-Gräber nebeneinander, und bald würde es ein fünftes geben.

Er kehrte zu Frances zurück und schaute sich prüfend um. „Wir nehmen den Turm. Die Pension brauchen wir nicht, wir halten uns hier auf. So können wir sie bei Tag und Nacht kommen sehen. Wenn Stuyvesant und Armstrong eintreffen, wird alles längst vorüber sein."

Als sie noch wenige Meter von der Kirchentür entfernt waren, ging diese auf, und ein Geistlicher trat ins Freie, gefolgt von einem etwa sechzigjährigen Ehepaar. Der Mann war groß, hatte aber einen krummen Rücken. Die Frau sah immer noch gut aus, war etwas mehr als mittelgroß, schlank und sorgfältig gekleidet. Reacher wusste sofort, wen er vor sich hatte. Und er schien der Frau ebenfalls bekannt vorzukommen. Sie blieb stehen und starrte ihn an.

„Sind Sie's?" Ihr Gesicht sah angespannt und müde aus.

„Ich bin sein Bruder. Ich möchte Ihnen mein Beileid aussprechen."

„Das sollten Sie auch. Weil Joe an allem schuld ist."

„Tatsächlich?"

„Er brachte doch Mary Ellen dazu, die Stelle zu wechseln. Er wollte nicht mit einer Kollegin liiert sein, und da blieb ihr nichts anderes übrig. Und wozu das geführt hat, sehen Sie jetzt."

„Die neue Aufgabe gefiel ihr aber recht gut, glaube ich. Sie hätte sich wieder zurückversetzen lassen können, als die beiden sich getrennt haben, doch das wollte sie nicht."

„Kommt er her?"

„Nein."

„Gut. Denn er wäre hier nicht willkommen."

Sie ging auf die Straße zu. Der Geistliche folgte ihr, ihr Mann zunächst ebenfalls. Doch dann wandte er sich um.

„Sie weiß eigentlich, dass Joe nicht schuld daran ist", sagte er. „Wir wissen beide, dass Mary Ellen immer ihren Willen durchgesetzt hat."

„Sie war ganz hervorragend. Die Beste, die sie je hatten."

Mr Froelich zeigte den Anflug eines Lächelns. „Wie geht's Joe?"

„Er ist vor fünf Jahren in Ausübung seines Dienstes gestorben."

„Das tut mir sehr Leid."

„Aber sagen Sie Ihrer Frau nichts davon. Vielleicht ist es besser, wenn sie das nicht erfährt."

Mr Froelich nickte und ging seiner Frau nach.

„Sehen Sie, auch Sie sind nicht an allem schuld", sagte Frances mit leiser Stimme.

Bei der Kirchentür gab es ein Brett für Bekanntmachungen, an dem die hastig getippte Nachricht befestigt war, dass der Achtuhrgottesdienst am kommenden Sonntag dem Gedenken an Mary Ellen Froelich gewidmet sei.

Reacher schaute auf seine Uhr. „Noch 22 Stunden. Wir sollten mit den Vorbereitungen beginnen."

Sie fuhren den Yukon an die Kirche heran und öffneten die Heckklappe. Sie beugten sich beide hinein und luden alle vier Waffen. Dann nahm jeder eine Steyr. Frances griff zusätzlich nach der H & K und Reacher nach der M 16. Am Ende teilten sie auch die Ersatzmunition auf.

„Ist es okay, bewaffnet in eine Kirche zu gehen?", fragte Frances.

„In Texas ist es okay. Und hier ist's vermutlich obligatorisch."

Sie zogen die Eichentür auf und traten ein. Alles ähnelte der Kirche in Bismarck. Sogar die gleiche Treppe. Sie stiegen bis zum letzten Absatz hinauf und sahen dort die gleiche an der Wand befestigte Leiter und darüber eine Falltür.

„Willkommen daheim", murmelte Reacher und stieg die Leiter voran.

Der Glockenraum war jedoch anders als der in Bismarck. Hier war noch eine Uhr mit zwei Zifferblättern installiert, die beide von einem laut tickenden Uhrwerk gesteuert wurden. Es befand sich in einem Kasten, der auf Eisenträgern direkt über die Glocken montiert worden war. Die Zifferblätter hatte man in zwei der Öffnungen angebracht, die zuvor als Schallschlitze gedient hatten.

„Nach Osten und Westen sehen wir nichts", stellte Reacher fest.

468

„Norden und Süden genügen uns. So verläuft die einzige Zufahrtsstraße", erwiderte Frances.

„Stimmt. Sie nehmen den Süden." Geduckt ging er unter den Dach-
balken und Eisenträgern hinweg zu der Öffnung, die nach Norden wies.
Er hatte eine hervorragende Sicht.

Das Uhrwerk verbreitete sein Tick-tack-tick-tack im Sekundentakt.
Reacher fragte sich, ob es ihm den Verstand rauben würde, bevor es ihn
eingeschläfert hatte. Dann machte er es sich bequem und wartete.

11

Die Luft war kalt, und zwanzig Meter über dem Boden
verwandelte sich die Brise in einen Wind. Er pfiff
durch die Öffnungen herein und stach Reacher in die Augen, sodass sie
tränten. In den vergangenen zwei Stunden hatten sie nichts zu Gesicht
bekommen und außer dem Ticken der Uhr nichts gehört.

„Da ist was!", rief Frances plötzlich. „Ein Fahrzeug, glaube ich."

Reacher griff nach dem Fernrohr. „Hier!"

Sie fing es mit einer Hand und presste es ans Auge. „Es könnte sich
um einen Chevy Tahoe handeln. Gold metallic."

Reacher schaute wieder nach Norden. Die Straße lag verlassen da,
und er hatte sie über zehn Kilometer hinweg im Blick. Er konnte es sich
also erlauben, seinen Posten kurz zu verlassen. So kroch er zu Frances
hinüber und sah auf der Straße einen winzigen goldenen Fleck, etwa
acht Kilometer entfernt. Frances reichte ihm das Fernrohr, aber da sich
die Sonne auf der Windschutzscheibe spiegelte, war nicht zu erkennen,
wer in dem Wagen saß.

„Warum scheint die Sonne noch? Ich dachte, es würde schneien."

„Schauen Sie mal nach Westen", empfahl Frances ihm.

Er legte das Fernrohr weg, drehte sich seitwärts und drückte die linke
Gesichtshälfte an die Öffnung. Der Himmel war zweigeteilt. Weit im
Westen war er voll schwarzer Wolken, in östlicher Richtung dagegen
hell und dunstig.

„Eine Art Inversionswetterlage", sagte Frances. „Ich hoffe, sie bleibt,
wo sie ist, sonst erfrieren wir hier."

Reacher kroch zu seiner Öffnung zurück.

„Es ist mit Sicherheit ein Chevy Tahoe!", rief Frances ihm hinterher.

AUS DEM HINTERHALT 469

„Das Nummernschild kann ich allerdings nicht erkennen. Es ist zu verschmutzt. Jetzt fährt er ganz langsam. Er kommt immer näher. Gleich fährt er unter uns vorbei."

Reacher spähte hinunter, so gut es ging, als er ein Motorgeräusch hörte. Ein schwerer V 8 mit niedriger Drehzahl. Eine goldene Motorhaube kam in sein Blickfeld, dann ein Dach. Der Geländewagen fuhr unter ihm vorbei, rollte durch den Ort und überquerte die Brücke. Dahinter fuhr er noch etwa hundert Meter langsam weiter, bevor er beschleunigte. Holpernd und schlingernd wurde er immer kleiner, bis er nicht mehr zu sehen war.

„Ich gehe runter und hole die Karte!", rief Reacher Frances zu. „Achten Sie so lange auf beide Seiten. Die Bewegung wird Sie warm halten."

Kalt und steif vor Kälte stieg er hinunter. Ließ Turm und Kirche hinter sich und trat in die schwache Mittagssonne. Humpelte zum Wagen. Mary Ellens Vater stand direkt daneben.

„Ich habe Sie gesucht", sagte Mr Froelich. „Ich habe einen Anruf für Sie von einem Mr Stuyvesant. Er wartet seit zwanzig Minuten in der Leitung." Mit langen, ausgreifenden Schritten ging er voran.

Das Haus der Froelichs war ein weißes Gebäude im Südosten des K. Sie gingen ins Wohnzimmer, wo am Fenster ein altertümlicher Tisch mit dem Telefon und einem Foto stand. Es zeigte Mary Ellen mit ungefähr 18. Sie trug das Haar länger als zuletzt und hatte einen offenen Gesichtsausdruck. Ihr Lächeln war sehr nett, und ihre blauen Augen blickten hoffnungsvoll in die Zukunft.

Reacher hielt sich den Hörer ans Ohr. „Stuyvesant?"

„Reacher? Haben Sie was Erfreuliches für mich?"

„Bis jetzt noch nicht. Kommen Sie per Hubschrauber?"

„So hab ich's vorgesehen. Armstrong ist noch in Oregon. Wir fliegen ihn zu einer Luftwaffenbasis in South Dakota und legen das restliche Stück in einem Helikopter zurück."

Reacher schaute aus dem Fenster. „Die Kirche werden Sie leicht erkennen. Sie landen östlich davon auf der anderen Straßenseite. Armstrong muss dann noch 50 Meter bis zur Kirchentür zurücklegen. Für die unmittelbare Umgebung kann ich jede Garantie übernehmen. Wir werden uns die ganze Nacht über auf dem Kirchturm aufhalten. Was Sie weiter draußen sehen, wird Ihnen jedoch überhaupt nicht gefallen. Nach Süden und Westen gibt es ein 150 Grad breites Schussfeld. Und jede Menge Deckung."

„Das kann ich Armstrong unmöglich zumuten. Und meinen Leuten auch nicht. Sie müssen die Sache vorher bereinigen."

„Das werden wir auch tun, wenn's irgendwie geht."

„Und wie erfahre ich 's? Sie haben keine Funkgeräte, und Handys funktionieren dort draußen nicht."

„Wir haben einen schwarzen Yukon. Im Moment ist er auf der Straße gleich neben der Kirche geparkt. Wenn er bei Ihrem Eintreffen immer noch da steht, kehren Sie um. Armstrong wird das einfach schlucken müssen. Wenn der Wagen aber weg ist, sind wir auch weg. Und wir verschwinden erst dann, wenn wir alles bereinigt haben. Ich habe allerdings nicht vor, hier jemanden festzunehmen."

Schweigen in Washington.

Schließlich räusperte sich Stuyvesant ausgiebig. „Na gut. Ich nehme an, wir werden Sie so oder so nicht wiedersehen. Also, viel Glück."

„Ihnen auch." Als Reacher den Hörer auf die Gabel legte, bemerkte er, wie Mr Froelich ihn vom Durchgang zur Diele beobachtete.

„Die Leute, die meine Tochter umgebracht haben, kommen hierher, stimmt's? Weil Armstrong nach Grace kommt."

„Sie sind vielleicht schon in der Nähe. Haben Sie den goldfarbenen Chevy Tahoe vorbeifahren sehen?"

„Ja. Er fuhr ganz langsam hier vorüber."

„Wer saß drin?"

„Ich konnte nichts erkennen."

„Geben Sie mir Bescheid, wenn Sie hören, dass Fremde im Ort sind."

„Sobald ich was erfahre, melde ich mich bei Ihnen."

„Sie finden uns auf dem Kirchturm."

„Sie sind hier, um Gleiches mit Gleichem zu vergelten, habe ich Recht? Auge um Auge …"

„… und Zahn um Zahn", vollendete Reacher.

„Halten Sie das für richtig?"

„Wie steht's mit Ihnen?"

Mr Froelichs Blick fiel auf das Gesicht seiner 18-jährigen Tochter. „Haben Sie ein Kind?", fragte er.

„Nein", antwortete Reacher.

„Ich auch nicht. Nicht mehr. Und darum ist es auch in meinem Sinn."

REACHER ging zum Yukon zurück und holte die Wanderkarte vom Rücksitz. Dann stieg er wieder auf den Kirchturm hinauf.

„Alles ruhig", meldete Frances ihm über das Ticken der Uhr hinweg.

„Stuyvesant hat mich angerufen, im Haus der Froelichs", berichtete er. „Ist ziemlich in Panik."

Er faltete die Karte auseinander und breitete sie auf dem Boden des Glockenraums aus. Legte den Finger auf Grace. Vier Straßen bildeten ein grobes Quadrat von ungefähr 130 Kilometer Seitenlänge, in dessen Mittelpunkt der Ort lag. Es wurde durch die unbefestigte Straße, die von Norden nach Süden verlief und dabei Grace durchquerte, senkrecht in zwei fast gleich große Hälften zerteilt. Auf der Karte war sie als dünne, grau gepunktete Linie eingezeichnet.

Reacher folgte ihr mit dem Zeigefinger. „Ich glaube, in der ganzen Geschichte der westlichen Vereinigten Staaten ist noch nie ein Mensch einfach durch Grace durchgefahren. Dass der Tahoe es getan hat, muss einen bestimmten Grund gehabt haben."

„Es war eine Erkundungsfahrt. Das waren die Typen."

AM NACHMITTAG verschwand die Sonne allmählich, und die Temperatur sank rapide. Frances vertrat sich die Beine und kehrte mit einer Tüte vom Lebensmittelladen zurück.

„Sie werden nicht wiederkommen", mutmaßte sie, als sie sich etwas zu essen zurechtmachten. „Um hier einen Versuch zu unternehmen, muss man völlig bescheuert sein."

„Ich glaube, sie sind tatsächlich so bescheuert", erwiderte Reacher. „Und sie sind auch schon in der Nähe. Oder beinahe jedenfalls."

„Wo denn?"

„Ich zeig's Ihnen." Er kroch unter dem Uhrwerk hindurch und weiter bis zu der zweiten Leiter, die wie in Bismarck zu einer Falltür aufs Dach führte. Stieg hinauf und drückte die Falltür auf. „Warten Sie, bis ich Platz mache", rief er.

Auf dem Bauch schob er sich auf das Dach hinaus. Auch hier oben war die Konstruktion identisch mit der in Bismarck. Am Rand zog sich eine ein Meter hohe Mauer entlang. Reacher drehte sich auf dem Bauch einmal im Kreis herum, bevor er sich zur Seite schob und Frances nachsteigen ließ.

„Jetzt gehen wir geduckt auf die Knie und schauen nach Westen."

Zusammengekauert knieten sie Schulter an Schulter und spähten in die untergehende Sonne.

Sahen sechzig Kilometer weit nichts als wogendes Gras. Es wirkte wie ein Ozean und leuchtete im Licht des Abends. Sie knieten mehrere Minuten lang da, in denen die Sonne sich langsam auf den Horizont zubewegte. Dann sahen sie es, denn einmal rief die untergehende Sonne in etwa eineinhalb Kilometer Entfernung ein goldenes Glitzern hervor.

472

Das Dach des Tahoe. Das Fahrzeug kroch ganz langsam in östlicher Richtung durch das Grasland und kam über das unebene Gelände direkt auf sie zu.

„Sie waren schlau", sagte Reacher. „Sie haben sich die Karte angeschaut und hatten dieselbe Idee wie Sie – über das offene Gelände nach Westen zu verschwinden. Aber als sie sich den Ort anschauten, merkten sie, dass sie auch auf diesem Weg herkommen mussten."

Die Dämmerung senkte sich endgültig herab. Es war nichts mehr zu erkennen. Sie duckten sich weg und kletterten zurück in den Glockenraum.

„Sie werden wohl so nah rankommen, wie sie sich trauen, und dann abwarten", vermutete Frances.

Reacher nickte. „Sie werden den Tahoe wenden und mit der Schnauze nach Westen in der tiefsten Mulde abstellen, die sie im Abstand von hundert, zweihundert Metern finden können. Dort werden sie darauf warten, dass Armstrong aufkreuzt."

„Bis dahin sind es noch vierzehn Stunden."

„Genau. Wir lassen sie die ganze Nacht über dort draußen sitzen. Wir warten, bis sie ganz steif vor Kälte und übermüdet sind. Die aufgehende Sonne wird ihnen direkt ins Gesicht scheinen. Sie werden uns überhaupt nicht sehen."

Sie versteckten die langläufigen Waffen unter der Bank, die der Kirchentür am nächsten war, und ließen den Yukon stehen, wo er war. Dann nahmen sie in der Pension zwei Zimmer. Es fielen wieder erste Schneeflocken, als sie danach hinüber zum Gemischtwarenladen gingen, um etwas zu essen.

Die Frühstückstheke war abgesperrt, aber die Frau im Laden war gerne bereit, etwas aus der Tiefkühltruhe zu holen und in die Mikrowelle zu legen. Sie schien anzunehmen, dass Reacher und Frances ein Vorauskommando des Secret Service waren. Aus demselben Grund ließ sie wohl auch der Pfarrer bislang so unbehelligt auf dem Turm die Stellung halten. Offenbar wusste hier jedermann, dass Armstrong am Gottesdienst teilnehmen wollte. Die Frau machte einige Fleischpasteten warm, wollte dafür aber kein Geld annehmen.

Wie angekündigt, waren die Zimmer in der Pension sauber. Frances ging mit in Reachers Zimmer, weil sie mit ihm reden wollte. Da es keine anderen Möbel gab, setzten sie sich nebeneinander aufs Bett.

„Wir werden gegen eine vorbereitete Position vorrücken", sagte sie.

„Wir zwei gegen die beiden. Haben Sie plötzlich Bedenken?"

„Es ist nicht einfach."

„Ich könnte das allein erledigen, mit links."

„Wir wissen nichts über sie."

„Aber wir können mal über den Daumen peilen. Der Große aus Bismarck ist der Schütze. Der andere hält ihm den Rücken frei und fährt. Der große und der kleine Bruder. Es geht um Loyalität. Das Ganze ist was für zwei Brüder. Wer kann schon auf einen Fremden zugehen und zu ihm sagen: ‚Ich möchte den gewählten Vizepräsidenten umlegen, weil sein Vater mich gedemütigt hat und ich ihn anflehen musste, mich zu verschonen.'"

Frances schwieg.

„Ich verlange nicht, dass Sie mitmachen", sagte Reacher.

Sie lächelte. „Ich mache mir nicht um mich Sorgen, sondern um Sie."

„Mir wird schon nichts passieren. Ich werde als alter Mann in irgendeinem Motelbett sterben."

„Bei Ihnen geht's auch um zwei Brüder, nicht wahr?"

„So ist es. Armstrong ist mir im Grund egal. Ich habe M. E. sehr gern gehabt, aber ohne Joe hätte ich sie nie kennen gelernt."

„Sind Sie einsam?"

„Manchmal. Normalerweise nicht."

Sie bewegte ihre Hand ganz langsam auf seine zu, die ein kleines Stück entfernt auf dem Bett ruhte. Zaghaft schoben sich ihre Finger über die Tagesdecke, bis sie ganz nahe bei seinen waren. Es schien eine Ewigkeit zu dauern. Dann hob sie ihre Hand leicht an und bewegte sie weiter, bis sie sich direkt über seiner befand. Sie ließ sie dort kurz in der Luft schweben, bevor sie sie senkte und ihre Finger ganz schwach seinen Handrücken berührten. Dann wurde die Berührung fester. Ihre Handfläche fühlte sich warm an. Reacher drehte seine Hand um, und Frances schob ihre Finger zwischen seine und verstärkte den Druck. Er erwiderte ihn.

Er hielt ihre Hand fünf lange Minuten. Schließlich zog Frances sie langsam zurück, stand auf und ging zur Tür. Sie lächelte.

„Wir sehen uns morgen früh."

ER SCHLIEF schlecht und wachte um fünf auf. Er zog sich an, ging die Treppe hinunter und hinaus in die bittere Kälte. Es schneite heftiger.

Es herrschte stockschwarze Nacht. Im ganzen Ort waren die Fenster dunkel, es gab keine Straßenbeleuchtung, kein Mond war zu sehen, auch keine Sterne. In einiger Entfernung ragte der Kirchturm schemenhaft grau empor. Reacher ging mitten auf der unbefestigten Straße. Als er bei der Kirche ankam, trat er ein, tastete sich im Dunkeln die Treppe im Turm hinauf, fand die Leiter und stieg zum Glockenraum hinauf. Von dort aus kletterte er aufs Dach, kroch westwärts zur Mauer und hob den Kopf. Aber er sah nichts.

Er wartete dreißig Minuten und zitterte bald heftig vor Kälte. Wenn's mich so friert, dann sind die da draußen halb tot, dachte er. Und dann hörte er endlich das Geräusch, auf das er gewartet hatte. Der Motor des Tahoe sprang an. Das Fahrzeug stand irgendwo draußen in westlicher Richtung und brummte zehn Minuten lang im Leerlauf, um den Wagen aufzuheizen. Aber nur aufgrund des Geräuschs war es für Reacher unmöglich, sie genau auszumachen. Doch dann begingen sie einen schweren Fehler: Sie schalteten kurz die Innenbeleuchtung ein. Reacher sah jetzt deutlich, dass der Tahoe in einer Senke stand, etwa 150 Meter Westsüdwest. Ein guter Standort. Wahrscheinlich würden sie den Wagen als Schießstand verwenden. Sich flach aufs Dach legen, zielen, feuern, runterspringen, einsteigen, abhauen.

Reacher kehrte zur Pension zurück, wo er Frances traf, die gerade aus ihrem Zimmer kam. Es war jetzt fast sechs. Sie gingen in sein Zimmer, um die Sache durchzusprechen.

„Sind sie noch dort?"

„Ja. Es gibt aber ein Problem. Dort, wo sie jetzt sind, können wir sie nicht packen. Wir müssen sie erst dazu bringen, dass sie sich örtlich verändern. Sie sind zu nahe am Ort. Eine Stunde vor Armstrongs Eintreffen können wir dort keine Schießerei anfangen und zwei Tote rumliegen lassen. Man hat uns hier gesehen. Wir müssen sie aufschrecken und an einem entlegenen Ort umnieten. Zum Beispiel im Westen, wo es schneit. Der Schnee wird bis April liegen bleiben. Ich möchte es weit weg von hier erledigen. Und ich möchte, dass es Frühling ist, bevor jemand merkt, was hier passiert ist."

„Und wie wollen wir das anstellen?"

„Die beiden hängen ja auch am Leben. Wir können sie auf Trab bringen, wenn wir's richtig angehen."

NOCH vor halb sieben waren sie wieder beim Yukon. Noch immer trieben Schneeflocken durch die Luft, doch im Osten hellte sich der Himmel langsam auf. Sie holten die langläufigen Waffen aus der Kirche und überprüften alles.

AUS DEM HINTERHALT 475

Frances schob die Steyr in ihre Innentasche und hängte sich die Heckler & Koch um. „Bis später", flüsterte sie, lief zum Friedhof und verschwand in der Dunkelheit Richtung Süden.

Reacher ging zum Sockel des Turms, lehnte sich an der Westseite an die Mauer und rekapitulierte den Standort des Tahoe. Dann stellte er sich hinter den Yukon, lehnte sich gegen die Heckklappe und wartete auf die Morgendämmerung.

Sie bot einen prachtvollen Anblick. Der Himmel leuchtete rosa, und hohe, lang gezogene Wolken glühten rot. Reacher schloss den Yukon auf und startete den Motor. Er ließ ihn aufheulen und drehte das Radio auf volle Lautstärke. Die Fahrertür ließ er offen stehen, damit die Musik durch die Stille des Morgens dröhnen konnte. Dann packte er die M 16, entsicherte sie, legte sie an der Schulter an und gab einen Feuerstoß in westsüdwestlicher Richtung ab, der über den versteckten Tahoe hinwegging. Sogleich hörte er, wie Frances ebenfalls einen Feuerstoß abgab. Sie lag hundert Meter südlich des Tahoe im Gras und feuerte in nördlicher Richtung über ihn hinweg. Reacher schoss erneut, sie ebenfalls. Die vier Feuerstöße hallten durch die Landschaft. Sie besagten: Wir wissen, dass ihr da seid.

Keine Reaktion. Einen Moment lang überlegte Reacher, ob sie sich vielleicht in der letzten Stunde aus dem Staub gemacht hatten. Er wollte gerade noch einmal feuern, da sah er, wie der Tahoe 150 Meter von ihm entfernt aus dem Gras schoss. Er flog über eine Erhebung hinweg, kam wieder auf die Räder, beschleunigte und verschwand nach Westen.

Reacher warf das Gewehr auf den Rücksitz des Yukon, knallte die Tür zu, stellte das Radio ab und raste quer über den Friedhof. Der Wagen durchbrach den Holzzaun und donnerte in das Grasland. Das Gelände war mörderisch. Mit einer Hand hielt Reacher das Lenkrad, mit der anderen schnallte er sich an. Als er Frances auf sich zurennen sah, trat er auf die Bremse. Sie riss die Beifahrertür auf und warf sich hinein. Während er weiterfuhr, legte sie den Sitzgurt an, klemmte die Heckler & Koch zwischen ihre Knie und stemmte beide Hände gegen das Dach, um sich zu stabilisieren.

In einem Bogen raste Reacher nach Westen, bis er die Spur fand, die der Tahoe im Gras hinterlassen hatte. Er fuhr mitten in sie hinein und trat aufs Gas. Zuerst beschleunigte er auf achtzig, dann auf annähernd hundert. Je schneller er wurde, desto besser fuhr der Yukon. Denn die Bodenhaftung war gering; er flog die meiste Zeit regelrecht durch die Luft.

„Da sind sie!", rief Frances.

200 Meter vor ihnen tauchte der Tahoe immer wieder aus den Senken auf. Reacher drückte noch fester aufs Gas. Sie waren im Vorteil, denn der Tahoe musste sich die Spur erst bahnen. Reacher kam bis auf hundert Meter heran und ließ sich nicht abschütteln.

Schon bald befanden sie sich fünfzehn Kilometer westlich von Grace, und ihnen war, als hätten sie bei einem Boxkampf eine ordentliche Abreibung erhalten. Sie wurden heftig durchgerüttelt. Reachers Kopf knallte bei jedem Luftsprung gegen das Dach, seine Arme schmerzten, und seine Schultern waren völlig steif.

Allmählich änderte sich das Terrain. Jetzt waren sie am Ende der Welt. Grace lag über dreißig Kilometer hinter ihnen, der Highway ebenso weit voraus. Das Gelände stieg an, es wurde felsiger, schroffe Schluchten taten sich auf. Auf dem Boden lag eine flache Schneedecke, die hohen Grasbüschel waren mit Eis überzogen. Beide Fahrzeuge verlangsamten das Tempo. Nach einem weiteren Kilometer hatte sich die Verfolgungsjagd in ein Wettkriechen im Schritttempo verwandelt. Sie zuckelten Felshänge hinunter, die einen Winkel von 45 Grad aufwiesen, wühlten sich unten in den Senken durch Schnee hindurch, der bis zur Motorhaube reichte, und erklommen die Anhöhen auf der anderen Seite mit dem Allradantrieb.

„Es ist so weit", sagte Reacher. „In einer solchen Schlucht werden sie den ganzen Winter über unauffindbar sein."

Als der Tahoe sich wieder einmal über einen Scheitelpunkt schwang und verschwand, trat Reacher aufs Gas und durchquerte drei aufeinander folgende Schluchten. Auf der vierten Anhöhe stoppte er. Sie warteten. Zehn Sekunden, fünfzehn Sekunden. Der Tahoe tauchte nicht mehr auf.

„Wo zum Teufel sind sie?" Reacher rumpelte weiter, erklomm die nächste Anhöhe.

Oben hielt er ruckartig wieder an. Vor ihnen tat sich eine breite, sechs Meter tiefe Felsschlucht auf. Die Spur des Tahoe bog scharf nach rechts und verlief in nördlicher Richtung weiter. Sie wand sich um eine scharfe Krümmung der Schlucht und verschwand hinter einem schneebedeckten Felsvorsprung.

Möglicherweise waren die Männer dabei kehrtzumachen und auf dem Weg zurück zur Spur, weil sie wieder in der Nähe der Kirche sein wollten, bevor Armstrong landete. Sie blindlings zu verfolgen wäre jedoch tödlich. Schon hinter dem Felsen konnten sie in einem Hinterhalt lauern. Zu lange zu überlegen wäre aber ebenfalls tödlich. Für Armstrong. Reacher schaute auf seine Uhr. Die Verfolgungsjagd hatte fast dreißig Minuten gedauert. Das bedeutete, auch eine halbe Stunde zurück nach Grace. Und Armstrong würde in gut einer Stunde landen.

„Hast du Lust, in die Kälte rauszugehen?", fragte Reacher.

„Anders geht's ja nicht." Frances machte die Tür auf und schob sich hinaus in den Schnee. Stapfte nach rechts, durch Schneeverwehungen hindurch und über Felsen hinweg, um herauszufinden, ob die Spur nach dem Felsvorsprung weiterging.

Reacher nahm den Fuß vom Bremspedal und ließ den Wagen den Hang hinunterrollen. Unten in der Schlucht bog er scharf nach rechts ab und folgte den Spuren des Tahoe. Falls der tatsächlich zurückfuhr, konnten sie nicht ewig warten. Und wenn er jetzt geradewegs in einen Hinterhalt steuerte, würde Frances mit einer Maschinenpistole in der Hand hinter seinen Gegnern stehen.

Es gab jedoch keinen Hinterhalt. Als er um den Felsvorsprung bog, sah er Frances in fünfzig Meter Entfernung dastehen. Sie streckte ihre Waffe in die Höhe und zeigte damit an, dass keinerlei Gefahr bestand. Er brauste auf sie zu. Als sie die Tür aufriss und einstieg, drang eiskalte Luft ins Innere.

„Tempo", schnaufte sie. „Die haben jetzt mindestens fünf Minuten Vorsprung."

Reacher trat aufs Gas. Doch der Yukon bewegte sich nicht. Alle vier Räder drehten durch. Das Vorderteil versank tiefer im Schnee. Reacher legte abwechselnd den Rückwärtsgang und den Drive-Modus ein. Der Motor heulte auf.

„Armstrong ist jetzt im Anflug", mahnte Frances. „Und unser Wagen ist nicht mehr neben der Kirche geparkt. Also wird er landen."

Reacher kämpfte gegen die panische Angst an, die in ihm aufstieg. „Mach du das mal. Lass das Auto vor- und zurückschaukeln. Und wenn es freikommt, halte bloß nicht gleich wieder an."

Er stieß seine Tür auf, stieg in den Schnee hinaus und stapfte zur Rückseite des Yukon. Frances bewegte das Fahrzeug gleichmäßig immer wieder vor und zurück, sodass eine kleine verfestigte Eisfläche unter den Rädern entstand. Reacher lehnte sich mit dem Rücken gegen die Heckklappe und legte die Hände um die Stoßstange. Als der Wagen gegen ihn drückte, gab er nach und bewegte sich mit. Doch als der Yukon wieder nach vorn ruckelte, drückte er die Beine durch und stemmte das Fahrzeug mit aller Kraft hoch. Er spürte, dass es die Furche hinter sich ließ, verlor aber das Gleichgewicht und fiel rücklings in den Schnee.

Langsam fuhr Frances weiter. Reacher sprintete los und packte den Griff der Beifahrertür. Oben auf der Anhöhe riss er sie auf und warf sich in den Wagen. Er knallte die Tür zu, und Frances trat das Gaspedal durch.

Sie waren jetzt mindestens zehn Minuten im Rückstand. Diese zehn Minuten waren von größter Wichtigkeit. Reacher starrte durch die Windschutzscheibe. Kein Tahoe zu sehen. Nur dessen Spur, die sich durch den Schnee hinzog und unerbittlich auf Grace zuführte.

Doch dann bog sie plötzlich scharf nach links ab und verschwand in einer Schlucht, die von Norden nach Süden verlief.

„Hinterher!", keuchte Reacher.

Die Schlucht war schmal wie ein Graben und führte bergab. Kurz vor dem Gefälle trat Frances hart auf die Bremse. Die Spur des Tahoe war fünfzig Meter weit zu erkennen, bis sie unvermittelt nach rechts abzweigte und hinter einem haushohen Felsvorsprung verschwand. Gerade als Reacher sich zu fragen begann, ob vielleicht dies ein Hinterhalt sein mochte, gab Frances überraschend Gas. Sofort geriet der zwei Tonnen schwere Yukon in die Spurrinnen des Tahoe und glitt unaufhaltsam den vereisten Abhang hinunter. Plötzlich schoss direkt vor ihnen der Tahoe rückwärts aus seinem Versteck und kam mitten in ihrem Weg schlitternd zum Stehen.

Frances sprang sofort heraus. Sie rollte sich über den Schnee ab und verschwand nach Norden. Sekunden später blieb der Yukon in einer Schneewehe stecken. Reacher drückte seine Tür auf, so weit es ging, und schlüpfte durch den Spalt, während er sah, dass der Fahrer des Tahoe ebenfalls hinausglitt. Reacher zog die Steyr aus der Tasche, arbeitete sich zum Heck des Yukon durch und kroch auf der anderen Seite durch den Schnee wieder nach vorn. Der Fahrer des Tahoe hatte ein Gewehr in der Hand und robbte auf den Felsvorsprung zu, um Deckung zu suchen. Es war der Mann aus Bismarck, da bestand kein Zweifel. Er hatte sogar denselben Mantel an. Reacher hob die Steyr, drückte sie gegen die Stoßstange des Yukon und zielte auf den Kopf des anderen. Sein Finger krümmte sich um den Abzug.

„Nicht schießen!", rief jemand hinter ihm.

Reacher fuhr herum und sah zehn Meter entfernt einen zweiten, etwas untersetzten Mann auf sich zukommen. Direkt vor dem Mann stolperte Frances durch den Schnee. Er hielt ihre Heckler & Koch in der linken Hand, die Pistole in seiner rechten drückte er ihr ins Genick. Er hatte die gleichen Gesichtszüge wie der Bursche aus Bismarck, sie waren nur etwas voller. Brüder eben.

„Werfen Sie die Waffe weg, Sir!", rief er.

Das klang ganz nach Polizei, und er besaß auch eine großartige Polizistenstimme.

Stumm bewegte Frances die Lippen: *Tut mir Leid.*

„Die Waffe weg!", rief der untersetzte Mann noch einmal.

Sein Bruder änderte die Richtung. Er schob sich nun durch den Schnee und kam immer näher. Dabei hob er das Gewehr. Es war über und über mit Schnee bedeckt und direkt auf Reachers Kopf gerichtet. In der tief stehenden Morgensonne warf der Lauf einen langen Schatten.

Wie war das mit dem Motelbett?, dachte Reacher und warf seine Pistole hoch in die Luft. Langsam flog sie durch den dichten Schneefall und versank bei ihrer Landung ein paar Meter weiter in einer Schneewehe.

Der Typ aus Bismarck kramte mit der linken Hand in der Tasche herum und zog seine Dienstmarke hervor. Er hielt sie in der offenen Hand in die Höhe. „Wir sind Polizeibeamte."

„Das weiß ich. Wir sind uns schon mal begegnet. In Bismarck, North Dakota. Erinnern Sie sich?"

„Wer sind Sie?", fragte der Mann.

Reacher gab keine Antwort, sondern musterte prüfend die örtlichen Gegebenheiten. Sie waren nicht berauschend. Die beiden Kerle waren jetzt jeweils vier Meter von ihm entfernt, und der schneebedeckte Boden war glatt.

Der Mann aus Bismarck lächelte. „Sind Sie hier, um die Welt sicher zu machen für die Demokratie?"

„Ich bin hier, weil Sie ein miserabler Schütze sind. Am Dienstag haben Sie die falsche Person erwischt." Reacher bewegte sich ganz vorsichtig, um auf seine Uhr zu schauen. Er lächelte. „Und Sie sind wieder der Verlierer. Jetzt ist es zu spät. Sie werden ihn verpassen."

„In unserem Wagen können wir den Polizeifunk empfangen. Armstrong hat zwanzig Minuten Verspätung. Also haben wir beschlossen, auf Sie zu warten, damit Sie uns einholen. Sie passen uns nämlich nicht in den Kram. Sie stecken Ihre Nase in Sachen, die Sie nichts angehen. Es ist eine rein private Angelegenheit. Betrachten Sie das hier als Festnahme. Wollen Sie sich schuldig bekennen? Oder um Gnade bitten?"

„Wie Sie es taten, als der Baseballschläger auf Sie zukam?"

„Ihr Verhalten wird das Gericht nicht gerade milder stimmen", knurrte der Mann.

„Egal, was da passiert ist – es liegt dreißig Jahre zurück."

„Wenn einer so was tut, muss er dafür büßen."

„Der alte Armstrong ist doch schon lange tot."

Der andere zuckte mit den Achseln. „Die Sünden der Väter – kommt Ihnen das bekannt vor?"

„Was für Sünden? Sie haben bei einer Auseinandersetzung den Kürzeren gezogen, das ist alles."

„Wir verlieren nie. Früher oder später gewinnen wir immer. Und dieser Armstrong hat alles mit angesehen!"

Als Reacher den irren Blick sah, fiel ihm nichts ein, was er hätte erwidern können.

„Die Geschworenen sind zurückgekommen", sagte der Mann. „Sie haben Sie beide zum Tode verurteilt. Ich werde das Urteil sofort vollstrecken."

„Aber nicht mit diesem Gewehr", erwiderte Reacher. „Die Mündung ist voller Schnee. Es wird in Ihren Händen explodieren."

Ein langes Schweigen trat ein. Dann ließ der Mann das Gewehr sinken und kontrollierte es rasch. Die Mündung war wirklich mit Eis und Schnee verstopft. Er hielt das Gewehr mit der linken Hand fest, fuhr mit der rechten unter seinen Mantel und holte eine Handfeuerwaffe hervor. Es war eine Glock. Wahrscheinlich von der Polizei. Er entsicherte sie und zielte auf Reachers Gesicht.

„Und damit auch nicht", sagte Reacher. „Das ist Ihre Dienstwaffe. Folglich gibt es Unterlagen. Wenn man meine Leiche findet, wird der Ballistikbefund geradewegs zu Ihnen führen."

Der Mann stand eine ganze Weile da, ohne ein Wort zu sagen. Dann steckte er die Glock wieder weg. Stapfte rückwärts durch den Schnee zu dem Tahoe. Ließ das Gewehr in den Schnee fallen und holte eine Pistole aus dem Wagen.

Es war eine alte, zerkratzte M-9-Beretta, die Spuren von getrocknetem Öl aufwies. Der Mann kam zurück und blieb zwei Meter von Reacher entfernt stehen. Entsicherte die Beretta und richtete sie wieder mitten auf Reachers Gesicht.

„Und was fällt Ihnen zu der ein?", zischte er.

„Drücken Sie ab!" Reacher starrte in den Lauf der Waffe. Aus den Augenwinkeln heraus sah er Frances' Gesicht. Er merkte, dass sie nicht wusste, was er vorhatte, aber trotzdem einverstanden war. Sie hatte ein klein wenig gezwinkert.

Der Mann aus Bismarck grinste und drückte den Abzug. Ein dumpfes Klicken war zu hören.

Reacher zog sein bereits aufgeklapptes Keramikmesser aus der Man-

AUS DEM HINTERHALT 481

teltasche hervor und schlitzte dem anderen damit die Stirn auf. Mit der linken Hand griff er gleichzeitig nach dem Lauf der Beretta, riss sie hoch und sofort wieder herunter, wobei er den Unterarm des Mannes, der die Waffe nicht loslassen wollte, mit aller Wucht auf sein Knie krachen ließ. Der Arm brach deutlich hörbar. Reacher stieß den aufschreienden Mann weg und wirbelte herum.

Frances hatte sich kaum bewegt, doch der untersetzte Mann lag regungslos vor ihr im Schnee. Blut rann ihm aus den Ohren. In der einen Hand hielt Frances ihre Heckler & Koch, in der anderen die Pistole des Mannes.

„Einverstanden?", fragte sie. Als Reacher nickte, trat sie einen Schritt beiseite, damit ihre Kleidung nichts abbekam, richtete die Waffe des Mannes nach unten und gab drei Schüsse ab. Zwei in den Kopf und einen sicherheitshalber in die Brust.

Dann wandten sie sich um.

Blind durch das Blut, das ihm von der Stirnwunde in die Augen rann, taumelte der Typ aus Bismarck im Schnee umher und hielt seinen gebrochenen Arm fest. Reacher nahm die Heckler & Koch und stellte sie auf Einzelfeuer. Er wartete, bis der Mann ihm in seinem Herumtorkeln den Rücken zudrehte, dann schoss er ihm in den Nacken. Genau in die gleiche Stelle, wo auch Mary Ellen getroffen worden war. Der Mann fiel aufs Gesicht und rührte sich nicht mehr. Der Schnee um ihn herum färbte sich schnell blutrot.

„Wie bist du draufgekommen?", fragte Frances mit leiser Stimme.

„Es war M. E.s Pistole. Sie haben sie aus ihrer Küche gestohlen. Sie hatte die gefüllten Magazine ewig lang in einer Schublade aufbewahrt."

„Der Schuss hätte trotzdem losgehen können."

„Das ganze Leben ist ein Lotteriespiel."

Reacher stapfte zu der Stelle, an der seine Steyr zu Boden gefallen war, nahm sie wieder an sich und ging dann zu den Leichen. Der Schnee deckte die beiden bereits ein wenig zu. Reacher zog die Brieftaschen und Dienstmarken heraus und wischte sein Messer am Mantel des Mannes aus Bismarck ab. Dann öffnete er die vier Türen des Tahoe, damit der Schnee rascher eindringen und das Fahrzeug unter sich begraben konnte. Derweil rieb Frances die Pistole des untersetzten Mannes an ihrem Mantel ab und warf sie weit weg. Schließlich kehrten sie zum Yukon zurück und stiegen ein. Warfen einen letzten Blick zurück. Der eisige Wind würde die ganze Szenerie unter einer dicken Schneedecke begraben, die erst die Frühlingssonne wieder verschwinden lassen würde.

482

FRANCES fuhr. Langsam.

Reacher legte die Brieftaschen auf seine Knie und fing mit den Dienstmarken an. „Bezirkspolizisten aus Idaho. Aus der Nähe von Boise." Er öffnete die Brieftasche des Mannes aus Bismarck. Sie enthielt einen Polizeiausweis. „Sein Name war Richard Wilson. Detective in der Eingangsstufe."

Zwei Kreditkarten und ein Führerschein aus Idaho steckten auch noch in der Brieftasche. Außerdem einige Zettel und fast 300 Dollar in bar. Reacher legte die Zettel auf seinen Knien ab und steckte das Geld ein. Dann öffnete er die Brieftasche des anderen Mannes. Sie enthielt einen Ausweis derselben Polizeidienststelle. „Peter Wilson. Ein Jahr jünger."

In dessen Brieftasche fand Reacher drei Kreditkarten und nahezu 200 Dollar. Er schob auch dieses Geld in seine Tasche und schaute nach vorn. Die Schneewolken befanden sich hinter ihnen, im Osten war der Himmel klar, sodass sie sehen konnten, wie am Horizont ein kleiner schwarzer Punkt auftauchte. Der fast dreißig Kilometer entfernte Kirchturm war allerdings noch kaum auszumachen. Der Yukon rumpelte darauf zu, während der schwarze Punkt größer wurde. Schließlich erkannte man wirbelnde Rotorblätter.

„Golfschläger", sagte Reacher. „Keine Mustersendung von Werkzeugen."

„Wie bitte?"

Er hielt einen der Zettel in die Höhe. „Eine Quittung von UPS. Die Sendung wurde in Minneapolis per Luftfracht aufgegeben. Adressiert an Richard Wilson in einem Motel in Washington, in dem er eine Reservierung hatte. Ein dreißig Zentimeter breiter und ebenso tiefer Karton, 1,20 Meter lang. Inhalt: ein Sack mit Golfschlägern." Dann verstummte er. Betrachtete einen weiteren Zettel. „Da ist noch was. Könnte was für Stuyvesant sein."

SIE SCHAUTEN dem Hubschrauber aus der Ferne bei der Landung zu. Dann hielten sie mitten in dem einsamen Gelände an und stiegen aus. Die Sonne schien, aber es war bitterkalt. Der Yukon gab beim Abkühlen knackende Geräusche von sich.

Reacher legte die Dienstmarken zusammen mit den Ausweisen und Führerscheinen auf den Beifahrersitz und schleuderte die leeren Brieftaschen in die Landschaft hinaus. „Wir müssen aufräumen."

Sie wischten an allen vier Waffen ihre Fingerabdrücke ab und warfen sie in den vier Himmelsrichtungen ins hohe Gras. Schleuderten die übrig gebliebene Munition schwungvoll in die Sonne. Das Fernrohr folgte zum Schluss. Das Keramikmesser behielt Reacher jedoch.

Den Rest des Weges nach Grace legten sie langsam und gemütlich zurück. Parkten in der Nähe des wartenden Helikopters und stiegen aus. Aus der Kirche hörten sie die Klänge der Orgel und den Gesang der Trauergemeinde.

Frances wandte sich an Reacher. „Bist du okay?"

„Ich bin immer okay. Und du?"

„Mir geht's gut."

Sie blieben eine Viertelstunde dort stehen. Die Orgel spielte eine laute, klagende Melodie, dann trat Stille ein. Die große Eichentür ging auf, und eine Anzahl Menschen trat heraus in den Sonnenschein.

Armstrong hatte Stuyvesant an seiner Seite. Sie waren von sieben Agenten umgeben. Armstrong sprach mit dem Pfarrer und schüttelte den Froelichs die Hand. Dann geleiteten ihn seine Leibwächter auf den Hubschrauber zu. Als er Reacher und Frances erblickte, machte er aber einen kleinen Umweg und schaute sie fragend an.

„Wir werden alle glücklich und zufrieden weiterleben", sagte Reacher.

Armstrong nickte kurz. „Ich danke Ihnen."

„Gern geschehen."

Armstrong zögerte noch kurz, doch dann wandte er sich ohne ein weiteres Wort ab und ließ sich zum Hubschrauber eskortieren.

Stuyvesant trat allein herbei. „Wieso glücklich?"

Reacher hielt ihm die Dienstmarken, Ausweise und Führerscheine entgegen. Stuyvesant streckte die Hand aus und nahm alles in Empfang.

„Vielleicht glücklicher, als wir dachten", erwiderte Reacher. „Die beiden waren keine Leute von Ihnen, sondern Bullen aus Idaho. Die Adressen sind dabei. Ich bin sicher, Sie finden dort alles, was Sie noch suchen: den Computer, das Papier, den Drucker, Andrettis Daumen im Tiefkühlfach. Und da wäre noch was." Er zog einen Zettel aus der Tasche. „Das habe ich auch noch gefunden. Es ist ein Beleg. Am Freitagabend haben sie in einem Lebensmittelgeschäft sechs Fertigmahlzeiten und sechs Flaschen Wasser gekauft."

„Na und?", fragte Stuyvesant.

Reacher lächelte. „Ich glaube, sie wollten dafür sorgen, dass Mrs Nendick während ihrer Abwesenheit was zu essen hatte. Sie ist vermutlich noch am Leben."

Stuyvesant schnappte den Beleg und rannte zum Hubschrauber.

AM NÄCHSTEN Tag verabschiedeten sich Reacher und Frances gegen Mittag am Flughafen von Denver voneinander. Reacher überschrieb ihr seinen Honorarscheck, und sie kaufte ihm ein Erste-Klasse-Ticket zum New Yorker Flughafen La Guardia. Danach begleitete er sie zum Gate ihres Fluges nach Chicago. Sie sagte kein Wort. Setzte einfach ihre Tasche auf dem Boden ab und stellte sich direkt vor ihn. Reckte sich in die Höhe und umarmte ihn, ganz flüchtig, als wüsste sie nicht recht, wie man das macht. Gleich darauf ließ sie ihn wieder los und griff nach ihrer Tasche. Schaute nicht zurück.

Spätabends traf er in La Guardia ein. Nahm einen Bus und eine U-Bahn zum Times Square und ging die 42. Straße hinunter, bis er den neuen Klub von B. B. King fand. Eine vierköpfige Gitarrenband näherte sich gerade dem Ende ihres Auftritts. Sie war ziemlich gut. Er hörte sich das Konzert bis zum Schluss an, dann ging er zu dem Mann an der Kasse.

„Ist hier letzte Woche eine alte Frau aufgetreten?", fragte er. „Mit einem alten Knacker am Keyboard?"

„So jemand war hier nicht", lautete die Antwort.

Reacher trat wieder in das glitzernde Dunkel der 42. hinaus und ging Richtung Westen, um die Stadt vom Port-Authority-Busbahnhof aus mit einem Überlandbus zu verlassen.

LEE CHILD

Streng geheim

Foto: Roth Child

Wie kommt ein Schriftsteller eigentlich auf die Namen seiner Romanfiguren? Wochenlanges Brüten, frustriertes Blättern im Telefonbuch? Lee Child wählte für *Aus dem Hinterhalt* einen eleganteren Weg. „Bei einer Benefizauktion ließ ich meine Zusage versteigern, in meinem nächsten Buch eine Nebenfigur nach dem höchsten Bieter zu benennen. Daraus entwickelte sich rasch ein regelrechter Wettstreit zwischen zwei meiner Leserinnen. Obwohl ich mich wegen des wohltätigen Zwecks über die im Raum stehende Summe freute, fürchtete ich doch, die beiden könnten ihr Handeln später bereuen. So verkündete ich, für dieses Geld würde der Gewinner eine Hauptfigur. Was allerdings nur dazu führte, dass sich die Damen gegenseitig immer noch höher trieben. Schließlich bot ich ihnen an, beide Namen zu verwenden." Der salomonische Vorschlag des Engländers, der mit seiner Familie seit einigen Jahren in den USA lebt, bedeutete die literarische Neugeburt von Mary Ellen Froelich und Frances Neagley.

Weit schwieriger als die Namensfindung erwies sich die Recherche. „Der Secret Service ist ein Geheimdienst, was nun mal heißt, dass vieles geheim ist!", betont der Achtundvierzigjährige. „Sie erzählen einem nicht alles, nur weil man Schriftsteller ist. Doch ich habe einen treuen Leser, der von der Behörde noch immer Personenschutz erhält. Er hat mich mit den nötigen Details versorgt; es ist also alles authentisch."

Tagebuch für Nikolas

JAMES PATTERSON

Liebe Katie,
es tut mir schrecklich Leid, was zwischen uns geschehen ist. Ich hätte es nie so weit kommen lassen dürfen. Vielleicht wird dieses Tagebuch dir alles viel besser erklären, als ich es je könnte. Es geht um meine Frau, meinen Sohn und mich. Doch ich muss dich warnen, Katie. Vielleicht kannst du einige Abschnitte nicht ertragen.
Ich hatte nie damit gerechnet, mich in dich zu verlieben, und doch ist es geschehen.

Matt

Katie

Katie Wilkinson saß im warmen Badewasser in der wundervoll altmodischen Porzellanbadewanne in ihrem New Yorker Apartment. Die Wohnung verströmte eine Atmosphäre von Alter und Abnutzung auf eine Weise, die sich die Freunde des „Gammellooks" nicht einmal ansatzweise vorzustellen vermochten. Katies Perserkatze Guinevere, die wie ein grauer, zusammengeknüllter Pullover aussah, thronte auf dem Waschbecken. Merlin, ihr schwarzer Labrador, lag auf der Schwelle der Schlafzimmertür. Die Tiere beobachteten Katie, als hätten sie Angst um sie.

Katie senkte den Kopf, als sie das Tagebuch zu Ende gelesen hatte. Ihr Körper erschauerte, und sie ließ das in Leder gebundene Buch auf den hölzernen Schemel neben der Badewanne sinken.

Dann brach sie in Tränen aus und sah, dass ihre Hände zitterten. Sie war dabei, völlig die Fassung zu verlieren, was nur sehr selten geschah; Katie war stets eine starke Persönlichkeit gewesen. Sie flüsterte Worte, die sie einst in der Kirche ihres Vaters in Asheboro in North Carolina gehört hatte: „O Herr, o Herr, wo bist du, Herr?"

Sie hätte sich niemals vorstellen können, dass dieser dünne Band so verstörend auf sie wirken würde. Doch es war nicht nur das Tagebuch – Suzannes Tagebuch für Nikolas –, das sie so sehr in Verwirrung gestürzt und in eine solche Zwangslage gebracht hatte.

Katie stellte sich Suzanne vor. Sie sah sie in ihrem kleinen Landhaus an der Beach Road auf der Ferieninsel Martha's Vineyard.

Dann den kleinen Nikolas. Zwölf Monate alt, mit strahlend blauen Augen.

Und schließlich Matt.
Nikolas' Daddy.

Suzannes Ehemann.
Und Katies einstiger Liebhaber.

Was dachte sie jetzt über Matt? Würde sie ihm jemals vergeben können? Sie war sich nicht sicher. Aber wenigstens verstand sie nun endlich einiges von dem, was geschehen war. Das Tagebuch hatte ihr Dinge verraten, die sie wissen musste – bislang unbekannte Bruchstücke und verborgene, schmerzvolle Geheimnisse.

Katie ließ sich tiefer ins Wasser gleiten und dachte an den Tag zurück, an dem sie das Tagebuch bekommen hatte – an den 19. Juli.

Und als sie daran dachte, brach sie wieder in Tränen aus.

AM MORGEN des 19. Juli war Katie zum Hudson River gefahren, um die Circle Line zu befahren, die Schiffsroute um die Halbinsel Manhattan herum, die sie und Matt damals genommen und bald so sehr genossen hatten, dass sie immer wiederkamen.

Katie nahm das erste Schiff des Tages. Sie war traurig, aber auch wütend. Herrgott, sie wusste nicht, was sie empfinden sollte.

Sie nahm auf dem Oberdeck Platz und betrachtete von diesem einzigartigen Aussichtspunkt aus die Stadt New York und die viel befahrenen Wasserwege. Einige andere Fahrgäste bemerkten, dass Katie ganz allein saß – besonders den Männern fiel es auf, zumal Katie aus der Menge hervorstach. Sie war groß, fast 1,80 Meter, und besaß warme, freundliche blaue Augen. Sie hatte sich immer für zu groß und schlaksig gehalten und geglaubt, dass die Leute sie deshalb anstarrten, doch ihre Freunde versicherten ihr immer wieder, die Leute würden schauen, weil Katie sehr attraktiv sei. Katie selbst betrachtete sich nicht als anziehend und wusste, dass sich daran auch nichts ändern würde. Sie war ein ganz gewöhnlicher, vollkommen durchschnittlicher Mensch, tief in ihrem Herzen war sie ein Bauernmädchen aus North Carolina.

Sie hatte ihr langes brünettes Haar oft zu einem Zopf geflochten, wie seit ihrem achten Lebensjahr. An Make-up trug sie lediglich ein wenig Mascara und manchmal Lippenstift. Heute trug sie kein Make-up und hatte auch das Haar nicht geflochten. Attraktiv sah sie bestimmt nicht aus.

Sie hatte stundenlang geweint, und ihre Augen waren verquollen. Am Abend zuvor hatte der Mann, den sie liebte, plötzlich und unerklärlich ihre Beziehung beendet. Katie hatte das nicht einmal ansatzweise kommen sehen. Es erschien ihr beinahe unmöglich, dass Matt sie verlassen hatte.

Verdammter Kerl! Wie konnte er nur! Hatte er sie die ganze Zeit nur

TAGEBUCH FÜR NIKOLAS 491

angelogen? Monatelang? Natürlich, was denn sonst! Dieser Hundesohn! Dieser Scheißkerl!

Katie wollte über Matt nachdenken und darüber, was sie auseinander gebracht hatte – doch am Ende dachte sie immer nur an die Zeiten, die sie gemeinsam verbracht hatten. Zumeist waren es gute Zeiten gewesen.

Widerstrebend musste sie zugeben, dass sie stets frei und ungezwungen über alles mit ihm hatte reden können. Ja, und sogar ihre Freundinnen hatten Matt gemocht, obwohl sie durchaus boshaft sein konnten. Was war nur mit ihr und Matt passiert?

Matt war aufmerksam … war es gewesen. Katie hatte im Juni Geburtstag, und Matt hatte ihr an jedem Tag des Monats, den er ihren „Geburtstagsmonat" nannte, eine Rose geschickt.

Matt gefielen viele Dinge, die auch Katie gefielen – hatte er zumindest behauptet. „Ally McBeal", ausländische Kinofilme, schwarz-weiße Künstlerfotos, Ölgemälde, die sie auf Flohmärkten entdeckten.

Sonntags ging er mit Katie zur Kirche, wo sie eine Bibelstunde für Vorschulkinder hielt. Beiden waren die Sonntagnachmittage in ihrer Wohnung besonders wertvoll – Katie las dann die *New York Times* von der ersten bis zur letzten Seite, und Matt überarbeitete seine Gedichte, die er auf dem hölzernen Küchentisch ausbreitete.

Katie hatte es Matt zu verdanken, dass sie mit sich selbst im Reinen war. Noch nie hatte sie sich bei jemandem so gut gefühlt. Vollkommen glücklich und zufrieden. *Was könnte schöner sein, als Matt zu lieben?* Es gab nichts Schöneres. Nicht für Katie. Sie wollte, dass er die ganze Zeit bei ihr war. Sentimental, aber so war es nun mal.

Wenn Matt auf Martha's Vineyard war, wo er wohnte und arbeitete, führten sie jeden Abend lange Telefongespräche oder schickten sich lustige E-Mails. Sie nannten es ihre „Fernaffäre". Matt hatte Katie allerdings stets davon abgebracht, ihn auf Martha's Vineyard zu besuchen. Vielleicht hätte das ein Warnsignal sein sollen?

Irgendwie hatte es funktioniert – elf wundervolle Monate lang, die wie im Nu verflogen waren. Katie hatte damit gerechnet, dass Matt ihr bald einen Heiratsantrag machte. Sie war sich ihrer Sache sicher gewesen. Sie hatte es sogar ihrer Mutter erzählt. Natürlich hatte sie sich, was das betraf, so schrecklich getäuscht, dass es bemitleidenswert war.

Wie hatte sie sich nur so sehr in Matt täuschen können? Sie verlor doch sonst nicht die Verbindung zu ihren gesunden Instinkten. Sie war klug, und sie machte selten Dummheiten. Bis jetzt.

Aber diesmal hatte sie sich wirklich einen kapitalen Bock geschossen.

Katie merkte plötzlich, dass sie die ganze Zeit geschluchzt hatte und dass jeder, der auf dem Bootsdeck in ihrer Nähe saß, sie anstarrte.

„Es tut mir Leid", sagte sie und machte eine Geste, dass die Leute wegschauen sollten. Sie errötete. Sie kam sich wie eine Idiotin vor. „Alles in Ordnung", sagte sie.

Aber es war nicht in Ordnung. Nie im Leben war Katie so tief verletzt worden. Sie hatte den einzigen Mann verloren, den sie jemals geliebt hatte. Und sie liebte ihn mehr als ihr Leben.

Katie konnte es nicht ertragen, an diesem Tag zur Arbeit zu gehen. Auf dem Schiff hatte sie genug neugierige Blicke über sich ergehen lassen müssen, dass es für den Rest ihres Lebens reichte.

Als sie nach der Bootsrundfahrt zu ihrer Wohnung zurückkehrte, fand sie ein Päckchen, das jemand an die Eingangstür gelehnt hatte.

Katie hielt es für ein Manuskript aus dem Büro. Halblaut verfluchte sie die Arbeit. Konnten die sie denn nicht einen einzigen Tag in Ruhe lassen? Mein Gott, sie arbeitete so hart! Im Verlag wussten alle, welche Leidenschaft sie für ihre Bücher aufbrachte, wie sehr sie sich engagierte.

Katie war Lektorin in einem New Yorker Verlag mit sehr gutem Ruf. Der Verlag war auf Romane und Gedichte spezialisiert. Sie liebte ihre Arbeit. Dort hatte sie auch Matt kennen gelernt. Voller Begeisterung hatte sie vor ungefähr einem Jahr bei einer kleinen Literaturagentur in Boston den ersten Gedichtband von Matt gekauft.

Die beiden mochten sich auf Anhieb, und sie verstanden sich gut. Nur wenige Wochen später waren sie ineinander verliebt – jedenfalls hatte Katie das geglaubt: mit Herz und Seele, Körper und Verstand.

Als sie das Päckchen aufhob, erkannte sie die Handschrift. Es war Matts Schrift, da gab es keinen Zweifel! Sie atmete tief durch und riss das braune Packpapier auf.

Im Päckchen fand sie ein kleines, altmodisch aussehendes Tagebuch. Katie verstand nicht. Dann spürte sie, wie sich ihr der Magen umdrehte. *Suzannes Tagebuch für Nikolas* stand handgeschrieben vorn auf dem Einband – aber es war nicht Matts Schrift.

Suzanne?

Plötzlich wurde ihr schwindlig, und sie konnte kaum noch atmen. Matt war immer verschlossen und geheimnistuerisch gewesen, wenn es um seine Vergangenheit ging. Katie hatte nur weniges herausbekommen, darunter auch, dass seine Frau Suzanne hieß. Der Name war Matt ungewollt über die Lippen gekommen, nachdem sie zwei Flaschen Wein getrunken hatten. Aber dann hatte er nicht weiter über Suzanne sprechen wollen. Katie hatte darauf bestanden, mehr von ihm zu erfahren – mit dem Ergebnis, dass Matt sich noch tiefer in Schweigen hüllte. Das aber sah ihm gar nicht ähnlich. Als sie sich deswegen einmal in die Haare geraten waren, erzählte er Katie, dass er nicht mehr mit Suzanne verheiratet sei – er schwor es. Aber mehr hatte er nie darüber sagen wollen.

Wer war Nikolas? Und warum hatte Matt ihr dieses Tagebuch geschickt? Warum gerade jetzt? Katie war völlig verwirrt.

Ihre Finger zitterten, als sie die erste Seite des Tagebuchs aufschlug. Dort war eine Nachricht von Matt angeheftet. Katie stiegen die Tränen in die Augen, und zornig wischte sie sie weg. Sie las, was Matt geschrieben hatte:

Liebe Katie,
keine Worte können ausdrücken, was ich gerade empfinde. Es tut mir schrecklich Leid, was zwischen uns geschehen ist. Ich hätte es nie so weit kommen lassen dürfen. Es ist alles mein Fehler. Ich nehme alle Schuld auf mich. Du bist perfekt, wundervoll, wunderschön. Es liegt nicht an dir – es liegt an mir, an mir allein.

Vielleicht wird dieses Tagebuch dir alles viel besser erklären, als ich es je könnte. Wenn du es übers Herz bringst, lies es bitte.

Es geht um meine Frau, meinen Sohn und mich.

Doch ich muss dich warnen, Katie. Vielleicht kannst du einige Abschnitte nicht ertragen.

Ich hatte nie damit gerechnet, mich in dich zu verlieben, und doch ist es geschehen.

Matt

Katie blätterte um.

Das Tagebuch

Lieber Nikolas, mein kleiner Prinz,
viele Jahre lang habe ich mich gefragt, ob ich jemals Mutter würde. Während dieser Zeit hatte ich einen immer wiederkehrenden Tagtraum, wie wunderbar es wäre, jedes Jahr für meine Kinder einen kleinen Videofilm zu drehen, um ihnen zu zeigen, was ich denke, wie sehr ich sie liebe.

Ich werde also jedes Jahr ein Video für dich aufnehmen. Aber da ist noch etwas, was ich für dich tun möchte, mein Schatz. Ich möchte ein

Tagebuch für dich schreiben, dieses Tagebuch. Und ich verspreche dir, es immer gewissenhaft zu führen.

Jetzt, da ich diese allererste Eintragung mache, bist du zwei Wochen alt. Aber ich möchte damit beginnen, dir von einigen Dingen zu berichten, die sich vor deiner Geburt ereignet haben. Ich möchte sozusagen vor dem Anfang anfangen.

Das hier ist nur für dich, Nick. Dieses Tagebuch erzählt davon, was Nikolas, Suzanne und Matt erlebt haben.

ICH WERDE an einem warmen, duftenden Frühlingsabend in Boston beginnen.

Ich arbeitete zu der Zeit im Massachusetts General Hospital. Ich war seit acht Jahren Ärztin. Es gab Augenblicke, die ich liebte: Wenn ich sah, wie Patienten gesund wurden, zum Beispiel. Und bei einigen sogar, wenn ich bei ihnen war, als sich herausstellte, dass sie sich nie wieder erholen würden. Und es gab Augenblicke, die ich vergessen möchte und die mit der Bürokratie und der hoffnungslosen Unzulänglichkeit des derzeitigen Gesundheitssystems in unserem Land zu tun haben.

Ich kam gerade von einem 24-Stunden-Dienst einschließlich Bereitschaft zurück. Ich war so müde, wie du es dir nicht einmal vorstellen kannst. Trotzdem führte ich noch meinen treuen Golden Retriever aus – Gustavus, kurz Gus.

Ich glaube, ich sollte dir ganz kurz schildern, wie ich damals ausgesehen habe, dann kannst du dir ein Bild machen. Ich hatte langes blondes Haar, war 1,62 Meter groß, nicht schön, aber leidlich hübsch, und hatte meistens – und für die meisten Mitmenschen – ein freundliches Lächeln auf den Lippen. Auf Äußerlichkeiten war ich nicht allzu sehr bedacht.

Es war an einem späten Freitagnachmittag, und ich weiß noch, dass die Luft kristallklar war. Wir waren im Bostoner Park, in der Nähe der Ruderboote. Das war unser üblicher Spazierweg, besonders wenn mein Freund Michael arbeitete, wie an jenem Abend.

Gus hatte sich von seiner Leine losgerissen, um eine Ente zu verfolgen, und ich lief hinter ihm her. Da durchfuhr mich plötzlich der schlimmste Schmerz, den ich je im Leben gefühlt habe. Es tat so weh, dass ich auf Hände und Knie fiel.

Dann wurde es noch schlimmer. Messer, so scharf wie Rasierklingen, schnitten mir in Arme, Rücken, Hals. Ich schnappte nach Luft. Ich konnte unmöglich wissen, was mit mir geschah, doch irgendetwas sagte mir: *das Herz!*

TAGEBUCH FÜR NIKOLAS   495

Die Bäume, der ganze Park begannen sich wie ein Kreisel um mich zu drehen. Besorgt blickende Menschen versammelten sich um mich herum. Ich lag auf dem Rücken und presste die Hand auf die Brust.

Das Herz? Mein Gott! Ich war doch erst 35.

„Holt einen Krankenwagen!", rief jemand. „Sie hat Schmerzen, sie kriegt keine Luft mehr! Mein Gott, sie stirbt!"

Ich sterbe nicht!, wollte ich rufen. Ich kann unmöglich jetzt schon sterben!

Meine Atmung wurde flacher, und ich driftete in schwarzes Nichts. *O Gott,* dachte ich. *Bleib am Leben! Atme! Bleib bei Bewusstsein, Suzanne!*

Ich muss für mehrere Minuten das Bewusstsein verloren haben. Ich kam zu mir, als ich in einen Krankenwagen gehoben wurde. Mir strömten die Tränen übers Gesicht. Mein Körper war schweißnass.

Die Sanitäterin sagte immer wieder: „Es geht Ihnen bald wieder besser. Es wird alles wieder gut." Aber ich wusste, dass es nicht so war.

Dann weiß ich nur noch, dass mir eine Sauerstoffmaske übers Gesicht gestülpt wurde und dass sich eine tödliche Schwäche in meinem Körper ausbreitete.

Am nächsten Tag wurde mir im Massachusetts General ein Bypass gelegt. Der Eingriff zwang mich für fast zwei Monate, meiner Arbeit fernzubleiben. Während ich mich langsam erholte, hatte ich Zeit nachzudenken, wirklich und richtig nachzudenken, vielleicht zum ersten Mal in meinem Leben.

Ich dachte gründlich über mein Leben nach: wie hektisch es geworden war mit Nachtdiensten, Überstunden und Doppelschichten. Ich dachte daran, wie ich mich gefühlt hatte, kurz bevor diese schreckliche Sache passierte. Ich setzte mich auch mit meiner eigenen Abwehrhaltung auseinander. Es gab eine ganze Reihe von Herzkranken in unserer Familiengeschichte. Und trotzdem war ich nicht so vorsichtig gewesen, wie ich hätte sein sollen.

Es war während der Zeit meiner Genesung, dass ein befreundeter Arzt mir die Geschichte von den fünf Kugeln erzählte. Du solltest sie nie vergessen, Nicky. Sie ist sehr wichtig. Sie geht so:

Stell dir vor, dass das Leben ein Spiel ist, in dem du fünf Kugeln jonglierst. Diese Kugeln heißen Arbeit, Familie, Gesundheit, Freunde und Rechtschaffenheit. Und du hältst sie alle in der Luft. Aber eines Tages begreifst du, dass die Arbeit ein Gummiball ist. Wenn du ihn fallen lässt, springt er wieder hoch. Die anderen vier Kugeln – Familie, Gesundheit,

496

Freunde und Rechtschaffenheit – sind aus Glas. Wenn du eine von diesen Kugeln fallen lässt, wird sie unwiderruflich beschädigt, zerspringt vielleicht sogar in tausend Stücke. Wenn du die Lektion der fünf Kugeln erst einmal verstanden hast, hast du den Anfang für ein ausgeglichenes Leben gemacht.

Nicky, ich hatte es endlich verstanden.

Hallo, Nicky!

Wie du dir wahrscheinlich denken kannst, war das alles vor Daddy, vor Matt.

Ich möchte dir von Dr. Michael Bernstein erzählen.

Ich lernte ihn 1996 bei der Hochzeitsfeier meiner Freundin Carolyn auf Cumberland Island in Georgia kennen. Ich muss zugeben, dass sowohl Michael als auch ich bis dahin ein ziemlich angenehmes Leben geführt hatten. Meine Eltern waren gestorben, als ich zwei Jahre alt war, doch ich hatte das Glück, mit viel Liebe von meinen Großeltern in Cornwall im Staat New York aufgezogen zu werden. Ich besuchte die Lawrenceville Academy in New Jersey, ging dann zur Duke University und schließlich zur Harvard Medical School. Ich hätte keine bessere Ausbildung bekommen können – außer dass ich an keiner dieser Universitäten die Lektion mit den fünf Kugeln gelernt habe.

Michael hatte ebenfalls die Harvard Medical School besucht, doch als ich dorthin kam, hatte er seinen Abschluss längst gemacht – vier Jahre zuvor. Wir trafen uns erst bei Carolyns Hochzeit, zu der Michael als Freund des Bräutigams eingeladen war. Die Hochzeit war zauberhaft, voller Hoffnung und Versprechen. Vielleicht trug es dazu bei, dass wir uns zueinander hingezogen fühlten.

Was uns in den nächsten vier Jahren zusammenhielt, war ein wenig komplizierter. Zum Teil war es bloße körperliche Anziehung. Michael war – und ist – hoch gewachsen und sieht mit seinem strahlenden Lächeln umwerfend aus. Wir hatten eine Menge gemeinsamer Interessen. Und wir waren beide Workaholics.

Aber nichts von alledem macht eine wirkliche Liebe aus, Nikolas. Glaub mir.

Ungefähr vier Wochen nach meinem Herzanfall wachte ich eines Morgens gegen acht Uhr auf. Das Apartment, in dem wir wohnten, war ruhig, und ich genoss eine Weile den Luxus der friedlichen Stille. Schließlich stand ich auf und ging in die Küche, um mir ein Frühstück zu machen, bevor ich zur Reha ging.

TAGEBUCH FÜR NIKOLAS 497

Ich zuckte zusammen, als ich ein Geräusch hörte: das Schleifen eines Stuhls auf dem Fußboden. Es war Michael. Ich war überrascht, ihn noch in der Wohnung zu sehen, da er meistens gegen sieben aus dem Haus war. Er saß an dem kleinen Kiefernholztisch in der Essecke.

„Ich hätte beinahe den nächsten Herzanfall bekommen", sagte ich und hielt das für einen ziemlich guten Witz.

Michael lachte nicht. Er klopfte mit der Hand auf den Stuhl neben sich. Dann nannte er mir mit der Ruhe und Bedächtigkeit, die ich von ihm gewöhnt war, die drei Gründe, warum er mich verlassen würde: Er sagte, dass er mit mir nicht so reden könne wie mit seinen Freunden, und er könne sich auch nicht so verhalten. Er glaube auch nicht mehr daran, dass ich ein Kind bekommen könne, wegen meines Herzanfalls. Und er habe sich bereits in eine andere Frau verliebt.

Ich lief aus der Küche und aus dem Haus. Der Schmerz, den ich an diesem Morgen fühlte, war sogar noch schlimmer als der Herzanfall. Nichts stimmte in meinem Leben; ich hatte bis jetzt alles falsch gemacht. Alles!!!

Ich war gerne Ärztin, aber ich arbeitete in einem großen und ziemlich bürokratischen Großstadtkrankenhaus, und das war einfach nicht das Richtige für mich.

Ich habe sehr hart gearbeitet, weil es sonst nichts von Wert in meinem Leben gab. Ich verdiente um die 120 000 Dollar im Jahr, aber ich gab sie für Abendessen in der Stadt aus, für Wochenendreisen und für Kleider, die ich nicht brauchte.

Ich hatte mir mein Leben lang Kinder gewünscht, und jetzt saß ich da ohne einen Menschen, der mir etwas bedeutete, ohne Kind, ohne Plan.

Ich werde dir sagen, was ich getan habe, mein kleiner Liebling. Ich fing an, nach der Lektion der fünf Kugeln zu leben.

Ich kündigte meine Stelle im Massachusetts General. Ich verließ Boston. Ich verließ meinen mörderischen Schichtdienst. Ich zog an den einzigen Ort, an dem ich immer glücklich gewesen war. In Wirklichkeit ging ich dorthin, um mein gebrochenes Herz zu heilen.

Nicky,
wie ein unbeholfener Tourist kam ich auf Martha's Vineyard an. Ein Tourist, der das Gepäck seiner Vergangenheit mit sich herumschleppt und noch nicht genau weiß, was er eigentlich damit anfangen soll.

Ich würde die ersten paar Monate damit verbringen, die Regale mit gesunden Nahrungsmitteln zu füllen, frisch vom Bauernhof, Zeitschriften wegzuwerfen, die mir in mein neues Heim nachgeschickt worden waren. Und ich würde mich in einer neuen Arbeitsstelle einrichten.

Seit der Zeit, als ich fünf Jahre alt war, bis zu meinem siebzehnten Lebensjahr hatte ich den Sommer mit meinen Großeltern auf Martha's Vineyard verbracht. Mein Großvater war Architekt, genau wie mein Vater, und er konnte von zu Hause aus arbeiten. Meine Großmutter Isabelle hatte die Begabung, aus unserem Haus den gemütlichsten und liebevollsten Ort zu machen, den ich mir vorstellen konnte.

Es gefiel mir sehr, wieder auf Martha's Vineyard zu sein; mir gefiel einfach alles dort. Gus und ich gingen fast jeden Abend zum Strand. Die erste Stunde spielten wir Ball. Dann kuschelten wir uns auf einer Decke zusammen, bis die Sonne unterging.

Ich hatte die Praxis eines praktischen Arztes übernommen, der nach Illinois zog. Meine Praxis war eine von fünf in einem Haus mit weißer Holzverkleidung in Vineyard Haven. Das Haus war über hundert Jahre alt und hatte vier schöne antike Schaukelstühle auf der Veranda. Ich hatte sogar einen Schaukelstuhl an meinem Arbeitstisch.

Landärztin. Das besaß einen wundervollen Klang für mich, so wie die Pausenglocke einer alten Landschule. Ich hatte die Idee, ein hölzernes Schild hinauszuhängen, auf dem nur stand: SUZANNE BEDFORD – LAND-ÄRZTIN – GEÖFFNET.

Das war das Richtige für mich. Ich stellte mir eine Welt vor, die Millionen Meilen entfernt gewesen war, als ich in Boston lebte. Aber in Wirklichkeit war sie gerade die Route 6 hinunter auf der anderen Seite des Wassers.

Ich fühlte mich, als sei ich nach Hause gekommen.

Nikolas,
ich wusste nicht, dass hier die Liebe meines Lebens war – dass sie hier gleichsam auf mich wartete. Hätte ich es gewusst, wäre ich direkt in Daddys Arme gelaufen. Binnen eines Herzschlags.

Als ich nach Martha's Vineyard kam, wusste ich nicht, wo ich mich niederlassen sollte. Ich fuhr umher und suchte nach einem Ort, der „Zuhause" zu mir sagte: „Hallo, hier wird es dir gut gehen, such nicht weiter."

Es gibt sehr viele schöne Fleckchen auf unserer Insel, und obwohl ich sie auf verschiedene Weise kannte, so war sie dieses Mal doch ganz anders für mich. Alles war anders, weil *ich* mich anders fühlte. Up-Island war für mich immer etwas Besonderes gewesen, weil ich dort so viele herrliche Sommer verbracht hatte. Es lag wie ein Bilderbuch aus der

TAGEBUCH FÜR NIKOLAS

Kindheit vor mir, voller Farmen und Zäune, voller Feldwege und Klippen. Down-Island hingegen war ein Durcheinander aus Promenaden und Spazierwegen, Aussichtspunkten, Leuchttürmen und Häfen.

Es war ein Bootshaus aus der Zeit um 1900 zwischen Vineyard Haven und Oak Bluffs, das schließlich mein Herz eroberte. Und bis heute erobert hat. Dies war wirklich ein Zuhause.

Es musste instand gesetzt werden, aber ich verliebte mich auf den ersten Blick in das Haus, beim ersten Geruch, bei der ersten Berührung. Alte Balken verliefen kreuz und quer unter der Decke. Und das ganze Erdgeschoss öffnete sich zur See. Große Türen, Scheunentoren ähnlich, glitten nach backbord und steuerbord, um hereinzulassen, was draußen auf See gewesen war.

Kannst du dir vorstellen, Nicky, dass ich praktisch direkt am Strand wohnte? Und alles in mir, Körper und Seele, wusste ganz sicher, dass ich die richtige Entscheidung getroffen hatte. Manchmal würde ich von zu Hause aus arbeiten oder Hausbesuche machen, aber den Rest meiner Zeit würde ich im Martha's Vineyard Hospital verbringen.

Ich war allein, abgesehen von Gus, aber ich war zufrieden.

Vielleicht, weil ich keine Ahnung hatte, was mir zu jener Zeit am meisten fehlte: dein Daddy und du.

Nick,

wer, zum Kuckuck, saß dort auf meiner Veranda? Ich konnte es wirklich nicht sagen, als ich eines Nachmittags vom Martha's Vineyard Hospital nach Hause kam. Es konnte nicht der Elektriker sein oder der Mann von der Telefongesellschaft oder der von der Fernsehkabelfirma – die waren alle am Vortag gekommen.

Nein, es war der Maler, der Mann, der mir bei allen Arbeiten am Haus helfen sollte, bei denen man eine Leiter brauchte.

Wir machten einen Rundgang durch das Haus, und ich wies den Mann dabei auf mehrere der Probleme hin, die ich sozusagen mitgekauft hatte: Fenster, die nicht richtig schlossen, Fußböden, die sich hochwölbten, eine undichte Stelle im Bad, Wände, die allesamt neu gestrichen werden mussten.

Einerseits war das Haus reizend, andererseits fehlte es am Praktischen. Aber dieser Typ war großartig; er schrieb sich alles auf, stellte die notwendigen Fragen und sagte mir, dass er alles reparieren könne. Wir wurden uns sofort einig.

Auf einmal erschien mir das Leben viel besser. Ich hatte eine Praxis, die ich liebte, und ich hatte einen Maler, der einen guten Ruf hatte.

Als ich schließlich allein in meinem kleinen Haus am Meer war, warf ich beide Arme in die Luft und jubelte laut.

Lieber Nicky,
der Maler war heute Morgen hier. Ich weiß es, weil er mir einen wunderschönen Wildblumenstrauß dagelassen hatte – pink, rot und gelb, blau und violett standen sie in einem Steinkrug neben der Vordertür.

Sehr nett, sehr hübsch und sehr rührend.

Es war auch ein Brief dabei.

> *Liebe Suzanne,*
> das Licht in Ihrer Küche funktioniert immer noch nicht, aber ich hoffe, diese Blumen werden Ihren Tag ein wenig aufhellen. Vielleicht können wir uns irgendwann einmal treffen und tun, was immer Sie wollen und wann immer Sie wollen.

Er hatte unterschrieben mit *Picasso – besser bekannt als Ihr Maler.*

Ich war sprachlos. Ich hatte keine Verabredung mehr gehabt, seit ich Boston verlassen hatte; ich hatte keine haben wollen, seit Michael mich verlassen hatte.

Wie auch immer, ich hörte den Maler irgendwo hämmern und ging nach draußen. Da war er und hockte wie eine Möwe auf dem steil geneigten Dach.

„Picasso!", rief ich hinauf, „vielen, vielen Dank für die wunderschönen Blumen. Was für ein schöner Gedanke."

„Oh, gern geschehen. Die Blumen haben mich an Sie erinnert."

„Es sind alles meine Lieblingsblumen."

„Was meinen Sie, Suzanne? Vielleicht könnten wir zusammen irgendwo einen Happen essen, einen Ausflug machen, ins Kino gehen oder Scrabble spielen. Habe ich irgendwas vergessen?"

Unwillkürlich musste ich lächeln. „Im Moment ist es für mich eine ziemlich verrückte Zeit … mit den Patienten und so weiter. Ich muss das auf die Zukunft verschieben. Aber es war wirklich nett von Ihnen, dass Sie gefragt haben."

Er steckte die Ablehnung mühelos weg und lächelte zu mir herunter. Aber dann fuhr er sich mit der Hand durchs Haar und sagte: „Ich verstehe. Ihnen ist natürlich klar, dass ich keine andere Wahl habe, als Ihre Rechnung zu erhöhen, wenn Sie nicht wenigstens einmal mit mir ausgehen."

„Nein, das wusste ich nicht!", rief ich zu ihm zurück.

TAGEBUCH FÜR NIKOLAS 501

„Es ist aber so. Es ist zutiefst verabscheuungswürdig und eine durch und durch miese Geschäftspraxis. Aber was soll man machen? Das ist nun mal der Lauf der Welt."

Ich lachte und sagte, dass ich es ernsthaft in Betracht ziehen würde.

„Ach, übrigens, was schulde ich Ihnen für die Extraarbeit an der Garage?", fragte ich.

„Das? Das war doch nichts ... überhaupt nichts. Das ist gratis."

Ich lächelte. Was er sagte, hörte sich nett an – vielleicht weil es nicht der Lauf der Welt war.

„Danke, Picasso."

„Kein Problem, Suzanne."

Und er widmete sich wieder seiner Aufgabe, mir ein Dach über dem Kopf zu verschaffen.

Lieber Nikolas,
während ich dies schreibe, beobachte ich dich, und du bist wundervoll, unbeschreiblich.

Manchmal schaue ich dich an, und ich kann einfach nicht glauben, dass du mir gehörst. Du hast das Kinn deines Vaters geerbt, aber von mir hast du ganz eindeutig das Lächeln.

Da ist ein kleines Spielzeug, das über deiner Wiege hängt, und wenn du daran ziehst, spielt es „Whistle A Happy Tune – Pfeif ein fröhliches Liedchen". Das bringt dich sofort zum Lachen. Ich glaube, Daddy und ich hören das Liedchen genauso gern wie du.

Manchmal in der Nacht, wenn ich spät nach Hause fahre, höre ich diese kleine Melodie in meinem Kopf, und ich habe schreckliche Sehnsucht nach dir. Gerade jetzt möchte ich dich am liebsten aus deinem Bettchen nehmen und so fest halten, wie ich nur kann.

Das andere Lied, das dich immer zum Lachen bringt, ist „One Potato, Two Potatoes – Eine Kartoffel, zwei Kartoffeln". Ich weiß nicht, warum. Vielleicht ist es der Klang, das alberne lyrische Hüpfen der Wörter. Ich weiß nur, dass du bei dem Wort „Potato" vor Vergnügen quietschst.

Ich kann mir allerdings überhaupt nicht vorstellen, wie du in einem anderen Alter aussehen wirst. Aber ich glaube, alle Mütter neigen dazu, ihre Kinder so, wie sie sind, in der Zeit einfrieren zu wollen oder wie Blumen zu pressen, für immer perfekt und makellos. Manchmal, wenn ich dich wiege, fühlt es sich an, als hielte ich ein Stückchen vom Himmel in den Armen. Ich habe das starke Gefühl, dass du, dass wir beide von Schutzengeln umgeben sind.

Ich glaube jetzt an Engel. Ich brauche dich nur anzuschauen, mein süßes Baby, und ich glaube fest daran.

Ich habe dich schon geliebt, als wir uns zum ersten Mal gesehen haben. Bei deinem ersten Blick hast du Daddy und mir direkt in die Augen gesehen. Der Ausdruck in deinen Augen sagte: „He, ich bin da – hallo!"

Nachdem Daddy und ich uns neun Monate lang ausgemalt hatten, wie du sein würdest, konnten wir dich endlich sehen. Ich nahm deinen winzigen Kopf und zog ihn sanft an meine Brust. Du warst fünf Pfund und dreihundert Gramm schieres Glück.

Nachdem ich dich im Arm gehalten hatte, nahm dich Daddy in den Arm. Er konnte einfach nicht glauben, wie ein Baby, das erst ein paar Minuten alt war, seinen Blick erwidern konnte.

Matts kleiner Junge. Unser wunderschöner, kleiner Nikolas.

Katie

Matts kleiner Junge. Unser wunderschöner, kleiner Nikolas. Katie Wilkinson legte das Tagebuch aus der Hand, seufzte und atmete tief durch. Ihre Kehle fühlte sich rau und wund an. Sie strich mit den Fingern durch Guineveres weiches graues Fell, und die Katze schnurrte leise. Katie nahm ein Taschentuch und schnäuzte sich. Darauf war sie nicht vorbereitet gewesen. Sie war ganz bestimmt nicht auf Suzanne vorbereitet gewesen. Oder auf Nikolas.

Und besonders nicht auf Nikolas, Suzanne und Matt.

„Das ist verrückt, Guiny. Das ist schlimm", sagte sie zu ihrer Katze. „Ich bin in einen großen Schlamassel geraten. Mein Gott, was für eine Katastrophe."

Katie erhob sich und ging in ihrem Apartment, auf das sie immer so stolz gewesen war, auf und ab. Sie hatte die meisten Arbeiten selbst erledigt, und auch jetzt noch tat sie nichts lieber, als ihre Kleider- und Bücherschränke selbst zusammenzubauen und aufzustellen. Ihre Wohnung war voller echter antiker Kiefernholzmöbel, alter Teppiche und kleiner Aquarelle.

In diesem Augenblick hatte sie viele Fragen, aber niemanden, der ihr Antworten darauf geben konnte. Nein, das war nicht ganz richtig … Sie hatte das Tagebuch.

TAGEBUCH FÜR NIKOLAS 503

Suzanne. Katie mochte sie. Verdammt, sie mochte Suzanne. Unter anderen Umständen wären sie vielleicht Freundinnen geworden.

Suzanne war mutig und risikobereit gewesen, als sie nach Martha's Vineyard gezogen war. Sie hatte ihren Traum verfolgt, die Frau zu sein, die sie sein musste. Sie hatte aus ihrem beinahe tödlichen Herzanfall gelernt: Sie hatte gelernt, jeden Augenblick wie ein Geschenk zu schätzen.

Und Matt? Was war Katie für ihn gewesen? War sie nur eine von vielen Frauen in einer von vielen Affären? Plötzlich schämte sie sich zutiefst. In ihrer Kindheit hatte der Vater ihr immer wieder dieselbe Frage gestellt: „Bist du mit Gott im Reinen, Katie?" Sie war sich dessen nicht mehr sicher. Sie wusste nicht, ob sie überhaupt mit irgendjemandem im Reinen war. Sie hatte sich noch nie so gefühlt, und es gefiel ihr nicht. „Du Schuft!", flüsterte sie. „Du Mistkerl! Nicht du, Guinevere – ich meine Matt! Zur Hölle mit ihm!"

Warum hatte der Kerl ihr nicht einfach die Wahrheit gesagt? Hatte er vielleicht bei seiner perfekten Ehefrau geschwindelt? Warum hatte er nicht über Suzanne reden wollen? Und sie selbst – wie hatte sie zulassen können, dass Matt seine perfekte Vergangenheit vor ihr abschirmte? Sie hatte ihn nicht so sehr bedrängt, wie sie es hätte tun können. Warum nicht? Weil es nicht ihr Stil war, aufdringlich zu sein.

Aber der eigentliche Grund, dass Katie nie nachgebohrt hatte, war ein anderer gewesen: Wann immer sie anfingen, über Matts Vergangenheit zu reden, hatte er sie seltsam angeschaut. Es lag eine tiefe Traurigkeit in seinen Augen – aber auch eine Andeutung von Zorn. Und Matt hatte ihr geschworen, er sei nicht mehr verheiratet!

Katie erinnerte sich immer noch an den schrecklichen Abend, als er sie verlassen hatte. Am Abend des 18. Juli hatte sie ein besonderes Essen vorbereitet. Sie stellte den gusseisernen Tisch auf ihre kleine Terrasse und deckte ihn mit dem schönen Porzellan von Royal Crown Derby. Sie hatte ein Dutzend Rosen gekauft, rote und weiße. Eine CD von Eric Clapton lag im CD-Player.

Als Matt eintraf, hatte sie eine wunderschöne Überraschung für ihn: das erste Exemplar seines Gedichtbandes, den Katie in dem Verlag veröffentlicht hatte, bei dem sie beschäftigt war – sie hatte es aus Liebe getan. Außerdem hatte sie für Matt die sehr erfreuliche Neuigkeit, dass der Band eine Startauflage von elftausend Exemplaren hatte, sehr hoch für eine Gedichtsammlung.

„Du bist auf dem Weg nach oben", sagte sie.

Weniger als eine Stunde später war Katie in Tränen aufgelöst. Matt war kaum zur Tür hereingekommen, als Katie auch schon erkannte, dass irgendetwas nicht in Ordnung war. Sie konnte es in seinen Augen sehen.

Schließlich sagte Matt: „Katie, ich kann dich nicht wiedersehen. Ich komme nicht mehr nach New York. Ich weiß, wie schrecklich sich das anhört und wie überraschend es für dich kommt. Es tut mir Leid. Ich musste es dir selbst sagen. Deshalb bin ich heute Abend gekommen."

Er hatte wirklich keine Ahnung, wie schrecklich es sich anhörte, wie schrecklich es war. Sie hatte ihm vertraut, hatte sich ihm schutzlos geöffnet, was sie noch nie zuvor getan hatte.

Und Katie hatte an diesem Abend mit ihm reden wollen – sie hatte ihm wichtige Dinge zu sagen. Aber sie kam nicht dazu.

Nachdem er ihre Wohnung verlassen hatte, öffnete sie eine Schublade in der antiken Kommode neben der Terrassentür.

In der Schublade war noch ein anderes Geschenk für Matt.

Katie hielt es in der Hand und begann zu zittern. Ihre Lippen bebten. Sie konnte nicht anders. Sie riss das Geschenkpapier ab und machte die kleine, längliche Schachtel auf.

Katie begann zu weinen, als sie hineinschaute. Ihr Schmerz war beinahe unerträglich.

Sie hatte an diesem Abend etwas so Wichtiges, so Wunderbares mit Matt zu teilen gehabt. In der Schachtel lag eine hübsche silberne Babyrassel.

Katie war schwanger.

Das Tagebuch

Lieber Nikolas,

das ist der Rhythmus meines Lebens. Er ist so regelmäßig und beruhigend wie die Gezeiten des Atlantiks vor meinem Haus.

Ich stehe um sechs Uhr auf und nehme Gus mit auf einen langen Spaziergang bis zur Rowe-Farm. Schließlich kommen wir an ein Strandstück, das von drei Meter hohen Dünen und Seegras begrenzt wird, das sich im Wind wiegt, als würde es einem zuwinken. Manchmal winke ich zurück. Manchmal kann ich so albern sein, dass es schon peinlich ist.

Unsere Route verläuft immer ein bisschen anders, aber für gewöhnlich durchqueren wir am Ende des Spaziergangs den Besitz von Mike

TAGEBUCH FÜR NIKOLAS   505

Straw, auf dem es eine wundervolle Eichenallee gibt. Wenn es heiß ist
oder regnet, dienen die alten Bäume als Baldachin. Gus scheint diese
Tageszeit ebenso sehr zu genießen wie ich.

Was mir besonders an diesen Spaziergängen gefällt, ist das friedliche,
leichte Gefühl in mir. Ich glaube, es liegt zu einem guten Teil daran, dass
ich mein Leben wieder selbst in die Hand genommen habe.

Denk an die fünf Kugeln, Nicky – denk immer an die fünf Kugeln.

Genau daran denke auch ich, wenn ich mich auf den langen Heimweg
mache.

Kurz bevor ich in meine Auffahrt abbiege, komme ich am Haus der
Bones vorbei. Melanie Bone war erstaunlich freundlich und großzügig,
als ich damals in mein Haus einzog; sie versorgte mich mit allem Möglichen, von nützlichen Telefonnummern bis hin zu kühler, erfrischender
Limonade. Melanie hat mir auch Picasso empfohlen.

Sie ist in meinem Alter und hat schon vier Kinder. Ich habe immer
Achtung und Ehrfurcht vor Menschen wie ihr. Melanie ist klein, nur ein
wenig über 1,50 Meter, hat rabenschwarzes Haar und das herzlichste
Lächeln auf der Welt.

Habe ich schon erwähnt, dass die Bone-Kinder alles Mädchen sind?
Ein bis vier Jahre alt! Ich hatte schon immer Schwierigkeiten, mir Namen zu merken, also halte ich sie immer noch auseinander, indem ich sie
mit ihrem Alter bezeichne. „Schläft zwei schon?" – „Ist das vier da
draußen auf der Schaukel?"

Die Bones kichern immer, wenn ich das tue; sie finden es so albern,
dass sie Gus ehrenhalber die Nummer fünf gegeben haben.

Mein Gott, wenn jemals jemand hört, wie ich sie nenne, kommt nie
jemand zu Dr. Bedford in die Praxis.

Aber sie kommen, Nicky, und ich heile mich selbst.

Hallo, kleiner Mann!

Hör zu! Pass jetzt genau auf! Was jetzt kommt, ist Magie. Zauberei. So
was gibt es wirklich. Glaub mir.

Eines Abends nach einem sehr langen Tag in der Praxis hat sich die
unerschrockene Landärztin entschlossen, auf dem Weg nach Hause etwas zu essen. Ich glaube, es war gegen Viertel nach acht, als ich „Harry's
Hamburger Lokal" betrat. Zuerst bemerkte ich ihn gar nicht. Er saß am
Fenster, aß sein Abendessen und las dabei ein Buch.

Tatsächlich hatte ich meinen Hamburger schon halb aufgegessen, bis
ich ihn sah: Picasso, meinen Maler.

Ich hatte sehr wenig Kontakt mit ihm gehabt, seit er mir diese schönen Wildblumen mitgebracht hatte. Gelegentlich hörte ich, wie er etwas auf dem Dach reparierte, wenn ich das Haus verließ, um zur Arbeit zu fahren, aber wir sprachen selten mehr als ein paar Worte miteinander.

Ich stand auf, um die Rechnung zu bezahlen. Ich hätte hinausgehen können, ohne Hallo zu sagen, weil er mit dem Rücken zu mir saß, aber das erschien mir unfreundlich und snobistisch.

Ich blieb an seinem Tisch stehen und fragte ihn, wie es ihm gehe. Er war überrascht, mich zu sehen, und fragte mich, ob ich mich auf eine Tasse Kaffee, ein Dessert oder sonst etwas zu ihm setzen wolle.

Ich brachte eine lahme Entschuldigung vor und sagte, ich müsse nach Hause zu Gus, aber er machte schon einen Platz für mich frei, und ich setzte mich dann doch an seinen Tisch. Ich mochte seine Stimme – sie war mir zuvor noch gar nicht aufgefallen. Ich mochte auch seine Augen.

„Was lesen Sie da?", fragte ich und fühlte mich unbehaglich, hatte vielleicht sogar ein wenig Angst, dass die Unterhaltung ins Stocken geraten könnte.

„Zwei Bücher ... ‚‚Moby Dick'", er hielt das Buch in die Höhe, „und ‚Forellenfischen in Amerika'. Nur damit ich noch etwas in der Hinterhand habe, wenn ich den großen Fisch nicht fange."

Ich lachte. Picasso war ein ziemlich kluger Bursche, und witzig war er auch. An diesem Abend unterhielten wir uns länger als eine Stunde, und die Zeit verging wie im Flug. Plötzlich fiel mir auf, dass es schon dunkel geworden war. Ich schaute ihn an. „Ich muss jetzt gehen. Ich muss morgen wieder früh zur Arbeit."

„Ich auch", sagte er und lächelte. „Mein jetziger Boss ist ein echter Sklaventreiber."

Ich lachte. „Das habe ich auch gehört."

Ich stand auf, und aus irgendeinem dämlichen Grund schüttelte ich ihm die Hand. „Picasso", sagte ich, „ich kenne nicht einmal Ihren richtigen Namen."

„Matthew", sagte er. „Matthew Harrison."
Dein Vater.

ALS ICH Matt Harrison das nächste Mal sah, saß er oben auf meinem Dach und hämmerte wie ein Verrückter Dachschindeln fest. Es war ein paar Tage, nachdem wir bei Harry's Hamburger miteinander geredet hatten.

„He, Picasso!", rief ich zu ihm hinauf. Diesmal war ich entspannter und freute mich sogar, ihn zu sehen. „Möchten Sie was Kaltes zu trinken?"

„Einen Moment noch, dann komme ich runter. Etwas Kaltes wäre nicht schlecht."

Fünf Minuten später kam er auf die Veranda, braun gebrannt wie eine blanke Kupfermünze.

„Wie läuft es da oben?", fragte ich ihn.

Er lachte. „Wie geschmiert! Ob Sie es glauben oder nicht, ich bin mit dem Dach fast fertig."

Verdammt. Gerade, als ich anfing, ihn gern bei mir zu haben.

„Wie läuft es denn hier unten?", fragte Matt und ließ sich in seinen abgeschnittenen Jeans und seinem offenen Jeanshemd in den Schaukelstuhl fallen. Der Stuhl schaukelte nach hinten und stieß gegen das Spalier.

„Ziemlich gut", sagte ich und fügte hinzu: „Keine tragischen Vorfälle an der Front heute, was mir natürlich sehr willkommen war."

Plötzlich brach das Spalier hinter Matt aus der Verankerung und kippte auf uns herunter. Wir sprangen beide gleichzeitig auf. Es gelang uns, den weißen Holzrahmen wieder an seinen Platz zu drücken, während unsere Köpfe unter Rosenblüten und Klematis verschwanden.

Ich musste lachen, als ich zu meinem Handwerker hinüberschaute. Er sah aus wie eine zerzauste Brautjungfer. Er reagierte sofort und sagte: „Lachen Sie nur, dabei sehen Sie selbst gerade aus wie Carmen Miranda."

Matt holte einen Hammer und Nägel und befestigte das Spalier wieder sicher an seinem Platz. Meine Aufgabe bestand darin, es festzuhalten.

Ich fühlte, wie sein starkes, muskulöses Bein an dem meinen rieb und wie seine Brust sich gegen meinen Rücken presste, während er die Arme über mir hochstreckte und den letzten Nagel einschlug.

Ich erschauerte. *Hatte er das absichtlich getan? Was ging hier eigentlich vor?*

Unsere Blicke trafen sich, und für einen Moment schien eine besondere Bedeutung darin zu liegen. Was immer es war, es gefiel mir.

Spontan – vielleicht auch aus einem Instinkt heraus – fragte ich ihn, ob er zum Abendessen bleiben wolle. „Nichts Besonderes. Ich leg bloß ein paar Steaks und Maiskolben auf den Grill …"

Er zögerte, und ich fragte mich, ob es da jemanden gab. Doch meine Unsicherheit löste sich in Luft auf, als er sagte: „Ich bin ziemlich schmutzig, Suzanne. Hätten Sie etwas dagegen, wenn ich bei Ihnen dusche? Ich würde sehr gerne zum Essen bleiben."

„Unter dem Waschbecken liegen frische Handtücher", sagte ich.

Und so ging er nach oben, um zu duschen, und ich machte das Abendessen. In diesem Moment fiel mir ein, dass ich weder Steaks noch Mais hatte. Glücklicherweise erfuhr Matt nie, dass ich kurz zu Melanie hinüberlief, um mir ein paar Sachen zum Essen zu borgen … und dass sie noch Wein, Kerzen und sogar einen halben Kirschkuchen zum Nachtisch dazutat. Sie erzählte mir auch, dass sie Matt anbete, wie überhaupt jeder, und dass er gut für mich sei.

Nach dem Abendessen saßen Matt und ich lange Zeit auf der Veranda vor dem Haus und unterhielten uns. Wieder verging die Zeit wie im Flug, und als ich auf meine Armbanduhr schaute, war es fast elf. Ich konnte es kaum glauben.

„Morgen habe ich Dienst im Krankenhaus", sagte ich. „Frühdienst."

„Ich würde die Einladung gern erwidern", sagte Matt. „Ich würde Sie morgen gern zum Abendessen ausführen. Darf ich, Suzanne?"

Ich konnte seinen Blick nicht loslassen. Matts Augen waren von einem unglaublich sanften Braun. „Ja, ganz bestimmt dürfen Sie mich zum Abendessen ausführen. Ich kann es kaum erwarten", sagte ich. Es kam einfach so heraus.

Er lachte. „Sie brauchen nicht zu warten. Ich bin noch da, Suzanne."

„Ich weiß, und es gefällt mir. Aber ich kann trotzdem kaum bis morgen warten. Gute Nacht, Matt."

Er beugte sich vor, küsste leicht meine Lippen und ging nach Hause.

WIE BISHER – Gott sei Dank – immer in meinem Leben wurde es dann schließlich doch Morgen. Und mit dem nächsten Tag kam Gus. Jeden Morgen ging er hinaus auf die Veranda und holte den *Boston Globe*. Was für ein Retriever, was für ein Kumpel!

Picasso machte mit mir an diesem Nachmittag eine Inselrundfahrt in seinem altersschwachen Chevy-Laster, und wir landeten schließlich an den malerischen vielfarbigen Klippen von Gay Head. Matt rief mir ins Gedächtnis, dass Tashtego in „Moby Dick" ein Harpunier von der Insel war, ein Indianer von Gay Head. Das hatte ich wohl vergessen.

Ein paar Tage später machten wir eine weitere Ausflugsfahrt zur Insel Chappaquiddick. Auf dem Strand stand ein winziges Schild: BITTE NICHT STÖREN, AUCH NICHT DIE VENUSMUSCHELN ODER DIE KAMMMUSCHELN. Hübsch. Wir haben nichts gestört.

TAGEBUCH FÜR NIKOLAS 509

Ich weiß, dass es vielleicht dumm klingt oder noch schlimmer, aber ich war einfach gerne zusammen mit Matt in dem Wagen. Ich schaute ihn an und dachte: He, ich bin mit diesem Typen zusammen, und er ist sehr nett. Wir suchen nach Abenteuern. Ich hatte seit langem nicht mehr dieses Gefühl gehabt. Es hatte mir gefehlt.

Genau in diesem Moment drehte Matt den Kopf zu mir und fragte mich, was ich dächte.

„Nichts. Ich genieße nur die Aussicht", sagte ich. Ich fühlte mich, als wäre ich gerade dabei erwischt worden, wie ich etwas Verbotenes tat.

Er blieb hartnäckig. „Wenn ich richtig rate, wirst du es mir dann sagen?"

„Sicher."

„Wenn ich richtig rate", sagte er grinsend, „haben wir noch eine Verabredung. Vielleicht schon morgen Abend."

„Und wenn du falsch rätst, werden wir uns nie wiedersehen. Ein ziemlich hoher Einsatz."

Er lachte. „Vergiss nicht, dass ich immer noch dein Haus anstreiche, Suzanne."

„Du würdest nicht die Malerarbeit aufs Spiel setzen, um zu gewinnen?"

Matt spielte den Beleidigten. „Ich bin Künstler." Er machte eine kleine Pause, bevor er riet: „Du hast über uns nachgedacht."

Ich konnte nicht einmal bluffen, denn ich errötete. „Ja, vielleicht."

„Ja!", rief er aus und riss beide Arme triumphierend in die Höhe. „Also?"

„Lass die Hände am Lenkrad. – Was, also?"

„Also, was würdest du morgen gerne machen?"

Ich musste lachen, und mir fiel auf, dass ich viel lachte, wenn ich mit ihm zusammen war. „Mann, ich habe keine Ahnung. Ich hatte eigentlich vor, Gus zu baden, was dringend nötig ist, ein bisschen einzukaufen und vielleicht einen Film auszuleihen."

„Klingt großartig. Wenn du ein wenig Gesellschaft haben möchtest, schließe ich mich gerne an."

Ich musste zugeben, es machte viel Spaß, mit Matt zusammen zu sein. Er war das genaue Gegenteil von Michael Bernstein, meinem früheren Freund in Boston, der niemals etwas ohne einen vernünftigen Grund zu tun schien, der niemals einmal einen Tag freinahm, wahrscheinlich auch niemals eine hübsche, kurvenreiche Straße entlangfuhr, nur weil sie da war.

Matt und Michael hätten verschiedener nicht sein können. Matt schien sich für fast alles auf diesem Planeten zu interessieren: Er war Gärtner, Vogelbeobachter, ein begeisterter Leser, ein ziemlich guter Koch, und natürlich war er sehr geschickt bei allen Arbeiten in und am Haus.

Ich war so glücklich an jenem Tag, einfach mit Matt herumzufahren, ohne Ziel. Ich nahm alles ringsumher in mich auf: das Seegras, den tiefblauen Himmel, den Strand, den tosenden Ozean. Aber vor allem nahm ich Matthew Harrison in mich auf. Sein frisch gewaschenes kariertes Flanellhemd, seine Jeans, seine schimmernde, rosig braune Haut, sein langes braunes Haar.

Ich atmete Matt ein, behielt ihn in mir und wollte ihn nie wieder ausatmen.

Lieber Nicky,

in den nächsten zwei Wochen traf ich Matt Harrison jeden Tag. Ich konnte es kaum glauben. Ich musste mich selbst oft kneifen. Ich lächelte, wenn niemand in der Nähe war.

„Hast du jemals ein Pferd geritten, Suzanne?", fragte Matt mich am Samstagmorgen. „Die Frage ist ernst gemeint."

„Darauf kannst du wetten. Als Kind", sagte ich und versuchte, ein wenig wie ein Cowboy zu klingen.

„Eine perfekte Antwort – weil du sehr bald wieder ein Kind sein wirst. Übrigens, hast du jemals ein himmelblaues Pferd mit roten Streifen und goldenen Hufen geritten?"

Ich schüttelte den Kopf. „Daran würde ich mich erinnern."

„Ich weiß, wo es ein solches Pferd gibt", sagte er. „Ich weiß sogar, wo es eine Menge solcher Pferde gibt."

Und so fuhren wir nach Oak Bluffs, und da waren sie.

Dutzende von leuchtend bunt bemalten Hengsten standen im Kreis unter dem schönsten und strahlendsten bemalten Baldachin, den ich je gesehen hatte. Handgeschnitzte Pferde mit flammend roten Nüstern und schwarzen Glasaugen galoppierten fröhlich im Kreis herum.

Matthew hatte mich zu den „Flying Horses" gebracht, dem ältesten Karussell im Land. Diese „Fliegenden Pferde" waren immer noch in Betrieb und eine Attraktion für Kinder jeden Alters.

Wir kletterten hinauf, während die Plattform sich unter uns drehte, und fanden die perfekten Pferde. Während die Musik spielte, klammerte ich mich an die silberne Stange und bewegte mich auf dem Pferd auf und nieder, auf und nieder. Ich verfiel dem Zauber des rotierenden Karussells. Matt streckte den Arm aus, um meine Hand zu halten, und versuchte sogar, einen Kuss zu ergattern, was ihm auf bewundernswerte Weise gelang. Was für ein Reiter!

„Wo hast du gelernt, so zu reiten, Cowboy?", fragte ich.

„Oh, ich bin jahrelang geritten", sagte Matt. „Ich habe hier Reitstunden genommen, als ich drei war. Siehst du diesen blauen Hengst da vorn? Der hat mich ein paarmal abgeworfen. Deswegen wollte ich, dass du beim ersten Mal die Stute bekommst, National Velvet. Sie hat ein ausgeglichenes Temperament."

„Sie ist schön, Matt. Als Kind bin ich auch ein paarmal geritten, weißt du. Ich bin immer mit meinem Großvater geritten. Komisch, dass ich mich gerade jetzt daran erinnere."

Schöne Erinnerungen sind wie kleine Amulette, Nicky. Du sammelst sie, eine nach der anderen, bis du eines Tages zurückblickst und entdeckst, dass sie ein langes buntes Armband ergeben.

Katie

Niemals würde Katie den Tag vergessen, an dem sie Matt Harrison zum allerersten Mal gesehen hatte. Es war in ihrem kleinen, gemütlichen Büro im Verlag gewesen, und sie hatte sich schon seit Tagen auf die Begegnung gefreut.

Die „Lieder eines Malers" hatten ihr sehr gefallen; sie erschienen ihr wie Kurzgeschichten, die auf magische Weise zu kraftvollen und sehr bewegenden Gedichten konzentriert worden waren. Er schrieb über das tägliche Leben – Gartenarbeit, den Anstrich eines Hauses, das Begräbnis eines geliebten Hundes –, aber durch die Wahl seiner Worte destillierte er perfekt das Leben heraus. Katie wunderte sich immer noch, dass sie es gewesen war, die sein Werk entdeckt hatte.

Und dann trat er durch ihre Bürotür, und sie staunte noch mehr. Nein, sie war hingerissen. Die primitivsten Teile ihres Gehirns saugten sich an dem Bild vor ihr fest – an dem Mann. Katie spürte, wie ihr Herz einen Schlag aussetzte, und dachte: *Katie, pass bloß auf.*

Er war größer als sie – ungefähr 1,85 Meter. Er hatte eine wohlgeformte Nase und ein energisch aussehendes Kinn, und alles in seinem Gesicht passte ausnehmend gut zusammen, genau wie in seinen Gedichten.

Sein Haar war ziemlich lang, sandbraun und schimmernd. Seine Haut hatte die tiefe Bräune eines Mannes, der im Freien arbeitet. Er lächelte über irgendetwas – hoffentlich nicht über ihre Größe oder ihren dämlichen Gesichtsausdruck –, aber in jedem Fall gefiel er ihr, gefiel ihr sehr.

Sie aßen an jenem Tag gemeinsam zu Abend, und anschließend gingen sie in einen Jazzklub. Schließlich setzte er sie nachts um drei bei ihrer Wohnung ab, entschuldigte sich aufrichtig und überschwänglich, küsste sie zärtlich auf die Wange, und schon war er mit dem Taxi verschwunden.

Katie stand auf den Stufen vor ihrer Haustür, und endlich konnte sie Atem holen. Sie versuchte, sich zu erinnern … war Matt Harrison verheiratet?

Am nächsten Morgen kam er wieder in ihr Büro – um zu arbeiten –, doch gegen Mittag verdrückten sie sich zum Essen und blieben für den Rest des Tages fort. Sie gingen von einem Museum zum anderen, und es zeigte sich, dass Matt etwas von Kunst verstand. *Wer ist dieser Typ?*, fragte sie sich die ganze Zeit. *Und warum erlaube ich mir zu fühlen, was ich fühle?*

An diesem Abend kam er mit hinauf in Katies Wohnung, und sie war immer noch erstaunt, dass das alles wirklich passierte. Katie war bei ihren Freunden dafür bekannt, nicht gleich mit jedem ins Bett zu steigen; sie war zu romantisch und viel zu altmodisch, wenn es um Sex ging; aber da war sie nun mit diesem gut aussehenden, sehr attraktiven Maler-Poeten aus Martha's Vineyard und konnte gar nicht anders, als mit ihm zusammen zu sein.

In dieser regnerischen Nacht schliefen sie zum ersten Mal miteinander, und er machte Katie auf die Melodie der Regentropfen aufmerksam, die auf die Straße und auf die Bäume vor dem Haus fielen. Es war schön. Aber bald hatten sie das Plätschern des Regens vergessen und auch alles andere, außer ihre gegenseitigen sehnsuchtsvollen Berührungen.

Es war so natürlich, so wunderschön im Bett, dass es Katie ein wenig Angst machte. Es war, als würden sie einander schon lange kennen. Matt wusste, wie er sie umarmen musste, wie und wo berühren, wie lange warten, und schließlich, wann er sie innerlich zum Explodieren brachte. Sie liebte die sanfte Art, wie er ihre Lippen küsste, ihre Wangen, ihren Rücken – ihren ganzen Körper.

„Du bist absolut hinreißend, und du weißt es nicht einmal, nicht wahr?", flüsterte er ihr zu und lächelte. „Du hast einen wundervollen Körper. Und ich liebe dein geflochtenes Haar."

TAGEBUCH FÜR NIKOLAS 513

„Du und meine Mutter", sagte Katie. Sie flocht ihren Zopf auf und ließ ihre langen Haare über die Schultern fließen.

Als er am nächsten Morgen Katies Wohnung verließ, hatte sie das Gefühl, noch nie eine solche Nähe zu einem anderen Menschen erfahren zu haben.

Irgendwie fehlte ihr Matt schon jetzt. Es war verrückt, vollkommen lächerlich, es war überhaupt nicht ihre Art, aber sie vermisste ihn wirklich.

Als sie an diesem Morgen ins Büro kam, war er schon da und wartete auf sie. Ihr blieb fast das Herz stehen. „Wir sollten lieber arbeiten", sagte sie. „Ich meine das ernst, Matthew."

Er sagte kein Wort, schloss einfach die Bürotür und küsste Katie, bis sie glaubte zu schmelzen.

Schließlich ließ er von ihr ab, schaute ihr wieder in die Augen und sagte: „Ich war kaum aus deiner Tür, da hast du mir schon gefehlt."

Das Tagebuch

Weißt du was, Nikolas?
Ich erinnere mich an alles so genau, als wäre es gestern gewesen. Matt und ich fuhren in meinem alten blauen Jeep auf der Straße von Edgartown nach Vineyard Haven.

„Kannst du nicht schneller fahren?", fragte Matt. „Ich bin ja zu Fuß flotter."

„He, ich habe in meiner Fahrschule in Cornwall on Hudson den ersten Preis für sicheres Fahren gewonnen. Ich habe das Diplom gleich unter meine Promotionsurkunde gehängt."

Matt lachte. Er verstand jeden meiner dummen kleinen Witze.

Wir fuhren zum Haus seiner Mutter. Matt meinte, dass es interessant für mich sein würde, sie kennen zu lernen.

Interessant? Was sollte das heißen?

„Uups, da ist ja meine Mom!", sagte Matt just in jenem Augenblick, als wir ankamen.

Sie war oben auf dem Dach des Hauses und reparierte eine Fernsehantenne. Wir stiegen aus dem Jeep, und Matt rief zu ihr hinauf: „Mom, das ist Suzanne! Suzanne … meine Mutter Jean. Sie hat mir beigebracht, wie man alles im und ums Haus repariert."

Seine Mutter war groß, schlaksig, silberhaarig. Sie rief zu uns hinunter: „Ich freue mich sehr, Sie kennen zu lernen, Suzanne. Setzt euch auf die Veranda. Ich bin hier oben gleich fertig."

Matt und ich setzten uns an den eisernen Tisch auf der Veranda. Es war ein typisches koloniales „Saltbox"-Haus, wie man es häufig in Neuengland findet. Nach Norden hatte es eine Aussicht auf den Hafen. Nach Süden lagen Maisfelder; dahinter dehnten sich tiefe Wälder.

„Es ist wunderbar hier. Bist du hier aufgewachsen?", fragte ich.

„Nein, ich bin in Edgartown geboren. Dieses Haus wurde ein paar Jahre nach dem Tod meines Vaters gekauft."

„Tut mir Leid, dass dein Vater tot ist, Matt."

Er zuckte die Achseln. „Noch eine Gemeinsamkeit von uns beiden, nehme ich an."

„Warum hast du es mir nie erzählt?", fragte ich ihn.

Er lächelte. „Weißt du, ich glaube, ich rede einfach nicht gerne über traurige Dinge."

Plötzlich erschien Jean mit Eistee und einem Teller, auf dem Schokoladenkekse aufgehäuft waren.

„Also, ich verspreche, ich werde Sie nicht ausfragen, Suzanne. Dafür sind wir zu erwachsen", sagte sie und blinzelte mir kurz zu. „Ich würde allerdings sehr gerne etwas über Ihre Praxis hören. Matthews Vater war auch Arzt, wissen Sie."

Ich blickte zu ihm hinüber. Matt hatte mir auch davon nichts erzählt. „Mein Vater starb, als ich acht Jahre alt war. Ich kann mich kaum noch an ihn erinnern."

„Bei manchen Dingen ist er sehr zurückhaltend, Suzanne. Matthew war tief verletzt, als sein Vater starb. Er glaubt, es könne andere Menschen beunruhigen, wenn sie hören, wie verletzt er war."

Sie zwinkerte Matt zu, und er zwinkerte zurück. Ich konnte sehen, wie nahe sie sich standen. Es war schön, das zu sehen.

Es stellte sich heraus, dass Jean eine der Künstlerinnen am Ort war – eine Malerin. Sie zeigte mir einige ihrer Arbeiten. Sie war eine gute Malerin. Und sie hatte, wenn es um ihre Arbeit ging, Sinn für Humor – eigentlich bei allem. Ich erkannte viel von Matt in ihr.

Der Nachmittag wurde zum Abend, und es endete damit, dass Matt und ich zum Essen blieben. Es war sogar noch Zeit, ein kostbares altes Album mit Fotos von Matt als Baby anzuschauen.

Er war so niedlich, Nick. Er hatte als Junge deine blonden Haare und auch diesen draufgängerischen Blick, den du manchmal hast.

TAGEBUCH FÜR NIKOLAS   515

„Keine nackten Popos auf dem Bärenfell?", fragte ich Jean, während ich die Bilder anschaute.

Sie lachte. „Suchen Sie nur gründlich, und ich bin sicher, Sie werden einen finden. Matt hat einen hübschen Hintern. Wenn Sie ihn nicht schon gesehen haben, sollten Sie ihn fragen, ob Sie mal gucken dürfen."

Jetzt lachte ich. Jean war wirklich witzig.

Es war ungefähr elf Uhr, als wir schließlich aufstanden, um zu gehen. Jean umarmte mich herzlich und flüsterte mir ins Ohr: „Er bringt sonst nie jemanden mit nach Hause. Also, was auch immer Sie von ihm denken mögen, er muss Sie sehr mögen. Bitte tun Sie ihm nicht weh. Er ist sehr sensibel, Suzanne. Und er ist ein ziemlich guter Junge."

„He!", rief Matt vom Wagen aus. „Hört auf zu tuscheln, ihr beiden!"

„Zu spät", sagte seine Mutter. „Der Schaden ist schon angerichtet. Ich musste einfach alles ausplaudern. Suzanne weiß jetzt genug, um dich wie eine heiße Kartoffel fallen zu lassen."

JA, DER Schaden war angerichtet – bei mir. Ich war dabei, mich in Matthew Harrison zu verlieben. Ich konnte es selbst kaum glauben, aber es geschah wirklich – wenn es nicht bereits geschehen war.

Das „Hot Tin Roof" ist ein Vergnügungslokal am Flughafen von Martha's Vineyard in Edgartown. Matt und ich gingen dorthin, um Austern zu essen und uns den Blues am Freitagabend anzuhören. Zu diesem Zeitpunkt wäre ich überall mit ihm hingegangen.

„Wie wäre es mit einem langsamen Tanz?", fragte Matt, nachdem wir genug Austern gegessen und kühles Bier getrunken hatten.

„Tanzen? Hier tanzt niemand, Matt. Ich glaube nicht, dass das hier ein Ort zum Tanzen ist."

„Das ist mein Lieblingslied, und ich würde gerne mit dir tanzen. Willst du mit mir tanzen, Suzanne?"

Ich wurde rot.

„Komm schon", flüsterte Matt mir ins Ohr.

„In Ordnung. Ein Tanz."

Wir begannen, langsam in unserer Ecke der Bar zu tanzen. Die Leute starrten uns an.

„Ist das in Ordnung?", erkundigte sich Matt.

„Weißt du, genau genommen ist es sogar großartig. Übrigens, was ist das für ein Lied? Du sagtest, es sei dein Lieblingslied."

„Oh, ich habe keine Ahnung, Suzanne. Ich brauchte nur eine Ausrede, um dich festzuhalten."

Bei diesen Worten hielt er mich noch fester als zuvor. Ich liebte es, wenn er mich in seinen Armen hielt. Mir wurde ein wenig schwindlig, als wir uns im Rhythmus der Musik drehten.

„Ich muss dich etwas fragen", flüsterte er an meinem Ohr.

„Okay", flüsterte ich zurück.

„Was hast du für ein Gefühl mit uns beiden? Bis jetzt?"

Ich küsste ihn. „So eins."

Er lächelte. „So fühle ich mich auch."

„Gut."

Matt beugte den Kopf und küsste mich wieder leicht auf die Lippen. „Würdest du heute Nacht mit zu mir kommen, Suzanne?", fragte er. „Ich würde gerne noch ein bisschen weitertanzen."

Ich sagte ihm, dass ich sehr gerne mitkommen würde.

Ich habe dieses Zwinkern, das Matt „Suzannes berühmtes Augenzwinkern" nennt. In dieser Nacht zwinkerte ich Matt zum ersten Mal so zu. Es gefiel ihm sehr.

MATT wohnte in einem kleinen viktorianischen Haus, das mit Ornamenten verziert war, die sich um die ganze Dachtraufe herumzogen und alle Kanten entschärften.

Es war das erste Mal, dass ich eingeladen war, und plötzlich wurde ich nervös. Wir gingen hinein, und mir fiel sofort eine Bibliothek auf. Tausende von Büchern standen dort. Meine Blicke wanderten die Regale hinauf und hinunter: Scott Fitzgerald, John Cheever, Virginia Woolf. Eine ganze Wand war Gedichtsammlungen gewidmet: W. H. Auden, Wallace Stevens, Sylvia Plath. Ein antiker Globus stand dort, ein altes englisches Schiffsmodell mit fleckigen Segeln und Schlagseite, ein großer Kiefernholztisch, der mit Schreibblöcken und verschiedenen Papieren bedeckt war.

„Dieser Raum gefällt mir aber sehr. Darf ich mich mal umschauen?", fragte ich.

„Mir gefällt er auch. Natürlich kannst du dich umschauen."

Ich wurde völlig überrascht von dem Deckblatt auf einem Papierstapel. Darauf stand „Lieder eines Malers – Gedichte von Matthew Harrison".

Matt war ein Dichter? Er hatte mir nichts davon erzählt. Er redete wirklich nicht gerne über sich selbst. Welche anderen Geheimnisse hatte er noch?

„Okay, ja", gab er zu, „ich schreibe wirklich ein bisschen. Aber das ist auch schon alles. Ich habe diese Macke, seit ich sechzehn war, und ich habe versucht, es ein wenig auszuarbeiten, seitdem ich Brown verlassen habe. Ich habe meinen Abschluss in Literatur und Anstreichen gemacht. War nur ein Scherz. Hast du jemals geschrieben, Suzanne?"

„Nein, eigentlich nicht", antwortete ich. „Aber ich habe daran gedacht, ein Tagebuch zu führen."

In Südfrankreich soll es eine besondere Zeit geben, die als „Nacht der Sternschnuppen" bekannt ist. In dieser Nacht stimmt alles; sie ist perfekt und voller Magie. Wenn man den Franzosen glauben darf, fließen die Sterne nur so aus dem Himmel, wie Sahne aus dem Krug. Genauso war es in dieser Nacht.

„Lass uns einen Spaziergang zum Strand machen", schlug Matt vor. „Ich habe eine Idee."

„Ich habe schon gemerkt, dass du eine Menge Ideen hast."

„Vielleicht ist es der Dichter in mir."

Er schnappte sich eine alte Decke, seinen CD-Player und eine Flasche Champagner. Wir gingen einen gewundenen Pfad durch hohes Seegras entlang und fanden schließlich eine schöne Stelle, an der wir die Decke ausbreiteten.

Matt öffnete die Flasche, und der Champagner glitzerte und funkelte in der mitternächtlichen Luft. Dann drückte er auf PLAY, und Klänge von Debussy schwebten hinauf zum sternenbesetzten Nachthimmel.

Matt und ich tanzten wieder. Wir drehten uns immer und immer wieder, im Gleichklang mit dem Rhythmus des Meeres. Ich ließ meine Finger über seinen Rücken und seinen Hals gleiten, ließ die Hände durch sein Haar fahren. „Ich wusste nicht, dass du Walzer tanzen kannst", sagte ich.

Er lachte. „Ich auch nicht."

Es war schon spät, als wir uns auf den Weg zurück vom Strand machten, aber ich war wacher als jemals zuvor. Ich hatte nicht erwartet, dass so etwas passieren würde. Nicht jetzt, vielleicht niemals. Es schien tausend Jahre her zu sein, dass ich den Herzanfall im Bostoner Park gehabt hatte. Ich war so glücklich, Nicky, so selig.

Matt nahm sanft meine Hand und führte mich die Treppe hinauf zu seinem Zimmer. Ich wollte mit ihm gehen, hatte aber immer noch Angst. Ich hatte das schon eine ganze Weile nicht mehr getan.

Keiner von uns sagte etwas, aber plötzlich stand mir der Mund weit offen. Er hatte das obere Stockwerk in einen einzigen großen Raum verwandelt, einschließlich Dachfenstern, die den Nachthimmel in sich aufzunehmen schienen.

Matt erzählte mir, er könne von seinem Bett aus Sternschnuppen zählen. „In einer Nacht waren es sechzehn Stück. Meine persönliche Bestleistung."

Er kam zu mir, langsam und bedächtig, und zog mich an sich wie ein Magnet. Ich fühlte, wie sich die Knöpfe meiner Bluse auf meinem Rücken öffneten. Seine Finger glitten an meiner Wirbelsäule herunter, berührten sie unglaublich zärtlich. Er streifte meine Bluse ab, und ich sah sie auf den Boden sinken wie ein Blütenblatt im Wind.

Ich stand so dicht bei ihm, fühlte mich ihm so nahe, atmete kaum, fühlte mich leicht, schwindlig, verzaubert, ganz besonders.

Matt ließ seine Hände auf meine Hüften gleiten. Dann legte er mich sanft auf sein Bett. Ich beobachtete ihn im Mondschatten. Er war so schön. Wie war das geschehen? Warum war ich plötzlich so glücklich?

Er breitete sich über mich wie eine Quiltdecke in einer kalten Nacht. Das ist alles, was ich darüber sagen werde, alles, was ich aufschreibe.

ICH HOFFE, lieber Nicky, dass alles so kommt, wie du es dir wünschst, wenn du erwachsen wirst. Vor allem die Liebe. Wenn sie echt ist, wenn es die richtige ist, dann kann dir die Liebe ein Glück geben, das dir kein anderes Erlebnis bescheren kann. Ich war verliebt, ich bin verliebt, spreche also aus Erfahrung. Ich habe auch lange Strecken in meinem Leben ohne Liebe gelebt, und es gibt keine Möglichkeit, den Unterschied zwischen beiden zu beschreiben.

Wir ist immer viel besser als Ich.

Bitte höre auf niemanden, der dir etwas anderes erzählt. Und werde niemals ein Zyniker, Nicky. Alles, nur das nicht!

Ich schaue auf deine kleinen Hände und Füße. Ich zähle immer und immer wieder deine Zehen, bewege sie sanft, als wären sie die Kugeln eines Abakus. Ich küsse deinen Bauch, bis du lachen musst. Du bist so unschuldig. Bleib so, wenn es um die Liebe geht.

Sieh dich nur an. Ich habe das perfekte Baby. Deine Nase und dein Mund sind genau richtig. Deine Augen und dein Lächeln sind das Allerschönste an dir. Jetzt schon sehe ich deine Persönlichkeit aufblühen. Woran denkst du jetzt gerade? An das Mobile über deinem Kopf? An deine Spieluhr? Daddy sagt, dass du wahrscheinlich an Mädchen denkst und an Werkzeug und protzige Autos. „Er ist ein echter Junge, Suzanne."

Daddy und ich lachen, wenn wir an all die guten Dinge denken, die auf dich warten. Aber am meisten wollen wir, dass du immer von Liebe umgeben sein wirst. Sie ist ein Geschenk. Wenn ich kann, will ich versuchen, dir beizubringen, wie man solch ein Geschenk bekommt. Weil ohne Liebe zu sein bedeutet, ohne Gnade zu sein, und das ist schrecklich.

Wir ist viel besser als Ich.

Wenn du einen Beweis brauchst, sieh uns an.

„ALSO, was ist los? Spuck es schon aus, Suzanne", sagte Melanie Bone, meine Nachbarin und Freundin. „Ich weiß, dass da was mit dir läuft. Ich merk es ganz genau."

Wir gingen am Strand in der Nähe unserer Häuser entlang, die Kinder und Gus nicht weit hinter uns im Schlepptau.

„Du bist so gescheit", sagte ich. „Und du hast die richtige Nase."

„Das weiß ich. Also sag mir, was ich noch nicht weiß. Spuck's aus."

Ich konnte nicht mehr widerstehen. Es musste ohnehin früher oder später herauskommen. „Ich bin verliebt, Mel. Ich habe mich Hals über Kopf in Matt Harrison verliebt. Ich habe keine Ahnung, was aus uns wird!"

Sie kreischte. Dann hüpfte sie ein paarmal im Sand auf und ab. „Das ist perfekt, Suzanne. Ich wusste, dass er ein guter Maler ist, aber ich hatte keine Ahnung von seinen anderen Talenten."

„Wusstest du, dass er Dichter ist? Ein sehr guter Dichter?"

„Du machst Witze", sagte sie.

„Und ein guter Tänzer?"

„Das überrascht mich nicht. Auf dem Dach bewegt er sich ziemlich geschickt." Plötzlich umarmte mich Melanie. „Mein Gott, Suzanne, das ist es! Herzlichen Glückwunsch, es hat dich voll erwischt."

Wir lachten wie alberne 15-Jährige und machten uns mit Melanies Kindern und Gus auf den Rückweg. An diesem Morgen in ihrem Haus redeten wir nonstop über alles, vom ersten Rendezvous bis zur ersten Schwangerschaft. Melanie beichtete mir, dass sie an ein fünftes Baby dachte, was mich sprachlos machte. Für sie war das so einfach wie einen Schrank aufzuräumen. Sie hatte ihr Leben unter Kontrolle wie ein Regal im Lebensmittelladen, auf dem säuberlich die Konservendosen aufgereiht sind.

Ich fantasierte an diesem Morgen auch über das Kinderkriegen, Nikolas. Ich wusste, ich würde wegen meines geschädigten Herzens eine Risikoschwangerschaft haben, aber das war mir egal. Vielleicht wusste ich irgendwo tief in mir, dass eines Tages du da sein würdest. Ein Hoffnungsschimmer. Ein inniger Wunsch.

Oder nur die schiere Unvermeidlichkeit dessen, was die Liebe zwischen zwei Menschen bringen kann.

Dich – sie hat dich gebracht.

SCHLIMME Dinge passieren einfach, Nikolas. Manchmal machen sie überhaupt keinen Sinn. Manchmal sind sie unfair. Manchmal sind sie einfach eine verdammte, himmelschreiende Gemeinheit.

Gus überquerte gerade die Straße auf dem Weg zum Strand, wo er gerne die Wellen jagte und die Seemöwen verbellte. Schlechtes Timing.

Ich sah alles. Ich öffnete den Mund, um zu rufen, ihn zu warnen, aber es war zu spät.

Der rote Pick-up kam wie ein verschwommener Fleck um die Kurve geschossen, die man nicht einsehen kann. Ich konnte beinahe den Gummi der Reifen riechen, als sie kreischend über den heißen Asphalt rutschten; dann musste ich zusehen, wie die vordere linke Stoßstange Gus erfasste. Dann war es vorbei, war geschehen, und Gus lag wie ein weggeworfener Lumpen am Straßenrand.

„Nein!", schrie ich gellend. Der Laster hatte angehalten, und zwei Männer um die zwanzig mit stoppeligem Gesicht stiegen aus.

„O Mann, tut mir Leid, ich hab ihn nicht gesehen", stammelte der Fahrer.

Ich hatte keine Zeit zu diskutieren. Ich warf dem Fahrer meine Schlüssel zu. „Öffnen Sie die Hecktür meines Jeeps!," fuhr ich ihn bissig an, während ich Gus vorsichtig auf den Arm nahm. Er war lahm und schwer, aber er atmete noch, war noch Gus.

Ich legte ihn hinten in den Jeep. Seine sanften, vertrauten Augen waren so weit entfernt wie die Wolken. Dann wimmerte er erbärmlich, und es brach mir das Herz.

„Halt durch, Junge", sagte ich, als ich aus meiner Ausfahrt fuhr. „Bitte, verlass mich nicht."

Ich rief Matt übers Handy an, und er kam umgehend zur Tierärztin. Dr. Pugatch kümmerte sich sofort um Gus.

„Der Laster ist viel zu schnell gefahren, Matt", erklärte ich ihm.

Matt war noch wütender als ich. „Es ist diese verdammte Kurve. Ich muss dir unbedingt eine neue Ausfahrt auf der anderen Seite des Hauses anlegen. Auf die Weise kannst du die Straße überblicken."

„Das ist alles so schrecklich. Gus war da gewesen, als ich …" Ich hielt inne. Ich hatte Matt immer noch nichts von meinem Herzanfall erzählt. Ich musste es ihm bald erzählen.

TAGEBUCH FÜR NIKOLAS

„Pssst, es ist in Ordnung, Suzanne. Es wird alles gut." Matt hielt mich fest. Ich drückte mich an seine Brust. Dann spürte ich, dass auch Matt ein wenig zitterte. Auch er war Gus nahe gekommen und hatte ihn lieb gewonnen.

Zwei Stunden später kam die Tierärztin aus dem Behandlungszimmer. Eine Ewigkeit schien zu vergehen, bevor sie etwas sagte. „Suzanne, Matt …", begann Dr. Pugatch schließlich. „Es tut mir Leid. Es tut mir sehr Leid. Gus hat es nicht geschafft."

Ich brach in Tränen aus, und mein ganzer Körper bebte. Gus war immer bei mir gewesen, stets für mich da gewesen. Er war mein Kumpel, mein Zimmergenosse, mein Joggingpartner. Wir waren vierzehn Jahre lang zusammen gewesen.

Manchmal geschehen schlimme Dinge, Nikolas. Denk immer daran, aber vergiss nie, dass du weitermachen musst – irgendwie.

Du nimmst einfach den Kopf hoch und schaust dir etwas Schönes an, den Himmel oder das Meer, und dann, verdammt, machst du weiter.

Lieber Nikolas,
am nächsten Tag kam unerwartet ein Brief.

Ich stand am Ende der Auffahrt vor dem verwitterten Briefkasten. Ich öffnete sorgfältig den Brief und hielt ihn gut fest, sodass er nicht vom Meereswind fortgeweht werden konnte. Anstatt zu umschreiben, was in dem Brief stand, füge ich ihn lieber ins Tagebuch ein:

Liebe Suzanne,

Du bist der Duft von Nelken,
Licht in einem dunklen Raum.
Der Duft von Kiefern
Weit weg von Maine.

Du bist Honig
Und Zimt
Und Gewürz aus Westindien,
Vom Schiff des Marco Polo.

Du bist eine Rose,
Ein Perlring,
Ein roter Parfümflakon,
Gefunden am Ufer des Nil.

Du bist eine alte Seele von einem uralten Ort,
Tausend Jahre, und Jahrhunderte und Jahrtausende alt,
Und du bist diesen langen, weiten Weg gekommen,
Nur damit ich dich lieben konnte.
Und ich liebe dich.

Matt

Was kann ich sagen, Nikolas, was dein lieber Vater nicht besser sagen kann? Er ist ein wunderbarer Schriftsteller, und ich bin mir nicht einmal sicher, dass er es weiß. Ich liebe ihn so sehr. Wer würde das nicht?

ICH RIEF Matt sehr früh am nächsten Morgen an, Nicky, so früh, wie ich es wagte, gegen sieben. Ich war bereits um kurz nach vier aufgestanden und hatte sogar geprobt, was ich sagen wollte und wie.

Es war hart. Es war unmöglich.

„Hi, Matt. Suzanne am Apparat. Ich hoffe, ich rufe nicht zu früh an. Kannst du heute Abend vorbeikommen?" Das war alles, was ich zustande brachte.

„Natürlich. Ich wollte dich sowieso gerade anrufen."

Matt kam kurz nach sieben Uhr abends. Er trug ein gelbes, bunt kariertes Hemd und eine marineblaue Hose – ziemlich förmliche Kleidung für seine Verhältnisse.

„Willst du einen Strandspaziergang mit mir machen, Suzanne? Den Sonnenuntergang anschauen?"

Genau das wollte ich. Er konnte meine Gedanken lesen.

Sobald wir die Strandstraße überquert hatten und unsere bloßen Füße in den noch warmen Sand sanken, sagte ich zu Matt: „Es gibt da etwas, was ich dir sagen muss."

Er lächelte. „Nur zu. Ich höre immer gern den Klang deiner Stimme."

Armer Matt. Ich bezweifelte, dass er auch den Klang dessen gern hören würde, was als Nächstes kam.

„Es gibt da etwas, was ich dir schon seit längerer Zeit erzählen will. Ich habe es immer wieder vor mir hergeschoben. Ich weiß nicht einmal, wie ich das Thema jetzt anschneiden soll ..."

Er nahm meine Hand und ließ sie sanft im Rhythmus unserer Schritte schwingen. „Nur raus damit. Mach einfach weiter, Suzanne."

Ich drückte leicht seine Hand. „Also gut ..."

„Jetzt machst du mir doch ein bisschen Angst", sagte Matt schließlich.

TAGEBUCH FÜR NIKOLAS 523

„Es tut mir Leid", flüsterte ich. „Wirklich. Matt, direkt bevor ich nach Martha's Vineyard gekommen bin …"

„Hattest du einen Herzanfall, ich weiß", unterbrach er mich mit sanfter Stimme. „Du wärst im Park von Boston beinahe gestorben – aber nur beinahe, Gott sei Dank. Und jetzt sind wir hier, und ich glaube, wir sind zwei der glücklichsten Menschen auf der Welt. Jedenfalls weiß ich, dass ich es bin. Ich bin hier, halte deine Hand und schaue in deine schönen blauen Augen."

Ich blieb stehen und blickte Matt ungläubig an. Die sinkende Sonne war gerade auf Höhe seiner Schulter.

„Wie hast du es erfahren …?", stammelte ich.

„Ich habe schon davon gehört, bevor ich zum Arbeiten zu dir gekommen bin. Das hier ist eine kleine Insel, Suzanne. Damals hatte ich beinahe schon damit gerechnet, eine alte Schachtel mit einem Gehwagen anzutreffen."

„Du hast es also gewusst, hast mir aber nie gesagt, dass du es wusstest."

„Ich war der Meinung, dass es nicht meine Sache ist. Ich wusste, du würdest es mir sagen, wenn du so weit bist. Ich denke, jetzt bist du so weit, Suzanne. Das ist eine gute Neuigkeit. Ich habe in den letzten Wochen viel darüber nachgedacht, was du erlebt hast. Ich bin sogar zu einem Ergebnis gekommen. Möchtest du es hören?"

Ich hielt mich an Matts Arm fest. „Natürlich."

„Ich muss immer daran denken, wenn wir zusammen sind. Dann sag ich mir immer: Ist es nicht ein unermessliches Glück, dass Suzanne in Boston nicht gestorben ist, dass es sie noch gibt und dass wir jetzt zusammen glücklich sein können? Jetzt, zum Beispiel, können wir den Sonnenuntergang beobachten. Oder wir können draußen auf der Veranda vor dem Haus sitzen und Karten spielen. Oder Mozart hören. Ich denke immer: *Ist dieser Augenblick nicht etwas ganz Besonderes, weil du da bist, Suzanne?*"

Ich musste weinen, und in diesem Augenblick nahm Matt mich in die Arme. Wir kuschelten uns am Strand lange Zeit aneinander, und ich wollte, dass er mich nie wieder loslässt. *Habe ich nicht wahnsinniges Glück?*

„Suzanne?", hörte ich ihn flüstern und spürte seinen warmen Atem auf meiner Wange.

„Ich bin hier. Ich werde nicht weggehen."

„Das ist gut. Ich möchte, dass du immer da bist. Ich liebe es, dich in den Armen zu halten. Jetzt muss ich dir etwas sagen. Ich liebe dich sehr, Suzanne. Alles an dir ist für mich so wertvoll wie ein Schatz. Du fehlst mir schon, wenn wir nur ein paar Stunden getrennt sind. Ich habe lange Zeit nach dir gesucht, ohne es zu wissen. Suzanne, willst du mich heiraten?"

Ich nahm den Kopf zurück und schaute in die schönen Augen dieses kostbaren Mannes, den ich gefunden hatte – oder vielleicht er mich. Ich lächelte und fühlte ein ganz unglaubliches, warmes Glühen in mir.

„Ich liebe dich, Matt. Auch ich habe lange Zeit nach dir gesucht. Ja, ich will dich heiraten."

Katie

Katie schlug das Tagebuch zu. Diesmal klappte sie es heftig zu. Es verletzte sie so sehr, diese Seiten zu lesen. Sie konnte das alles nur in kleinen Portionen aufnehmen. Matt hatte sie in seinem Brief gewarnt: „Es sind einige Abschnitte darin, die für dich wohl nur schwer zu ertragen sind." Was für eine unglaubliche Untertreibung.

Das Tagebuch machte sie eifersüchtig auf Suzanne. Irgendwie fühlte sie sich wie ein Schuft, klein und unbedeutend. Nicht wie sie selbst. Vielleicht waren es die Hormone. Vielleicht nur eine ganz normale Reaktion auf all die anomalen Dinge, die ihr in letzter Zeit passiert waren.

Sie schloss fest die Augen, und sie fühlte sich unglaublich allein. Sie musste unbedingt mit jemandem sprechen, nicht nur mit Guinevere und Merlin. Ironischerweise war der Mensch, mit dem sie am liebsten reden würde, auf Martha's Vineyard. Sosehr sie es auch wünschte, sie würde ihn nicht anrufen.

Ihr war wieder leicht übel. Und ihr war kalt. Sie wickelte sich in eine Decke. Sie lag auf der Couch im Wohnzimmer und musste immer an das Baby denken, das in ihr wuchs. „Es ist alles in Ordnung, mein Kleines", flüsterte sie.

Katie erinnerte sich an die Nacht, in der sie schwanger geworden war. Sie hatte in dieser Nacht eine Vision gehabt, hatte sie aber sofort beiseite gewischt und gedacht, ich bin noch nie schwanger geworden. Kein einziges Mal war ihre Regel ausgeblieben.

In dieser letzten Nacht mit Matt hatte Katie gespürt, dass sich irgend-

TAGEBUCH FÜR NIKOLAS   525

etwas zwischen ihnen verändert hatte. Sie merkte es daran, wie er sie
hielt, wie er sie mit seinen strahlenden braunen Augen anschaute. Sie
spürte, wie seine Schutzmauern brachen, und sie erkannte: Das ist es.
Matt war bereit, ihr Dinge zu erzählen, über die er zuvor nie hatte sprechen können.

Hatte ihm das Angst gemacht? War es das?

Es hatte so einfach angefangen. Er hatte seine Finger um ihre gelegt,
dann seinen Arm unter sie geschoben und ihr in die Augen geblickt.
Dann hatten sich ihre Beine berührt, sie hatten sich einander zugewandt.
Seine Augen sagten: „Ich liebe dich, Katie." Sie konnte sich nicht geirrt
haben.

Sie hatte immer gewollt, dass es so sein sollte, genau so. Diesen
Traum hatte sie tausendmal geträumt. Er hatte seine starken Arme um
sie gelegt, und sie schlang ihre langen Beine um seine Hüften. Katie war
sicher, sie würde niemals einen dieser Eindrücke vergessen.

Er war athletisch, anmutig, hingebungsvoll, dominierend. Immer und
immer wieder flüsterte er ihren Namen, Katie, meine Katie …

Das war es. Er war ganz und gar aufmerksam und ihr zugewandt, und
das hatte sie noch bei keinem anderen erlebt. Sie liebte es, sie liebte
Matt, und sie zog ihn tief in sich hinein, und ihr Baby entstand.

KATIE wusste, was sie am nächsten Morgen zu tun hatte. Sie rief zu
Hause an, in Asheboro, North Carolina – dort, wo das Leben stets einfacher gewesen war.

„Hallo, Katie", meldete sich ihre Mutter beim dritten Klingeln. „Du
bist heute Morgen wohl mit den Vögeln aufgestanden. Wie geht es dir,
mein Schatz?"

Sie hatten in Asheboro jetzt Anruferidentifizierung. Alles veränderte
sich.

„Hallo, Mom. Was gibt's Neues?"

„Geht es dir heute ein bisschen besser?", fragte ihre Mutter. Sie wusste alles über Matt, und es hatte ihr sehr gefallen, wenn Katie anrief, um
ihr von Matt zu erzählen, besonders als sie sagte, dass sie wahrscheinlich heiraten würden. Nun hatte er sie verlassen, und Katie litt. Das hatte
sie nicht verdient.

„Ein bisschen besser, Mom. Das heißt, eigentlich nicht. Ich bin immer
noch durcheinander. Ich fühle mich erbärmlich … hoffnungslos. Ich
habe mir geschworen, dass ein Mann mich niemals in einen solchen
Zustand bringen darf – und jetzt sitze ich da."

Katie erzählte ihrer Mutter von dem Tagebuch und was sie bis dahin gelesen hatte. Die Lektion der fünf Kugeln. Suzannes Leben in Martha's Vineyard. Wie sie Matt wiedergetroffen hatte.

„Weißt du, was so seltsam ist, Mom? Eigentlich mag ich Suzanne. Verdammt, ich bin ein unglaublicher Trottel. Ich müsste sie eigentlich hassen, aber ich kann es nicht."

„Natürlich kannst du das nicht. Nun, wenigstens hat Matt, dieses dumme Karnickel, einen guten Geschmack bei Frauen", meinte ihre Mutter.

Sag es ihr, dachte Katie. *Sag ihr alles. Sie wird es verstehen.*

Aber Katie konnte ihrer Mutter nicht erzählen, dass sie schwanger war. Sie brachte es einfach nicht über die Lippen. Sie erstickte beinahe daran und spürte, wie ihr die Magensäure hochstieg.

Katie und ihre Mutter unterhielten sich fast eine Stunde lang; dann sprach sie mit ihrem Vater. Sie stand ihm fast so nahe wie ihrer Mutter. Er war Geistlicher und in seiner Gemeinde sehr beliebt. Er war Katie nur ein einziges Mal böse gewesen, das war, als sie ihre Sachen gepackt hatte und nach New York gezogen war. Aber er war darüber hinweggekommen.

So waren ihre Mutter und ihr Vater nun einmal. Gute Menschen. Und so bist du auch, dachte Katie und wusste, dass es stimmte.

Warum hatte Matt sie dann verlassen? Und was sollte ihr das Tagebuch erzählen, dass sie es irgendwie verstand? Dass Matt eine wunderbare Frau und ein schönes, liebes Kind hatte und dass Katie nur ein Ausrutscher gewesen war? Dass er zum ersten Mal in seiner Bilderbuchehe vom Weg abgekommen war? Zum Teufel mit ihm!

Als Katie das Gespräch mit ihrem Vater beendet hatte, schmuste sie mit Merlin und Guinevere auf der Couch und schaute aus dem Fenster auf den Hudson. Sie liebte den Fluss und wie er sich jeden Tag veränderte. „Was soll ich tun?", flüsterte sie Guinevere und Merlin zu. Tränen liefen ihr aus den Augen und kullerten ihr über die Wangen.

Noch einmal nahm Katie den Telefonhörer. Sie musste all ihren Mut zusammennehmen, aber schließlich wählte sie die Nummer.

Sie wollte schon wieder auflegen, wartete dann aber doch ein Klingeln nach dem anderen ab. Schließlich meldete sich der Anrufbeantworter. Ihr wurde die Kehle eng, als sie tatsächlich die Stimme hörte.

„Hier ist Matt. Ihre Nachricht ist wichtig für mich. Bitte hinterlassen Sie die Nachricht nach dem Piepton. Vielen Dank."

Katie hinterließ eine Nachricht. Sie hoffte, dass sie für Matt wirklich wichtig war.

„Ich lese das Tagebuch", sagte sie. Das war alles.

Das Tagebuch

Komm zu unserer Hochzeit, Nicky! Dies ist deine Einladung. Ich möchte, dass du genau weißt, wie es an dem Tag war, als deine Mutter und dein Vater einander ihre Liebe versprochen haben. Der Schnee fiel leise auf die Insel. Die Glocken läuteten in der klaren, kalten, frischen Dezemberluft, während Dutzende von Freunden und Bekannten über die Schwelle der Gay Head Community Church schritten, übrigens die älteste Baptistenkirche des Landes und eine der schönsten noch dazu.

Es gibt nur ein Wort, mit dem man unseren Hochzeitstag beschreiben kann: Freude. Matt und ich waren berauscht, ja schwindlig vor Glück. Fast wäre ich zu den vier Engeln hinaufgeflogen, die die Ecken der Kapellendecke zierten.

Ich fühlte mich auch wie ein Engel in meinem alten weißen Kleid, das mit hunderten glänzender Perlen bestickt war. Mein Großvater kam zum ersten Mal seit fünfzehn Jahren nach Martha's Vineyard, um mich zum Altar zu führen, und alle meine Ärztefreunde aus Boston hatten sich trotz des tiefen Winters auf die Reise gemacht. Auch einige meiner Patienten waren gekommen. Die Kirche war voll; es gab nur noch ein paar Stehplätze. Wie du dir denken kannst, war Matt mit fast jedem Inselbewohner befreundet.

Matt sah unglaublich gut aus in seinem schwarz schimmernden Smoking. Er hatte sich die Haare schneiden lassen, aber nicht zu kurz, seine Augen leuchteten, und sein schönes Lächeln war noch strahlender, als es je gewesen war.

„Bist du so glücklich wie ich?", flüsterte Matt, als wir vor dem Altar standen. „Du siehst unglaublich schön aus."

Ich fühlte, wie ich errötete. Als ich in Matts Augen schaute, überkam mich ein Gefühl der Schutzlosigkeit und Verletzbarkeit. Alles war so richtig, so schön, so gut.

„Ich war noch nie glücklicher", sagte ich, „und nie einer Sache sicherer."

Wir gaben unsere Eheversprechen am 31. Dezember, kurz bevor das neue Jahr anbrach. Es hatte etwas Magisches, an Silvester Mann und

Frau zu werden. Es war für mich, als würde die ganze Welt mit uns feiern.

Sekunden nachdem Matt und ich unser Jawort gesprochen hatten, standen alle in der Kirche auf und riefen: „Frohes neues Jahr, Matt und Suzanne!"

Silberweiße Federn fielen aus Dutzenden von Satinbeuteln, die sorgfältig an der Decke befestigt worden waren. Matt und ich standen in einem Wirbelsturm aus Engeln und Wolken und Tauben. Wir küssten uns und hielten uns ganz fest.

„Wie gefällt dir der erste Augenblick als Ehefrau, Mrs Harrison?", fragte er mich. Ich glaube, es gefiel ihm, Mrs Harrison zu sagen, und mir gefiel es, zum ersten Mal so angeredet zu werden.

„Hätte ich gewusst, wie wundervoll es wird", antwortete ich, „hätte ich schon vor zwanzig Jahren darauf bestanden, dass wir heiraten."

Matt grinste. „Wie wäre das möglich gewesen? Wir kannten uns doch noch gar nicht."

„Ich glaube, Matt", entgegnete ich, „wir haben uns schon unser Leben lang gekannt."

Ich musste daran denken, was Matt in der Nacht, als er mir den Heiratsantrag machte, zu mir gesagt hatte: „Ist es nicht ein unermessliches Glück, dass Suzanne in Boston nicht gestorben ist, dass es dich noch gibt und dass wir zusammen glücklich sein können?" Ja, es war ein unglaubliches Glück, und dieser Gedanke ließ mich schaudern, als ich dort am Abend unserer Hochzeit neben Matt stand.

So war es, genau so, mein kleiner Nicky, und ich bin sehr glücklich, dass ich dir davon erzählen kann.

Wie der Wirbelwind gingen wir auf eine dreiwöchige Hochzeitsreise, die am Neujahrstag begann.

Die erste Woche verbrachten wir auf Lanai, einer der kleineren Hawaiinseln. Es ist ein herrlicher Flecken Erde, mit nur zwei Hotels auf der ganzen Insel.

In der zweiten Woche reisten wir auf die Insel Maui, und es war fast so traumhaft schön wie Lanai. Wir sprachen unser Mantra: „Ist es nicht ein Glück?" Wir müssen es wohl hundertmal gesagt haben.

Die dritte Woche verbrachten Matt und ich wieder zu Hause auf Martha's Vineyard, bekamen aber kaum jemanden zu Gesicht. Wir genossen den Luxus des neuartigen und wundervollen Gefühls, den Rest unseres Lebens zusammen zu sein.

Nick, dein Vater hat etwas für mich getan, etwas so Schönes, dass ich es für immer tief in meinem Herzen bewahren werde.

Jeden Tag unserer Flitterwochen hat Matt mich geweckt – mit irgendeinem Flitterwochengeschenk. Einige waren klein, einige waren witzig und einige waren extravagant, aber jedes kam direkt aus seinem Herzen. *Ist es nicht ein Glück?*

ICH WERDE es niemals vergessen. Es überfiel mich am 7. Februar wie ein Anfall von Seekrankheit. Unglücklicherweise war Matt schon zur Arbeit gegangen, und ich war allein zu Haus. Ich setzte mich auf den Rand der Badewanne und fühlte mich, als würde mein Leben aus mir herausfließen.

Kalter Schweiß brach mir aus sämtlichen Poren, und zum ersten Mal seit über einem Jahr war mir danach, einen Arzt zu rufen. Dann aber ließ ich es doch bleiben, wusch mir mit kaltem Wasser das Gesicht und sagte mir, dass es wahrscheinlich nur ein Anflug der Grippe war, die zurzeit grassierte.

Ich nahm etwas ein, um meinen Magen zu beruhigen, zog mich an und ging zur Arbeit. Gegen Mittag fühlte ich mich schon viel besser, und bis zum Abendessen hatte ich es fast schon vergessen.

Am nächsten Morgen fand ich mich erneut auf dem Rand der Badewanne wieder – erschöpft, müde, von Übelkeit geplagt.

Da wusste ich, was es war.

Ich rief Matt per Handy an. Er war überrascht, dass ich mich bei ihm meldete. „Geht es dir gut? Ist alles in Ordnung, Suzanne?"

„Ich glaube … dass alles perfekt ist", erwiderte ich ihm. „Wenn du kannst, komm bitte gleich nach Hause. Könntest du unterwegs bei der Apotheke anhalten und einen Schwangerschaftstest mitbringen? Ich möchte ganz sicher sein, Matt, aber ich glaube, ich bin schwanger."

Nikolas, du bist in mir gewachsen, nicht größer als ein Weizenkorn. Was kann ich dir sagen. Glück erfüllte unsere Herzen und alle Zimmer unseres Hauses am Strand. Dieses Glück kam wie eine Springflut bei Vollmond.

Nach der Hochzeit war Matt zu mir gezogen. Es war seine Idee. Er sagte, es sei besser, sein Haus zu vermieten, da ich mich gerade bei meinen Patienten etabliert hätte und die Nähe meines Hauses zum Krankenhaus ideal sei. Das war sehr rücksichtsvoll von Matt; so ist er nun einmal. Für einen großen, starken Mann ist er unglaublich sanft. Dein Daddy ist der beste, Nick.

Wir haben entschieden, den sonnigsten Raum des Hauses zu deinem Zimmer zu machen, weil es dir bestimmt gefällt, wie das Morgenlicht über die Fenstersimse fließt. Daddy und ich haben es in ein perfektes Kinderzimmer verwandelt und alles zusammengetragen, von dem wir glaubten, es würde dir gefallen.

Wir haben Tapeten ausgesucht, auf denen lauter große und kleine Enten und Gänse herumspazieren. Und da waren deine Teddybären, deine ersten Bücher und bunte Steppdecken auf deiner Wiege – dieselbe Wiege, die schon dein Daddy als Baby hatte. Grandma Jean hatte sie all die Jahre aufbewahrt. Nur für dich, mein kleiner Kürbis.

Wir haben die Regale mit Stofftieren voll gestellt, große und kleine und in allen möglichen Farben, und mit jeder Art von Bällen, die es gibt. Daddy machte dir auch ein Schaukelpferd aus Eiche, das eine wundervolle leuchtend rote und goldene Mähne hat, und er bastelte Mobiles für dich mit Sonne, Mond und Sternen. Und eine Spieluhr, die über deiner Wiege hängt.

Jedes Mal wenn du daran ziehst, spielt sie „Whistle A Happy Tune". Wenn ich dieses Lied höre, denke ich immer an dich.

Wir können es schon nicht mehr erwarten, dich kennen zu lernen.

MATT hat es schon wieder getan, Nick. Ein Geschenk von deinem Dad lag auf dem Küchentisch, als ich von der Arbeit kam. Goldenes Papier voller Herzen und eine blaue Schleife darum.

Ich schüttelte das kleine Päckchen, und ein Notizkärtchen fiel aus der Schleife. Darauf stand: „Ich muss heute Abend länger arbeiten, Suzie, aber ich denke immer an dich. Mach es auf, wenn du nach Hause kommst, und entspann dich. Ich bin gegen zehn Uhr zurück. Matt."

Ich wickelte vorsichtig die Schachtel aus und hob den kleinen Deckel ab. In der Schachtel war eine silberne Kette, an der ein herzförmiges Medaillon hing. Ich drückte auf die Schließe des Deckels, und das Herz öffnete sich und enthüllte eine Botschaft, die auf der Innenseite eingraviert war: *Nikolas, Suzanne und Matt – für immer eins.*

Nicky,
vor ein paar Jahren gab es ein Buch, das „Die Brücken am Fluss" hieß. Seine grundlegende Botschaft war, dass eine Romanze nur kurze Zeit dauern kann – in diesem Buch nur ein paar Tage für die Hauptpersonen Robert und Francesca.

Nicky, bitte, glaube das ja nicht! Die Liebe zwischen zwei Menschen

TAGEBUCH FÜR NIKOLAS 531

kann lange Zeit andauern, wenn diese Menschen sich selbst ein wenig lieben und bereit sind, einem anderen Liebe zu schenken.

Ich war dazu bereit und Matt ebenfalls.

Dein Daddy ist einfach zu gut zu mir, und er macht mich sehr, sehr glücklich. Wie zum Beispiel an jenem Morgen.

Das Haus war voller Freunde und Familienmitglieder, als ich die Treppe herunterkam, in einem schlabbrigen pinkfarbenen Pyjama und mit verschlafenem Gesicht.

Ich hatte beinahe vergessen, dass heute mein Geburtstag war. Mein sechsunddreißigster.

Matt hatte es nicht vergessen.

Er hatte ein Überraschungsfrühstück gemacht … und ich war überrascht, das kannst du mir glauben.

„Matt", sagte ich lachend und verlegen und schlang die Arme um meinen zerknautschten Pyjama. „Ich bring dich um!"

Matt winkte mich durch die Gästeschar in die Küche. Er hielt ein Glas Orangensaft für mich bereit, und ein dümmliches Grinsen lag auf seinem Gesicht. „Ihr alle seid meine Zeugen. Ihr habt meine Frau gehört", sagte er. „Sie sieht ganz harmlos und lieb aus, aber sie ist ein Killer. Herzlichen Glückwunsch zum Geburtstag, Suzanne."

Grandma Jean überreichte mir ihr Geschenk und bestand darauf, dass ich es sofort aufmachte. Es war ein schönes blaues Seidenkleid, das ich gleich überzog, um meinen Pyjama darunter zu verstecken.

„Das Futter ist fertig!", rief Matt.

Nachdem jeder seinen Teil von dem üppigen Frühstück und – trotz der frühen Stunde – auch schon von der Geburtstagstorte gehabt hatte, verließen sie einer nach dem anderen das Haus, bis wir allein waren. Matt und ich ließen uns im Wohnzimmer auf die große Couch fallen.

„Wie fühlst du dich, Suzanne? Wie gefällt dir dein Geburtstag?"

Ich musste lächeln. „Du weißt, wie sehr die meisten Leute Geburtstage fürchten. *O Gott, die Leute werden sich sagen, dass ich alt werde!* Aber mir geht's genau umgekehrt. Ich glaube, dass jeder Tag ein wundervolles Geschenk ist. Einfach nur da zu sein – mit dir, Matt. Vielen Dank für die Geburtstagsparty. Ich liebe dich."

Matt wusste genau, was jetzt das Richtige war. Zuerst beugte er sich zu mir herüber und küsste mich ganz sanft auf die Lippen. Dann trug er mich nach oben in unser Zimmer, wo wir den Rest meines Geburtstagsmorgens und, ich muss es zugeben, den größten Teil meines Geburtstagsnachmittags verbrachten.

Lieber Nicky,

ich bin noch ein wenig zittrig, während ich niederschreibe, was heute Morgen im Krankenhaus passiert ist.

Ein Bauarbeiter aus dem Ort wurde gegen elf Uhr vormittags in aller Eile in die Notaufnahme gebracht. Matt kannte ihn und seine Familie. Der Arbeiter war sechs Meter tief von einer Leiter gefallen und hatte eine Kopfverletzung erlitten.

Der Name des Mannes war John Macdowell, dreißig Jahre alt, verheiratet, vier Kinder. Die Kernspintomographie zeigte ein epidurales Hämatom, eine Einblutung zwischen Hirnhaut und Schädel. Der Druck auf sein Gehirn musste unverzüglich verringert werden. Da lag ein junger Mann, dem Tode ganz nahe, und ich wollte diesen Burschen, diesen jungen Vater nicht verlieren.

Ich arbeitete so angespannt wie seit der Zeit in Boston nicht mehr.

Es dauerte fast drei Stunden, den Zustand des Mannes zu stabilisieren. Wir hätten ihn beinahe verloren. Er hatte einen Herzstillstand, doch wir konnten ihn zurückholen. Ich hätte John Macdowell am liebsten geküsst, nur dafür, dass er am Leben geblieben war.

Seine Frau kam mit ihren Kindern. Sie zitterte vor Angst am ganzen Körper. Sie hieß Meg, und auf dem Arm trug sie einen kleinen Jungen. Die junge Frau sah aus, als trüge sie das Gewicht der ganzen Welt auf ihren Schultern.

Ich ließ Mrs Macdowell ein leichtes Beruhigungsmittel geben und blieb bei ihr sitzen, bis sie sich besser im Griff hatte. Auch die Kinder hatten Angst – was Wunder?

Ich nahm die Zweitjüngste, zwei Jahre alt, auf den Schoß und strich ihr sanft übers Haar. „Deinem Daddy geht es bald wieder gut", sagte ich zu dem kleinen Mädchen. „Er ist hingefallen, wie du manchmal auch. Also haben wir ihm Medizin gegeben und einen dicken Verband. Jetzt wird er wieder gesund. Ich bin seine Ärztin, und ich versprech es dir."

Das kleine Mädchen – alle Macdowell-Kinder – hing mir förmlich an den Lippen. Ihre Mutter auch.

„Danke sehr, Frau Doktor", flüsterte sie. „Wir lieben John sehr. Er ist ein guter Mensch."

„Ich weiß. Ich habe es daran gemerkt, wie sehr sich alle um ihn sorgen. Seine gesamte Mannschaft von der Baustelle ist in die Notaufnahme gekommen. Wir werden John ein paar Tage hier behalten. Sobald er entlassen werden kann, werde ich Ihnen genau sagen, was Sie zu Hause für ihn tun müssen. Sein Zustand ist jetzt wieder stabil. Wissen

Sie was? Ich passe auf die Kinder auf, und Sie können zu ihm gehen."

Das kleine Mädchen kletterte von meinem Schoß. Mrs Macdowell nahm das Baby vom Arm und reichte es mir behutsam. Es war so winzig, wahrscheinlich erst zwei oder drei Monate alt.

„Sind Sie sicher, Dr. Bedford? Haben Sie so viel Zeit?", fragte sie mich.

„Für Sie habe ich alle Zeit der Welt."

Ich saß da und hielt das kleine Baby im Arm, und ich musste immer an den kleinen Jungen denken, der in mir wuchs. Und auch an die Sterblichkeit, und wie wir ihr jeden Tag unseres Lebens begegnen.

Ich wusste, dass ich eine ziemlich gute Ärztin war. Aber erst in dem Moment, als ich das Macdowell-Baby im Arm hielt – erst in diesem Moment wusste ich, dass ich auch eine gute Mutter sein würde.

Ich wusste, dass ich eine großartige Mom sein würde, Nick.

„WAS WAR das?", fragte ich. „Matt? Schatz?" Das Reden fiel mir schwer. „Matt … da stimmt was nicht. Ich … ich habe Schmerzen … ziemlich starke Schmerzen."

Ich ließ meine Gabel im „Black Dog Tavern", wo wir zu Abend aßen, auf den Boden fallen. *Das konnte nicht sein!* Noch nicht. Es war zu früh! Ich war erst am Ende des achten Monats. Ich konnte keinesfalls schon Kontraktionen haben.

Matt handelte sofort. Er legte ein paar Geldscheine auf den Tisch und führte mich schnell aus dem Restaurant.

Ein Teil von mir wusste, was vor sich ging. Jedenfalls glaubte ich es. Braxton-Hicks! Kontraktionen, die noch keine wirklichen Wehen sind. Manche Frauen haben diese Schmerzen, gelegentlich sogar im ersten Drittel der Schwangerschaft, und wenn sie im letzten Drittel auftreten, können sie mit echten Wehen verwechselt werden.

Mein Schmerz jedoch schien oberhalb der Gebärmutter zu wüten und nach oben unter den linken Lungenflügel auszustrahlen. Er kam wie ein scharfes Messer und raubte mir buchstäblich den Atem.

Wir stiegen in den Jeep und fuhren direkt zum Krankenhaus.

„Ich bin sicher, es ist nichts", sagte ich stöhnend. „Nicky stößt nur ein wenig mit dem Kopf und lässt uns wissen, dass er gesund und munter ist."

„Gut", sagte Matt und fuhr weiter.

Ich war wöchentlich untersucht worden, da man meine Schwangerschaft für eine Risikoschwangerschaft hielt. Doch bis jetzt war alles in Ordnung gewesen. Wenn wir in Schwierigkeiten gewesen wären, hätte ich es gewusst. Oder etwa nicht? Ich war stets auf Probleme gefasst, so unbedeutend sie auch sein mochten – als Ärztin war ich mehr als andere darauf vorbereitet.

Ich irrte mich. Ich war in argen Schwierigkeiten – die Art von Problemen, an die man lieber gar nicht erst denkt.

Das ist die Geschichte, wie wir beide fast gestorben wären.

Mein Nikolas!
Wir hatten die beste Ärztin auf Martha's Vineyard, und eine der besten in ganz Neuengland. Dr. Constance Cotter traf ungefähr zehn Minuten nach mir und Matt im Krankenhaus ein.

Inzwischen fühlte ich mich wieder ein bisschen besser, doch Connie Cotter überwachte mich in den nächsten zwei Stunden persönlich. Ich konnte ihre Besorgnis sehen; ich sah sie in ihrem Gesicht und daran, wie sie die Kiefer zusammenpresste. Sie machte sich Sorgen wegen meines Herzens. War es stark genug? Und sie machte sich Sorgen um dich, Nicky.

„Das kann gefährlich werden, Suzanne", sagte Connie. „Dein Blutdruck ist so hoch, dass ich es am liebsten sähe, wenn du sofort deine Wehen bekommen würdest. Ich weiß, es ist noch nicht so weit, aber du machst mir große Sorgen. Auf jeden Fall behalte ich dich heute Nacht hier – und so viele weitere Nächte, wie ich es für nötig halte. Keine Widerrede."

Ich schaute Connie an, als wollte ich sagen: *Du machst wohl Scherze!* Ich bin selbst Ärztin und weiß, wann es akut wird. Außerdem wohnte ich nur ein Stück die Straße hinunter, nahe beim Krankenhaus. Ich würde sofort herkommen, falls nötig.

„Denk nicht mal daran, Suzanne. Du bleibst hier. Lass dich aufnehmen, und ich komme noch einmal vorbei und sehe nach dir, bevor ich gehe. Keine Diskussionen, Suzanne!"

Es war seltsam, als ich mich in das Krankenhaus einweisen ließ, in dem ich arbeitete. Ungefähr eine Stunde später saßen Matt und ich in meinem Zimmer und warteten auf Connies Rückkehr. Ich erzählte Matt, was ich bis jetzt erfahren hatte, besonders über einen Zustand, der Präeklampsie genannt wird. Er wollte sämtliche Details in für Laien verständlicher Sprache erklärt bekommen. Also erklärte ich es ihm, und er bewegte sich unruhig auf dem Stuhl hin und her.

„Du wolltest es wissen", sagte ich.

Endlich kam Connie herein. Sie maß noch einmal meinen Blutdruck, dann kontrollierte sie den Herzton des Babys. Ich musterte ihr Gesicht und suchte nach irgendwelchen Anzeichen der Besorgnis. Sie schaute mich so seltsam an; ich wurde nicht schlau aus ihr.

Schließlich sagte sie: „Suzanne, ich bekomme nur einen sehr schwachen Herzton vom Baby. Es muss *sofort* heraus." Ich sah die Trauer und den Schmerz in ihrem Gesicht. Sie ergriff mit beiden Händen fest die meine. „Suzanne", flüsterte sie, „ich wollte das Baby gerne so auf die Welt bringen, wie du es dir gewünscht hast. Aber du weißt, dass ich weder dich noch dein Kind einem Risiko aussetzen werde. Wir müssen einen Kaiserschnitt machen."

Ich nickte. „Ich weiß, Connie. Ich vertraue dir."

Dann brach um mich herum hektische Aktivität aus.

Connie legte eine intravenöse Kanüle in meinem Arm und verabreichte mir Magnesiumsulfat. Ich fühlte mich augenblicklich miserabel, schlechter als je zuvor. Ein wütender Kopfschmerz überfiel mich.

Matt war bei mir, während ich für den Kaiserschnitt vorbereitet wurde. Ein anderer Arzt sagte ihm, dass es sich um einen Notfall handle. Er könne nicht bei mir bleiben.

Gott sei Dank kam in diesem Augenblick Connie zurück und entschied anders. Dann erklärte sie mir, was vor sich ging.

Meine Leber war geschwollen. Die Thrombozytenzählung hatte alarmierende Werte ergeben, und mein Blutdruck lag bei 190/130.

Und schlimmer noch, Nicky, dein Herzschlag wurde schwächer.

„Du kommst wieder in Ordnung, Suzanne", hörte ich Connie immer wieder sagen. Ihre Stimme war wie ein Echo aus einer entfernten Schlucht.

„Was ist mit Nicky?", flüsterte ich mit Lippen, die so trocken waren wie Pergament.

Ich wartete darauf, dass sie sagte: Und Nicky wird es auch gut gehen. Doch Connie sagte es nicht, und mir stiegen Tränen in die Augen.

Ich wurde in den Operationssaal gerollt, wo alles bereit war, um mein Baby auf die Welt zu holen, aber auch, um mir mehrere Bluttransfusionen zu verabreichen. Ich wusste, was vor sich ging. Wenn ich innere Blutungen bekam, würde ich sterben.

Während mir die Periduralanästhesie verabreicht wurde, sah ich meinen Kardiologen, Dr. Leon, neben dem Anästhesisten stehen. Warum war Leon gekommen? O Gott, nein. Bitte, tut das nicht. O bitte, bitte, bitte. Ich bitte euch. Eine Sauerstoffmaske wurde mir aufs Gesicht gesetzt. Ich versuchte, mich zu wehren.

Connie hob die Stimme. „Nein, Suzanne. Nimm den Sauerstoff."

Die nächsten Minuten vergingen wie im Nebel. Ich sah einen Wundhaken … und besorgte Blicke von Connie.

Ich hörte rasche, abgehackte Anweisungen und das Piepsen von Maschinen; ich hörte Matts Stimme, der immer wieder aufmunternde Worte sagte. Ich hörte ein lautes, schlürfendes Geräusch, als Fruchtwasser und Blut aus meinem Leib abgesaugt wurden.

Mich überkam eine Gefühllosigkeit, Schwindel und das komische Empfinden, ich sei gar nicht dort, ich sei eigentlich nirgendwo.

Was mich aus dem unwirklichen Gefühl herausholte, in eine andere Welt eingetreten zu sein, war – ein Schrei. Ein lauter, kräftiger Schrei. Du hast deine Ankunft wie ein starker Krieger verkündet, Nicky.

Ich begann zu weinen. Auch Matt und Connie brachen in Tränen aus. Du warst so ein kleines Ding und wogst gerade mal 2800 Gramm. Aber so stark. Und so munter. Vor allem, wenn man bedenkt, welchem Stress du gerade ausgesetzt gewesen warst.

Du hast Daddy und mich direkt angeschaut. Ich werde es nie vergessen. Das allererste Mal, dass ich dein Gesicht sah.

Ich konnte dich in den Armen halten, bevor du in die Neugeborenenstation gebracht wurdest. Ich konnte in deine schönen Augen sehen, die du offen zu halten versuchtest, und ich konnte zum ersten Mal flüstern: „Ich liebe dich.“

Nikolas, der Krieger!

Katie

Katie wurde wieder von Furcht und Verwirrung überfallen. Während sie noch ein paar Seiten des Tagebuchs las, zwang sie sich, Pasta Primavera zu essen und Tee zu trinken.

Alles bewegte sich viel zu schnell in ihrem Kopf und besonders in ihrem wunden, gedunsenen Körper.

Ein Baby war geboren worden. Nikolas, der Krieger.

Und ein anderes Kind wuchs in ihr.

Denk jetzt logisch nach, Katie. Welche Möglichkeiten gab es überhaupt? Was könnte jetzt wirklich der Fall sein?

Matt hatte Suzanne all die Monate betrogen?

Matt hatte sie betrogen, und Katie war nicht die Erste?

TAGEBUCH FÜR NIKOLAS 537

Matt hatte Suzanne und Nikolas aus irgendeinem Grund verlassen, und sie waren geschieden?

Suzanne hatte Matt wegen eines anderen verlassen?

Suzanne war gestorben, weil ihr Herz schließlich versagte?

Suzanne war am Leben, aber sehr krank?

Wo war Suzanne in diesem Augenblick? Vielleicht sollte ich versuchen, sie auf Martha's Vineyard anzurufen, sagte sich Katie. Sie war nicht sicher, ob das eine gute Idee war.

Sie versuchte, alles genau zu durchdenken. Was hatte sie zu verlieren? Ein wenig Stolz, sonst nicht viel. Aber wie war es mit Suzanne? Was, wenn sie keine Ahnung von Matt hatte? War das möglich? Ja, natürlich. War es nicht ziemlich genau das, was Katie passiert war? In diesem Augenblick erschien ihr alles möglich. Alles *war* möglich.

Es war alles so niederschmetternd. Der Mann, den sie geliebt und dem sie vertraut hatte, hatte sie verlassen.

Sie erinnerte sich an einen ganz bestimmten Augenblick, den sie zusammen mit Matt verbracht hatte. Eines Nachts war er neben ihr aufgewacht und hatte geweint. Sie hatte ihn lange in den Armen gehalten und seine Wange gestreichelt. Schließlich hatte Matt geflüstert: „Ich werde tun, was ich kann, um alles hinter mich zu bringen. Ehrlich. Das verspreche ich, Katie."

Mein Gott, das war verrückt!

Katie schlug mit der Faust auf ihren Oberschenkel. Ihr Puls raste, ihre Brüste schmerzten. Sie sprang vom Sofa auf, eilte ins Badezimmer und erbrach die Nudeln, die sie gerade gegessen hatte.

Kurz darauf ging Katie in die Küche und machte sich noch einen Tee. Sie hatte die Küchenschränke selbst angebracht. Sie hatte ihr eigenes Werkzeug und war stolz darauf, niemals einen Handwerker anrufen zu müssen, wenn es etwas zu reparieren gab. *Also repariere, was mit deinem Herzen nicht stimmt,* dachte Katie. *Repariere es!*

Schließlich griff sie nach dem Telefon, tippte nervös ein paar Nummern ein und hörte, wie am anderen Ende der Hörer abgenommen wurde.

„*Hi,* Mom. Ich bin es", sagte sie.

„Ich weiß, Katie. Was gibt es, mein Schatz? Könntest du nicht einfach für ein paar Tage nach Hause kommen? Ich glaube, das würde uns allen sehr gut tun."

„Könntest du Daddy ans Telefon holen?", fragte sie.

„Ich bin hier, Katie", sagte ihr Vater. „Ich bin am Apparat im Wohnzimmer. Ich habe den Hörer abgenommen, als es klingelte. Wie geht es dir?"

Sie seufzte laut. „Ich ... ich bin schwanger", sagte sie schließlich.

Dann weinten alle drei – denn so waren sie halt. Aber Katies Eltern trösteten sie gleich und sagten: „Es ist alles in Ordnung, Katie, wir lieben dich, wir sind bei dir, wir verstehen dich."

Denn so waren sie eben.

Das Tagebuch

Nikolas,
nur fürs Protokoll. Du hast schon sehr früh nachts durchgeschlafen. Nicht jede Nacht, aber die meisten, seitdem du etwa zwei Wochen alt warst, und alle anderen Mamis waren neidisch!

Wenn du deine Wachstumsphasen durchlebst, wachst du immer hungrig auf. Und was für ein kleiner Vielfraß du bist! Du isst einfach alles – ob du gestillt wirst oder das Fläschchen bekommst oder nur Wasser, du verschlingst einfach alles. Wählerisch bist du wirklich nicht.

Bei deinem ersten Besuch bei der Kinderärztin konnte die Ärztin kaum glauben, wie du dich schon auf die Spielzeuge konzentriert hast, die sie ausgebreitet hatte. „Er ist außerordentlich, Suzanne!", rief sie.

Das ist eine tolle Leistung für ein zwei Wochen altes Baby. Nikolas, der Krieger!

Du wurdest in der Kirche Maria Magdalena getauft. Es war ein schöner Tag. Du hast mein Taufkleid getragen – ein handgearbeitetes Erbstück aus der Familie. Du hast ganz niedlich ausgesehen, du warst bezaubernd.

Monsignore Dwyer war ganz hin und weg von dir. Während der Taufe hast du immer wieder nach dem Gebetbuch gegriffen und seine Hand berührt. Du hast ihn direkt angeschaut, so aufmerksam, dass man es kaum glauben kann.

Gegen Ende des Gottesdienstes sagte Monsignore Dwyer zu dir: „Ich weiß nicht, was einmal aus dir wird, wenn du erwachsen bist, Nikolas. Wenn ich es recht bedenke – du bist schon erwachsen."

MEIN erster Arbeitstag, und schon vermisse ich dich sehr, Nicky. Nein, lass es mich anders ausdrücken: Ohne dich komme ich mir beraubt vor.

Ich habe etwas geschrieben, als ich an dich gedacht habe, zwischen den Patientenbesuchen:

TAGEBUCH FÜR NIKOLAS 539

Ich liebe dich wie schöne Lieder:
Wie Rosen, Veilchen und auch Flieder,
Mehr als alles Gold und Geld,
Mehr als alles auf der Welt.

Ich glaube, mir fallen Dutzende von Kinderreimen ein, wenn ich es versuche. Sie kommen mir ganz einfach in den Sinn, wenn du etwas Albernes machst oder lächelst – sogar wenn du schläfst.

Okay, mein kleiner Mann, jetzt muss ich mich wieder konzentrieren. Meine nächste Patientin ist schon da. Wenn sie wüsste, dass ich hinter der geschlossenen Tür in meinem Büro Kindergedichte schreibe, würde die arme Frau ins öffentliche Krankenhaus von Edgartown flüchten.

Ich dachte, dass ich nach einem halben Tag wieder voll in der Arbeit stecken und mich an die Routine gewöhnen würde. Aber seitdem ich heute Morgen angekommen bin, wollte ich die ganze Zeit immer nur die Fotos von dir anschauen und dumme Gedichte schreiben.

Jeder, der zu mir hereinschaut, würde mich für verliebt halten.

Und das bin ich auch.

Nicky, ich bin es wieder!
Ich habe dich heute Nacht weinen gehört und bin aufgestanden, um nachzuschauen, was los ist. Du hast mit so traurigen kleinen Augen zu mir heraufgesehen.

Ich sah nach, ob du eine neue Windel brauchtest – aber das war es nicht. Dann habe ich nachgeschaut, ob du hungrig warst – aber das war es auch nicht. Also habe ich dich hochgenommen und mich in den Schaukelstuhl neben deine Wiege gesetzt. Vor und zurück schaukelten wir, vor und zurück. Langsam fielen dir die Augen zu, und deine Tränen lösten sich in süße Träume auf. Ich legte dich wieder in deine Wiege und sah zu, wie sich dein kleiner Bauch hob und senkte.

Ich glaube, du wolltest nur ein wenig Gesellschaft haben. Ich bin hier, mein Liebling. Ich bin bei dir und werde nicht weggehen. Ich werde immer hier sein.

„Was machst du, Suzie?", flüsterte Matt. Ich hatte nicht gehört, wie er hinter mir durch die Tür des Kinderzimmers gekommen war.

„Nick konnte nicht schlafen."

Matt blickte in die Wiege und sah deine kleine Hand, die du wie einen Beißring an den Mund gepresst hattest. „Gott, ist er schön!", flüsterte Matt.

Ich schaute auf dich hinunter. Es war kein Zentimeter an dir, der mein Herz nicht vor Glück überströmen ließ.

Matt legte die Arme um meine Taille. „Möchten Sie mit mir tanzen, Mrs Harrison?" Er hatte mich seit unserem Hochzeitstag nicht mehr so genannt. Mein Herz flatterte wie ein Spatz in einem Vogelbad.

„Ich glaube, sie spielen unser Lied."

Und zu den Noten, die aus deiner Spieluhr erklangen, tanzten Matt und ich in dieser Nacht in deinem Kinderzimmer. Vorbei an den Plüschtieren, den Gänsen und Enten auf der Tapete und dem selbst gebauten Schaukelpferdchen, vorbei an den Sternen und dem Mond, die an deinem Mobile hängen. Wir tanzten langsam und voller Liebe im schwachen Licht deines winzigen Kokons.

Als die Musik schließlich das letzte Mal verklungen war, küsste Matt mich und sagte: „Danke für diese Nacht, für diesen Tanz und vor allen Dingen für diesen kleinen Jungen. Meine ganze Welt ist genau hier, in diesem Zimmer. Wenn ich sonst nichts anderes hätte, so hätte ich doch alles."

Und dann – ganz seltsam, wie durch Zauberhand, als hätte deine Spieluhr nur eine Pause eingelegt – spielte sie noch einmal den Refrain.

Hallo, Nick,
Melanie Bone kam zum Babysitten herüber, während ich zur Arbeit ging. Einen ganzen Tag lang. Es ist ein seltsames Gefühl, dich so lange zu verlassen, und ich muss immerzu daran denken, was du jetzt gerade machst.

Heute ist im Krankenhaus etwas passiert, das mich an deine Geburt erinnert hat. Eine 41-jährige Frau aus New York, die hier ihren Urlaub verbrachte, wurde eingeliefert. Sie war im siebten Monat, und es ging ihr nicht gut. Dann brach in der Notaufnahme die Hölle los. Sie bekam starke Blutungen. Es war schrecklich. Es endete damit, dass die arme Frau ihr Baby verlor, und ich musste versuchen, sie zu trösten. Die Frau hat mir einmal mehr bewusst gemacht, wie viel Glück wir hatten.

Ach, Nicky, manchmal wünsche ich mir, ich könnte dich verstecken wie ein wertvolles Erbstück. Aber was ist das Leben, wenn man es nicht lebt? Ich glaube, das weiß ich so gut wie jeder andere.

Es gibt da einen Spruch meiner Großmutter, an den ich mich erinnere: „Einmal heute ist zweimal morgen wert."

Lieber kleiner Angeber,
du fängst schon an, dein Fläschchen selbst zu halten. Keiner kann das glauben. Dieser kleine Knirps füttert sich mit zwei Monaten selbst.

TAGEBUCH FÜR NIKOLAS

Jede neue Erfahrung, die du machst, nehme ich als ein Geschenk an. Manchmal kann ich solch eine kitschige Romantikerin sein. Also musste ich es einfach tun. Ich musste dich von einem Profi fotografieren lassen.

Heute ist der perfekte Tag dafür. Daddy ist nach New York gefahren, wo irgendjemand Gefallen an seinen Gedichten gefunden hat. Er spielt es zwar herunter, aber es ist eine großartige Neuigkeit. Wir sind also allein zu Haus.

Ich habe dir einen ausgewaschenen blauen Overall angezogen (echt cool), deine kleinen Arbeitsstiefel (genau wie Daddys) und eine Baseballmütze von den Red Sox (mit hochgeklapptem Schirm).

Als wir zum Fotoatelier kamen, hast du mich angeschaut, als wolltest du sagen: Du hast einen Fehler gemacht.

Vielleicht hatte ich das.

Der Fotograf war ein fünfzigjähriger Mann, der überhaupt nicht wusste, wie man mit Kindern umgeht. Ich bekam den Eindruck, dass seine Spezialität Stillleben waren, denn er versuchte, dich mit einer Reihe von Früchten und Gemüsen auf die Fotos einzustimmen.

Wie auch immer, eines ist sicher: Wir haben jetzt ganz einzigartige Bilder. Die ersten zeigen dich mit einem überraschten Blick, der sich rasch in einen eher belästigten Gesichtsausdruck verwandelt. Danach kommst du in die mürrische Phase, die sich flugs im wütenden Teil unseres Programms verliert. Und dann in tränenreiche Untröstlichkeit.

Bitte vergib mir diese Episode. Ich verspreche, ich werde diese Bilder niemals neuen Freundinnen, alten Studienkollegen oder Grandma Jean zeigen. Sie würde sie in jedem Schaufenster auf der Insel ausstellen lassen, bevor es Abend wird.

Lieber Nicky,
es war ein wenig kühl, aber ich habe dich warm eingemummelt, und wir haben einen Picknickkorb zur Küstenstraße mitgenommen, um Daddys 37. Geburtstag am Strand zu feiern.

Wir haben Sandburgen gebaut und deinen Namen in großen, dicken Buchstaben in den Sand geschrieben, bis die Brandung ihn davonspülte. Es machte so unglaublich viel Spaß, dich und Daddy zusammen spielen zu sehen. Ihr seid wirklich aus demselben Holz geschnitzt! Ihr seid beide voller Freude, anmutig und stark und schön anzusehen.

Du warst gerade zu unserer Decke zurückgekehrt, als Matt in seine Tasche griff und einen Brief herauszog. Er reichte ihn mir.

„Der Verleger in New York wollte meine Gedichtsammlung nicht –
noch nicht –, aber hier ist ein kleiner Trostpreis."

Er hatte ein Gedicht an eine Zeitschrift geschickt, die *Atlantic Month-
ly* heißt. Sie hatten es angenommen. Matt hatte mir nicht einmal gesagt,
dass er sein Gedicht eingeschickt hatte.

Matt faltete ein anderes Blatt auseinander. Es war das Gedicht. Mir
schossen die Tränen in die Augen, als ich den Titel las: „Nikolas und Suzanne."

Matt erzählte mir, dass er all die Dinge, die ich zu dir sage und dir vor-
singe, aufgeschrieben hat, meine kleinen Gedichte und Wiegenlieder. Er
sagte, dass dies nicht nur sein Gedicht war, sondern auch meines. Er erklärte mir, dass es meine Stimme war, die er in diesen Zeilen hörte; wir
hatten es also gemeinsam geschaffen.

Daddy las einen Teil laut vor, gegen die donnernde Brandung und die
kreischenden Möwen:

> *„Nikolas und Suzanne*
>
> *Wer rührt die Blätter in Bäumen und Ähren*
> *Und führt Schiffe heim von fremden Meeren*
> *Und spinnt das Stroh zu purem Gold,*
> *Ist voll Liebe, rein und hold …*
>
> *Wer jagt vom Himmel fort den Regen*
> *Und singt dem Mond den Abendsegen*
> *Und erfüllt Wünsche wie eine Fee*
> *Und hört Lieder in den Muscheln der See …*
>
> *Wer macht aus jeder Kleinigkeit*
> *Ein kleines Wunder jederzeit?*
> *Wer bringt in mein Leben die Freude zurück?*
> *Mein Sohn, meine Frau, ihr seid mein Glück."*

Was könnte besser sein, Nicky?

Nichts. Gar nichts.

Daddy sagte, es war der schönste Geburtstag seines Lebens.

Nikolas,
es ist etwas Unerwartetes passiert, und leider sind es keine guten Nachrichten.

TAGEBUCH FÜR NIKOLAS 543

Es war Zeit für die erste deiner gefürchteten Impfungen. Es widerstrebte mir sehr, dass du das durchmachen musst. Deine Kinderärztin auf Martha's Vineyard war im Urlaub, und so beschloss ich, einen befreundeten Arzt in Boston anzurufen. Während ich in Boston war, wollte ich mich auch selbst untersuchen lassen.

Wir nahmen die Fähre hinüber nach Woods Hole, erreichten die Route 6 gegen neun Uhr morgens. Es war unser erstes Abenteuer außerhalb der Insel. Nikolas' Fahrt in die große Stadt!

Zuerst jedoch kam dein Termin. In der Kinderarztpraxis weinten andere Babys und waren unruhig, aber du hast still wie eine kleine Maus dagesessen und die neue Umgebung inspiziert.

„Nikolas Harrison!", rief schließlich die Dame vom Empfang.

Es war komisch, deinen Namen so offiziell von einem völlig fremden Menschen angekündigt zu hören.

Es war schön, meinen alten Kumpel Dan Anderson wiederzusehen. „Du bist offenbar sehr glücklich, Suzanne", sagte er, als er dich untersuchte, deine Werte nahm und dich abklopfte. „Es hat dir sehr gut getan, dass du die Großstadt verlassen hast. Und sieh dir nur diesen künftigen Footballverteidiger an, den du hier hast."

Ich strahlte. „Er ist der beste kleine Junge auf der Welt."

Er legte dich wieder in meine Arme. „Es ist wunderbar, dich wiederzusehen, Mama Bedford. Und soweit es diesen kleinen Kerl betrifft – er ist ein Musterexemplar für gute Gesundheit."

Das wusste ich natürlich schon.

DANN war ich an der Reihe.

Nach der Untersuchung saß ich auf dem Rand des Tisches im Behandlungszimmer, bereits angezogen, und wartete darauf, dass mein Arzt, Dr. Phil Berman, wieder hereinkam. Phil war in Boston mein Arzt gewesen, und er war mit dem Spezialisten auf Martha's Vineyard in Verbindung geblieben.

Die Untersuchung hatte ein wenig länger als üblich gedauert. Eine der Schwestern passte draußen auf dich auf, aber ich sehnte mich nach einer Umarmung und wollte möglichst schnell wieder nach Martha's Vineyard zurück. In diesem Moment kam Phil herein und bat mich in sein Büro.

Wir plauderten erst ein, zwei Minuten. Dann kam Phil zur Sache. „Mir sind ein paar Unregelmäßigkeiten in deinem EKG aufgefallen. Ich habe mir erlaubt, bei Dr. Davis anzurufen. Ich weiß, dass Gail deine

Kardiologin war, als du hier Patientin gewesen bist. Sie wird dich heute noch dazwischenquetschen."

„Moment mal, Phil", sagte ich. Ich war wie vor den Kopf geschlagen. Das konnte nicht wahr sein. Ich fühlte mich sehr gut, großartig. „Das kann nicht stimmen. Bist du sicher?"

„Ich kenne deine Krankengeschichte, und ich würde meine Pflichten vernachlässigen, würde ich nicht darauf bestehen, dass Gail Davis einen Blick auf dich wirft. Es wird nicht lange dauern. Wir behalten Nikolas so lange hier, bis du fertig bist. Ist uns ein Vergnügen."

Dann fuhr Phil fort, und sein Tonfall änderte sich nur ganz wenig. „Suzanne, vielleicht ist es ja gar nichts, aber ich möchte eine zweite Meinung hören. Du würdest jedem deiner Patienten denselben Rat geben."

Es kam mir wie ein Déjà-vu vor, als ich durch die Flure ging, auf dem Weg zu Gail Davis' Büro. *Lieber Gott, bitte lass es nicht noch einmal geschehen. Nicht jetzt. Alles in meinem Leben läuft doch so gut!*

Ich betrat das Wartezimmer, als würde ich mich in einem Albtraum durch dichten Nebel bewegen. Ich konnte mich auf nichts konzentrieren, keinen klaren Gedanken fassen.

Eine Schwester kam auf mich zu. Ich kannte sie von den Krankenhausbesuchen nach meinem Herzanfall. „Suzanne, Sie können gleich mit mir kommen."

Ich folgte ihr wie ein Gefangener, der zur Hinrichtung geführt wird.

ICH BLIEB nahezu zwei Stunden da drin. Ich glaube, ich wurde jedem kardiologischen Test unterzogen, den es gibt. Ich habe mir Sorgen um dich gemacht, auch wenn ich wusste, dass du bei Dr. Berman in guten Händen warst.

Als es schließlich vorbei war, kam Gail Davis herein. Sie sah ernst aus, aber das war bei ihr eigentlich immer der Fall, sogar auf den Partys, auf denen ich sie getroffen habe. Das rief ich mir in Erinnerung, aber es half nichts.

„Sie hatten keinen zweiten Herzanfall, Suzanne, dahin gehend kann ich Sie beruhigen. Aber was ich festgestellt habe, ist eine gewisse Schwäche von zweien Ihrer Herzklappen. Ich nehme an, diese Schwäche wurde durch den letzten Infarkt verursacht, vielleicht auch durch die Schwangerschaft. Weil die Herzklappen beschädigt sind, hat Ihr Herz einige Mühe, das Blut zu pumpen. Wenn Sie wieder nach Martha's Vineyard zurückkehren, wird man dort noch ein paar Untersuchungen machen,

TAGEBUCH FÜR NIKOLAS 545

und dann können wir über Ihre Möglichkeiten sprechen. Vielleicht müssen die Herzklappen operiert werden."

Jetzt hatte ich Schwierigkeiten, Luft zu holen. Ich wollte um keinen Preis vor Gail weinen. „Es ist so seltsam", sagte ich. „Alles kann einfach großartig laufen, und dann, eines Tages – wumm, kommt es knüppeldick. Ein lausiger, mieser Schlag, den man nicht hat kommen sehen."

Gail Davis sagte nichts, legte nur ihre Hand auf meine Schulter.

AUF DEM Nachhauseweg beobachtete ich dich im Rückspiegel, wie du mit den Beinchen strampeltest und deine Ärmchen sich nach mir streckten. Die Welt rauschte auf beiden Seiten an uns vorbei, und es kam mir so vor, als ob wir nach Hause „fielen", statt zu fahren.

Ich habe mit dir gesprochen, Nicky, wirklich mit dir gesprochen.

„Mein Leben ist so eng mit dir verbunden. Es kann doch gar nicht möglich sein, dass mir jetzt irgendetwas Schlimmes passiert. Aber ich nehme an, das ist genau das trügerische Gefühl der Sicherheit, das die Liebe einem gibt."

Ich dachte ein paar Sekunden darüber nach. Dass ich mich in Matt verliebt hatte und dass ich ihn jetzt so sehr liebte, hatte mir ein Gefühl der Sicherheit gegeben.

Was konnte uns etwas anhaben? Wie könnte ich dich nicht aufwachsen sehen? Das wäre zu grausam, als dass Gott es geschehen lassen könnte.

Die Tränen, die ich in Dr. Davis' Büro zurückgehalten hatte, strömten mir plötzlich aus den Augen. Rasch wischte ich sie fort. Ich konzentrierte mich auf die Straße und setzte unsere Nachhausefahrt mit meinem üblichen langsamen und gleichmäßigen Tempo fort.

Ich redete wieder mit dir im Rückspiegel. „Also, machen wir einen Plan. Alles in Ordnung, mein Baby? Jedes Mal wenn ich dich zum Lächeln bringe, heißt das, dass wir noch ein weiteres Jahr zusammen haben. Das ist Magie, Nicky! Wir haben schon mehr als ein Dutzend Jahre zusammen, denn du hast während dieser Fahrt mindestens schon ein Dutzend Mal gelächelt. Wenn das so weitergeht, werde ich 136 und du knusprige 82."

Plötzlich hast du das strahlendste Lächeln aufgesetzt, das ich je bei dir gesehen habe. Du hast mich so sehr zum Lachen gebracht, dass ich einfach nach hinten blickte und flüsterte: „Nikolas, Suzanne und Matt – für immer eins."

Das ist mein Gebet.

Nikolas,

vier lange Wochen voller Nervosität sind vergangen, seitdem ich in Boston die beunruhigenden Neuigkeiten erfahren habe. Matt macht mit dir eine Tour im Jeep, und ich sitze in der Küche, durch deren Fenster die Sonnenstrahlen fallen wie gelbe Fahnen in einer Parade. Es ist so schön.

Die medizinischen Gutachten liegen nun vor. Meine Herzklappen sind geschädigt, aber das kann behandelt werden. Vorerst werden wir die Klappen nicht operativ austauschen, und eine Herztransplantation kommt definitiv noch nicht in Betracht.

Ich bin allerdings gewarnt worden: *Das Leben dauert nicht ewig. Genieße jeden Augenblick.*

Ich kann riechen, wie der Morgen sich entfaltet, wie er das Salz und den Grasgeruch der Marsch mit sich bringt. Meine Augen sind geschlossen, und das Windspiel vor dem Fenster wird von der Meeresbrise gekitzelt.

„Ist es nicht ein Glück?", sagte ich schließlich laut. „Dass ich hier sitze und auf diesen schönen Tag schaue ... Dass ich auf Martha's Vineyard wohne, so dicht am Meer, dass ich einen Stein in die Brandung werfen könnte ... Dass ich Ärztin bin und meine Arbeit liebe ...

Dass ich irgendwie, so unwahrscheinlich es auch war, Matthew Harrison gefunden habe, und dass wir uns ineinander verliebt haben ...

Dass wir einen kleinen Jungen haben mit dem wundervollsten Lächeln und dem schönsten Wesen ... und einem Babyduft, den ich liebe. Ist das nicht ein Glück, Nicky? Ist es nicht unglaubliches Glück?"

Das jedenfalls glaube ich.

Und das ist ein anderes meiner Gebete.

DU WÄCHST vor unseren Augen auf, und es ist herrlich, das zu beobachten. Ich genieße jeden Augenblick. Ich hoffe, dass alle anderen Mommys und Daddys die Zeit dafür haben, diese Augenblicke ebenfalls zu genießen.

Du liebst es, mit Mommy Rad zu fahren. Du hast deinen eigenen kleinen „Boston-Bruins"-Helm und einen Sitz, auf dem du bequem und sicher hinten auf meinem Rad untergebracht bist. Ich binde eine Wasserflasche mit einem Band an deinem Sitz fest, aus der du während der Fahrt trinken kannst – und schon geht es los.

Du singst gerne und siehst dir alle Leute und die Straßen und Häuser auf der Insel an. Das macht deiner Mama auch Spaß.

Du hast dichte blonde Locken, Nicky. Ich weiß, dass sie für immer da-

TAGEBUCH FÜR NIKOLAS 547

hin sind, wenn ich sie abschneide. Dann wärst du ein kleiner Junge, kein Baby mehr.

Ich liebe es zuzuschauen, wie du wächst, aber zugleich gefällt es mir gar nicht, wie schnell die Zeit verfliegt. Ich möchte jeden Augenblick festhalten, jedes Lächeln, jede einzelne Umarmung und jeden Kuss. Ich nehme an, es hat damit zu tun, dass man es liebt, gebraucht zu werden, und dass man es braucht, Liebe zu geben.

Ich möchte das alles noch einmal erleben.

Jeden Augenblick, seit du geboren wurdest.

Ich habe dir ja gesagt, dass ich eine großartige Mom abgebe.

IN LETZTER Zeit ist jeder Tag perfekt für mich gewesen. Jeden Morgen, ohne Ausnahme, dreht Matt sich zu mir um, bevor wir aufstehen. Er küsst mich, und dann flüstert er in mein Ohr: „Wir haben den heutigen Tag, Suzanne. Lass uns aufstehen und nach unserem Jungen sehen."

Aber heute habe ich ein etwas anderes Gefühl. Ich weiß nicht genau warum, aber meine Intuition sagt mir, dass irgendetwas vor sich geht. Ich weiß nicht, ob es mir gefällt. Ich bin mir noch nicht sicher.

Nachdem Daddy zur Arbeit gegangen ist und ich dich gefüttert und angezogen habe, fühle ich mich immer noch nicht ganz wohl.

Es ist ein komisches Gefühl. Nicht richtig schlecht, aber mit Sicherheit auch nicht besonders gut. Mir ist schwindlig, und ich bin müder als sonst.

Tatsächlich bin ich so müde, dass ich mich hinlegen muss.

Ich muss eingeschlafen sein, nachdem ich dich in deine Wiege gelegt hatte, denn als ich die Augen wieder öffnete, läuteten die Kirchenglocken in der Stadt. Es war schon Mittag. Der halbe Tag war vorbei. Da habe ich beschlossen herauszufinden, was los war.

Und jetzt weiß ich es.

Nikolas,
nachdem Daddy dich heute Abend zu Bett gebracht hatte, haben wir beide uns draußen auf die Veranda gesetzt und zugeschaut, wie die Sonne in einer flammenden Glut aus Orange und Rot über dem Meer unterging. Er strich mir sanft über Arme und Beine, was ich lieber mag als fast alles andere auf der Welt. Das könnte er stundenlang tun, und manchmal tut er es auch.

In letzter Zeit begeistert er sich sehr für seine Gedichte. Sein großer Traum ist, eine Gedichtsammlung zu veröffentlichen, und plötzlich interessieren sich die Menschen dafür. Ich mag die Begeisterung in seiner Stimme, und ich lasse ihn reden.

„Matthew, heute ist etwas passiert", sagte ich schließlich, sobald er mir alle seine Neuigkeiten berichtet hatte.

Er drehte sich zu mir hin und saß kerzengerade da. Seine Augen waren sorgenvoll, und er runzelte die Stirn.

„Tut mir Leid, Entschuldigung", beruhigte ich ihn. „Heute ist etwas Schönes passiert."

Ich spürte, wie Matt sich in meinen Armen entspannte. „Was denn, Suzanne? Erzähl mir, wie dein Tag war."

Das Schöne ist, dass dein Daddy diese Dinge wirklich hören will. Er hört zu und stellt Fragen. Manche Männer tun das nicht.

„Also, mittwochs gehe ich nicht zur Arbeit, es sei denn, es gibt einen Notfall. Heute gab es keinen, Gott sei Dank. Also bin ich mit Nick zu Hause geblieben."

Matt legte den Kopf in meinen Schoß und ließ mich sein dichtes sandbraunes Haar streicheln. „Das hört sich schön an. Vielleicht sollte ich auch mittwochs freinehmen", neckte er mich.

„Ist es nicht ein Glück", sagte ich, „dass ich den Mittwoch immer mit Nicky verbringen kann?"

Matt zog mein Gesicht zu sich heran, und wir küssten uns. Ich weiß nicht, wie lange unsere unglaublichen Flitterwochen noch dauern, aber ich liebe sie, und ich will nicht, dass sie enden. Matthew ist der beste Freund, den ich mir wünschen kann. Wahrscheinlich wäre jede Frau glücklich, wenn sie ihn hätte. Und wenn es jemals so weit kommen sollte, dass du eine andere Mommy kriegst, wird Matt sehr klug wählen, da bin ich sicher.

„Hattest du einen schönen Tag mit Nicky?", fragte er.

Ich schaute Matt tief in die Augen. „Ich bin schwanger", sagte ich.

Und dann tat Matt genau das Richtige: Er küsste mich zärtlich. „Ich liebe dich", flüsterte er. „Seien wir vorsichtig, Suzanne."

„Okay", flüsterte ich zurück. „Ich werde sehr vorsichtig sein."

Nikolas,
ich weiß nicht warum, aber meist ist das Leben komplizierter als die Pläne, die wir machen. Ich besuchte meinen Kardiologen auf Martha's Vineyard, erzählte ihm von der Schwangerschaft und ließ noch einige Untersuchungen über mich ergehen. Dann bin ich auf seine Empfehlung hin nach Boston gereist, um noch einmal mit Dr. Davis zu sprechen.

Ich hatte Matt gegenüber die Untersuchungen nicht erwähnt, damit er sich keine Sorgen machte. Also ging ich ein paar Stunden zur Arbeit und fuhr dann am Nachmittag nach Boston. Ich versprach mir, Matt davon zu erzählen, sobald ich nach Hause kam.

Das Licht auf der Veranda brannte, als ich an diesem Abend gegen sieben Uhr in die Einfahrt fuhr. Matt war schon zu Hause. Er hatte Grandma Jean von ihren Babysitter-Pflichten erlöst.

Ich konnte den köstlichen Duft aus der Küche riechen: Der Geruch von Hühnchen, Bratkartoffeln und Bratensoße erfüllte das ganze Haus. Ach Gott, er hat zu Abend gekocht, dachte ich.

„Wo ist Nicky?", fragte ich, als ich in die Küche kam.

„Ich habe ihn zu Bett gebracht. Er war ganz erschöpft. Ein langer Tag für dich, Liebling. Warst du vorsichtig?"

„Ja, klar", sagte ich und küsste ihn auf die Wange. „Ehrlich gesagt, hatte ich heute Vormittag nur ein paar Patienten. Ich musste nach Boston fahren und mit Dr. Davis sprechen."

Matt hörte auf, in der Soße zu rühren. Er sah sehr verletzt aus.

„Ich hätte es dir sagen sollen, Matthew. Ich wollte nicht, dass du dich sorgst. Ich wusste, dass du nach Boston hättest mitkommen wollen."

Der unangenehme Gedanke, dass ich nun versuchen musste, ihm zu erklären, was ich getan hatte, beschäftigte mich die ganze Zeit.

„Und?", fragte er. „Was hatte Dr. Davis dir zu sagen?"

„Nun ja, ich habe ihr von dem Baby erzählt."

„Und?"

„Und sie war … sehr besorgt." Die nächsten Worte blieben mir beinahe im Halse stecken. Ich konnte kaum sprechen. Die Tränen schossen mir in die Augen. „Sie sagte, dass eine Schwangerschaft zu riskant für mich sei. Sie sagte, ich solle dieses Kind nicht bekommen."

Jetzt füllten sich auch Matts Augen mit Tränen. Er atmete tief durch.

Dann sagte er: „Ich bin ihrer Meinung, Suzanne. Ich könnte es nicht ertragen, dich zu verlieren."

Ich weinte, schluchzte, zitterte. „Gib dieses Baby nicht auf, Matt."

Ich schaute ihn an und wartete auf irgendein tröstendes Wort. Aber er war so still. Schließlich schüttelte er langsam den Kopf. „Es tut mir Leid, Suzanne."

Plötzlich brauchte ich frische Luft. Ich drehte mich auf dem Absatz herum und verließ das Haus, rannte durchs hohe Seegras, bis ich den Strand erreichte. Ich ließ mich in den Sand fallen und weinte. Ich fühlte mich so traurig wegen des Babys in mir. Ich dachte an Matt und an dich, die ihr im Haus auf mich gewartet habt. War ich selbstsüchtig, dickköpfig, dumm? Ich war Ärztin. Ich kannte die Risiken.

Ich schlang die Arme um mich und wiegte mich hin und her, und es kam mir so vor, als wären es Stunden gewesen. Ich redete mit dem kleinen Baby, das in mir heranwuchs. Dann schaute ich hinauf zum Vollmond und wusste, dass es Zeit war, zum Haus zurückzukehren.

Matt wartete in der Küche auf mich, als ich vom Strand heraufkam. Dann tat ich etwas Seltsames, und ich bin mir nicht ganz sicher, warum ich es tat. Ich klopfte an die Tür und kniete mich auf die oberste Stufe. Vielleicht war ich müde und ausgelaugt von dem langen, anstrengenden Tag. Vielleicht hatte es einen anderen Grund, einen wichtigeren Grund, etwas, das ich immer noch nicht erklären kann.

Vielleicht erinnerte ich mich an den deutschen Kaiser, der sich in Canossa in den Schnee gekniet hatte in der Hoffnung, dass er nicht exkommuniziert und dass der Papst ihm vergeben würde.

„Verzeih, dass ich einfach so davongelaufen bin", sagte ich, als Matt die Tür öffnete. „Dass ich von dir weggelaufen bin. Ich hätte hier bleiben und es mit dir zu Ende besprechen sollen."

„Du weißt es besser", flüsterte er. „Es gibt nichts zu verzeihen, Suzanne." Matt zog mich auf die Füße und nahm mich in die Arme. Ein Gefühl der Erleichterung durchströmte mich. Ich horchte auf den kräftigen Schlag seines Herzens. Ich ließ mich von seiner Wärme durchströmen.

„Es ist nur so, Matt, dass ich das Baby behalten möchte. Ist das so schrecklich?"

„Nein, Suzanne. Das ist nicht schrecklich. Dass ich dich verlieren könnte, das wäre schrecklich … das könnte ich nicht ertragen. Wenn ich dich verliere … ich glaube, ich könnte nicht weiterleben. Ich liebe dich so sehr. Ich liebe dich und Nicky."

Ach Nicky,
das Leben kann manchmal unerbittlich sein. Lerne diese Lektion, mein süßer kleiner Junge. Ich war gerade nach ein paar Stunden in der Praxis nach Hause gekommen. Eigentlich nur Routine, nichts Ungewöhnliches, nichts Anstrengendes. Genau genommen fühlte ich mich ziemlich munter.

Ich fuhr zum Haus zurück, um ein kleines Nickerchen zu machen, bevor ich am Nachmittag noch einen Hausbesuch hatte. Du warst tagsüber bei Grandma Jean. Matt hatte einen Auftrag drüben in East Chop.

Ich fiel aufs Bett, und plötzlich wurde mir schwindlig. Mein Herz be-

TAGEBUCH FÜR NIKOLAS 551

gann etwas heftiger zu pochen. Seltsam. Ich fühlte, dass ich wie aus dem Nichts Kopfschmerzen bekam.

Ganz ruhig, Suzanne, sagte ich mir. *Leg dich hin, mach die Augen zu, und befiehl all deinen Körperteilen, sich zu entspannen. Alles, was du brauchst, ist eine Stunde Ruhe, eine Pause, und wenn du aufwachst, fühlst du dich besser. Schlaf einfach ein, schlaf jetzt ein, schlaf ...*

„Suzanne, was ist los?"

Beim Klang von Matts sanftem Flüstern drehte ich mich auf dem Ruhebett um. Er beugte sich tiefer über mich, er sah besorgt aus. „Suzanne? Kannst du sprechen, Schatz?"

„Hab morgen einen Termin bei Connie", sagte ich schließlich. Ich brauchte meine ganze Kraft, nur um diese paar Worte hervorzubringen.

„Wir gehen jetzt gleich zu Connie", erwiderte Matt.

Als wir bei Connie ankamen, warf sie nur einen Blick auf mich und sagte: „Nimm es nicht persönlich, aber du siehst ziemlich bescheiden aus, Suzanne."

Nach meiner Untersuchung setzte Connie sich mit Matt und mir zusammen. Sie sah nicht glücklich aus. „Dein Blutdruck ist zu hoch, aber es wird etwa einen Tag dauern, bis wir die Ergebnisse der Blutuntersuchung haben. Ich werde ein bisschen Druck machen. Im Großen und Ganzen ist dein Zustand stabil, aber mir gefällt nicht, wie du dich heute gefühlt hast. Und wie du aussiehst. Am liebsten würde ich dich ins Krankenhaus einweisen. Was die Abtreibung betrifft, bin ich ganz Dr. Davis' Meinung. Es ist natürlich deine Entscheidung, aber du setzt dich einem hohen Risiko aus."

„Connie", sagte ich. „Außer dass ich meine Praxis ganz schließe, tue ich wirklich alles, was ich kann. Ich bin so vorsichtig."

„Dann hör ganz mit der Arbeit auf", entgegnete sie, ohne zu zögern. „Ich mache keine Witze, Suzanne. Wenn du nach Hause gehst und völlige Ruhe einhältst, haben wir eine Chance. Wenn nicht, weise ich dich ein."

Ich wusste, dass Connie meinte, was sie sagte. Das war immer so. „Ich gehe jetzt nach Hause", murmelte ich. „Ich kann das Baby nicht aufgeben."

Lieber Nikolas,

es tut mir schrecklich Leid, mein Schatz. Ein Monat ist vergangen, und ich hatte sehr viel zu tun und war so müde, dass ich keine Gelegenheit hatte zu schreiben. Ich werde versuchen, es wieder gutzumachen.

Du bist jetzt elf Monate alt, und deine Lieblingswörter sind Dada,

Mama, wow, Boot, Ball, Wasser (Wa), Auto, und dein absoluter Favorit ist Licht. Du bist ganz verrückt nach Lichtern. Du sagst: „Jicht."

Du bist zurzeit wie ein Spielzeug zum Aufziehen. Du läufst einfach und läufst und läufst und läufst …

Ich war gerade dabei, mein „Sei ein guter Junge" für dich zu rappen, als das Telefon klingelte. Es war Connie Cotters Sprechstundenhilfe. Sie bat mich, am Apparat zu bleiben. Es schien eine Ewigkeit zu vergehen, bevor Connie an den Hörer ging. Du kamst herüber, Nicky, und wolltest mir das Telefon wegnehmen. „Okay, mein Schatz. Warum sprichst du nicht mit Dr. Cotter?", schlug ich dir vor.

„Suzanne?"

„Ja, ich bin hier. Ich mache es mir zu Hause gemütlich."

„Hör mal … wir haben deine letzten Blutwerte bekommen …"

Oh, diese schreckliche Ärztepause, dieses Suchen nach der richtigen Formulierung. Das kannte ich nur zu gut.

„Und … ich bin nicht sehr zufrieden. Du kommst in einen gefährlichen Bereich. Ich möchte dich sofort aufnehmen. Du musst Infusionen bekommen. Wie schnell kannst du kommen?"

Die Worte rauschten wie eine Sturmbö durch meinen Kopf. Ich musste mich auf der Stelle hinsetzen. „Ich weiß nicht, Connie. Ich bin hier mit Nicky. Matt arbeitet."

„Das geht nicht, Suzanne. Du könntest in Schwierigkeiten kommen, Schatz. Ich rufe Jean an, wenn du es nicht tust."

„Nein, nein. Ich werde sie anrufen. Jetzt sofort."

Ich legte auf, und du hast meine Hand festgehalten wie ein starker kleiner Krieger – das musst du von deinem Daddy gelernt haben.

Ich erinnere mich, dass ich dich in die Wiege gelegt und die Kordel an deiner Spieluhr gezogen habe. „Whistle A Happy Tune" spielt sie. Ich erinnere mich, dass ich deine Nachttischlampe angemacht und die Vorhänge zugezogen habe.

Ich erinnere mich, dass ich auf dem Weg nach unten war, um Grandma Jean und dann Matt anzurufen. Dann weiß ich nichts mehr.

MATT fand mich. Ich lag unten an der Treppe, schlaff wie eine Stoffpuppe. Ich hatte eine tiefe Wunde quer über dem Nasenrücken. Matt rief Grandma Jean an und brachte mich, so schnell es ging, in die Notaufnahme.

Von dort wurde ich auf die Intensivstation gebracht. Ich wachte inmitten hektischer Aktivität auf, die um mein Bett herum herrschte.

Ich rief nach Matt, und er und Connie waren binnen Sekunden an mei-

TAGEBUCH FÜR NIKOLAS 553

nem Bett. Matt sprach zuerst: „Du bist im Haus ohnmächtig geworden."
„Wie geht es dem Baby? Connie, was ist mit meinem Baby?"
„Wir haben Herztöne, Suzanne, aber *dein* Blutdruck ist lebensgefährlich, deine Eiweißwerte sind Schwindel erregend hoch und ..."
„Und was?", fragte ich.
„Und du hast eine Toxämie. Das könnte der Grund sein, warum du zu Hause ohnmächtig geworden bist."

Ich wusste natürlich, was das bedeutete. Mein Blut war dabei, mich und das Baby zu vergiften. Ich glaubte, tatsächlich fühlen zu können, wie das vergiftete Blut in mir anschwoll.

Dann hörte ich, wie Matt aus dem Zimmer geschickt wurde und ein Notfallteam hereineilte. Ich spürte, wie mir die Sauerstoffmaske über Nase und Mund gestülpt wurde.

Ich wusste, was mit mir geschah. Ich wusste, dass mein Körper versagte. Ich wusste so viel mehr, als ich wollte. Ich hatte Angst. Ich fiel in einen dunklen Tunnel. Die vorbeifliegenden schwarzen Wände kamen immer dichter aufeinander zu und quetschten mir die Luft aus den Lungen. Ich würde sterben.

MATT wacht an meinem Bett, Tag und Nacht. Er ist der beste Ehemann, der beste Freund, den eine Frau sich wünschen kann.

Connie kommt immer wieder vorbei, drei- oder viermal am Tag. Ich wusste gar nicht, was für eine großartige Ärztin sie ist und was für eine großartige Freundin.

Ich höre sie, und ich höre Daddy. Ich kann nur nicht auf sie reagieren. Ich weiß nicht, warum.

Nach dem, was ich von ihren Gesprächen gehört habe, weiß ich, dass ich mein Baby verloren habe. Wenn ich weinen könnte, würde ich bis in alle Ewigkeit weinen. Wenn ich schreien könnte, würde ich es tun. Doch ich kann weder das eine noch das andere, und so trauere ich in der schrecklichsten Stille, die man sich vorstellen kann. Die Trauer ist in mir gefangen wie in einer Flasche, und ich sehne mich danach, sie herauszulassen.

Grandma Jean kommt ebenfalls und sitzt lange an meinem Bett. Auch Freunde von mir aus Martha's Vineyard kommen. Ich kann das eine oder andere von dem hören, was die Menschen um mich herum sagen.

„Wenn es in Ordnung ist, bringe ich heute Nachmittag Nicky mit", sagt Daddy zu Connie. „Seine Mutter fehlt ihm. Ich glaube, es ist wichtig, dass er sie sieht." Und dann sagt er: „Selbst wenn es das letzte Mal sein sollte. Ich glaube, ich sollte Monsignore Dwyer anrufen."

Matt bringt dich mit in mein Krankenzimmer, Nikolas. Und dann sitzen du und Daddy den ganzen Nachmittag an meinem Bett, erzählen mir Geschichten und sagen Auf Wiedersehen.

Ich höre, wie Matts Stimme bricht, und ich mache mir Sorgen um ihn. Vor langer Zeit ist sein Vater gestorben. Matt war erst acht, und er ist nie darüber hinweggekommen; er redet nicht einmal über seinen Vater. Er hat solche Angst davor, wieder jemanden zu verlieren. Und jetzt bin ich es, die er verlieren wird.

Ich halte einfach nur durch. Wenigstens glaube ich, dass ich noch da bin. Welche andere Erklärung könnte es sonst geben? Wie wäre es sonst möglich, dass ich dein Lachen höre, Nicky? Oder wie du „Mama" rufst, während ich in dem schwarzen Loch meines Schlafes liege? Aber ich höre es. Deine süße kleine Stimme reicht bis hinab zu diesem tiefen, dunklen Ort, an dem ich gefangen bin. Es ist, als ob du und Daddy mich aus einem seltsamen Traum rufen und eure Stimmen wie ein Leitstern sind, der mich führt.

Ich kämpfe mich nach oben und greife nach dem Klang eurer Stimmen – aufwärts, aufwärts.

Ich muss noch einmal dich und Daddy sehen …

Ich muss noch einmal mit euch sprechen …

Ich spüre, wie sich der dunkle Tunnel hinter mir schließt, und ich glaube, dass ich vielleicht meinen Weg aus diesem einsamen Ort herausgefunden habe. Alles wird immer heller. Da ist keine Dunkelheit mehr, die mich umgibt, nur Wärme, und vielleicht das Licht, das mich auf Martha's Vineyard begrüßt.

In diesem Augenblick geschieht das Unerwartete.

Ich schlage die Augen auf.

„Hallo, Suzanne", flüstert Matt. „Gott sei Dank, du bist wieder bei uns."

Katie

Katie konnte immer nur ein kleines Stück vom Tagebuch lesen. Matt hatte sie gewarnt: *Es sind einige Abschnitte darin, die für dich wohl nur schwer zu ertragen sind.* Nicht nur schwer zu ertragen, wie Katie nun erfahren hatte, sondern überwältigend.

TAGEBUCH FÜR NIKOLAS   555

Sie konnte es sich in diesem Augenblick nur schwer vorstellen, aber es gab im Leben wirklich manchmal ein Happyend.

Es gab normale, gut funktionierende Paare wie Lynn und Phil Brown in Westport, Connecticut, die auf einer Farm lebten mit ihren vier Kindern, zwei Hunden und einem Kaninchen und die immer noch ineinander verliebt waren, soweit sie es beurteilen konnte.

Am nächsten Tag rief Katie Lynn Brown an und bot ihr an, an diesem Abend auf deren Kinder aufzupassen, nur an diesem Abend. Sie brauchte die Wärme und Geborgenheit einer Familie um sich.

Lynn schöpfte sofort Verdacht. „Katie, was soll das? Was ist los?"

„Gar nichts. Ich vermisse euch."

Sie nahm den Zug nach Westport und war gegen sieben Uhr bei Lynn und Phil. Wenigstens hatte sie es fertig gebracht, nicht so lange im Büro zu bleiben.

Die Kinder der Browns – Ashby, Tory, Kelsey und Roscoe – waren acht, fünf, drei und ein Jahr alt. Sie liebten Katie, und sie mochten ihren langen Zopf und dass sie so groß war.

Lynn und Phil gingen also aus zu ihrem „Rendezvous", und Katie kümmerte sich um die Kinder. Was für ein toller Freitagabend es dann wurde. Die Browns hatten ein kleines Gästehaus, und dort verbrachte Katie stets gerne die Zeit mit den Kindern.

Katie machte mit ihrer Canon Fotos von den Kindern. Sie wuschen Lynns Wagen. Machten zusammen eine Fahrradtour. Sahen sich den Film „Chicken Run" an. Aßen Pizza.

Als Lynn und Phil gegen elf Uhr nach Hause kamen, fanden sie Katie und die Kinder schlafend auf Kissen und Decken, die überall verteilt im Gästehaus auf dem Fußboden lagen.

In Wirklichkeit war Katie wach, und sie hörte, wie Lynn Phil zuflüsterte: „Sie ist so cool. Sie wird einmal eine großartige Mutter." Katie stiegen Tränen in die Augen, und da sie vorgab zu schlafen, musste sie ein Schluchzen unterdrücken.

Sie fuhr am Sonnabend Nachmittag mit dem Zug zurück nach New York.

Bevor sie ging, sagte sie Lynn, dass sie schwanger sei.

Sie war erschöpft, fühlte sich zugleich aber wieder lebendig. Sie hatte Hoffnung. Sie wusste, dass es manchmal ein Happyend im Leben gab.

Ungefähr nach der Hälfte der Fahrt griff Katie in ihre Handtasche und nahm das Tagebuch heraus.

KATIE stieg in der prächtig restaurierten und aufpolierten Grand Central Station aus dem Zug von Westport. Sie brauchte jetzt ein paar Schritte an der frischen Luft. Es war kurz nach halb acht, und Manhattan erstickte im Verkehr.

Das Lesen im Tagebuch, das Eintauchen in das Leben eines anderen Menschen hatten Katie dazu gebracht zu überdenken, was sie während der vergangenen neun Jahre sozusagen per Autopilot getan hatte. Sie hatte mit 22 ihre Arbeitsstelle bekommen, direkt nach ihrem Studienabschluss an der University of North Carolina. Sie hatte großes Glück gehabt, während zweier Sommer bei der Algonquin Press in Chapel Hill als Praktikantin arbeiten zu können; das hatte ihr in Manhattan wichtige Türen geöffnet. So hatte sie sich in New York niedergelassen, und eigentlich gefiel es ihr dort; dennoch hatte sie niemals das Gefühl gehabt, dass sie wirklich hierher gehörte.

Jetzt glaubte sie zu wissen, woran es möglicherweise lag. Ihr Leben war lange Zeit aus dem Gleichgewicht gewesen. Sie hatte sehr viele Tage bis spät in die Nacht damit verbracht, Manuskripte zu lesen und zu bearbeiten, um sie so gut wie nur irgend möglich zu verbessern. Eine befriedigende Arbeit, aber – die Arbeit war ein Gummiball.

Familie und Gesundheit, Freunde und Rechtschaffenheit waren die kostbaren Kugeln aus Glas.

Das Baby, das sie unter dem Herzen trug, war eine Glaskugel, das war sicher.

AM NÄCHSTEN Morgen um elf saß sie mit zweien ihrer besten Freundinnen, Susan Kingsolver und Laurie Raleigh, in einem gelben New Yorker Taxi. Sie waren auf dem Weg zu Katies Gynäkologen, Dr. Albert K. Sassoon, in der 78. Straße Ost.

Susan und Laurie waren gekommen, um Katie moralischen Beistand zu leisten. Sie wussten von der Schwangerschaft und hatten darauf bestanden, mitzukommen. Sie hielten beide Katies Hand.

„Fühlst du dich gut, Sweetie?", fragte Susan. Sie war Lehrerin an einer Schule in der Lower East Side. Sie hatten sich in dem Sommer kennen gelernt, als Katie auf Long Island in einem Ferienlager gewesen war, und waren seitdem die besten Kumpel.

„Es geht mir gut. Ehrlich. Ich kann nur nicht glauben, was passiert ist. Ich kann einfach nicht glauben, dass ich gleich mit Sassoon sprechen werde."

Als sie aus dem Taxi stieg, ertappte Katie sich dabei, dass sie die Passanten und die vertrauten Schaufenster in der 78. Straße anstarrte, ohne

TAGEBUCH FÜR NIKOLAS

sie wirklich wahrzunehmen. Susan und Laurie sprachen ihr Mut zu, gaben ihr Halt.

„Wie du dich auch entscheidest", flüsterte Laurie ihr zu, als Katie zu Dr. Sassoon ins Behandlungszimmer gerufen wurde, „es wird gut. Du machst es schon richtig."

Wie sie sich auch entschied.

Gott, sie konnte einfach nicht glauben, dass das wirklich geschah.

Albert Sassoon lächelte, und das erinnerte Katie an Suzanne und ihre freundliche Art, mit Patienten umzugehen.

„Also", sagte Dr. Sassoon, als Katie sich auf den Untersuchungsstuhl setzte.

„Ja, also, ich war so verliebt, dass ich die Pille vergessen habe. Ich glaube, ich habe mir ein Kind andrehen lassen", sagte Katie und lachte. Dann brach sie in Tränen aus, und der Arzt nahm sanft ihre Hand.

„Ich glaube, ich … weiß jetzt, was ich tun werde", brachte Katie schließlich schluchzend hervor. „Ich glaube, ich … werde … mein Baby … behalten."

„Das ist großartig, Katie", sagte Dr. Sassoon und klopfte ihr sanft auf den Rücken. „Sie werden eine wunderbare Mutter sein."

Das Tagebuch

Nikolas,
heute bin ich aus dem Krankenhaus gekommen, und es ist so unglaublich schön, wieder hier zu sein. Überhaupt noch da zu sein.

Das Leben ist ein Wunder oder besser: eine Reihe kleiner Wunder. So ist es wirklich, wenn du lernst, das Leben aus dem richtigen Blickwinkel zu betrachten.

Ich liebe unser kleines Landhaus an der Beach Road. Mehr als je zuvor, Nicky. Ich weiß es immer mehr zu schätzen, jede kleine Ritze, jede noch so winzige Ecke.

Matt hat im Sonnenzimmer auf einer rot und weiß karierten Decke ein Picknick vorbereitet. Einen Nizza-Salat, frisches Vollkornbrot. Wunderbar. Nach dem Essen saßen wir drei dort, und er hielt meine Hand, und ich hielt die deine.

Nikolas, Suzanne und Matt. So einfach ist das Glück.

Nick, du kleiner Racker,

jeder Augenblick mit dir erfüllt mich mit unglaublichem Staunen und Glück.

Gestern habe ich dich zum ersten Mal mit in den Atlantik genommen. Es war der 1. Juli. Es hat dir unheimlich gut gefallen. Das Wasser war wunderbar, nur ganz kleine Wellen. Genau deine Größe. Noch besser war der viele Sand – dein eigener, unerschöpflicher Sandkasten. Ein Lächeln von dir. Und von mir natürlich. Mommy, guck, Mommy, komm!

Als wir wieder zu Hause waren, ergab es sich, dass ich dir ein Foto von der zwei Jahre alten Bailey Mae Bone zeigte, eines unserer Nachbarskinder. Du hast gelächelt, und dann hast du die Lippen gespitzt. Du wirst mal einer, auf den die Frauen fliegen.

Du hast einen guten Geschmack – für einen Mann. Du schaust dir gerne hübsche Dinge an: Bäume, das Meer und natürlich Lichter. Du drückst auch gerne auf die weißen Elfenbeintasten auf unserem Klavier.

Und du machst gerne sauber. Du schiebst deinen Spielzeugstaubsauger herum und putzt es mit Küchenpapier weg, wenn einmal ein Malheur passiert ist. Vielleicht kann ich davon profitieren, wenn du ein wenig älter bist.

Auf jeden Fall machst du mir sehr viel Freude. Ich hüte dich wie einen Schatz und bewahre jedes Kichern, jedes Lachen, jedes Weinen im Herzen.

„WACH auf, meine Schöne. Heute liebe ich dich noch mehr als gestern!" So weckt Matt mich jeden Morgen, seit ich aus dem Krankenhaus gekommen bin. Selbst wenn ich noch halb schlafe, macht es mir nichts aus, von seiner wohltuenden Stimme und von diesen Worten geweckt zu werden.

Die Wochen vergingen, und ich gewann nach und nach meine Stärke zurück. Ich fing an, lange Spaziergänge am Strand vor unserem Haus zu machen. Ich hatte sogar einige Patienten.

Eines Morgens beugte Matt sich wieder einmal über mein Bett. Er hielt dich im Arm und lächelte zu mir herunter. Ihr habt beide gegrinst. Ich witterte eine Verschwörung.

„Jetzt ist es offiziell! Das dreitägige Harrison-Familienwochenende hat begonnen. Wach auf, meine Schöne. Ich liebe dich, aber wir sind spät dran."

„Was ist?", fragte ich und schaute aus dem Schlafzimmerfenster. Es war noch dunkel draußen.

TAGEBUCH FÜR NIKOLAS

Du hast deinen Vater angeschaut, Nicky, als wäre der völlig über-
geschnappt.

„Gleich geht's los, Spatz", sagte Matt und setzte dich neben mich aufs
Bett. „Pack deine Sachen, Suzanne. Ich habe im „Hob Knob Inn" in Edgartown für uns gebucht. Riesenbetten, ein üppiges Landfrühstück und
Nachmittagstee. Du brauchst keinen Finger zu rühren, keinen Teller zu
spülen und nicht ans Telefon zu gehen. Klingt das gut?"

Es klang wunderbar. Genau das, was ich brauchte.

DIES ist eine Liebesgeschichte, Nikolas. Deine, meine und Daddys. Sie
erzählt davon, wie gut es sein kann, wenn man den richtigen Menschen
findet. Sie erzählt davon, wie man jeden Augenblick mit diesem besonderen Menschen bewahrt und hütet. Jede Millisekunde.

Unser dreitägiges Abenteuer begann beim Flying Horses Carousel,
wo wir auf die verzauberten Pferde stiegen und im Kreis über die hohen
Hügel von Oak Bluffs ritten, so wie früher. Was für ein Erlebnis!

Wir besuchten die Strände, die wir so lange nicht gesehen hatten.
Lobsterville Beach, Quansoo Beach und Hancock Beach – und meinen
Lieblingsstrand, den Bend In The Road Beach.

Wir haben eine Kutschfahrt auf der Scrubby Neck Farm gemacht, und
du hast die Pferde mit Möhren gefüttert und so laut gelacht, dass ich
Angst bekam, dir könnte schlecht davon werden.

Nicht weit von unserem Hotel entfernt gab es eine Töpferwerkstatt
namens Splatter. Dort haben wir unsere eigenen Tassen und Untertassen
getöpfert. Du hast deinen Teller selbst angemalt, Nicky, und hast kleine
Kleckse gemalt, die bestimmt mich und Daddy darstellen sollten, und
dich selbst in leuchtendem Blau und hellem Gelb.

Und dann war es Zeit, nach Hause zu fahren.

Nicky, kannst du dich an irgendetwas davon erinnern?

Mir fielen die Wagen auf, die an der ganzen Beach Road entlang geparkt waren, als wir um die letzte Kurve vor unserem Haus bogen. Noch
ein paar Wagen und Kleinlaster standen auf dem Weg zur Auffahrt, aber
sonderbarerweise war die Auffahrt nicht mehr da.

Stattdessen stand an ihrer Stelle ein neuer Anbau, und eine neue Auffahrt befand sich auf der anderen Seite des Anbaus.

„Was hat das alles zu bedeuten?", fragte ich geschockt.

„Ein kleiner Ausbau, Suzanne. Es ist deine neue Praxis zu Hause. Nun
musst du weniger Hausbesuche machen oder gar keine mehr. "

Dutzende unserer Freunde und Matts Arbeitskollegen standen auf dem Rasen und applaudierten, als wir aus dem Wagen stiegen. Ich war sprachlos.

„Das ist zu viel", sagte ich leise und drückte Matt ganz fest.

„Nein", flüsterte er zurück, „das ist nicht annähernd genug, Suzanne. Ich bin einfach nur wahnsinnig glücklich, dass du wieder daheim bist."

Mein süßer Nikolas,
die Zeit vergeht wirklich wie im Fluge. Morgen wirst du ein Jahr alt! Trara!

Was kann ich sagen, außer dass es ein Gottesgeschenk ist, zu erleben, wie du aufwächst, wie du deinen ersten Zahn bekommst, wie du deinen ersten Schritt machst, die ersten Wörter sagst, wie sich deine kleine Persönlichkeit von Tag zu Tag entwickelt.

Heute Morgen hast du mit Daddys großen, großen Arbeitsschuhen gespielt, die er unten in seinem Spind aufbewahrt; und als du wieder hervorgekommen bist, hast du in den Schuhen gestanden. Du hast zu lachen angefangen. Dann habe ich auch gelacht, und Daddy kam herein und fing ebenfalls zu lachen an.

Nikolas, Suzanne und Matt! Was für ein Trio.

Morgen werden wir deine ersten zwölf Monate feiern. Ich habe all deine Geschenke ausgesucht. Eines davon sind die Bilder von unserem Urlaub. Ich habe sie einrahmen lassen. Ich werde dir nicht verraten, welches Bild mir am besten gefällt; das wird eine Überraschung. Aber ich verrate dir, dass es einen silbernen Rahmen hat, der rundherum mit Monden und Sternen und Engeln verziert ist. Ganz dein Stil.

Nikolas,
es ist schon spät, und dein Daddy und ich sind ein bisschen albern. Mitternacht ist gerade vorbei, also hast du schon Geburtstag! Hurra!

Herzlichen Glückwunsch!

Daddy und ich konnten nicht widerstehen, also haben wir uns in dein Zimmer geschlichen. Daddy hat eines deiner Geburtstagsgeschenke mitgebracht. Ein rotes Corvette Cabrio. Er hat es vorsichtig ans Fußende der Wiege gelegt.

Matthew und ich haben uns fest in den Armen gehalten, während wir dir beim Schlafen zuschauten – das ist eines der größten Vergnügen auf der Welt. Versäume nur nicht, dein Kind beim Schlafen zu beobachten.

Dann bekam ich Lust zu spielen und zog an der Kordel deiner Spieluhr. Sie spielte „Whistle A Happy Tune".

TAGEBUCH FÜR NIKOLAS   561

Matt und ich hielten uns im Arm und wiegten uns im Takt der Musik. Ich glaube, wir hätten die ganze Nacht dort bleiben können. Uns im Arm halten, dir beim Schlafen zusehen, zur Melodie deiner Spieluhr tanzen.

„Ist es nicht ein Glück?", flüsterte ich Matt zu. „Ist es nicht das Beste, was einem passieren kann?"

„Ja, Suzanne. Es ist so einfach, aber es ist goldrichtig."

Schließlich gingen Daddy und ich zu Bett und machten das Zweitbeste, was es gibt. Am Ende schlief Matt in meinen Armen ein – das tun die Jungs, wenn sie dich wirklich mögen. Und ich bin aufgestanden, um dir diese kleine Nachricht zu schreiben.

Ich sehe dich am Morgen, mein Schatz. Ich kann es kaum erwarten.

Matthew

Hallo, mein süßer Nikolas, ich bin es, dein Dad. Habe ich dir schon gesagt, wie sehr ich dich liebe? Habe ich dir schon gesagt, wie kostbar du für mich bist? Da – jetzt habe ich es gesagt. Du bist der allerbeste Junge, den man sich erhoffen kann. Ich liebe dich sehr.

Gestern Morgen ist etwas passiert. Und deswegen schreibe ich dir heute und nicht Mommy.

Ich muss es dir einfach schreiben. Ich weiß momentan gar nichts mehr, nur dass ich das loswerden muss; ich muss einfach mit dir sprechen.

Väter und Söhne müssen viel mehr miteinander reden, als sie es tatsächlich tun. Viele von uns haben Angst, ihre Gefühle zu zeigen, aber ich möchte, dass es bei uns nie so sein wird. Ich möchte dir immer sagen können, was ich empfinde. So wie in diesem Augenblick.

Aber das ist furchtbar schwer, Nicky. Es ist das Schwerste, das ich in meinem Leben jemandem sagen musste.

Mommy war auf dem Weg zum Laden, um dein Geburtstagsgeschenk abzuholen, deine schönen gerahmten Bilder. Sie war so glücklich. Sie trug ein gelbes Trägerkleid und eine weiße Bluse. Ihr blondes, lockiges Haar schwang beim Gehen im Takt ihrer Schritte, und dabei summte sie dein Lied „Whistle A Happy Tune".

Ich hätte Suzanne zum Abschied küssen und in die Arme nehmen sollen. Aber ich habe ihr nur „Ich liebe dich" zugerufen, und da ihre Hände voll waren, hat sie mir nur einen Kuss zugeworfen.

Ich sehe Suzanne immer vor mir, wie sie mir diesen Kuss schickt. Ich sehe, wie sie zurückblickt und wie sie mir auf ihre berühmte Weise zuzwinkert.

Ach, Nicky, Nicky. Wie soll ich es dir nur schreiben?

Auf dem Weg in die Stadt hatte Mommy einen Herzanfall, mein süßes Baby. Ihr Herz, das so groß war, in so vieler Hinsicht etwas Besonderes, hielt nicht mehr durch.

Ich kann nicht begreifen, dass es wirklich passiert ist; ich bekomme es einfach nicht in den Kopf. Man hat mir gesagt, dass Suzanne schon bewusstlos war, bevor sie an der Old Pond Bridge Road in die Leitplanke gefahren ist. Ihr Jeep stürzte ins Wasser und landete auf der Seite.

Dr. Cotter sagt, dass Suzanne sofort nach dem massiven Herzanfall gestorben ist, aber wer weiß schon wirklich über diese letzten Sekunden Bescheid. Ich hoffe, dass sie keine Schmerzen hatte. Ich könnte den Gedanken, dass sie doch Schmerzen hatte, nicht ertragen. Es wäre zu grausam.

Als ich sie zum letzten Mal gesehen habe, war sie so unwahrscheinlich glücklich, sie sah so hübsch aus, Nick. O Gott, ich möchte Suzanne wiedersehen, nur noch ein einziges Mal. Ist das zu viel verlangt? Ich glaube nicht.

Ich habe deine Mutter sehr geliebt. Sie war der großherzigste Mensch, den ich je kennen gelernt habe, der mitfühlendste und liebevollste. Vielleicht habe ich am meisten an ihr geliebt, dass sie eine sehr gute Zuhörerin war. Und sie war witzig. Sie würde einen Witz machen, in diesem Moment. Ich weiß es genau. Und vielleicht tut sie es ja. Lächelst du gerade, Suzanne? Ich möchte glauben, dass es so ist.

Ich war heute auf dem Friedhof auf Abel's Hill und habe für Mommy den richtigen Platz ausgesucht. Sie war erst 37, als sie starb. Wie traurig, wie unvorstellbar kommt mir das vor. Manchmal macht es mich schrecklich wütend, und ich habe das seltsame und unerklärliche Verlangen, Glas zu zerbrechen!

Heute Abend sitze ich in deinem Kinderzimmer und sehe, wie deine Clownslampe im Halbdunkel lustige Schatten an die Wand wirft. Das Schaukelpferd aus Eichenholz, das ich für dich gemacht habe, erinnert mich an das Flying Horses Carousel. Weißt du noch, als wir drei zusammen im Urlaub waren und auf den bunten Pferden geritten sind? Nikolas, Suzanne und Matt.

TAGEBUCH FÜR NIKOLAS 563

Ich hatte dich vor mich aufs Pferd gesetzt und dich festgehalten, und es hat dir so viel Spaß gemacht, die Mähnen aus echtem Pferdehaar zu streicheln. Ich kann Mommy sehen, wie sie vor uns reitet. Sie dreht sich herum – und da ist ihr berühmtes Zwinkern.

Ach, Nicky, ich wünschte, ich könnte die Zeit zurückdrehen zur letzten Woche oder zum letzten Monat oder zum letzten Jahr. Ich kann es kaum ertragen, mich dem nächsten Tag zu stellen.

Ich wünschte, es gäbe jetzt ein Happyend. Ich wünschte, ich könnte nur noch ein einziges Mal sagen: *Ist es nicht ein Glück?*

Mein lieber kleiner Nicky,
es gibt ein Bild von Suzanne, das mir immer wieder in den Sinn kommt. Es drückt aus, wer sie war und was so besonders und einzigartig an ihr gewesen ist.

Sie kniet eines Abends auf der Veranda vor dem Eingang. Sie bittet mich um Vergebung, obwohl es gar nichts zu vergeben gibt. Wenn überhaupt, hätte ich *sie* um Verzeihung bitten müssen. Sie hatte an diesem Tag eine schlechte Nachricht bekommen, doch sie dachte nur daran, dass sie mich vielleicht verletzt haben könnte. Suzanne hat immer zuerst an die anderen gedacht, aber besonders an uns beide. Mein Gott, wie hat sie uns verwöhnt, Nikolas.

Heute Nachmittag wurde ich durch einen unerwarteten Telefonanruf aufgeschreckt und aus meinen Gedanken und Träumereien gerissen.

Er war für Mommy.

Offensichtlich hatte jemand keine Ahnung, was passiert war, und zum ersten Mal kamen diese fremdartigen und schrecklichen Worte wie schwere Mühlsteine aus meinem Mund: „Suzanne ist tot."

Es gab ein langes Schweigen am anderen Ende der Leitung, gefolgt von leisen Entschuldigungen und nervösen Beileidsbekundungen. Es war der Mann von dem Laden auf der anderen Seite der Insel, wo die Bilder gerahmt worden waren. Mommy war nie dort angekommen, und die Fotos, die sie für dich hatte rahmen lassen, waren immer noch in dem Laden.

Ich sagte dem Ladenbesitzer, dass ich wegen der Fotos vorbeikommen würde. Irgendwann werde ich es fertig bringen. Ich stehe die ganze Zeit irgendwie neben mir. Ich fühle mich hohl und leer. Mir ist, als könnte man mich wie ein altes Papiertaschentuch zusammenknüllen und wegwerfen. Und dann wieder ist mir, als hätte ich einen Felsblock in der Brust.

Ich konnte nie weinen, aber jetzt weine ich die ganze Zeit. Ich denke immer, dass mir irgendwann einmal die Tränen ausgehen, aber dem ist nicht so. Ich hielt es immer für unmännlich, zu weinen, aber jetzt weiß ich, dass ich mich geirrt habe.

Ich gehe ziellos von Zimmer zu Zimmer und suche verzweifelt einen Platz, wo ich Frieden finden kann.

Irgendwie lande ich jedes Mal in deinem Zimmer, und ich sitze dann in demselben Schaukelstuhl, in dem Mommy immer saß, wenn sie mit dir redete und dir etwas vorlas.

Und so sitze ich jetzt hier und schaue mir die Bilder von uns an, die ich heute Nachmittag endlich abgeholt habe.

Wir sitzen alle drei unter einem perfekten blauen Himmel vor dem Flying Horses Carousel.

Du sitzt zwischen uns, Nicky; Mommy hat ihren Arm um dich und ihre Beine quer über die meinen gelegt. Du küsst Mommy, und ich kitzle dich, und alle lachen.

Nikolas, Suzanne, Matt – für immer vereint.

Es ist an der Zeit, dir eine Geschichte zu erzählen, Nick. Eigentlich ist es die traurigste Geschichte, die ich je gehört habe, ganz bestimmt die traurigste Geschichte, die ich je erzählt habe.

Es fällt mir schwer zu atmen, ich zittere, und ich habe am ganzen Körper eine Gänsehaut.

Vor langer Zeit, als ich erst acht Jahre alt war, starb ganz plötzlich mein Vater, als er bei der Arbeit war. Wir hatten nicht damit gerechnet, und deshalb konnten wir uns nie von ihm verabschieden. Der Tod meines Vaters hat mich jahrelang verfolgt. Ich hatte schreckliche Angst davor, noch einmal jemanden auf diese Weise zu verlieren. Ich glaube, das ist auch der Grund, dass ich nicht schon früher geheiratet habe, bevor ich Suzanne kennen lernte. Ich hatte Angst, Nicky. Der große, starke Daddy hatte furchtbare Angst, dass er jemanden verlieren könnte, den er liebt. Das ist ein Geheimnis, das ich noch nie jemandem verraten habe, bevor ich deine Mutter kennen lernte. Und nun habe ich es dir erzählt.

Ich ziehe an der Kordel der Spieluhr über deiner Wiege, und sie spielt „Whistle A Happy Tune". Ich liebe dieses Lied, Nicky. Es bringt mich zum Weinen, aber das ist mir egal. Ich liebe deine Musik, und ich möchte sie wieder hören.

Ich strecke die Hand in die Wiege und berühre deine weiche Wange.

Ich spiele mit deinem goldblonden Haar, das so weich ist und so gut

TAGEBUCH FÜR NIKOLAS

duftet. Ich spiele Nase-an-Nase, und meine Nase berührt ganz sanft die deine, und du strahlst mich an und lächelst.

Ich stecke einen Zeigefinger in jede deiner kleinen Hände und lass dich zudrücken. Du bist so stark, Kumpel.

Die Spieluhr spielt immer noch „Whistle A Happy Tune".

Ach, mein süßer kleiner Junge. Mein süßes Baby.

Die Musik spielt weiter, aber du bist gar nicht in der Wiege.

Ich erinnere mich, wie Mommy an jenem Morgen zu ihrer Besorgung aufbrach. Ich rief ihr zu: „Ich liebe dich!", und sie schickte mir einen Kuss. Ihre Arme waren voll, weil sie *dich* trug. Sie wollte, dass du der Erste bist, der die schönen gerahmten Fotos zu sehen bekommt an deinem Geburtstagsmorgen.

Suzanne trug dich nach draußen und schnallte dich sorgfältig in deinem Kindersitz fest. Du warst im Jeep bei Mommy, als sie auf der Old Pond Bridge Road verunglückte.

Ich hätte dabei sein sollen, Nikolas. Ich hätte dort bei dir und Mommy sein sollen! Vielleicht hätte ich dich irgendwie retten können. Wenigstens hätte ich es versuchen können.

Mein lieber kleiner Junge, mein unschuldiger kleiner Schatz, mein Baby, mein Sohn. Du fehlst mir so sehr, und es bringt mich fast um den Verstand, dass du nie erfahren wirst, wie sehr dein Daddy dich liebt.

Aber ist es nicht ein Glück, dass ich dich im Arm gehalten und geliebt habe in den zwölf Monaten, bevor Gott dich mir genommen hat?

Ist es nicht ein Glück, dass ich dich kennen gelernt habe, mein süßer kleiner Junge, mein lieber, lieber Sohn?

Katie

Katie drehte langsam den Kopf zur Decke des Badezimmers und schloss die Augen, so fest sie konnte. Ein leises Stöhnen drang aus ihrer Brust. Tränen quollen ihr zwischen den Augenlidern hervor und flossen ihre Wangen hinab. Sie atmete schwer und schlang die Arme um die Schultern.

Merlin stand auf der Türschwelle und winselte, und Katie flüsterte: „Ist schon gut, Junge."

Ein heftiger Schmerz stieg in ihr hoch und stach wie ein heißes

Schüreisen in ihre Lunge. *O Gott, warum hast du so etwas zugelassen?*

Schließlich schlug Katie wieder die Augen auf. Sie konnte durch den Tränenschleier kaum etwas erkennen. Auf der allerletzten Seite des Tagebuchs war mit Klebestreifen ein Umschlag befestigt.

Darauf stand einfach nur „Katie".

Mit beiden Händen wischte sie die Tränen weg. Um sich zu beruhigen, atmete sie tief durch. Und noch einmal. Sie öffnete den schlichten Umschlag, der an sie adressiert war. Der Brief darin war in Matts Handschrift geschrieben. Ihre Finger zitterten, als sie ihn entfaltete. Und als sie zu lesen anfing, kamen ihr wieder die Tränen.

> Katie, liebe Katie,
>
> jetzt weißt du, was ich dir in all diesen Monaten nicht habe sagen können. Du kennst meine Geheimnisse. Ich wollte es dir erzählen, fast von dem Tag an, an dem wir uns kennen gelernt haben. Ich habe sehr lange getrauert, und nichts und niemand konnte mich trösten. Deshalb habe ich meine Vergangenheit vor dir verborgen. Vor allem vor dir. Es gibt ein paar Zeilen aus einem Gedicht über die Fischerboote und ihre Besatzungen, die jemand in die Bar der „Docks Tavern" auf Martha's Vineyard geritzt hat. „Die ersehnten Schiffe/ Kehren leer zurück/ Oder versinken im Meer,/ Und Augen voller Tränen/ Finden nimmer Schlaf." Ich habe die Verse eines Nachts in der Docks Tavern entdeckt, als ich nicht mehr weinen und nicht schlafen konnte, und die schreckliche Wahrheit in diesen Zeilen hat mich fertig gemacht.
>
> Matt

Mehr hatte er nicht geschrieben, doch Katie brauchte mehr. Sie musste Matt finden.

SIE WAR immer eine Kämpferin gewesen. Sie hatte immer den Mut gehabt, zu tun, was sie tun musste.

Katie nahm den ersten Pendlerflug am Morgen nach Boston. Am Logan Airport erwartete sie ein Mietwagen, der sie von Boston nach Woods Hole zum Steg der Dampfschifffahrtsgesellschaft brachte. Sie kaufte einen Fahrschein und ging an Bord einer Doppeldeckerfähre nach Martha's Vineyard.

Sie musste mit Matt reden. Er musste das mit dem Baby erfahren.

Während der 45-minütigen Überfahrt dachte sie an Suzanne und de-

TAGEBUCH FÜR NIKOLAS

ren Ankunft auf der Insel. Sie erinnerte sich an die letzten Worte, die sie Nikolas geschrieben hatte: *Ich kann es kaum erwarten, dich am Morgen zu sehen.*

Katie fiel auf, dass sie gar kein Manuskript mitgebracht hatte, das sie auf der Fahrt lesen konnte. Arbeit ist ein Gummiball, dachte sie. Das stimmt.

Aber was hätte sie alles verpasst, wenn sie Arbeit mitgenommen hätte: das rhythmische, stampfende Schlagen der Wellen gegen den Bug der Fähre; den malerischen Anblick, wie Martha's Vineyard immer näher kam.

Matt war eine Glaskugel. Er war angestoßen, gezeichnet, beschädigt worden, aber vielleicht war er noch nicht zerschlagen. Vielleicht aber doch.

Dieses Rätsel würde nie gelöst werden. Es sei denn, sie fand ihn.

Während die Fähre sich immer mehr der Insel näherte, konnte Katie das kleine Städtchen Oak Bluffs sehen. Sie suchte mit Blicken die Stadt ab – sie suchte Matt. Sie konnte ihn nirgends entdecken. Natürlich wartete Matt nicht darauf, dass Katie erschien. Matt wusste ja gar nicht, dass sie kam, und selbst wenn er es gewusst hätte – er wäre vielleicht nicht gekommen.

Als Katie gerade zu einem Taxistand gehen wollte, entdeckte sie die Docks Tavern. Einen Moment lang blieb ihr das Herz stehen. Statt ein Taxi zu nehmen, ging sie zu der Kneipe.

War Matt da drin? Wahrscheinlich nicht, doch in der Docks Tavern hatte er die Verse gelesen, die er ins Tagebuch aufgenommen hatte.

Dunkel war es drinnen und ein wenig verraucht, aber eigentlich recht angenehm. Ungefähr ein Dutzend Gäste standen an der Bar, und einige Leute saßen in den verwitterten hölzernen Nischen zu beiden Seiten. Die meisten schauten zu Katie hin, als sie hereinkam.

„Ich komme in Frieden", sagte Katie und lächelte nervös. Ihr Blick schweifte langsam über die Gesichter. Sie konnte Matt nicht entdecken.

Sie ging zur Bar und suchte das eingeritzte Gedicht. Sie brauchte einige Zeit, bis sie es fand, am hinteren Ende des Tresens, neben einer Dartscheibe und einem öffentlichen Telefon. Sie las noch einmal die Worte:

Die ersehnten Schiffe
Kehren leer zurück
Oder versinken im Meer,
Und Augen voller Tränen
Finden nimmer Schlaf.

„Kann ich Ihnen helfen? Oder ist Ihr Interesse rein literarisch?"

Beim Klang der Männerstimme hob Katie den Kopf. Sie sah den Barmann, Mitte dreißig, rotbärtig, rau, aber gut aussehend. Vielleicht selbst ein Seemann.

„Ich suche jemanden. Einen Freund. Ich glaube, er kommt manchmal hierher", antwortete sie.

„Jedenfalls hat er einen guten Geschmack, was Kneipen angeht. Hat er auch einen Namen?"

Sie atmete durch und versuchte zu sprechen, ohne dass die Stimme zitterte. „Matt Harrison", sagte Katie.

Der Barmann nickte, aber seine dunkelbraunen Augen wurden schmaler. „Matt kommt manchmal zum Abendessen hierher. Er streicht auf der Insel Häuser an. Sie sagen, Sie sind mit ihm befreundet?"

„Er schreibt auch Gedichte", entgegnete Katie, die sich jetzt ein wenig in der Defensive fühlte.

Der rotbärtige Barmann zuckte die Achseln. „Nicht dass ich wüsste. Wie auch immer, Matt ist heute nicht da. Sie sehen ja selbst." Schließlich lächelte er sie an. „Nun, was darf ich Ihnen bringen? Sie sehen nach einer Cola light aus."

„Nein, nichts, vielen Dank. Könnten Sie mir sagen, wie ich zu Matt komme? Ich bin eine Freundin. Ich habe seine Adresse hier."

Der Barmann überlegte einen Augenblick, dann riss er ein Blatt von seinem Notizblock ab. „Sind Sie mit dem Auto da?", fragte er, während er irgendetwas aufschrieb.

„Ich werde wohl ein Taxi nehmen."

„Die Taxifahrer kennen den Weg", sagte der Mann, ließ sich aber nicht näher aus. „Jeder kennt Matt Harrison."

AM FÄHRANLEGER stieg Katie langsam in ein rostiges himmelblaues Taxi. Plötzlich war sie müde. Sie sagte zum Fahrer: „Ich möchte zum Friedhof von Abel's Hill. Kennen Sie den?"

Anstelle einer Antwort fuhr der Taxifahrer einfach los. Katie nahm an, er kannte jeden Ort auf der Insel. Sie hatte ihn bestimmt nicht beleidigen wollen.

Abel's Hill war gut zwanzig Minuten entfernt, ein kleiner, malerischer Flecken, der mindestens so alt und geschichtsträchtig aussah wie viele der Häuser, an denen sie vorbeigekommen waren.

„Es wird nicht lange dauern", sagte sie zum Fahrer, während sie sich aus dem Rücksitz kämpfte. „Bitte warten Sie."

„Ich warte, aber ich muss das Taxameter weiterlaufen lassen."

TAGEBUCH FÜR NIKOLAS 569

„Das ist in Ordnung. Ich verstehe schon", sagte sie und zuckte mit den Achseln. „Ich komme aus New York. Ich bin das gewöhnt."

Das Taxi wartete, während Katie langsam und ehrfurchtsvoll von Reihe zu Reihe ging und alle Grabsteine absuchte, besonders die neueren.

Katie fühlte eine Beklemmung in der Brust, und sie hatte einen Kloß im Hals, während sie nach dem Grab suchte. Sie kam sich wie ein Eindringling vor.

Schließlich fand sie es. Sie sah die eingemeißelte Aufschrift auf einem Stein, der auf einem kleinen Hügel stand: SUZANNE BEDFORD HARRISON.

Ihr Herz zog sich zusammen, und ihr wurde ein wenig schwindlig. Sie beugte sich hinunter, ging auf ein Knie nieder.

„Ich musste einfach kommen, Suzanne", flüsterte sie. „Mir ist, als … als würde ich Sie inzwischen sehr gut kennen. Ich bin Katie Wilkinson."

Ihr Blick schweifte über die Inschrift. LANDÄRZTIN, MATTHEWS INNIG GELIEBTE FRAU, NIKOLAS' PERFEKTE MUTTER.

Katie sprach ein Gebet, das der Vater ihr beigebracht hatte, als sie erst drei oder vier Jahre alt war.

Sie wandte sich zu dem kleineren Grabstein gleich neben dem von Suzanne. Sie atmete tief durch. NIKOLAS HARRISON, SUZANNES UND MATTHEWS GELIEBTER SOHN

„Hallo, mein süßer kleiner Junge. Hallo, Nikolas. Ich heiße Katie."

Dann begann sie unkontrolliert zu schluchzen, ihr Körper wurde geschüttelt wie eine Weide im Sturm. Sie trauerte um Nikolas. Sie konnte nicht begreifen, wie Matt das alles überstanden hatte.

Auf beiden Gräbern lagen Blumen: Gänseblümchen und Gladiolen. Vor kurzem war jemand hier gewesen. Und dann fiel Katie noch etwas auf: das Datum, das auf beiden Grabsteinen eingemeißelt war.

18. JULI 1999

Ein Schauer durchfuhr sie, und ihre Knie wurden weich. Der 18. Juli lag auf den Tag genau zwei Jahre vor der kleinen Feier, die sie für Matt in New York geplant hatte, bei ihr zu Hause, an dem Abend, an dem sie ihm seinen Gedichtband überreicht hatte. Kein Wunder, dass er fortgelaufen war.

Wo war Matt jetzt? Katie musste ihn sehen – noch ein einziges Mal.

DAS INSELTAXI benötigte weitere zwanzig Minuten, um vom Friedhof zu dem alten Bootshaus zu holpern, in dem Katie sofort Suzannes Haus erkannte.

Es war jetzt weiß gestrichen. Die Türen, die an Scheunentore erinnerten, und die Verzierungen am Haus waren grau. Es gab einen Garten voller Hortensien, Azaleen, Taglilien, und alles lag direkt am Meer.

Sie konnte verstehen, warum Suzanne dieses Haus so sehr geliebt hatte. Sie liebte es auch. Es war ein echtes Zuhause.

Langsam stieg sie aus dem Taxi. Eine Meeresbrise spielte mit ihrem Haar. Ihr Herz pochte wieder.

Sie bezahlte den Mann, und er fuhr davon. Das Herz schlug ihr bis zum Hals, als sie den Kiesweg zum Haus entlangging. Sie ließ den Blick über das gesamte Grundstück schweifen. Kein Zeichen von Matt. Kein Wagen. Vielleicht stand das Auto hinter dem Haus.

Sie klopfte an die Eingangstür, wartete voller Unruhe und klopfte dann noch einmal mit dem alten hölzernen Türklopfer.

Keine Reaktion.

Gott, es war so unheimlich, so seltsam, hier zu sein.

Ihr Herz pochte wild.

Sie konnte kein Anzeichen dafür entdecken, dass jemand im Haus war, doch sie war entschlossen, auf Matt zu warten. Jetzt war es an ihr zu sprechen. Sie hatte Geheimnisse, die sie mit ihm teilen musste.

Also wartete und wartete sie. Dann setzte sie sich eine Zeit lang auf den Rasen vor dem Haus, rieb sich behutsam den Leib und lauschte den Wellen. Schließlich überquerte sie die Beach Road … wo Suzannes Hund Gus von einem Laster überfahren worden war.

Sie setzte sich an den Strand, wo Matt und Suzanne im Mondlicht getanzt hatten. Sie konnte die beiden sehen. Und dann stellte sie sich vor, wie sie selbst wieder mit Matt tanzte. Er war kein großartiger Tänzer, aber sie war immer sehr gern in seinen starken Armen gewesen. Sie gab es jetzt nicht gern zu, doch so war es, und so würde es immer sein.

Katie glaubte, den größten Teil des Rätsels gelöst zu haben: Matt konnte Suzanne und Nikolas nicht aus dem Kopf bekommen, konnte seinen Schmerz und seine Trauer nicht überwinden. Wahrscheinlich glaubte er, es niemals zu schaffen. Vielleicht konnte er den Gedanken nicht ertragen, noch einmal jemanden zu verlieren.

Katie konnte ihm keine Vorwürfe machen, wirklich nicht. Nicht, nachdem sie das Tagebuch gelesen und erkannt hatte, was er durchgemacht hatte. Genau genommen liebte sie Matt jetzt noch mehr als zuvor.

Katie hob den Kopf und sah eine kleine dunkelhaarige Frau, die über die Beach Road direkt auf sie zukam. Als die Frau fast bei ihr angekommen war, sagte Katie: „Sie sind Melanie Bone, nicht wahr?"

TAGEBUCH FÜR NIKOLAS 571

Melanie hatte ein freundliches Lächeln, genau wie Katie es sich vorgestellt hatte. „Und Sie sind Katie", sagte Melanie. „Sie sind Matthews Lektorin in New York. Er hat mir von Ihnen erzählt. Er hat gesagt, dass Sie gertenschlank und hübsch sind und dass Sie Ihr Haar gewöhnlich als Zopf tragen."

„Wissen Sie, wo er ist?", fragte Katie.

Melanie schüttelte den Kopf. „Tut mir Leid, Katie. Ich weiß nicht, wo Matt ist. Ehrlich gesagt, machen wir uns alle Sorgen um ihn. Ich hatte gehofft, dass er bei Ihnen in New York ist."

„Leider nicht", sagte Katie. „Ich habe ihn auch nicht gesehen."

Am späten Nachmittag fuhr Melanie Katie zum Fähranleger in Oak Bluffs zurück. Die Kinder fuhren hinten im Kombi mit. Sie waren genauso gutmütig wie ihre Mutter. Sie mochten Katie auf Anhieb, und Katie mochte sie.

„Geben Sie Matt nicht auf", bat Melanie, kurz bevor Katie an Bord der Fähre ging. „Er ist alle Mühe wert. Von allen Menschen, die ich kenne, hat Matt das Schlimmste durchgemacht. Aber ich glaube, er wird sich davon erholen. Er ist ein guter Mensch. Und ich weiß, dass er Sie liebt, Katie."

Katie nickte und winkte der Familie Bone zum Abschied. Dann verließ sie Martha's Vineyard, wie sie gekommen war – allein.

EINE weitere lange, schlimme Woche verging. Katie stürzte sich in die Arbeit, dachte aber viel darüber nach, nach North Carolina zurückzukehren. Dort würde sie das Baby bekommen, bei den Menschen, die sie liebte und von denen sie geliebt wurde.

An jenem Montagmorgen war Katie noch nicht lange im Büro, als sie ihren Namen hörte. Sie hatte gerade ihren Tee aus dem Pappbecher in die alte Porzellantasse umgegossen, die sie auf ihrem Schreibtisch stehen hatte.

„Katie? Komm mal ganz schnell rüber, Katie! Jetzt gleich."

Sie war leicht genervt. „Was ist denn? Ich komme ja schon."

Mary Jordan, ihre Assistentin, stand hinter einem der deckenhohen Fenster und schaute auf die 53. Straße hinunter. Sie winkte Katie aufgeregt zu, zum Fenster zu kommen. „Jetzt komm schon!"

Neugierig ging Katie zum Fenster hinüber und sah auf die Straße hinab. Sie übergoss sich mit heißem Tee und ließ beinahe ihre antike Tasse fallen, bis Mary danach griff und sie Katie geschickt aus der Hand nahm.

Da ging Katie schon an Mary vorbei den kurzen Flur entlang zum Aufzug.

Sie hatte weiche Knie, und alles drehte sich in ihrem Kopf. Sie strich sich lose Haarsträhnen aus dem Gesicht. Sie wusste sonst nicht, wohin mit ihren Händen.

Sie ging am Besitzer des Verlages vorbei, der gerade aus dem Aufzug kam. „Katie, ich muss mit Ihnen noch …", begann er, doch sie unterbrach ihn mit erhobener Hand.

„Ich bin gleich wieder da, Larry!", fiel sie ihm ins Wort und eilte dann in den Aufzug. Die Büros des Verlages befanden sich im obersten Stockwerk.

Zeit genug, um sich zu beruhigen, dachte sie.

Nein, nicht genug Zeit. Nicht einmal annähernd. Der Aufzug fuhr, ohne anzuhalten, bis zum Erdgeschoss durch.

Katie stand in der Lobby und zwang sich, ruhig zu werden, ganz ruhig. Ihre Gedanken waren erstaunlich klar und scharf. Plötzlich schien alles so einfach zu sein.

Sie dachte an Suzanne, an Nikolas und an Matt.

Sie dachte an die Lektion der fünf Kugeln.

Dann verließ Katie das Gebäude und trat hinaus auf die Straßen New Yorks. Sie atmete tief durch, während der warme Sonnenschein auf ihr Gesicht fiel. *Lieber Gott, gib mir Kraft für das, was jetzt kommt. Was immer es sein mag.*

Sie sah Matthew auf der 53. Straße.

ER KNIETE auf dem Bürgersteig, keine fünf Meter von Katie entfernt, und hatte den Kopf leicht gesenkt.

Sie konnte den Blick nicht von ihm wenden.

Matt sah gut aus: gebräunt, fit, mit etwas längeren Haaren als gewöhnlich. Er trug Jeans, ein sauberes, jedoch abgetragenes Polohemd und staubige Arbeitsschuhe. Er sah aus wie der Matt, den Katie kannte; der Matt, den sie geliebt hatte – und den sie noch immer liebte.

Auf den Knien vor ihrem Bürogebäude. Direkt vor ihr.

Genau so, wie Suzanne an jenem Abend auf ihrer Veranda gekniet hatte – um um Verzeihung zu bitten, obwohl es gar nichts zu verzeihen gab.

Katie glaubte zu wissen, was sie zu tun hatte. Sie folgte ihrem Instinkt, folgte ihrem Herzen.

Sie atmete tief ein, dann kniete sie sich mit einem Bein hin, Matt ge-

TAGEBUCH FÜR NIKOLAS 573

genüber, ganz nahe, so nahe wie möglich. Das Herz klopfte ihr bis zum Hals.

Sie hatte Matt noch einmal sehen wollen, und da war er. Und nun?

Die Passanten stauten sich auf dem Bürgersteig. Einige machten unfreundliche Bemerkungen und beklagten sich über den Verlust von ein paar kostbaren Sekunden auf ihrem Weg zur Arbeit.

Matt streckte die Hand aus. Katie zögerte. Dann ließ sie Matt ihre langen, schmalen Hände in die seinen nehmen.

Seine Berührung hatte ihr schmerzlich gefehlt. Sie hatte viel vermisst, besonders das Gefühl des Friedens, wenn Matt bei ihr war.

Seltsam, sie wurde ganz ruhig. Was bedeutete das? Was würde als Nächstes geschehen? Warum war er hier?

Schließlich hob Matt den Kopf und schaute sie an. Sie hatte diese sanften braunen Augen vermisst. Sie hatte seine starken Wangenknochen, die dichten Augenbrauen, die Lippen vermisst.

Dann sprach Matt, und Gott, wie sehr hatte sie den Klang seiner Stimme vermisst. „Ich schaue dir schrecklich gern in die Augen, Katie. Ich liebe die Aufrichtigkeit, die ich darin sehe. Du bist unendlich kostbar für mich, und ich bin so gern mit dir zusammen. Ich kann nie genug davon bekommen. Nicht eine Minute, seit ich dich kenne. Du bist eine großartige Lektorin. Und du bist eine großartige Tischlerin. Und du bist groß, aber du bist auch hinreißend."

Katie merkte, dass sie lächelte. Sie konnte nicht anders. Hier waren sie beide, auf den Knien, mitten in Manhattan. Es konnte unmöglich jemand verstehen, was sie da taten, und warum. Vielleicht verstanden sie es selbst nicht.

„Hallo, Fremder", sagte sie schließlich. „Ich habe nach dir gesucht, Matt. Ich bin auf die Insel gefahren. Ich habe es endlich bis dahin geschafft."

Matt lächelte. „Das habe ich gehört, Katie. Von Melanie. Auch sie fand dich großartig."

„Und?", fragte Katie. Sie wollte noch mehr hören.

„Und … Ich möchte dein sein, Katie. Ich weiß es jetzt. Ich bin endlich bereit dazu. Ich bin dein, wenn du mich willst. Ich möchte mit dir zusammen sein. Ich möchte Kinder mit dir haben. Ich liebe dich sehr. Ich werde dich nie wieder verlassen. Ich verspreche es, Katie. Ich verspreche es von ganzem Herzen."

Und dann, endlich, küssten sie sich.

574

Im Oktober desselben Jahres wurden Katie Wilkinson und Matt Harrison in der Kapelle von Kitty Hawk auf den Outer Banks getraut, den herrlichen, lang gestreckten Düneninseln vor der Küste von North Carolina.

Die Wilkinsons und die Harrisons verstanden sich vom ersten Moment an. Beide Familien wurden auf Anhieb zu einer. Katies New Yorker Freunde waren gekommen, verbrachten ein paar zusätzliche Tage am Strand und wurden krebsrot von der Sonne.

Katie war dünn, deshalb sah man noch nicht allzu viel. Nur einige der Hochzeitsgäste wussten, dass sie ein Baby bekam. Als sie es Matt erzählt hatte, hatte er sie geküsst und gesagt, er sei der glücklichste Mensch auf Erden.

Die Hochzeit und der anschließende Empfang waren schlicht, ohne falschen Prunk, aber wunderschön; sie fanden unter einem wolkenlosen blauen Himmel an einem angenehm milden Tag statt. In ihrem weißen Brautkleid sah Katie hinreißend aus. Die Tische waren mit Familienfotos dekoriert. Die Brautjungfern trugen blassrosa Hortensien.

Und als sie einander das Eheversprechen gaben, musste Katie an die Lektion denken: *Familie, Gesundheit, Freunde, Rechtschaffenheit* – die kostbaren Glaskugeln.

Jetzt verstand sie. Und so würde sie den Rest ihres Lebens verbringen, mit Matt und ihrem wundervollen Baby.

Ist es nicht ein Glück?

JAMES PATTERSON

Harter Mann mit viel Gefühl

Foto: Susan Solie Patterson

Vor sechs Jahren zog sich der 1949 geborene James Patterson vom Posten des Geschäftsführers der renommierten Werbeagentur J. Walter Thompson zurück, heiratete und wurde zum ersten Mal Vater. Insofern kennt der Autor das Glück, eine junge Familie zu haben, aus eigener Anschauung. Und einen Teil der Inspiration, die ihn zum Schreiben von *Tagebuch für Nikolas* bewegte, bezog Patterson auch aus dem Tagebuch, das seine Frau für den kleinen Sohn führt. Der andere Teil seiner Motivation entstammt Erinnerungen an das tragische Ende einer Beziehung, die er in seinen Zwanzigern hatte. Die Frau, die er damals liebte, starb an einer Tumorerkrankung.

Diese schmerzliche Erfahrung floss intensiv in die Stimmungen und Szenen seines Romans ein, und der vom harten Wettkampf in der Werbebranche geprägte Autor zeigt sich dabei von einer überraschend gefühlvollen Seite. Dies verblüfft umso mehr, als Patterson einer großen Leserschar bislang als Verfasser von ebenso spannenden wie schonungslosen Krimis bekannt war, in denen Serienkiller gejagt werden. „Grundsätzlich fällt es mir ziemlich leicht, eine Geschichte auch aus der Perspektive einer Frau zu erzählen", erklärt Patterson. „Ich bin in einem Haushalt mit vielen Frauen aufgewachsen – Mutter, Großmutter und drei Schwestern. Und ich finde, dass Frauen vielschichtiger, nachdenklicher und emotional zugänglicher sind als wir Männer."

DIE TÄUSCHUNG
© 2002 by Charlotte Link und AVA – Autoren- und Verlagsagentur GmbH, München-Breitbrunn,
erschienen bei Wilhelm Goldmann Verlag, München, in der Verlagsgruppe Random House GmbH

FEUERSPRINGER
Originalausgabe: *The Smoke Jumper*
erschienen bei Delacorte Press, New York
© 2001 by Nicholas Evans
© für die deutsche Ausgabe: 2002 by C. Bertelsmann Verlag, München, in der Verlagsgruppe Random
House GmbH

AUS DEM HINTERHALT
Originalausgabe: *Without Fail*
erschienen bei Bantam Press, Transworld Publishers, The Random House Group Ltd., London
© 2002 by Lee Child
© für die deutsche Ausgabe: 2003 by Blanvalet Verlag, München, in der Verlagsgruppe Random House
GmbH

TAGEBUCH FÜR NIKOLAS
Originalausgabe: *Suzanne's Diary for Nicholas*
erschienen bei Little, Brown and Company, Boston, New York, London
© 2001 by James Patterson
© 2001 by SueJack Inc.
© für die deutsche Ausgabe: 2001 by Verlagsgruppe Lübbe GmbH & Co. KG, Bergisch Gladbach

Übersetzer:
Feuerspringer: Kristian Lutze
Aus dem Hinterhalt: Wulf Bergner
Tagebuch für Nikolas: Rolf Tatje

Illustrationen und Fotos:
Feuerspringer: S. 4 (rechts), 166/167, 168: Gettyone Stone; FPG
Aus dem Hinterhalt: S. 5 (links), 318/319, 320: Auto: Gettyone Stone; Mann: Images Colour Library;
Mann mit Waffe: Telegraph Colour Library

Die ungekürzten Ausgaben von *Die Täuschung, Feuerspringer* und *Tagebuch für Nikolas*
sind im Buchhandel erhältlich.